浙江文叢

戴表元集

〔上册〕

〔元〕戴表元 著　陸曉冬　黄天美 點校

浙江古籍出版社

前言

戴表元（一二四四—一三一〇），字帥初，一字曾伯，慶元奉化州（今寧波奉化）人，是元代著名的文學家。他一生經歷了宋元朝代交替的劇烈變動，人生價值取向分爲截然不同的兩個階段。其前半生求學進取，博取了功名和官職；其後半生隱居授徒，成就了一代文名。

戴表元出生於儒家色彩濃厚的書香之家，從小接受了良好的教育。十七歲之前，他在家鄉度過了讀書求知的生活，他『五歲知讀書，六歲知爲詩，七歲知習古文，十五始學詞賦。十七試郡校，連優，補守六經諭』[一]。宋理宗景定二年（一二六一），十八歲的戴表元來到都城臨安求取功名。宋度宗咸淳五年（一二六九），戴表元用類申入太學。咸淳六年，試中太學。同年舉歲終校外舍生，試優陞内舍。咸淳七年春試南省，中第十名。五月對策中乙科，賜進士及第，授迪功郎、陞學教授。咸淳八年，戴表元赴建康教授任。宋恭宗德祐元年（一二七五）三月，元軍占領建康，戴表元逃回臨安。其間，戴表元被授以杭學教授之職，推辭不就。不久又被授以文林郎、都督掾行户部掌故、國子主簿等職，因戰亂而無法就任。宋端宗景炎元年（一二七六），元軍攻占臨安，宋室投降。戴表元逃往台州等地避亂。

戴表元於元世祖至元十四年（一二七七）回到闊别了十六年的家鄉，並在剡源附近的榆林買地建房，在此過了近九年的村居生活。他除了教書授徒外，還從事農耕活動，同時與舒岳祥、胡應麟、劉莊孫等人交遊甚密。這一時期，戴表元開始了真正的詩文創作。至元二十三年到至元二十八年，戴表元在杭州生活了五年，結識了周密、鮮于樞、趙孟頫、仇遠等一批文壇名人。此後，戴表元又回到家鄉，度過了三年的村居生活。元成宗元貞元年（一二九五），戴表元第三次到杭州，直到大德六年（一三〇二）赴任信州教授止，開始了長達七年的在外教徒和交遊的經歷。戴表元不僅交遊廣泛，而且不斷地參加文人雅集。他的詩文創作在這一時期達到高峰。大德六年，戴表元赴任信州教授，開始長達四年的學官生涯。信州教授任滿後，戴表元又被委以婺州教授之任，但他以身體欠佳的理由推辭了。大德十年，戴表元回到家鄉，度過了人生的最後歲月。

在戴表元現存作品中，散文的數量遠遠超過詩歌的數量，散文的創作成就也遠遠高於詩歌的創作成就。袁桷評價戴表元：『其文清深整雅，蓄而始發，間事摹畫，而隅角不露。』[二]宋濂在《戴剡源先生文集序》中指出宋代文章流弊的種種表現：『辭章至於宋季，其敝甚矣。公卿大夫視應用爲急，俳偕以爲體，偶儷以爲奇，靦然自負其名高。稍上之，則穿鑿經義，櫽括聲律，孳孳爲華世取寵之具。又稍上之，摽掠前修語録，佐以方言，累十百而弗休，且曰：「我將以明道，奚文之爲？」又稍上之，騁宏博則精麤雜揉而略繩墨，慕古奥則删去語助之辭而不可以句。』從而肯定戴表元散文的價值：『新而不刊，清而不露，如青巒出雲，姿態横逸，而連翩弗斷；如通川縈紆，十步九折，而無直瀉怒奔之失。』[三]可見，戴表元的散文成就是與力矯宋末元初散文流弊密切相關的。概括地説，這種流弊集中表現在兩個方面，一是内容空洞無物，二是文風骫骳卑弱。戴表元在矯正文章流弊過程中，所以能取得『東南以文章大家名重一時』的美譽[四]，又與他尊唐宗宋的創作觀不無關係。或者説，戴表元在創作中汲取了唐宋散文大家的精髓，如《送陳養晦遠遊序》之類的贈序，『頗有唐人贈序風度』[五]。而《送張叔夏西遊記》《敷山記》等作品，『明顯地看出歐陽修散文風格的影響』[六]。戴表元的散文創作，體裁極其豐富，包含了序、記、題跋、賦、銘、箴、贊、墓誌、史論及講義等樣式。其中，序與題跋最能體現戴表元散文創作的功力和成就。

戴表元遭遇了時代的巨變，經歷了截然不同的人生階段，加上交遊十分廣泛，這些都在散文作品中得到表現。首先，如實地反映出宋末元初的生活狀況和生活習俗。尤其是他寫的序與記一類作品，如《楊氏池堂讌集詩序》《北山小序》《紫芝亭記》《困學齋記》等，十分真實地記載了當時文人的生活狀態。其次，描繪了江南風光和景物，多具歷史縱深感。戴表元一生足迹遍及浙江、江蘇、江西、安徽等地，其散文大都描繪當地山水風景、風土人情及文化傳承，如《送趙生遊吴序》記述吴地風物，《胡天放詩序》描寫嚴州風景，《遊雲門若耶溪詩序》描寫會稽風光。再次，真實地記載了一生經歷和思想見解。如《戴剡源先生自序》詳細記述一生的經歷，而《小方門戴氏居葬記》則可視爲戴氏家譜。《周公謹弁陽詩序》《張仲實文編序》《李時可詩序》等，表達了他的詩學見解；其所著講義及《春秋法度編序》《王伯善農書序》《通謝張可與參政書》等，則反映了他的學術思想和政治態度。

戴表元自叙平生『惟於攻詩最久』〔七〕。他六歲開始學習詩歌創作，考中進士後更加致力詩歌創作。他作於大德四年（一三〇〇）的《方端叟詩序》總結了自己創作詩歌的四個階段：『余於吴興方端叟，以詩交三十年矣。其初見，在錢塘吴山下。於時年方盛壯，意氣疏爽，詩如杜牧之落魄放遊，不顧人世拘檢，但欲自快胸臆耳。再見在秦淮官舍，詩如曹景宗得一州，雖左右顧盼自如，而終不如漁獵山澤間之爲樂。三見在山陰逆旅，值流移初定，相顧驚嗟嘻悵，詩如張中郎海外遠歸，神氣自完，而容澤故少。四見當大德庚子之春，乃幸復在錢塘吴山下。余既以饑窮裹書授徒而活，忽忽何暇作詩。間作詩，不過如李龜年頭白感慨悲歌，對人羞澀，人亦無與聽者。』〔八〕脈絡十分清晰，不同的階段，形成了不同的詩歌風格。

戴表元現存詩歌近八百首，體裁包含了五古、七古、五律、七律、五絶、六絶、七絶等。其中七律最多，達二百三十多首，五絶最少，僅有三首。戴表元在詩學思想上主張宗唐復古。就其創作體裁而言，較爲明顯地體現了這一詩學思想。他的七古、五律、七律力追唐人風格；五古則以晋宋爲旨歸，並融合阮籍、陶潛、陳子昂、李白的特點，形成了意境高朗古淡、用語婉愜曠真的風格。而在詩歌主題上，戴表元的創作充分體現出杜甫『詩史』精神。也就是説，無論是憫時傷亂，還是悲憂感奮；無論是故國之思，還是隱居之辭，都直接反映出朝代更替對家國民生產生的巨大影響。换言之，如果不是時代發生劇烈變化，那麽戴表元的人生及其詩歌創作或許是另一種景象。

此次整理的《戴表元集》由三部分組成。一是以三十卷《剡源集》爲全書的主要部分。二是以孫鏘光緒二十一年刻本《剡源佚文佚詩》和繆荃孫《藕香簃鈔》本《剡源逸稿》爲基礎，加上其他輯佚，輯爲《剡源佚文》二卷、《剡源佚詩》六卷。三是將前人有關戴表元的記録和評價文字搜輯在一起，共二十一篇，作爲全書的附録。全書共計收録戴表元文四百九十六篇，詩七百八十七首，是迄今爲止收録最全的本子。而《附録》搜輯的文章涉及戴表元的生平事迹、評價、詩文版本流傳等内容，爲研究者提供了必要的文獻資料。

本書的校勘，《剡源集》以清道光二十年郁松年刊《宜稼堂叢書》本爲底本，校以民國七年孫鏘七千卷樓校刻本（簡稱孫本）、清乾隆文淵閣《四庫全書》本（簡稱文淵閣四庫本）、北京圖書館藏明鈔六卷本（簡稱明鈔本）、清康熙二十七年馬思贊刻《剡源先生文鈔》本（簡稱馬本），並參以明萬曆九年戴洵刻本（簡稱萬曆本）、繆荃孫《藝風堂讀書記》所載清何焯據明嘉靖以前舊鈔本校勘的校記（簡稱何校本）。《剡源佚文》《剡源佚詩》以孫鏘光緒二十一年《剡源佚文佚詩》刻本爲底本，前者校以繆荃孫《藝風堂讀書記》所録《剡源集逸稿》本（簡稱繆本），後者校以繆荃孫《藕香簃鈔》所收《剡源逸稿》本（簡稱繆本）。孫鏘本《剡源佚文》《剡源佚詩》多有重收本集已録者，而有文字差異，今兩存之，以校勘記形式加以説明。

由於學識所限和時間匆促，點校錯誤在所難免，敬請方家教正。

陸曉冬　黄天美

二〇〇八年五月

注釋

〔一〕《戴剡源先生自序》，宜稼堂本《剡源集》卷首。

〔二〕《戴先生墓誌銘》，袁桷《清容居士集》卷二十八。

〔三〕《戴剡源先生文集序》，宜稼堂本《剡源集》卷首。

〔四〕《元史》卷一九〇《戴表元傳》。

〔五〕郭預衡《中國散文史》[中]第七二三頁，上海古籍出版社一九九三年版。

〔六〕鄧紹基《元代文學史》第四二五頁，人民文學出版社一九九一年版。

〔七〕戴表元《張君信詩序》，《剡源集》卷八。

〔八〕戴表元《方端叟詩序》，《剡源集》卷九。

總目

剡源集

目録

卷三　記

卷四　記

卷五 記

卷六 記

卷七　序

卷八　序

卷九　序

卷一〇　序

卷一一　序

卷一二　序

卷一三　序

卷一四　序

卷一五　墓誌

卷一六　墓誌

卷一七　墓表　墓碣

卷一八　題

卷一九　題

卷二〇　跋銘箴贊述碑

卷二一　賦

卷二二　史論

卷二三　雜著　祭文

卷二四　書啓　疏　傳　劄子　説　諭

卷二十五　講義

卷二十六　講義

卷二十七　五言古詩

卷二十八　七言古詩

卷二十九　五言律詩　七言律詩

卷三十　七言律詩　五言絶句　七言絶句

戴剡源先生自序

先生姓戴氏，名表元，字帥初，一字曾伯。其世譜可知者，六代祖居奉化縣小方門[一]，三傳而徙坊郭，又再傳而徙剡源之榆林。先生生淳祐甲辰，五歲知讀書，六歲知爲詩，七歲知習古文，十五始學詞賦。十七試郡校，連優，補守六經諭。即厭去，遊杭，作書言時政，激摩公卿大人無所避。杭學每歲貢士得三百員，試禮部中者十人入太學，謂之類申。二十六歲，己巳，用類申入太學。明年庚午，試中太學。秋舉，歲終校外舍生，試優昇内舍。辛未春試南省，中第十名。五月對策中乙科，賜進士及第，授迪功郎，昇學教授。癸酉冬起昇。及乙亥春，以故歸舊廬，改杭學教授，辭不就。既而以恩轉文林郎、都督掾行户部掌故、國子主簿。會兵變，走避鄞郡。及丁丑歲，兵定歸鄞，至是三十四歲矣。家素貧，燬劫之餘，衣食益絶，乃始專意讀書，授徒賣文以活老稚。鄞居度亦不可久，遂買榆林之地而廬焉。如是垂三十年，執政者知而憐之，薦授一儒學官，因起教授信州。噫！老矣。大德丙午冬[二]，歸自信州。時體氣益衰，而婚嫁漸已畢，即以家事屬諸子，使自力業以治養具。然性好山水，每杖策東遊西眺，遠不十里[三]，近才數百步，不求甚勞，意倦輒止。忘懷委分，自號曰剡源先生，因以名其集。或稱質野翁、充安老人云。

校勘記

〔一〕六代祖居奉化縣小方門：『縣』下明鈔本有『南』字。

〔二〕大德丙午冬：『冬』，底本脱，據明鈔本補。

〔三〕遠不十里：『遠』，底本脱，據明鈔本補。

卷一　記

仁壽殿記代阮侯

慶元路奉化縣學仁壽殿成，縣尹丁濟以書諗於同知總管府事阮麟翁曰：『願有所述。』麟翁曰：『嘗學《詩》而竊聞《詩》之説曰：「天下之生，未有無本者也。」萬物本乎天，爲之子者本乎父母，而民本乎君。是三者，仁之至也，而有報。物莫壽乎天，天之壽，不待物願之而壽也。然而孰不願之，若人子之壽其父母，則苟可以願者，無不至矣，此報之道也。昔者周之始興，其詩有《七月》。周之極盛，其詩有《鳧鷖》、《既醉》。周至於文武成康，而仁其民至矣。其民如天如父母以懷之，懷之不已，則詠歌之，詠歌之不已，則相與持酒醪飲食、具樂舞、設祝嘏以壽之，此人之情，亦報之道也。然獨至於《鹿鳴》、《四牡》、《皇皇者華》、《常棣》、《伐木》之燕樂，《天保》之歸美，則疑若君私仁其臣，臣私壽其君，而民無所與。久而知之，則《鹿鳴》諸詩之所燕樂者，即周之親賢、中外諸臣所託命以仁其民者也。《天保》之歸美，則諸臣采諸其民而獻之，即其平時持酒醪飲食、具樂舞、設祝嘏而欲以壽其君者也。』噫乎休哉。洪惟皇元，繼宋御宇，奄有諸夏。櫜弓偃鉞，而天下戢其威；蠲征緩獄，而天下頌其平。維兹海邦，遠在數千里外，慈仁所加，無間軒陛。故詔書每下，斥鹵之甿、巖穴之叟，投緡植耒，歡喜出聽，誠可謂千載一時，太平混合之嘉會。而麟翁及濟，適於此時分受國邑，何榮如之。始麟翁佐治宣城，濟實爲附屬，迨麟翁之來，復相際接。誠嘉其廉明肅給之材，而出之以豈弟樂易，庶幾乎知古諸侯之職，而無愧於詩人之所稱説。今又因斯民休養之餘力，不煩尺符寸箠，而斯宫鼎成，以彰尊君報本之意，麟翁安敢不發揚而褒侈之乎。若夫作爲一代聲歌，以追繼風雅，使天子仁聲令聞，無疆無極，則學館諸生必有美其事者，麟翁願竊有俟焉。至元壬辰秋七月望。

奉化州學興築記

古之齊民，一名爲儒，則其人所以自待，與官府所以待之皆異。至於學校，雖有常居，而發政、出師、養老、習射、獻馘、聽獄之類，無不在焉。然方其盛也，有優禮以乞其一言。俗之既衰，乃或欲毁之而杜其議。政俗之益衰，上下始專守夫子遺言以爲法。故有廟以嚴鬼神，而有學以明禮樂。吾奉化猶爲縣也，廟學楝宇，幾爲兵廢，襄賁丁公濟來爲尹興之。縣既升爲州，相距不十年，而垣籓不修，衛防曠空，荆蕪被之，蹊隧生焉。某郡王公某來爲守，悒然歎曰：『兹非吾職乎？』即與同寮議興之，計其役，賦板栽，均丈仞，章逢樂輸，胥徒歡從，不累旬百堵齊立。於是增繪象，施蔽帷，鼓篋之堂，嵩呼之殿，風雩之亭，童衿之舍，缺完仆興，罅補隙塞〔二〕。闖游有禁，覿眺有節，偃憩有適，瞻展有敬。重扃穹屏，修衢清浸，于于相仍，雲行星輝。噫乎美哉！州之耆老，遂相與燕樂，而謀勒文以頌公之賢，著公之惠。余自齠齔，實嘗從父兄居游庠序間，見魁儒鉅公，無慮百數，皆修衣冠，隆閥閲，歲時燕毛序坐，談古今久近文獻，亦或雌黄當世人物。孩穉輩立聽不倦，歸必充然有得。以余之愚，至今猶能縷縷記憶本末如昨日也。每課試，縣大夫親命題，第賞格，慈愛教督如子弟，及以事相見，酬答如客。於時風淳氣厚，上下情義周洽，與前所稱古俗，殊爲未遠。顧變然眉顔〔二〕，亦復蒼皓，猶幸及身爲賢侯之氓，狎見廟學之興，而詠歌德化之成，良可自慶。因爲摭實記載如右，而併綴所聞見一二，以勵吾黨，亦務謹重修飭，以稱官府見厚之意云。大德五年歲在辛丑冬十一月望。

校勘記

〔一〕罅補隙塞：「隙」，底本作「茅」，據孫本改。明鈔本作「穿」。

〔二〕變然眉顔：「變」，底本作「孿」，據明鈔本改。

和靖書院記

越會稽五雲鄉之石帆里，故侍講侍郎和靖先生尹肅公之墓在焉。肅公洛人，以學行名節爲程門高弟，間關橐載而南〔一〕。蓋晚年遂寓居越，死又葬越，越人慕而祠之也宜。元貞丙申冬，部使者曹南完顔公貞按越，有詣門下而言曰：「越雖山州，而多儒先故實，屬時興文，郡國有名賢者，許即祠建塾。徽朱文公以涖仕，嚴、戴處士、王右軍以隱居，皆自教典。有如肅公生依死藏于越，乃祠而不塾，非闕歟！前使者河南狄公，嘗草創籌度，不果就，惟公圖。』公聞之興曰：『豈不在我。』即屬其事學官。學官以聞於提舉學事，以諗於郡若宣慰使，以上於省府，報下如請。先是議易地於龍瑞宫之傍以爲址，黄冠師世業也，不便。曹南公與郡侯忽哥兒通議，躬往相視，而得今卜。北山寒，南日鑄，東樵風逕而西石帆，石帆之陰，即肅公之墓。岡溪縈環，墟聚綿密，越之名蹟，秦皇酒甕，射的玉笥，陽明洞天之屬，一一在目。咸曰：『蔚乎佳哉。』議既定，里士亦發藻洎弟震以地之比近者〔二〕，欣然相成。其在民産猶有所礙，則郡侯通議公捐俸金厚價買之，而址始完。乃以大德丁酉季春起工，訖明年戊戌仲秋，日纔五百有奇。鋤荒起廢，而成祭室講堂，藏修之廬，庖湢之舍，凡爲楹一百有六十。祭器昔所無有，而新冶銅、陶土、劚竹木製之者，爲事九十四通。塾之址及田士之隸於塾者，爲畝二百。其役之速而民不病其勞，其費之鉅而士不知所出。塾成，扁之曰『和靖書院』，而相與伐石，願記其始末。

余惟天下之事，雖有皆知其盡善者，必人與時相值而始能成。古之人賢有道德可師於鄉，則死而祭於其社，在禮謂之樂祖。又凡始立學，必求其國之故而祭之，以爲先聖先師。國無其故，然後不得已合於鄰。肅公之賢，其在越也，謂之當祭於社，謂之當爲樂祖〔三〕。苟立學而求其故，謂之當爲國之先師，此事之甚善者也。然積之久而無人爲之，有爲之矣而不能成。迨至於今，始值曹南公以材御史高選，持節而來，實廉勁知大體。郡侯通議公，亦由閫部使者移守至郡，寬明有慈愛，官師偕孚，材良勸趨。於是郡之賢士大夫，皆出而佐謀贊力。而終始經營辦治者，郡學正王君庭槐，是爲北岳右丞公謀孫，皆非偶然之故也。君子嘉其事之成而爲越人喜也，曰：『是不可以無記。』是爲記。若夫肅公言行出處本末之詳，不特越人知之，天下學者皆能言之，此不著。其年八月望日，前進士剡源戴表元記。

校勘記

〔一〕問關橐載而南：『問』，底本作『艱』，『橐』，底本脱，據何校本改補。文淵閣四庫本作『問關載道而南』。

〔二〕里士亦發藻洎弟震以地之比近者：亦，孫刻本作『葉』，文淵閣四庫本作『林』。

〔三〕謂之當爲樂祖：『樂』，底本作『儒』，據孫本改。

美化書院記

美化書院，以處之縉雲美化鄉得名，舊矣。當江南初創時，宗正寺主簿陳公大猷以名大夫、太傅喬公行簡以材宰相，相與極力鼓動絢飾，穹碑鉅榜，隆棟宏址，美化雖在縉雲窮山中，一日而名字聞於天下，膾炙於縉紳韋布之口。然書院立未百年，兵燬及之，悉化而爲蒿萊燼礫。問其本末，則已無有道之者。元貞二年秋九月，四明陳君天益，始被紱綬來爲山長，於是事屬平定。前涖是官者，薄其地迂庳瘠，往往託故不至。禮殿六楹，孤立風雨中，肖像弗建，奠謁靡寄，饔糧祭器，若其他供養居止之須，種種匱乏。君曰：『是欲誰諉耶？』即易瓦補塞，修甓窒漏，設素王之容，倡先賢祠，屹門闕，翼廟廡，秩豆籩，諸事既以略備，乃率先置養士田十五畝。繼而詢荒覈耗，經理而得田，及諸儒所助，通一頃六十四畝。由是春秋之祭費取焉，朔望之膳具取焉，師長職員之稍給取焉。月有書，季有考，雍雍于于，雲興谷應。巖居之叟，塗行之子，嗟呼歎詫，以爲不圖荒涼契闊矣。而復有歌舞雩觀矍相之圃之感也。惟講書之堂，以役重未就。大德元年冬十二月，廉副使拜降公、僉事完顏公臨其地，嘉前事之有緒，而欲雄其成也，以屬邑主淮安翟侯。翟起望族，年方壯，有材識，尤致意學校事，人勸趨之。遂增臺門，新宫垣，至明年十月而堂竟成。完顏實始，大書『美化書院』額，亦書其堂曰『美化堂』。於戲！美化之於縉雲，縉雲之於處，視秦漢郡縣鄉聚之所隸屬，地不加大也；處有學，縉雲有學，美化復有書院，視周人之序而庠、庠而塾，學不加多也。而君子論古常若有餘，驗今常若不足，要非皆人事之咎，勢或有所待焉。周法取人用鄉舉里選。秦漢以兵、以貲、以吏，至擇經術生，猶多本齊魯。法之益衰，始有科舉。今此事且止，士庶幾返本趨實。而令宰如翟侯，師儒如陳君，適皆能效職於下。知體要，急名教，如兩使者能大宣其道於上。將見人人闒、散，黨正不暇書；家家毛、伏，儒林不勝傳。禮俗匝於寰區，王風盪乎無垠，而美化爲之兆矣。遂相帥礱石聘文，願著興作之始，以貽永久。余不得辭，因次第而爲之記。

稼軒書院興造記

廣信爲江閩二浙往來之交，異時中原賢士大夫南徙，多僑居焉。濟南辛侯幼安居北關[一]，地最勝，洪内翰所爲記『稼軒』者也。當其時，廣信衣冠文獻之聚，既名聞四方，而徽國朱文公諸賢實來，稼軒相從游甚厚。於是鵝湖東興，象麓西起，學者隱然視是邦爲洙泗闕里矣。然稼軒之居，未久蕪廢，辛氏亦不能有之。辛未歲[二]，太守會稽唐侯震，因豪民之訟閱籍，則其址爲官地。明年乃議創築精舍[三]，以居生徒。纔成夫子燕居及道學儒先祠，而唐侯去。其冬番陽李陽雷初至[四]，遂始竟堂寢齋廡門臺，諸役成而扁其額曰『廣信書院』，甲戌歲春也。書院成之二十五年，是爲大德二年戊戌，官改『廣信書院』額，還曰『稼軒』，而棟宇頹敝已甚。又五年，北譙朱侯霽至，展謁見之，作而曰：『兹復誰諉乎？』即屬山長新安趙君然明，極力經理。初書院之爲『廣信』也，計屋不啻二百楹，浮瓦鋪綴，不支風雨。及是整頓完損[五]，迄成堅廈。講廬齋房，儲倉膳庖，會朋之序，休客之次，通明之牖，備禮之器，於昔所有必補，凡今所無必具。植都門，繚周牆，甃文逕。余嘗以暇過趙君，岡巒回環，榆柳掩鬱，長湖寶帶横其前，重關華表翼其後，心甚羡之。問水堰，曰：『是中可種萬頭魚，今以蓄洩水處也。』問松臺，曰：『是稼軒遺跡，舊植柏千株，今增之成林也。』問桑圃官池，曰：『是稼軒所耕釣，今表而出之也。』問湖上門，曰：『是舊塗自西循河南東來，今始復也。』問新井，曰：『是舊鑿，今得諸涯莽中〔六〕，修浚而汲之，非新井也。』問地廣袤若何，曰：『是西北曠土，皆稼軒故物，爲營卒所侵，吾請於官得復，而萬户府又約束之，使無擾也。』問土役多寡、財計贏縮若何，曰：『吾力何以及之，此賴郡侯捐俸倡助，而諸人相與成之也。』問餘役尚幾何，曰：『吾所欲就何有極，使不以滿去，將專祠辛侯。別置小學，作一亭，名「倚晴」，以眺靈山諸峰；一亭名「魚樂」，以俯西池；一亭名「盟鷗」〔七〕，以復湖心之舊也。』嗟夫！人嘗言，有才不得位，及有位，何嘗見其才？顧其志何如耳！一精舍之在廣信，於事未係輕重，識者以是覘風化厚薄、吏治賢否。自稼軒之廢幾何年，而僅遇唐、李二侯〔八〕；自唐、李二侯去，又廢幾何年，而僅遇今朱侯。其間豈皆無位而不爲乎？若趙君以一癯儒領空塾，能成賢守意，興重役，其才志彌不可及。謹爲摭實，登載本末於石，以勸來者。

校勘記

〔一〕濟南辛侯幼安居北關：『北』，底本作『址』，據明鈔本改。
〔二〕辛未歲：『未』，底本作『巳』，據明鈔本改。
〔三〕明年乃議創築精舍：明鈔本『明年』下有一『秋』字。
〔四〕其冬番陽李陽雷初至：『陽』，明鈔本、文淵閣四庫本作『侯』。
〔五〕及是整頓完損：『是』，底本脱，據明鈔本補。
〔六〕今得諸涯莽中：『涯』，明鈔本作『泥』。

〔七〕一亭名盟鷗：『盟』，底本作『盪』，據明鈔本改。

〔八〕『自稼軒』至『唐、李二侯』十五字，底本脱，據明鈔本補。

銀峰義塾記

『銀峰義塾』者，饒德興余文夫氏之所築也。銀峰，饒之勝處；余，望族；文夫，雅士。居望族，得勝處，不私以爲游觀憩舍，而藏書闢館，欲與同志好學者共之，誠哉其可以謂之義矣。初，文夫之先，有以長者稱於鄉，嘗求《聚遠樓詩》于蘇學士文忠，文忠褒贈之。其後有朝散公，又得趙丞相忠定題其居之『歲寒溪』。累傳而至曾祖鄉貢公，遂用所學教其子遂昌尹，以進士科爲通儒名大夫，是爲思齋先生。思齋及游新安朱晦翁之門，居家註《感興詩》及《蔡氏三問解》，與夫性理諸書，悉行於世。思齋之子聚齋公，仍以進士業貢於鄉，而值舉罷，不得盡試。文夫濡染家教，自其妙齡，如龍馬駒，未調而知步；如器車材，不削而成軌。性復高爽，不動於勢利進取，兢兢然惟恐墜思齋基構是懼，而銀峰之塾興焉。塾既興，不遠重江複嶺，介友人槖底以謁文於余。余惟文夫之興是役也有二：其一曰尊祖以知本，其二曰廣教以美俗。知本，義也；廣教，亦義也。而余之所期於文夫則不止於是。按塾之名起於《禮記》，《禮記》曰：『古之教者，家有塾，黨有庠，遂有序，國有學。』四者疑皆有師教之。而古者學無專官，師無常員。竊意惟國學有司徒、樂正、宗伯之屬。庠序則黨正、遂、大夫等官自爲之。而塾者，二十五家爲閭，而父老之不仕者，坐於門側之室爲左右師，以時督其子弟，是之謂塾。德興於饒爲多士，文夫歸而益以義致其老成而賢者，禮之於家，休之以車輿几席，導之以書册琴瑟。與其少壯而材者，納之以介僎尸祝〔一〕，習之以笙匏俎豆。使德聞流暢，情文周該，將有魁奇英博之士，彈冠束帶，輕身千里外，慕義而至。而況銀峰蘇趙之風聲潤澤，未遠於耳目間乎？余雖老，落成之餘，尚能爲文夫賦之。至大三年，歲在庚戌，孟夏哉生明，婺州路儒學教授剡源戴表元記。

校勘記

〔一〕納之以介僎尸祝：「尸」，底本作「之」，據孫本改。

洛陽獨樂書堂記

司馬温文正公居洛陽，以道德文章功業，爲中原純儒名臣。當昇平之時，享謙静之福。所與遊如文潞公、邵堯夫、二程夫子、蘇子瞻之徒，又皆一時天下妙選。而其獨樂園者，蕞然在諸豪貴間，幾不可比。數人以公故，亦屢喜遊之。竊計洛陽雖名區，去之千百年，欲復求時遇其人，似不可再得。公没未幾何，事果有不可言。凡昔之王侯將相，華榱繡户，文軒暢轂，弦歌鐘鼓，衣冠玉帛，相與動心盪目、以爲承衍之娱者，舉一轉而爲荒蓁茂草。獨其山川猶存，不過寒蛩野兔之往來弔勞，窮寂而已。而行人過客，樵夫里老，下及兒童婦女，道及洛陽故實，則誦司馬公之德不衰。夫一司馬公，生而狀貌無以逾人，雖爲相，居位之日淺，被服清苦，無異窮書生，不知何以能得人之歎慕若是然耶！大德丙午歲，余遇衛君用于信州幕府。君用洛陽人，問其故，曰：『洛陽之事，則既然矣，抑獨樂園，亦不得爲司馬物。吾圖之百端，幸而僅有之。顧吾家自高曾大父以來，世世知讀司馬公之書，且知慕公之爲人。今驅馳北南，髮漸種種，洛陽之俗，猶爲近朴。欲以其地爲祠塾，仍榜曰「獨樂」，以存先賢之化。又他日更有餘力，則買田賦粟，以供諸生之稍食，庶里中後生小子，可以共學。』於戲！兹非司馬公之遺風休澤，所以覃被其後人者乎？士大夫患無志，不患無位。君用清勤謹恪，知體要，敦雅實，是真能學司馬公者。後有道龍門嵩少而來言獨樂之役，將見堂廬告成，深衣釋菜，重席養老。使洛中之人，長者興慈，幼者知孝，雍雍于于，復還盛時舊觀，皆君用之賜也。因書以爲記。

溧水州中正堂記

中山，溧水之望也。溧水自爲縣時，官治嘗面之，以臨民出政。其氣勢清嚴秀重，與人情相稱愜。縣志以爲賢宰史侯彌鞏之所規構，有正堂、琴堂、蘭堂諸目。相去八九十年，仍之以兵革，棟宇毁廢，縣亦升改爲州。乃稍別築聽事退食之居，而倥偬久不能備。大德六年秋九月，知州汝南郭侯敬，始撙浮費，乘餘力，創後堂四十楹。然後會寮有容，休勞有次，展遠有眺，思深有憩。且復置元幕於賓營左，挺公廩於吏舍右。戒石之隙，蔭之古槐；門臺之表，飛以麗譙。至於秦淮一河，油油洋洋，與山趨迎，絶爲州境佳處，則新亭俯焉。耄倪士庶，來游來觀，驚嗟歎惜，誇未嘗有。侯因民之樂，既率長佐舉酒樂之，總衆役之最，題其堂曰『中正堂』。曰：『吾爲吾州，求無慚吾中山，且不忘史侯舊名也。』噫！今人居一官，攬其土之美，懼不饜，不懼不能稱，作事未分寸，務求掩前人而專之。若郭侯之顧名思義，希賢勵志〔一〕，宛然有古君子風度，非可以世俗論。史侯四明人，於余爲鄉先生。其家世父兄，接踵臺輔〔二〕，能自立，不附麗，卒以學行政業著稱於時。郭侯治溧水，廉而知體，慈而守法，蓋與史侯異代同道〔三〕，盍斲石爲州民紀之，俾勿壞。

校勘記

〔一〕希賢勵志：『志』，明鈔本作『己』。
〔二〕接踵臺輔：『接』，底本脱，據明鈔本補。
〔三〕蓋與史侯異代同道：『史侯』，明鈔本作『史侯之賢』。

當塗户曹掾續題名記〔一〕

士大夫居今時而能輕旦暮之憂，以爲千載之計，可以謂之難乎？曰：難也。貢舉盛而人不崇世官，一介之賤，初脱畎畝，就禄州縣。間視簿書期會非素習，其志拘而力窮，雖有多能，鮮有所作爲。持之僅三年，幸不以罪斥，輒相顧有滿色，又暇責其餘哉！惟户曹在諸掾中，職最優，責最輕，意欲最易於上通。有才者居焉，往往擅一府。故凡始調於吏部[二]，率得之，夫其若是，宜可以行志。而樂於名高之人，乘其少事，又置之若不屑然，曰：『吾不過爲歲月回翔而已。』嗟夫！食焉而求無愧[三]，事焉而求有成，自古聖賢猶難之。今也不謂吾不堪其官，反謂官不足充吾身[四]，寧非欺乎？上饒楊君性叔[五]，敏愿而文，方盛年，已能崛然取天子科第。爲當塗户曹之次，蓋以餘力大治其學，六年而後至官。至則廉聲飈馳，讞議川決。前後部使者、郡太守驚其能，屬委叢疊。君晝坐議舍理案牘，夜歸繙讀書傳。其説以爲世之言儒者必擯吏，習吏者必違儒，將融偏揉異[六]，以適於世用。是既蜕去州縣之拘勞，而復無樂於名高之累。其擇術審而用心宏，待己尊而期澤物也急，卓乎有可稱已。垂去，以故事當題名，而舊石久已溢。顧瞻慨歎，懼愈久愈失其傳。乃爲續立石，而遣使徵記於余。余聞物之久莫如石，先秦以來，古文奇字，載於石者必傳，然徒以久而不以賢。古之賢而能傳，傳而能久者[七]，則不賴於石。是故以石而傳人，不若以人而傳石也。性叔既身勉之，且推此以勵後之人，使宦學於斯者，皆能内不慚於心，外不慚於政，上不慚於君，下不慚於民，近不慚於朋友，遠不慚於簡書。雖微此石，千載之下固將聞其風而慕焉，而況有以詔之乎。性叔名應桂，今石蓋自授君代者，施君有政起書云。

校勘記

〔一〕篇題：何校本作『太平州司户廳續題名石記』。
〔二〕故凡始調於吏部：『故』，底本作『政』，據何校本改。
〔三〕食焉而求無愧：『求』，底本脱，據何校本補。
〔四〕反謂官不足充吾身：『吾身』，何校本作『其才』。
〔五〕上饒楊君性叔：『君』，底本脱，據孫本、何校本補。
〔六〕將融偏揉異：『偏揉』，底本作『操』，據孫本、何校本補改。
〔七〕傳而能久者：『能』，底本脱，據孫本補。

奉川驛記

浙江東行數百里，將窮而爲海也，其州曰明州。明州之海益東而南行數十里，江之支流亦窮，而山興焉，其爲縣曰奉化。奉化苞山根江而掖海，其形望於明州，雖最高而土壤峭瘠，津塗阻艱，行者病之。凡西人之捨水而欲東，與東人之辭陸而欲西，至者皆失其便。故濱浙之塗，通置船官騎廄，而奉化無有。余考地誌，奉化在秦漢前，蓋介於百粤甌閩之交。當先王統一盛時，政役之所不加，王人使客之所罕至，其館置疏闊，非意故略之，勢有不可得而設也。然自近世事繁〔一〕，難概於古。前爲縣者〔二〕，嘗屢創驛，隨作隨廢。會有聘問、發召、期集之事，節傳猝至，則寓諸民廬，喧隘擾雜，客主交愧焉。今令襄賁丁侯濟之來，喟然歎曰：『是不可久，且每至而煩民，吾何安焉。』乃相土度材，得廢址之在官者，成屋之當規爲驛者，於民廛之東，崇拓而增營之。風雨蒿萊之場，廛煤螢燐之區，忽焉而垣闔具，軒寢立。先是主簿李君大用，實倡其畫。及是，二丞王君澤、白君龍志同議諧，功用大集。計屋之楹，至於百有五十，計功至於百八〔三〕，計日至於七十，而官與民俱不知其勞。起事於季秋庚戌，訖功於仲冬己未。驛成，因其故名〔四〕，名之曰『奉川』，曰：吾以存國俗。名其堂曰『德星』，曰：吾以賓賢德。噫嘻美哉！於是縣人樂侯之成、嘉侯之勤者，相與過余而謀曰：『茲事子不可以無記。』余惟侯之可紀者衆，以余之爲民於茲邑，自侯下車，見其當兵燬之餘，日夜與其同僚彌完缺敗〔五〕，振理頹廢。昔之撤牆夷竈而逋亡者，今皆歸尋其廬，有居處之樂。而侯之所興築，若廟學亭治賦鹺之局，禜社之壇，蔽獄之户，諸如此類，何可枚數，而專美一驛乎哉！顧侯之通明廉愛，無一役不矜乎民。凡以圖其久安而除其數害〔六〕，有古循良吏之風，則吾父兄子弟，宜不可泯滅不著。夫紀當世賢大夫之功行，而推考其里俗山川風土之盛衰興廢，此儒者之職也。余不敢辭，遂以爲記。

校勘記

〔一〕然自近世事繁：『自』，底本脱，據孫本、何校本補。

〔二〕前爲縣者：『爲』，底本作『有』，據何校本改。

〔三〕計功至於百八：『百八』，孫本、何校本作『八百』。
〔四〕因其故名：『故』，底本脱，據孫本、何校本補。
〔五〕日夜與其同僚彌完缺敗：『完』，底本作『其』，據孫本、何校本改。
〔六〕凡以圖其久安而除其數害：前一『其』字，底本脱，據何校本補。

三江鹽場興造記

古之君子，先民之勞而後逸其躬，故雖不急於崇繕修、美居處，至於政成力暇，因人情而興公役，賢者亦有取焉。越三江鹽場官舍，歲久廢壞，前任事者謾不屑意。元貞十年，場之長官，改陞司令，爵在七品，而大梁曹侯自公府高選實來爲之。鹽法繁壅，户額等第不可均，民無完心。侯至，覈枵實，酌强耗，推籍土，業高下，宜增而增，宜縮而縮，不旬月逋流還歸，盜販清息。昔之焦熬憔悴，晨盰囂囂而莫之給者，一鞭不施，談笑辦集。官吏坐曹而相慶，父老擁竈而交賀。於是鋤荒剗汙，鳩堅蒐良，於聽事故址，新宴游憩息之室，以人人計者，三十有奇。使客有歸，節將迎也；僚史有聚，協官守也；輪納有藏，謹賦計也；臨涖有容，嚴發召也；覲眺有娱，宣儂勤也。總室之大有堂，因舊而扁之曰『清安』。嗟乎！今人之材，有悉其聰明敏決，僅周於簿書箠楚而不暇乎他營，若古之運甓者。亦有風神高曠，視吏事不足浼我而寄託於耳目心體偃仰之樂，若拄笏西山之爲者。此其道皆有所缺。若侯之精麤不遺，清恪兼至。進盡奉職之能；退全養志之適。役之不威，而政足以成物；勞之不私，而仁足以芘後，蓋非譾儒健吏所可窺識。人由三江來，頗能談侯隆寒溽暑，躬造場亭，家撫户諭，餱糧不屬，至自備饔糜以濟其饑乏。秋賦足，置公堂上，坐飲賞賜之，人人得其歡。其虧賦者，拱手跪膝，使之自悔。余聞近民吏有父母之親，師保之教，寧非是耶。侯名實，字秀實。前歷江西行中書省掾、和州經歷，皆有政績可紀。通文學，其材方鄉用於時，官且滿，士民感咽填訴，持其車不聽去。而相率來請於前進士剡源戴表元，願書其事於石，以著永遠不忘侯德，且勸後之爲是官者。遂不辭而爲之記。大德三年歲在己亥春正月望日記。

臨池亭記

臨池亭者，山陰右軍祠塾之别築也。祠塾始自部使者東平王公侯〔一〕。按郡乘所載，蘭亭舊跡，以全氏廬爲之，官爲置塾長，聚生徒，講學其中。及是十年，而東楚湯君垕實來。既大出義理之學教塾徒，餘暇，巡行丘壑，周視垣宇，慨焉有興弊飾陋之意。乃先修右軍祠，增繪象，設龕几，凡所以展奉嚴事之具，必與禮稱。地迫山麓，遇甚雨湍決，則水流堂間，爲甃石渠以疏其餘〔二〕。有好事者蓄石本《蘭亭序》甚善，幸見與，因併刻諸詩暨傳文之類，分置兩壁，塾事幾略振矣。惟墨池之在江南，往往而有，此正永和修禊處，反闕不具。遂捐俸倡率諸生，又亟謀於時僚之賢而文者東平彭郎中榮祖、若右軍之遠孫易簡潤之等，志諧力均，爰相爰鑿，於是就面勢之宜，得池於塾西，而翼之以兹亭。亭成，伐石請誌其事。余惟古之名人，能以其所長行世不廢者，未有不始於勤勞，而成於有以自重。今右軍書擅天下，學士大夫極力模楷之。幸且有得，莫不翛然内暢，以爲清脩妙解，雖連城之富，三公之貴，有不與易。而是邦之山川形勢〔三〕，前後名馳勢驅，計不知凡幾何車轍馬跡。獨右軍遺事，令人追慕不已，良必有激摩動盪於翰墨之外，此臨池之所以爲美也。湯君年方富，尊賢好古，能行其家學。居職不以營斗升、苟歲月爲事，志於興文美俗。又方謀增置田租，以完教養，其事可書者未艾云。大德五年歲在辛丑仲夏既望，戴表元謹記。

校勘記

〔一〕祠塾始自部使者東平王公侯：『侯』，孫本作『佐』，明鈔本作『俣』。

〔二〕爲甃石渠以疏其餘：『餘』，明鈔本作『横』。

〔三〕而是邦之山川形勢：『勢』，明鈔本作『勝』。

寒光亭記

寒光亭，在溧陽州西五十里梁城湖上。亭之下爲寺，曰『白龍』。歲月湮漫，不知興創之所由始。宋元豐間重修塔記，稱父老相傳已七百載，則沿而至今，可知其久也。東閩、浙西、淮襄，宦客游人之所必至，至必有歌詩詠歎，以發寒光之美，無虚覽者。張安國、趙南仲、吴毅父，雄詞健墨，最爲人所推重。而棟宇垂廢，不足以相暎發。州有進士湯君，以文辭爲之徼，施於江湖之往來，值一二名公卿喜之，亭得改立。如此十年又廢。大德辛丑春，進士君之諸孫實來相游尋。顧瞻徘徊，則昔之華榱畫檻，惟荒榛存焉。喟然曰：『茲亭之興，吾祖固有力，今安得隳其勤。』傾貲庀工，亭又加築。既又捐田白龍，以爲修葺之助。功完事具，寺僧乃爲進士君置祠，而來徵記於余。人嘗言江南佳山川，造物者靳畀於人，而惟僧佛者可以得而居之。是蓋不然。人之獲如此意者，孰加於王侯將相。彼其占形勝，營園池，斥臺榭，徒欲樂於其身，有餘丏及於賓游僮伎。僧佛之樂，常願與人同之，故人之從之，材者不吝於言，仁者不吝於財，無怪也。此非惟有數，而用心之公私廣狹，吾徒有愧焉者多矣，豈止於係一亭之興廢而已哉！進士君諸孫曰德裕，曰佑孫，寺僧曰祖慧。余，剡源戴表元。十年丙午季秋二十六日記。

耿氏時思亭記

鄆耿子都之先墓，在泰山東汶水上。子都既出仕，游四方，而心懸懸不能忘也。一日以諗余曰：『吾家由高曾以來，怵於兵，顧兆域雖存，而榛蕪莽然，樵芻往來。蓋嘗與宗黨謀築一亭，以爲展省之地，而名之曰「時思」〔一〕。子幸爲我記之，何如？』余惟子都之不忘其親而思之，於義既得，而於名既稱，而其禮不可以不知也。人子之於親，苟欲盡其情，何有紀極。先王每爲之節，使弱者可及，而强者不能過。始死之戚〔二〕，如狂如迷，如逃亡無所歸。比既葬而虞，而卒哭，而祥，而禫，遂返服復寢，而哀散矣。至於葬也，所以掩藏而安之，而不敢偷，不敢易，且不敢瀆而祭也。然此猶論其近。親愈遠者祧愈嚴，服愈降者諱愈略，故無見於目者無想於心。先王懼其然，於忌日也，以爲終身之喪，而春秋時祀，如見之於齋。君子之不忘其親而思之，其慎諸此而幾矣〔三〕。抑余於子都有思其大者焉。耿，故大宗，而鄆，齊魯儒府也〔四〕。耿自得姓，以至子都，凡幾世，世凡幾兵，兵而得完者幾家，家完而得衣冠登仕籍者幾人？同枝而獨榮，氣必有所鍾；同源而獨清，流必有所渫。子都於此，時時而思之。爲人子則思孝，爲人臣則思忠，爲人長則思慈〔五〕。他日功成名遂，行高爵尊，懷章而歸故鄉，下車而入里門，父兄子弟，燕毛慶飲，姻游鄰舊，牲牢迎勞。然後除道拜塚，燎茨告恩〔六〕，虎羊蹲前，冠劍立後。使士大夫往來山東而道兹亭之下者，瞻阡名而致肅，讀題表而太息。將見儒林榮之，鄉評稱之，曰：『噫嘻耿氏門，幸哉有後。』如此，不亦美乎！子都爽然而覺，欣然而諭，曰：『吾雖初願不至於是，子之言〔七〕，不敢辭。』因書以爲記。

校勘記

〔一〕而名之曰時思：『之』，底本脱，據明鈔本補。

〔二〕始死之戚：『始』，底本作『如』，據孫本、明鈔本、何校本改。

〔三〕其慎諸此而幾矣：『慎』，明鈔本作『甚』。

〔四〕齊魯儒府也：明鈔本『齊魯』下有一『間』字。
〔五〕爲人長則思慈：『慈』，明鈔本作『恕』。
〔六〕燎茨告恩：『茨』，明鈔本作『黄』。
〔七〕子之言：底本『子』上有一『是』字，據明鈔本删。

喬木亭記

喬木亭，在清河張君燕居之東。張君望清河，籍西秦。其先世忠烈王，嘗以功開國於循而邸於杭。子孫五世，而所居邸之坊，至今稱清河焉。余兒童遊杭，見清河之張方盛。往來軒從，騶蓋填擁，歲時會合，鳴鐘鼉鼓，笙絲磬筑，相讌樂。飛樓疊榭，東西跨構，纍纍然無閒壤。豈惟清河，雖它貴族，蓋莫不然。如此不數十年，重來杭，睹宫室衣冠，皆非舊物，他族亦皆湮微，播徙殆盡。而惟清河之張猶存。余嘗登所謂『喬木亭』而喜之。風煙蔽遮，林樾清湊，美乎哉！其可以庶幾古之故國喬木者乎。主人對余而歎曰：『嗟乎！吾喬木乎！是亭者，幾不爲吾有，吾幸而復得之。吾生於忠烈之家，自吾之先，未嘗無尺寸之禄。當其時，出而逸游，入而恬居，耳目之於靡曼妖冶，心體之於芬華安燕，固未嘗知有喬木之樂也。自吾食貧，不免於寒暑飢渴之患。吾之處世不待倦而休，涉事不待困而悔，日夜謀所以居吾躬者百方，欲復疇昔之髣髴不可得。時時無以寄吾足，騁吾心，則瞰好風景佳時，取古聖賢之遺言，就喬木之傍而諷之。其初不過物與意會，久而覺其境之可以舒吾憂也。爲之徘徊，爲之偃息，爲之留連，不忍舍去。故倦則倚喬木而憩，悶則扣喬木而歌，沐則晞髪於喬木之風，卧則曲肱於喬木之陰。行止坐卧，起居動静，無一事不與喬木相爾汝。蓋吾昔也無求於喬木，而今者知喬木之不可一日與吾疏也。吾是以必復而有之。』余聞其言益驚喜。昔人有欲存謝公宅者，云愛召公者愛其甘棠，有文靖之德，而不能芘數畝之宅。李衛公愛平泉草木，至自作記戒子孫。夫勳名世禄之家，自不能保其存，而使子孫存之；子孫又不能存，而使他人存之。今清河忠烈王諸孫，乃自能以力學好修存其先業。至於皆仆而獨完，幾棄而復振，不惟無愧於後，而反若有光於前，真美乎哉！於是張君止歎而作，洗酌而謝曰：『非君吾亦不自知吾美之至此也。盍書其詞於吾亭以自勸，且亦勸後之人。』

紫芝亭記

集賢直學士趙君之隱居，在德清龍洞山之陽。大德庚子歲秋月，紫芝生其游亭側。山翁里老，歡傳奔睹，驚未嘗有。集賢君既喜而以名其亭，而來諗於剡源戴表元曰：『願有以誌之，何如？』余惟天地山川雨露之所生，草木之華實，一一皆有益於人。惟芝之爲物，疑若世外無用之賨，可以爲祥瑞頌詠，而不係於朝暮之所採擷，寒暑之所服襲。又芝爲種不一，色亦異産，往陶隱君、葛稚川之徒，皆嘗以載之圖録，登之藥餌。然富貴而好者，力求有不能即獲，獲之而疑者輒不敢服，則名字徒存，不過以備異聞、資廣記而已。紫在其類中差可致，服之可不必疑，其即之郁而柔，藏之忍而堅，近於有德君子。故自秦漢間隱逸如商山四老翁，歌之以爲高；唐士大夫如元魯山，字之以爲賢。而今集賢君名之以爲瑞，蓋異世而同賞，不相謀而相協也。雖然，余於集賢君有所贊焉。集賢本承平故家，以英才俊氣、清識雅藝爲世所不捨。入儀館閣，出坐方岳，五轉而來攝領東南之庠校。天下士被其欬唾者，嘘爲祥風；飲其膏沐者，潤爲榮河。顧何所不可得，乃方披棧枿、發蒙翳，求一丘一壑如將老焉〔一〕。是當其方隱而不拒於出也，跡未嘗不似商山翁；既出而不難於隱也，道未嘗不若元魯山。且其實不傷窳，華不病囂，名生於無用，而愛緣於不切。人之役之勞固多，而天之逸之暇亦不少〔二〕，則夫是芝之生，豈非亦如娱其幽羈而慰其晚暮乎哉？集賢嘗語余龍洞奇甚，山逆溪迴，遡而上者二十里，古之至人所居。土爲之不獷暴，物爲之不疵癘，竊意山之綿絡附麗，靈根異蘖，如是芝者尚衆。旦夕從君遊，取龍洞泉，蕩滌腸胃塵垢，然後庶幾一遇道家所稱胡麻、石髓之類，仍用餐芝法雜鍊之，遂成二老。優游往來，永無飢渴，聊以燕樂，聊以引逸，不亦可乎！其歲冬十二月朔日記。

校勘記

〔一〕求一丘一壑如將老焉：『將老』，底本作『老將』，據萬曆本、孫本改。

〔二〕而天之逸之暇亦不少：『天』下底本有一『下』字，據孫本删。

卷二　記

遺安堂記

辛卯之春，余遇溪陽馬德昌於松江之上。於時浙西水，德昌以臺僚銜命發粟賑飢。所至州縣，吏負弩矢郊迎前驅[一]，候官簪塗，廄師秣騎。德昌巾褐坐治事，聲煜煜甚[二]。余深歎羨，以爲大丈夫如用於世，固當如此矣。一日少閒，愀然謂余曰：「吾無樂於是。吾家故農夫，聚族溪陽，世世以耕田讀書爲樂，無肯去鄉井者，至今大木累十圍，纍纍然馬氏族葬處也。自吾先大夫嘗遇一隱君子，教之曰：『子異日必不免仕。吾見世人仕者多貪，子能不貪而有以及物，即甚善。』先大夫異其不凡也。既而果不免一出仕[三]，爲州典籤。尋棄歸，享上壽，浮沈以終。先大夫性本廉，在官以事活千百人，亦如其所云。既歸，築一堂，用龐德公語，名之以『遺安』。曰：『我不免於隱君子之言。若吾子孫，自當如我志也。』洎吾之身與吾昆弟，則皆不得如先大夫之言。浮家南來，驅馳霜露，衝冒暑潦，所樂能幾何？孰與吾溪陽田里間，歲時豚酒相徵逐，臨流坐樹，歌呼散步之爲快哉。且先大夫遺吾以安，吾廉吾勤，吾慈吾儉，吾不敢慚吾先，庶幾不辱先大夫之身[四]。至於吾心，其何以安乎？」余聞之，爲之肅襟正容，三抑氣，然後敢復語。夫德昌之所以賢，與其先大夫之賢，豈非古所謂君子人哉。蓋自井法廢而士始不安於耕，居畎畝者，不談説游官，則迫於賦税征戰。周衰已然，矧於今日。吾見草野書生，朝乘高軒，而暮恥其故居不可旋馬。行遇父兄時常所往來，有厭然之色。語以龐德公事，不可入於心，况又使聞禹稷伊吕之風哉？今吾德昌，家世儒學，潛光樸質，蓄止不洩〔五〕。至於賢父子再世，始聞於時，如蟄蟲遇啓〔六〕，隱璞遭識，聲明潤澤，宜有不得而蔽者。而方謙沖掩抑，欲尋龐德公本語，求安田里，豈不高哉！雖然，德公之道狹矣，古之君子，不皆以不仕然後爲安。而德公鄙樸過當，規規計較於人己過福之間〔七〕，其達纔勝於當時愚者而已。然自其子姪如士元輩，已不用其語，若德昌父子之道，可以仕，可以不仕者也。德昌年方盛，仕方始，當世決未見捨，他日功成而歸，杖行几坐，洋洋乎以詩書禮讓，益厲其家，又以化其鄉人。使滏陽之俗，農於郊者，見其遜耕而敬饁也；儒於庠者，見其睦姻可書，而秀孝可舉也。當是時，馬氏之道，其及物爲如何！夫及物廣者，天之報亦廣。然則馬氏之安非人遺之，天亦遺之矣。德昌曰：『不敢知，不敢知！抑或然者，先大夫之慶也，子併爲我記之。』

校勘記

〔一〕吏負弩矢郊迎前驅：『前』，底本作『先』，據何校本改。

〔二〕聲煜煜甚：『煜煜』，何校本作『華燁』。

〔三〕既而果不免一出仕：『仕』，底本脱，據孫本、何校本補。

〔四〕庶幾不辱先大夫之身：『身』，底本作『力』，據何校本改。

〔五〕蓄止不洩：『止』，孫本作『久』。

〔六〕如蟄蟲遇啓：『如』，底本脱，據何校本補。『蟲』，底本作『震』，據孫本改。

〔七〕規規計較於人己禍福之間：『規規』，底本作『視之』，據孫本、何校本改。

秀野堂記

宣之北爲淮，其土氣雄深曠寬，故其人悃愊力勤而趨本。南爲浙，其土氣清妍沃溽，故其人開朗多聞而好禮。宣人介而中居，隨其性之所欲而遷焉。有南漪湖，盤涵宣傍數州，而宣占什七。宣之鎮山曰麻姑。臨其上游，岡林蔽遮，雲物噴吐，隆隆然自成一島嶼。而岸湖之州，地偏勢隔，不立廄置，非富商貴官之所趨走，淮浙之氣兩無所入。靖康中，武德貢大夫，自蒲城始來，居湖之陽，幾二百年，而大夫之子孫，皆以文學薦舉顯聞於時。有名松者，與余同咸淳太學，其父漕貢公吉德君子也。與其族連甍接居，衣冠棟宇，歲增日益，幾無墟壤。德祐之儆，舊物罄盡，而最西一堂，與附園諸亭獨完焉。兹非昔人所謂瑞室者耶？乃葺而自居，取大蘇公《獨樂》詩名之以『秀野』。而新築先世所卜，以芘諸子，又創别館以儲美書，延碩師，致嘉客。於是居者如趨萬石之庭，游者如造鄭莊之門。余丙申歲亦嘗道南漪，登秀野之堂而觴詠於其中。名臺美植，曲欄文甃，一一如意。而麻姑之文峰，離羣偃行，與湖相須駐伏。堂背畝墅之田〔一〕，曲尺之流，縈紆迴環。信乎，其爲秀而野也。越三年，公來請記。余惟人性之感於清妍沃潯而開朗者近於秀，感於雄深曠寬而悃愨者近於野，二者可相兼而不可以相勝。昔者仲尼憂秀而不實，亦不以野而勝文爲美。今夫南漪之在穹壤間，不知幾千百年，始得貢大夫居之；大夫又二百年，始得公父子文學而顯。至於廢興絶續之際，天又瑞其所居以開之，是皆有數。然公方敦飭其家，清修篤守，徐行儉取，若恐傷先世二百年忠厚之積，是獨不爲淮浙偏氣所勝〔二〕，而能兼有其美。貢氏南漪之澤，吾見其未可涯也。遂爲推述大略，併地乘世本書之，庶幾後人知作堂之始。

校勘記

〔一〕堂背畝墅之田：「墅」，底本作「鍾」，據何校本改。萬曆本、孫本作「種」。

〔二〕是獨不爲淮浙偏氣所勝：「獨不」，底本作「不獨」，據孫本、何校本改。

清華堂記

奉化萬竹董氏，以衣冠文雅爲吾州甲族。其枝葉散布江浙間者，爲名卿材大夫不一。而萬竹故家獨守恬素，輕進取，有處士之風焉。余嘗過而愛之。有彦受者，於子弟願甚，而台寧海俞出也。余與俞世舊，尤愛之。於是彦受將築讀書之堂於所居之東而成，請名於余。余取

《文選》語名之『清華』。而告之曰：『子亦知夫水與木乎？水之滔滔而來，若是之清而不汙者，豈非崇岡激之，巨石梗之，疏治之不已而致然乎？林木之蒼然，其蔚藹蒨絢於春陽時雨，若是之可悦者，豈非以前日之凝冬沍寒，鬱薄之久而能堅其華乎？是不難喻也。今子之質甚良而資甚裕，良則不煩，裕則不勞，不煩不勞，則不知所苦而懈於學。吾固願子激梗之以崇岡巨石，鬱薄之以凝冬沍寒。使清者益疏而深，華者益成而堅，不亦可乎！且子之宗，不爲不清且華矣。亢宗之難，不如承宗之易；進趨之有餘，不如恬素之不及。子之智似亦足以知之矣。以關西之風節而有德祖，河東之名德而有子厚，非不爽然起於人意，顧去其初則甚遠，故不願子之似之也。』彦受繼自今，問安視膳之暇，督耕治事之隙，游歌於此堂之上〔一〕，不惟其清華是逸，而以其已得者，日取古聖賢之言，洗濯培壅，候異時學成而材立，交廣而名暢。然後不得已而用，則用於世爲高流；不得已而處，則處於家爲隆棟。余之所愛於彦受庸有既耶。

校勘記

〔一〕游歌於此堂之上：『堂』，底本作『臺』，據孫本、何校本改。

質野堂記

剡源先生幼而嚚居，長而浪遊，老而羈栖。獨常常以爲異時儻得餘閒，營一區之宅於山林間，則將名之曰『質野』，以遂吾志。自爲斯言，憧憧然往來於心者，五十年而不能成也。蓋方其盛時，川浮驚流，陸走峻坂，鯨鯢滿前，狼虺怖後。竊自思吾惟學文干禄，以至危於道路，使但爲尋常人，何患無容足之地而安哉。及失勢而奔逃，扶攜老弱，經涉險阻，見所過窮村鄙人，籬垣潔脩，雞犬歡睦，又未嘗不起卜鄰結社之羨。乃大德丙午之孟冬，歸自上饒。於是筋骸倦衰，世念益薄，而眼前子息各以長大，平生婚嫁，漸就清簡，發橐中裝，舟車薪米，傭賃雜費之餘，尚留三千緡。以爲陸賈分金則不給，以爲蕭何買田則難多。且專議興築，伐材於近岡，聚土於後麓，役工以券而使之自食，煩鄰於暇而量予之直〔一〕。不三月，質野堂成。以次充安閣、岧嶢亭、縮軒、雪鏡諸役，仍舊名而增新構，前後左右，凡一百三十六楹。溪山面勢，煙雲情貌，無不訢合〔二〕；桑蔬徑術，禾麥行伍，無不周密。客有在傍歎曰：『先生之志則少遂矣。抑欲以質野自晦，而未忘於名也何居？』先生曰：『子不觀於山川草木蟲魚之爲物乎？物之居於世，未有無名者也。草木蟲魚之可資於用也，黄帝名之；山川之著也，禹名之；惟羽毛有識之屬，能以聲自名其名者，然後人亦因其名而名之。以余之區區，持衰窮之身，託於山川，羣於草木、蟲魚、羽毛之屬，以爲居游。顧五十年欲成一質野堂不能得，而今也晚暮，幸得成之而得自名之，而何不可樂，而復何譏乎？』客聞而愈笑，先生亦笑。因復自名爲質野翁，以記其辭於質野堂云。

校勘記

〔一〕煩鄰於暇而量予之直：『直』，底本作『植』，據孫本、馬本改。

〔二〕無不訢合：『訢』，底本作『欣』，據何校本改。

愛蓮堂記

物之無情，莫如草木。然至其發於形，動於氣，而隨人之順逆以爲禎祥妖孽，昭然有不可掩。亦猶人之一身，其行事和平樂易耶？則遇其境無非芝蘭玉樹；乖剌齟齬耶？則遇其境無非蓬茨荆棘。昔者子思之《中庸》，言善不善之先知，以爲見乎蓍龜，動乎四體。而《商書》之陳天命，謂之賁若草木，皆其證也。相臺唐伯榮所居錢塘東之圃，有池焉，植蓮其中。歲己亥孟秋既望，其蓮生一莖雙葩。圃人以瑞告，錢塘好事者，則既繪爲圖畫以相傳詩説。交游士大夫，則且將作爲歌詩，以相稱詡讚羨伯榮。伯榮於是取周元公語，名其並池之堂曰『愛蓮』。而屬前進士剡源戴表元曰：『盍有記？』初伯榮盛年，懷牒而南，嘗仕矣。驅馳未幾何，有浩然之志。乃移其材謀之可辦於疏煩剸劇者，經營池臺，位置花石。費不傷煩，清不苦寂。值佳風晴日，體中欣暢，即扶藤而遊，班荆而休，自有道者窺其微，固以爲不減千户侯樂。至是雙蓮生，若造物嘉其安恬，而設幻以娱之者。伯榮曰：『吾則何敢居之！或者吾唐氏之先世遺澤，鬱積盤薄之久，而將發其祥乎？』蓋當是時，伯榮之伯氏在海鹽通守，叔氏在南昌試宰，皆秩滿將至。而伯榮之子居安，適用中朝官薦，通籍翰苑。一門内外，前後朱紫，歲時會集，左羔右雁，榮名貴禄，殆與是花相須而至，是誠可爲傳誇讚羡者也。然有一焉。蓮之德，元公以配君子，君子者之居於世，以孝友爲根株，貞恪爲附蔕，材敏爲條蔓，詞章學問爲枝葉花藻。能是矣，視浮名外物之去來，如暄涼榮悴之制於天，培覆壽夭之存於人者，吾所不願而要其定焉，彼亦不能違也。伯榮兄弟居家有睦行，涖官有能績，蓄奇書，致名士，彬彬然興於文學，是能備君子之德，而知所以居其祥矣。故爲之記。

廣心堂記

鄞剡之交，有塢曰匯溪。其傍之山，層盤陡矗，悍急而無停坡。其水舂衝激瀉，紆繞不知幾折而始達於匯。獨近乎儒者祥卿之居，則襟靈發舒，瞻眺展聳，祥卿遂題堂之榜曰『廣心』。意以爲其地當二邑之中，勢若至此而稍廣者。衆皆奇之，余獨晚而知之。蓋山將止也，當其地之中皆爲心。有百里數十里纔一止而爲心者，有不能數十里即止而爲心者，亦有十里五里止之少而爲心者。心之廣狹，視其勢之偏全，若水則惟山之趨，山止而止，山行而行，山全而全，山偏而偏。今夫匯溪，是當鄞剡數十百里之中，爲山之適止，勢之適全，心之適廣。而兹堂又當匯溪之中，爲止之又止，全之又全，廣之又廣者也。而祥卿豈偶然得而居之哉！余試與祥卿登堂而飲，飲酣而歌，歌歡而遊。望其東之諸峰，想像唐賢皮日休、陸龜蒙躋攀唱詠之跡，班班具在。至花臺月榭，無復存者。其西之穹林窈洞，則從劉罡夫婦、晋孫承公兄弟所從登仙避世之道。煙雲蔽遮，不可物色。其南之荒關斷棧，鼷啼鳥噪，固當江左王謝家衣冠絲竹之窟穴。而其北之陰嵐海氣，噴薄杳靄，猶庶幾齊魯間安期生、鴟夷子皮之徒，不死而浮游其處。方當諸公功名盛時，形神炎炎，朝馳暮奔，去人何遠。而惟高懷絶識之士，揮而卻之，如棄涕唾〔一〕。想其靈臺泰宇，池融淵浄，略無絲毫畦畛邊幅。《傳》不云乎：『得其大體爲大人，得其小體爲小人。』夫人之所具耳目口鼻、肢體皆同，而大小如此相遠者，豈亦以其心耶！吾觀祥卿天資瀟灑，門不輟客，軒騎惟多，心乃快愜。而遇荒歲不進産，待窮交不改愛，自盛年懷儒官之牒不求調，授子一經不廢業，行藏去就，動有古大人長者度量，是真能爲溪山佳主人，對之兩無慚色矣。故爲之記。

校勘記

〔一〕如棄涕唾：『唾』，底本作『涶』，據孫本、馬本、何校本改。

居清堂記

自余歸榆林，交游益離。有故人子單允涵來，輒密窮坐移日，客情蕭然，時時取架上書，相與據爐隱几，席筵荑，薪戾㢈，岸接羅而哦之以爲樂。一日得《東漢·仲長統傳》，至欲卜居清曠之説，欣然會心。允涵曰：『若曠則吾不能，抑願得清者居焉，其庶乎。』因歸而名其廬曰居清之堂。蓋允涵家世儒窶，自先君子以觚槧爲資，積俸錢餽粟之入，稍歸山中，增畬廣室，閭師里胥，已從而指目其後。故但有慕於清，以爲衣食取給而不求豐餘，起居取適而不至縱逸，浮沈以玩世，優游以畢齒，而不翅志願足矣。噫嘻嗟夫！如允涵之謀，與仲長公之所歎羨，大略自無以相遠。誠或偶而得之，豈不甚幸。而人事容有不應然者。夫既以其身得脱於官府之勞，朝市之役，又假山林田宅，溝池畦苑之饒，足以養富；舟車僮役，浮游釣弋之具，足以養佚；羔豚魚果，酒醪餚膳之珍，足以養欲；庭闈無恙，妻孥恬適，詩書道德談詠之交，足以養素。則是王侯卿相所無之安，而神仙棲遁之流所不能兼有之樂，而人世何以容之。且夫清之爲道，尤難於言。雞鳴而起，令耳目口體百爲，與物營營然交鬬，回念清夜之所存，有能持而澄之，雖塵埃滿頭，泥淖没膝，吾視之如玉雪。不然名利一不酬其心，言動無以資諸人，縱復朝餐沆瀣，暮飲滄浪，腸胃間衹益穢濁可醜耳。故仲長公風裁雖高，當其往來展轉青、徐、并、冀之郊，談王説伯，何所不有，晚詣鄴臺，不免參預曹公父子機事。塵勞如此，所謂平林高臺彈琴諷詩之趣，度不過夢想及之而已。然遺言灑落，初不失爲佳士。今吾允涵，居有圖史之娱，出無簡書之憂。閉門奉養，仰力於農圃；登山遊眺，雜坐於漁牧。爲之不止，將天機日深，世累日遠，而猶懼不足於清，何耶？天惟清，故能藏光景，神變化；海惟清，故能容蛟龍，興寶藏。古之君子，至清如伯夷，方能與人無怨。其次黄叔度、陳太丘諸人，近於無威而物畏，不言而教行。又其次方至仲長公輩。俟他日閒暇，别爲允涵言之。

陳氏不礙雲山堂記

余異時聞越中士大夫名其所居之堂〔一〕，有『不礙雲山』之號者，心誠歆賞之。以爲山川信佳，亦必有佳主人而後當之。余安能如王謝諸人，遂命車開道，徑往而從游其間乎〔二〕？癸巳之秋，會上虞陳孔晨於鄞。與之言，則堂，孔晨物也，在上虞之雪岑青山白雲庵之傍，聞其名益佳。余所居剡源諸山，與上虞相犬牙。孔晨雖貧，而高爽好事喜客，約孔晨歲時閒意，到輒訪之。孔晨愀然曰：『噫！此堂吾先君子南墅翁之所名也〔三〕。蓋先君少而廛居，倚廛有南山，於廛中瞻眺爲最勝。嘗曰：「是若造物驅設以樂我者，吾既取以名吾墅矣。倘幸而營一堂以居，因其面勢，名之以不礙雲山爲宜。」當是時，天下名卿以權柄意氣得士，如江東二吴、趙信公、李制置曾伯，皆嘗聘翁入幕府〔四〕，則皆致資合力，成翁之志。臺閣以文字知名，如木石先生尤端明〔五〕、故參預姚君希得，則各書四大字，願揭翁堂顔以爲之扁。江湖騷人過客戴復古、翁賓暘高髯〔六〕，則落堂之成，往來題詩几壁以相讚慶。然堂雖落成，翁未嘗即居之。凡再上襄，再度嶺，辛勤三十年，堂始大成，而翁倦游老矣。甲戌之事，遂不可言。又一年，上虞燬，獨此堂者，巋然榛櫟中，吾兄弟不能寂而居也。於是乎有雪岑之築。雪岑在村郊空曠間，名之以「不礙雲山」爲尤宜。故姚扁吾存之，尤扁吾弟存之。雖非先翁之居〔七〕，而先翁之意也。』始余忻然奇孔晨我輩士耳，及狎聞孔晨言，徘徊重有感焉。夫物之資於人，可以相娱而不可以相勝。功名富貴之人一日而無所爲，則其心不樂，日無以預乎煙雲丘壑之事，而其力嘗足以兼之。層臺疊館，翠比朱連，土石疲乎鍬鑿，林垣奪乎綺縠，以至禽蟲草木之情，震摇於歌鐘輿隸之役，而皆失其素。故雖雲山在前，目不得舒，心不暇領，則物有以礙之也。今夫越中固侯王之窟宅，而山川之領袖。前乎此時，自非以文章器業相求〔八〕，誰復有過上虞問南墅翁之居者。歲月幾時，陵移谷遷，彼雄豪什百千萬於我者，忽焉不知蹤跡之所在。而陳氏雲山故存，求之南山，則不礙於南山；求之雪岑，則不礙於雪岑。不惟閲廢興，通喧寂，空之而愈存，散之而皆足。而一門父子兄弟前苞後映，東攬西襲，若雲山獨於陳氏有情者。佳哉，佳哉！南墅翁於余前後輩，余在金陵，適嘗識翁，鬚眉雪白，觀頮丹潤。每侍坐留飲，必至夜分，目光炯然，談天下事數千百言不倦，若無老人衰颯之氣〔九〕。孔晨兄弟，真能從容釀酒，作雪岑佳主人，令余忘懷醉歌〔一〇〕，以附於父黨翁高〔一一〕。吾家復古之後，南墅翁聞之，亦當爲雲山助喜矣。其歲秋九月晦日剡源戴表元記。

校勘記

〔一〕余異時聞越中士大夫名其所居之堂：『所』，底本脱，據孫本、何校本補。

〔二〕徑往而從游其間乎：『往』，底本脱，據孫本、文淵閣四庫本、何校本補。

〔三〕此堂吾先君子南墅翁之所名也：「堂」，底本脱，據何校本補。「翁」，底本作「公」，據孫本、何校本改。
〔四〕皆嘗聘翁入幕府：「府」，底本脱，據孫本、何校本補。
〔五〕如木石先生尤端明：「明」，底本作「名」，據萬曆本、文淵閣四庫本改。
〔六〕江湖騷人過客戴復古、翁賓暘高髯：「暘」，底本作「賜」，據孫本、文淵閣四庫本、何校本改。孫本、文淵閣四庫本、何校本於「高髯」下有「之徒」二字。
〔七〕雖非先翁之居：「非」，底本作「亦」，據孫本、文淵閣四庫本、何校本改。
〔八〕自非以文章器業相求：「器」，底本作「氣」，據何校本改。
〔九〕若無老人衰颯之氣：「若」，孫本、文淵閣四庫本、何校本作「略」。
〔一〇〕令余忘懷醉歌：「懷」，底本缺，據孫本、何校本補。
〔一一〕以附於父黨翁高：「父」，底本作「文」，據文淵閣四庫本、何校本改。

水心雲意樓記

淳安胡天放，嘗爲余言黃灘之美也，曰：「黃灘南於淳安之治二十里所，背崇嶺，面雙溪，巖林澗壑之所縈盤，風煙魚鳥之所湊泊，自曾大父岳陽公以上世居之。岳陽公既貴，而徙居邑之西塘。大父桐川公繼貴，莫之有易也。然時時念念不忘黃灘焉〔一〕，迨今西塘之廬且四世。當承平時，人情以游宦爲樂，雖西塘闤闠中不得久處，而暇數數遠顧黃灘乎？邇來名宦事息，邑墟於兵，廬燼於燬，吾將返吾初而隱焉。丁丑之春，既披荆伐翳，架樓十餘楹於黃灘之上。

取杜子美語，名之曰「水心雲意」，而子爲我記之。』余聞而歎曰：『嗟乎賢哉！ 胡君之歸黃灘，信美矣，而何以有取於水與雲乎。 夫水無心，人之習於動者得之以爲心；雲無意，人之習於靜者得之以爲意。 及乎淵停坎蓄，風起雨作，動者未嘗不靜，靜者未嘗無動，而二者卒不自知其然也。 今吾與天放以其藐然之身，三十年行乎世故之江河，而生物之息，日夜更起而噓之，陷深而莫辭，險數而不悟。 故方其盛時，視人間之可歆艷愛悅者，莫如名第官爵，車馬揮訶於門塗，僮妓笑歌於館榭，清人之突未黔，邸吏之駕已秣。 使西塘之人，咨嗟仰望以爲不及，雖比鄰雞犬草木，亦有功名富貴之色。 此如水之方波，雲之初族，雖欲不動而不可得矣。 洎夫心疲意倦而當休也，則畎畝榮於祿食，徒步安於騶御。 禽蟲之歌吟，不儉於鐘鼓之考擊；丘原之陟降，不煩於箠楚之奔走。 子朝出而游於黃灘，黃灘之漁者，將與子分磯而坐；黃灘之牧者，將與子同川而飲。 暮歸而休乎茲樓，黃灘之寸妍尺媚，將橫縱自獻於几席之下。 此如暝雲歸山，冬潦返宅，雖欲不靜亦不可得也。』天放歸而屬好事者，用王維、盧鴻例，圖黃灘以見寄。 天放善爲詩，凡與天放游者，登於茲樓多所詠述〔二〕。 而黃灘濱溪有一老石，盤陀可愛，岳陽公屢屢爲之賦詩而未及刻也。 余憂患之餘，比天放尤早衰。 決已無復四方之事，旦夕按圖髣髴，或因而起興，得附題於諸君登樓之什，又不鄙而託名刻石之末，則幸矣。

校勘記

〔一〕然時時念念不忘黄灘焉：『念念』，何校本作『夢』。

〔二〕登於兹樓多所詠述：『登』，何校本作『聞』。

困學齋記

丁亥之春，余識鮮于伯幾於杭〔一〕。方是時，伯幾以材選爲三司史掾〔二〕，意氣雄豪，每晨出則載筆櫝，與其長廷争是非。一語不合，輒飄飄然欲置章綬去，漁獵山澤間而後爲快。軒騎所過，父老環聚指目曰：『此我鮮于公也。』及日晏歸，焚香弄翰，取數十百年古鼎彝器，陳諸階除，搜抉斷文廢款，若明日及有所須而爲之者。門無褻賓，至則相對吟諷松竹之間。或命觴徑醉，醉極作放歌怪字，亦有足悦。余雖齷齪，驟見伯幾如此，真以爲世外奇崛不凡人也。别去五年復來，名字黯然無聞。問之，云伯幾比來懶不耐事，閉門謝客，方營一室，名曰『困學之齋』，將收放心而求寡過焉。余聞之歎曰：嘻乎！世有如伯幾之材而待困學者乎？然如其言，自不失爲奇士。諸葛孔明，高節不仕諸侯，一出成鼎足之業，其終身本志，乃云抱耒躬耕〔三〕，作南陽田舍翁耳。嵇康人中龍，不以三公易冶鍛之樂。彼其雍容揖讓，進退脩然，豈無學人所爲哉。今吾伯幾推而進諸嵇、葛之儔，固所未遂，其屈折就此，殆似爲世故所困耳。夫困道尚多，伯幾不困於嗜欲，不困於榮辱得喪之故，踰於常人何止萬萬。就其所好雖賢而未免於累者，而愈輕之。使如紀渻子之木雞，亢桑畏壘之説，豈不爲學之愈成哉。於是知伯幾者，皆曰：『子之言於伯幾爲宜，盍以爲困學之記？』是爲記。

校勘記

〔一〕余識鮮于伯幾於杭：何校本『識』下有『漁陽』二字。

〔二〕伯幾以材選爲三司史掾：『三司史』，何校本作『臺府郎』。

〔三〕乃云抱耒躬耕：『云』，孫本、何校本作『在』。

清容齋記

鄞袁生養直既規寢旁爲讀書之齋，而榜之曰『清容』，曰：『吾慕東郭順子之爲人而云耳。』其所從游之賢者台劉君正仲父，爲反復於伯夷〔一〕、柳下惠清和之説以爲之銘，而書來剡源願有記。夫東郭順子載於莊周，其事他無所從質。然如其言，則天下有道之士也。若夫孟子之於夷惠也，余嘗疑之。夫子曰：『伯夷、叔齊不念舊惡，怨是用希。』人而至於無怨，其和孰加焉。彼孑孑然輕一夫之死，以與八百諸侯之伐君者異論，在周人以爲矯，在商人未嘗不謂之當然也。而孟子則曰：衣冠不正，望望然去之，由其道者，將入於隘。夫無怨者固教人隘也哉！柳下惠曰：『直道而事人，焉往而不三黜；枉道而事人，何必去父母之邦。』夫子稱之曰：『行忠慮，言中倫。』世有言行中倫、慮而爲不恭之和者乎？蓋夫子没，而學者傳其舊聞微異矣。今夫袁生生於萬石之家，而躬寒素之操；處未弱冠之年，而志丈夫之事。日取古聖賢之言，味之而學其道，而求其清焉。已乃有所不慊於語，而容人是圖，是何生之所聞於道者過耶？道未有清而不能容，亦未有不能容而得清者也。天之蒼然，日月星辰係焉，四時行焉，百物成焉。江河之泓，百里一浸，而明者可鑒毛髮，其爲清而容也大矣。生歸而益治其學，懼不能清焉，苟爲能清，端居而家巷睦，徐行而州里遜。又益治而清之不止，滯者盡，清者安。三年而與之親者，不見喜怒之色焉；十年而與之疏者，不見臧否之跡焉。夫子曰：『一日克己復禮，天下歸仁焉。』凡生所學於古聖賢人之道，與其所言，舉無間然矣，何羨於東郭子者而滯然學之哉！若余之愚，偶幸竊聞之而未迨學也，且將求人之未暇，其何足以進生乎！以生之勤也，姑次第其辭，以附於劉君之末。

校勘記

〔一〕爲反復於伯夷：『反』，底本作『友』，據孫本改。

養心齋記

史文靖公之孫曰景文，其居第在東湖之上，間亦往來州城，與余相從數數相善也〔二〕。景文宰相家，而余癯然書生，聲欬不相敵。然過余，傾意氣與語，有移晷刻不厭倦。及見余披緗簡編，塗竄鉛墨，喜而從旁歎羨，若以爲不可及者〔二〕。昔魏公子之於侯生，陰將軍之於井大春，風度不亦若是然哉。嘗闢一燕居之齋，名之曰『養心』，而求記於余。曰：『吾觀世之人，好役其材而智者，何其愚乎！吾年非高〔三〕，力非弱，然而能厭之，願歸而少休焉。將求爲子之學者，與之朝游夕居，讀書以寡過，教子以佚老，吾志足矣。』余謙謝久之，則復之曰：賢哉景文，亦知景文之先所以居東湖者乎。蓋夫東湖，窮海之僻壤，而會稽下邑之荒聚也。其始不過爲農樵漁牧之居，君之高曾，擇澳而潛焉。老者知慈，少者興孝，其俗幾少變而善矣。無幾時而弦歌唱焉，衣冠翔焉，而東湖爲文物之區矣。又無幾時而高車駟馬之所奔驅，朱門甲第之所照映，騶官僕從〔四〕，填塞往來，笙鐘歌舞，喧咽擁沸，而東湖之富麗，通於名都會府矣。夫物氣過泄者則當少息，人文太盛者則將反本。今之東湖，亦可以少還其初乎？景文歸而力踐其言，使山川草木復得涵淳蘊實，以自致於君。且余聞之，采色養目之昏，鄭衛養耳之聾，滋味服御養口體之衰。惟以學問養心者，無憂而常安，無辱而常貴。景文歸而睹其名〔五〕，益思其義也乎哉！景文曰唯唯。遂書之以爲記。

校勘記

〔一〕與余相從數數相善也：『數數』，底本作『如一』，據何校本改。

〔二〕若以爲不可及者：『者』，底本脱，據何校本補。
〔三〕吾年非高：『非』，底本作『亦』，據孫本、何校本改。
〔四〕騶官僕從：『僕』，孫本、何校本作『傔』。
〔五〕景文歸而睹其名：『睹』，底本作『規』，據孫本、何校本改。

學古齋記

三吴之州，莫大於杭。其地山穠水姸，其人機慧疏秀而清明，其俗通商美宦，安娱樂而多驅馳。通衢廣陌，行如附車輪而與之上下，坐如聞江潮澎湃之聲。竊意雖有董仲舒、揚子雲，難於攻苦寂寞，而守其淵深之思焉。州域之西南，余友人西秦張仲實居之。入其門，庭除静修，草樹深鬱，儼然山人處士之宅。先是巴西鄧善之與仲實兄弟交，分一室共居，而題其扁曰『學古齋』，相與讀書玩義理於其中。如此十年，而善之以藝選召，且由此而進爲於時。仲實曰：『我則不能。吾家有垂白之二親，貧無以奉魚藿，重使之疲勞道塗，則奪其便。且吾非矯名者，萬一常調得一郡博士，給數斛米，充養具，亦足矣。何用是紛紛爲哉！』於是『學古齋』仲實獨居而有之。余問仲實：『子之安恬悃愨，言真而志儉，既過他人遠甚，抑學古實難，子之道將何先，今且由子之學於是齋者言之。子早起而盥沐巾櫛，焚香而振册，則冠服鼎彝，簡編字畫，非古也。饑食而渴飲，寒裘而暑葛，與夫賓客祭祀之交接，其禮文器物制度，非古也。廣而推之，出而與宗族姻戚朋友言，入而仰以燕其親，俯以帥其妻孥臧獲，一舉足，一出口，而步趨唯諾之節，非古也。益廣而推之，事之非古者何限，而子何以安之。雖然，若此之類，猶欲以古其外，必不可已，則又當古其中乎？故曰學古實難。始余之少也有意於是，功名患難，四十餘年，頭白志荒而茫然無成。今之來杭，尚賴比鄰於仲實而學之。』仲實曰：『有是哉，子之言，吾將佩服之，且以諗善之，俾無忘吾齋云。』

愛日齋記

吾黨之士有復初[一]，以門功世禄望於越。至復初之身，而翛然爲清儒[二]，余嘗與之交而賢之。一日屬余以其所謂『愛日齋』者曰[三]：『吾甚愛揚雄氏之言愛日也。其書兩舉之，其一以爲學，其一以爲孝也。吾學既不屑爲今人，猶幸而及事垂白之親，而吾孝不能爲古人，則吾病焉。故取以名吾齋以勵吾志。子知我者，幸而爲之記。』余聞其言，益賢之。夫復初之云云，豈亦篤學力行[四]，修謹博習君子人哉！然余自讀書涉事以來，平生交遊，不可勝數。自非甚闒茸無志操，誰不能爲復初斯言者。顧久而皆怠，或雖不怠，而勤所不當爲，疲心竭力而反陷其心於不屑者，往往如是。故君子之學也，將以爲孝，而其爲孝也，不可以無學。今夫口之於肥鮮，體之於輕燠，耳目之於韶美[五]，而心志之於歡暢，此人之志願[六]，而仁人孝子之不敢不極於其親者也。然而學道者有不得而願焉。彼以其身享簞瓢如羊豕，被鶉緼如狐貉，安煩習苦，則聽其命而奈之何[七]。俾其親而甘之，故有窮日之力，皇皇焉欲榮其身，朝登金張之堂，暮投衛霍之第，以從事於禄養者，此諱於名者之愛日也。雞鳴而起，操錐刀之術，日昃而不得休，至秉燭以繼之，曰：『吾不爲是，則饘粥不充而甘旨且缺。』此貪於利者之愛日也。之二人者，欲孝矣，而病於不學。蓋有欲學者又或病於不孝。呻吟佔畢以爲勤，組纂藻繪以爲工，雖賢者不廢，則有資之而陵節躐等者焉。方其惜陰童齔，請益觚槧，則已心高志揚，有馳里門凌諸父之氣〔八〕，此驕於學而愛日者也。學問以去蔽，非以爲蔽〔九〕，而有專精一經之士，慕蔽帷篝火之名，習持書漂麥之事，忘饑渴，迷晝夜，神凝氣眊，而其親之容顔命令，有不暇伺察焉，此愚於學而愛日者也。復初生於三公之家，長於萬石之族，今動心忍性，皆已不有其有，清修而静虚，詳視而順聽，於前四者之事，可以保其必無。聞所居北海坂上，有便田躬耕，有善書家藏。先大夫手搆南堂一區〔一〇〕，湖峰縈環，仰有煙林雲月、風嵐晴雨之翫，俯有魚鳧鷗雁、蒲荷菰稻之適。越之姻連多良儒，而太夫人禮法家。復初出而與其徒清談雅歌，商確今古，盡文章翰墨之樂。而披斕斑之衣，侍寬閒之燕，日暄輿軒，時節觴膳，極庭闈顔色之奉，是自古游、夏、淵、騫之不能兼者〔一一〕，可以不出户限而得之。賢哉復初，亦無有頃刻慊然於心者乎？復初曰：『是則吾何以當之！抑子之言，於吾愛日爲有助〔一二〕。前之可懼，吾將以爲戒；後之可樂，吾將以爲勸。』遂書以爲記。

校勘記

〔一〕吾黨之士有復初：孫本、何校本於『有』下有『吕』字。
〔二〕而翛然爲清儒：『翛』，底本作『脩』，據孫本、何校本改。
〔三〕一日屬余以其所謂『愛日齋』者曰：『曰』，底本脱，據孫本、何校本補。
〔四〕豈亦篤學力行：『亦』，何校本作『非』。
〔五〕耳目之於韶美：『目』，底本脱，據何校本補。
〔六〕此人之志願：『志願』，何校本作『至情』。
〔七〕則聽其命而奈之何：『何』，底本脱，據孫本、何校本補。
〔八〕有馳里門凌諸父之氣：『凌』，孫本、何校本作『名』。
〔九〕非以爲蔽：此四字底本脱，據孫本、何校本補。
〔一〇〕先大夫手搆南堂一區：『堂』，底本作『望』，據孫本、何校本改。
〔一一〕是自古游、夏、淵、騫之不能兼者：『游夏』，底本作『交游』，據孫本、何校本改。
〔一二〕於吾愛日爲有助：『吾』，底本脱，據孫本、何校本補。

謙益齋記

天下之善，惟其不免於私之爲者，常人之所易容，而君子之所必察。然亦有心知其然，而名義之責不可加，則舉而歸之於天。何者？吉凶禍福，是非善惡，至於天而庶幾乎各有所止矣。故曰：人無所不至，惟天不容僞。余嘗怪今世士大夫，位卑而氣高，身微而欲廣，於力之所及爲，志之所得施，一切無所辭讓。而獨姝姝其容，訾訾其辭，傾己以行悅於人，曰將爲謙以求益，是果以謙而益者乎哉？是豈非穿窬之行，壟斷之道，而天地鬼神之所忌疾者乎哉？昔者伯益之書蓋言之，曰：『滿招損，謙受益。』時乃天道，既而推之至誠。以爲人能至誠，而物無不動。既而文王、周公以來，以其《繫辭》而著之於《易》。既而孔氏之徒，以其說之大略，而發之於《中庸》。既而儒者禮法之家，以其道世守之。至於《春秋》，秦漢之初，而猶以爲教。故趙文子之早慧也，而其父忍於折委笄；張子房之未相知也，而其師安於坐而受履；魏公子、張廷尉之貴也，而其客敢於使之執轡結韈。是皆誠心爲之，以損抑分量之有餘，而增益其不足。非獨如是而止。吾想其時，齒於庠，而貴者猶有坐於賤者之下而不慚也；行於塗，而壯者猶有代其老者之負任而不以爲德也；射於鄉，而能者猶有授其不能者之爵而不倨也。於乎！是豈非天道之當然，而容可以僞爲之哉！長樂林敬與，溫然好禮知義君子也。紫陽方先生既名其讀書之齋曰『謙益』，而重之以訓辭，而敬與復以謁文於余。余於先生之已言者，不能贊也，舉所聞於天道以證之，因以爲之記。

卷三　記

清峙軒記

余嘗愛東晋人善清言，談之使人翛翛然有高世想。及出而預人家國事，輒不能盡酬其懷。然議者終以前意不相異同，曰：『是固有命。』乙巳春，遇高安李所瞻於冰溪之上，相與劇談此事，爲之太息。既而諗其居，有讀書之軒名『清峙』，問非東晋王茂弘以稱庾公者乎？則大笑。夫庾之得於人不薄矣！起世家，不出門致公輔。聯貴姻，據要權，而身兼名賢之目。一日進用少遲，則九州四海以爲鬱。子不見夫山乎？山之嵬嵬，上摩青蒼，下蟠無垠。然必能出雲雨，吐光景，興草木，藏虎豹，游仙真人始異而神之。世稱瑞曰『景星鳳凰』。景星鳳凰不得數見也。見則其時良，其國昌。庾公之清峙，人望其爲山，爲景星鳳凰可也，庾公其能然乎？若吾所瞻，恣睢於詩書之林，頡頏於風憲之府。徐行而廉取，精思而静持，幅巾布衣，起乘傳車，以柱後惠。文彈治，遇强侯悍將〔二〕，不少震撓。公休吏退，焚香閉閤，吴吟洛詠，作仙人處士，亦無愧怍。此其規模器量，雍容蘊籍，豈與夫退不忘進，進不能退，往來於功名得喪之歧者，同年而語哉！雖然，晋人猶能清言。人物如庾公，清峙猶可觀也。更後百十年，清言日微。以至於隋唐，科舉興，名檢廢，士長驅疾馳，不暇峙矣。吾與所瞻生於百世之下，百世之上事，無庸深議。所瞻之鄉，有三劉先生，清風高節，過庾公遠甚。暇日約所瞻登石龜峰絶嶺，踞畏壘，臨滄浪，誦《冰玉堂》之詞，歌《廬山高》之篇以爲樂，以附於古人班荆傾蓋之贈，可不可乎？所瞻曰唯唯。因以爲記。

校勘記

〔一〕遇强侯悍將：「遇」，底本作「道」，據孫本改。

容膝軒記

始余讀書，則嘗想像古人居處服食動作百物之態，以質諸書中之所言。合者以喜，不合者存而求之〔一〕，合然後已。出而語於人，人曰〔二〕：「如子言，則當席地而坐，汗竹簡，科斗書，編韋而讀之而後可。又益求不止，則夫是棟宇衣冠飲饌者，將皆不合，而子豈不爲怪民哉？」余曰：「孟子之論友也〔三〕，先論世，而學禮者道古昔、稱先王，豈曰吾具耳目口鼻四體，儼然但當爲今人也而已乎？」自爲此説，與世之人落落不相同之口，亦已久矣，而終未悔。會稽孫君凝字德夫，築别室於寢之東偏，聚古聖賢人之書以學於其中，命之曰「容膝」。余聞其名而思之。蓋聞古之君子，所以居其躬也勞矣，雖一欠伸，一俛仰，而不得肆也。其揚之有次而動之有業[四]，聚之有分而息之有時。凡其得專席安車，憑几杖而休者，惟老而貴若爲師者爲然，餘人則否。而士非其世家，若秀孝有聞於上，則何能脱乎沾體塗足之勞，而近於册書琴瑟之事。若今之士，職未離於子弟而享父兄之安，身爲匹夫而兼封君之奉，不賢者在所不論，賢者亦不過飽食放言於禮法之外。故夫昔之有爲容膝之言者，體已若少倨然，非三代學士之所得行也。又嘗下之而論，則昔之抱膝而歔者，今之道家導引之似也；昔之膝行而謝者，今之禮家匍匐之似也。其云容膝，乃近於今浮屠家趺坐，而儒家反以爲非禮者也[五]。於戲！以三代學士之不得行而今得行之，以吾人所笑以爲非，而或以爲是，是可不思其然哉！然余竊嘗聞之，古之學者，左圖右書，國初以來[六]，士大夫好事家，往往猶能置圖畫於壁牖間。暇日賓游者至，即與之左窺右索，以徵古事之所由起，故談笑動作，皆有本末。孫君世家詩書，多聞而嗜學，方今棄軒裳，薄城市，而爲山人處士之事，望其居，清氣蔚然。《傳》不云乎：『禮失則求諸野。』他日余也力作之隙，踵門而來，俯身而請，儻幸惠然教之。君曰：『吾固願聞於子者也。盍書之以附於吾説之後。』軒成之明年，剡源戴表元記。

校勘記

〔一〕不合者存而求之：『之』，底本脱，據文淵閣四庫本、何校本補。

〔二〕人曰：『人』，底本脱，據文淵閣四庫本、何校本補。

〔三〕孟子之論友也：何校本作『吾夫子之論人也』。
〔四〕其揚之有次而動之有業：『揚』，孫本、文淵閣四庫本、何校本作『拘』。『動』，孫本、文淵閣四庫本、何校本作『勤』。
〔五〕而儒家反以爲非禮者也：『反』，孫本作『乃』。
〔六〕國初以來：『初』，底本作『家』，據孫本、文淵閣四庫本、何校本改。

餘軒記

鄞程士安佐浙東元帥府於明，公退不忍棄其餘，日讀書以明理。畦所居軒外餘地，種蔬以給食，而問軒名於余。余名之曰『餘軒』。士安逡巡而笑曰：『吾之問子，義止於是乎？』余爲詳言士安之起居出處，所以資於餘者以告之。人之居世，必有事焉以勞其心思，而役其筋骸。古之君子，自孩童以上，糞除趨走，弦歌舞蹈，弓矢羽籥之類，及諸賤事，無不嫺熟，故平居多勞而少疾。一旦驅之臨煩處劇，則亦無趦趄畏懦之色者，餘於身也。齊民之倫，莫貴於士，爲士而不識其事，憒焉與凡民何異。豈獨不異，仕而糜之，則反以爲賊；不仕而儕之，則反以爲蠹。山林韋褐之徒，足未嘗履官府，而憂人之憂，急人之急，魁然負廊廟之望者，餘於識也。以醫藥者，不習則殺人；以没泅者，不習則殺身。政之禍福，危於醫，險於泅，而人之習之益鮮。羣居豢養，不知衣食之所自來，況復餘事。今以一人耳目之聰明，坐於五流四民之上，而指揮布置，縱橫左右，人人不失其所欲者，餘於政也。谷容澗，湖容谷，瀆容湖，海容瀆。閭閻隘夫，扶背嚙齒，出横逆以挾人，至於大人長者之前，如飄風然。蓋有有道之士，以容一世之人而未足，觀其胸次休休焉，若可以容天地萬物者，餘於量也。才支一時，智周終身，是能及其所知而止，惟德無所止。堯舜垂文章，爲永世法，禹之水功，稷之農勞，仲尼之儒道，衣被長育，且累千百年，天之助之，人之味之〔一〕，亦累千百年不絶者，餘於德也。士安生於齊、魯諸生之宅里，衣冠翰墨，今爲許、洛通才，盛年方出游大藩府，於學何所不該，於用何所不給，鉛槧俎豆間事，不可不問而悉也。抑此五餘者，其毋忽忘乎哉！士安唯唯，因書以爲記。

校勘記

〔一〕人之味之：「味」，孫本作「咏」。

省軒記

大名王麟伯官蕭山三年，秩滿當北歸，留行過余於吴，見諗以其所居之省軒而求言以爲記。余惟麟伯自其少時，則既知誦習於聖賢人之書；長而能游，則及接識天下之名卿賢大夫。游倦而仕，則又能行其所知，而無愧於百里之民，是其平生本末種種，皆非流輩所及。顧方兢兢然願内自省焉，豈非厭時材俗譽爲不足喜，而求庶幾有見於道乎哉。抑余區區之愚，雖不足以助麟伯，姑嘗試爲麟伯誦其所聞，而麟伯亦嘗試爲余聽之。蓋余居山，知天台華頂三十六峰之險且艱，而山中之往來而行者，未嘗病也。問行之人，則山之縈紆屈曲，低昂起伏，嵌窪偃突，雖陰暝霾晦，而一能識其處。他日其人與羣兒戲平陸，白晝蹶焉。又嘗行大川，淩震澤，浮揚子，見舟人駕扁舟於溟茫洶湧、吞天浴日之濤，目無留瞻，而手無停操。人人爲之震眩失措，而已方夷然不自以爲勞。及乎篙休載輸，放意酣卧，而漏生其中。此省與不省之説也。今夫吾人以其邈然之身，行乎世故之風波，而歷乎人情之險阻。功名利禄之誘，嘘之於外；妻子饑渴之迫，驅之於後。此雖欲省且不得暇，而顛迷陷溺之憂，何由而免。故古之人，居則必有盤盂几杖之銘，以省於視；動則必有珩璜琚瑀之節，以省於聽。納屨也必有絇，以省於步；飲酒也必有禁，以省其量。御省於犕，立省於珮。交際也，省於辭令；侍命也，省於容色；齋戒也，省於肸蠁；寢息也，省於夢寐。此猶曰平居暇日，常情恐懼云耳。古之學道之士，稱能省其身莫如曾子。曾子垂没，啓手足，自謂能全而歸之。而小人姑息之愛，方見慚於執燭之童子。蘧伯玉能悔四十九年之非，行年六十而六十化，而能自儆戒。其高年卓識，無一毫衰頽昏憊之氣，則其精力剛强時，從可知也。麟伯之齒方少於余，余也蓬蒿之資，俘獲之器，身不待恭而卑，語不待簡而訥。而麟伯居處豢養聲實，皆厚於余。以余之猶不敢惰也，而麟伯安得泰然無虞乎？惟各不至於白晝平陸之蹶，篙休載輸而漏其舟者，幸甚。於是麟伯謂余之言愨，俾書而刻諸省軒之石。

清茂軒記

剡源在雲山，與四明洞天相爲犬牙。異時避世幽棲之士，蓋多有之。而故家荒蕪，遺牒散落，余嘗恨之久矣。獨所謂大雷山者，嘗爲唐賢謝遺塵所居，其名著於騷人墨客之賦詠，蹤跡宜可考見。然剡源有兩大雷，東西相望百里，皆在萬山之中，人跡罕到之處。余亦無從深覈其何以也。兩大雷之下，皆有石門。鐵壁平立，湍流貫之，因而謂之門。而在東之門，適去吾家不遠。余既來爲農，時時以賤事往來其間。門傍有龍祠，間隨父老禱謁水旱，頗愛其土狹不枯，山窮不悍，雲泉蔽深，竹樹蓊密。私以爲謝公之居，庶其在此。訪歷其聚，則梯高以飛宇，夷凹以展圃，青簷堊垣，斷續隱見，謳謠之聲，忽出林莽。嘻乎異哉！有毛氏子震卿，秀整而業文，其廬獨當溪山偃薄之會。蓋毛氏自高曾以來，世稱寬厚長者，至乃父始以詞賦薦名於鄉，而上諸天官。於是招延賓客，儲蓄異書，闢一軒於燕居之左，名之曰『清茂』。余每過之，酌泉而歌，席陰而坐，爲之徘徊忘去，殆不獨以其居也。嘗即軒中所見問之：『子知子之軒之名之所從始乎？夫斯泉之水清矣，泄而達之，可以至海。有不失今之爲清者乎？亦有未至百十里而止者乎？斯林之木茂矣，望之蔚然可悦。追而致其材，有中爲九筵之室者乎？亦有取而爲雞豚之柵、猿狙之棧者乎？是不可得而知也。今吾子之居於此土，幸而無四方之事，力農以美藏，量材而慎出，一匕之餐，必勞而後食；一武之地，必視而後蹈。吾見祖父隱於農耕，而子孫資之以爲達人者矣，未有既爲達人而子孫得返於農耕者也。何者？ 其先之善，抑鬱於隴畝之間，百年蓄之，故一日發舒而不以爲暴。及其貴盛，服飾鮮華，輿御美倩，恥於素所僻陋而求遷之。已散之朴，一決而不可復收，勢無足怪。吾視子之志與年，皆不可及，顧方闇闇愿靜，若有所耽於勢禄之外。而余亦倦遊駸尋老矣，其獲免於前之云云者哉。』震卿聞之，灑然而喻曰：『幸甚，然必書之以警來者。』遂書以爲記。

恕軒記

東平程侯士譽，爲通守於吾州。和以承長如兄，禮以接士如賓，恕以恤民如子，嚴以馭吏如隸，而獨於姦魁俠徒，譁黨貪類，疾之如仇。每臨廷發政，心平氣爽，春暘容煦，而一得其人，則研窮鍛擊，不貸絲髮，逸者門禽，稽者窟考。由是平時世家根連爲惡之胄，收蹤改業，一國稱快，而不得志者，亦狙伏而伺。暇日，余嘗過其退公之居，見室顔之扁曰『恕軒』。余請之曰：『得無意有所抑，若古人佩琴服韋之比乎？ 夫恕之爲名也約，而其道甚廣，儒者蓋難言之。而人情之剛柔緩急，與夫處世之拘通，行事之寬猛，尤不容以一槩。其至大要，則嘗苦於利害喜戚之不能相知。一不相知，連牀隔於楚越，同氣疏於塗人。而況持三尺之法，以臨一州之民，勢邈而分懸，情深而貌峻，而欲興其所利，除其所害，就其所喜，違其所戚，戞戞乎難哉！ 故善治民者，嘗先於以身推之曰：吾之未來兹邦也，因居於家。吾爲長於家，而患承我者之不吾和也，故推之以和其長；吾爲士於鄉，而懼接我者之不吾禮也，故推之以禮其士；吾之居廛，見吾之鄰有爲民窮而無所告，而有司不之恤，吾非之，故推之以慈其民；吾之居位，見爵官貴將幸有權，而爲吏控持，以暴其民，而不能馭也，吾嗤之，故推之以嚴其吏。至於姦魁俠徒，譁黨貪類，天道之所不容，公法之所必誅。自吾有知識，則心誠嫉之，推之他人，其誰謂之不然？故於文如心爲恕。人之所欲和，所欲禮，所欲慈，所欲嚴者，皆吾如其心而欲之，人之所嫉，吾亦如其心而嫉之。察之於身，驗之於事，習之於家，行之於國，蓋無往而非恕也。且虎狼不遯，羔犢不育；蓬莠不除，禾黍不興；姦魁俠徒、譁黨貪類不清，良民不寧。爲長吏者，惟能於此有所不恕，然後能行真恕。故曰「仁者必有勇」，又曰「惟仁者能惡人」。堯舜之罪四凶，周公之懲荆、舒，刑管、蔡，仲尼之誅少正卯，其爲恕也弘矣。而於政何所傷，於侯之意何所當抑，而余復何所贊其辭乎。』於是侯聞之，翛然而喜，肅然而興曰：『美乎！子爲善言人情者，其遂爲我記之。』

蒼翠樓記

宛陵多名山，人以李太白所愛遊，常常誇談之。然而其州多平岡淺陸，城居者初未嘗得山而玩焉。出郭西七里，至王敬叔之居，則宛陵之山，四面集於其門。近者盤旋，遠者鱗轃。而敬叔之居，自其先君子所植古梅老桂，修松茂竹，陰森蓊翳，儼然幾如雲門石洞。有一樓橫峨其巔，尤與山稱。敬叔既取太白詩語名之曰『蒼翠樓』，而從余索文以爲記。余惟天下之物，凡其不能忘情於榮辱成敗者，往往須名而行。名榮而榮，名辱而辱，名成而成，名敗而敗。然其得之也，必各顧其分。故季氏强大夫也，不得越境而有東蒙；孫叔敖賢相也，僅敢取寢丘之陋封。惟夫高曠奇逸之人，無求於時，不拘於物。彼山林草野，煙霞泉石之具，又非人情之所争，物論之所禁，故可以多收横取而不較，若今蒼翠樓之託於太白是已。方太白之來宛陵，出於一時飄忽，神馳氣跨，不可測識。而宛陵在江東，古爲衣冠玉帛往來駢集之地。想其名王貴卿，車轍馬跡，處處而有。今千百年後，乃知太白獨常遊之。甚者雖非太白所常遊者，亦欲扳挽其平生辭藻而及。於乎！是豈不以其人耶？余觀敬叔天資明爽，不耐羈束，時時幅巾野服〔一〕，蕭散塵外。居家資産不能致百金，而常好客置酒。酒酣，與其兄弟高歌朗吟，下筆皆無俗子氣韻。似此輩流，固當爲太白所許。頗恨生晚，不及識其先君子，而規模蹤跡，家風井井，已略可以得之矣。

校勘記

〔一〕時時幅巾野服：『幅』，底本作『幗』，據文淵閣四庫本、何校本改。

充安閣記

剡源翁居不能二十楹，界其中之後垂，蔽之以爲閣。冬舒其簾，夏達其牖，温涼晦明，時闔闢之，以趨便焉。人皆不堪其隘且勞，而翁居之彌安。家無浹辰之儲[一]，兼金之值，而有書一車，悉取而陳諸閣之四旁。坐閱而卧諷之，左右縱横，充然無不滿之處，因命之曰『充安』。嘗歎曰：『昔周元公有言：「君子以道充爲富，身安爲貴。」我不敢希其人，而希其言可乎？』然雖名之，久而猶疑之。一日忽悟而笑曰：『吾所以疑於元公之言，豈不以富貴爲美物而不敢居哉？夫聞其名猶疑之，而遇其實將如之何？是故不可以無學也。今夫余也固剡山之窶人也，而昔之當仕者亦余也[二]。有仕有不仕，而余一也。昔嘗見有乘車而行於塗者[三]，其不乘車者相與羡之。他日逢大官於塗，則其乘車者先俯然下之，豈不以其尤嵬嵬哉。等第而充之[四]，人之相羡，無有紀極。而山林道學之士，非而訕之曰：「是俱不足爲吾道者，若是者亦高矣。」又有遺世忘物之士，笑其爲高者曰：「彼自爲彼，吾何以存於口而非訕之爲。我與之俱行於塗，如壯夫之觀優，不怒不悦；如飽人見嬰兒之珍其餅餌，不嗛亦不唾也。」然則余今之窶，爲何所失於余乎？余行四方，而不知田疇稼穡之事。今始力而爲之，而筋骸已疲，不可勉强。顧吾居之左右前後，無非農者，而余安得偃然獨辭其勞。呻吟傴僂[五]，一年而知其候，二年而通其業，三年而寒暑燥溼，欲與之俱化。每至釋鉏解笠之暇，入休乎充安，意挾一册而披之。見古之高人勝士，如鴟夷子皮、張子房之徒，辛苦兵革之中，晚暮脱乎不測之險，遺其千金相印，幾無所適。欲如余之徜徉鄉井，棲伏原圃，翛然爲無名布衣，而不可得也。見申屠蟠、司馬德操輩，遁於喪亂，全於貧約，若可以無預人事。而身居名賢之目，其風采爲四方人士之所走集，欲如余之交疏黨棄，指議不及，伸眉縱足於是非臧否之外，而不可得也。見皇甫士安、王仲淹，幸可以沖默自容〔六〕，而何用著書以取名於時。見諸葛公房、喬丞相起畎畝而騰風雲，歎其忠勞以没，而惜其子孫遂捐家世耕漁之舊，以輕其身。而余於是閣，心無遠馳，業不他慕，時勤而作，遇倦而息。屈伸偃仰，以舒吾體；周旋涉歷，以散吾目。環堵之内，方寸之小〔七〕，而山海衆物之藏具焉，宗廟百官之美寓焉，古今九州萬里之交聚焉〔八〕，當其氣怏體適，何有乎王公之尊，何睹乎宇宙之廣，何慕乎千百世之下，名余爲何人哉，而況乎人間區區饑寒得喪榮辱之懷，何足以窒之〔九〕，以是爲充安。於元公之言，可乎不可乎？且吾閣吾名，而又何疑可不可於他人耶？』言畢，諸兒置書執筆請曰：『翁今之言，大於韋絃，不可以無識也。豈惟翁自命之，其有所教矣。』遂書於閣之壁。

校勘記

〔一〕家無浹辰之儲：『辰』，底本作『晨』，據孫本、馬本、何校本改。
〔二〕而昔之當仕者亦余也：『當』，馬本、孫本作『嘗』。
〔三〕昔嘗見有乘車而行於塗者：『者』，底本作『也』，據孫本、文淵閣四庫本、何校本改。
〔四〕等第而充之：『充』，何校本作『先』。
〔五〕呻吟傴僂：『傴』，底本作『偃』，據孫本、馬本、文淵閣四庫本、何校本改。
〔六〕幸可以沖默自容：『沖』，底本作『充』，據何校本改。

〔七〕方寸之小：『寸』，孫本、文淵閣四庫本、何校本作『丈』。

〔八〕古今九州萬里之交聚焉：孫本、何校本『古今』下有『近遠』二字。

〔九〕何足以窒之：『窒之』，底本作『空言言』，據孫本改。

松風閣記

山陰王德玉之居，在州城之東隅。因臺池之秀，林丘之勝，横俯之以爲閣，而名之以『松風』。既乃以諗於余曰：『於子何如？』余惟山林風物，耳目情態之殊，樵夫野客能深知之，而不足以爲樂。江湖市朝涉於世者，忽然得之，足以爲樂而不能以深知。若余者，庶幾知而樂之，而德玉庶幾聽之。今夫松風者，其初發於陰巖，撼乎陵丘。當夫天地閉塞，萬物枯槁，鳥棲獸藏，路無往來，沙石爲之飛走，林谷震而驚恐。則是風也，衝撞叫呼，觸者容傷，當者膚摧，非夫堅全而不蠹，静密而自重者，鮮不撓焉。若是者，特適遇其怒耳。及乎委蛇而休，優游而行，春和氣明，人禽熙恬，山光野聲，相爲清妍。則是風也，徘徊乎卷阿，周流乎平林，昂者爲舞，偃者爲笑〔一〕，雖培塿叢薄之間，可以暢意自樂，而况於翹翹者乎！若是者，又適遇其喜矣。乃若驕霖欲收，稚暑方壯，潛居愁霑，幽伏畏喘，千金之子，環堵之夫，鬱鬱不得免焉。颯然微涼，幕舉襟啓，開牖而視之，則蒼雲扶疏，清蔭如屋，纖塵不揺，百竅猶默，而翛翛漻漻，已爽焉若游清泠之淵，而餐沆瀣之漿矣。當此之時，可以投壺雅歌，可以抱膝長嘯，可以偃息，可以笑傲。

若是者，可謂樂之極，遇之至，而世言松風者，庶幾乎得之矣。今夫德玉，居有紛華喧囂之厭，出有功名進趨之恥，清修而强學，虚心而敏事，視人間之得喪休戚，榮辱喜懼，豈有以異於寒暑之變。顧吾所以堅忍自持，逍遥内得，小失意而不遷，大獲願而能止〔二〕，亦有以遇於適然之遇，爽焉之樂者乎。古之君子，三揖而進，一辭而退。彈琴著書，飯蔬飲水，以爲榮於軒綬、甘於鼎俎者，用此道也。德玉肄習之暇，登斯閣也，想斯名也，必有灑然於中者矣。德玉曰：『是吾樂也，抑吾願與客同之。』遂以爲記。

校勘記

〔一〕偃者爲笑：『者』，底本作『然』，據孫本、文淵閣四庫本改。

〔二〕大獲願而能止：『大』，底本作『太』，據孫本、文淵閣四庫本改。

拂雲閣記

貴溪道士盧明仲，既創築玉清觀於所居廬峰之山中，即其上游，架一閣焉。以棲心放目，而取於物之至清而至高者，榜之以『拂雲』，而徵記於余。余異之曰：噫，有是哉！夫雲發於微茫，散於冥濛，而反於虚空。來不知始，去不知終，其無定止若是。而欲取之以爲清，以爲高，蓋人之强名其然而然，而雲豈其然乎？且吾居於山，頗知雲，請爲明仲彷彿言之，而明仲亦彷彿爲我聽之。蓋余之昔也，嘗遠游倦歸而迷其鄉[一]，望望然千步數百步之外[二]，以爲雲皆在墟市井落，及至墟市井落[三]，而雲無有焉。又千步數百步之外而望之，以爲雲在郊陌藩擭，及至郊陌藩擭，而雲無有焉。又千步數百步之外而望之，以爲雲在林薄崖谷。夫自墟市井落，累進而至林薄崖谷，其取於雲彌近矣。就而即之，雲終不得而有。何也？雲固與人相得，而遂欲記而取之，則不可也。人之求有見於道，亦猶是焉。彼遠游而忘歸[四]，迷鄉而不知求者，姑置勿論。幸能歸而求之，其初焉不至以爲在言語章句[五]；求之言語章句而無之，則以爲在名物度數；求之名物度數而無之，則以爲在居處動息；求之言語章句，則墟市井落之類也；求之名物度數，則郊陌藩擭之類也；求之居處動息，則林薄崖谷之類也。人之求道，而能擺落言語章句，超脱名物度數，一取之居處動息，其用力也精[六]，而見功也敏，賢於常流，何止萬萬。抑豈惟居處動息[七]，明仲登斯閣也，澄觀反視，凝思靜察，一窗户開闔，一几榻縱横，一巾幕張弛，無非道者，豈惟一雲一泉石俯仰，一草木卷舒，一禽蟲語默，無非道者。然就而求道，種種皆不可得。是雖君家計然之智，不得而推；莊周之辯，不得而悟。而余也當復爲何言乎！明仲居山林久，泊然於世，無奔競意。性篤孝養，一母老矣，處玉清西廬峰下[八]，對之若不忍晷刻離去。當世所尊尚清高有道之士，非君輩其誰？癸卯歲正月望日某記[九]。

校勘記

〔一〕嘗遠游倦歸而迷其鄉：『遠』，底本作『健』，據明鈔本改。
〔二〕望望然千步數百步之外：『數百步』，底本作『數百里』，據孫本、明鈔本、文淵閣四庫本改。
〔三〕及至墟市井落：此句六字底本脱，據孫本、明鈔本補。
〔四〕彼遠游而忘歸：『遠』，底本作『道』，據明鈔本改。
〔五〕其初焉不至以爲在言語章句：『至』，明鈔本作『過』。
〔六〕其用力也精：『其』，底本脱，據明鈔本補。
〔七〕抑豈惟居處動息：『惟』，底本脱，據明鈔本補。
〔八〕處玉清西廬峰下：『處玉清』，底本脱，據孫本、何校本補。
〔九〕癸卯歲正月望日某記：此句九字底本脱，據明鈔本補。

潛窩記

剡源之徒陳生養直題其居曰『潛窩』。客有疑之而言於剡源翁曰：『陳生年方强，氣方開，而遽從事於潛也何居？』他日閒暇以問生，生曰：『彼客者安知吾潛哉！吾之潛有三：吾之幼小，爲子弟於家，懼倫類之不通而疏於禮，而願潛於學；長涉世亂，懼憂辱之切其身，而願潛於名；益長而老，且及之，無以傳永遠也，而願潛於德。爲窩而揭焉，朝出而履其外，吾思之介介；夕歸而寢其中，吾憂之沖沖。起居食息，凡惟是三潛不敢置，而何有於客之云云哉？』始翁以避地西來，幸與生家交故舊，謁館憩止。於時見生雁行間，步驟峭楚。既而隨諸兒受書稟業，知見日聳，然私心不過以翰墨事相待，行藏離合，忽然不知光景之變化。迨兹聞拒客語，爲之爽焉自失。蓋翁之於潛亦習之五十年而猶恐不至者也。乃以其意作詩三章，歌之以廣生。一歌曰：生誠潛於學兮，寧悃悃以行其樸兮，毋嘵嘵以爲覺兮。再歌曰：生誠潛於名兮，春華之英英兮，須風霜以成兮。三歌曰：生誠潛於德兮，薄取以厚吾宅兮，抑貸而不獲，姑耨而食兮。歌畢，因書於窩之右方以爲記。至大己酉季冬既望。

壽樂行窩記

始余兒童時受《論語》，至『仁智樂壽』之章而疑之。有老先生教余云：『人惟無物以累其心，則壽樂生。』余時愛其言簡，而終不解。蓋自涉事以來，行世故苦樂榮辱四十年，然後知其言妙於理也。今夫人之居世，雖强弱勞逸不同，而年壽之量，大約皆可期以百歲。富至於萬金，貴至於卿相，與夫陋巷一瓢之貧賤，充其所求，亦各有以自樂。然得於天者，或失之於人；得於人者，或失之於天。故山林虛曠矯世之徒，爲莊周、列禦寇之學者，寧不願久生富貴，以爲高其説曰：人壽則多辱。南面之樂，不如泥塗之無憂。而市朝沈溺之士，至於服金丹，信方士，以庶幾長年不死。幸而苟存，又不過馳騖貨財聲伎、狗馬宫室之區區，以肥耳目之慾。余以爲似是之類，殆皆過也。惟無物於心者則不然。其中休休乎如山之無不容，而造次顛沛，不可得而遷也；其外油油乎如水之聽其所趨，崎嶇百折，而亦莫之礙也。由是其心雖不期於壽與樂，而二物自至；雖不必辭之以爲高，而二物不能爲吾累。此仁智之道也。古睦邵德芳，少壯與余遊太學，同業；選禮官，仕銓曹，同年；嘗被檄考兩浙進士，同寮。當是時，意氣軒軒殊自喜。既而隔絶不相知。余窮居海涯，而德芳離其本鄉，僑居松江五湖島嶼幽迥之處。邂逅客遊見之，蒼顔白髭，無復故態。與之坐連日，咨嗟抑鬱可憐之語，一不出於口。問其居之志，曰：『吾家睦也，有先人之故廬，嘗並西築堂曰「尋樂」。並堂爲亭三，前二後一，可以休息，可以遠眺。今居松江，未之能樂也，而不敢忘。姑彷彿其大致，爲一堂一亭以寄吾思，而將榜之爲「壽樂行窩」，子以爲何如？』余喜德芳之德有成，行乎世故苦樂榮辱，隨其居而安之，而無所累，與余之心合也。書前説以告之，因以爲《行窩記》。

芷屋記

鄉友范龍友字雲仲，嘗以『芷屋』名其居，而從余謁文以爲記。余嘗問之雲仲：『屋凡數楹，種芷若何？』雲仲曰：『吾寠人，未遑於是，姑有託於《騷》而云爾。』余聞其言，竊有感焉。蓋余少而喜《騷》，私念其居近市囂隘，故嘗思爲楚人飄蕩淺説之辭，冀援以自廣。既而思其所服食，思其所佩襲，思其好樂，思其寄託。獨恨與屈大夫同生江南，而《騷》中草木名字，往往不能通解，豈由湘浙風氣土俗不同而然耶？久之得一官遊楚，日與楚人博物通文字者往還。舉而問之，其茫茫不知，去吾浙人無幾耳。余然後始大悟，夫學《騷》人無庸以名物爲主，亦聊取其志而已。然方是時，不免爲科舉利禄之役。既以不資之身，争得失於千萬人喧呼之場，衝風露，冒暑潦，跋涉一二千里水陸，以干斗升之粟，此何足與語屈大夫之風哉！邇來形顔悴枯，氣質變化，異時隻言片語所採掇於《騷》以爲娱者，油然觸心，不知百憂之集。則聞雲仲之言，豈不亦有不期而同者乎？雖然，雲仲之言，雲仲之志，余所嘉而慕也，而名不可以無當也。余近所居山麓，旁多閒壤，頗欲規數十百弓之地爲一藥畦，聚衆芳而環蒔之。四時攀玩葩條，搜摘根實，以遺老寄窮於其間。因念楚物如江蘺、杜衡、蘼蕪、宿莽、蕳蘭、蕙茝之疇，猶可以類取。惟芷之在《騷》，是不一族，曰辟芷，曰白芷，曰白蒞，曰芳香，曰藥，蓋皆芷也。然則是物宜江南最多有，而最不易識。雲仲誠有之，則幸以見餉，以補山中之缺。顧芷不難致而余畦成未有期，恐亦與雲仲之屋相類耳。雲仲笑曰：『姑記之。』

擬晋山房記

集賢學士河東李公士弘，以好書名天下，稍暇則取晋右軍縱筆擬爲之。所居山房之窗壁几格硯席，諸供具花物，皆奕奕有晋氣。由是以『擬晋』題其顔，而介所從遊以徵言於余。余始聞而疑之，以爲集賢公之居，切邇中朝，既以文學爲真侍從，出又爲賢二千石，摧强扶良，拯饑約，興廢墜，去之既久，而能使其民詠思之不忘，是於材何所不具，於古人何所不可至，而專取晉人書名以自擬，何耶？　噫嘻嗟夫！　天之生斯人，與之以聰明藝能，必將使之有爲以用於世。而人之耳目、手足、筋骸、精力，苟不時時役動勞苦之，以發散其昏滯，則血氣不行，而疢疾生焉。故古之君子，生而無不精於賤事，及閒居偃息，投壺也以習於射，歌詩也以肆於舞。以至干戈羽籥，琴瑟算數之類，無所不學。書刀簡櫝，雖非如後世之姸毫媚墨，亦往往求通其説而盡其用。一旦猝然起之，臨戎出政，則亦不至有恇怯齟齬之態。秦漢以來，此俗猶在。黨錮興而士始以清虛爲高，視人間事一切穅秕之若不足爲者。晉氏遂東，風塵迷目，始真無所用力，而各獨以其書傳。右軍在當時輩流中傳最甚。雖書之工，亦緣其人沖懷妙識，嘉謀静操，有以相挾而爲之耳。豈惟右軍，令他人皆如王敦、郗超等輩，千載之下，望其遺跡，將唾棄不暇，又豈置齒牙哉！　今吾集賢公，生於興盛之朝，而據乎逸爲之會，其起鵠舉，其止豹隱，萬萬不當以丘壑自局。翰墨一事，未之能忘。蓋優哉游哉，聊以寄意，偃仰爲適而已，而謂可以窺公之杜德機乎？　於是知公者翕然而同辭，以爲余之期公，與公之可用於世，誠不但若是而止。請書以慰公，而且爲公勉焉。

卷四　記

陶莊記

古之言隱者，謂其材可以仕，而時不用，志不屑就，而去放於山林隴畝之間，然後已無所愧，而人有聞焉。故仲尼以禮樂稱野人，而史官評大夫之材曰『登高能賦』。苟使爲野人而無禮樂，登高而不能賦，徒廬棲谷飲，蚩蚩然泯耳，何隱爲？余嘗與番陽吳熙載縱論此事，爲之三歎。既而熙載出其所居陶莊諸詩讀之。蓋陶莊者，在番陽西山下，澗泉縈縈，林樾蓊焉。自其初，不過莊之旁有業農而氏陶者，以爲場圃。癸卯冬，熙載由錢塘歸，望而樂之。屋其坳窪，以爲居游之墅。因而疏翎流之波以爲池，蒔秀蔚之叢以爲苑，而横一樓以操琴，其額曰『清音』。樓之北爲室，藏書册、硯筆、壺觴之屬，曰『集雅』。中爲堂，深沈曠廓，曰『燕超』。燕超之西爲齋，陳三代以來石碑銅器，洎古今書法名畫，曰『玩古』。東爲軒，臨泉，曰『觀魚』。北陵虛爲二亭，曰『看雲』、『馭風』。門之南爲逕，曰『五柳』，橋曰『雙檜』，而總其墅之名曰『陶莊』。熙載既爲其名與其詩，番陽又多故家遺儒，人人皆能詩，日相飲集唱酬以爲歡，由是陶莊日聞於人。而熙載方盛年强仕，以詞章器業行名當塗，凡四遷而來通守吾州。陶莊雖佳，不得安而居也。嗟夫！若熙載者，豈非余所謂其材可以仕，可以隱，而内無愧於己，外可聞於人也乎哉！雖然，熙載之於陶莊，今誠未得居也。熙載志雖不屑，而方用於時者也。熙載驅馳四方，北居庸，南崑崙，東溟渤，西岷峨，風霜道路之危，若猶未厭。今而爲詩，宜有太史氏登歌以絃明堂，笙清廟。俟他日功成名就，潔身來歸，問園池花木固無恙，徐與番陽諸老，或過客如余輩，婆娑笑詠，以償陶莊隱居之樂，尚未晚也。

董可伯隱居記

世之爲高者，多託隱於山林。山林之去人甚近，貧賤而居之，則累於身；富貴而居之，則累於名。是二者皆非所以安也。於是又有逃蹤絶俗之士，求超然於是。物之表以爲安，而終不免於累者，心跡異焉故也。友人董可伯之居，在連山萬竹岡之陽，余嘗過而熟之，熟而知其説。蓋其居之左右前後，一以竹爲藩屏。傍寢規小軒，間植荷花，則名之曰『深浄』。少東豁一亭，老梅交加，則名之曰『青白』。折而少西，築淩空之齋曰『點易』。折而益西，瞰瀦山之池曰『蒙泉』〔一〕。經營位置，閒遠迴僻，若無絲髮與世事相接者。而可伯資性從容，言動詳重，懶未嘗廢江湖交，冗不至忘客主禮。遇好風良時，幅巾野服，或班荆共酌，或臨流雜詠，優游偃仰，有稱情之安，而兼及物之樂。及乎觴休席散，庭静幕舉，浮雲在空，流水繞磴，或焚香凝佇，或展卷遐想，人間愛憎喜怒休戚之感，是非榮辱得喪之役，亦不能入也。持是而隱於山林，可謂心迹俱超，而身名無累矣。雖然，可伯學《易》者也。《易》之書，本不專爲隱設也。夫子老學《易》，而環轍行道終其身；韓伯休學《易》，因言以立教；王仲淹學《易》，傳業以贊化。大之於政治，小之於風俗，殆無往非《易》也。得《易》而不善用者，是爲京房、虞翻、郭璞。可伯其擇於斯乎！

校勘記

〔一〕瞰豬山之池曰『蒙泉』：『池』，底本作『地』，據孫本、文淵閣四庫本改。

玉林記

學仙者貴溪桂君之居名『玉林』。客有異之，以問於余。余惟『玉林』之得名，於理不可知，而就余之所可知，請略爲客言之，而客略爲余聽之。蓋天下之物，未有生而即貴者也。生而貴者莫如玉，而玉與石固同類也。玉與石同類而貴於石，猶爲仙者與人同居同遊而人不知也。今人之言仙也過高，以爲仙當在雲霄風日之外。不飲食而無饑渴，不葛裘而無寒暑，不車而馳，不舟而遊，以至寢處巡歷、服用玩好之屬，一一俱當窮奢極靡，兼王侯將相所無之豢養，而後爲貴且樂，而『玉林』之説興焉。假令如是，亦不足怪。而其心熒熒然，方將與俗物相勝負，而何以異於人而爲仙乎？至德之世，沈珠於淵，藏金於山，此猶未免於顧惜。論吾黨之士，少知道者，視璆琳琅玕之過目，真能使之如泥沙瓦礫，不以掛意，而況於仙人，則又何説。故古之雜書圖畫，所載仙人蹤跡，皆蓬頭垢面，敝衣惡食，塵埃市井，腥臊穢腐，一無難色，而處處超然。而於玉林乎何拘！抑玉之最近而多稱藍田、荆山，藍田、荆山之玉信多矣。當卞和氏時，不知者幾以石廢，世又久無和，如之何不胥而爲石也。嘗有餐玉者，求玉於藍田，至輒多得玉。既給用，所棄餘皆光明瑩潤，無非玉者。後人躡其跡，從故處求之，絶不得一玉。是知一玉也，遇之得其人則爲玉，遇之不得其人則爲石。吁嗟乎玉林乎！其果又在有有無無之間乎？桂君年甚妙，質純而氣清，其所師承模楷，高流名輩，與余厚善。客往而問塗焉，去玉林不遠矣。

蕺隱記

越之爲州，當東南水陸之衝。輕舟迅飛，勁騎疾奔，可以朝荆、吴，暮齊、晋。異時干名逐利者，家金張而人陶頓，不翅也。而江湖之士，有游觀之好者，於山慕雲門、禹穴，於水誇鑑湖、若耶，又往往多在荒墟僻島〔一〕、人煙散朗之處。而蕺山附州城之東偏，雖越人未嘗有知而遊者。問山之所以得名，蓋昔者越王句踐常於此採蕺焉〔二〕。既而王内史逸少居之，既而爲戒珠寺，則越人雖有遊者，而亦已忘其爲蕺山久矣〔三〕。有儒者王廷吉，家於其山之陽，而名讀書之齋曰『蕺隱』。余聞而異之。又他日過之，則蕺山者，去其家尚半里。然郊原曠空，旁無蔽遮，自其家望之，適如承塵負扆。凡山中之雲煙卉木，花鳥陰晴，寒暑昏旦，百物之變，攬之如屏帷之飾、几席之玩。是誠可以逃喧囂，遺榮辱而隱焉。而廷吉於越中爲故家清門，自其先文昌公以進士第一人起家，子孫累葉，輕軒裳而重名節，薄田園而厚文墨。故如廷吉之年華器幹，皆非可以無用於世，而方謙謙然慕爲山人處士之事，宜乎數千年之遺歡墜賞，日千萬人過之而不顧者，一日閉門而能居有之也。嗚呼樂哉！雖然，廷吉之樂，必有以養之也。夫隱之至者無名，而蕺山之爲廷吉隱，亦將幾爲廷吉而顯也。余自丁丑歲三至越。其始至也，儒者吾見其矯然如楚兩龔之介而立也；其再至也，吾見其愜然如東方曼倩之通而峭也；其三至也，吾見其薰然如柳士師之和而守也。若是者，蓋皆隱也。廷吉其歸而益求之〔四〕。古之學道之士，能不以外物動摇其靈臺者，顧其中常休休焉。居處玩悦之具，是養其耳目之體而已矣，不可恃也。廷吉曰：『願受教。』因書於其齋以爲記〔五〕。

校勘記

〔一〕又往往多在荒墟僻島：『島』，文淵閣四庫本、何校本作『塢』。

〔二〕蓋昔者越王句踐常於此採蕺焉：『採』，底本作『擇』，據文淵閣四庫本、何校本改。

〔三〕而亦已忘其爲蕺山久矣：『爲』，底本脱，據何校本補。

〔四〕廷吉其歸而益求之：『益』，底本脱，據文淵閣四庫本補。

〔五〕因書於其齋以爲記：『其』，底本脱，據文淵閣四庫本補。

冰谷記

天地之間，得氣之最先、流動有形而最多者莫如水。水之動於氣形，其自有而無者爲雲，自無而有者爲霜、爲雪、爲雹，至於爲冰，極矣。而皆水矣。然水之動而爲雲，人見之以爲常。而其爲霜雪也，必感於其時而變。變之過者爲雹，人之遇之，必怵然以驚，有之多而必厭苦。惟夫冰，人之遇之而不驚，有之多而不厭苦。當其時之宜有而適無，則國無以爲禮，而史官書之以爲闕。且其爲物，生於氣之本無而不浮，寄於形之自有而不滯。清而不傷，堅而不劇，明至於可鑑，而能深沈以藏納；嚴至於使人憯切凜栗，而潛陽内敷以發物。可以蠲煩熱，可以爽滋味，可以卻污穢，可以消疾癘。蓋天地之精祥，而氣形之先覺者也。東昌徐仲彬卜隱居於嵇陵，有園池之勝，臺館之適，取太白詩語名之曰『冰谷』，而問其説於余。余剡人也，自未識仲彬時，聞里之窶人，有居兵衝而爲軍士誤俘其孥，請於官且再，幾不可得。仲彬爲公府掾，一日署牘，如其類，盡放出之。贊戎於婺也，赤子無辜，已入死籍，而力争得活者千萬計。余聞其事，每爲之哽咽。及與仲彬遊，見其門庭潔修，襟宇瀟灑，雖闇僮騎廝，亦無苞苴脂膏之相。雞鳴而起，從人問民疾苦，事功書於册，不行不止。余謂仲彬之才猷德量〔一〕，其清嚴堅明而不浮滯。行事可以及人，人喜之，不驚不厭苦。而用舍關於世之有無，皆庶幾乎吾之所取於冰者。由此道也，他日益出而發祥於時，流澤於民，名揚譽洽，疏瀹澡雪。而歸濯纓於冰谷之泉，晞髮於冰谷之林。挹冰谷之沆瀣，以爲茗漿；發冰谷之清冷，以爲醪醴。嵇陵之居游名流勝士，有如太白者，聞冰谷之風而來，則與之清談雅歌，歡遊樂飲以終日，豈不出處無愧，而身名兩適也哉。仲彬曰：『吾願也。』因書其語於『冰谷』之壁。

校勘記

〔一〕余謂仲彬之才猷德量：『仲』，底本脱，據文淵閣四庫本補。

文溪記

明之北四十里而近，有溪曰文溪。郡誌以爲山水掩映，碧而成文之名也。學佛者本暢師愛之，卜鄰而居。久而情誼聲跡，與溪相馴，人之自遠外慕師而來者，亦號師爲文溪焉。余嘗詰之：『是溪之初，本無即名之者也，而不害其爲溪。自夫人以文名之而愛始生，愛生則人不能忘，而是名且將爲溪累，而溪又以累子，何如？』師曰：『吾何以知名累之有無乎哉！吾以一身寄於空虛，混混乎與衆幻俱馳，與羣有俱休。顧不可無食也，而擷於溪之毛；不可無飲也，而掬於溪之泉。暇則杖溪雲而遊，喜則藉溪石而謡。吾取於溪，若是足矣。而何知夫溪之爲我，我之爲溪乎？而何者爲名，何者爲累乎？且吾久之，殆將忘我，豈惟忘溪，又將忘人。而人與溪之自不相忘，則吾又何容知乎？南望驃騎出疆，張將軍意子中書郎齊芳之所隱；西背闞峰，吴侍中澤故居在焉；北引達蓬，土人相傳秦始皇常登此山，謂可以達蓬萊；而東眺瀚海，方士徐福之徒，所謂跨溟濛、泛煙濤、求仙採藥而不返者也。俯仰二千年，是溪之左右前後，汲汲而趨者，非以全身，則欲適志。當其盛强，恨不疾鞭而先，秉燭而樂，今其遺存幾何？庸詎知陵谷猶未變遷之間，而吾區區者，乃獨得而專之？專之復幾何，而能不爲衆人之所晦，是豈不可爲慨然而思，廓然而悟乎！而吾與子皆可以忘言矣。』於是余聆其説，喜師道之將成，而離於名、遠於累不久也。又嘉其言之足以達其意，亦如是溪之不期於文而文也。遂摭而述之以爲記。

西村記

古之達人，以宇宙爲鄉關，江湖爲室廬，雲物爲軀骸，丘壑爲心胸。故有離形獨立，逃喧長遊，彼其去於人情遠矣。而禮法之士訾之曰：『人之能免於禽獸之患者，以有羣也；羣而能安，安而能久者，以有居也；而可一日違哉！』之二説交相攻。彼陋此爲拘，此駭彼爲孤，雖有所辨，無以決其是非。惟仁人君子之論則不然。於其安而不遷，而有懷土之戒；於其往而不返，而有首丘之勸。故自周公、仲尼以來，雖以怨如屈原，蕩如相如，勇如項籍，流離顛倒，志氣百折，而父兄桑梓之念，終不能以相忘，而况循循然者乎！東平樂君廷玉，清材美資，仕江南二十年。江南之士民，愛而懷之，慕而親之。廷玉亦諳其土風，而喜其政之易敷也，欲去之不能。

余嘗間行過其居，見其居扁書所謂『西村』者而異之。廷玉曰：『嘻！吾東平先君子之所廬也。吾家自昌國君有籍齊、趙間，子孫屢徙，而東平之西村，自亳而東三世矣。其鎮有三山之秀且崇，其浸有泗汶二水之委流，其聚有陂池、場圃、館榭之勝，其業有耕蠶、釣弋、芰荷、榆棗、瓜蓏之入，其俗有宗姻鄰黨歲時伏臘、遊眺讌歌之娛。自吾來南，此事遂廢。每好風佳辰，未嘗不矍然觸以遐慨也。故吾以名其居，庶幾時時見吾西村焉。』余惟廷玉之去西村而仕也，將以行志；仕而不忘西村也，所以存本。其出處去就，合於仁人君子時中之義，而無拘孤一偏之失。推是道也，知其心無所負，他日雖寄千里，託社稷可也。於是知廷玉者，謂余之言慤，而期廷玉也遠，請書以爲《西村記》。

秋山記

宣之爲州，州之居人多因山以爲勝。而鼇峰亘州之東南，於山爲稍高，嵇法師之居所謂秋山在焉。元貞乙未歲之六月，法師與余相遇於錢塘西湖之上，常道其勝而不得詳也。曰：『子姑以意爲我記之。』余謝唯唯。越再月，余來宣，乃始得登鼇峰而訪秋山之居。則凡州之勝，溪山城堞、樓臺阡陌、郊廛風物之狀，無不軒揭呈露，一一趨集於檻席之下。余爲之咨嗟笑詫，以爲茲山固造物者故爲設之，以供高人逸士之所棲玩。法師曰：『不然！吾與子皆適值其逢耳。蓋夫鼇峰者，雖高於諸山，而當春夏之時，紛華蔽遮，塵囂往來，吾居之所欲攬取以爲玩悅者，雖有智力，無所得施。迨至於秋，而氣之暄者爽然而清，物之壅者豁然以流。故非分之娱，難致之美，不謀而獲，無約而赴。又夫秋之爲言，收也。天地之間，取數過贏者，有時而收焉。吾宣州盛時，聲馳勢奔，家公户卿。山之幸而附於其旁，高者風臺天榭，卑者錦林繡谷。兵争以來，忽焉而化爲風煙，返爲丘墟。異時衣冠鐘鼓之區，但見寒螢野燐、幽蟲過鳥〔一〕，相與窺遊聽承於荆榛草莽而已。故夫彼之滯於實有者既盡，而後吾之寄於虚無者始完，雖千變萬化而要其終焉。吾豈患失吾秋山者乎！』於是余聞其言，中心翛然，亦若有所遺失。嵇氏世有仙種，而是時陵陽、琴高諸仙翁之跡，往往而在。法師方以道術名行，見重於時，倘可以求其人乎？

校勘記

〔一〕但見寒螢野燐、幽蟲過鳥：『螢』，何校本作『蛬』。『鳥』，底本作『馬』，據孫本、文淵閣四庫本、何校本改。

中枝山葬記

剡源中枝山之葬，起我先考府君。以至元甲申季冬十有七日，兑穴震向。又明年丙戌，伯考府君卒。以仲冬二十八日祔葬先考府君墓右。旁山爲穴五，後壁三，用鬼尚右，最右穴葬伯考府君〔一〕，先考府君穴居中〔二〕。又次虚穴爲左，遂稍前左右各虚穴一。外曲角如員形，内皆甃結磚槨，仍實土，以待他日右男左婦而祔焉。余家初絶貧，來榆林又日淺，又連歲遭大喪。然不敢不即葬，蓋幸既有中枝山，而家世居喪，不用俚俗禮，無緇黄濫費。鄉鄰姻友，奠賻所入，咸可取資，以故僅僅得以成葬。又古禮士葬踰月，陰陽家倣其意，葬在百日者，不問凶殺。故自初喪，即極力治葬具，無他營以及於事。又江南山稠水迫，難用中原昭穆爲穴。穴多者惟以磚槨隔分左右。中枝之祔穴，不先甃結，則後不可動。每見世人有餘資，多買田而不蓄山，蓄山又不可用於葬。比居喪，不惜資財以供雜祀廣會，以沽兒童婦女之稱譽。久之心移力倦，不暇能葬，而昏巫謬史，拘忌禍福之説，緣之而起。有三年、五年、十年不得葬，葬又鹵莽，知後有當祔，而不豫爲穴。至於臨時穿鑿崩損，驚傷先人之肌骸，爲可恨也。故爲記以戒吾子孫毋怠。

校勘記

〔一〕最右穴葬伯考府君：『府君』，底本脱，據孫本補。
〔二〕先考府君穴居中：『先考』，底本脱，據孫本補。

丹泉墓記

葛翁煉丹泉處處有之，人或疑焉。余以爲神仙家奇詭變化之跡，何所不有，而獨疑於丹泉之是非，不益隘乎？而儒者遂謂世上并無神仙，則又過矣。世之言神仙者，主於長生不死。就能長生不死，而其人無益於世，則是天地之賊，造化之蠹，何足以爲貴。嗟夫！世不必言無神仙。假令必不可無，必自有一種忠孝人爲之。余聞葛翁，當英雄蠭起之秋，而能不慕高官厚爵，姑取荒遠一微僚，求丹砂以便鍛鍊。又所以經營辛苦，專欲爲人開迷除患，而無絲毫沈酣豢養之慾。此其天資去流俗人遠甚，雖不成丹得仙何疑。番陽銀阜之丹泉，亦相傳爲葛翁所汲。里人葉士心葬母於其旁而結廬焉，如將終身。既而部使者嘉其行，拔以爲左史。士心清通謹恪，與物無競，自其長、其朋、其游、其所知，一一俱以孝廉稱之。於是各爲丹泉之歌若文，以發士心之微。非所謂『孝子不匱，永錫爾類』者耶！余惟士心方爲世用，以不可虚之器，逢不可失之時，爲控弦擬彈，礪砌規劃，不當遽以方外服食之説自蔽。他日功成業就，辭禄而歸，尋隱居之初服，竟揚名之終志。螭龜表前，翁仲植後，使軒車駟馬，取道於銀阜之下者，瞻題目竦，誦辭心肅，曰：『於乎哀哉！葉母夫人之墓。』不亦善夫。事驗，請賀余爲知言，因以爲記。

唐畫西域圖記

《唐畫西域圖》一卷，卷凡四則，每則各先書其國號，風土不同，而同爲羌種。畫者又特舉其槩：每國畫一王，而一二奴前後夾侍之〔一〕。王皆藉皮坐於地，侍者皆立。一王掀掌倨語，員皮頭帽如鉢，項組鐵下垂至藉皮，服皮裘〔二〕，牛腳韡，胸懸一員金花。一奴小員皮帽，斂袂受事，一奴曳幕羅手上下奉酒壺，若俟而進，裘韠與王同者，蜀郡西北二千餘里，附國良夷也[三]。一王皮韜小髻，餘髮垂雙辮如縷，皮裘玄韠，微解衽[四]，交手按膝。一奴皮韜髮，餘垂獨辮，朱裘玄靴者，吐谷渾之南[五]，白蘭之北，彌羅國也。一王烏氈冠如首絰，上標白犛牛尾，旁韠二雕翎，皮裘朱帶，玄屨緑韤。二奴，一冠飾裘帶屨韠與王同，而紺韠；一紺帶素韤而朱韠者，又西於白蘭數千里，佇貶欲歸國也。一王二奴皆垂髻，王白皮裘，黄毛靴，坐而僂指數曲。奴青襦黄屨者，拍手爲節而歌，面有酒色，丹襦皮束項者，與王目同右注而盼，衣皆反領者[六]，又党項之西千碉國也。所藉皮或毛或不毛，色或素或淡紫，或絢餤，或紅波。人物膚肉，溢生紙面，顧揖向背，動止遲速諸態，觀之變然如生。餘器藻鏤精潤，功參神鬼，不可探度。余考唐史，諸國名俱不經見，當由史官追書，不能諳知當時事。而當時來朝，此嵬瑣者混居羌中，亦無特出名字，故若是泯泯不著。此可以見唐治之盛，而爲國大體，正不必當然也。今人常恨生世不如太古，生太古時，風氣不啻如是而已。無官府而能不亂，無城郭而能不危，無宮室玉帛、魚肉蔌藾，而能不害其爲生，誠可比於不雕之朴，未散之質。獨其陰偏獷戾，多淫而阻殺，則一蔽之性不能通耳。河山以内，更羣帝王之化，文華禮俗，日滋歲盛，遂與其地愈遠，不相往來，謂之荒服之外。夫外之不恥，遠之不怒，亦已可矣。幸各不失其俗，亦已善矣。吾國名爲有異於彼，何嘗能百年不悖亂，而欲兼治遼絶荒忽、不可通車轍馬跡之處乎？西漢以來，夸君倖將，貪空名而醞酷禍，以至於唐人之事如此，蓋可悲而不可羡也。然余見儒者談職方，拘傳紀，尤不信世外無窮極之辭，以爲與幅員常數不合。姑幸兹圖，出於唐人目睹手寫。其國名因土音載之，不皆有義而當於實。其語疏，其事廣，其居處服食嗜好，去人不遠。可以補軼聞，資博識，有《輶軒方言》、番《爾雅》之餘意。畫復精絶，非後世可及。欣玩之不釋，遂爲采記彷彿。存諸篋衍，有好事者與之共焉。

校勘記

〔一〕而一二奴前後夾侍之：「夾侍」，底本作「挾持」，據孫本、何校本改。
〔二〕服皮裘：「皮」，底本作「衣」，據何校本改。
〔三〕附國良夷也：何校本於「國」下有「嘉」字。
〔四〕微解衽：「微」，底本脱，據孫本、文淵閣四庫本、何校本補。
〔五〕吐谷渾之南：「谷」，底本作「國」，據孫本、馬本、何校本改。
〔六〕衣皆反領者：「反領」，底本作「及項」，據孫本、何校本改。

崇勝寺長生燈油局記

余兒童時，遊錢塘三竺，與學佛者往來。聽其談無生，謂其師教人，以得道滅度爲樂，而憫世人貪生怖死爲可惜。今持所聞以疑之。以爲死生之道如晝夜，佛氏專於無生，爲有夜而無晝；老氏之道，專於長生，爲有晝而無夜。惟吾儒之道，如是而生則不苟生，如是而死則不徒死，爲有晝有夜。其説呶呶而不能一〔一〕。邇來驅馳五十年，科名利禄，出入是非之關；兵革饑荒，呼吸存亡之歧。可謂沈酣饜飫，心欲休而跡不寧者數矣。乃始時時邂逅山林方外長往之流，雖不能爲其學，見其逍遥自在，意不能無感動。若其徒之説，以佛氏之道，光明瑩徹，傳於諸老先師之潤色而不可滅者爲燈。發之以堅忍，滋之以精苦，散之以慧悟。其初甚微，其末甚熾，故有一燈、萬燈、無盡燈之目。學者存而求之，無所窮其想像慕愛。則爲之宫室焉，而束之於躬；爲之儀像焉，而肅之於目；爲之鐘鼓焉，而震之於耳；爲之梵唄焉，而嚴之於口；爲之芬香焉，而盪之於鼻。諸事具矣，乃復爲長明之燈焉，而洞之於心，情文周流，中外融朗。余然後知其徒之學於其師，所謂無生者初未嘗無生，所謂滅者初未嘗滅。而余所疑，特未盡也。固海宿雲山崇勝寺，起廢既久，而經室法筵之燈，尚復多缺。有元時師静秀而敏於事，慨然出私資，買田若干畝，以供其膏液燃燎之用，名之曰『長生燈油之局』。曰：『吾祖之光明，何事於此？抑私爲吾宿雲謀，則宿雲之燈，庶幾可以永久不絶。』余即其名，嘉其多賢徒，而愧吾黨之不及，且又感於疇昔之言，遂書以似之，因而爲之記。

校勘記

〔一〕其説呶呶而不能一：『説』，底本脱，據孫本補。

山陰慈恩院法華會記

一介之夫，有未嘗學問於儒者之道，而能輕死生，同彼己，置紛華勢利爲不足顧惜，此可謂之難乎？曰：不難。孟子嘗言：『告子先我不動心。』今之學佛家，嘐嘐然守其師説，枯坐於山林深阻之中，引一世趨之不爲勸，羣千萬人排之不爲阻者，皆是矣。非徒若是而止，充其道，雖使虎狼跑前，蛇虺躍後，決無有心怖而色撓者，自信之篤，而物不能動也。世之不爲其學者，持空虛而議之。平居暇日，皋比麈尾，瀟灑振迅，豈不亦有一日之勇。少遇得喪如鴻毛，四肢百體，皆不自保，而惟物之聽，此猶不足望告子，而何敢附於孟子之門。則其勢輕而力屈，固不爲不幸也。越之浮屠氏義方善權及華蕃孫諸人，相與爲法華之學於山陰之慈恩院。月朔望率其黨，羣聚而合誦焉，既而嚮之者滋廣。又哀資置田，收其入以供薰蠟湯膳百須之費。經始於大德元年六月，迨三年五月，而介其士大夫來謁記，謂將鐫之石以傳永久。余方愧歎其道之盛，顧反待區區之言而傳也。然余困日久，自爲吾學者，不望其用吾言，而佛者之徒，殷勤而求之，所謂其道之異於人，大抵皆此類也。遂爲登載歲月本末，而略發孟子、告子之異同，以求正於越之君子。若夫資主氏某，田數若干，別具諸碑陰，此不著。

寶陀山所見記

明州昌國之東，絶海有島曰寶陀山，相傳觀音佛之居。邂逅大人長者，以誠至其居地，則必爲見光明富美瑰怪不一之相於巖洞間。值其不肯見，求之百端，卒無有也。至大元年正月十六日，今肅政廉訪司僉事阿里答公，以渡海賑飢至寶陀，觀音凡再見。初見彌勒，終見本像。金輝玉質，洶湧絢耀，珠纓繡幌，纏繞燦爛。從行者書史南陽李玉君璋、括蒼季惠迪吉，及僧官李主、騶傔氓庶、緇素蒼儒同矚異盼，駭眩驚怛，稱意滿欲，歡喜而退。惟佛氏之道，非儒者所敢知。然其大歸，主於慈悲救苦。又時時出奇示幻，要皆使人除去妄想而不趨惡，爲合於神道設教之説。而僉事公天性清穆，於朝廷爲至親尊屬。其來明州，先聲所臨，山海震動，詢災恤荒，靡憚艱險，不貸魁桀。按行之處，抱馬足投牒訴冤者，日以百數人。人得吐氣去，非誠心救苦除惡，何能至是。是以幽明感通，神人欣諧，如昌黎望衡岳而陰雲開，東坡禱文登而海市出。《中庸》傳曰『至誠之道，見乎蓍龜，動乎四體』云云，故至誠如神。寧非然耶？寧非然耶？

損庵記

普益師之居，在吴州東南海上。少長走四方，得於大浮屠之有道德者數人。其説不同，大要皆教之去益以爲損。及是投老於錢塘之浄慈，而名其居曰『損庵』，而求文於余。余曰：『子之師，日夜教子以損，而又益之以吾之説乎？』則大笑。然求不已，乃與之言海。夫海難言也。其廣狹淺深，非人之智計所可測也。昔者子之居之所得於海者〔一〕，海之支流餘浸，而非海也。方其汎然而流，漫然而浮，汪然而經塗越港，穿塘埭，泛陂澤，飈馳而來，霆突而奔，雲蒸而盈者，海之瀰漫衍溢，而非可以爲益也。及其忽然而休〔二〕，去之泬然而不可得，前舒而後洩、東決而西瀉者，海之斂藏消縮，而不可以爲損也。非徒如是而止。蓋嘗静而思之，海之爲物，澄清停蓄，終古一息，春不加盈，冬不加涸。輸之以湖瀆，淫之以霖潦〔三〕，而不見其無所容；漏之以尾閭，爍之以陽烏，而不見其有所竭。學者之於道亦然。慧如癡，魯如敝〔四〕，無所不爲也，如無所爲；無所不能言也，如默無一辭。彼其知己之有可損，是猶未離於益也；惟無所事損，則併益而忘之。今有人勸子勿多食者，必嘗傷於飽者也；以辭千金無德色者，必能輕千乘者也。於是普益師聞之，灑然笑曰：『子言辯矣。凡吾居之所以自名〔五〕，與吾師之所以教我者，皆贅矣。姑爲識諸壁而觀之。』

校勘記

〔一〕昔者子之居之所得於海者：『之所得於海者』，底本作『僅得於』，據明鈔本改。

〔二〕及其忽然而休：明鈔本於此句下有『翕然而收』。

〔三〕淫之以霖潦：『霖』，底本作『霏』，據孫本、明鈔本改。

〔四〕魯如敝：『魯如敝』，明鈔本作『敏如椎』。

〔五〕凡吾居之所以自名：『居』，底本作『子』。以，底本缺，據孫本補。

竹溪道院真武祠記

人之氣盛則鬼神爲之輔，道勝則物之助之者多，此理之當然，不可以常情窺、俗論定也。余嘗怪儒生談幽明之事，凡在先民所常言，輒棄不信，殆不深考其故而胸臆決之。蓋上古鴻厖之初，蒙僛方相之徒，固憧憧然白晝與人竝行於塗而莫之禁也。於是有祭祀卜筮，於是有祈禳祓除，於是有誓盟詛祝。其於鬼神既察之不置，而謂之非常言也何居。横山道院真武祠，本經始於竹溪董公。祠興而兵，功用靡究，其子宗元徙横山廢材，增創於其居之東，遂以竹溪道院立石，而書來剡源，曰：『願有記』。按真武，即北方玄武神。於行用水，於卦起坎，於次起斗。登三辰、六氣、五岳、四瀆之屬，已皆應祀。而故牒相傳，其神爲人時，先修道武當山中四十餘年，然後飛舉。則是列仙之流，有功於世，以受報享。且《禮》言：有其舉之，則莫敢廢。安有祖考之命，人得通祀而法所不禁，而可用一切毁之！初，竹溪公之父，弱冠游錢塘，遇黑衣道人於蘇堤茶肆。坐間玄論蜂起，授以養丹要旨，及役使風雷秘法。時年少不免有功名心，姑藏之未深信也。尋之永嘉，從孫先生學《易》多年，回值天久旱，取前所授法，炷香籲禱。須臾有白蛇蟠几，大雨如注，人始驚異，而猶未以爲好。垂老倦遊，歸休山林，自號松岑居士。黑衣翁復見於夢，賜以詩一章，有『鐵皮鐵袴鐵團圓』句。年歷八十五，不疾而化。至竹溪翁西遊，亦遇月蓬道人者，朝行天門市中，贈言彌切。自是繪畫真武像，展禮無怠，靈旂英槊，數數常或見之。迨家用日充，而有横山之築。宗元不敢替斯諾也，而終竹溪之役。一門三葉，前基後構。昔張子房得法於黄石公而祠之，比其没也，後世猶祀黄石不絶。陰子方臘日晨炊而竈神見，祀之黄羊，子孫因世臘祀黄羊。史册皆誇稱之，以爲隱逸之遇，慈孝之感。今竹溪之祠，尊於黄石而備於臘，禎祥福澤，又復相類。謂之氣盛而鬼神輔，道勝而助之者多，豈非然耶？山川風物，古今人情，不相遠，安知世無班、范大手筆者，爲董氏書之。是爲記。至大己酉歲季秋四日。

順寧庵記

奉化大小萬竹之西，登岱山之陽，其支之聳曰芰湖，其匯之秀曰錦溪。風煙回還，林樾蓊潤，處士徐翁之居在焉。於居之西不二百舉武，爲之丘壠，曰：『吾異日偕獲夫婦同室於此，即吾事畢矣。』既又爲之廬舍以嚴其守護，既又選羽流以勤其展省，斥禾田以久其贍養，若是於人世之所須，可以略備。而一日請名於余。余名之曰『順寧』。嗟乎！人之死生大矣。生也必求所以無愧於生，死也必求所以無憾於死，然後人道盡而天命得。彼莊周荒蕩之徒，視生也若浮，視死也若休。故爲其學者，至於楊王孫之躶葬，劉伯倫之荷鍤，則已太薄。有愛之者，珠襦玉匣，石槨蜃炭，苟可以用其厚，無所不至，蓋皆過也。惟關洛諸儒之説，以爲人之受身於天地，如受命於父母。生幸而無過，則謂之順；死幸而無辱，則謂之寧。是其百年間兢兢凜凜，不容有一日之暇逸。故樂正子下堂傷足，而數月不敢出；曾參易大夫之簀，而始自安，以爲得正而斃。余家去登岱不遠，南北奔馳，晚乃方葺一巢以託風雨，何問餘事。聞翁持家生理，種種預備，爲之欣歎。自今以往，優游篤老，益務謹行止以教鄉黨，開問學以興子弟。使茭塘之枝，棲爲鸞鳳；錦溪之瀾，躍爲蛟龍，庶不負余之言哉。

西原庵記

西原庵創於奉化禽孝鄉銅山西，足翁師之塔在焉。足翁師諱德麟，字足翁，許氏，剡源人。剡源有古刹曰西峰圓覺寺，十四歲投其主僧一公爲師。稍長縱游廣參，卒得法於天童無際派公，遂主慈溪龍山三年，次蘆山六年，次昌國普慈八年，撤普慈一新之。次奉化岳林三年，次昌國吉祥四年。余尚書開奉化岳林，住持一年，即退歸鄞育王關主。主育王一年，退主鎮江焦山四年。辛未十一月二十八日，索筆書偈，辭衆而逝。師生慶元己未，至是七十三載矣。逝既用天竺法，其徒介文自焦山捧骨東歸。余尚書之夫人魏氏捐山三畝，令介文塔藏之，是爲西原。既而其徒之長清萃及其季介文、介逸，各出私力，争買山麓，拓塔疆，崇塔亭，又宏屋室以備歲時朝夕展禮，若祝釐報本之事，是爲西原庵。既而於塔之左右續二塔，以濟他比丘之不忍棄其骨，與諸人之亦用其法者，祔窆於其間。既而其季介石，捐家田五十餘畝歸庵，以助饘粥香火之須。既而告諸有司，以西原庵立籍，使其子孫自清萃而下，世世以次傳之，如是庶幾可以堅久不壞。而介文、介逸、介石，不幸相繼喪，清萃煢然耄衰，盡力於西庵，不少懈惰。顧其嗣惟如紹，欲以西原之事傳如紹，而來請文曰：『願有以記之。』嗟夫！人孰不死，死則無復可念，此世之達人皆知之，而況於學道者乎。然爲人子孫，則不得若是之恝，故爲之蓋藏，爲之展息，爲之衛防。蓋人心之當然，而孝慈之道，在佛氏本不廢也。足翁師有語録行世，《焦山辭衆偈》尤峭潔，僧林皆能言之，此不著。

卷五　記

會稽唐氏墓記

古之人生而閭居，死而族葬，故其人敦親重土[一]，昭穆百世而宗不遷，文華未繁而侵欺予奪之訟不興[二]。後之時，國無世家，鄉無禮俗，有能僅存而不廢者，非上之教，蓋係乎其人焉。降及近世，風俗益衰，吾觀於士者之家，而三世不別籍者希矣。一命之貴，適集其躬，歸視父兄之居，若恐不足以容高輿、旋乘馬，悶悶然思更之。至擇葬地，則不求安死而求利生，拘忌陰陽之説，東奔西馳。故有禰踰祖，支破宗，形侵勢攘，智謀力奪，無有厭極。既其甚也，有出疆遠卜，非殯非葬，世之子孫，疲於展省，而併失其故封者矣；有壤地相交，與鄉人争尋尺之畔，而興無涯之獄者矣。於乎！人生而羣，不可以無居也；死而掩之，不可以無葬也。先王公爲之制，而人各不失其厚；後世務厚其私，而行之胥陷於薄。有識之士[三]，得不懼而圖哉！會稽唐氏爲東南聞族，譜牒絲牽繩聯，數百年不亂[四]，入其家累世合居，一門之中隱然成小都聚，斯既賢於人矣。其遠祖通議大夫之葬，在山陰縣旌善鄉之古城山。寳祐中，有私致其冢之券於鄉貴人節度全君者[五]。全君以閅壤納之，久而知爲通議之墓域也[六]。瞿然曰：『得無有議我者乎？』俾守隸詰其樵蘇，而通唐氏之灑掃如故。越二紀，會通議之七世孫班謀於宗老〔七〕，引義致書以請於全君。全君謝而諾之，竟還券唐氏。且爲寫圖形，標界石，以信於唐氏如法。於是會稽之士大夫，賢唐氏之子孫不散其宗〔八〕，能守其身而孝其親，復故物而光先猷也。曰：『凡有家者，不當然乎？』又賢全君之復券，能下勢於舊族，不煩有司以禮信質，成仁人之親而錫之孝也。曰：『凡處鄉者，不當然乎？』事成，唐氏遂識本末，刻諸堅碑，以著不忘全君之德，以示後人，使知爲子孫而與人以先世之邱隴與受之者〔九〕，皆義所不容，而法所不許。以余之嘗學禮也，書來請文，以繫於碑陰，乃述其槩而授之。其歲月先後，步畝廣袤，則唐氏所識詳焉。

校勘記

〔一〕故其人敦親重土：『人』，底本脱，據文淵閣四庫本、何校本補。
〔二〕文華未繁而侵欺予奪之訟不興：『文華未繁』，文淵閣四庫本、何校本作『文禁未繁』。
〔三〕有識之士：『識』，底本作『感』，據何校本改。
〔四〕數百年不亂：『亂』，底本作『私』，據孫本、何校本改。
〔五〕有私致其家之券於鄉貴人節度全君者：『家』，底本作『家』，據孫本改。
〔六〕久而知爲通議之墓域也：『域』，底本作『城』，據孫本改。
〔七〕會通議之七世孫班謀於宗老：『班』，孫本作『珏』。

〔八〕賢唐氏之子孫不散其宗：『孫』，底本脱，據何校本補。

〔九〕使知爲子孫而與人以先世之邱隴與受之者：『邱』，底本作『近』，據孫本改。

敷山記

昔余嘗讀晋人絶交書、誓墓文，心誠怪之。以爲諸公酣詠山林，沈湎鄉井，亦云過矣。久之歎曰：嗟乎！士大夫心知材業無所益於時，寧出此焉，猶可矯懦激頑哉！然此事貧者亦不易爲，則好義之士，又有爲之裒工穿磵，致鏹買山，以成其高者。若吾家處士之於吴中，符山人之於襄陽，風流客主，天下兩賢之。而今豈復有斯人乎？庚寅之冬，遇吴興姚子敬於杭，子敬傾然爲予道敷山之事。敷山者，西於吴興十有餘里。山中卷外截，水罄折行平原茂樾間，左右之徐山、杼山，挾敷山而蹲。敷山之前，蒼峭亘連，圭起簾伏，望而知爲美壤也。然已入於勢家，莫可物色。更累十年，子敬之鄰有曹君者，始售而有之，既克有之，則以予子敬。初子敬欲窺一區之地以居久矣〔一〕，而不敢望如敷山之美也。曹君曰：『敷山之美，我幸有之，子貧而賢，我以成子。』子敬曰：『我誠不敢望敷山之美也，而不敢不成曹君之義。且吾親年高，他日倘幸以爲壽藏，而築室讀書於其側，耕漁以給口，藏脩以養體，詠歌以舒志，洋洋乎曹君之賜，吾事畢矣。』吾聞之驚喜。夫子敬之所以得於曹君，與曹君之所以知子敬，視古人何遠哉！雖然，曹君義人也，子敬非材業無所益於時者也。予未識子敬時，凡從吴興來者，誇子敬不容口，曹君亦用是賢賢乎？及既識子敬，乃恂然一儒徒。清苦刻厲，議成而言，慮定而動[二]，其不負敷山審矣。則曹君不爲傷義，子敬不爲沽惠也。雖然，子敬材誠高，業誠良，知子敬者或不皆如曹君之深[三]，愛子敬者或不皆如曹君之真[四]，將有結駟千乘，兼金束帶，問塗於敷山之下，是吴興之榮，子敬之達，非敷山之待曹君也。子敬曰：『吾何暇於是。抑子之言爲慤，姑爲我記之，吾將自書以鐫於敷山之石。』子敬名式。曹君兄弟[五]，名浚者字資深，名淵者字子澄。余，剡源戴表元字帥初。庚寅之歲，是爲某年，謹記。

校勘記

〔一〕初子敬欲窺一區之地以居久矣：『初』，底本作『於』，據孫本、文淵閣四庫本、何校本改。『窺』，孫本、文淵閣四庫本、何校本作『規』。
〔二〕慮定而動：『定』，底本作『言』，據文淵閣四庫本、何校本改。
〔三〕知子敬者或不皆如曹君之深：『深』，底本脱，據何校本補。
〔四〕愛子敬者或不皆如曹君之真：此句前十一字，底本脱，據何校本補。
〔五〕曹君兄弟：『兄弟』，底本作『名元弟』，據何校本改。

戴氏剡源張村葬記

嗚呼！我先考府君以寶祐丙辰，葬我祖考府君於剡源張村之長錫嶴山。十八年爲德祐甲戌，而我祖妣鄭夫人卒。以其歲自金陵官舍，輂載歸祔葬我祖考府君兆西。又十年爲至元甲申，而先考府君卒。卒前囑其孤表元曰：『昔吾藏吾二親於此，踰家三舍，人皆以爲遠，雖吾亦以爲遠也。今脱此持空身來，得與汝等同廬居衣食於此，朝夕如見吾親焉。昔吾得數寸之壤，纔足以爲壙。甲戌之葬，吾以金陵賻錢而易諸鄰田，逮今計之，爲畝幾累十。昔吾之貧愈於汝，家無守人，視護不時。今山有毛，吾手所自樹，亦且向拱，不言而封之，樵牧不忍。至吾於藏吾親，無所悔，惟是餘壤之未完，心猶歉然。』表元拜而請故，則申囑之曰：『吾非多求也。吾長錫山之顛在兑，兑顛折下蛇行數千步，而屬於家者，吾既易而有之。長錫顛之表少右而庚，復有顛焉，曰望春尖，望春之小支，垂爲瓠藤，曰天廚嶴。天廚嶴之右〔一〕，又從庚顛分垂高支，披之益長，以抱長錫。長錫之左曰郭浪嶺，郭浪之左，其顛與天廚齊，如二肩，垂支加高而長，綿綿延延。其將停也，迴巖峭壁，駐於艮溪，曰青梅潭。青梅、天廚之間，巉磵砂磧，不堪往來，有役於山者，往往取逕冢下。儻幸而盡有其處，嵌者爲樊，夷者爲舍，以寧吾親，不亦善乎！甲戌之葬，力可爲矣而不暇，今暇而力不給，奈何！顧吾家有壽種，吾父丙申八十，吾母庚戌八十五，吾庚辰今方六十五年。若盡吾齒，必能成也。小子識之。』於時見先考府君語訖，泫然欲泣。於乎！安知語出不旬月，遂竟爾不祥乎。蒙天之罰，不敢死，既以十二月十七日，前卜葬我先考府君於西二里中枝之山。又二十年，賴先世遺澤，凡所欲於長錫左右青梅、天廚，罔不略備。表元幼愚，逮事先祖考妣。祖考府君寬慈朴謹君子也，於雲臺府君爲同祖兄弟。祖妣鄭夫人，聰敏精書計，於鄉貢進士諱一枝字善甫爲同父妹。雲臺府君以毛氏《詩》起家官四方，晚始貴於朝。祖考府君不及卒業，故先考府君學於外家。以外家之學學賦，學成，復以教表元。戴氏起雲臺府君以來，仕者三葉，其以賦學決科，則祖妣夫人、先考府君之爲也。祖考府君有子五人，先考府君在仲，最愛。祖考府君始疾，以夢諗先考府君曰：『屬寢於張山，甚燠而安，我死，汝必以是藏我。』既喪在殯，先考府君於近郭之山，但號張者，靡不如也，率不合。既而踰信宿不歸，家人惑焉。一夕忽自歸，曰：『有剡客與我言，問其居，居張村。吾欣其名，懼失之，因不及之告而往。往而睹一麓甚美，與吾父夢合也。吾其圖諸，然而無資，則往謁館於大姓許，將教授其子弟。既館，詢其麓，乃楊氏之麓也。房而隸之，且累十主。』先考府君以誠謀於許曰：『公能以館我數年之資假我，使吾親得成葬，自兹而往，吾悉心力以償君如約焉。』許亦長者，惻然相成。用其資，佐家之所出者，分致累十主。又日具醴食人，求其諾，殫勞竭瘁，迨於畢也，肌顔槁削而後得葬也。於乎，勤矣！人子於親得稱善。先考府君之勤，不可没也。若先祖考府君之隱德，祖妣夫人之教，與吾子孫之得居於剡源者，皆不可以不知也。苟知之，不可以不念也。表元因齋沐追記其事梗槩於册，以示後之人。大德十年丙午二月朔日，孤表元謹記。

校勘記

〔一〕天廚峹之右：『天廚峹』，底本脱，據孫本補。

小方門戴氏居葬記

小方門在奉化治南二里許，寳化山之陰，戴氏之祖居之。戴氏古大族，從漢晋來，比比以學行顯重關河間。而居江南者莫著於剡。剡與奉化相犬牙，譜系宜近，然昭穆不可得而詳矣。小方門戴氏，始於八代祖曰九府君，妣曰趙氏夫人。七代祖曰十三府君。六代祖曰十五府君，妣曰徐氏六夫人。皆葬龍潭宣公石橋山。九府君之葬，據横坳面左，地理家謂之斬關穴。十五府君之葬，臨低坳面右，謂之盡龍穴也。惟十三府君迷其葬，當在衆兆中，不能定。十五府君始定居小方門，遂生三子。長諱杲〔二〕，居忠義仇村，爲仇村戴氏祖。次諱昇，居縣東郭戴氏花園，爲花園戴氏祖。又次諱暹，曰廿六府君，仍居小方門，葬龍潭山高坳亦面右，爲小方門五代祖。妣曰劉氏夫人，事具崇寧閣石碣。生四子，長諱宇，曰六四府君，妣曰陳氏夫人、顧氏夫人，葬小方門西南樟樹灘。府君性寛良長者，嘗以衙前役服勞縣庭一年，故平決鬬訟與譬釋勸諭而解者，無慮累百家。役滿日，縣大夫遣子弟擁藍輿，簪花帽，以華其歸。樟樹灘距家七八步〔三〕，其葬有崇阜左拱，水縈縈環之龍潭廣度，石棋盤諸山趨迎顧揖，皆合地理家，又謂之冠帶穴也。是於表元爲高祖。次諱宏，曰八十府君，再傳而絶。又次諱實，曰八一府君，居小方門西宅，爲西宅戴氏祖。又次諱寘，曰八二府君，居小方門益西洗馬橋，爲洗馬橋戴氏祖。六四府君生六子。長九一府君諱顔，次九三府君，又次九四府君，又次九五府君諱辛，貧而極孝讓。又次九七府君，又次九八府君諱克順。九七府君去居鄂，餘皆不離小方門。而九五府君於表元爲曾祖，以六月十三日卒。妣曰六一夫人，以五月二十五日先卒。同日葬小方門東北王家塘青墩。青墩在田隴間，異時族聚盛，田皆戴氏物，墓有封樹。今屬單居遠，萬一顧視之不周，將爲犁鍤所及，吾子孫不孝之誅，何以自贖！九五府君生三子。長萬一府君，次萬四府君，皆絶。又次萬三二府君諱汝明，字叔晦，是於表元爲祖。始去小方門，別居坊郭〔三〕，綵綿行。妣曰鄭氏千十夫人，諱如玉。初，六四府君之六子，有十二孫。九一府君之季子諱簡，字簡之，最後以毛氏《詩》爲待補太學弟子員一人。九八府君之長子萬廿九府君，諱杰，字頤仲，又字良英，太學上舍，附甲戌進士乙科，仕至宗學武學諭，出倅温州，終於奉議郎主管華州雲臺觀。次子萬三三府君，諱杰，字懷英，魁丙子鄉貢，終於禮部特奏名。其子謙四府君諱皡，字平甫，復入乙未太學。先祖府君獨朴魯，有至性，兄弟間以房院擁隘，羣議出婿於鄭夫人。夫人善父先生諱一枝妹也。善父先生以詞賦教授里中，有重名，鄉舉十四人，時預其高選。鄭夫人督警又嚴，甥孫緣外家故，始皆改用詞賦業。府君生丙申七月十日亥時，年七十九，卒甲寅十一月二十七日。夫人生庚戌五月二十日辰時，年八十五，卒甲戌八月十二日。剡源張村别有記。府君生五子。長再十六府君諱濼，字默叟，性貌酷類先祖。舊法，中朝官三歲，得牒上其族子弟名之在緦功親者，試國子監，試中補國子生。府君以伯父武諭牒至杭試，一不中即罷業，晚歲自號拙逸居士。生庚午五月六日辰時，年七十七，卒乙酉八月二十一日。妣曰袁氏三八夫人，生丙寅八月十五日子時，年五十，卒乙卯九月七日。次再十八府君諱灝，字商叟，生庚辰三月二十九日卯時，年六十五，卒甲申七月十九日。次再十九府君諱頡，字子美。次再二十府君諱南一，字梅叟。次再廿一府君諱須。凡七孫，在者四人。而表元由居士第三子，爲仲父後。兵毁無所歸，己卯竟歸剡源張村東二里榆林。尋奉二父葬榆林西中枝山。袁夫人之殯，則尚寄小方門西南二里張山下陳家園。先兄桂二府君兆東，旦夕當卜榆林附近之壤而遷焉。表元因念爲兒童時，鄰巷無過從，旬日必取間道歸小方門，問父兄宗黨舊事，頗知未離析前，諸房鳴鐘會食，縣南軒蓋，惟吾族及王、趙二家常相往來。花園之族歲一見，仇村之族，大慶弔則一見。花園後雲臺公三十年，有六八府君諱鑫，字淳父，亦用毛氏《詩》，自太學上舍附甲辰進士第，釋褐，仕至承議郎太平倅。七九府君諱嚞，字良父，太學特奏名迪功郎，主新昌縣學。蓋纔自表元得通家展叙。龍潭墓有山租錢若干緡，麥若干斤，每歲一人以其租具清明祭祀。祭之日，小方門、西宅、洗馬橋、坊郭老稚傾室來，羅拜墓下。拜訖，餕祭之餘，歸舍復治酒數行，果盤食餅雜饌如式。富不敢奢，貧不敢陋，最後湯餅一箸而散，闔族聚會歡諧，自以爲至樂。花園比仇村絶近，亦不至。其旁枝居鮚埼者，榮一府君諱履，字元泰，又字行之，以詞賦入庚戌太學，成三舍正奏名。榮五府君諱元春，字仁長，辛酉鄉貢，每與表元兄弟語，爲之歎息。故表元自金陵歸，即先復小方門特奉公故廬而居之。漸欲增墓田，廣宗譜，力不暇及而止。惟奉化戴氏甚繁，至於明經入學，決科登名，獨小方門爲然。祖德深長，未易俄測，而後裔轉徙方張，莫知本始。缺於糾合，失今弗圖，後悔滋甚，輒盡所睹聞，登載簡册，以示剡源子孫。并録副本，使小方門、坊郭、西宅、洗馬橋、仇村、花園之益後於表元者通知。而總其名曰《小方門戴氏居葬記》。

校勘記

〔一〕長諱杲：「杲」，底本作「果」，據孫本、馬本改。

〔二〕樟樹灘距家七八步：「七八步」，馬本作「七八百步」。

〔三〕別居坊郭：「郭」，底本作「縣」，據孫本及《自序》改。

計籌山昇元報德觀記

人與人相羨，羨而至於不可及者，以其能也。而有能者不必富且貴。能矣，富貴矣，而於物也必勞。蓋有以命世之英，王侯卿相終身之榮，而不能得山林隱逸一日之樂。兼其樂矣，而人之生必有死，死則羨者始窮。而人之窮者，欲不可窮也，而神仙之説興焉。神仙者，於世之死不足爲〔一〕，於世之榮不足有，於世之名區勝壤，殫人力所不能至者，空飛幻出，無江湖之阻，寒暑之變，資糧車馬之煩，而皆得信其所往，又能長有其樂而不死。於乎！是豈不知可願哉。然自秦皇漢武以來，疲精畢歲以求之，卒無見者。而幽閒荒寂之濱，枯槁之士，往往有忽然而遇，無意而得者焉。余自有四方之事〔二〕，及經喪亂，所至見佳山水不一。每從樵夫獵人訪知爲古來名跡，則爲之徘徊瞻眺，不忍舍去。所居敝廬，抵道家所稱四明洞天者，遠無數舍。歲時過之，蓬蒿没人，猿鼯宅焉。私歎安得瓊臺玉宇也，而辱仙人居之。乃聞吴興山水清絶之鄉，有計籌之山，當餘英之東南，古禹氏國之要衝。崇峰秀壑，峭立天外，而棟宇雄嚴，與其地稱。竊欣慕之，問山之所由得名，則地志以爲越大夫計然嘗登此山，籌度面勢，以營隱居，久之道成，躡山顛危石乘雲而去。至漢而葛玄煉丹其上，故常有雲物騰騰然護其丹穴。天朗夜清，吴人候望金丸之光，以占豐年。問棟宇之所以盛，則初也有壇尋丈，以行鄉民祟祀。既而壇廢，既而復置爲觀。宋紹興初，和國楊武恭王即觀之故而新廣之，始有肖像之殿〔三〕、退食之堂，棲鐘之樓、巢經之閣，與凡所以居止供具，始莫不備。問居之之人，其居之所以能久，則當武恭之時，亳有祖君慶章，王賢其人，以禮聘居之。爲致永隆仁和之田，爲頃贏二十有八，武康之山，爲畝贏五百，以充其用。乾道丙戌之春，太上皇爲枉車駕幸其山中，又爲内出御書經文，及他錫賚爲寵。祖君之後，始改今額爲『昇元報德』。而居昇元者，一軌祖君之道。最後得當塗杜君道堅，王之五世孫頻祖賢其人〔四〕。又爲致山壤之田并昇元，若隸昭忠廟者，爲畝贏千。又有所謂科儀田，經始於祖君以來諸人。至杜君益成之，爲畝贏二百，山爲故而田如先〔五〕。

其山川若是，其人之爲也若是，而昇元之美始完。余嘗思之，夫何必爲仙人，翱翔是山之中而後爲樂，誠使憂患不加，毁譽不至，得爲昇元之徒，採是山之毛以爲衣，挹是山之泉以爲漿，已不翅王侯卿相所無之樂矣。然吾聞神仙者不遠人，凡與人居行而人不知，不必專在深山窮谷之間，亦不必以世俗心窺之，謂其欲長處以自全。今道家言神仙宗老子，雖於計然也亦云得道於老子，其事遠不可知。而吾讀老子書，有慘然憂世無憀之心，其言忌取物多，以有身爲苦〔六〕。將憂人之憂而自爲者樂乎？抑皆其無憂而後能樂乎？它日余持此説也，從山中之人，叩而學之。

校勘記

〔一〕於世之死不足爲：『死』，孫本、文淵閣四庫本、何校本作『能』。
〔二〕余自有四方之事：『有』，底本脱，據孫本、文淵閣四庫本、何校本改。
〔三〕始有肖像之殿：『殿』，底本作『地』，據孫本、文淵閣四庫本、何校本改。
〔四〕王之五世孫頻祖賢其人：『頻祖』，孫本作『頴祖』，文淵閣四庫本作『顯祖』。
〔五〕山爲故而田如先：孫本、何校本作『山爲畝如田之數』。
〔六〕以有身爲苦：『身』，底本作『力』，據孫本、文淵閣四庫本、何校本改。

程母二夫人祠堂記

自宗法廢，士大夫不幸而無子，則取之他宗。比其諱之也，緣飾覆護，若固有然。余獨見蜀鶴山高魏氏，臺西澗陳葉氏，合二族爲一家。歲時子孫衣冠朱紫，通祠廟，聯昭穆，班拜齒坐。上不誣其祖，下不没其親，如秦漢前分注别籍而相展叙者。禮有緣於人情，可以義起，其謂此類哉！江東醴陵教授程元憲見余，言其二母氏之事。元憲故弋陽鄭族，而貴溪程出也。程夫人之父禮兵曹掌故，用經術兩貢於鄉，入太學釋褐，稱江南名儒，委家政於翁夫人。程夫人爲女甫十齡，輒能代二親經紀中外事，化艱險爲饒裕。既長適鄭，鄭亦益睦。當是時，程夫人之仲弟、今將仕公之夫人邵氏，亦賢淑嫺禮度，與程夫人相善，縉紳間號孝義程家。憲府嘗列上其事，乞褒顯，值改物不果。既而邵氏無子，掌故公夫婦年且七十，每享先廟，卻顧深念，憂形顔色。會甲戌歲，程夫人攜諸甥歸寧，見元憲方齔，奇之曰：『必以是爲吾賢婦嗣，且吾女雖鄭歸，程氏家由吾女而立，不可忘。』程夫人以姑婿辭。明年，程、邵二夫人相繼卒，掌故公夫婦固請於鄭，得如言，以童孺持喪行服，乙亥秋九月也。後三十一年，當大德八年甲辰，於是元憲歸自醴陵。既閲歲，即高守塢邵夫人之墓西[一]，築堂以併祠程夫人。供養鋪設，種蒔布植，一一如式。旁祠置田若干畝，以充祭薦守護之費。初，醴陵以乳泉得名，其泉不時發，父老相傳有異人至其地則發。醴陵升州，設教授，自元憲始。庚子春，山亭落成，而泉發於亭下，凝碧如染，因名亭『漾泉』。中都官部使者、州長僚佐、學士諸生，徵圖作歌，以相推美。及是以名祠前之池亭，所以申報稱寄思慕之道甚備，而不鄙辱諗於予。噫嘻！此固疇昔所常惓惓於緣情起禮之歎者也。元憲年方强仕，有才學，能不遺其本，益取德義道藝，倡率程鄭子姓，使兩家賢俊，雲蒸霧滃。他日軒車駟馬，修宗合譜於高守之亭者，纍纍百世而不絶。後之君子，夫豈惟高魏、陳葉是許，將程鄭閥閱附焉，蓋皆漾泉之餘澤也耶。其年十二月十日，剡源戴表元記。

校勘記

〔一〕即高守塢邵夫人之墓西：『邵』，底本作『郡』，據孫本改。

固海宿雲山崇勝寺記

道奉化鮚埼西南五六十里，有聚曰固海，有山曰宿雲，有寺曰崇勝。山起鎮亭，困盤枝披，爲大小横山、蓬島安巖、馬鞍龍髯、珊墟之屬。千縈百折，而後至於宿雲。傍峙一麓，且伏且昂，士人目爲鎮山頭，若與鎮亭相首尾者。自此外薄爲海而山止矣。山止則氣必聚，前此構寺者，取於宿雲，率面之以爲對。既而掖之以爲右，三易而負之以爲背，趨迎按據，始與山稱。寺之額，自唐天成三年名『固海院』，宋治平一年改今名。寺之棟宇興廢，則有璋禪師者，實爲開創第一祖，而不知其所從來。屋久且敝，嘉定間，妙聖師一徹而新之，惟大殿爲故物。至元丙子之兵，方丈祖塔外，皆以毁廢。祖森師乃重建法堂、庫院諸室，儲材蓄工，將以次營懺殿，立塑像。前寺主文彬師亦擬於道場上飾觀音自在像，漸漸可以完復舊觀，而森師逝。己丑二月，鄰境盜發，寺屋自方丈祖塔及彬師下房外，又皆燬。於是一正師劬勞撙節而重興之。以戊戌冬建庫院，又四年壬寅冬建懺殿〔一〕，文約師建臺門，長者天台蔣邦佐建法堂，丙午冬建香積廚，馬溥建大釋迦像。諸餘藻飾位置，以至祝釐禬災之處，凡寺之所須，無不具備。寺之田產贏縮，則舊籍僅二十有六畝，山一百畝。慶元元年，曇產師始於寺東青山西得海成田，得若干畝。繼而妙聖師於川塘南築月浦，得若干畝，然猶不給。迨一正師又積累增買六十畝有奇，以充長夏口供。由是晨昏鼓鐘，寒暑鼎鉢，纔成叢林。而於後協贊傾貲助役者，僧如日如月也。及是耆宿文采等，以狀載顛末與其諸老之績，若一正師之行，實來求文以爲記。一正師之居號蒙泉，奉化泮者吴氏子〔二〕。年十八，棄家投寺僧如岳爲比丘。稍長，講學於南湖安道寧法師、華亭西巖伊法師，有賢名。丙子歸盡思蘭若，奉乃祖彬師。師逝，繼主其席，兼主宿雲者十有三年。逝以丁未正月，窆祔月浦祖塔側，壽五十八。嗣三人：允聽、允時、允中。師爲人天性崇重，接物無親疏，一以慈恕，蓋狀之云云如此。余聞宿雲山久，山南古仙人種梔林，燒丹洞，靈跡接踵而有。竊以爲四方之事，可以老息，若此山州里之中，簦笠屝履之所不及，固不得捨。寺又當台明孔道要會，多遊從，開堂振錫，先後多得賢主人。旦夕幸身閒健，或尋靈運穿山之蹤，繼興公登隆之賦，而庶幾見之，遂不憚以文爲之先容云。至大戊申之後十一月既望記。

校勘記

〔一〕又四年壬寅冬建懺殿：「四」，原作「二」，據孫本、文淵閣四庫本改。

〔二〕奉化浲者吴氏子：「浲者」，孫本作「降渚」。

天壽報本寺記

奉化剡源之山，起會稽，略天台，穿連山界嶺石門南東行，累十百千折，然後達於班溪。堂皇曠夷，扈衛偃伏，行道之人，皆以爲宜棲禪林梵坊，而未有領會之者。余近過其地，則風煙林莽間，朱碧翬焕，鐘魚有聲，問其廬，曰：天壽報本也。問其創之僧，曰：正思也。問規構，曰：剗荒萊，揭隆棟，有若幻成。凡室之於殿堂廊廡、帑廥庖湢，像之於繪塑，器之於食用諸物，無不具也。問産殖，曰：田之可稼者，爲畝二百。陸地山林之可藝可薪者，通爲畝百五十。朝夕之饘粥，公私之靡費，可不至缺乏也。問歲，曰：經始於大德癸卯，距乙巳落成之日，無幾時也。於乎！據形勢之要，擅工能之巧，謀敏而業宏，心精而慮久，是何不動聲色，而倏忽變化，魁偉不常如此哉！世儒多言浮屠法能絶私去累，無愛惜戀慕於心，故遇事往往堅決，不就不止。又所與遊盡江湖之交，多閲於土風，而熟其向背逆順，故所爲而成，所成而善。是不盡然。思師自其幼年，思師於班溪爲鄉里毛氏子，父諱某，早世。兄弟五人，最少者亦爲僧，曰清瑞。思師自其幼年，母邵氏即割愛命之薙髮易服，復與之經營之資，曰：『他日我老，願汝築一庵以養我。』師受其言。庵未成而邵氏没，日夜念之，不能忘於懷。清瑞師懷之，爲助鄞田若干以起其役，功用克集。庵之考卜，師耳目所自悉。其初本以居室之名名静山，師以庵籍校之，奉化凡四五百區，今存者纔什一。非壞於故家子弟，則同門僧挾强懷妬以破蕩之。遂以公牘上聞，乞易庵爲寺，而得今額。其名義蓋上申華封之祝，下存凱風之思云。寺僧相傳用甲乙，思師之下曰拱辰，曰自端，其世世以次謹持之，俾勿替。至大改元孟夏七日記。

法華寺興造記

奉化僧刹以名跡著稱，而人所慕遊者，東岳林，西雪竇。二刹相望六十里，修溪隔之，峻嶺矗焉。或值霖潦凍雪，進不得達，而退無所休。自余爲兒童時，聞患此久矣。後十年過之，則當二刹之中，日峰之西南，有法華接待者，建屋廬，儲饘餐，以爲行路之憩食。又二十年過之，則前鐘後魚，左巾右鉢，崇殿修廡，層軒複院，騫高聳躍，峨峨然成一寶坊梵宇矣。訊其事，蓋法華僧前後二師者實爲之。前師曰妙森，後師曰文冏。前師於時涖日，與其賢主人趙二卿者相善，二卿爲之捐糧以補竭，資力以創施。久而邇孚遠悦，輸助恐後，遂罩其趾爲唱法之堂，爲炊饔之庖，爲偃勞之室。既而二師圖所以永久也。前師居治如故，而後師持函遊，從江浙間富豪乞求贏餘，歸營子本，以貯田産。由是法華之舉漸立。而前師病，垂歿力憊，求後師於卧榻側，瞠目囑以吾二人握空拳爲江湖竪津梁，不可中輟意。後師答以盡力當如言，即瞑而逝，宋咸淳辛未歲七月五日也。數經始之年，當淳祐乙巳，至此二十五寒暑矣。後師嗣爲之，益增田拓址，裒材展工。又凡二十五年，然後緇流居游出納之所，像設妥侑起止之位，法屋拱衛莊飾之序，大小靡不完備。與奉化諸大刹等，伏臘朝晡百需之費，亦不假求外而給，於是略可如志。而後師又病，又力憊，以艱難繼紹事宜，囑其嗣若珣輩而逝。其語如前師加苦，元貞乙未秋七月十八日也。後五年，若珣輩懼歲久墜其遺言，而先勞之不可不紀，橐事狀底裏來請文誌諸石。余惟一法華之有無，在宇宙間不爲損益，而其道之所由興廢，可以爲世之勸戒。方是地之未爲法華接待也，人見其荒榛野草，固不知有今日之盛。雖二師往來齎呻霜露中時，亦何敢以爲必濟。謀同助，勞肯分，志廣而衆不疑，故能赤手竟成之。然又必須五十年之相繼，事始不廢。孔子稱：『如有用我者，期月可也，三年有成。』稱：『王者必世而後仁。』稱：『善人爲邦百年，可以勝殘去殺矣。』而孟子稱：『大國五年，小國七年。』至要其大期，則謂五百年必有名世。人之行志，待五百則已遠，任之者復要之必世，而三年、五年、七年、期月者皆是也。而功卒不立，孤行而少與，多嫌而數易，故吾儒之齟齬，什有八九爲二師之徒所笑，無足深怪。二師皆居鄞之通遠，前師周氏，受經金谷空相，壽五十有五。後師戎氏，受經城南能仁天壽，壽七十有五。藏骨異塔合亭，在法華後鳳凰山上。大德四年後八月望日記。

卷六　記

杭州祐聖觀記

祐聖觀在杭州城東隅，宋淳熙三年丙申歲所創也。越再乙未，當皇元之元貞元年，今靈妙貞常崇教法師王君壽衍被璽書之寵〔一〕，來領觀事。始至，睹營繕事劇，即勤勵自刻，完缺飾廢。不期月，績望大孚。乃從遺老搜問故實，而記載之詳，泯然無聞。乃愕然而作曰：『噫，茲寧非缺歟？』蓋觀之地舊有明遠樓者，阜陵嘗讀書其間。後移爲觀，以崇奉祐聖香火，爲百姓祈福。仍賜今額，以道士仇君安一主之。然館廡徒具，而資糧不充，屬杭尹若漕以時時經紀之而已。又後壽成后許以遺命，撥養田二十餘頃之隸仁和臨平者歸觀。慶元四年戊午，觀始有産籍。既而端平元年甲午，有棲霞何氏一區之山林。淳祐三年癸卯，有錢塘界田原園麓二千餘畝，俱以恩澤得之。然後化者有歸，而食用無乏。嘉熙元年丁酉夏，民廬火，觀遂延燬。藉有司之力，期歲復舊。至元十七年庚辰冬復燬，惟門臺及陸君宗補虛白齋存焉。於是陸君竭囊橐，躬畚鍤，晝夜興緝〔二〕。大人長者，聞聲胥應，時則有若平章政事游公、副總管張公援助爲多。荆榛瓦礫中，百礎齊築，工殫力疲，而法師適來。若素後繪，若耕終畝，凡陸之規，修廊崇殿，叢房複宇，罔弗周舉。最後乃架方丈之室。丹青絡連，簪裳遊棲，薰脩有憩，朝展有次。歲時朔望，羣瞻輩趨，琅璈之音，檀沉之氛〔三〕，風行雨渟，靈斿神槊，陰翳閃爍，嵬嵬乎信藩都之勝觀，仙真之珍宅也。夫由曩之創則重勞，由今之繼則倍善，誠盍亟圖之，以傳信勸遠，爰相與斲石來請文。余惟神道設教，所從來久矣。而是觀韜藏俛仰於百有餘年之間，名字若存若亡。主者自仇君後，且十七易，及今始適遇其時而興，又適得其人而盛，是殆非苟然者。然古之至人，常以道超世，不以世溷道，跡其天游神運，逍遥揮斥，自當渺八荒爲一室，閱千紀如一息。去留伸縮，無不如意，而暇計較於區區名跡之短長乎！惟至於有生之必有寄，有寄之必欲安且久。雖甚曠達，誰能忘之？此紀述之所以不可廢也。因不辭而爲文，俾刻之。大德五年辛丑夏六月既望，剡源戴表元記。

校勘記

〔一〕今靈妙貞常崇教法師王君壽衍被璽書之寵：『衍』，孫本作『行』。

〔二〕晝夜興緝：『緝』，明鈔本作『葺』。

〔三〕檀沉之氛：『沉』，底本作『忱』，據孫本、明鈔本、文淵閣四庫本改。

婺源羊鬬嶺施水庵記

徽之山由閩出，其綿連東行，千委萬折，將舒而爲婺源也。五嶺截焉，氣雄形深，脩峭阻阸，而其塗爲三吴、百越商旅之所必經。加以霾霧暑潦風雪之蒸薄蒙冒，前無停居，後無行羣，則螫蟲惡獸異物，隱見駭惑，不可睥睨，往來者胥以爲病。有土人洪君覺震，當五嶺之中曰羊鬭嶺者，躬刊築之勞，創精廬若干楹，以休行人之艱憊，又烹汲茗飲以沃其渴煩。既又懼功惠之不既，爲捐稼田爲畝者五，圃地爲步者二千一百六十，使學道之徒守而居之[一]。於是人之有役於婺源者，如無五嶺之險焉。若洪君之不憚疲其躬以濟物，不近於墨氏之道者耶？而人何由非之？蓋當俱不能以無弊。余嘗見世儒非楊墨氏，楊之持己堅，墨之狥人廣，而要其終先王時，斯民之行者，雖累千百驛，山不逢虎兕，水不憂蛟龍。疑也有鑄之以象，迷也有指之以車，阻也有達之以節，勞也有止之以舍，飢也有輪之以食。使洪君生於其間，雖欲行墨之道如今之爲，其何所施乎！然若是者，世必有真儒能爲之，顧諸君談何容易。而洪君之事，近在目睫，不可以不紀其始，使來者姑有考也。五嶺於婺源爲著，其外有回嶺彌險，前是洪君既嘗廬之，因附書焉。大德五年歲在辛丑八月既望。

校勘記

〔一〕使學道之徒守而居之：『之徒』，底本作『者徒』，據明鈔本改。

重建瑞龍威德寺記

信多名山，山尤名者，往往浮屠氏居之。有居貴溪之瑞龍山者，曰威德寺。相傳天將雨，即有雲氣蒙蒙然吐其上。旱歲，有司爲壇墠，請輒應。由是以瑞龍名山，而寺額取神靈潤澤之義，如所稱。寺蓋爲民而設，非尋常崇土木、聚緇褐而已。然郡志於貴溪載威德寺，縣志並載寺田五百五畝，而皆不詳其所起。惟僧家以爲昔馬祖禪師實始開築〔一〕。寺久且廢，田歸豪家，雩禜之跡亦少，而瑞龍爲空山矣。乃至元己丑歲，今天寧主僧妙薰，自鉛山西林歸，道塗所經，目悟心動，會詔旨許所在興葺廢寺，有侵疆匿産者，詰其罪。於是夷荒發堅，鳩良役能，凡經營六年，門臺廊廡，堂寢房帑，洎諸莊嚴像飾之制，靡不完麗。鐙錫往來，鐘魚朝昏，儼然與承平梵宇無異。此一瑞龍山也，以昔焉廢之之易，而今焉復之之亟何居，是不繫其人乎？萬家之邑，百里之城，視一寺爲大也。居其位而不治其事，問之則曰：吾志非不及此，權不得獨爲也。今夫妙薰師爲之不因其素，治之不當其任，謀興於邂逅，功成於咄嗟，劬躬悴心，先施其勞而後食之。及既去瑞龍來天寧〔二〕，則以授其徒之嘗同宣力者，廣燈、廣授、廣猷、大臨、崇弜等，使次第補其處。行藏進退，從容治辦，豈不聳然異於人哉！師字少白，閩儒家黄氏子〔三〕。寺成之九年，遂來索文爲記。因爲略叙本末，若證驗文牘，傾助氏名，它石具焉。大德七年歲在癸卯五月朔日記。

校勘記

〔一〕昔馬祖禪師實始開築：『昔馬祖禪師』，明鈔本作『唐時馬祖一禪師』。

〔二〕及既去瑞龍來天寧：『瑞龍』，底本脱，據明鈔本補。

〔三〕閩儒家黄氏子：『子』，底本脱，據明鈔本補。

邢州秀野堂記

邢臺王成父，自其先大夫築秀野之堂於所居之里，洎成父長成而能仕，以材選佐使江南，乃及與余交，而問記於余。余嘉其意，不得辭，則本故實，據古昔，爲成父講之。先王之時，人無不農，凡操耒耜、服稼穡者，通謂之野人。人人皆農而何以治之？於農之中，擇其秀者，以齒於學，以録於鄉，以升於朝。其尤秀者，爲大夫，爲卿，爲公，而通謂之君子。孟子所謂『非君子莫治野人，非野人莫養君子』，此其别也。漢始以秀才名科，然亦不廢力田孝弟諸目。自是有公府辟召，自是有九品中正。其所取之人，載在史册，往往由草野得之，非皆綸巾羽扇，唾壺麈尾，以清流自命也。科舉任子興，然後一切鄙農不爲。余之少時，身預斯弊。中原風俗，則非江南可比，三河尤爲豪傑義士窟宅。想見王大夫名成行尊，倦遊東歸，有意於斯堂而營之也。神馳太行之飛雲，目遡漳河之流泉，下車舒徐，巡按阡陌，班荆從容，問勞父老，禽鳥往來，花竹左右，一時功名經濟之懷，收捲浄盡。平生交遊故舊，聞堂成而落之，烹羊羔，糝伏雌，彈鋏擊筑，醉舞起和而歌。噫嗚！於是公罔揚觶，張老進祝；擧過庭之異聞，修飲鄉之旅語。雍雍乎，于于乎，其尚友温國，徵名洛園，而徜徉於秀野也。然乎？豈不然乎？成父之材之能仕，余所聞而知也，抑成父有所受之而然，而余之知猶未盡也。士何用專以材得名，亦何用專以能仕爲材〔一〕。成父顧斯堂之名，而常自省焉。

校勘記

〔一〕亦何用專以能仕爲材：『專』，底本脱，據明鈔本補。

徐氏報恩閣記

人道之至親，無踰於父。由父之親而類之，凡父之同父皆父也，皆父則皆親。然先王制禮，獨許爲父廟，而諸父不廟者，尊各有所專也。皆親以順其情，獨尊以嚴其義，而禮始行。又當其時，生閭里〔二〕，死族葬，服盡者舉同爨之緦，屬遠者預四宗之祭。想見世家族聚，雖百代可以不散，而況羣從尚近之親乎！後世宗法先壞，人無貴賤，以析居異産爲俗。以第五倫之賢，而愛衰於兄子；謝太傅之義，而哀廢於期功。他何望哉？弋陽徐君覺民，嘗爲予道其伯父思齋公之事。徐氏初以儒儉起家，迨覺民之生，十一年而喪其所天，思齋公撫之猶子也。爲之督業，爲之聘師，爲之典衣鬻田，以供其費。比長，爲之通名於鄉先生謝禮部、張教授之門，以盡其藝。藝成而科舉廢，公亦與世辭矣。於是覺民兄弟，既葬公於里之杉木原，有司上其名而官之。遂教授信州，再轉尤溪、遂昌主簿，而家且日肥。覺民曰：『吾微伯父之賜，不至是。』

圖所以寄其慕思者。杉木原之旁不半里，有寺名中山，乃於寺東偏，創飛閣三間，嚴像設，潔龕几，崇鼓鐘。割上肥田十畝以予僧〔二〕，俾諱日以其禮祠之，而聽徐氏子孫會祭。閣成，扁曰『報恩』。夫此何足言報，抑聊以志不忘焉耳。如是既定，覺民不自安，以問於余。余曰：『此雖非先王之禮，而猶先王之意也。不然，儒家者力既不能置宗，法又不許備廟，人人各親其禰，世世愈遠其祖。而覺民之一再傳，不復知有思齋公矣。覺民其忍乎？君子於此，不惟當姑許之，又當獎成之。使爲尊者，知恤其卑之有報；爲子姓者，知不遺其旁親之爲美。於以扶人倫，勸世俗，宜非小補。』閣扁某公參預所書，其割田件目，創閣月日，載在租籍。此記者，宜不著。

校勘記

〔一〕生間里：『里』，孫本、明鈔本作『居』。

〔二〕割上肥田十畝以予僧：『肥』，明鈔本、何校本作『腴』。

此樂堂記

弋陽徐覺民，爲尤溪主簿。時太夫人年適七十，覺民歸而率其子弟諸孫，奉觴爲壽，歡如也。顧舊堂頗迫隘，明年因其後隅，闢而新之。爲个五，爲楹十二，魁深廓方，有翼有容。遂取白樂天《對酒詩》中語，名其額曰『此樂堂』，而屬余爲之記。余惟天下之樂，出於力營勢致者，莫不皆有淺深豐約之不齊。而惟奉親之樂，得於中心之誠然，不以貴加，不以窶損。迨乎情真事愜，適無牴牾，則單門素士之養，或有王公卿相之所不及。樂天名位，固不爲甚高，其清才至性，發於歡暢，形於歌詩，鏗鏘膾炙，轟人齒頰。覺民有羨於此而取焉，無所不可。抑區區之論，以爲覺民似不必甚羨於樂天。令樂天在，固將求爲覺民而不可得也。何以言之？樂天奉母時，家貧俸薄，嘗從禁林，乞兼京兆户曹參軍以便養，淒涼酸楚，聞者憐之。後來禄食稍充，居饒園池，樂備絲竹，則其樂日與賓游僮伎共之，而不及親矣。《新井》之篇，爲母受惡，一斥司馬，再遷分司，逃讒畏譏，浮沈終身。兼之門清祚薄，子息稀絶，晚節寂寞，自同枯禪，而何樂之言乎！今吾覺民，官雖淺，足以行志；居雖僻，足以全真。進無簡書之憂，退有山林之安。而太夫人自其盛年，秉節勵操。勤勞之獲，積成豐餘；貞烈之苦，舒爲康怡。歲時晨昏，問安展慶，綵衣盈前，含飴擁後。意動而甘旨具，頤指而供帳給，計人生居處承順之悦，一一無所虧缺。豈惟樂天愧之，將世之凡爲人子者，舉願爲覺民此樂而不可得也。古者朋友比兄弟之義，將登堂拜母。覺民於余不可辭，乃次第所欲陳之云云以先之，而因以爲記。大德八年四月既望。

冰雪相看之居記

吴成季法師之居，在京師崇真宫。客有疑於冰雪相看云者，以問之。其人臆之曰：『法師厭紛囂，羞溷濁，姑有取於天地間清物，以爲洗心盪目之玩焉耳，何疑乎？』其人之羣，有學道者，聞其人之説，呀然而笑曰：『噫！是以世議相短長可也，烏足以盡達人之云云哉！且子以爲冰雪者孰爲之？』曰：『氣爲之。』曰：『氣孰爲之？』曰：『水爲之。』曰：『水盈於天地間，爲雲，爲雨，爲霜露之屬皆是也。而得爲冰雪固少，今得爲冰雪〔一〕，而可常常玩之乎？』曰：『冰雪之可玩者，以其爲水之變而愈清者也。』曰：『水變爲冰雪而愈清，不曰冰雪又變而爲水乎？』蓋嘗静而思之，冰雪者水之跡，水者天地之跡，天地者太虚之跡，太虚者氣之跡。人以其跡，與太虚之跡相摩，不啻百千萬塵之一息。其偶然得氣之清，而能以功言行業，著稱於時，而超異於流輩者，亦猶水之偶變而爲冰雪也。名成志就，得其憑依，享之長年而有後者，冰雪之近於人而收藏稍久者也。俯仰雖不愧於幽明，而憂讒畏譏，名不能終全，志不得盡遂者，冰雪之難成而須臾幻滅者也。全貞守素，深潛不市，以自善其道，冰雪之處於空林邃谷，而無斧斤之戕、風日之爍者也。然是數者，皆不能不化。雖不能不化，而其爲冰雪清氣長在也。抑其説何止於是。吾遊於世，而知夫人之可貪可慕者，無如權貨勢禄，大之英雄豪傑之所必争，而小之不免爲愚夫愚婦之所共惑。當其疾趨而求，重關而扃，莫不以爲難致之珍，不拔之業。而由吾觀之，經於吾前而不留於吾目，蕭蕭然冰雪之不若也。故冰雪一也，有化之於跡，有化之於無跡。有跡之化，吾前之説也；無跡之化，吾後之説也。吾常見儒者不涉吾道家門户，以爲怳惚怪誕，故其事難爲言。吾道家所居，有瓊林珠玉之雕飾，夏暑不能使之暄，冬寒不能使之凍。窮其飛騰變幻絶跡之觀，希世之須，何境不可移〔二〕，何求不可獲，而況區區冰雪之玩，欲有即有，欲無即無乎？而公等何以疑之？於是客與其人，皆駭歎愧謝〔三〕，知世外之學，果有所未盡也。託余述而文之以爲記。

校勘記

〔一〕而得爲冰雪：其中『固少今得爲冰雪』七字底本脱，據明鈔本補。

〔二〕何境不可移：『移』，底本作『遺』，據明鈔本改。

〔三〕皆駭歎愧謝：『皆』，底本作『者』，據明鈔本改。

晚香堂記

番陽樵隱吴君，作新堂於壽櫪山所居之西偏，種菊其間，而名曰『晚香』。其子法師與余遊，以書來屬爲記〔一〕。蓋當其時，公之年，與夫人之壽皆七十，法師自禁林得請歸，奉觴稱慶。朝廷之近臣，江湖之名儒，凡能文詞墨翰者，俱有餞贈，以相褒美誇歎。華編巍榜，照耀山谷；

文軒貴驛，震動行路。以人情論之，意亦可以娛遲暮，暢憂鬱，而不愧於其名矣。法師曰：『不然。吾家居壽櫪山幾餘二百年〔二〕。自樵隱公以上，世有厚德，不戚戚以居，不汲汲以趨。方番陽盛時，朝朱暮紫，東印西組，人無寧蹤，而樵隱公處之恬然。及今銓改舉罷，驅馳之事盡息，而吾樵隱公恬然猶前日也。顧作一區之宅，以避寒暑燥溼。前有清泉盤石之觀，後有脩篁茂樾之美，行豆觴，業誦絃於其中，已不啻足。必於耳目欲有所增益，將世情何物不可願，而獨取夫菊，殆微懷淡泊，偶自相合耳，而何他說之云乎？』嗟夫！物之無情，不如人之有欲。自垂髫以至皓首，余見富貴家多矣。名園甲第，遷奇花，構怪植，千金之資，萬夫之力，聘致惟恐不亟，裝飾惟恐不侈。歌鐘未休，老憊且至。幸乃有賢子孫扶持之，僅僅猶可自保，此不待遠取而知也。而吴氏隱德，盤薄停蓄，至於二百年之久，可謂晚甚。猶徐行廉取如是，天豈不愈念之，而士大夫聞晚香之風，亦可爽然動心哉。是爲記。大德八年秋九月四日。

校勘記

〔一〕以書來屬爲記：『來』，底本脱，據明鈔本補。

〔二〕吾家居壽櫪山幾餘二百年：『壽』，底本脱，據明鈔本補。

先天觀記

信之龍虎山以僊著，學僊者附之而居，枝牽葉聯，不可勝數也。曾貫翁作先天觀於其山之南，役最後，地最僻，境最勝。其初也人皆疑之，終也人皆奇之。貫翁曰：『噫嘻！吾何意於是乎哉？蓋吾生而畸孤，年未衰而倦遊，交雖多而寡諧。以爲既不願有求於世，徒得數弓之宅，一夫之田，奉吾師香火而休焉，已不翅足。顧便近地不可得，會有以山麓售，喜而質之。則樵者捫巖而蘇，耕者焚林而畬，其艱且勞如是，而何以爲居。然不敢決焉捨去，爲之盡力。攀陟一睨，忽然而堂皇開，突然而輔衛立。問其名，若仙人岡、麈山、臺山、天應山之屬。平時想像於煙嵐渺没間者，一一近在目睫，心不能無動，遂乃銖累寸葺，自經始於庚寅，明年辛卯精廬成。又明年壬辰中堂成。越十有三年甲辰，祖殿、庫廡、門臺諸室俱成。澗徑自水口甃至觀前可三里，水縈縈四時不絶，流溯鶴飛臺下。少東第一橋曰雙清，其南曰月泉。益東第二橋，有成石如船，俯瞯澗中〔一〕，曰雲闕。而溯少南，第三橋曰桃花流水。益南又第四橋〔二〕□□北折匯一巨池，曰長生，先天觀門臨焉。過門益北，造一亭，顔其扁曰一粒粟〔三〕。中又折，益西曰自然亭。自然之西南，曰深處巍屏〔四〕。深處陡上，巍屏矗張，正與僊人岡、麈山相客主，曰雷壇。俯壇而西南曰雲庵，曰逍遥遊〔五〕，眺琵琶峰，可企而摘也。復南俯一圓池，曰魚我，魚我之頂曰天風雲外〔六〕。其東下曰玄圃，益下横二泉，橢而瓠腹者曰一瓢餘〔七〕，流爲丹鼎〔八〕。出二泉，右可以第四橋，左可以長生池也。諸名或亭或不亭，諸亭或扁或虚〔九〕，大略使人遊其中，如循環無端。觀傍田可稼者，餘百畝田，上山破荒發堅，悉種花竹雜果木，今皆滃然成茂林。此吾居山之顛末次第，誠不料得至於此，而人何以疑之，復何以奇之乎？』吾始聞貫翁賢，如貫翁之於先天，寧非是耶？寧非是耶？請以是爲記。大德八年九月日朔旦。

琳館往往爲人指目者，其先固皆荒巖絶谷，不通車轍馬跡之處，意有神物秘惜，待其人而居之。

顧親之。及承其言，儉而慈，静而貞，信乎其有道高君子也〔一〇〕。古之爲僊者不擇地，今所稱

校勘記

〔一〕俯瞯澗中：明鈔本作「檥澗中」。

〔二〕益南又第四橋：「第四」，底本缺，據孫本補。

〔三〕造一亭，顔其扁曰一粒粟：此句底本脱九字，只有一「粟」字，據孫本補。

〔四〕曰深處巍屏：「巍屏」，底本脱，據孫本補。

〔五〕曰逍遥遊：「遊」，底本脱，據明鈔本補。

〔六〕魚我之頂曰天風雲外：「頂」，底本作「頃」，據明鈔本改。

〔七〕橢而瓠腹者曰一瓢餘：「曰」，底本脱，據明鈔本補。

〔八〕流爲丹鼎：「鼎」，底本脱，據明鈔本補。

〔九〕諸亭或扁或虚：「諸亭」，底本脱，據明鈔本補。

〔一〇〕信乎其有道高君子也：明鈔本於「高」字下有「尚」字。

虚室記

人情之至不能忘者，莫如身。因有身也，而不能忘其居；因有居也，而耳目口體百物之

須，舉不能忘焉；因有耳目口體百物之須也，而貧賤者思足其欲，富貴者思固其獲；貧賤者思足其欲，富貴者思固其獲，而世無閒民矣。臨川危公遠法師，與余相遇於玉溪之上，曰：『若我則庶幾免於斯夫。』余聞其言，固心異之。閱一年而以書來，請記其所居之『虛室』。嗟乎，公遠乎！子之室，其既真能盡虛之耶？抑方將有諸而遂以漸虛之乎？人之一身，寄於茫茫，行於冥冥。得有其室實難，有室而能虛之尤難。有而能虛，虛而不失其有，尤加難焉。公遠生於世家，左玄右史，前道後術，少無科舉利禄之賊，長無妻孥産室之錮，所謂耳目口體百物之須，仰於世者甚簡。使之富貴，可以知其不遷；使之貧賤，可以知其不怵。而又出門盡見天下之名山大川，登堂則縱交四方之公卿豪傑。凡老師宿儒，經生學士，白頭羨慕而不得如意者，不勞經營，悉萃几席，餐芳襲腴，搴寄攬秀，天爵之華，内美之珍，無物不具。公遠方守之以謙，取之以廉，薄積而厚貸，多穫而少穫。其爲室也，可謂之有而能虛，虛而能不失其有者非耶？雖然，公遠爲老子學者也。虛室之言，出於莊周。莊亦師老子，而老子之虛，與莊周異。老子之虛，虛其德。其言也，憂世以爲慈，同物以爲和，譬之與天地八荒萬象爲一室者也。莊周之虛，併其言而虛之。久則將使人傲世逃物，而自居其福，譬之欲以天地八荒萬象爲己之私室者也。公遠其審擇於斯二者而居焉。大德八年孟冬既望。

卷七　序

春秋法度編序

咸淳中，余備員太學。博士弟子見學官月講必以《春秋》，竊怪而問諸人，曰：『是自渡江來以爲復讎之書，不敢廢也。』夫復讎之説，初非《春秋》本旨。中興初，胡康侯諸公，痛數千年聖經遭王臨川禁錮，乘其新敗洗雪而彰明之。使爲亂臣賊子者增懼，使用夏變夷者加勸，儒者之功用，所爲與天地並，如是而可耳。及其久也，《春秋》之編未終，讎不得復，而鼎遷科廢，學者不待申臨川之禁，而絶口不復道矣。雖以余之困而願學，求欲如昔年從博士後時意氣，詎可得耶？鄉郡趙君漢弼，與予爲同年生。精力趣尚，記誦討論，視余略不衰惰。其先人清敏公，嘗以《春秋經傳集解》奏之經筵，刻之琬琰者若干言。經火燬滅，漢弼追憶而補存之。摘其出於先公自著者，定爲若干言，又評考二百四十二年行事，合於《詩》、《書》、六典，名曰《春秋法度》之編者若干言。無近世掎摭破碎之嫌，而於儒者之功用有所發。於乎，何其能哉！蓋漢弼之爲人吾知之。生於紛華之窟而能勤，長於功名之塗而能静，老於艱危之境而能泰。故其於是書，亦不以世故炎涼盛衰而奪。

抑交游之期於漢弼，何有紀極。漢弼年未甚高，余戊戌春過之，見其蕭然一室，几硯在左，杵臼居右，畦蔬汲井，無一毛干世之色。其於《春秋法度》，未可量也。

通鑑宿辯序

學者之於書，猶賈然。賈欲居貨，必據乎雄都要府，五通八達之衢，百物之聚，時其贏詘，而察其良窳，博取而精出之，而又取之以廉，而守之以不悖，然後可以爲善賈。不惟能富，而能不至於敗。《通鑑》者，衆史書之雄都要府、五通八達之衢者也。《通鑑》未出之前，稽古之士，一史不窺以爲闕。《通鑑》既出，衆史書事以略廢〔一〕，是天下之貨，一日不勞而致之矣。然自余知學以來，所見前後輩〔二〕，習《通鑑》者甚少。不曰未暇，則曰力不及。夫力不足者，窮賈也；力足之而未暇者，弱賈也；暇矣，力及之矣而有終身不習焉者，陋賈也。幸逃是三者，有人焉窮力而習之〔三〕，詰其事，前舉而後隨；誦其言，累百千萬，不逸一辭，可以爲難矣。然而不通其理，不盡治亂賢否之所以然，則猶多蓄天下之貨，而不時其贏詘，不察其良窳，貨雖多而不知爲富之術，是滯賈也。又有人焉，能習其書，能通其理，能盡治亂賢否之所以然，可以爲愈難矣。然而措諸辭則戾於訓，施諸用則趨利逐便，而不適於經久，則姦賈也。姦賈不若不賈之善也。里中有博雅君子曰王君熙，字子和。予晚不及見，而見其弱冠所著《通鑑宿辯》若干言，喜而讀之竟〔四〕。事求當，不求遂；語求盡，不求巧；時引周漢以下千餘年陳跡，裁之於王道，此其譬於賈也。若挈《禹貢》九州山海之富，而用《周官》之法衡之也，豈與夫白圭、范蠡輩比力而等哉？惜乎！王君年未老而學已成，迨其老且益昌，而不得一名以行其志，使之議於朝，聞於國也。君止一子，今亦老矣，賈術非不善也，而世窮。人之傳其書與否不可知，姑私係所聞，以諗於同好云爾。

校勘記

〔一〕衆史書事以略廢：『事』，孫本、文淵閣四庫本作『可』。
〔二〕所見前後輩：『所』，底本作『而』，據文淵閣四庫本、何校本改。
〔三〕有人焉窮力而習之：『人』，底本作『是三』，據文淵閣四庫本改。
〔四〕喜而讀之竟：『喜』，底本脱，據文淵閣四庫本、何校本補。

讀易蠡測序

古聖人之經，至難言者莫如《易》。余考王制，見先王時之居學校者，其法春誦夏絃，秋學《禮》，冬讀《書》。而仲尼之門人，記其師雅言之詳，不過《詩》、《書》，執《禮》，而皆不及《易》。惟其自爲也，則不得已有文以明之。以見《易》非聖人不能言，而雖聖人之教人，亦不使人之得以易其言也。漢以後始有《易》師。今諸家法度，髣髴具存，往往用之占步測算，非若後世之言《易》者，以爲必能通聖人之言，而續爲之説也。余之少時，不免斯累，近乃稍自悔艾，欲慎其出。竊嘗間與爲雜學者往還，若丹經之鉛汞，曆書之紀朔，醫家之運氣，兵家之機勢，大略反與《易》合。而支離泛濫不切者，莫如書生舉子之説。此無他，彼數氏者猶託於象數爲可準〔一〕，而書生舉子專以空言談理故也。儒者徐君之祥，自番陽槖所著《讀易蠡測》若干言〔二〕，見余於餘杭。其言象數，取皇極於康節，取太極於濂溪。厥既知所先務，而諸卦之中，多詳其變，曰：『非變無以明《易》。』自正體、伏體、互體、變體、反對體、上下體而通之。一卦有六十四，以至於四千九十六，愈變愈通，而卦愈不窮。有辯卦中有四畫、五畫而成卦者，皆見於《易》。反覆懇款，實皆不叛於新安漢上二朱氏之學。余甚慕而奇之。而徐君機神敏給，於天人性命，事物精麤之理，他人經年歷紀而未喻者，一目即了，其得於天蓋厚，不但人力之勤也。然君於《易》書之變，本由象數以通理。而象數者，起於無而寄於有，理者妙於有而歸於無。寄於有者其變可知可言，歸於無者不可知不可言也。人之可知而言，《易》之變，固不止於四千九十六；人之不可知、不可言，畫之一不必三，卦之八不必六十四可也。古人老而學《易》，《易》又爲憂患作。徐君涉世益熟，刊落輕鋭而復諗之。蠡乎，蠡乎，其遊於聖人之海，有不爲夜光乎？

校勘記

〔一〕彼數氏者猶託於象數爲可準：『彼』，底本作『使』，據孫本、文淵閣四庫本改。

〔二〕自番陽槖所著《讀易蠡測》若干言：『讀易』，底本作『易經』，據題目及孫本改。

左氏窺斑序

夫子没，遺言之著於世者，爲經學者各爲説以通之。通之不得，則反諸經。惟夫學《春秋》則異是。左氏、公羊、穀梁三家者，與我肩隨而學夫子者也。後世信於其言，乃過夫子。三家之中，左氏之徒，謂其師逮與夫子同世，信之尤確，而《春秋》反爲疑經。夫左氏者，豈曰真足以蔽《春秋》哉？緣其文勝，學者有求於左氏而無求於《春秋》故耳。余於近世得折衷《左氏》之書二編，曰晁吏部《雜論》、曰吕著作《後説》。晁約而通，吕博而覈。嘗欲依倣其法，删繁去滯，定爲一書，以達於《春秋》之義，而力未克也。年來倦學，葩葉凋槁，以爲二編之法，雖在所舉，而江南研經家，自歐陽公以來，皆直取《春秋》爲斷。甚者尚疑今之《春秋》，出於魯史本文者，不可盡考，無問左氏。因知學廣者疑固多，如登千仞之峰，舉足愈高而見愈雜；如遊四通八達之塗，奇珍異貨，目眩而不即定。要其定而不雜，久然後自得之耳。葉君正道以《左氏窺斑》示余，余讀之，猶愛晁、吕時也。問書之所由成，則方諸儒汲汲科舉之年，君已脱稿久矣。嗟夫！此豈若余年少退惰不自力者比邪？君名某，台寧海人。

于景龍註朱氏小學書序

余兒童時，聞鄉里老儒先生以小學教授者，纔四五家。每講課罷，雜試《河圖》、《洛書》之數，若《堯典》閏法、《禹貢》賦則、《周禮》兵制之類。又少暇，則都講口授《顔氏家訓》、《少儀外傳》等小書。故諸生略有姿性者，自未冠以前，而諸成人之事，皆已槩舉。於時朱氏書猶未盛行浙中，時從人傳抄之，以相啓發，恍然如揚雄問《方言》、蔡邕見《論衡》之喜。及甲辰、乙巳間，有用其説取甲科者，四方翕然争售朱學，而吾鄉以遠僻，方獲盡見徽文公所著書。大抵諸書惟《易本義》、《四書註》、《小學書》，最爲完備。其餘或未經脱稿，或雜出他手，非全書也。今三書者，惟《四書》家有人誦之，《易本義》真知者絶少。而《小學書》最益於人，人無讀者，良可憫痛。于君景龍，生於文公闕里。年齒長大而好深沈之思，獨取《小學書》句釋章解，欲以行世。美哉，其爲人乎！余也少而遠遊，長而亟仕，不惟學不俟成，而併與兒童之所得而失之。固于君之罪人也哉！天啓其衷，方自悔咎，幸于君書成，則願秉燭而學焉。屬書序引，謹筆諸其篇端云。元貞乙未季秋朔旦。

陸宣公奏議精要序

右《陸宣公奏議精要》三卷〔一〕。宣公吴人，以純誠直諫、嘉猷遠識、學行政術爲唐忠臣，未嘗以文名也。其言亦止緣當時利害而發，非有垂世傳遠之意。而眉蘇公父子，亟慕而學焉。大蘇公遂取其書，進之經筵以備講讀。自是以來，學士大夫，以諫諍者尚其慤實，以詔檄者尚其明達，以書判者尚其果決，以讞議者尚其詳盡，而宣公之書行矣。夫以宣公之誠、之才、之識、之學，發而爲文，在其當時，雖嘗暫用而蔽於昏愎，怵於讒邪。至於蒙疑負累，偃蹇困躓，視同列材名下己、而位宰相者滔滔皆是，獨不得久立於朝，而卒以罪死。死數百年，其書始盛行於天下，則於宣公可謂無負。而懷忠抱朴之士，行不愧神明，信不欺豚魚，一時偶不遇於其身者，亦可以無悔矣。嗚呼韙哉！然自唐史稱宣公議論炳如丹青者已數十百篇，今之所存，卷帙猶爲浩汗。故窮檐白屋之下，沈潛雋永，無所不可。而簿領劇繁，刀筆倥偬者，卒然窺之，有不得其涯際。余友蘇臺陸君子順，乃採摘其精語要義，聚爲一編，以便觀者。萬目之綱，挈綱而皆舉；千口之室，入奧而不迷。余爲之深嘉重歎，不獨喜吳中陸氏淵源之有致，而由今以往，使人人不憚煩於宣公之書，因而熟復其用心行事。將見草野懷珍者，俱蹇諤之士；臺閣結綬者，舉端貞之臣。於人文治化，似不無少補云。大德戊戌孟冬朔日。

校勘記

〔一〕右陸宣公奏議精要三卷：『右』，底本作『有』，據文淵閣四庫本改。

汴略序

古之通史者百家，皆出於父兄先世聞見，積累以得之，若司馬、班、范、劉、李以降，可睹已。其有草野後流，庠序遺哲，辛苦採拾而後喻者，則不在此限。然及其至也，精之以講學，麤之以用世，俱不病於匱乏。故東方生三冬之勞，而文史可以足用；陸賈、賈山輩，掇綴秦漢近事，以資口辯。而時人謂其知務，此其效也。汴梁立國百六十八年，渡江而南，又百五十年。其間設施沿革，本末條貫，筆之汗青，緘之金匱。在承平時，學者尚不能盡睹，加以兵燬相仍，典籍散失，以余之涉獵記誦，問咸淳景定中事，首尾茫然不相聯屬，而況耳目疏遠者乎！天台潘可大，生又後於余，質敏而志專，學劬而識詣，窮坐山谷，授徒以奉親。足未嘗出户限之外，而網羅舊聞，自建隆庚申，迄靖康丁未，詳其記事之體，附以辯論，若范淳夫之《唐鑑》，胡明仲之《管見》，名爲《汴略》者三十卷。又自建炎丁未，迄德祐甲子，金天輔戊戌，迄天興甲午，撮提綱要，名爲《南北紀年》者若干卷。嗟夫！如可大之講學，豈非靈龜神蜃，潛藏巖澤而光彩氛祲，自見於外也哉。使之進爲以用世，何可揜抑。而可人不願爲東方生、陸賈、賈山之流者也。姑爲題辭篇端，以發其槩云。

急就篇註釋補遺自序

古之君子，不以道廢物。自一藝以上，苟有所益於人，雖農匠庖祝之賤，猶身親爲之。粤大聖人亦莫不爲，若黄帝之醫藥，虞舜之陶漁，夫子之牛羊會計，皆是物也。夫古之聖賢，豈以殫力疲肌，爲異人之能也哉！後之君子，平居侈然論古先王之道，若不足爲。而問之以目睫之事，於其所服食，於其所居處，於其所游衍肆習，有日與之接而不知其名義者焉，豈不大惑耶！余之幼也，被沐父兄之教，凡小學之所當講者，幸而得其端倪。氣昏質陋，中道輟書〔一〕，年益長而悔之，乃始拊膺持頰以自刻勵。而文獻凋零，微言就絶，一時交友，方共詆傷以爲不切於事。每至耕鉏之餘，酬畫之頃，有觸於心，必默識而私求之。家罕書籍，有《急就篇》一卷，漢黄門令史游所撰，唐弘文館學士顔師古所註，又經新安朱先生仲晦所校，自謂名本。然而篇中正文，絶無音訓，註之所及，疑義尚多。竊不自量，爲之補其遺闕，兼有異同之説，載於左方。嘗睹洙泗以來，師友會辨，皆互出所疑，以相扣答。然後理盡而學精，使顔、朱二公而在，余固願得而面請也。又惟古人著書，動緣教戒而作。此書本取急速成就其辭，以便於童習。而四民之業，百用之宜，靡不周究。秦人以法吏爲師，公私宧學，傳相授襲，故以吏文終焉。儒者欲求漢學，惟齊魯諸生訓註，猶近古哉。

校勘記

〔一〕中道輟書：『輟書』，文淵閣四庫本作『輒廢』。

左氏蒙求序

吴伯秀爲鄉校諸生時，余與之寒同枕，飢同竈，比試於有司，亦同業也。然余性遲，每得有司命題，輒勉强營度，至移晷刻不能辨。回視伯秀引筆書卷，滔滔十已成五六矣。又當是時，學徒如林，問疑請益者八面而坐，人人得所欲。越幾日榜出，伯秀嵬然占居上游，諸問疑請益者，班班選中。余甚慚而慕之，以爲爲儒不當如是。别十年，余自太學成進士，伯秀亦階鄉舉，收禮官之科。各相慰勞滿意，年齒又皆壯强，自度非碌碌，必將有所著見於世。既而皆失官家居，流落顛頓積二十年，顔蒼髮枯，皆欲成老翁。於是余始悔其舊業，謀以筋力之勞，辦治衣食，尋計艨種樹書〔一〕、陶公養魚法之類而習之。顧此事亦非旦暮可就，徒失之而已。而伯秀學益堅，識益深，風節益峻。乃方闔門下帷，躬少年書生之事，取數千年興亡之説、賢否之跡，皆紬理纂輯，成一家言。惟《左氏傳》，自其少時即已精熟，蓋嘗取義類對偶之相洽者，韻爲蒙求，以便學者。余讀之，如斲泥之斤，鳴鏑之射，百發百返而不少差。嘻乎，異哉！夫人之材力，相去果若是遠乎！伯秀《蒙求》成，於《左氏傳》又有《筆記通纂》，於《毛氏詩》又有《集義》等書，次第皆且脱稿。余雖坐前累，不可望有所進，抑攘臂於勇夫之旁，垂涎於飽人之餘，意氣固未已也。伯秀名化龍，今又字漢翔云。

校勘記

〔一〕尋計艨種樹書：「艨」，孫本作「蒙」。

五典蒙求序

古之學者，自其孩童能言，而所以授之之事詳矣。然必至於十歲請習於外傳，雖其篇數今不可聞，大要不過《詩》、《書》，執《禮》之目。既又俟其年愈長而氣愈强、識愈明也，然後始許之以博學。蓋初不以譊譊口舌浮華爲急，而惟恐誇根傲蘖，芟鋤之不早，以爲終身之累。而爲之師者，又必學成行篤而不仕者，乃敢居之。故其前後輩之相成，班班可考。其詩曰：『肆成人有德，小子有造。』此之謂也。余爲兒時，猶及先生長者而事之。景定中，時議罷童子科，以爲髫齔之質，而賊之以辭章記誦，虚囂無益，其説是矣。而白首紛如者，雷同一律，僅不過以舉子業相傳授，其智復出童子科下，識者病之。鉛山詹仲美，實生於衣冠之林，長於文獻之府，來杭以《五典蒙求》示余。其一事親，其二事君，其三夫婦，其四長幼，其五朋友。典繫一章，章繫百句，句繫一事。詢其所以然，則仲美嘗登故相江文忠之門，而學於白鹿洞，有睹於先師晦翁之説而爲此也。嗚呼！令仲美之書，行充其言，庶幾乎成人者有以教，而小子者有以學乎！屬余方以窮授徒，見朋友間續《蒙求》，何翅百家。論其不畔於小學家篇數，而可以養人之純心穉節，固無踰此編者，故爲之序云。大德戊戌歲孟冬二日。

昌國應君類書蒙求序

余五六歲時，親黨間有中童子科者，心慕之。蓋其法以通念九經，而復試中能文爲出身。夫以江南東西、閩、浙、淮、湘、廣、蜀之大，試者歲不過一二十人，而中者不過一二人，則亦可謂難矣。景定、咸淳中，試員稍衆，有司厭之，以爲徒斲人之淳心而長浮慧，廢其科不用。因念取士之法敝矣。進士科最貴，最敝三舍，宏辭次貴，然亦皆編析成言以待問，諧比虚詞以眩舉。自餘任子、軍功、吏員、納粟之類，歲以累百計，又所不論。有司不敢廢，豈皆愛其能哉？重變古耳。而獨靳於童子一二人，何邪？其亦不詳之甚矣！童子科既廢三十年，人諱之不習，而風俗愈不加厚。余以窮授徒江海上，鄉大夫昌國應君翔孫過之，相與慨歎江南經術荒蕪，紛紛朋儔中，疑難滿胸而卒無所問。是誰當執其咎者？出其《類書蒙求》示余。凡諸經之指，篇標韻舉，粲然在目。汎濫而及於《儀禮》、《爾雅》、諸子、揚雄之《太玄》、馬融之《忠經》，莫不皆有蒙求。自初本以來，昉而爲之，是不一氏，其能散而完，博而精，固未有如此書者。應君蓋景定、咸淳前未廢科時童子也。嗚呼難哉！余既序其書，聞昌國宦學士大夫，應氏實爲祖。至參預公遂大其閭閥，而應君問學氣行，白首不衰。方就家塾，請合祠先賢，天之欲昌其文以淑其徒者，意未已也。大德戊戌孟夏望後五日。

奇童烈女寶鑑序

古諺有言：『教婦初來，教兒嬰孩。』余垂髫時，每得侍坐鄉父兄，必聞其舉此二語以爲家誡，爲之耳熟。於時東閭西巷，男誦女織，氣象可入圖畫。稍長大驅馳，未倦而歸，則見疇昔儒素之門，僮奴輿馬，姻連玉帛，光豔薰爍，一一無復舊俗。蓋時尚推移，而禮之衰久矣。史稱萬石君家醇謹，不再傳輒廢，而洛下袁司徒子孫，後皆以驕奢敗。士大夫辛苦立門户，至此豈不可憐哉！竊嘗思之，人之常情，當其未縱也，先生長者以片言隻語收之而甚易；及其已決，則雖有司嚴行重法禁之而良難。故古之人，不問男女，於其幼穉，一步趨則教之習讓，一飲食則教之知恥，一祭祀則教之觀禮。非固勞其筋骸而聒其視聽，蓋愛之而納於善也。想見當時《少儀》、《弟子職》諸書，與彤管、女史之類，朝吟夕諷，亦如余少時所睹記。而今去之數千年，謠譯荒涼，簡篇散脱，何由復可髣髴。庚子之春，有吴興故家張生煒，於廢書中得所謂《奇童烈女寶鑑》者，喜其有助於名教，爲之哀廣釐葺，板行以示人，而徵言於余。余惟他書之行不行，未必能損益於世，而此書行，則足以使人知童幼之身，而必有所事；閨門之行，而必有所傳。其於勸講學、扶彝倫，殊非小補。遂從臾成之，而併書所聞如左。

程宗旦古詩編序

語之成文者有韻，猶樂之成音者有均，一也。均法廢，世以胡部新聲爲古樂，韻學流人，又以唐人近體爲古詩矣。可不痛哉！余嘗有意緒正其事，以爲樂出於中聲，與人之歌詩最爲不遠。三百篇《國風》、《雅》、《頌》可以被弦歌、薦宗廟者，本不求如後世音切之備。然當時人之誦念精熟，士大夫尋常叙述，邂逅寄託，必取斷章一二以流暢其意者，語成文而有韻故也〔二〕。漢魏後，詩猶入樂府，遇其理到處，流傳至今。兒童婦女輩，能諷之興起，若如今人直謂之無詩無樂可也。宛陵程君宗旦，老而篤學，取唐虞以來，諸經傳語之有韻者，目爲古詩一編，以誘激後進。其意若與余合，爲書梗槩卷後而歸之。元貞乙未秋八月日。

校勘記

〔一〕語成文而有韻故也：『語』，底本作『諸』，據孫本改。何校本作『詩』。

趙子昂詩文集序

吳興趙子昂，與余友十五年，凡五見，必以詩文相振激。子昂才極高，氣極爽，余跂之不能及，然而未嘗不爲余盡也。最後又見於杭，始大出其平生之作，曰《松雪齋集》者若干卷，屬余評之。余惟人之各以其才自致於世，必能相及也，而後相知；必相知也，而後能相爲言。余於子昂不相及，而何以知、何以言乎？子昂曰：『雖然，必言之。』余曰：『必言之，則就吾二人之今所歷者，請以杭喻。』浙東西之山水，莫美於杭，雖童兒婦女，未嘗至杭者，知其美也。使之言杭，亦不敢不以爲美也，而不如吾二人之能言。何者？吾二人身歷而知之，而彼未嘗至故也。他日試以其説問居杭之人，則言之不能以皆一，彼所取於杭者異也。今人之於詩之於文，未嘗身歷而知之，而欲言者皆是也。幸嘗歷而知之，而言之同者，亦未之有也。子昂未弱冠時，出語已驚其里中儒先。稍長大，而四方萬里重購以求其文。車馬所至，填門傾郭，得片紙隻字，人人心愜意滿而去，此非可以聲色致也。而子昂豈謂其皆知我哉！故古之相知必若韓孟、歐梅，同聲一跡，綢繆傾吐而後爲遇。而後世乃欲望此於道塗邂逅之間，則又過矣。余評子昂古賦凌歷頓迅，在楚、漢之間；古詩沈潛鮑、謝；自餘諸作，猶傲睨高適、李翱云。子昂自知之，以爲何如？大德戊戌仲春既望。

雙溪王先生尚書小傳序

古之君子，欲明道於天下者，不能使人無異，而嘗惡人之苟同。以爲異則道可因人而明，苟同之情，雖一時歡然無失，而初不能以相發。故以仲尼百世師，西家之鄰夫猶不知其賢，而鄉國之人，至以爲不知禮。故舊交游門弟子之徒，雖達如原壤，賢如晏嬰，親且久如仲由、陳亢，猶或愕而疑之。及乎事久論定，則亘古今之遠，窮天地之廣，家傳其書，而人習其道。此豈人情眉睫旦暮之所可期哉。徽士大夫嘗爲余言，朱文公無恙時，同里閈有雙溪王先生炎字晦叔，亦以學行爲諸儒宗。兩家議論，時相糾切。文公既没，而諸生方脱黨禍，起而尊奬先説，非朱氏者，皆廢格不用。王先生之書與其爲人，後生輩不及盡知以爲惜。余不暇論其何如也。己亥之夏，有王君傳自京口來，以《尚書小傳》五十八卷相示，蓋雙溪先生所著，而於君爲四世矣。曰：『自吾先君子遭喪亂，遷徙不一，舊物皆不得存，而此書儼然獨完，竊自喜幸。』余以餘隙稍取問習。其發蒙之義，破的之辭，大抵訓詁家所未及。文公居閒，多於諸經釐正不遺餘力，而獨《尚書》及《春秋》，遂避若有所待。先生此書，稿脱於開禧末，而板行於嘉定初。於時文公易簀之日既久，假令尚在，必相與綢繆桑梓，雅舊相樂，當有莫逆於言辭文字之間者。殊鄉晚出，各立名字，驟開門户，遂生異同之論，豈復一一盡出其師意耶！且經師自漢以來，專門尚不相一，惟其不相一而真是出焉。而今人謂獨視單聽，可以盡天下之耳目，無是理也。王先生又有《易上下經解》六卷，《易繫辭總説》若干卷，余次第將盡求而學之。大德三年四月日。

天原發微後序〔一〕

古之言天道者，必兼人事。自義和來絶地天通以前，書傳之所睹記，不可考也。由是而有曆象，有律吕，有龜策，有祠祭、磔禳、盟詛之類。其法與仁義道德、紀綱制度之説，通行於世。至其緒聞餘論，春秋之季，猶人人能道之。先儒有云：『河圖洛書，聖人以神道設教。』通經者病其固，豈天人所以然之故，在當時小人之所易喻，而後世縉紳先生以爲深遠而難言耶。天之未喪斯文而仲尼出，仲尼曰：『天何言哉！四時行焉，百物生焉。』至哉其自爲言乎！再傳而子思子，明之曰：『天命之謂性，率性之謂道，脩道之謂教。』而充其極。至於三千三百禮樂之美，九州四海聲容文物之盛，而其妙又歸於無跡。又再傳而孟子，明之曰：『知性則知天，曰存心養性以事天。』而諸事一一以天行之。能治其人曰天吏，能自治其身曰天民。位曰天位，職曰天職，爵曰天爵。道之將行而爲堯舜也，曰『天使之』；道之不行而退不失爲孔氏徒也，曰『天止之』。嗚呼，至乎哉！秦禍息，漢學興，傳言者雜災祥讖緯，尚象者拘巫史推步，明理者溺清虚釋老。千有餘年之間，學者醒行寐語，諉天爲茫茫，無預吾事。於是有周、邵、程、張諸大儒〔二〕，同時參立於隆平之代，藥其狂昏，震其冥聾。迨其説之流傳未久而將惑也，又得新安朱子，即爲之釐析剖決，然後微言要指，粹然一趨於是，瞭然而無復遺憾。士之幸而逢於其會，亦可謂如天之福矣。而奈之何學之者又以易廢。城闕之童，耳熟而心荒；市朝之夫，口然而身悖。前所謂秦漢以來之弊，夫何以相遠。余行憂患，展轉百折，竊意深山窮谷中，輕功名、拙進趨之士，必有精其學而藏於家者。一日，新安方使君出其平生故人鮑景翔所著《天原發微》五卷相示。讀之，自太極渺茫之始〔三〕，至於行之所倚，氣之所使，數之所起，器之所擬，精麤内外，無所不紀。而綱提領挈，出於使君指畫不少。景翔嘗以鄉貢進士一詣春官，不售歸，食貧終身。鄉長者提學鄭君孔明館穀之，朝夕與共講學。書成，遂爲板傳之，以成其勤名，以慰其遺志。魯無君子，斯焉取斯，詎不信然！屬使君已爲序，俾予附書其後，謹不敢辭。大德己亥歲季冬望日剡源戴表元序。

校勘記

〔一〕篇題：『後』，底本脱，據孫本、何校本補。

〔二〕於是有周、邵、程、張諸大儒：「邵」，底本脱，據何校本補。
〔三〕自太極渺茫之始：「極」，底本作「疑」，據文淵閣四庫本改。

先天圖義序

自漢儒《易林》之傳絶，而士大夫一切以理談《易》，幾二千年。如揚子雲《太玄》、虞仲翔《納甲》、關子朗《洞極》、魏伯陽《參同契》之類，往往皆古人象數之餘説。而學者疑其近於曆家方士，棄不肯習。迨至近世，乃有《太極》、《先天》二圖，於《易》最爲深密。然非濂溪、康節闡張於前，考亭朱先生尊獎於後，則二圖者安知不以疑廢。今二圖既皆顯行於時，而今談先天者，猶不如太極之盛。何也？太極以理，先天以象數；理易喻而象數難精，前賢所以有狗馬鬼神之論也。余之少也，固習於科舉，長也阨於憂患，又生窮鄉僻邑，無所師授，亦莫能聽受其説。山陰嚴養晦以四十九圖相示，方員之象，縱横之數，不勞執比，一一脗合。而陰陽往來動静消息之理，開卷可一目而盡。是其於濂溪、康節、考亭之學，可謂叩其疆藩，而窺其堂室矣。世念漸空，幸有餘力可以償平生饑渴之願，當從養晦卒業焉。

老子原旨序

右《老子原旨》三卷，當塗南谷杜君所著。註老家多矣，亦有出於名儒大老之手，而人無傳焉。豈故略而遺之耶？緣其中未能釋然於老子之學，而務矯其辭以合吾意，毋怪乎有所扞格齟齬而不能通也。儒者疑老子道德仁義與禮之説，又憂禍厭亂，自爲也過多。又謂老子非神仙，無久生不死者，以此數説積於胸，與今之言老子家異。譬如越客楚服，澤居之人而評陸産，安從而折其衷哉？余嘗與杜君商略此事，杜君翛然而笑曰：『是烏足以疑吾師乎！凡吾師之事吾知之，若他人則何由知之。吾師歷年多，最後爲周柱下史，其著書某章指某事，某章指某事，類古史。』因盡出其《原旨》諸所云云。世儒窮年敝紀而不得者，一一傳其師意，縱横出入，無所顧慮。嗚呼！世無老子之學即已耳，必若欲崇老子之學，其書當自老子之徒自爲之。吾夫子獨善時，門人高弟身親受業，然目未瞑，而難易同異之論，紛然而起。後來殘編斷簡，同門彼此相違者，又所不算。蓋皆以爲出夫子而卒不敢自以爲是，而又暇强知老子意而註其書耶？故道相若則能相爲知，智相及則能相爲言。杜君黄冠師，不事煆煉方藥，役使鬼神，察其意，似恥之而不言。至於談笑王侯之間，游戲榮名之外，逍遥委曲，以退爲體，以忍爲用，變化無礙，委蛇若虚，是庶乎能爲老子者。若余也何足以知之！若余也何足以知之！

王伯善農書序

世人嘗譏嘲儒者無所用，以爲必不得已〔一〕，寧退而躬耕山野間〔二〕，爲農以畢世，猶爲無所愧負。余每隘而非之。使儒者誠用，將無民不得業，而農預其數矣。安在栖栖然，親扶犁負耒而後爲善？昔者仲尼鄙樊須，孟軻闢許行，良爲此耶。丙申歲，客宣城縣，聞旌德宰王君伯善，儒者也，而旌德治。問之，其法歲教民種桑若干株，凡麻苧、禾黍、牟麥之類，所以蒔藝芟穫，皆授之以方。又圖畫所爲錢、鎛、耰、耬、耙、耖諸雜用之器，使民爲之。民初曰：『是固吾事，且吾世爲之，安用教？』他縣爲宰者，羣揶揄之，以爲是殊不切於事。良守將賢部使知之不問，問亦不以爲能也。如是三年，伯善未去旌德，而旌德之民，利賴而誦歌之。蓋伯善不獨教之以爲農之方與器，又能不擾而安全之，使民心馴而日化之也。後六年，余以薦得官信州，伯善再調，來宰永豐。豐、信近邑，余既知伯善賢，益慕其治加詳。伯善之政，孚於永豐又加速，大抵不異居旌德時。山齋翛然，終日清坐，不施一鞭，不動一檄，而民趨功聽令惟謹。歲時屬耆老强壯問能從吾言，試其具，幸而能，則大喜，出巵酒相勸獎。即不能，或怠惰不帥教，輒顰蹙展轉引愧，如不自容。嗚呼，真美哉！而儒者之道，所謂爲民父母，能近懷而遠悦者，有不當然乎？於是伯善自永豐槖其書，曰《農器圖譜》、《農桑通訣》示余。閱之，綱提目舉，華寧實聚，顧舊農書有南北異宜，而古今異制者，此書歷歷可以通貫。因爲序發其大指，併附載所聞見，以信儒者之用世，皆非空言。令是書行，而長民者一以伯善爲法，雖人頌子産〔三〕，邑歌《豳風》可也〔四〕。

校勘記

〔一〕以爲必不得已：『以』，底本作『心』，據孫本、明鈔本改。

〔二〕寧退而躬耕山野間：『山』，底本脱，據明鈔本補。

〔三〕雖人頌子産：『人』，明鈔本作『人人』。

〔四〕邑歌《豳風》可也：『邑』，明鈔本作『邑邑』。

禮部韻語序

余少時請益鄉先生，問記禮家言：『春誦何也？』曰：『誦《詩》也。』曰：『誦《詩》何爲也？』曰：『將以爲樂也。』曰：『夏又絃，何也？』曰：『古之學官，惟禮與樂。其春夏皆樂，其冬讀書，亦將以爲禮也。不特此也。其學曰「辟雍」，辟以明經，雍以和樂。其官有祭酒司業，酒者，行禮之物；而業，樂板也。』余於時頗領悟，顧琴瑟亦不易爲，惟《詩》爲近樂，差可自力，由是日爲之。榮辱四十年，人情世故，何所不有，而不至於放心動性，而出於繩檢之外者，《詩》之力也。來江東，有鉛山虞世民，取平生所見古書之涉於禮者，叶爲韻語，欲使兒童婦女，流傳成誦，熟於口耳，浹於心體。將見朝昏節朔之儀，不教而自行；父師保母之訓，無言而皆喻。甚有功於人，其教固不淺淺，而虞君之意，亦云厚矣。於是遂從之以成書，而附余所知之區區，係諸其篇端云。

齊東野語序

《齊東野語》者，吴興周子自名其所編書也。周子吴人，而名其書齊語，何也？周子其先本齊人也。周子之客，讀其書而疑之，曰：『周子之辭謙耳，非實也。蓋昔者學廢兵起，而天下談客，悉聚於齊。臨淄稷下之徒，車雷鳴，袂雲摩，學者翕然以談相宗[一]，雖孟子亦嘗爲齊學者也，然而能非之。今之所謂齊東之云者，非實辭也。故莊周目《齊諧》爲滑稽[二]，漢高責齊虜以口舌，如斯而已。今夫周子之書，其言覈，其事確。其詢官名，精乎其欲似郯子也；其訂輿圖，審乎其欲似晋伯宗也；其涉辭章禮樂，瞻乎其欲似吴公子季札也。他所稱舉[三]，旁引曲證，如歸太山之巔，而記封丘之壝也；過矍相之圃，而數射夫之序也。凡若是不苟然也，而豈齊東之云哉？故曰周子之辭謙耳[四]，非實也。』周子曰：『我自實其爲齊，非也；然客爲我非齊，亦非也。我家曾大父中丞公，實始自齊遷吴，及今四世，於吴爲客。先公嘗言我雖居吴，心未嘗一飯不在齊也。豈其裔孫而遂忘齊哉[五]！而又大父侍郎公踐敭六曹，外大父參預文章之事，出入兩制。臺閣之舊章，官府之故事，汎濫淹貫，童而受之，白首未忘，失今弗圖，恐遂廢軼。古人有言「人窮則反本」，若我者今非窮乎？苟反其本，則當爲齊。故吾編吾書而係之齊，何不可乎？』客曰『唯唯』。則次第其辭，以附於其書之末。周子名密，字公謹。

校勘記

〔一〕學者翕然以談相宗：「翕」，底本作「翛」，據孫本、何校本改。

〔二〕故莊周目《齊諧》爲滑稽：「諧」，底本作「論」，據孫本、文淵閣四庫本改。

〔三〕他所稱舉：「所」，底本作「如」，據文淵閣四庫本、何校本改。

〔四〕故曰周子之辭謙耳：「辭」，底本脱，據孫本、何校本補。

〔五〕豈其裔孫而遂忘齊哉：「裔」，孫本、何校本作「子」。

卷八 序

潘可大孫子釋文序

始余疑孫子教吴宫美人戰陣非事實，太史公承襲所聞，括其奇載之耳。及言爲將，西破楚入郢，北滅齊晋，事亦甚略。蓋古有是人，善言兵，不必其能自爲兵也。而《孫子》十三篇遂行於世，後之能兵者，因其宗之。嗟乎！夫孫子者，豈非春秋戰國間，恢詭抗拔人世，不獨能兵者耶！其書縱横變化，深而切，博而盡，讀之使人好焉。友人潘可大，蓋修詞而好焉者也。年方冠，於書無所不觀，而獨爲《孫子》作《釋文》若干言。一日袖以過余曰：『自吾爲此書，朋友始而駭焉什四，中而疑焉什六，卒而非且笑焉什八矣。』夫非且笑者，是誠不知，而疑焉、而駭焉者，亦猶未釋然於此也。昔周之衰，學士大夫失其所承，凡能修明世教，不畔於先王者，惟仲尼之徒爲然。自餘爲游談雄辯，爲狂憤著書，最下爲刑名計數諸家，蓋人人而能言，言而能文也。孫子其言兵而文者歟？夫既言而文，故能勇變古人之法，而自名其家。由漢以來最名將如韓淮陰、趙營平，皆口傳其語，班班於策。最姦雄如曹孟德，至親爲之議〔一〕，他可知矣。然而其書之要，曰：『兵以詐立，以利動。』夫車馬資糧之輸，賞罰部伍之節，山川陰陽之宜，不待武之智而能及之也。必若以詐而立，以利而動，生人何罪焉？後世尊其人專狥其法，襲其實陽諱其名。凡軒轅氏之子孫，逮於兹累千百年，爲血爲肉，皇皇然終不能自必其命，非言之文者爲之乎？於此復以文翼之，譬若燿火之熄而扇其炎，愈不知所終矣。然潘之意，非翼《孫子》者，觀其書所折衷，至稱仁人之兵，主於除天下之害，其殺之也，所以生之。諸如此類，本《孫子》所未講，而學《孫子》之家所未悉。持兵者得是説而行之，則爲湯、武之舉；談兵者得是説而推之，則爲伊、吕之佐。其心仁，其術慎，其於詐利也遠矣。然則必若潘君之云，然後可以論《孫子》哉！故《孫子》猶或可廢，而此書之意，不可以不傳也。君名衍翁，天台人。

校勘記

〔一〕至親爲之議：『議』，孫本、何校本作『注』。

大學中庸孝經諸書集解音釋序

儒者之説，其精者爲道德，而麤者爲禮樂、刑政。當三代以前，雖世治有斷續，而二説未嘗一日廢於天下，書之所存者略也。周之既衰，禮樂、刑政盡壞，道德茫然無所附麗。夫子不得已，始與其徒共詳之於書，書詳而後世之託言者始雜。然自其徒相繼皆殁，之後千有餘年，往往常有窮經學古之彦，不以世故動心，枯然自守師説於山林草澤間，宜舉一世不好之而不變，聲薰氣染之久，而亦或爲人所採拾。道德之緒餘，禮樂刑政之髣髴，因之而不墜者什五。至於近代，濂洛之派興。於雜書之中定著其書通於夫子者，曰『子曾氏』、『子思氏』、『子孟氏』。而上三代之書存者，曰《孝經》、《中庸》、《大學》、《孟子》。若《論語》，又孔門之高弟共爲之尤精者也。爲之披微文，抉浮辭，使尋源者不迷其津，趨塗者不昧其歧，有功哉。濂洛之徒皆没，説者又雜。考亭朱先生出，又取濂洛之已詳者，與其徒加明之。故《孝經》有《刊誤》，《論語》、《孟子》有《集註》，《大學》、《中庸》有《章句》。以迨《太極》、《西銘》、《通書》之類，凡殘編斷册之關於義理者，舉有訓解。其徒之書，余之資雖鈍，猶得而窺之；其徒之人，爲余之先，猶得而知之。顧歲月推移，風氣變化，資品之尤鈍於余者，則不及預此矣。余也白首東來，乃始獲聞番陽有雙峰饒君者，嘗學於考亭之門人。而於考亭之書，鑽研探索，纂述彙叙，其意猶考亭之於濂洛也。久之，是州之儒者凌君堯輔與余遊，余又見其箋詁疏釋，問答圖辨，而知其游饒君之門，而於饒君之書，又如饒君之於考亭也。嗚呼！兹非余所謂窮經學古之彦，不以世故動心，而枯然自守師説於山林草澤間者耶！堯輔歸而於是書也，益弘其入，謹其出，幸且及於伏生、申公之年，其有欲聞道德、禮樂、刑政之説者，不以屬君之徒而誰耶？

仇仁近詩序

景定、咸淳之間，余初客杭，見能詩人不一二數，不必皆杭産也。時余雖學詩，方從事進取，每每爲人所厭薄，以爲兹技乃天之所以畀於窮退之人，使其吟謡山林，以洩其無聊，非涉世者之所得兼。余嘗隘而非之：諸君子非失職，安得爲此不祥之言。離去二十年復來，事有不可言。諸詩人皆盡，而余恍然獨行獨止，如羈禽越鄉，而無與羣，如馬行過其故櫪，裴回而悲鳴也。嗚呼，疇昔之歎，豈不以此哉！然猶未敢自斷。何世無人，何人無心，特余交際先後疏數之間，不足以得之。久之，屠君存博、白君廷玉，二君者，皆亹亹志於古人，皆不棄余而肯與之交，私心自喜。久之，因二君得仇仁近也。遂贈余録成一巨編，叩其藏，未録者尚什伯於此。余驚其多而服其善，羨其敏而敬其密。自是寓客中，抑鬱不自暢，不得與諸君晤語，則取其所編，張之案端，行坐諷之以爲快。仁近又方力學，期樹立，以爲千百年後世計，視余區區相知於耳目間，似不足爲。既竊自喜兹編之不絶於世，而余猶及見之耳。仁近詩，余不敢託於知言，就杭人求之，比其盛時，又過之無不及也。余年視仁近不甚相絶，而氣盡衰，業不早就，進退皆無足據。幸君之相親，庶幾諸君愈益見厚，時時得新聞以洗舊蔽，不敢望有名譽，或藉以一樂，稍稍捐去晚暮孤貧之憂，即君賜大矣。若君之所願，君自得之，余無以進君也。

初寮王先生摘稿序

初寮先生左丞遺文前後集内外七十六卷，李文敏公、周文忠公爲之序，所以尊奬稱美之者至矣。靖康之難，公落南且死，子孫往往散居江閩間，皆以材業通顯。而臺閣詞章議論之臣，一時收用中原舊族，士大夫不誦習公文者，以爲野陋。於是七十六卷之傳，家有其書焉。大德己亥夏，余始識公之六世孫庭槐於杭。問之，云：『甚矣乎！吾先公之澤將微也。吾憂之，然兵燬而猶寶藏其書。惟是一二父兄之不競於力，懼無以貽永久者〔一〕。且先公仕政、宣，歷兩制，登中司，嘗以直忤蔡京父子，被讒斥陷死地。偶幸不殞，而本末人不盡知，頗欲摘取奏篇制草之有所關涉者，別爲一編，以便傳覽。其間關楚越倡和之作，實與茶山曾公吉父、東萊吕公居仁、龍門陳公去非諸老相爲鼓吹。文獻之不亡，繄此之故，因亦附載編中。子以爲何如？』余惟公之言行名實，布在天下耳目，如膏粱綺縠，其誰不厭飫被服。而是編所謂餟其珍而裼其華者也。遂相與讚成之，而併書所謂詮擇之意如左。是歲六月望後四日記。

校勘記

〔一〕懼無以貽永久者：『久』，底本脱，據孫本補。

方使君詩序

右紫陽方使君《丁酉歲雜詩》一卷。使君初爲名進士時，表元以兒童竊從士大夫間，得其文詞誦之，沾沾然喜也。年二十六入太學，而使君適由東諸侯藩府歸爲國子師，始獲因緣扳叙，償平生之慕願焉。然當是時，諸賢高談性命，其次不過馳騖於竿牘俳諧、場屋破碎之文，以隨時悦俗，無有肯以詩爲事者。惟夫山林之退士，江湖之羈客，乃僅或能攻，而館閣名成藝達者，亦往往以餘力及之。使君魁然其間，外兼山林江湖清切之能，内收館閣優游之望，於是一時好雌黄掎摭者，無所施其輕重。越二年，表元亦成進士，稍稍捐棄他學，縱意於詩，而兵事起矣。自是别去使君二十七年，然後得讀此卷。大篇清新散朗，天趣流洽，如晋宋間人醉語，雖甚褻不及聲利；小篇沈鷙峻整，如李將軍游騎遠擊，自成部伍。蓋使君好客，志氣白首不衰，而學問播聞端平以來諸老。於書無不窺，於理無不究，故能若是之有餘也。閒篇帙浩繁，承學之士，疲於傳録，惜未有好事者，託之木石，以廣其傳云。

桐江詩集序

紫陽方使君，平生於詩無所不學。蓋於陶、謝學其紆徐，於韓、白學其條達，於黄、陳學其沈鷙，而居常自説欲慕陸放翁。豈其暮年安貧守約，忘懷出處，有偶相貌類者，而姑引之以自託耶？抑放翁雖生長東南，承接中原文獻，獨其爲詩，亦親經東萊、茶山諸先生指授，遂爲是虚心傾思，如不可幾及也。此前輩風流盛德，非近時沾沾自喜之徒所可窺議。然有一事，不謀而合。放翁晚起家得嚴州，爲詩幾千首，翁去而州人愛其詩，版傳之至今。使君垂老亦守嚴，多爲詩，州人爲刻其《桐江集》者六十五卷。錦峰繡壑，淋漓翰墨，前後照映於百年間，良堪繪畫。表元因念生世不早，不得事放翁，而竊幸熟從其子孫遊。聞翁爲州日，江湖詩客羣扣其門，傾箱倒橐贈施之，無吝色。及解印東歸，扁舟枵然。使君去桐江屬邑耳，僦廬糴餐，人人見之者，不知其嘗爲二千石也。偶遇臺魄，卻玉揮金，貰酒讌客終日，一時雄襟雅量，略視放翁何遠！故其爲詩，笙鳴鏞應，磁動鍼合，雖不規規求與之似，而自有不容不似者。其居使之然乎？於是同遊之士，來謂表元：『子於門牆衿佩中若知言者，盍識其云云。』以爲《桐江集》序。

周公謹弁陽詩序

人嘗言，作詩惟宜老與窮。彼老也窮也，事之嘗其心者多矣，故其詩工。人孰不願其詩工，而甚無樂乎老與窮，則夫詩之必至此而工者，人之見之，宜相弔以悲，而顧好之，何哉？曰：天固以是慰之也。天以是慰之，則凡人之得工於詩者，命也，非其性能也。詩之工非其性能，而有挾之者，是挾命歟？曰：是亦人也。人少而好之，老斯工矣，其窮也亦好之，而詩始工也。其不好者，雖老且窮，猶不工也。人之好工其詩，且好老與窮歟？余亦好老與窮者也[一]，然亦適遭之也[二]。若吾周公謹父之於詩，謂有遭非歟？公謹少年詩流麗鍾情，春融雪蕩，翹然稱其材大夫也。壯年典實明贍，睹之如陳周庭魯廟遺器，蔚蔚然稱其博雅多識君子也。晚年展轉荆棘霜露之間，感慨激發，抑鬱悲壯，每一篇出，令人百憂生焉，又烏烏然稱其爲纍臣羈客也。公盛年藏書萬卷，居饒館榭，游足僚友。其所居弁陽，在吴興山水清峭處[三]。遇好風佳時，載酒殽，浮扁舟，窮旦夕賦詠於其間。就使失禄不仕，浮沈明時，但如蘇子美、沈睿達輩，亦有足樂者。今皆無之。雖其弁陽且不得居，頽顔皤鬢，離鄉索立，而歌欷歔如此。而人方美其詩工，不知於公謹何如哉！雖然，公謹非此，愈無以適其心。予丙戌春，道杭遇之，氣貌充然不衰，類有道術者，此又非後生俗子之所可知也。詩凡若干首，猶係之弁陽，示不忘土風云。

校勘記

〔一〕余亦好老與窮者也：『余亦』，何校本、孫本作『人未有』。

〔二〕然亦適遭之也：『亦』，何校本、孫本作『則』。『也』，孫本作『者歟』。

〔三〕在吴興山水清峭處：『處』，底本脱，據何校本補。

張仲實文編序

詩者文之事。余嘗怪世之能詩家，常謙謙自託於不敢言文。而號工文者，亦讓詩不爲曰：『道固不得兼也。』嘻噫！是何異於言醫者曰『吾曾爲小兒醫、婦人醫，而不通乎他』，言兵者曰：『吾能車而不能徒，吾能謀圍而不能謀鬭。』豈理也哉！西秦張仲實，余誦其詩久矣，信乎其傑然者也。交之二十年而始見其文。其叙事，如諸葛公起草廬，談鼎足形勢，某當如是如是，而無闕辭，無剩語也。其析理，如吴公子札過魯，觀歷代之樂，因其所起而知其所止也。其立教，如嚴君平依卜筮，勸人父慈子孝而各喻善也。旨哉，旨哉！然仲實終不自眩鬻。其纍帙巨編，雲蒸錦組，山翔濤湧，而皆緣於人情時務，若迫之而答，不得已而發。此其趣量，又有進於文者耶？抑猶欲姑出入於謙謙自託者耶？仲實生世家，能力貧劬學爲進士，能早不累於科舉，縱交博覽，意氣超卓。而年少余十許歲，其材名何假余言而著。獨感於所見，爲叙大略云。

趙君理遺文序

吾鄉五桂堂趙氏，以文翰科目起家，兄弟皆爲名大夫。余晚不及識，而識其後人澧陽使君之孫曰君理，與余交最相厚也。君理雖生世家，貧與余同，其處貧之策亦與余同。鋤園授徒，取贏筋骸，以充饘粥。如是積十數年，家稍康，始有意遠遊以廣其成名。嘗客崇德州理侯家〔一〕，衣冠鉛槧之士争附之。不二年，以病歸里中，輒死。初，君理與余遊，雅獨好書。見奇書，傾囊倒橐，收買不吝惜。晝閱夜諷，務欲蒐攬玩味。而爲詞章，舉筆沈重整綜，有元和、嘉祐之風。詩騷賦尤敏贍，應接如響，然骨相清峭。天台舒景高在黄甘，余攜見之。景高私問余：『曾識歐陽公、二蘇公畫象乎？』余應曰：『識。』則問：『君理何如？』余時以爲景高好諛言，斯人正不須若是。嗚呼！庸詎知其不祥之卜，遂誠然乎！天之多與人以才，常少與之福。故自古名能文人，十有八九窮困坎坷。廬陵公雖富貴，比於同時兩府諸公，猶爲未遇。二蘇顛頓有不可言，至其門第，非不奇龐秀偉，誰復如意，獨身後聲名赫赫，能千古令人歎仰，此福固將安用？君理死十年，其弟幼宣，爲之收拾遺稿，託余爲序引。余知君理早，凡所譔述，多爲鑑史，而惜幼宣求之未盡[二]。今之奉化，於古爲鄞；今之鄞，古乃爲鄮。君理嘗爲《古鄞志》，大佳，亦不在卷中，宜使廣詢之。

校勘記

〔一〕嘗客崇德州理侯家：『理』，孫本作『李』。

〔二〕而惜幼宣求之未盡：『幼』，底本脱，據孫本、文淵閣四庫本、何校本補。

陳無逸詩序

余年二十四五時，識龍泉陳公於杭。自是展轉離合八九年，得間無不以文字相聞，然未嘗説詩。龍泉公居湖，晚年歸湖，既歿，而余始識湖之秀民奇士能詩者數人。數人詩皆清嚴有法度，竊怪之。蓋雖科舉學廢，人人得縱意無所累，然未應頓悟至此。久之，識公之諸孫無逸，始間得龍泉詩讀之。然後乃知湖人之於公，良有所受。而公平生雅善爲詩，中經憂患，寄託益廣。但不喜誦誇於人，而獨家庭里閈，子弟時時竊聞之耳。最後戊戌歲，與無逸同客杭，始又得讀無逸詩。無逸之詩，視其祖，天閑之駒，朝生而知步；玉田之禾，晚穮而同熟也。視其鄉人，冰蠶火布，起塵煤，脱垢燼，倏然而潔也。於是絕慕與無逸遊，而無逸以家世故，猶若未棄予者。或攜手秋郊行吟，或抵足夜榻卧諷，或杯觴探籌，或硯席點稿，歡諧怨懟，舒適困促，一一共發之於詩。余年衰學放，任心而成，遇手而得。蘭蒿雜糅，瑉玉混襲，有一時欣快出之，而徐即增赧自悔。無逸盤旋營度，一字不圓不脱口。嘗笑問：『何苦乃爾？』無逸亦笑曰：『吾自吾苦也，吾苦，何容外人知之？』余退而味其言，真陳氏詩種也。至是歲晏將别，忽傾橐出數十百篇示余，求余評。余惟區區之言，必不足以重無逸，而交情世好，實深相知，有如所陳者，乃爲登載梗槩其篇端云。

李時可詩序

余自五歲受《詩》家庭，於是四十有三年矣。於《詩》之時事，憂樂險易、老穉疾徐之變，不可謂不知其槩，然而不能言也。夫不能言而何以爲知《詩》？然惟知詩者爲不能言也。今夫人食之於可口，居之於佚，服之於燠，而遊之於適，誰不知美之。問其美之所以然，則不得而言之。昔嘗有二人射，其一百發百中，若矢生於手而侯生於目，其一時而中焉。時而中者，每中輒言，百發百中者未嘗言也。揖百發百中者問之，其人啞然而笑曰：『吾初不知吾射之至此也。』問：『可學乎？』曰：『可學而不可言學之法。』固問之，曰：『日射而已矣。』夫學《詩》亦猶是也。故余平生作詩最多，而未嘗言於人，亦不求人之言。今年辛卯春，余來吴，吴士李鳴鳳字時可，以其詩示余，余以前説告之。時可曰：『雖然，必强爲我一言。』蓋時可之於詩，勤類余，居家窮類余，窮而不廢業類余。往年吴中熟，時可擕書就食諸公間，東家餂幣，西家發廩，妻孥終歲充然無不悦之色。而今此樂何可復得？時可間關憔悴，猶日爲詩自娱。爲詩必擬古，自近古名能詩人，陶、謝以來之作，規模略盡，故下筆輒無今人近語。時可之於詩，其視余殆可謂莫逆於心者耶。嗟乎，時可休矣！今與時可别更五年三年，相逢於江湖之上，樽酒班荆，握手道舊，當亦恍然於吾言之非誣矣。時可識之。

胡天放詩序

嚴於浙中爲佳州。奇山帷攢，清流練飛，世之騷人稱之，有『錦峰繡嶺』之目。迨至於淳安，則佳益甚，山叢而益奇，川疏而益清。異時，余嘗識其間知名者數公，衣冠笑談，楚楚然稱其山川者乎！然當是時，諸公之文章，方期於用世，無有肯刳心凋形，沈埋窮伏而爲詩者。山川雖佳，其煙雲魚鳥，朝夕真趣，不過散棄爲漁人、樵客之娱而已。兵戈以來，游宦事息，乃始稍稍與之相接。而前時諸公，訏謨典策之具，亦且倚閣無用。呻吟憔悴，無聊而詩生焉。去年春，識胡天放。天放者，淳安諸公中之一人也。讀其詩，獨無呻吟憔悴無聊之聲焉。余疑而詢之。蓋夫天放生二千石之家，而甘簞瓢之操；懷四方萬里之志，而存丘壑之好。自其童年，厭薄世禄，疏擯舉子，已耽爲詩。今之所編，稿欲十易。於乎，美乎哉！余於天放交游，視淳安諸公爲晚。古人有言：『白頭如新，傾蓋如故。』余於天放獨安得而無言乎？天放名僑。

張君信詩序

人之於藝，苟非其攻而好之者，則不能精。余少時多好，好仙，好俠，好醫藥卜筮，以至方技博弈、蹴踘擊刺、戲弄之類，幾無所不好。翰墨几案間事，固不言而知也。然皆不精，惟於攻詩最久。而異時以科舉取士，余嘗治詞賦，其法難精。一精詞賦，則力不能及他學。在杭州，見異方之精詞賦者，莫如閩士，閩士中，有尤精者焉。當是時，張君君信，閩士中尤精詞賦之一人也。余既早成進士，去，益爲詩。君信雖精詞賦，遇大進取，輒不利。然亦數數爲詩。嘗以贄見其鄉先生陳性善學士。陳學士戲曰：『子欲持是上春官乎？』君信慚之，棄其詩，復專攻詞賦，而科舉廢矣。於是君信若愠若狂，始放意爲詩，不復如前時卻行顧忌〔一〕。辛卯春，余來吴，君信盡出其所作累百篇相示。酒酣氣張，音吐清暢，余爲擊節，從容停節〔二〕雋永驩乎〔三〕，適哉！雖然，余與君信皆漸老矣。余自追念少年血氣盛强時，所好諸藝，皆爲無益，幸而不精。雖精於詩，亦復何用？曾不如醫藥、卜筮、方技，猶可以自給；蹴踘、博弈之流，猶爲人所愛幸。東方生歎陛楯郎之不爲優旃，太史公羞節士而尊貨殖，非空言也。君信此事姑止。聞新年移家湖上，爲我種魚千數頭，栅雞圈豕，令牧養可作百十日具，藝秫釀美酒數石，余以深冬訪子，爲子屢醉不一。從來二曹父子、淵明、太白，精於詩者無一詩不及酒。余二人亦可緣此縱言乎？君信名革。

校勘記

〔一〕不復如前時卻行顧忌：『時』，底本脱，據孫本、何校本補。

〔二〕從容停篘：『篘』，底本作『蓄』，據孫本、何校本改。

〔三〕雋永驩乎：『驩乎』，底本作『惟呼』，據孫本、文淵閣四庫本改。

張仲實詩序

異時，搢紳先生無所事詩，見有攢眉擁鼻而吟者，輒靳之曰：『是唐聲也，是不足爲吾學也。吾學大出之可以咏歌唐虞，小出之不失爲孔氏之徒，而何用是啁啁爲哉！』其爲唐詩者，汩然無所與於世則已耳，吾不屑往與之議也。』銓改舉廢，詩事漸出。而昔之所靳者，驟而精焉則不能，因亦浸爲之。爲之異於唐，則又曰：『是終唐聲不足爲吾詩也。吾詩懼不達於古，不懼不達於唐。』其爲唐詩者方起而抗曰：『古固在我，而君安得古？』於是性情理義之具，譁爲訟媒，而人始駭矣。杭於東南爲詩國，之二説者，余狎聞焉。蓋嘗私評之。詩自盛古至於唐，不知幾變，每變愈下。而唐人者，變之稍差者也。今人服食、寢處之物，玩適之器，不暇及古，雖古不能信其必古。但得唐人遺縑斷楮，廢材敗纊，數百千年間物，即古之。疑其攻能精絶，亦啧啧歎羡，以爲不可及。至於爲詩，去唐遠甚，然談及之，則不以爲古。誠古不止此，抑充其類焉，姑無深誅唐乎。張仲實循忠烈王諸孫〔一〕，在杭友中年最妙，而詩尚最力。强志多學，嘗與廬陵劉公會孟往復，是能爲唐而不爲唐者也。故吾槩舉諸人所疑於古者告之，亦以堅仲實之學云。

校勘記

〔一〕張仲實循忠烈王諸孫：馬本此句上有『武林』二字。

白廷玉詩序

日余得白廷玉姓字於周義烏往還書中。其賦《銅浮漚》一篇，尤清馴可念。自是欲識廷玉，逢人輒問之。而廷玉授書北關數里外，栖栖然窮書生耳。時節一入城，不能與故人從容立談而去，則余無自而接廷玉焉。一日儼褒博之衣，忽來顧余逆旅中。辭傾意酣，慨然有古人班荆之喜，傾蓋之誠。又出其自寫詩數十百篇贈余。以其有以自重也，愈益念之。昔者杭爲行都，士非欲售其業者不至杭。詩雖非干世之業，而自山林攻詩者，一涉足於杭而還焉。若杭人之所自爲詩，則遷愈甚。何也？累於知也。今夫士大夫之居游於杭者，皆無前時之心。而余之得廷玉，與廷玉之得於余，豈不亦有可言者哉！廷玉詩，甚似渡江陳去非，而嘗諱言去非。又特好記覽，每一篇必欲令注波於六經之淵，披條於百氏之畹。誠放此不止，余何云以得廷玉哉！

陳季淵詩序

昔年嘗爲人賦《海東青》詩，有言此詩經斫雲公題，絶似難復措手也，併舉全章云云。余記之不能忘。來江東，夾谷子括都事以使杭經過。席間及前詩，始知爲畸亭陳季淵所作。季淵京兆人，與遺山元裕之同輩[一]，遺山盛推下之[二]。他詩文極多，《海東青》詩斫雲外尚餘七章，皆清豪可諷。既而子括云歸杭，將倡率朋友之知畸亭者，盡刻其所藏以傳。會郡守朱侯適聞其語[三]，忻然屬意，以爲不煩他人。遂下諸學官爲之彙叙釐正，登載版本。凡得古賦一，古詩六，律詩九十四，絶句七，樂府三。自古文人才士，能以著述名字，聞於後世，要自有不可泯滅。然亦豈無不幸而不自傳者，如杜子美稱薛華長句，至與李太白相埒，而華無一語行世。計當時留連顛倒，淋漓揮寫，歌闌興盡，不自收拾。而諸公雖相賞愛，或者不免脱落散失，故爲是可惜耳。然則是編之傳，不但後生可以想見中原文獻之美，如夾谷君之尚友，朱侯之好事，皆不易易得也。

校勘記

〔一〕與遺山元裕之同輩：「山元」，底本作「完」，據明鈔本改。

〔二〕遺山盛推下之：「山」，底本作「完」，據明鈔本改。

〔三〕會郡守朱侯適聞其語：「聞」，底本作「同」，據明鈔本改。

卷九　序

湯子文詩序

丹陽湯子文官余州時，余方爲民萬山中。勢不得相往來，而子文數數以詩見交，余重謝其意而心賢之。闊絶十五年，以爲子文去而翺翔江湖之上，當已執上大夫之珪，乘客卿之車，而開通侯之封久矣。辛卯孟春，忽邂逅於錢塘逆旅，握手問寒暄竟，復出詩若干篇相示。曰：『自去子州，所辛苦極力而得者纔此耳。』余讀而味之，則子文詩肆麗清邃，乃一如丘園書生、山林處士之作。搜羅蟲魚，抉摘煙霞，幾相忘於前日之爲者。嗟乎！子文何以若是然乎？富貴不足道，然得而處之，亦良不易。使子文十五年之間，幸能如衆人有所成就，不過亦如衆人徒勞而已，何苦勞於詩耶！此事勿論，論切於詩者。余自學詩來，見作詩人諱寒語，兼不喜用書，云二者能累詩，是矣。然古詩人作寒語，無如淵明最多，用書無如太白、子美。而三人詩傳至今，不見其累之也。今吾子文詩，二禁俱廢，尤有爽然於余心者哉！子文所居丹陽古詩國，今交游風流可稱者有誰？其江山高秀，余平生雅愛遊處也，旦夕從子文歸而求之，詩在是矣。子文名炳龍。

陳晦父詩序

世多言唐人能攻詩。豈惟唐人，自劉、項、二曹父子，起兵間，即皆能之，無問文士。至唐人乃設此以備科目，人不能詩，自無以行其名，故不得不攻耳。近世汴梁、江浙諸公，既不以名取人，詩事幾廢，人不攻詩，不害爲通儒。余猶記與陳晦父昆弟爲兒童時，持筆槖出里門，所見名卿大夫，十有八九出於場屋科舉。其得之之道，非明經則詞賦，固無有以詩進者。間有一二以詩進，謂之雜流，人不齒録。惟天台閬風舒東野，及余數人輩，而成進士早，得以閒暇習之。然亦自以不切之務，每遇情思感動，吟哦成章，即私藏箱笥，不敢以傳諸人。譬之方士燒丹鍊氣，單門秘訣，雖甚珍惜，往往非人間所通愛。久之，科舉場屋之弊俱革，詩始大出。而東野輩憔悴老死盡矣，余亦鬢髮種種。晦父在當時年最少，且復五十餘，作詩方工。天固將遲其成，使之行名以遇於世乎？晦父詩凡若干卷，疇昔已經閬風翁稱道者，余不復舉。舉自括蒼以來縝而通、清而有餘妍，編諸唐人，庶幾升堂而入其室者也。大德丙午孟冬三日叙。

洪潛甫詩序

始時汴梁諸公言詩，絶無唐風。其博贍者謂之義山，豁達者謂之樂天而已矣。宣城梅聖俞出，一變而爲沖淡。沖淡之至者可唐，而天下之詩於是非聖俞不爲。然及其久也，人知爲聖俞，而不知爲唐。豫章黄魯直出，又一變而爲雄厚。雄厚之至者尤可唐，而天下之詩於是非魯直不爲〔一〕。然及其久也，人又知爲魯直而不知爲唐。非聖俞、魯直之不使人爲唐也，人安於聖俞、魯直〔二〕，而不自暇爲唐也。邇來百年間，聖俞、魯直之學皆厭。永嘉葉正則，倡四靈之目，一變而爲清圓。清圓之至者亦可唐，而凡枵中捷口之徒〔三〕，皆能託於四靈而益不暇爲唐。唐且不暇爲，尚安得古。余自有知識以來，日夜以此自愧，見同學詩人，亦頗同愧之。頭白齒摇，無所成就。來上饒，得新安洪焱祖潛父。潛父詩優游雋永處，不減宣城；沈著停蓄，往往豫章社中語；視永嘉雕琢，俯手而徐就之耳。爲之驚喜贊嘆〔四〕，恨相得晚。而潛父之年，非余所及，謙躬强志，於書方無所不觀，於理方無所不究。誠若此，其升階而趨唐，入室而語古，不患不自得之。余僊矣，不能從也。大德八年九月朔日。

校勘記

〔一〕於是非魯直不爲：『爲』，底本作『發』，據明鈔本改。

〔二〕人安於聖俞、魯直：『人』，底本脱，據明鈔本補。

〔三〕而凡枵中捷口之徒：『而凡』，明鈔本作『久之』。

〔四〕爲之驚喜贊嘆：『嘆』，底本作『敬』，據明鈔本改。

許長卿詩序

酸鹹甘苦之於食〔一〕，各不勝其味也，而善庖者調之，能使之無味；温涼平烈之於藥，各不勝其性也，而善醫者製之，能使之無性；風雲月露，蟲魚草木，以至人情世故之託於諸物，各不勝其爲迹也，而善詩者用之，能使之無迹。是三者所爲其事不同，而同於爲之之妙。何者？無味之味食始珍，無性之性藥始匀，無迹之迹詩始神也。余自垂髫學詩，以至皓首，其間涉歷榮枯得喪之變，寔不一態；詩之難易精麤深淺，亦不一致。雖不敢自謂已有所就，然不可謂之不勤其事也。方其勤之之初，顰呻蹙縮，經營轉折，幾亦自厭其勞苦。及爲之之久，積之之熟，則又皤然資之以爲樂。戊戌之冬，遇錢塘瑞石山許長卿於逆旅中。與之商論及此，長卿曰：『夫我則亦然。』蓋長卿生於二千石之家，嘗通金馬門之籍，從下士之列，而游東諸侯之幕府，最後遂爲文相國知用。志既不展，則幅巾布衣，浮沈民伍。故其詩徘徊窈窕，情鍾意劇，如高漸離、李龜年之過都歷國，驚欣而悽愴也；噫嗚慷慨，神張氣旺，如唐衢、莊舄之懷人思土，若不願居而中不能什也；登山臨水，留連暢洽，如宋玉、司馬相如之感遇而有所適也；掃門卻軌，呻吟沈著，如虞卿、馮衍之獨行無與而莫之悔也。嗚呼！兹非余心之所同然者耶？兹非人情世故之所託於無迹之迹者耶？雖然，長卿之齒在余後，而才氣在余先，非泊然無用於世者，不得以余爲比。無室家，極力孝養其母。扁舟往來吴松、震澤間，鸞翔冰峙，見之使人毛髮清竦。

旦夕幸西游，或當就而問之。此中多車馬塵，非論詩所也。

校勘記

〔一〕酸鹹甘苦之於食：『於』，底本脱，據孫本、何校本補。

李元凱詩序

括蒼諸老先生之賢而文者，余猶及識長山葉公。其稍後則梁君子奇，又稍後則華南伯、胡國器，與余相莫逆者也。當是時，括蒼衣冠名宦猋起〔一〕，爲執政侍從諫諍官者，六七輩不止。每浙河東西，僑儒寄客，依之成聲。然至於談鄉曲學問，淵源本末，則諸公歉然各有所避讓。每私居盛集，長山翁幅巾癯肩，專席中坐。南伯國器之徒，攝齊羣趨，執簡交叩，如師弟子。惟子奇以嫌在遠，不得至會所。觀其一時會合風致，浮沈雅俗，餐吐華實，真如建安鄴下、元和郾城之適，而今想像，何可復得。庚子春，有李元凱舜臣，過余吴山坊中蓬蒿風雨之舍。問其年，與余同甲子也；問其業，與余同詞賦也；問其居，括蒼；問其族，其父兄疇昔與余同集於長山翁之席者也。於是元凱老而好詩，呻吟囁嚅，心愈勤而身愈窮，又不得寧其居而游，其事種種有與余相類者。及爲詩之曲折，悲歡炎涼之感，盛衰腴瘠之變，疾徐繁簡古近之發，開懷抵掌，顛倒傾盡，亦往往與余合。嗟乎，元凱乎！夫身既已老而窮，而方好詩以遊；遊將何之，而詩復將爲何用？顧爲詩亦窮，不爲之亦窮。吾人姑毋尤詩，惟遊當少止。元凱歸山中，疏少微清冷之風，以爲絲笙；釃石林沆瀣之泉，以爲醪漿。委蛇行吟，徜徉醉歌，詩不少康乎！爲我問訊長山翁、子奇、南伯、國器之徒之子若孫，其亦有可與元凱同遊者乎？

校勘記

〔一〕括蒼衣冠名宦焱起：「焱」，孫本作「飆」。

董叔輝詩序

吾奉化前百數十年時，地理去行都遠。士大夫安於僻處，無功名進趨之心。言若不能出諸其口，氣若不欲加諸其人。閉門讀書，以遠過咎；耕田節用，以奉公上。雖無當塗赫赫之名，而躬行之實，爲有餘矣。渡江以來，鄉老之書，天官之選，信宿可以驛致。加以中原僑儒，裹書而來，卜鄰而居，朋儔薰蒸，客主浸灌，編户由明經取名第者，十有八九，可謂詩書文物之盛。而過飾之器，必渝其素；倍華之木，易朘其根。於是平時恂恂自重之夫，濯纓鼓篋，爲時而興。居有喧謠諷歎，行有通名投贈，聲華氣韻，豈不愈偉，求其復爲前日悃朴默訥之俗，何可得也。董君叔輝之族，爲硯溪寺下潭頭三院。當其盛時，儒衣乘軒飛蓋者幾累百年，然諸老大抵專以躬行明經爲本。故雖門户俱相頡頏，鄉閭乃最稱獨爲長者。至於詞章學問，淹注發泄，無所不具。而不肯琢刻鏤繪而爲歌詩，謂之江湖技癢，恥而笑之。以余所聞，惟叔輝之遠祖耐叟參軍，有集藏於家，其詩近樂天。近世静笑翁方嚴簡重，不輕語，語出必該涉名教，其詩近康節。少允鄉貢公每見人，即説張武子、姜堯章作詩家法，而不作詩。即今文獻淒涼，前後行輩，荒落殆盡。而叔輝孤承大宗，遠紹墜業，窮居教學之隙，大肆其力於詩。詩之成家，無一不學，而尤酷好余作，見輒稱獎。余投老空山，單行無徒，亦喜叔輝時時佐之。值一篇成，相與倚桐葉爲歌，而折竹枝，扣牛角，和酬以爲樂。及是以《嚼蠟編》示余求評。余評不評，於《嚼蠟編》未能輕重，抑蠟之成非一味。叔輝之詩，其醖釀之積，采擷之勞，非一朝一夕矣。遲其熟而嚼之，其甘苦辛酸之變，亦已詳且悉矣。故余惓惓先之以諸老躬行明經之本，若食之祭先炊，飲之祭先酒然，不亦可乎！

趙生詩序

往歲余遊金娥山中，值天大雪，上下罔澗一色。急投寺門，回顧已無行蹤。寺僧款余附火，坐定，問案間何書，乃張武子詩一巨編。因取諷之，窮昏晝不厭。僧見余嗜之甚，云有能詩趙翁，纔去此可三十里許。甚恨無晷刻從容機便，不得相接叙也。遲晴，上大梅山訪保福護聖，趙翁在焉，蓋余里閈前輩。出所謂《秋汀》詩，詩中交游名字，往往有白玉蟾、紫庢諸公，亦及與張武子父子甥舅間相浹，余心異之。夫白玉蟾以仙、紫庢以俠、張武子以文，今人談此三人，令人翛翛然有宇宙外意。而翁周旋其間，良可人哉。遊大梅山歸後，翁死，翁之子景嵩，今又能以詩示余。余晚學不能知詩，而知世間如白玉蟾、紫厓、張武子諸公必尚有，盍往遊而求其人乎？

國南仲詩後序

往時國温州使君官錢塘，余方弱冠，嘗熟遊其門。值衣冠盛集，鄉人自寧海至，無慮累十數。人人以爲詞宗賦伯，談辯縱横無所避。獨胡俊甫、舒東野在坐，則衆客停喙，聽其談嘲以爲笑。然二公多説詩。當其時，自二公外，諸君皆薄詩不爲。使君居席端，兩容之。余間起遮使君挑二公，欲私有所問，輒摇手不肯答語，然余心知其不必語也。俊甫窮布衣，得一官歸死。使君歸自温州，亦即棄我去。獨東野老壽，巍然高卧閬風香巖上三十年。浙河以東，學詩者朝暮至。余以貧賤逐食，時時得一相過從，聞去歲又亦棄我去矣。嗟乎！余之悾悾乎其處於世，豈曰不遇，而今若是乎！於是零丁仲愢，神消氣慴，若孤行無鄰，若中渡奪楫。有儒學子橐詩一編，邂逅錢塘客舍。叩之，其居寧海，其氏國，其字南仲，其名焴。蓋使君季子，而余故人也。發其編，閲所爲序，東野公也。問嘗識俊甫否，曰：『吾鄰，且父友也。』逆而計其言，當余在使君傍問詩二公時，君垂髫踉蹡知狀也。余爲喜慰甚。喜以幸使君之有子，慰以私其孤窮，而將振其陋也。然君方欲余評詩。君詩本有家法，又經鄉先生二公爐鞴，風姿格力，已超脱凡近。至於年加境變，則識當自長。此非他人可預，雖使君與二公之初，亦不以語余也。然則是行也，君歸而行吟坐嘯於南岡北澗之間，脩然而喻矣。

長汀和漁歌序

《長汀和漁歌》者，州判官吴公熙載之所作也。奉化之爲州，其右連南明，跨沃洲，陰巖困盤，崇嶺藹積。行人經從，值天凍冥，非篝明挾羣，不可以縱適。其左蓬萊瀚海，盲風駭浪，春翻吞嚙，晝夜變態，雖好遊之客，亦不得安意而處。惟州之背腋，通塗坦郊，平達於北渡，不五十里而清溪貫之。紆徐縈迴，水行者以舟程折計，凡七十二汀。近州之汀稍長，謂之長汀。汀人多漁，每風休月浄時，輕篷小艇，往來如織。忽窈窈聞漁歌聲，與鳴榔相交，意像森悄，非復人境。汀中父老，又相傳唐時有葉法師修真結壇汀津，而白龍嘗來聽法。又憨僧持布袋行丐市井，一日因裸浴汀潭，而人見其背上有眼，驚怪禮拜，稱爲古佛。雖非事之必有，要其山川元氣，噴薄隱見，自應爲仙真神佛之所棲託。熙載之從事於是州，長官之賢者禮而歡之，專者簡而安之，吏民之能者親而孚之，不能者柔而勸之，故居其職少勞而多暇。獨喜爲詩，詩成，名之曰《和漁歌》。歌不能爲漁作，而作之趣與漁合。又實常以公檄過從漁汀，諳其風俗嗜好，音節態度，出語輒能道漁意。汀漁安公之政，樂公之爲人，見公之來，喜動眉睫。往往詩方脱編，而汀漁已傳相成誦。自下車至解印，通作若干篇，清純縝美，如其性行，一一可繕録。昔元次山有《浯溪》詩，劉禹錫有《湖南竹枝歌》，近世名賢宦跡所歷，惠愛不可忘者，皆謡其篇章。《長汀》之歌，其爲吾州琬琰之鎮，笙鏞之編乎！至大改元之季春既望叙。

朱伊叟詩序

往時吾州嵬磯劉良佐有詩名，其詩多山林田野之思。江湖交游相爲引重者，吴郡范至能、山陰陸務觀，其尤也。於時浙中諸老林立，寄公僑客，自中原避兵來者泉集，而吾州尤爲淵藪。衣冠談笑，朝暮翕合，若嵬磯之徒，雖鶉衣芒屩，塵垢滿面，徒行於市井之間，人豈有靳之者哉〔一〕！自余爲兒童，猶及見父兄行年三四十不遇，則去而挾詩以遊。或藏重草廬中，莫不皆有王公之高，千駟之貴。嗟乎！古先賢達不及識，士窮如此，豈不亦可以浩然無憾於世乎！戊戌、己亥歲，余與鄉友朱伊叟相遇於錢塘逆旅。白髮蒼髯，皆老矣，皆窮，皆能以文字自樂。而伊叟示余手抄詩一編，讀之藻黼律熟，於嵬磯時時過之，無不及也。顧江湖交遊，不得范、陸有位貌者以爲之名〔二〕，雖相知如余輩，聒聒何足爲伊叟損益。因相爲扼腕太息，而伊叟一不以爲意，惟殷勤欲知吾詩可不可何如耳，是其中愈非俗子所可窺測〔三〕。遂留其編篋，衍而書私情之感慨者，以復伊叟云。

校勘記

〔一〕人豈有靳之者哉：『靳之』，底本作『靳靳』，據孫本改。

〔二〕不得范、陸有位貌者以爲之名：『貌』，孫本作『號』。

〔三〕是其中愈非俗子所可窺測：『可』，底本作『不』，據孫本、馬本、文淵閣四庫本改。

劉仲寬詩序

余少時喜學詩，每見山林江湖中有能者，則以問之，其法人人不同。有一老生云：『子欲學詩乎？則先學游；游成，詩當自異。』於時方在父兄旁，游何可得。但時時取陸放翁《入蜀記》、范至能《吴船録》之類，張諸坐間，想像上下，計其往來，何止日行數千萬里之爲快。已而得應科目，出交接天下士大夫，諳其鄉土風俗。已而得宦學江淮間，航浮洪流，車走巍坂，風馳雨奔，往往經見古今戰争興廢處所。雖未能盡平生之大觀，要自胸中瀟瀟然，無復前時意態矣。身又展轉，更涉世故，一時同學詩人，眼前略無在者。後生輩因復推余能詩，余故不自知其何如也。然有來從余問詩，余因不敢勸之以游。及徐而考其詩，大抵其人之未遊者，不如已遊者之暢；遊之狹者，不如遊之廣者之肆也。嗚呼，信有是哉！番陽劉仲寬，自其鄉橐詩數十百篇東來，不肯妄以示人，而專求一言於余。余讀之終帙，其遒整而縝飭者〔二〕，升許丹陽之堂；其頓挫而悠揚者，摩黄豫章之壘。訊其所以然，非過從經歷，足之所及，目之所獲，則一語不以營於心而諷諸口。今觀卷中山川草木，雲煙蟲鳥，皆有余往年經行蹤跡無遺落者，仲寬蓋似與余不同謀而同法也。抑仲寬年方盛，仕方開，材良氣鋭，遊恐不止於此。方當裹糧載筆，與中原燕、趙、梁、宋、齊、魯諸名儒，弦歌二南之風，笙鏞九成之音，其次尚當頌碧雞，賦洪都，歌于蔿于，以發揚太平製作之美。如此則游益廣，詩益肆，而非余衰窮拙陋者之所可知已。

校勘記

〔一〕其遒整而縝飭者：『縝』，底本作『鎮』，據孫本改。

方端叟詩序

余於吴興方端叟，以詩交三十年矣。其初見，在錢塘吴山下。於時年方盛壯，意氣疏爽，詩如杜牧之落魄放遊，不顧人世拘檢，但欲自快胸臆耳。再見在秦淮官舍，詩如曹景宗得一州，雖左右顧盼自如，而終不如漁獵山澤間之爲樂。三見在山陰逆旅，值流移初定，相顧驚嗟嘻悵，詩如張中郎海外遠歸，神氣自完，而容澤故少。四見當大德庚子之春，乃幸復在錢塘吴山下。余既以饑窮裹書授徒而活，忽忽何暇作詩。間作詩，不過如李龜年白頭感慨悲歌，對人羞澀，人亦無與聽者。此余自叙平生血氣盛衰之大略也。嘗舉以語端叟，端叟曰：『夫我則不然。吾自喜爲詩以來，遊江漢淮鄂最久。江淮漢鄂間諸將，吾識之幾盡。異時談封侯富貴之事，如取諸其寄。而今歸來窮山深谷中，風露之與棲，草樹之與鄰，禽魚兔鹿之與羣。外之榮枯喧寂之役，内之悲歡强弱之變，是不一態。而吾詩未嘗一日而廢，吾所以出吾詩者，亦未嘗一日而異也。而子何以若是紛紛然乎？』余聆其言慚焉。既而，端叟示余一巨帙，通若干首，徵余序。余讀之，信乎能充其言者也。端叟居越諸暨，諸暨之方，與桐廬近，學詩者大抵祖玄英先生。玄英詩既高，晚年更以節著。端叟今年七十餘，出處清謹，余知其爲玄英子孫不辱矣。宜乎能充其言哉！

吴僧崟古師詩序

人之能以翰墨辭藝行名於當時者，未嘗不成於艱窮，而敗於逸樂。何者？材，動物也。詩人之材，其於翰墨辭藝，動之尤近而切者也。彼其營度於心思，綿歷於耳目，諷詠於口吻，辛苦鍛鍊百折，而後以其成言裁決而出之，而詩傳焉。其得之也勤，其發之也精，使有一毫昏憊眩惑之氣干之，則百骸九竅，將皆不爲吾用，而何清言之有乎？今夫世俗膏粱聲色富貴豪華豢養之物，固昏憊眩惑之所由出也。吴僧崟古師，生華亭錢氏世家。當錢氏全盛時，余婦舍與之相連，屢過之。軒綬填門，騶訶塞塗，歲時節朔休沐，子弟褒衣靚飾，嬉行庭巷，略與四姓五侯家貴游何異。崟古師娟娟然在雁行中，不知其何以能别異於人也。齒日加，勢日專，而事日殊。崟古師之所交吴人也，所見所聞吴事也，計其心，雖欲不爲吴不可得。闊絶二十年，余再來練塘張湖間，壯年歌游處所，一一無復故物。獨煙林水鳥，相顧徘徊太息，頗欲捐棄生理，訪張季鷹、天隨生之遺蹟而隱焉。有緇袍而癯者，袖詩一篇眎余。閱之，清馴而不枯，抑怨而有章。諗其刺，窋古師也；訊其族，華亭錢氏也。嗚呼！使窋古師猶有其家，富貴豪華豢養之具，所以昏憊眩惑人者，去之不盡。不苦其心，不動摇其肌體，豈暇若是專於詩耶？蓋天抉其疾，而納之以清能靈識，此可以爲窋古師賀，而不可以爲弔也。且又同時貲權相先者，既皆歸於灰飛絶滅，而錢氏子孫，乃今猶以詩著，不又重可幸歟！窋古師勉之。大德戊戌歲仲冬日南至，前進士剡源戴表元序。

圓至師詩文集序

圓至師詩文一卷。師諱圓至，字天隱，江西高安姚氏子。父兄宗鄰，俱以進士科目起家，獨喜爲僧。江上兵事起，即去，依袁州仰山雪巖欽禪師。至元中，自淮入浙，依承天覺庵真禪師、天童月波明禪師、育王横川鞏禪師。二十七年復歸廬山。越四年，建昌能仁虚席，郡牧趙侯移文請居之。二年竟棄歸廬山，卒於大德二年六月二十四日。以上皆吴僧行魁師所記。圓至師在天童育王時，余適授徒郡郭，屢相遇於親友袁氏舍。每見但好弈棊，勞形苦心，拈子移時，囁嚅不即下。骨貌素癯，不善飲啖，一語不肯爲人説詩文，性似厭聒。然退而出其所作，清馴峭削，殆以理勝。魁師又言，在承天時，亦留磧砂三年。磧砂，魁師所居，有賢遊從佳館穀，留之甚安。既不得已，居廬山，愈多病。魁師嘗南泛長江，問其安否。今死，又懼遺稿散墜，爲掇拾刊木磧砂以傳。其氣義可謂能始終，而天隱爲少慰矣。師可傳不但詩文，今世言禪者，亦多推天隱。又或號筠溪牧潛云。

魁師詩序

藝之於人，有好之而不厭者，以其樂也。苟所樂之在此，他雖有可樂者，不好之矣。千金之家，終日吹彈棋踘，而窮閻窶夫，皇然摩鐦灑削雕鍛，利贏餘以給妻子。此二塗所爲樂不同，而樂於所自養者同。故當其疲精神、窮昏晝、忘饑渴而爲之，雖使師襄放叟，歌《周南》、誦《離騷》於其側，有不能暇聽。何者？所樂不存焉故也。浮屠氏之枯空淡泊，草衣而木食，縈居而野游，無富貴繁華之美於其心，無貧賤急迫之勞於其體。其於人世一切之累，舉不可以相及。而詩之爲藝，出於人之精能虛覺，勞不撓形，清不膠物，又非若吹彈棋踘之鄙褻而難成，摩鐦灑削雕鍛之喧煩而爲美也。則樂而好之，是固其職。余之少時，往來西湖三竺間，見其徒能此者不一，令人愛悦甚。時雖未能學詩，學之固未能精，因亦以爲彼山林世外人適當然耳。一來省事屏居，同時先輩士大夫，翕忽向盡，始好爲人説詩以爲樂，尤喜與山林無世累者游，而所見聞一不如昔。戊戌、己亥歲，有魁師自吴中來。屢相接，前後袖詩貺余累十百篇，指斥傾盡，寄屬沈著。讀其詩，繁者鏘遥音，簡者涵淳風。究而訊其能，奔駒縱鶻，搴拔俊聳，飛丹幻寶，閃爍迅發，蓋於余少時所愛悦，有過之無不及也。嗟乎！師之詩至此，信其所自養與好而樂之者異於人耶？將視他人以爲異，而在師能之，則固適然耶？聞師所居吴中，有良父兄别業，藏書致客，規模風指，凡皆出人意表。師所以能縱游博交，耳目肺腑，豁無鄙滯者，亦有以成之而然也。余家大處士晚年，吴中好事者，經理佳山林，館留之，迤邐遂居吴中。余窮困，何由就師結詩鄰乎。

珣上人删詩序

人之於言，少繁而老簡，彼其中固有定不定也。言之至者爲文，而人之文，有涉於刑名器數而作者，不必皆出於自然。惟夫詩，則一由性情以生，悲喜憂樂，忽焉觸之，而材力不與能焉。此其老少之變，繁簡之異，豈得不有待而然哉！珣上人學佛氏之道，違世避俗，與木石並居於大山長谷之中，余不敢以常情論之。顧獨喜爲詩，出所作十百篇示余。謂余曰：『爲吾删之。』余疑而歎焉。夫古之學佛之徒，以吾書所載，如支遁、佛圖澄二人者，於其時最號能言，能使國君大臣、公卿子弟，人人傾聽之。然其言傳者甚少，將其所爲言，與今浮圖之言不侔乎，抑固多有之而不見於吾書耳？文教益衰，詩律濫觴，於是其徒始有棄其空空之説，而以能詩鳴於世者。蓋兵亂已極，衣冠之流，鉛槧之士，逃於其類而爲之，非佛氏之爲教或當然也。上人本三石陳氏儒家子，年未四十，氣貌嗒然，如不欲語。今又厭詩之繁而務删之，是不待年之老而能簡於言者歟？夫由佛氏之説，則不如無言；由吾之説，則氣識定而言當自簡。上人其幸思之。

珣上人再删詩序

余識東玉師在紫芝山中，且一年，嘗爲序所删詩者也。還烏石之明日〔二〕，入剡源村，省拜丘墓。禮畢，循溪行，恍恍若有所失。有衣緇褐之徒，脛其行幐而來，蓋東玉宅里在焉。余邀歸信宿，見其雖習爲超世忘物之説，而温篤孝友，信乎仁義人也。且别出一編覎余曰：『子昔所歎於吾詩者，吾删之既矣。吾歸而誌之吾法，於吾徒之言有所不屑，而何子言之須乎！雖然，必爲我竟言之。』余聞而益疑。蓋佛之説，異於吾之説者，不獨此也。吾以百世千萬世爲久，而佛曰是旦莫之駛爾；吾以九州四海爲廣，而佛曰是得其地初無幾何爾；吾以生人以來，莫堯舜夫子爲聖，而佛曰是聖人於人間世而已爾。其大者若是。自餘刑名器數，民物事爲，宜無所留於心。而況饑渴寒暑之感，昆蟲草木之喻，嚶嚶然呻吟雜擾以爲辭者，視之何直劍首之吷哉，何東玉遺於大而未能遺於小也！吾觀東玉，行應法，言近道，其必有所異於諸人之得者矣。雖然，東玉之道，於今爲盛，載其輕單無累之身，輔之以學，將何行不可至，何入不可得。余憊矣，不能從也。家有三老人，方謀傭賃山樊之間，動摇筋骸以治養具。於其暇日修閲種牧之書，與溪丁野稚講而治之。幸而征法不加，饘粥無絶，上下相保，優游天年，斯既多矣。他日東玉遊行而歸，過相勞問，於是益出瑰聞詭觀，以發藥其蔽陋，是則余所望於平生還往者也。餘何有哉！　餘何有哉！

校勘記

〔一〕遷鳥石之明日：『鳥』，馬本作『烏』。

余景游樂府編序

詞章之體，累變而爲今之樂府，猶字書降於後世，累變而爲草也。草之於書，樂府之於詞章，禮法士所不爲，余於童時亦棄不學。及後有聞，乃知二藝者，本爲不悖於古，而余所知，特未盡也。今夫小學之家，鈎毫布畫，一人意而創之，千萬人楷而習之者，世之所謂正書。而古法之壞，則自夫正書者始也。放焉而爲草，草之自然，其視篆隸相去反無幾耳。《國風》、《雅》、《頌》，古人所以被弦歌而薦郊廟，其流而不失正，猶用之房中焉，此樂府之所由濫觴也。余嘗得先漢以來歌詩誦之，大抵樂府而已。宋梁之間，詩有律體，而繼之作者，遂一守而不變。聲病偶儷，歲深月盛，以至於唐人之衰，而詩始自爲家矣。其爲樂府者，又溢而陷於留連荒蕩、杯酒狎邪之辭，故學者諱而不言，以爲必有託焉。陳禮義而不煩，舒性情而不亂，其事寧出於詩。劉夢得有言，五音與政通，而文章與時高下。樂府之道，豈端使然。同鄉友余君景遊，自絶四方之事，捐書避俗，日課樂府一二章。有所憤切，有所好悦，有所感歎，有所諷刺，一繫之於此。編成久之，不敢以示人，而先私於余。余躍然曰：『此固疇昔所悔以爲未及盡知者也。』君强記洽聞，法度修謹，故其所作，援古多而諧今少。覽者多有以余爲知言。歲陽在玄黓，陰在敦牂，良月晦日，剡源戴表元序。

王德玉樂府倡答小序

往年客錢塘，與金仁翁、劉養源、翁處静輩，商略樂府，往往花朝月夕，皆能自爲而自歌之。余雖不能，輒從旁拊掌擊節稱善，亦一時之快也。聚散三十年，升沈工拙，是非賢否，悉所不問，獨江湖交友過從之樂，時時未能去心耳。覽山陰王德玉此卷，令人恍然慰喜。然德玉世家學問，詞語佳處，自不減吾仁翁。其所從遊，永嘉陳用賓、淳安胡天放諸公，皆耆儒名輩。醖籍自重，亦無養源、處静留連放蕩之態。余末路得翺翔其間，良可自慶。惜乎！材思益衰，無以映發，聊作小序，附名篇端，譬若侏儒顧優而笑曰：『彼長者豈欺我哉！』元貞乙未孟春十日，剡源戴表元序。

卷一〇　序

富春孫氏族譜序

富春孫氏在東漢時，有長官者，死葬餘姚四明山中，子孫從而家焉。然越千有餘年，至宋之乾道、淳熙間，始有以學行著。又百有餘年而遂爲大族[一]，名卿望郎，良守牧，賢師儒，萃於其門。盛哉！顧世代愈深，而譜牒不立。夫世代愈深，則恩疏而忘祖；譜牒不立，則傳久而失宗。有國子監進士堯字叔高，慨然以爲病。家詢户問，旬纂月緝，凡寢廟之所藏，碑碣之所存，父兄姻故之所知，心思耳目精力之所可得而及者，蒐討略備，亦既可譜數世，蓋已無復遺憾矣。其心思耳目精力之所不得而及，雖孝子順孫，無如之何！一日，偶得先世嘗爲浮屠氏之教者數紙於塵煤鼠蠹中，自其譜以上，於是又得諱第居娶男女生卒葬之歲月者數世，而譜遂完。嗚呼！以孫氏之積，必待二千年之久，然後始大，而其子孫，始克爲譜。度東南士大夫世家，固少有能致此者。若進士君之純誠篤孝[二]，日夜恐墜失其先緒。殫勤盡瘁，然後僅以成就，皆余所愧歎而不及者也。進士君作譜，兼有書法[三]，某男子長而能爲人子弟若父兄，某女子嫁而能爲人婦若母，與其有犯失也，皆備書之。讀其譜者，勸戒生焉。譜既成，其羣從兄弟之賢而有力者，又相與糾合其族人，使行爲一第。以五行相生之義，第爲二十字以傳永久。曰：『如此週而復始，吾長幼昭穆，可以百世而不亂。』其族人窮老廢疾孤寡不能自立，婚嫁葬埋之不能舉者，又皆爲條畫以賙恤之。孫氏之義風，殆方興而未已也。餘姚他孫甚多，惟祖長官者自別其望曰富春，故曰《富春孫氏譜》。

校勘記

〔一〕又百有餘年而遂爲大族：『有』，底本脱，據何校本補。
〔二〕若進士君之純誠篤孝：『君』，底本脱，據孫本、何校本補。
〔三〕兼有書法：『法』，底本脱，據孫本、文淵閣四庫本、何校本補。

秣陵翁氏譜序

氏族之難言久矣。世之賢而有知識者，雖欲求之而不能得；不賢而無知識，棄之而不求者，固不論也。蓋古之所謂同姓，昭昭穆穆，百世而宗不遷。離鄉別土，疏支別屬，有慶弔或絶，而婚嫁不容以相通，謂若唐與陶、陳與胡之類是已。而近世自其近而可推者，則已不問。嗚呼！是孰使之然哉？余嘗見廬陵歐陽公，孩提之歲，而喪其所天。流離艱苦，寄食他氏。稍長大，發憤問學，即痛念宗緒之凋疏，而爲之訪求纂緝，定次爲《歐陽氏譜》一編。他日至謂人曰：『人而不知族姓所自出者，則無以别於禽獸。』蓋深切齒於此矣。一時游從諸賢，相與激發，故眉山之譜祖味道，而南豐公宗鄫子，然亦臆度倚傍而言之爾。而此三族者，其本末幸而猶若可考，故言之而通。自古昔喪亂以來，族愈大者，散失愈深，而混奪愈甚。則雖有賢者，固無如之何也。秣陵之翁有夔者，以譜示余。閲之，由其高大父通直公而上，通於楚國左臣，絲牽繩連，可數者五十世。又由楚國左臣而上，通之於軒轅少典，數千世之遠，而可以一日盡也。嗟乎，美哉！問嘗問其故，則潸然曰：『夔之生也幼而孤，惟其不忍翁氏之宗，將由我而忘焉，而爲此也，且非我也獨能之。雖生之晚，而凡翁氏之顯人，靡不知也；姻連中外，有所可知於翁氏者，靡不求也；知之求之，而靡不考也。故是譜也幸而備。』余於是既爲傳録其大略，可備考證者於家，而有感於盧陵公之事，因舉而贊之以成其志，且以益廣其學云。元貞丙申歲季春既望，前進士剡源戴表元序。

李氏族譜後序

奉化江口李氏，其先自閩來明。至秉義復以盛德者起家，其諸孫多美而文，皆能因緣科目，以取貴顯。當其盛時，舉族幾無布衣。蓋江南之取士有二塗，其一曰進士甲科，其法以三歲之秋，舉於鄉、於漕、於國子監，試用經義詩賦論策。明歲春，再試儀曹，中即進之大廷策之，第爲五甲，而高下皆授之官。其二曰三舍法，其法儀曹於春試進士畢，取去歲秋舉之見遺而不忍棄者，單試之經義詩賦，中即升之成均，曰外舍生。以經義詩賦論策，月各一試，而學官自考之，曰私試。歲終較其優，升内舍，曰外優。優成，又取内舍生月考之，歲終較其優，曰内優。優成，儀曹再歲取内舍生通試之，爲優平二等，曰上舍試。内優成而再入優，爲上等上舍。授官比進士第二人。其次一優一平爲中等上舍，其次二平爲下等上舍，與教授而通名之曰釋褐。外舍生之未升也，儀曹又每歲以經義詩賦論策一試之，亦分優平，曰公試。既升而試，如上舍法。李氏之興，自族譜外，有《傳科録》，别載子孫中諸科者名字；有《棣華集》，載子孫中諸科之文。以其法之細且煩，得之宜艱。而李氏於《傳科》也，歲無虚籍；於《棣華》也，月不停書。如此垂七十年，殆亦可謂盛矣。兵火以來，高堂列宇，作爲灰塵，《傳科》、《棣華》之彷彿不可復考，而舊譜亦再以燬廢。於是水口鎮通直公之子明新以爲懼，日夜以所記憶，精詢備葺，而譜得略完。惟是，漏落者不能增加，傳聞者且將就盡，爲之憮然不寧，而徵言於余。余家三世成均，與李氏爲硯席交。知其事不爲不熟，且亦自懼宗祚荒涼，後有問闕閲曲折於兒輩者，卒無以對。因以身履目睹之故備陳之，附書譜後，比之紀遊述夢，萬一或有考焉。若夫李氏祖澤積累之源，則有《傳宗龜鑑》、《建炎備禦録》、《江口橋記》及諸墓碣，去之百世不可磨也。至大己酉秋季既望，剡源戴表元書。

臧氏家集序

吾州臧氏，自鄱陽東遷，以余所知十數公，皆鏘鏘然能用其文辭氣誼行名儒林間。而吏部公正子最著，然其家單矣。自餘往往清純自持，純甚者業醫。聞其先人世精醫，醫全活人不可計，故天報之以賢子孫云。每鄉國大比若試於禮官，臧氏昆弟子姓，羣然斕斑籍中，蓋亦可謂盛矣。而鄱陽之族，余以遠未之聞焉。丙申季春，始識廷瑞於宣。廷瑞，鄱陽族之鏘鏘然者也。鄱陽距宣尤近，其來宣者，言其族之在其州，猶其在吾州者也，於是加歎慕焉。既而廷瑞出其世譜，載其著者爵位名字，凡鄱陽與吾州之族皆備〔一〕。又附繫遺文，人爲一編。嗚呼，富哉！昔太史公既廣覽奇書軼傳，作成《史記》，其辭偉矣。而自序家世舊文，如劍論等類，亦不遺棄。王仲淹稱其先人銅川府君以上，人人有述。仁人孝子之於其宗，固如是乎！廷瑞之作，視二公尤廣。當學衰族散之久，而極力從事於此，其志爲尤可尚也。惜乎余陋不足以發其事。廷瑞嘗中童子科，當仕矣。今猶强力，而吾州之族，國史公之後，方以廉譽進爲於時，天庶幾未忘臧氏也哉！

校勘記

〔一〕凡鄱陽與吾州之族皆備：「州」，底本作「明」，據文淵閣四庫本改。

褒中雜詠圖詩序

異時，聞關陝多奇士，其山川峭深，風氣清厚。懷珍負異而隱者，可以爲鄭子真；逢時撫運而起者，可以爲諸葛公。皆無所愧怍於人世。而惜强壯之年，道里隔絶，不得接識其人，以爲不慊。迨於混一，車馬廏置，可相往來，而老憊及之。所居又海濱遐壤，非進趨當世者所屑至，以故常有齟齬窮陋之歎。乃不自意諸公憐其無營，薦授之一秩，得以職事，受察於今江東廉訪僉事王公，而因以講聞先大夫褒中先生之爲人。先生博學而通，宏材而潛，余也何足以知之。而僉事公淵源文雅，猷爲器業，川驅霆行，春煦霜肅，寬不容姦，廉不劌物。覵公之施於身，達於吏民，推其本於家庭者，可以得先生萬分之一焉。先生嘗著《褒中雜詠》若干篇。隱居之懷，經濟之識，陶寫具備。其在憲臺，商左山、魏中丞、閻、徐二承旨之流，皆爲之叙述稱贊。來江南，高郎中、趙學士，復寫諸畫圖以相映發。余實不揆，輒亦附辭各題之下，以致想像尊慕，而併書所以然之故於右方。《詩》不云乎：『雖無老成人，尚有典刑。』先生有焉。大德九年歲在乙巳冬十二月望序。

旌表節婦徐夫人詩序

人之常情，以物與人，而人能守之不失，則愛之也愈甚。天之與物於人，其何獨不然。天之所與人之物，莫貴重於其身，而又與之以守其身之物，曰禮義。人受天之所與而能守禮義，不失其貴重之身者，天亦不失其愛，而常扶持之。故孤嫠寡弱之家，艱關勤苦百折，能行人之所難行，則生於其門者，爲子必孝，爲臣必忠，而其人必康强壽考。及見幼穉之成，而身厚其報，此天理之自然，人事之必至。如炊之食，如種之穫，可坐而待其熟也。浙東部使者拜降公之母太夫人徐氏，生公而寡。太夫人秉不欺之節，躬靡它之誓，内謹祭饋，外勤師資，朝咻暮祝，動不違正。迨公業成名立，遂陪臺垣、儀憲府、出藩入從，左侯右伯。而太夫人魚軒綵衣，委蛇就養，金罍錦誥，便蕃受寵。人以爲康强壽考，享禮義守身之報，而取愛於天者，豈不在兹乎！己亥之夏，有命即所居第旌表如式，有司題其門曰『旌表節婦徐氏夫人之門』。轟轟乎，義風熾乎當塗；洸洸乎，頌聲流乎寰區。於是縉紳士大夫侈其事者，咸作爲歌詩以播颺積善之慶，且上以光孝治，而下以勸禮俗。余之昔也，受廛於公爲民，又嘗登堂爲客，歆豔贊慕之日深矣。謹顯誦所聞，題辭其編首云。

賈母滑氏夫人詩序

古者内諱不出門，外言不入閫。婦人女子，而以名字聞於人，難矣。世德之衰，始有嫠居貞節之譽，班班簡書間。然宋共執經蹈死，左氏尚惜其無權；巴清肥家蒙褒，史遷不以爲知禮。求諸婉孌執法，從容名義，嚴而有政，慈而能斷，若今賈母滑夫人者，近世鮮有，往古亦無愧焉。夫人居趙州柏鄉滑里，嫁同縣儒者賈府君。年三十四，生二男二女而府君没。於時孩幼滿室，舅姑耄衰。夫人俯躬艱勞，仰備珍養，支傾補羸，晨夜靡息。二老人者安其經營，皆以高年樂終。及時招師資，選婚偶，遂以餘力改厝先親之稾殯者四世。賈氏綱紀資業，倍振於府君存時。大德庚子歲，於是男廷瑞以承事郎來江浙爲中書行署都事。年三十九，數始孤之期，三十有一年矣。而甚勤其官，苞苴之謁不行，冰檗之操日著。緋衣象板，魚軒錦書，出儀都寮，入侍親膳。誠宦游之美，家教之飭，而造物者矜其苦節，報之以材賢而享其慶也。嗟乎盛哉！南北縉紳韋布之士，交爲歌詩，以頌歎美德。謂表元之舊也，嘗爲文學掌故，俾以古義發題篇端，謹爲叙次本末如右。

東平杜氏祈岱宗事序

鬼神之事，自孔氏以來難言之。因其難言，而世之人諉爲茫茫。吉善者無所恃，悖逆者益無所憚。不知古先聖王雖不日謄其説，以求人之震眩，而初亦未嘗廢也。故有占筮，有盟詛，有禜禳、禬禱之禮，而人之愛厚其親者，至有減年以相益，移禍以自損，其事往往有時而信。其爲儒者，又正言以非之，曰：天之道豈若是瀆！而甚者又擬人之近名而言之也。嗚呼！金縢之書，載武王病而周公爲弟欲代其死。使非仲尼存之於經，則人亦豈信之哉！東平杜克仁客山陰，其兄以檄出餘姚，俱病疫。克仁念其家自嚴侯開東藩，即有名宦之籍。今兄弟南來相依，而生死不可知。且父遠恐遺無窮憂，則私禱岱宗，願損己十齡以延其兄。幸萬有一得，良愈，即歸自家，步拜詣祠下謝神。既而皆愈，克仁如其言，步拜詣祠下謝神。巫請其故，驚異之，事遂漸聞於人。士大夫尋各爲詞章嗟歎，以激摩流俗之隆於私而薄於義者。而示以諗於余。余於岱宗之能生死壽夭人，其理不可知也。然岱宗無神則已，岱宗有神，不以與杜氏兄弟而誰與？而其事則孔氏之徒所難言，後世以爲疑，而古先聖王之所不廢者也。遂爲略書梗槩，而歸其卷杜氏云。

楊氏池堂讌集詩序

丙戌之春，山陰徐天祐斯萬、王沂孫聖與、鄞戴表元帥初、台陳方申夫、番洪師中中行皆客於杭。先是霅周密公謹，與杭楊承之大受有連，依之居杭。大受和武恭王諸孫，其居之苑籞，多引外湖之泉以爲池。泉流環迴斗折，涓涓然縈穿逕間，松篁覆之，禽魚飛遊，雖在城市，而具山溪之觀。而流觴曲水者，諸泉之最著也。公謹樂而安之。久之，大受昆弟捐其餘地之西偏，使自營別第以居，公謹遂亦爲杭人。杭人之有文者，仇遠仁近、白珽廷玉、屠約存博、張楧仲實、孫晋康侯、曹良史之才、朱棻文芳日從之游〔一〕。及是公謹以三月三日將修蘭亭故事〔二〕，合居游之士凡十有四人，共讌於曲水，客皆諾如約。而大雷雨作，自朝達晝不止。官塗水尺，行者病涉，十四人之中，其六不至。公謹望望然冀之，起視曲水，則既漫爲壑。恚而曰：『余惟客缺是愧，若飲豈必曲水哉！』乃揖其在者，遷酒與殽，近集於臨池之堂。背堂有危樓翼然，俯納衆碧。大受又特具禮，領客陟之。既又復於初，公謹大出所蓄古器物享客爲好。或膝琴而絃，或手矢而壺，或目圖與書，而口歌以呼。醉醒莊諧，駢譁競狎，各不知人世之有盛衰今古，而窮達壯老之歷乎其身也。酒半，有作而歎曰：『兹遊樂哉！其有思乎？抑亦知夫兹遊之所由起乎？蓋夫兹遊者，蘭亭之變。蘭亭者，《鄭國風·溱洧》之變也。鄭之《溱洧》，在當時小人知慚之；而晉之蘭亭，在後世君子以爲善也。雖然，人生而感哀樂之情，猶天時之不能廢於寒暑。其發之有節〔三〕，而導之有故。苟使變而不失正，則歲時樂遊，以盡人事之適，豈惟君子，雖先王張弛之道，其孰能廢之。方晉之未遷，故都之氓，處五方之中，而習累世之盛。男袪女袂，春遊而祓焉，固其閭閻委巷之所通行也。晉之既遷，名士大夫僑居而露宿，愁苦而嗟咨，有願爲盛時故都之氓，不可得矣。故且駕言出遊，以寫我憂，而何擇於禊之有。吾觀蘭亭一時臨流援筆之作，率囁嚅喑黯，如長沮荷蕢，冥然而遠懷。其能言者，不過達生捐累，如莊周倏倏然羨死灰枯骼之適。若是者謂之樂乎非耶？今吾人之集於斯也，宜又不得視晉人，而樂於晉人何耶？』於是坐中之壯者茫然以思，長者愀然以悲，鄉之歎者，欲幡然以辭。既而讙曰：『事適有所寄也。今日之事，知飲酒而已，非歎所也。且我何用遠知古人，盍各爲辭以達其志？』辭之達志莫如詩。公謹遂取十四韻，析爲之籌，使在者人探而賦之，不至者授之所探而徵之。得其韻爲古體詩若干言，得其韻爲近體詩若干言。羣篇鼎成，咸有倫理，是庶幾託晉賢之達，而返鄭風之變也。已矣，因次第聯爲巨編，而命表元爲之序。

校勘記

〔一〕『仇遠仁近』句：『張楧』，底本作『張模』，據卷二〇《君子軒銘》改。本卷《八月十六日張園玩月詩序》同。

〔二〕及是公謹以三月三日將修蘭亭故事：『三日』，底本作『五日』，據何校本改。

〔三〕其發之有節：『發』，底本作『廢』，據文淵閣四庫本、何校本改。

牡丹讌席詩序

人之於交遊會合談讌之樂，當其樂時，不知其可慕也。事去而思之，則始茫然有追扳不及之歎。渡江兵休久，名家文人，漸漸修還承平館閣故事。而循王孫張功父使君，以好客聞天下。當是時，遇佳風日，花時月夕，功父必開玉照堂，置酒樂客。其客廬陵楊廷秀、山陰陸務觀、浮梁姜堯章之徒以十數。至輒歡飲浩歌，窮晝夜忘去。明日醉中唱酬詩，或樂府詞，纍纍傳都下。都下人門抄户誦，以爲盛事。然或半旬十日不爾，則諸公嘲訝問故之書至矣。嗟夫！此非故家遺澤，余所謂追扳而不獲者耶！大德戊戌春，功父諸孫之賢而文者國器甫復尋墜典，自天目山致名本牡丹百餘歸第中，以三月九日大享客。瓶罍設張，屏筵絢輝，衣冠之華，詼諧之歡，咸曰：『自多事以來，所未易有是樂也，不可以無述。』於是國器甫與永嘉陳某等，各探韻賦詩，通得古律若干篇，而命前進士剡源戴表元序其卷端云。

八月十六日張園玩月詩序

斯人之居斯世，雖學道不可以過勞。於是乎必有時節讌遊詠歌之樂，以節適其筋骸，而調娱其血氣。其盡遊之樂，非遠之乎山林寬閒曠野之處，則不暢。固亦有因勞而求樂，未樂而反勞者矣。幸而得其遊而可樂，然四時之中，值乎冬夏隆寒毒暑，則不可出。可出而遊者惟春秋，而春氣喧濁，不如秋清。故自古騷人逸士，以中秋玩月爲四時樂遊之最。大德戊戌歲八月十五夜，望舒掩其明，遊者闕焉。乃以次夕合讌於君子軒之圃。圃主清河張楧仲實，其族焴如晦、烈景忠，客剡源戴表元帥初、錢塘屠約存博、龍泉陳康祖無逸、會稽王潤之德玉、戴錫祖禹、嘉興顧文琛伯玉。侍遊者，仲實之子炬、爁，如晦之子奎，無逸之子繹曾。是夕也，雲河豁舒，風露娟爽，客主諸人，談謔莊諧〔一〕，嘯歌起止，各盡其趣。而圃在杭廛闤闠中，略無囂聲，深垣窈徑，芳林遠樹，居然令人有山谷意。酒半，有歌退之《贈張功曹》長句者，遂取其末章，分韻賦詩以爲樂。夫其遊足以散勞而不煩，飲足以合歡而不亂，氣清而能羣，樂最而有文，是豈非學道者之所許，而騷人逸士之事也耶！明日聯其詩一編，而謂表元之齒稍長於諸客也，命以爲序云。

校勘記

〔一〕談謔莊諧：「諧」，底本作「詣」，據孫本、文淵閣四庫本、何校本改。

北山小序

大德己亥之春，前清明二日，余與顧伯玉約遊北山，訪林以道。騎過陳無逸，要之俱行。以道之居，去北山尚二里而遠，至已日高舂。留飲少憩，以道遂導余三人者，循泠泉，穿玲瓏巖，緣三天竺出小陌，復南入彌陀寺，謁大山恢師。初遊時，自不擬即歸，謂幸可留，得留爲佳爾。至是恢師一見，以文墨故家相厚，諸客殊無去意。行談坐歌，俯仰自在。惓劇，夜向深，纔就枕席。聞山雨洶洶聲，窗户摇動，如卧楊瀾左蠡舟中也。明日飯已，恢師復留。以道之子，自其居載醴食來，稍出就彌陀西小精廬享之，大醉。客主將各散去，因分韻賦詩記歡，而屬余序其篇首。無逸、伯玉，吴士。余家近越，於恢師、以道父子，蓋鄉里云。是日剡源戴表元帥初序。

遊雲門若耶溪詩序

出稽山門東南三十里，得陶山，魁然一佳塢也。於是暮春，湍林晝鳴，散坐，索索有涼氣，夜分尤甚。卧者聞巖上虎聲，詰朝問人，非虎也。出山盡東六七里，一溪清紆如帶〔一〕，車者云，即若耶溪。溪上有任公子釣臺，敞恍無復人境，乃知唐詩人誇詡非虚語。彼王謝輩懷章綬、攜導從而遊，直以不能遽爾舍去故耶！溪忽縈忽直，山乍昂乍伏，左右顧皆會人意。稍轉，登明覺寺，諸勝一一在眼中。穿西望碧帷四懸，雲門寺也。初遊陶山小雨，至若耶尚陰暄。近雲門，天日始盡清朗，遂投元上人竹房飲酒。酒酣，倚顧況所題松樹，酌葛翁丹井泉，分韻詠詩，游者自永嘉陳用賓而下〔二〕，通十四人皆賦之。詩成，剡源戴表元序之。甲午歲三月十日序。

校勘記

〔一〕一溪清紆如帶：『紆』，底本作『紘』，據文淵閣四庫本、何校本改。孫本作『泓』。

〔二〕游者自永嘉陳用賓而下：『游者』，底本脱，據孫本、文淵閣四庫本、何校本補。

遊南巖詩序

余既棄故業，以文學掾至信州。蓋老而遠行，意憫然不自聊。頗聞州之南，有危巖空寬，僧廬其中，林泉溜清，禽鳥往來，幸而一遊，得以發鬱積，舒固滯。然至官四閱月，不能遂也。乃季秋二十有八日〔二〕，日高春，約朋客出關。駕輕舟，西浮可七八里所，捨舟遵小徑。益南，坡壠高下起伏。又三里所，得巖形如剖瓠。穰實懸綴，飛層仰積，横嶂旁豁，崩湍欲窮。未半倏湧，居者緣其餘隙，甃坐床，斲步道，曲會人意。巖東有泉，時時出一滴石罅中。地宜拒霜花，於時暄晴，光彩穠澤可愛。滿巖鐫來游人名氏，前漫後缺，獨朱晦翁、辛幼安題蹤儼然。數之適百二十年，歲月日與今游皆相同，良爲奇事。巖西攀磴上，小竇無數。其一稍盤窈，云古有得道老釋結坐於此。平出轉南，竦矗一石峰，相直次第刻成立梯者五。登其巔〔二〕，州城郭可俯眺。余極力及四梯，不敢盡登而止，所見已不貲矣。初約以昏歸，抵巖既晡，遂治宿具，歌飲巖中。夜向深，氣倍淒峭非人境。凌晨再周遭按歷，俱不忍去。是遊之事，取饌於漁，因庖於樵，假茇於圃。惟牢𩎖壺酒、糜米燭蜜，客有預攜者。歡縱之極，他無以比喻。垂歸忽自笑。余也固習於山居，平生行吴楚間，見若不少，而獨爲此留連不能忘情，何耶？余既不自持，抑諸人者，方英年盛氣，又多士居，何爲亦若是復憀憀乎？於是分韻各賦詩一篇。同遊者，大名王應夔景然先歸〔三〕，餘客：鉛山虞舜臣、舜民、宋如曾吾省、上饒鄭仁則則榮、曾道華華父〔四〕、徐如礪若金、王叔太正輔〔五〕、叔謙自牧、則榮之子義榮、番陽湯及翁〔六〕，而余剡源戴表元帥初。是爲歲大德壬寅良月朔日序。

校勘記

〔一〕乃季秋二十有八日：『日』，底本缺，據明鈔本補。

〔二〕登其巔：『登』，底本作『卷』，據孫本、明鈔本、文淵閣四庫本改。

〔三〕大名王應夔景然先歸：『景然』，明鈔本作『景龍』。
〔四〕曾道華華父：『曾』，明鈔本作『魯』。
〔五〕王叔太正輔：『太』，孫本、明鈔本作『泰』。
〔六〕番陽湯及翁：底本作『番陽湯及翁及翁』，據明鈔本、馬本删『及翁』二字。

陵陽牟氏壽席詩序

天下之樂，有可以力得之者，有不可以力而惟其所欲則得之者。可以力得之者，富貴紛華燕私之奉皆是也；不可以力而惟其所欲則得之者，家庭顔色起居飲食甘旨之情是也。士大夫當鐘鳴鼎食時，豢養百爲，纖悉如意，勢足以厚其親，而行須輿衛，居仰安宅，禮或有以煩馳，暇或有以勞奪。至於窮棲寥處，杯漿爵酒，臠鮮粒餐，非心營手治，則不能給，可謂艱薄已甚。然即而將之，其歡忻暢悦，反過於備物之享。何也？力在外可屈，而情由中難量也。陵陽牟先生自還會稽使者節，食貧茹辛，卧苕溪上二十餘年。夫人同郡鄧氏，毗陵使君之子，冬官貳卿秀巖李先生之外孫〔一〕。家世軒冕，忘其貴奢，相與隱約，産息煩衍。更衣而燠，併釜而飽，清風苦節，與陶淵明家伉儷翁稚相同，人皆高其賢而歎其約也。丙申春，先生年七十。其長子余同年弟成甫，帥諸弟大設醴食私第，爲二親壽。二親燕而樂之，游從朋客，甥孫中外，聞而爲詩，以歌吟頌美者累十百人。越三年歲己亥春，鄧夫人復七十，成甫復帥諸弟設醴食如前禮，二親加樂焉。於是聞者相率爲詩以歌吟誦美。而余適預名其間，咸以爲是事兵革以來，衣冠閥閱之所無有。余重自惟念，以牟、鄧蜀大家，先生父子又東南久宦，極今之豐，宜不能視昔之儉。而真情歡忻暢悦如是，衆人之歌吟頌美如是，是吾徒所爲優游自得於斯世者，真不係於外物之去來。由今而後聞風而作，感義而起，知人人孝德之易爲，而明時禮俗之將成也。遂率意爲辭，表諸篇端，而題爲《陵陽牟氏壽席詩序》。

校勘記

〔一〕冬官貳卿秀巖李先生之外孫：「貳」，底本作「二」，據孫本、文淵閣四庫本、何校本改。

城東倡和小序

余少時學《詩》，誦夫子之説，曰「可以興，可以觀，可以怨」，易知也，至於「可以羣」而難之。有老先生教余：「汝他日當自解此，非可以言語悟也。」蓋自弱冠出遊，至於今閲歷三紀，平生所過從延接，貴賤浮沈，賢愚聚散，無慮千數。至是而始略知夫交之難，而尤未知羣之難也。非羣之道難於交，而交之可致，不如羣之不可致也。交之羣莫盛於杭。於是歲在大德戊戌，嘉興顧伯玉客於杭城東，杭之賢而文者皆與之游。而屠存博、白廷玉，以歲晏立春前一日過廬，清談劇飲甚適。既少倦，即相與循闤垌，步江皋，眺太白、錢鏐之荒墟，弔陶朱、子胥之遺跡，意色蒼莽，襟神飛疏。退而存博遂先成古詩一韻六言五章以紀其事。既而廷玉有和，伯玉又和〔一〕，又别爲詩。而張仲實、陳無逸諸賢，又皆有和〔二〕，和詩遂不可勝紀。其氣如椒蘭之交襲而郁也，其音如簫鐘之迭居而不亂也，其數如針芥磁鐵之不相違而相入也〔三〕。噫嘻美哉，其羣矣哉！余也山野土木之人，無能預於兹集，而知舊憐其流離，每不疏外，辱以小序見命。不敢固辭，私心亦喜交道之有羣，而詩學之少驗也，而爲同業者願之。因附繫其頌歎云。明年仲春哉生明，剡源戴表元序。

校勘記

〔一〕伯玉又和："又"，底本作"既"，據孫本改。

〔二〕又皆有和：孫本作"又併和伯玉之詩"。

〔三〕其數如針芥磁鐵之不相違而相入也："針芥"，底本作"鈞芥"，據文淵閣四庫本改。

遊蘭亭詩序

蘭亭自右軍後一千年，人無繼其遊者。山川人情，古今賢愚不相遠，蓋豈無遊者，而人不傳耳。至元甲午之春〔一〕，於是部使者東平王公，新蘭亭右軍之祠塾。且再歲，荒原廢墟，粉堊翔湧，今使者河南狄公〔二〕，襜帷蹕臨，教治益洽。當三月三日，右軍肖像適成，王氏子孫之賢而文者曰："子才而次拜薦牲酒祠下。"〔三〕遂詣曲水流杯序飲，如永和脩禊故事。當是時，兩使者前後至越，以詞翰風流接士，聲撼江浙。東平公雖去越，行部相望，而河南公欣禮之成，首隸於會。郡僚之良，儒官之英，騶鳴轍流，于于而來〔四〕。縫衣峨冠，彌巷滿谷，山翁野叟，奔走出睹。先是東平公即塾招明師，選童稚之秀者以爲諸生。至是命之當席拱立〔五〕，羣誦永和諸賢蘭亭詩。音容諧同，情禮清悒，凡在飲者，無不歡愜。中飲，有坐而歎曰：『美哉遊乎！自吾具耳目以來，所未始睹識也，獨未知較永和諸賢時何如？昔仲尼感逝川，羊公悲峴山，後吾人一千年，亦能使人慨慕咨嗟歎想〔六〕，如吾人於永和否，是未可知也。』既又有作而非之者曰〔七〕：『子何以古人爲哉！子不觀夫杯乎？今夫杯，油油然隨風而行，浮浮然乘波而流。盛醇駕輕，若浮若沈，前行既遷，而後至者亦莫能自休焉。今吾人之游於世，有以異於杯之游於水乎？今人之不能爲古人，猶古人之不能爲今人也。而何羨乎？且人苦不自知。當永和諸賢徘徊几席間，取快一時，豈暇豫期後世事？若然者徒敗人意耳。今日之事，且極飲爲樂，安知後來者不羨從吾今日而不可得乎？』飲酣，遂取右軍詩爲韻，人探一韻，韻成一篇。自河南公以下，總得詩若干篇，而屬剡源戴表元爲之序。

校勘記

〔一〕至元甲午之春：『甲午』，底本作『甲子』，據孫本、何校本改。

〔二〕今使者河南狄公：『狄公』，何校本作『秋公』。

〔三〕子才而次拜薦牲酒祠下：『而次』，底本脱，據孫本、何校本補。
〔四〕『首隸於會』至『于于而來』二十字：底本脱，據孫本、文淵閣四庫本補。
〔五〕至是命之當席拱立：『立』，底本脱，據孫本、文淵閣四庫本、何校本補。
〔六〕亦能使人慨慕咨嗟歎想：『亦』，底本作『不』，據孫本、文淵閣四庫本、何校本改。
〔七〕又有作而非之者曰：『有』，底本脱，據孫本、文淵閣四庫本、何校本補。

客樓冬夜會合詩序

五官四體之於人，皆不能以無役，役而有所獲，則因而資之以爲樂。農之於耕，商之於市，百工之各於其業，當其衝風埃，觸霧潦，艱難曲折，窮心思之所營，殫筋力之所獵，而後能有區區之贏餘。或終朝莫息，或窮年暫逸，幸而值之，則收形神，散肌膚，與妻孥姻黨笑談讌集，以展平生之綢繆，以補尋常企願之所不及。豈徒若是而已？人之能以功名志業，致其大欲於世者，雖賢愚臧否，爲人稱慕姍笑之不同，而皆未有不爲而成者也。況若吾人之云云，進無所榮於時，退無所佚於家，疲其躬，苦其心，自兒童佔嗶學誦，間關於名實之得喪，顛頓於事物之變遷，其勤勞又有過於農賈百工者矣。而欲何所成，而何所資以爲樂耶！於是必有默然而自喻者焉，而不必人之同之也。雖不必人之同之，而必有同之者焉。何者？四海之廣也，千萬人之衆也，我爲迂，人必亦有爲迂者焉；我爲獨，人必亦有爲獨者焉。大德戊戌之孟冬，余客杭久，且念歸，而方韶卿自婺至，顧伯玉自秀至，一夕不約而胥會於霅陳無逸之邸。四人者，皆無逸大窮，皆好迂行獨，間關顛頓而不悔。而余與韶卿老矣，相顧尤不能爲情，因相留止宿。出酒炙饌具相飲飫，左觴右弈，前歌後笑。至於語洽氣酣，感慨之極，則又各以古今名義相振激。春撞擺闔，略無道塗羈旅之感，意度相與歡甚。夫由貧賤而得其求者，樂止於妻孥姻黨而已耳；富貴而肆其欲者，樂止於多僮奴、侈賓游、美衣豐食，則亦足矣，而豈復有賢於吾四人相與者耶？是果有與吾同，不悔於徒勞者耶？夜聿云半，詩籌再探，羣篇告成，厥有序引。是月二十有三，剡源戴表元序。

卷一一

序

王丞公避地編序

父黨王丞公子兼，字達善，《避地編》古律詩雜著，凡七十五篇。始丞公以文學行義傑立鄉閭間，余初爲童，居相距無半舍，不能識也。來錢塘乃始邂逅，定爲忘年之交。聚散數歲，各守一官江浙，不相聞。乙亥之夏，皆失仕歸。余又買廬並公爲鄰，於是疇昔重郵累驚之不可接者，一旦盡得之。當是時，兩家生産赤立，徒有六經、諸史、先秦以來古文、奇刻、處士之書，合數百千卷。每閒暇時，留連聚論，日至五六往返。間又爲歌詞韻語，以發其燕居之娱。私心甚幸，以爲吾徒雖不得志於世，固有以樂矣。越明年，兵聲撼海上，村郊之民往往持橐束緼而立，伺塵起即遁。余與公勢不得止，倉皇棄其故業，指山中可舍者爲之歸，蓋其事不能相謀。而流離轉徙，困頓百折，不自意復相出於天台、南峽之麓。自是而行同塗，止同旅，交同友，客同門。急則傳聲疾呼，老穉攜挈以遁須臾之命；緩則握手勞苦，流涕譬釋，以寬離鄉棄土之戚。此於人情何所暇逸，而長篇大章交至迭出。伥伥乎若不知其身之受死禍，而饑渴寒凍之號其後也。將痛極感深，力不可措，遂且狷狂放恣，以暢其鬱滯而不自知耶！今觀篇中次第一一而在。

竊嘗想像當時交際間事，惟馬隩時爲詳。或臨流據石，佇思而遲成；或褰裳擲筆，率意而立就。獨吾丞公，鬚眉老蒼，矩步就席，至一字不肯出口，少焉迫之而作，語盡遒妍，音度諧合，比事屬辭，默寫如注。衆客始爲傾歎自失，而已若無有焉，是不亦盛德長者人哉。公平生他所論著，悉燬於火。既出峽，率妻孥耕燼地而食，終日言不及利。天果不欲喪斯文乎！何其老而堅也。余雖不材，旦夕從東阡南陌後，和叩牛之行歌，續負苓之坐論，尚能爲公好之。

王敬叔詩序

金華王敬叔示余古近詩若干篇，余受而歎曰：『敬叔詩非余不能知，非敬叔亦無以知余之知也。』敬叔初與余相識，時在錢塘西湖之上。翛翛然山人處士，日幅巾杖履，往來南泉北嶂間。或遇豪貴人供張其處，耳如不聞，目如不睹。時雖不肯與余説詩，時時察其動作俯仰，蓋無非詩也。爾後來吾鄉州同寢食，稍及詩事，然非有所遊歷及邂逅高人異境，瀟散適意，亦不出一語。余嘗評敬叔斯人，有無故而餉之千金，度正色能辭之，故其詩自然與世故簡遠。最後余來宛陵，與敬叔益狎，見其詩益多。敬叔雖世家金華，而生長宛陵。有先業之池臺，足以備游眺；有中產之田園，足以充庖釀。貧而不怨，卑而自肆，當户門清休，風日佳好，兄弟壺觴，硯席浩歌，歡醉茂林幽樾之下，無不足者。以是其詩往往皆非無故而作，作必爲人膾炙不厭。莊周有言：『瓦注者巧，金注者昏，百里奚無爵禄於心，故飯牛而牛肥。』豈不信哉！敬叔亦嘗與余言：『吾人學詩，如燒丹道人勞形内悦，或能以餘力取給朝暮，若王公大人，則不必待是而樂。』嗟乎！敬叔之道，信其至於是乎，抑吾人之相知猶未之悉。異時宛陵有李咸用詩種，子孫世其業數百年，雖貧而衣冠蟬聯至今。近世梅都官能詩尤貧，至使人不敢踐其墓草，敬叔勉之。余旦夕歸剡源山中，亦不敢廢故業，以求無愧於所爲知敬叔者焉。元貞丙申歲長至日，剡源戴表元序。

顧伯玉詩文稿序〔一〕

古之聞人，能以文學華其躬，而名於後世者，豈獨繫乎人力之所成就，亦其豪傑之見有以異於衆人而然乎！予常怪今人好揣摩時材者靳吴士。嗚呼！彼直見其居衍沃、安紛華，而無志於超觀遠舉，以爲土風適當然耳，是焉知其初。吴之初，有延陵季子以多聞博識，能使齊、魯、晋、鄭諸國之名賢傾身而願從之交者；有言子游輕千里而北學於仲尼，仲尼之門遊者累千人，而子游爲文學首。凡東南之儒者，班然名揚藝顯，宜皆出於二人之苗裔焉！故其流膏餘澤，沾注吴士。漢魏以來閥閲尤盛，若華亭顧氏其一也。顧氏起丞相雍，子孫世世不墜清業，其詳著於史牒。余嘗客華亭，聞所謂亭林野王讀書堆，而願遊焉。亭林之東數十里，亦有顧氏之居東園，而與余同太學，屢爲之留連往復。如是二十年始識伯玉。伯玉雖世居東園，業成而科舉罷，即大縱其學於六藝百氏之書。浩浩乎，慕爲古文章，而出交於當世之勝己者，以廣其識。既而猶以爲隘也。會郡國以其名舉茂才異等，則橐其書走燕、趙間，盡與其奇士遊。遂迤邐見執政大臣，將撼動之以太平經濟之略。當是時，年甚少，氣甚鋭，視勳名爵位若不足致。留滯未見省，而亟翩然以歸。諸公相知者，頗極力羈縻之，不可得。人或爲伯玉惜，伯玉曰：『我之爲我未失也。』歸而益力學攻文章。乃今叢編鉅帙間，楚客之賦詞，漢儒之論議，唐賢之篇什，旬抄月纂，已使人膾炙不暇，令不止，其可以名終身，傳後世者，雖古之聞人何遠也。士大夫懷居養安，内無豪傑特起之見，外無交遊廣博之助，而望有所立，其難哉！惜予雖知出此而早衰多累，年又加長，不得從伯玉驅馳先後，而相與觀德業之進，則爲深可愧悔耳。大德戊戌秋望後七日，前進士戴表元序〔二〕。

校勘記

〔一〕篇題：『稿』，何校本作『編』。

〔二〕『大德戊戌』至『戴表元序』十六字：底本脱，據孫本、何校本補。

紫陽方使君文集序

日月五星晝夜與天錯行，而雲霆風露雨雪電雹爲之變化不測。山起西北，與水東南馳，而外截爲海，介鱗羽毛齒角物果，寶藏之美從而蓄焉。蓋其爲物也，停涵盤薄，鬱積之者厚，則其周於用也不竭。人之精氣，藴之爲道德，發之爲事業，而達之於言語詞章，亦若是而已矣。竊獨怪夫古之通儒碩人，凡以著述表見於世者，莫不皆有統緒。若曾、孟、周、邵、程、張之於道，屈、賈、司馬、班、揚、韓、柳、歐陽、蘇之於文，當其一時，及門承接之士，固已親而得之，而遺風餘韻傳之後來，猶可以隱隱不滅。近世以來，乃至寥落散漫不可復續，豈天地之數，有時而不齊，如適值其薄蝕震動，傾陷漏洩之，或然者耶？故嘗考之，自夫子之徒没，言道者不必貴文，言文者不必兼道。如此幾二千年，迨新安子朱子出，學者始復不敢雜道於文。子朱子没，其書大行最有力者，建安真希元、臨邛魏華父，二公纂緝而彙緒之爲精。余生愈晚，並不及識二公，而每每私從諸老先生之嘗爲其學者剽傳之。戊戌己亥間來錢塘，始得熟從紫陽方使君遊。使君生子朱子之鄉，而於真、魏二公書，縷析銖校，無復遺憾。禮樂、刑名、度數之規，天人、性命、智識之奥，詢之靡不知，知之靡不樂。一夕乃得盡其平生製作讀之，熒熒乎河漢之光華，而陰明舒慘，若有鬼神物怪先後而翕忽之也；恢恢乎太山喬岳，長川巨瀆之噴薄氛祲，而黿鼉蛟鰐，豹犀虎象，出没震耀之不可狎也；熙熙乎時春美卉，平郊茂樾，輿馬豐腴，而衣冠靚侈，舒眉酣氣，樂聞歌謡之奏也。嗚呼，是豈非精氣之英，統緒之會，而諸老先生未盡之澤者哉！余既惰愚，雖幸許教於門，而衣食經營，有所不暇顧，今江南舊德，如使君不一二數。《詩》不云乎『我日斯邁，而月斯徵』？又不云乎『雖無老成人，尚有典刑是用』？疾首疢心，願與同門者永其傳焉。辱諸生以序引請，故不敢辭。

恒莊詩序

客有言恒莊於余者曰：『晉山李侯德隆，自其遠祖太師公以勳業行義，立家爲北州鉅族，事在史官，名在天下士大夫。天下士大夫識與不識，尊稱之爲緇山忠孝李家。德隆又自用其敏介清慎，爲時能臣，而念先業之勤，懼愈久且散其宗，乃取旁近先塋之田若干畝，命之曰恒莊，使李氏爲子若孫者，世守之，以圖永久不壞。庶幾近於古之亢宗保族，而能恒其德者乎？』余答之曰：『李侯之世，則美矣；李侯之爲是事，則加美矣。抑客亦知夫人之所能恒者乎？夫人居土而生，資土而養，其没也藏土以爲歸。先王知人之須是三者也：於其居也，裁之宅里；於其養也，界之田疇；於其藏也，成之塋域。而賢有功德於人者，又世世胙之國邑，以酬其勞，以勸其類，然後人無賢愚貴賤，皆得而恒焉。後之人於是三者，既皆其所自爲，有力者過於有餘，而無資者遂至於無以濟其不給。人之常情，有餘之過，不能無爲，不肖不給之久，亦不能自制其命，而必爲賢。於是惶惶然，或起於遊説，或發於技擊，或豪或援，或譁或藝，干榮冒舉，以求脱貧賤之厄。其不幸而不得，與得之而後失者，則去窮民之狼籍無幾耳。而惟禮法之家，豪傑之士，始僅能自以其志節，表見於世。故古之能恒以時，而今之能恒以己。今夫李侯，植身於璆璧之林，羅名於冰雪之府，名言應經，制事合法，而方進爲於時，以大試其道。於是舉也，聲激氣盪，家振户率，將合四方好義之士，悉取緇山恒莊以爲式，則銷頹風，扶善俗。其於時政也，不爲無補，豈獨亢宗保族、私其德於李氏子孫而已！』客曰：『侈哉，子之言乎！』退而率其朋相與爲衢歌，以發揚李氏之美。凡得古律詩若干篇，而屬筆於予。予綴緝前所問答之云，以爲李氏《恒莊詩序》。

千峰酬倡序

故友謝皋羽嘗爲余言：『唐詩人在江東者，郡最多不過三四人，而獨新定自元和至咸通間，施處士肩吾、方先生干、李建州頻、章協律八元之屬以十計。』余考之，信然。豈其山巉水駛，風氣疏爽，士大夫得之而爲清能靈解，往往有非他郡所可幾及耶。而恨平居以來，不得擔簦裹糧，往從之遊，以縱觀其如何之爲快。庚子歲其在錢塘，有攜《千峰酬倡》過余。朱墨伊優中取而疾讀之，蓋皆新定諸公所作，亦有與余江湖場屋庠序之舊。方其濯纓清流，連鑣層雲，雍容雅言，優游燕歌，固當他有汲汲於今時之爲者，風霜摇落，砂礫浄盡，平生扳援馳逐之好，一切不以介意，乃相率俛首從事於山川篇翰間。一以逃喧遠累，一以忘形遺老。寒暄榮悴，囂寂禽蟲，卉木百物之變出没於前；憂愁喜樂，窮達貴賤，史册古今之感往來於中。一一可與吾接而不得爲吾累也，何莫非詩之助者！嗚呼快哉！然而余言諸公之詩，顧若倘然無所遇而作，非如唐人朝暮刻苦，挾之以資身華世者也。夫爲詩，不挾之以資身華世，而倘然以清能靈解自適。其不遇，此正古仁人君子隱居求志之事，而於唐人乎何誇。惜皋羽不在，不得反覆究極此論。姑摭大略，題諸卷端而歸之。

陸孟孫字士宗序

笠澤陸孟孫，以其父命請於余曰：『陸氏幸甚得公爲婿，今者孟孫又幸得婿於公。惟是，孟孫年浸長矣，而業不修，懼頹其家，且貽公慚，願賜之字以教孟孫。』余謹爲字曰『士宗』。姑蘇之族，莫望於陸。自三國至於李唐，代有儁士。其學行志業，載於簡牘間，班然偉矣。迨乎近年，資禄名第不爲無人，而不聞有以是族而行於儒林者，與微族等耳，而山陰之族遂名天下。談者曰：姑蘇田腴而俗侈。田腴，則其小人無耕鋤糞治之勞，而不害得善禾；俗侈，則其君子偷而無遠心。彼山陰之壤多雄岡潔流，士生其間，不恥無資，而恥無名。雖牛醫馬人之子，知貴挾册而歌唐虞，況於舊族。《魯語》有之：『沃土不材，瘠土好義。』兹非其證歟？余以爲不然。士視其所居立耳，土之腴瘠何擇焉！自余爲爾家婿，猶見褒衣而能清言者數公，遠祖唐宣公之牒，猶櫃而藏諸廟〔二〕。宣公之祠，於社歲時，子孫陪祀，猶於爾家取之，今皆無矣。更去之百十年，將愈無矣。嗚呼，孟孫之宗可不爲寒心哉！孟孫於嗣爲嫡長，禮謂之宗子；吾女亦嫡長也，獲承宗事。孟孫其力務爲學焉，以無忝所生，以解談者之惑，毋惰。

校勘記

〔一〕猶櫝而藏諸廟：『櫝』，孫本作『匱』。

袁鈞字德衡序

積物之力，其初起於銖，其輕易舉也。銖銖而積之，累百而至於爲鈞，則不勝其舉矣。智者於此，欲舉之不勞，而知其力之所以然，必程之以衡。衡舉鈞立，而物之無窮，可以坐致。人之於德亦然。人之與人，其初竝鄉而居，同塗而趨，循循然固相若也。忽焉而爲大賢，無以異於物之積銖而成鈞。又由此加積之，旦旦而程之，而至於可以爲堯舜。故程物之力，而知鈞之無窮者，衡也；程人之所至，而知人皆可以成堯舜者，以德爲之衡也。濟南袁氏子鈞，字德衡，請文於予，書此贈之。

史景正字序

甬東史君蒙卿，其族昆弟之字，皆冠以『景』〔一〕，既有字君景呂者矣。年長學成而疑之，以書來剡源曰：『是不慊吾志，願有易也。』遂爲易字曰『景正』，而告之以其説。夫物未有可必正者也，必正之，能正焉者，寡矣。惟人之心，自其童蒙未有不正者也。既而能言，既而有識知，既而無所不爲，不正者斯至矣。雖然，其所不正，幸而有以治之，已失者可使未遠而還。不幸内無賢父兄，外無良師傅，資微氣薄，功力不充，兹其陷於棄人也已爾。吾他日掘地下而得泉，涓涓然出竇穴間，舒之爲淪漣，匯之爲滄浪，清可鑑而美可釀也。放之數尋，則又混而爲泥沙，鬱而爲汙池，湮而爲糞壤，草莽交之，蟲蛇興焉。其不至於是，然後積衆流之會爲渠、爲溪、爲湖、爲江，以達於海。人心之初，不愧於斯泉之清與美也。世故之爲泥沙，嗜欲之爲汙池，利禄之爲糞壤，朋儕臧獲之爲蟲蛇草莽，可不懼哉！聖人於《易》之《蒙》曰：『蒙以養正。』聖功也。其象曰：『山下出泉蒙。』吾子其務慎其出而養其正也乎哉。年既長者，德將愈加；學既成者，識將愈堅。積其功，趨而會於聖人之海，無難矣。

校勘記

〔一〕皆冠以景：『冠』，底本作『别』，據孫本、文淵閣四庫本改。

陳處度字序

盈天地之間，凡其形之大小，聲之重輕，數之少多，至雜而不能齊者，必權之於度。然亦有度之所不能權，則又折而歸之於矩。故有度以度物，有矩以處度，而天下之理盡矣。豈惟物，學者之於道亦然。今有人處閫門易周也，而不能推之於鄉黨；處賓僚易嚴也，而不能推之於昵近；處窮約易持也，而不能推之於貴盛；處煩劇易決也，而不能推之於閒裕；處安樂易肆也，而不能推之於患難。諸如此類，蓋必有縱横曲折，旁通泛應，而不失其度者焉。《大學》論絜矩之道，曰：『所惡於上，毋以使下；所惡於下，毋以事上；所惡於前，毋以先後；所惡於後，毋以從前。』夫子年七十而始從心所欲不踰矩者，其爲不失之道也。陳氏子矩字處度，乞言於予，書此遺之。

王一初名字序

松江王君名一初，既又名讀書之室曰『一初』，而問其説於予。予復之曰：『子之名若字，子皆自爲之；爲之而不自知，而他人何從言之。且亦嘗推夫人名字之所由起乎。人生之初，一而已矣；既而不可以無别也，而名生焉；名之又不可以無别也，而字生焉。既而其所居處，其所服用，其交接游歷，不可以無别也，而名始紛紛然而繁。夫其初之一也，而誰與約之？其末之紛紛然而繁也，而誰與益之？是非惟吾與子二人不能知。雖有上智神識，而何以言其然乎！且又非其人之生者然也。天地之間，形色之類，事物之故，其生者何限，一一而名之，將不勝其名；一一而言其然，將不勝其言。故姓氏一也，今幾族？井地一也，今幾等？曆象一也，今幾家？書契一也，今幾法？以至皋陶之刑名，伯夷之典禮，伶倫之音樂，岐伯、巫咸之醫藥、卜筮，與凡百工衆業，莫不各有本祖。其初如此，而今如彼，是孰使之然哉？且又非惟人事之變然也。陰陽之升降，古今之去來，其醇其疵，其成其敗，如蜩蟬之化，蛇虎之逝，故者控持把玩，不能須臾之久，而新者已代之矣。則其所謂一者何嘗可一，而初安在哉？虚無幻誕之徒，乘其眩也，遂欲悉取而屏之，而索諸羣言之外，九州八極之表。而世之儒者，攻之愈堅，守之彌力。雖其説不必强所難通，而遠自上古以來，天地之所以立，日月之所以明，風霆之所以神，江河山岳之所以流載，近取吾人日用飲食之所仰賴，更百千萬變，而未嘗不一者，夫豈不可深言，而况吾與子之所欲知乎！』於是王君儵然而笑，憮然而喻曰：『吾問一初，子併舉其極；吾問名字，子遍語其類。辯乎哉！』因書以爲序。大德戊戌孟夏望日，剡源戴表元序。

曹仲達字序

太學曹君之子和父字仲達，居吴，與余世好相善，余爲序所爲達之義以諗之。今夫雞鳴而起，日入而休，人之起居偃仰，勞逸榮悴，關於氣之嘘吸，凡計一萬三千五百息，能和之者鮮矣。幸而和，則四肢百竅，皆無壅塞窒滯之處，疾病不興，而安樂生焉，此一身之達也。親親、長長、老老、幼幼而家道具，莫難於爲上；寒暑、飢渴、豐殺之權，不敢悍焉，莫難於爲下。喜怒、愛惡、予奪之欲，不得肆焉。惟夫不悍不肆，處之得其宜，則指揮唯諾，節度愜適，而情義諧洽，此一家之達也。爲人子弟而撫之者順，爲人師友而接之者悦，譽近而遠者聞，身賤而貴者乎，然後不求之禄，非望之福，踰都越邑而自至，蓋有闠垣揚軌，恐不免焉，此一國之達也。珠玉不市衒而光，麟鳳不庭畜而祥，賢士不出里巷其治行。故窮居而和其言，則信而化之，可使爲三代之俗；盛行而和其政，則尊而用之，可使爲三代之王。此天下後世之達也。達於一身，古之人有行之者，嚴君平、費長房之類是也；達於一家，龐德公、陳仲弓之類是也；達於一國，管幼安、李令伯之類是也；達於天下萬世，伊尹、周公、孔、孟之類是也。仲達於此數者，其何所從乎？仲達曰：『吾將思之。』遂以爲序。大德三年歲在己亥五月望後三日，戴表元序。

袁氏子字説序

桷之屬於室也，其爲木至小，而爲數至繁。繁故易售，小故易求。然惟其直焉者爲中桷也。吾嘗居山，見匠者之擇木，得爲棟者十難一二焉；得爲梁者十難三四焉；得爲楹、爲梠者十難五六焉。至於桷，宜若往往而遇，而積之反勞於他材。輒疑而問之，曰：『是尋常之須耳。』他日營大廈，其用有數倍於是者，非踰都越邑，累年歲而求之不可得。蓋不惟直之貴，而兼其長焉，然後爲美桷也。故愛木者，自其拱把而養之，以至於桷。既桷矣，不敢使止於桷也，益養之至於爲梠、爲楹、爲梁、爲棟。亦不止也，益養之。如皆不適用，則有規而爲應門爲闕者取焉，爲明堂大室者取焉。此非其材之異，養之者至也。君子之德藝亦然。小進如大卻，羣居而獨行，拙於美成，而工於持久；怯於近名，而勇於任重。夫然後材堅器良，行乎世。故霜露之中，出乎衆累；斧斤之上，不敗不傷。引而伸之，無用不適矣。袁季源命其子曰桷，復取義於《殷頌》，字曰伯長。余愛之，欲有以助其養也，爲兹説以廣之。

史昭父字序

人常言日中必昃，以爲世之用明而不能持久之喻。余竊謂不然。蓋日之行乎中天，曄乎下土，千萬世旦旦仰而不褻者，正以其能中而能昃也。苟使中而不昃，則人得以窺其神，而爲日不既勞乎？豈惟日，天之於雷霆風雨霜露，所以寄號令、行惠澤者也。然朝之烈者晝即收，春之震者冬必藏，何也？彼所爲不數數於用者，即其所以用也。豈惟天，人之精神智力，不懼於不堪，而懼於難繼。故有聰如愚、敏如鈍。其初晷刻不能自給，而日積月累，沛乎其有餘。在《易》之《晋》曰：『明出地上。』晋，君子以自昭明德。夫晋，進也；明出於地上，其勢加進也。以加進之明，而其體四柔二剛，剛又客而柔主也。用《易》者詳戒義於爻，而嚴加辭於象，使養之以柔，而自立於昭。若其明不出於勢而出於我，陰多而不晦，氣升而能卑。噫嘻至哉！而於序卦有言曰：『晋，進也。』進必有所傷，故受之明夷。若之何日中之不昃，而可以持其明乎？鄉友史昭父名晋伯，生於衮繡之門，而世鉛槧之業，躬韋布之禮。余嘉其可以語《易》也，爲序以贈之。大德三年歲在己亥十一月望日，剡源戴表元序。

王仲昭字説序

三衢學者王君勳字仲昭，詣余而請曰：『勳之幼也，既幸受名於親，長也又幸得字於友，而未有命之以訓辭，願序而贈焉，何如？』余讓不獲，則爲仲昭略疏其概，而聽仲昭自擇焉。蓋夫人之居世，未有無勞而食者也。無勞而食者，謂之惰民，政之所非，而刑之所不貸。故於文力田爲男，自其勝耕也，而皆與之一夫之産，使之動摇筋骸，以孝養其父母，以活其妻子。雖以舜、禹、后稷、伊尹之聖，而不得免於其初，而况他人乎！此以耕稼爲勳者也。耒耜既閒，則業必有所馴；筋力既疲，則氣必有所滯。於是有射鄉賓介之講，有干戈羽籥之示，有弦誦俎豆之率。歲時伏臘，涖之學官，録之黨正，而登其成者，進之鄉老，而列之士大夫，此以肄習爲勳者也。責非君師，而求學者聚於其門；權非官府，而辯訟者決於其庭。若漢以來名賢貞士，雖功烈不能暢於天下，而一時遺風餘韻，薰良伏暴，扶頹起懦，如江河之浸，雨澤之潤，日夜長養而物不知，此以教勸爲勳者也。德行道義也者，人之根幹也；言語詞章也者，人之枝葉也。枝葉之去於根幹，遠矣，然木無枝葉，則無以庇其身；人無詞章，則亦無以養其德。自有人類以來，以迨於今，紀載之事，莫之或廢，而千載之間，行名之士，精於言者皆傳。大之以鋪揚先王典章禮樂之美，而小之呻吟伊優以自娱其不幸，此以著述爲勳者也。若乃爲大丈夫而遇於世，才足以行其所欲爲，計足以達其所欲謀，從容廟廊，而使四方萬里，無桁楊杻械之辜；談笑邊陲，而使三軍百姓，無鼓桴烽堠之警。其存也珪冕以迎之，籌鼎以榮之，其久也旂常竹帛以旌之，此以宦達爲勳者也。耕稼也，肄習也，教勸之於著述也，勳之在我者也，自昭其昭者也；宦達也，勳之在人者也，昭人之昭者也。昭人之昭者待於命，命得而爲之，則得爲之；命不得而爲之，則不得爲之。自昭其昭者，不待於命，爲之在我而已矣。今之人，窮歲年，弊血氣，以争不可必爲之命，而己所得爲者，反若不暇爲之。嗚呼！吾見其力之勞而不免於惑也。仲昭，智人也，今而往，其且將自昭其昭乎？其將徐有所待以昭人之昭乎？仲昭曰：『吾謹喻矣。』是爲序。

卷一二　序

陳公輔字序

天下之器，可以遠行者莫如車，居而能制人者莫如弓。然弓非矯之强，莫得以成其堅；徒車而無所翼，亦不能以重載。故古之君子，擇義而名之，取於弓之矯之之强以爲弼，取於車之翼之之重以爲輔。自其孩童，知父兄師友之教也，一噫嚱唯俞謦折，不敢自用也，而必顧於禮。其聞之於昭昭也，若有官府書之；其爲之於冥冥也，若有鬼神臨之，凡所以矯之而强其内也。自其達於政而可仕也，求之山川風土國俗以廣其識，質之簡書詞令才藝以弘其業，責之封疆兵革要約以信其節，凡所以翼之而重其外也。内强則不至於失身，外重則不至於失人，大丈夫所爲平居俯仰無愧，臨事從容有餘者，用此道也。今之君子，方其自爲也，既不過以塗人待其身，及其待人，亦僅僅相與爲塗人，無怪也。宛陵陳君名弼，字公輔，問其説於余，余爲略考書名之義，而遂及於弓車之用。昔工尹商陽以弓射人而知禮，君子善之。王良恥爲嬖奚御，而見稱於孟氏。公輔往而務其矯之於内者，慎其載之於外者，其於義也，思過半矣。

陳養直字序

學者陳生名規，蘄於人之意其圓也，其族昆字之以養直。曰：規，弓材也，弓材直。養直疑之，以問於余。余曰：『何傷乎？古之言規者，曰官師相規，曰沔水規宣王，人未有己不直而能規人者也。故規也者，以己之直，直人之不直者也。仲尼崎嶇以行道，而長沮、桀溺非之，以矯規者也。西都之季，篡勢已成，谷永、貢禹譊譊於亂朝昏主之間，以容其身，以詐規者也。鬻拳、洩冶，不勝區區之諒，訐君以干禍，以隘規者也。范蔚宗、柳子厚，才高氣峭，欲伸一二而喪其千百，以亂規者也。故己直而規人，則其規行；己不直而規人，則其規毀。若伊尹規太甲、孟子規齊王、汲黯規公孫弘、韓退之規陽城，規之善者也。養直美資識，嚴檢操，是能顧其名矣，是能直矣。』余得廣其材說於弓材之外，以堅生之養。大德丁酉歲後十二月朔日，戴表元序。

陳同與弟周字序

人雖甚賢，所以待人者，必有不能使之同；人雖甚不肖，所以謀己者，必無不欲使之周。余自涉事以來，至於今，有見於斯理熟矣。誠有一人焉，能恢容博施，於其躬之飢渴寒暑，安危苦樂，舉不暇乎自爲，而必使惠足以及人，功足以善俗，則天未嘗不與之名位禄壽，而昌其子孫之胤。故堯舜之憂勤而不私也，以朱均之不肖，而猶百世不乏其祀。禹之水功，契之教績，稷之農勞，而配天皆數百年。孔孟之皇皇明道，無一丘之勢以資其身，而衮冕蒸嘗，至今爲萬世師。門恩里蔭，他姓莫敢望焉。此豈區區褊心狹量之所能知哉。潁川陳文忠公家，禮法爲宋大夫第一，化其德者，國稱忠臣，家稱良子。有遠孫羅田尹，見其二季同、周於余，而曰：『願賜之字，而因以教之。』余與之交，信乎其爲仁賢忠厚之澤也，謹爲字同曰孟恢，字周曰仲博，而推明之以人情天道之説，庶幾休風慶譽，勿替引之，以期於永久莫墜云。大德丁酉十二月朔日，前進士剡源戴表元序。

字三友序

五行之近民，用莫如火。彼木金水土，皆出於自然，惟火也人爲之；雖人爲之，而亦出於自然。古之人當其時也，則然新火，而後始飲食。火之不新，蓋自五季以降，不以爲怪矣。學者安於舊弊，而不聞先王之法，此其一也。字舒然以新之。《易》之象曰『風雷益』，吾嘗觀於風，其順於物而動者，皆益也；其不順於物而動者，皆損也。惟雷亦然。是風雷之於物，有二道也。君子觀其順之道而從之，則爲遷善；觀其不順之道而違之，則爲改過。然善與過豈有能自知者哉。吾若求益也而入於損，吾若求損也而入於益，在擇之而已矣。字董益之以擇善。天下無有生而貴者也，自古之聖賢，舜禹、伊吕，皆起於隴畝耕漁之流。當其窮時，未有不以所事在位而貴者也〔一〕。孔子之法曰：『畏大人，居是邦不非其大夫。』而孟子曰：『彼趙孟之貴非貴也，我仁義之貴良貴也。』斯言也，是孟子出之是也〔二〕，非孟子而言之，則涉於傲，安有傲而猶得有貴於己者乎？雖然，若孟子之道，則不可以不守也。字吴良貴以守道。

校勘記

〔一〕未有不以所事在位而貴者也：『未』，何校本作『無』。『而』，孫本、何校本作『爲』。

〔二〕是孟子出之是也：底本脱，據文淵閣四庫本、何校本補。

陳景惠諸子名字序

儒者陳景惠氏，自其嚴君積德攻文，以良聞於鄉里。鄉里同業輩行若後進生，往往持所售名薦書，齒仕籍。獨齟齬不偶，而天昌其家。景惠遂有丈夫子七人，皆明嚴整飭，良種幾未墜云。一日以名字請余，余爲貳名繫之於良，而各爲字以訓之，曰：『汝良合。合莫雜於羣，玉羣石而潤於石，蘭羣卉而潤於卉，其類不可遠，其自處不可不嚴也。字良合以孟嚴。』曰：『汝良會。事當其時之可謂之會，然知時之可，而不知理之可，則入於悔。暴虎馮河，有不顧而爲之者，彼其心一時亦以爲可也。字良會以仲理。』曰：『汝良全。人之受身於父母，耳目四體之與其心，俱不可妄也。耳全於聽，故不妄聽；目全於明，故不妄視；手足與心各全其職，故不妄爲。字良全以叔受。』曰：『汝良俞。古之君子，重然諾，然者然人之言，諾者諾己之許。而其最著於經傳，曰唯曰俞，唯者惟於己而有所悟；俞者喻於心而有所感。今之君子，意然而言，色然而許，而望其能自信信人，無有也。字良俞以季信。』曰：『汝良僉。自大聖賢不敢以胸臆明智自用，每見一謀，必博盡於衆言之僉同而後出之。窮閻白屋之士，横經以待問，懷珍以求聘，而曰我能爲人決大疑，發大政，吾知其必有以得此也。字良僉以季博。』曰：『汝良介。柳下惠之居魯，謂之和可也；徐邈之居魏，謂之通可也。他日君子考其本末之實，而以介歸之。字良介以季實。』曰：『汝良企。白圭企禹而不至於禹，燕噲子之企堯舜而不至於堯舜。豈獨不至，去之益遠。惟七十子企仲尼，雖不能全，而去之不遠，則學與不學之分也。字良企以季學。』訓畢，七丈夫子者請書於櫝，因書以遺之。

陳氏三子字序

剡士陳子得，名其三子曰模、楷、格，而請字於余。余曰：是三名者，其義一也。傳曰：『膏粱難正。』夫子弟之難正，豈獨膏粱哉！余頻年浮沈客徒，所交游大家子不一，有見狗馬聲色而悦，有見貨玉章綬而悦，有見宫室輿御而悦。號稱賢者，不過見吴書、吴服、古器玩而悦，無有恂恂然謙顔愿辭，而能行儒生學士之事者。越來山中，氣象朴野，前數者之疑，幸且不接於目。而謬用其心者，猶不少也。陳氏之子，耽儒而好禮，是能正矣。模也者正之始也。字模曰伯正。木無楷不能器，人無學不能材。舜楷堯，禹楷舜，七十子楷仲尼，古之人皆然。字楷曰仲學。學欲博，博則不能皆正；學欲約，約則不能必正。於此有道，且學而且格之。格也者，所以一於心也。字格曰叔一。三子盍往而各思其義也哉。雖然，居是家而無以正其子弟，非良父兄也；居是鄉而無以正人之子弟，非良士也。余與子得，亦盍交自勉焉。

趙氏二子字序

仲尼於春秋諸國，非主齊則主晋。成季之在晋，猶夷吾之在齊也，然仲尼以功許夷吾，言不及成季，何也？夷吾之功及天下，成季之功，止於其國。他日謂齊桓公正，晋文公譎，亦猶是也。由求、子貢之才，過曾點遠甚，舍瑟言志，悠然累十言，適契聖人之懷，亟稱與之。至終身所成就，竟亦何敢望由求、子貢。故以成季之志，而能擴之以弘毅，以曾點之志，而能斂之以平實，則爲全才盛德，無復遺憾。是皆不可以無學也。上饒趙氏，以丈夫子長動字伯成，次點字仲與，請爲訓辭，書此遺之。

曹氏四子字序

《易》之道，無不亨者也。《易》爲憂患作，而能無不亨，何也？《易》有亨不亨而《易》之道無不亨也。今夫人有生而見與於天者，天亨之；有生而見與於人者，人亨之。夫我之道欲亨，而天與人交亨之，豈非我之大願。至於道不可期，而天與人或不見與，則如之何。若是者，我必自亨之。故命之有亨有不亨，在天在人，而道之無不亨者，在我。太丘曹君士開，取《易》名其四丈夫子，皆以亨。且既皆有字，而質其義於余。余前四子者而諗之曰：來，震亨字子以德脩。震於《易》爲長子，爲動爲懼。爲長子，重任也；動而懼，危道也。任重而危，人何賴焉。古之人於此，不恃無懼而恃己之有德。周公之東山也，而赤舄几几；仲尼之陳蔡也，而調琴自如，脩德故也。來，賁亨字子以文剛。賁之體，中柔外剛而飾以文。夫苟中柔外剛而飾以文，君子何貴焉。象《易》者戒之，若使之以柔文剛，不若主柔而文之以剛。於是，體不撓於內，飾不虛於外，而文以成。來，謙亨字子以光益。天道之不可過莫若謙，謙也者，欲人損有餘而益不足。王公損驕吝，故能以富貴光其家；士君子損狷嫉，故能以貧賤光其身。來，復亨字子以善初。人之初，無有不善。雷靜而伏於地中，其氣氳氳然，及動而震，驚擊搏物，有病之者矣。性之於情猶是也，故曰：『爲善者務要求復其初。』曹氏之四丈夫者，爲人子者也，爲人兄若弟者也。今而爲人子者，他日爲人父者也；爲人子若弟者，它日爲人臣之道也；爲人兄若父者，它日爲人師爲人長之道也。四丈夫者，處其義則思慎其躬，慎其躬則思稱其名，稱其名則思亨其道乎哉。

唐氏十子字序

相臺唐氏，一門十男子。其鄉大夫紫山胡公命之，皆名居字元。若曰元，善也。人之居不同，而同歸於爲善云爾。余考傳紀，元非徒爲善而已也。蓋於事之序爲初，物之數爲一，而人之體爲首。若是乎其尊而孰能踰之。今試驗之於君之鄉，羣然朝而同遊、暮而同休者，孰非吾等夷儕輩也。而有一人焉，能脩飾顧籍〔一〕，爲善人君子之事，則衆必交相推異，恥其身若不敢與齒。何也？彼爲善，則我亦莫能踰之也。爲善於一鄉，一鄉尊之莫能踰；爲善於一國，一國尊之莫能踰；爲善於天下，天下尊之莫能踰；爲善於千萬世，千萬世尊之莫能踰。亦猶是也。雖然，彼爲善者，非徒曰能善其名字而尊也。而爲善者，無有不得善其名字。是道也，雖文王、周公不廢。豈惟文王、周公，古之人，其子之最貴稱元子，卜用元龜，筮用元日，員用元士，冠用元服，凡物之可以願其善者無不用也。天下之民族，亦無別生分類，若垂禹、皋陶、伯益之倫，僅始得稱才子，而稷、契、朱虎、熊羆八人，遂目之爲八元。嗟乎，唐氏之子，亦務尊其名字而使人無以踰之哉。按十子，海鹽使君者五，曰居仁字元壽，曰居吉字元太，曰居敬字元讓，曰居約字元博，曰居禮字元脩。提舶君者二，曰居安字元靜，曰居謙字元益。南城令君者三，曰居簡字元可，曰居信字元諒，曰居貞字元實。三君者，方以才名器業顯揚於時，余既諗而嘉之，其往而益厚基構，綿禮遜，隆賓遊。使此十元者，虛心而强學，顧名而思義。居則不失，俱爲良子弟；出則相望，俱爲名卿賢大夫。它日國史書之，儒林譜之，三河衣冠世家，遂將推唐氏爲稱首，不亦可乎。余於紫山公之言，非敢益也，直衍其遺餘焉耳。

校勘記

〔一〕能脩飾顧籍：「籍」，孫本作「惜」。

凌氏二子字序

安吉二凌，長愈、次懋，其父官宣城時，招余館中所教學徒也。既有字之彦道、彦德，而未加之以訓辭。及是，乃求請於余〔一〕，而告之曰：噫！爾愈，爾嵬嵬昂昂欲爲韓者耶？爲韓有四難：起孤窮，得官遇；當盡言，不懷禄；當盡節，不畏死；勇難。無師資之素，遺言絶學，徑詣聖處，敏難。知順逆，謂叛鎮爲必不可宥；明同異，謂外教爲必不可殺；介難。與人交，無怨仇，而平生所受恩必酬，厚難。是四難者，在同時同輩中，行之不能一二，而韓子全之，是非有見於道不爾也。而世人但以文求韓，遠矣。噫！爾懋，爾天下之物，無不求而至；天下之業，無不爲而成。故富貴貧賤，所以朝暮焦勞，其筋力不同而同志於得。然而不能皆得也。惟德之在人，其爲物甚良，業甚精，其得之甚不難。而人未有求而爲焉，此不懋之過也。今夫仁始於不忍欺孩童，及其懋之也，至於爲堯舜之博濟〔二〕；義始於恥穿窬，及其懋之也，至於可以爲夷齊之讓國。今驟焉語汝以堯舜、夷齊之事，歉然誠有所未暇。而不忍欺孩童，與夫見穿窬而恥者，人人之所可能也。夫道務於爲韓之勇、敏、介、厚，而不專於文；德務於人人之能爲，而可以至堯舜、夷齊之仁義。人之欲納忠於二子者，寧復有加於此乎。二子顧其名若字，而無負余之言哉。

校勘記

〔一〕乃求請於余：『求』，孫本、文淵閣四庫本作『來』。

〔二〕至於爲堯舜之博濟：明鈔本於『爲』前有『可以』二字。

朱使君七子字序

廣信朱使君，以德世其家。有大丈夫子七人，既皆取德爲名，繫之以曰懋、曰輝、曰容、曰成、曰潤、曰明、曰寬。且既皆以伯仲叔季得字，曰昭、曰剛、曰大、曰振、曰温、曰俊、曰裕，而未加之訓辭。客剡源戴表元，乃爲考據名義，本使君之意，爲詞以序之。山木之脩然，其既成材也人知之，其寒暑之所望〔一〕，日夜之所息，不得而窺之。德之長於身，其昭也人知之，其懋也人亦不得而窺之。伯昭，昭其懋乎哉。日行乎中天，人日日見之，而日日其輝如新，豈非以剛故耶。人之輝其德亦然。剛純者明極，剛雜者明微，最下無剛，惑矣。仲剛，剛其輝乎哉。海容瀆，瀆容湖，湖容谷，故大賢容小賢，大才容小才，德之優劣，於容之多寡稽之。叔大，大其容乎哉。物之成，實風振之；音之成，樂磬振之。拜成禮曰振動之拜，師成列曰振旅之師，德之成，尤不可以不振也。叔振，振其成乎哉。玉在石中其德温，温而山不枯，君子取象焉。温乎其性以潤身，温乎其文以潤國，温乎其政以潤物。温爲質，潤爲華也。叔温，温其潤乎哉。毒莫慘於察淵魚，智莫窮於數眉睫，明於大者，小固有所遺也。故《書》稱『克明俊德』，俊之爲言大也。叔俊，俊其明乎哉。士寬者裕於耕，資寬者裕於商，才寬者裕於行，德寬者裕於藏。季裕，裕其寬乎哉。序既〔二〕，七丈夫子者肅然而興，聳然而思，請書其詞於册，以蚤夜觀省，無違義方云。

校勘記

〔一〕其寒暑之所望：『望』，明鈔本作『壂』。

〔二〕序既：明鈔本『既』下有一『畢』字。

張訓之字序

襄國張氏子嚴，既受其名於親，不敢一日忘也，而字莫能定。其友王成父，欲字以訓之，若曰嚴其親之訓云爾。而不遠數千里來諗於予，予曰：可哉。按訓之爲言，古箋傳家皆釋爲順。

順以行嚴〔一〕，嚴以立順〔二〕，其爲人也，殆庶幾乎。姑以人事切近言之。目不敢睇非道之色，耳不敢聽非禮之言，足至於不敢履閾，手至於不敢下帶，此一身之嚴也。父坐而子立，兄行而弟隨，夫語而婦諾，此一家之嚴也。推而至於嚴交際〔三〕，則行必執贄，見必修容，坐必正席，語必儼顔。又推而嚴於官學，則辨必援經，取必顧義，諫必守禮，刑必據律。嚴於祭也必齋，嚴於戰也必誓，嚴於婚嫁也必媒必幣，嚴於聘享也必賓必介。凡此皆所以爲嚴之目也。行之既久，執之彌熟，則血氣和平而災害不生，儀情純習而悔辱自寡。天下之言順，亦無以加此矣。成父歸語訓之，毋多談。西北自古多奇男子，子之鄉，有堯之遺風焉。迨於近世，如宋廣平、元魯山，猶磊落令人歆重。訓之顧其名若字，而就有道者正之哉。大德八年九月朔旦。

校勘記

〔一〕順以行嚴：『嚴』，底本作『美』，據明鈔本改。

〔二〕嚴以立順：『嚴』，底本作『美』，據明鈔本改。

〔三〕推而至於嚴交際：明鈔本作『推而嚴於交際』。

道上人字逢源序

事之發必有原，故地之高平曰原。物之可復，言之可述，情之可矜，亦皆曰原，取其動之善而不失其初也。學者之於道亦然。人之生，天莫不與之以口、目、耳、鼻、百骸四體之屬曰身，主其身有知覺而能動者曰心。心之動之之初，其原皆係於仁義曰性。動而不失其初之原，耳不能使越仁義而聽，目不能使越仁義而視，口鼻手足百爲，皆不能使越仁義而動。以至達於事物，發於禮樂刑政，著於君臣父子兄弟夫婦朋友之别，而散於陰陽日月星辰、山川草木之運曰道。道之所以不可一日離於事物，人之區區之身，所以能參天地變化而爲三才，蓋以此耳。故學道者貴於逢原，逢之如何，逢之仁義而已矣。人之心初動於仁義之原，能擇之精，守之堅，勉强而皆逢者，則爲大賢君子。逢之自然、不待勉强者爲堯舜。力不能爲惡〔二〕，時一逢之而不能精擇堅守，爲中才愿人。强者隔於血氣，弱者陷於嗜慾，昏冥終身，不能一逢，爲下愚不肖，爲桀紂，爲禽獸，無足數矣。斯説也，由孟子以來不廢，而爲佛氏者曰『性不可失其初』是也，若心則惟恐不滅。蓋南湖道上人之字曰逢源，余嘗與之言其義而疑之。上人曰：『今吾教行，將人人不失其性，不起其心，不私其身，將舉國而爲善人。雖官府可以不設，而君何疑乎？』嗟夫！上人爲上人之學，鶉居龜引於山林間，以其説身行之，清齋寡求，屏絶世故，何患不得爲善。而吾之云云，則稻粱藥石，衣冠琴瑟，可以通行四方，公傳百世而無厭者也。且道無二原，子不可以爲余之逢，使我而慕上人之逢，亦勞矣。而上人冲虚秀朗，内練精苦，於諸聞學併通轉注，然能將之以静，絶無絲毫浮佻險詐之氣，雖不垂紳絇屨，吾知其深於逢矣。故詳爲之言，以導其名若字，導之猶有所未喻也，則還心難冀矣。上人他日數稱太章，其學與上人遠甚，亦以示之何如。

校勘記

〔一〕力不能爲惡：宜稼堂叢書本沈炳垣按語言「惡」當作「善」。

陸原章字序〔一〕

物之麗乎文者皆曰章。倬彼雲漢，爲章于天。其在水，清濁錯而成文曰漳水；在玉，器合而有文曰璋玉；在木，理合而有文曰樟木；其在人，爲士而有文曰文章。首有文曰章甫之冠，身有文曰章服，然皆以文其外。夫爲文而外之不止，將令人輕學，而文亦有時而渝。虎豹之炳然，其存也人畏其威，其獲之也猶愛其皮。故君子貴質，質也者，所以出其文章者也。君子之爲文章者取之〔二〕。然使非虎豹而生蒙其皮，則不若是畏愛之矣。甫里陸氏世賢而材，余姻家少年子名原章〔三〕，請字，余爲字曰「士質」。

校勘記

〔一〕篇題：「原」，孫本、文淵閣四庫本、何校本均作「元」。
〔二〕君子之爲文章者取之：「取」，底本作「耻」，據孫本、文淵閣四庫本、何校本改。
〔三〕余姻家少年子名原章：「姻」，底本作「因」，「家」下底本衍一「子」字，據孫本、文淵閣四庫本改删。

『原』，孫本、文淵閣四庫本、何校本作『元』。

送袁伯長赴麗澤序

人之居世，自其身之起居寢食，與其家之指揮灑掃，推而大之，爲官吏而受人之民人，爲師儒而受人之子弟，無非事也。人自幼少强壯而至於老，日日而學之，凡以求無愧其事而已，未有當曰『我不能而姑止』者也。而今之君子，率習爲之辭曰：『我學治其身、治其家，猶未之能也，而安能治人。』此説行，故賢者得成其謙，而不肖者亦以容其僞。及乎人不得已而取之，則謙者退處，僞者售焉。此甚非君子之通法也。蓋往者銓格，以科第高者爲郡博士。吾鄉之先生長者，史文惠、袁正獻、沈端憲之徒，於格當得者，皆辭遜不受，而寧求他官。他官之難，不優於郡博士，而爲之者，以爲皆以不能而不爲，則勢所不可。故隨其資，就其力，且爲而且學之耳。余年未三十，以新進士謁天官，於格亦當得郡博士，而不敢辭避不就。當是時，家有老人，須禄以養，余性尤不通吏事，勉强文墨議論間，且爲而且學之，亦先生長者意耳。邇來又二十年，居閒散放，無絲髮進益，時時回思前事，令人面熱汗下。今袁君伯長，與余同郡同業，懷麗澤之牒，當行已久而不肯決，曰：『爲長於麗澤，師儒也。其任異時與郡博士正等，而東萊公之闕里也，吾趦趄焉。』余曰：『固也。然吾伯長當學爲其事而求無愧者也，謙而非僞也。東萊公之學，又史、袁、沈諸公之所同者也，必不可已，則當且爲而又且學之者也。』伯長持身有士行，居家有子道，天資高，文章妙，博聞廣記，尤精於史學。近復貫穿經術，他如琴書醫藥諸藝，深得其理。婺多君子，至必皆願從之遊者。余故人王及翁御史無恙，其介紹而請焉。元貞乙未春十日，剡源戴表元序。

卷一三　序

送屠存博之婺州教序

古之君子可以仕乎？曰：可以仕而可以不仕者也。今之君子不可以仕乎？曰：不可以仕而不可以不仕者也。可以仕而可以不仕，何也？其材與學可以仕，而其身可以不仕者也。不可以仕而不可以不仕，何也？其材與學不可以仕，而其身不可以不仕者也。古之君子，其得材也厚矣。其師良，其學之之法備，上之人時其可仕也[一]，然後仕之。然而不必皆仕也，不必皆仕而爲民，則亦無不樂也。今之君子，其材不及古矣。師不必皆良也，學之之法不必皆備也，其可仕也，上之人不必皆仕之也。然而皆有欲仕之心焉，以爲不仕而爲民，則其身將不免於累也。故古之君子可以仕而仕，則仕者皆爲賢公卿大夫[二]。可以不仕而不仕，則不仕者皆爲良民。今之君子，其仕者既無以心服不仕之民，而不仕者至於無以自容其身。今古之不齊，與其俗之静躁，人之治亂，如斯而已矣。杭有吾黨屠君約，字存博，學古人之道，而其材能爲今人之所難能。生於紛囂，長於華豪，而闤門哦書，耳目不亂。取所得於書之清切雄快者，發之於歌謡，布之於翰墨，有騷人貞士之趣。年四十矣，當路數授之以官，翱翔而不就。迨於今，兹又板之爲婺學正，始拜而行。斯人也，使之不仕，知其能静；使之仕，知其能治者乎。然余於存博猶有欲言焉。蓋存博之可仕者，以其材與學；而不可以不仕者，猶以其身乎。夫人之生於世，勞矣。其不勞者，非人道也。古之爲民，無刑獄猝至之憂，無賦役淹久之苦，人知其可羨如彼也。然其筋骸膚體，疲於田疇，而拘於耒耜，狎習於風寒暑濕之事，與今之農夫正等耳。居之久也，以百里奚、甯越之賢，不免於叩角而嗟，釋鋤而起，它可知已。今之民，一名爲儒，則其處也，唾壺而麈尾；其出也，高車而駟馬。乃有古時已仕在官者之所不及。至於在家庭爲子弟僕役，在道塗爲少賤負戴，在庠序爲生徒肄習，其勞逸萬萬相遠於古人，又未論也。已仕者之當勞，較於未仕之責愈難也。均已仕也，仕而爲人師長之當勞，較於爲官吏愈難也。未仕者之責止其身，已仕者之責及其人。爲官吏者治人以政，爲師長者教人以道也。嗟夫，存博知夫道之難於政，身之所憂輕於人，今之勞也，猶有逸於古，其有泰然於心者哉。存博行矣，異時婺學稱東南經術淵府，正余所謂師良而法備者也。今猶有爲東萊公之學而不變者乎〔三〕，存博問而求之，求之而得其人，則以余説質之，又歸而教余焉。

校勘記

〔一〕上之人時其可仕也：「時其」，底本作「其時」，據孫本、文淵閣四庫本、何校本改。

〔二〕則仕者皆爲賢公卿大夫：「仕者」上底本衍一「爲」字，據何校本删。

〔三〕今猶有爲東萊公之學而不變者乎：『公』，底本脱，據孫本、何校本補。

送白廷玉赴常州教授序

古者學無官。學之有官，蓋以居其人而弦歌舞蹈，揖遜聚習於其中，亦或以兼他用，如養老、習射、獻馘、聽訟之類，非若後世置師弟子，專以教學爲也。置師弟子而專教學者，古有之矣。則必取之於高年退宦，窮鄉素望，又非若後世以銓格調官，名一人爲師，而其餘皆如弟子者也。夫以銓格調官，得古人不能必之名，行古人不得專之教。問其年，不必尊也；考其仕，非必舊也。索之一旦，而推而位之衆人之上，決疑請益者，四面而至，此非才可以備三代之司徒、宗伯、卿大夫，學可以配先漢之齊魯明經師，其誰堪之。而三代司徒、宗伯、卿大夫之才，齊魯明經師之學，不常有於天下。後世有郡必有學，學必有師，則取之於何，而給於是選者，始不詳而教者，亦不暇皆善。江南科舉盛時，蓋嘗有議之者，其説以通經義、能詞賦爲稱職。古之師儒教人之法，非止於通經義、能詞賦而已也。顧其疏密淺深之有所據依，猶足以爲無法之法。通都大府千萬人之聚，據高坐者，一語不酬，則羣喙咻焉。至於刮席坐鍼，悖然不容其身而後已，嗚呼難哉！毗陵爲南中文獻之國，游儒寄士，冠摩轂擊，居學官者以爲尤難。大德庚子春，錢塘白廷玉以公府高選得之，江南之搢紳韋布，識與不識，不謀而同聲曰：『此固才學可以爲師儒、稱職而無愧者也，此固取之高年素望、可以四面決疑請益者也。銓格而皆若人，其何不可之有。』因相率作爲詩文以餞其往，而尋復徵贈於余。余不得辭，抑余私有欲贊於廷玉者。廷玉本余同里舒文靖公諸孫，少度君之子。生十齡以孤稚隨母寄養於白，及今成立，自當用范文正、劉文節二公例，請爲白氏置後，而身歸舒宗，乃合於禮緣人情不忘本之義。夫爲師儒將教人以禮，而不先以自爲，則法不信；知其爲禮，而有不盡於黨鄉故舊，則言不忠。然則以廷玉之可爲言，而余盡言之，蓋亦人情之當然，而非私也。遂不敢呫囁，而攄諸題篇之末。

送盛元仁赴吉水教授序

天下之官，其愈大者，爲之愈難。知其愈難而畏之不爲，則道廢；不知其難而冒爲之，則官廢。官與道，其廢必有一焉。廢其一而其一不廢者，亦隨之矣。天之於人，未嘗一日棄也。寒而欲授之衣，饑而欲授之食，危而欲之安，昏而欲之明，則當其時必生其人以須之。故賢能之人，未嘗一日絶於世，而其人有用有不用也。於是爲大官者，不幸而非出於天之所須，則往往不稱之患深，而責之者苛；其小者，才可稱一官，則事止於一官，非天下衆論之所咻也。然而猶憚以爲難者，謂精神膂力，必足以檢括應接；心思智計，必足以周匝運掉而已耳，無他望也。惟夫州教授者，責尤輕而事尤簡，世之所共目以爲冗慢而不急，若可以浮沈寄歲月於其間。大德庚子秋，盛元仁以純儒茂老、清才篤學，拜吉水學官之命。候人趣行於塗，姻黨載餞於郊，見之幾有蹙縮不安之色。問之，曰：『若吾者其敢自謂無愧於教授一州乎哉？自吾之能言而受教於父兄，自吾之能誦而受教於師友，舉吾族里州國一善一能之加於我者，皆我所受教而懼其不足也。自今以往，其將以教我者而授諸一州之人矣，則一州之人皆不我若也。吾安得不愧且懼乎哉？且今天下内外百司之官，皆不可謂無職，而教授之職專以道。他日化行俗美，則吾職舉。州諸生子弟有一悖理而隳業者，是吾教之授之不至也。吾又敢自謂之有道乎哉！』余聞其言，爲之面汗内熱。蓋其官也，余之疇昔亦嘗容易爲之，而不思其難者也。今世諸人之居其官，如余之不思而爲之者，皆是也。以余與諸人皆不思，而元仁之才之學之可以優爲也，而獨能思之。余知元仁之職易稱，而居之真無愧矣。吉水異時於廬陵尤爲佳邑，衣冠文學，猶有與嘗從游而存者乎。爲我物色，而以元仁之説叩焉。

送杜子問赴學官序

吾鄉奉化經學淵源可考者，起樓先生文叔，文叔與慈溪杜先生醇，一時俱爲鄞令王荆公所尊禮。文叔終慶曆中，其門人弟子散布東南而私淑於奉化者，趙教授范民、舒文靖公元質。荆公爲政，以經義設科取士。奉化去開封遠，文叔之徒，多不屑仕。至渡江久之，乃稍稍有以經進。而《毛氏詩》最盛，每試，與江浙、閩湘之士，羣造於禮部。若辟雍習《詩》者，望其風不敢與奉化齒。主司第甲乙，或至榜中連題奉化五七輩，然後及他州，公論莫不以爲當然。數十年間，名字膾炙，藉藉於諸人之口，李秘書景平、楊博士獻子、黄知郡義甫、杜常平叔範，其尤著也。四者之中，李、楊、黄嘗立朝，位望相埒，而叔範官若不逮。然獨有才子弟，其名裕字子問者，才尤奇。奉化後來言《詩》，遂推子問稱首。又以爲諸老先生之澤，於此未絶，而天之酬杜氏者，庶其在是。無幾何科舉罷〔一〕，三百篇之策，學者黜爲空言。邑中故家，雖衣冠强盛如李、楊、黄者，亦皆逋播蕩析。子問不得已攜其耿耿者，去而之西，會尊官貴客，適知其名，左館右穀既而爲之薦進於當塗，假之文學掾之階，而强之仕。於是子問老矣，曰：『我無願於仕也，而不能無願於禄。』俛首束紝，忘數千里江楚之勞而赴焉。人或以爲子問喜，余曰：『是未足爲子問喜也。余鄉人之所期子問於杜氏與諸老先生之澤，殆不止於是也。雖然，子問之年，非甚高而衰也，人之於子問，其知之亦非曰止於是也。然則子問之於杜氏之於鄉之諸老先生之澤，猶可期也。』於其行，遂酌酒以壯之。而文余言摭而書之以爲序。

校勘記

〔一〕無幾何科舉罷：『科』，底本脱，據孫本、文淵閣四庫本補。

送杜孟傳之石門洞序

儒者杜孟傳，其先蜀人劉氏也，於前溪先生巨濟爲八世祖。巨濟之孫爲文節公，德修西南，學者因而尊稱之爲後溪先生者也。其家世文學風操，余知之稔矣。己亥庚子歲，俱去鄉關，僑處於杭。一日來告余別，曰：『吾以貧故，不能忘尺寸之禄，然得一山塾，瘠甚，恐無以給吾孥，而幸前溪公之蹟在焉。蓋括山之石門洞，東距永嘉，相犬牙三百里耳。其初巖壁險峭，草樹蒙密，人無知其名字者。往往不過爲山魈木客之所棲託。宋景平中，謝康樂守永嘉，尋幽得之，始漸漸以詩傳於人。至梁天監，有中書侍郎丘希範，唐大曆有侍御史丘丹、州刺史裴士淹繼至，皆有詩。唐末洞廢。宋皇祐改元，蜀李堯俞守括，洞始復。復五十年，當紹聖三年而前溪公守括，有監州杜穎行縣過其地，覺有異，戒從徒持斧斫道見之，寫圖歸以相詫。前溪公驚愜，即飭吏新葺之。時米元章守漣，平生兄弟交也，馳報屬書其所爲石門洞文。於是林泉雲物，雄詞麗藻，相爲光輝，而洞遂爲東吴形勝第一。前溪公去，洞又廢。廢二百年，又稍復。洞旁官爲創塾，而不肖孫承人之乏，實始幸得瞻餘風、拜遺澤，雖藜羹糗飯，猶將甘之。』余聞其言爲孟傳喜，益贊孟傳亟往。今人禮法家，常輕詞章，厭遊覽，是自有説。顧如石門者，非遇康樂以來數公，若君家先大夫發明之，而使稀奇詭傑之觀，藏於荆榛狐兔，棄於樵蘇鬼物，良可痛惜。孟傳官雖卑，禄雖窶，視先大夫身爲二千石，徒想像縑素間，不得親往，而謝、丘、李、杜諸賢，雖得親往，然亦有官府不能久。豈若孟傳三歲居游其中，朝暮仰窺巖林、俯聽鳴泉之爲樂哉。孟傳行矣，他無以爲言矣。所知襄陽孟侯，年方富，清而能詩，今適爲其州焉，其又將爲石門動心乎。

送高虎臣序

古之學者，必始於鄉。七雄以來，始有遊學。然漂流至漢，而濟南伏生、廣川仲舒之倫，皆以居里著其名行，示有本也。宣爲名州，又江南部使者治所，簡書之宗，衣冠之業，舟車之衝。職庠校者，恒多勞而少譽，非望實兼茂，疇敢居焉。南陵高君虎臣，醇資清裁，隆齒俊業，魁然爲桑梓稱首。遂奉省符，來正本學。爲之三期，佩衿歸良，寮寀推平，官府稱賢。由是道也，豈惟行於鄉，雖達之天下，其誰曰不宜？君子以是知高君之學成而將仕也。滿秩之日，歡謡騰興，裒編載什〔一〕，冠以序引。元貞丙申十月望，前進士剡源戴表元序。

校勘記

〔一〕裒編載什：『什』，底本作『物』，據孫本改。

送趙生遊吳序

邑有雋者趙生壽父，美其衣冠。過余門而別，曰：『櫄孫生於燕娱，長於艱虞，年幾壯而始知學，然而未嘗知遊之樂也。惟家世父兄嘗宦於吳，今將往而涉足焉。惟長者賜之言詞以先之。』余聞而嘉之。夫吳，古奢國，有陸海、鹽絺、稻魚、鍛冶之饒，聞於天下。其地形介於荆越，姬太伯之所逃，夫差、項籍、劉濞、孫權之所用也。然而有言偃、公子札之化，故其人多聞而善讓；有朱買臣、機、雲兄弟之馳騄，故其人好詞章而長説謁；有范蠡、張季鷹之慷慨高舉，故其人機變喜事而無留心。其山有虎丘、靈巖之嵬富峭刻，其浸有松江、震澤之瀰綿浩滉。煙雲魚鳥、池臺苑籞、漁帆歌酒之玩，日充於前。故其居者撫資内足，可以不出户限而通公侯；其遊者輕裝空行，亦能談笑跬步，轉易拱把而居千金。昔余之少也，當壽父之年，則嘗遊之矣。其君子者，余嘗親之，其故實猶可徵也。其野人者，余嘗接之，其質樸猶可治也。迨再遊之，不如昔矣。迨三遊之，又不如再之見矣。今壽父之遊，其得如余三遊之所見者乎。雖然，壽父之遊，不可已也。壽父不可已，則有一焉。古人之遊必擇國，既擇國也，而後擇所與遊。壽父其既有所擇於吴否乎？吴之良大夫，以余所尊敬，莫先於方處州。因處州而吴之所與遊盡在焉。壽父至吴，其以弟子禮遊於其門，安知余三遊之不能得者，壽父不一遊而盡得之。山川風物，盛衰榮枯，外物之美，皆不足爲賢者道也。他日充囊飽橐，滿欲而歸，則復以報我。

送賈敏求序

士大夫學成於家，行乎於鄉，而不得食一命之禄，以酬其勞。而至於子孫三四世，停涵鬱勃，則往往有清疏秀謹之氣，外發而難遏，君子以是占爲將興之祥，若吾賈君敏求是已。敏求之先，高大父府君爲婺州鄉先生。婺之爲州，有蘇潁濱詞章之俗，其人喜清言而知理道。有吕東萊淵源之化，其人務學而敦本。風流薰滋，鍾於賈門。府君既恬於勢名，即退而考槃一丘，誅茅澗岡之上，蒔花種木，終爲壽藏。學徒致築場之慕，鄉人修祠社之敬，至今蔚蔚芊芊，雲滃霧積。甥孫中外，重裀列騎，時節拜掃，以爲金華之闕里焉。敏求收炊於既穫，食果於愈熟，奮其妙手，一出而遊東諸侯，諸侯嘉其才。再出而來爲吾州學政，吾州之士師其賢。余與之遊三年，見其嗜善如飲食之於正味，雖日習之而不厭也。惡不善如行路之於臭穢，雖人不可違而必避之也。嗚呼！豈非世家習禮問學之所成也哉？孟子曰：『君子之澤，五世而斬，小人之澤，五世而斬。』釋之者曰：其人君子矣，不幸易世而非君子也者，其澤猶可以五世。所以厚君子也。其人小人矣，幸而易世非小人也者，其澤猶五世而後斬。所以甚小人也。使世世而君子，雖百世不斬可也。敏求行矣，可以仕矣。天之厚於賈氏久矣，先君子之積，至於敏求而亦可以發矣。故於其行也，與之飲酒，與之歌詩，而復贈之序。

送貢九萬詩序

學之於人，不得而廢者，非欲以求仕也，而有仕之道焉。古之君子，學成而不仕者有矣，則始以其學教於其鄉。故仕有可能，而以其學教於其鄉者，不可能也。後之君子則不然，曰：『吾寧不暇學，而不可不仕。』嗚呼，是不亦重其易而輕其難耶？宣學他時爲江南儒府，凡綴教職於其間，非才望高美，誰敢居之。而貢君九萬蔚然以鄉閭之英，板授而來爲本學正，三年終更，士論稱善。君子嘉其能學而望其仕也，咸爲歌詩以褒勉之。而屬筆於前進士剡源戴表元，俾題編什之首云。元貞乙未歲秋八月望日序。

送孔明遠序

余兒時，聞孔聖子孫有避靖康之亂而南者，寓家於衢。四世而樞密公由太學發身，位至兩府。余生於單寒，長於乖蹇，欲修好於其門，莫之能也。已而其子明遠，以公府高選，被符而來爲明學正，始得扳緣事分，憑託意氣，締交游之誼焉。蓋爲明遠者，居三難而備四有，余於是久而益嘉之。明遠承聖人之宗，欲守其法，一難也；爲人師，二難也；少而孤，三難也。然明遠嚴於自修，有泗侯持躬之願；精強嗜學，有叢子纂言之勤；當公能讓，有嶺南辭禄之潔；見義力争，有寧州誅妖之勇。以此四有而行三難，宜乎誦弦洋洋，冠裳鏘鏘，舒英乎聖林，發名乎儒堂，爲家之祥，爲國之光者矣。三年教成，懷牒北上，凡我同業，聲爲歌詩。而謂余也厚於明遠，且嘗從事於卜商、衛宏之學，屬以爲序。

送唐君儒序

杭學爲東南望，其來久矣。士之自四方萬里至者，遊多於居，又多尊官貴僚〔一〕，博士朝暮將迎奔走，僅幸不失事。故嘗不暇數數與諸生接，而委責於其正。正之爲職，其任重且難無疑。前是典選者，於學正闕輒停筆不敢輕注，必擇學識才行卓然有稱於時而爲士論所厭服者，然後授之。大德己亥秋，檇李唐君君儒秩且滿，杭士賢其爲人而重其去，羣諗於剡源戴表元曰：『唐君學醇行良，材通識清，自其父兄家勢之所振激，里巷場屋之所推擇，則固已當濯纓青雲之淵〔二〕，飛居積星之林。年運而邁，方由諸侯賓掾佐屬，計日積勞，進名於天府，此杭學之遇，而唐君以爲淹也。凡我同志，既各爲詠歌，道所以殷勤戀慕之意，而子爲序發之何如？』表元不得辭，因爲之序。

校勘記

〔一〕又多尊官貴僚：『官』，底本作『富』，據孫本、文淵閣四庫本改。

〔二〕則固已當濯纓青雲之淵：『青雲』，孫本作『清泠』，似是。

送王子慶序

宇宙間清華奇秀之氣，發於祥瑞者，爲醴泉、慶雲、珍禽、異卉、珠玕、寶玉之屬。而在人也，爲文章才藝，殆未嘗一日闕於世。使一日可闕，則天地之氣，有時息矣。然自常情窺之，頗若無預於治道。而自古秀人才士，制作精能之極，必待禮樂太平全盛之日，而其事始備。吾觀漢魏以後，書學始興。逮於六朝，士大夫往往能書，如是數百年。至唐貞觀、開元中，干戈弭寧，諸所以黼藻緣飾之具，次第施設，而歐、虞、褚、陸、閻、鄭、王、曹等輩，鱗比櫛擁，皆極一時之選。此雖人事，亦天運有所啓而然與。自是浮沈顯晦，又數百年，而得宋之慶曆、元祐，風聲氣韻，大略與唐人無甚相愧。而君謨、才翁、子瞻、魯直、與可、元章、伯時諸公，清才峻節，雄詞盛德，照耀掩映，有出於觚翰縑楮之外，則又非偶然而然也。元興，運化敷功，比擬唐宋，於以開明堂總章之觀，輯康衢皇極之誦，陳器車銀甕之貢，展天球河圖之瑞。神文靈繪，巖書壁篆，重譯而來，四面而致，所謂書林藝府，珍藏秘玩，固千載一時之最盛者矣。錢塘王子慶，多聞而博覽，以公卿之薦，乘軺詣郡，遂將汗竹羣玉之堂，雌黄五雲之閣。平生知交，賀餞滿道，余爲備古今難逢之會以勸之。

送陳養晦遠遊序

自余居剡源，得一士焉，曰陳君曰成字養晦。養晦當其時年方二十許，而豐姿器識如四五十者[一]。每見余狂歌劇飲，叩壺擊筑，爲沈酣痛快之適，未嘗不歡然與余和答以相樂。及思極愁生，闔門擁衾，爲呻吟憔悴之作，又未嘗不憮然與余同憂也。然余平生好鐫磨後生，常自恨涉世太早，故未齔而學，未冠而遊，未壯而仕，未老而休。方氣血盛時，東南馳騖，自許要不齷齪，而豈知有今日窮居剡源，欲爲耕漁樵獵而不可得耶？故時時願養晦輩以爲戒，而不願以相激發慕效。自爲此言，諸少年聞者多首肯。惟養晦曰：『不然。士患不欲學耳，欲學則無不可能；患不欲遊耳，欲遊則無不可遂。必如公言，是世之拘儒、愿夫、朋友不出保社之間，耳目才周於几席之内，時然而言，時然而趨者，然後爲可，安得聆度外之談乎？昔者孔孟之門，固已無所不遊，無所不學，故莊周滑稽，史遷駁雜，楚原馳騁而忘返，揚雄汙穢而不慚，皆蒙譏後來而自適於當世。吾今方將賦《招隱》、歌《遠遊》、洗塵冠、綻敝裘，不惟厲吾志氣〔二〕，以盡荆吴齊魯之觀而已。聞燕代之南、汧隴之北，有魁梧奇傑之才，自埋於博徒劍客者，不可勝數。吾將往而求之。農桑什一、章句興亡之學不足爲吾事也。以爲公當喜而强之，而反咻我爲？』余聞之，爲之心熱不自持，蓋所謂伏櫪之馬、聞北風而嘶鳴者也。屬余實已衰憊，無所用於世，平生名高交友〔三〕，散布四方甚多，養晦爲我物色，而問其知余者，亦必有以知養晦焉。

校勘記

〔一〕而豐姿器識如四五十者：『四五十』，底本作『四十五』，據孫本、馬本、文淵閣四庫本改。

〔二〕不惟厲吾志氣：『志』，孫本作『豪』，文淵閣四庫本作『朝』。

〔三〕平生名高交友：『名高交友』，馬本作『有高賢交友』。

送鄭若晦遊建業序

自言超邁倜儻好遊之士，所喜談山川、城郭、風物、宫室、技巧之奢麗，可以動心盪目者，無過長安、洛陽、成都、廣陵、錢塘、建業。而成都、長安，以險遠不易至，惟洛陽、廣陵、錢塘、建業，平塗順流，一擬千里，得用舟航輿騎，代其跋履攀緣之勞，故遊者以爲便。然士非有事於進取，與其篤好，雖錢塘有不暇至，而況數百里、數千里之遠乎。鄉有鄭若晦，與余同客錢塘之日久矣。自其始遊，臺閫之貴公，方岳之名卿，聞其才，多禮致之。而若晦每得餘閒，即浮滄浪，穿巉巖，往來南北兩山間。彌旬竟日，若忘歸焉。性喜作詩，以江西葛處士慶龍爲師，得其法，當意酣氣適，信筆取紙自書。山僧道人，見之歡欣愛悦，更下榻致饌食，留連不聽去。用是益無他人羈棲旅頓、乏絶憔悴之色。已而若晦輕裝别余，云將改遊建業。察其勢，又若不止於建業者。爲之驚喜過當。夫建業固余舊遊，相去三十年，殘儒遺老，猶有能記憶不相忘者乎？旦夕亦欲一詣廣陵，聞其蝗旱連年，民居蕭然，未敢舉足。陜路士大夫，近數數接之，其人恢疏厚重，稱其土風者也。蜀道決不可登，人生何用必入蜀，然後爲名士耶？因若晦行，即道平日雅素，併以廣若晦之意。

送鄭聖與遊闕里序

東南慷慨士大夫，異時局於地狹，不得遠遊以爲恨。自中原道開，遊者響奔影赴，惟恐居後，然皆不能無所健羨，未有無求於人而往者也。余惟見吾里中僧六七輩，相結約徒步禮五臺、天台。一黄冠思慕嵩高、緱嶺，踴躍既至其地，而歸皆侈然以道自重。問以所遇城郭富貴王公大夫，如目未嘗見，蓋其心不在是也。先師仲尼之闕里在東魯，今爲兖州。由吴越計之，不過三千里而近，而人未有慕而遊焉。何耶？不爲儒者，姑所未論。爲儒者，平居高談自命，動以孔氏徒相緣飾，或至詆浮屠、老子二家如仇，如不足與吾亢，而爲智反出其下。長纓華組，雕鞍輕轂，憧憧於燕趙宋魏之郊。又益外而遠之，踰萬里不憚。而其師之居在三千里之魯，則不暇至。豈果力不暇哉？以所爲從事於游者，有求於燕趙宋魏之外，而無求於魯故也。江東之貴溪，有鄭君聖與名沂，獨毅然勇往，余甚異而嘉之。客有靳余曰：『子以爲聖與之游，理所必應然乎？夫今之爲魯者，非昔之爲魯者也。昔之魯也，以夫子之教，止行於一邦，今夫子之書遍天下，而郡國所在得設廟學，建像祠，則往往皆闕里也。而子何魯之拘乎！且士患不學孔氏，不患不能遊魯。』余曰：『兹説是也。而懼愈爲遊嵩高、五臺者笑也。古之君子，其身存而人爲之式其閭、表其鄉，没而百世猶祭其社，禮其丘隴，甚者愛其所經歷山川草木。何也？爲風聲德義，有以芘存於人而不可忘耳。夫子之道，芘我如天地，存我如父母，其甚盛美，非獨余不能言，而窮天下之辨博者，亦未能爲之辭也。而諸人欲忘之乎？苟諸人之不能忘，則聖與之遊爲在所取矣。』聖與名在天官之板，他日戴星重趼，以求速化，乃方徘徊蹙縮，爲人之所不及，是尤可嘉也。

送方中全北行序

曩時江南士大夫，去關洛遠，嘗患於難仕。仕又必須材望，雖有家門之行、鄉曲之譽，而非官府公薦、公卿通知，則不可必得，往往塵埋竄伏，没世而無聞者多矣。三國以來，畫疆而求，盡技而用，始有閥閱名字，班班見於史册。甚者牀堆珪組，庭叢槐棘，一門數世，連綿而不絶。是何天之生材，偏嗇於前而豐於後耶？抑亦人物之顯晦，時運之變通，有適當其逢而不可知其然也。新安之在江南，以山爲州，儒其間者，是不一族。當貢舉法行時，方君中全之先大父廣西公，首以毛氏《詩》策名鄉書，登集英之甲科。既而君父今通議大夫建德使君，復用孔氏《尚書》爲南宫進士第一。於是新安道德詞章之士，致通顯於時者雖多，而語家世科目、宦學能名，必推方氏稱首。銓改舉罷，使君驅馳之倦，既澹無宦情，晚歲益貧落魄，觴詠自娱，以養其高。年來仕路比曩時關洛又益加遠，子孫浮沈里閈，艱關往來侍養，何敢出口言干禄事。如是者積二十年，余以事勢推之，則前所云江南士大夫，生於秦漢間，雖有家門之行，鄉曲之譽，而沈埋竄伏、没世無聞者，累千百計，何足怪也。而豈其理當然哉。久之，中全一日過余而别，曰：『存心今者行仕矣。』問何以行、何以仕，曰：『吾親之名之貧之久不仕，自中外諸貴僚，舉知而憐之。於法上大夫得謝，任子許授中士之秩，幸而公府予之，吾庶幾其逢乎。』余曰：『是固官府之薦、公卿之知，江南士大夫願焉而不得者也。』方氏家世宦學能名，其將復自中全始矣。請以爲賀，復以爲勉。

送張叔夏西遊序

玉田張叔夏，與余初相逢錢塘西湖上。翩翩然飄阿錫之衣，乘纖離之馬，於是風神散朗，自以爲承平故家貴游少年不翅也。垂及强仕，喪其行資，則既牢落偃蹇。嘗以藝北遊，不遇，失意亟亟南歸，愈不遇。猶家錢塘十年，久之，又去東遊山陰、四明、天台間。若少遇者，既又棄之西歸。於是余周流授徒，適與相值，問叔夏何以去來道塗，若是不憚煩耶？叔夏曰：『不然。吾之來，本投所賢，賢者貧；依所知，知者死。雖少有遇而無以寧吾居，吾不得已違之，吾豈樂爲此哉！』語竟，意色不能無沮。然少焉飲酣氣張，取平生所自爲樂府詞自歌之。噫嗚宛抑，流麗清暢，不惟高情曠度，不可褻企，而一時聽之，亦能令人忘去窮達得喪所在。蓋錢塘故多大人長者，叔夏之先世高曾祖父，皆鐘鳴鼎食，江湖高才詞客，姜夔堯章、孫季蕃花翁之徒，往往出入館穀其門。千金之裝，列駟之聘，談笑得之，不以爲異。迨其塗窮境變，則亦以望於他人而不知。正復堯章、花翁尚存，今誰知之而誰暇能念之者。嗟乎！士固復有家世材華如叔夏而窮甚於此者乎？六月初吉，輕行過門，云將改遊吴公子季札、春申君之鄉，而求其人焉。余曰『唯唯』，因次第其辭以爲别。

送王月友遊華陽洞序

松江王月友，嘗爲余言其先人蟾客翁，萬里入峨眉山，遇異人，得道歸而授其徒。有林生順衢者，以歲辛酉遊句容三茅之華陽洞，所見奇花怪石，飛臺湧殿之類，莊嚴閃爍，千態萬狀，不可勝紀。因辭師友去，不知所終。當是時，月友作詩誇餞之，及他士大夫詠歌從臾歎慕者甚衆，而皆有世累不可往。後四十年，當大德庚子歲，於是月友亦以其先人之道，被聘北遊，而能辭其官不拜，歸錢塘城中。閒居之日久矣，一日忽過余别曰：『吾之奔馳泥塗霜露間，雖幸而少休，每清晨良夜思之，未嘗不愧於吾林生也。今將泛太湖、穿靈巖，略毗陵、抹朱方，遂尋華陽洞而訪焉。子亦盍有以餞我？』余駭而問之，夫神仙之在人間世，其理之有無不可知，就令有之，則必忠孝豪傑之士，然後得焉。顧寒暑饑渴衣食之欲，不必皆與人同，而蹤跡浮沈顯晦，自應去人不遠，但人不得而窺之。自余識月友，見其論平生交遊，至余所畏愛，輒諄勤敦篤，不間生死。官階俸禄，可以榮妻孥、炫僮僕，名爲有識者，猶或好之。而談笑不以經意，朱幡在前，掉臂輕去，麻鞋葛袍，傲睨當世。無枉求，無詭謁，以此榮其身，雖塵埃市井，煙火廬落，何往而非華陽洞乎？不然，襟懷氣誼，有一不自得，將望華陽之雲霞草樹，咫尺不得至，至亦非吾所得有。月友姑少徐徐何如？月友茫然而思，恍然而喜曰：『吾非不解此，然吾事不可止。爲子薄遊而歸，幸萬一邂逅吾林生，則亦以子語質之。』因書以爲餞。

送羅壽可歸江西序

古之所謂士大夫者，少而學成於其身，壯而材聞於其國，及其老而無志於用，則退而以其學師於其鄉，是故有以一人而成千萬人之俗。余自知讀書學文以至於今，所聞見天下之士大夫，略可以舉其操，若今廬陵劉公，其非斯人也乎哉。夫江西數州之在東南，自二百年來，常爲文章議論之國。廬陵之在江西數州，常抗而先之，若劉公，則又抗廬陵而先之。身在而世傳其書，言出而人取以爲法。精神氣貌，瀟然偃薄於一室之内，而環其州千百里之儒者，顛倒傾動，雖其怨嫉正色，而不敢議焉，此豈苟而然哉。羅君志仁壽可之居，接劉公爲不邇，能以文得公之言，而攜之遠遊於浙河之濱。浙河之濱之人，聞其爲劉公之所與也，莫不愛之。壽可又能自以其詩與文取知於人，人叩之而不見其窮，即之而不見其矯，皆曰是宜爲劉公之所與也，莫不愈益愛之。愛之則必有合，壽可曰：『吾無意於合也。吾之居吾鄉，不爲無樂，吾猶有垂白之親，吾所爲僕僕而來者，向也吾之至於斯也，而不得盡其交遊，吾求以盡之。今盡矣，吾歸也，吾無意於合也。』余愛其言，握其手而告之曰：『壽可賢乎。蓋壽可劉公客，余亦劉公客，余不敢不盡於壽可。爲壽可謀，凡壽可所自道皆是也，竊有以廣壽可。人之不得安於其居，遠父母、棄墳墓而出者，非獨以盡交也，亦以學也。其爲吏與商賈也不與焉。壽可之遊，將以盡交乎，誠已少足矣。抑以學，則子之鄉既有劉公，而復求劉公於他人之鄉乎。子歸而竟其學，學至於劉公之年，子之鄉有學子者，如子之學劉公矣。譬若宗子之子，復將爲宗，不亦善乎。而爲壽可謀之乎？雖然，學必一於道，壽可盛年而時時學於孔子之外不可也，若劉公學成而及之可也。所謂小德出入者也，然亦不可不慎也。壽可之歸也，亦以請之。』剡源戴表元帥初序。

葉茂叔之淮安序

人性之弛張龎涼通塞，無不各緣於其土俗之所近。故齊魯多經生，而趙魏饒壯士。非齊魯無壯士、趙魏無經生也，舉其多者論耳。天下名山大川，一一起從西北，其紆夷演迤，至於長淮之廣衺沃美，不耕而善植，少寒而耐居。士大夫嚴莊重，戴琴劍，詩禮雍容，喜功名，謹然諾以爲俗。余嘗宦學經從，見東南交遊中，有質直寡言、不事奔謁諂媚談謔者，望而知敬其爲淮客也。兵興以來，幾三十年，加之以連歲旱蝗饑饉，而民不移業，士不廢學，非天之所資者厚而然耶。高郵葉茂叔，以名家良儒爲正於淮安學。余既稔與之善，而需余言不已。嗟乎！茂叔往而惟毋以見多者取足於己乎哉。人有成言：自知之謂明，自勝之謂强。茂叔之職，今非止於自知自勝而已也。至淮安亦披胸傾臆，盡出其藴爲同業者講焉。要必有可觀者，茂叔其以余言爲然哉？

卷一四　序

送鄧善之序

大德戊戌春，巴西鄧善之以材名被徵，將袛役於京師。於時甘泉近臣，乘馳而致詞；瀛洲仙官，揚鑣而先塗。友朋星羅，從徒蟻奔，扳末光附餘聲之士，餞善之於郊者，退而無不頌善之於家，曰：『嘻乎偉哉，善之其果能去此而行其志也乎哉。』方善之清修苦學於隱約之中，蓬門緼袍，筆硯爾汝。顧單力不可與饑凍抗，則日與其徒歌吟古聖賢之説以自壯。至於寒巖永夜，聲出風雨；赤日流汗，而挾書不知。此其堅忍强志欲何爲耶？當是時，有無故而與之千金，度善之能辭，卒然而加之連城列乘之貴，較其樂，亦未易以彼而易此也。及乎名成行孚，高卧而車馬愈喧，無求而羔雁自至。然後岸幘迎謁，深衣拜聘，其一時風規器量，雍容談笑之際，度越諸人，何止萬萬，而豈一朝一夕能偶然哉。雖然，善之之志，初不止此也。今夫人之於飲也，有飲水而樂者，有飲茗而樂者，有飲酒而樂者，有俱不飲者。不飲者則過矣。强飲水者以茗，有不能如飲水之安也；强飲茗者以酒，則往往沈湎醉極而亂。習熟之久，蓋有初不堪升勺，而終也能至於斗石。何也？彼其初，自不知其樂之至此也。善之前日之隱約也，是安於飲水之類也。榮塗方開，紛華嗜欲可以醉人之具不一，惟無使之沈湎斗石而亂也哉。古之論人也，自弱冠而强，以至於老，老之爲言考也、成也。他日，善之取通使上大夫，執珪結綬而歸，而余野人也，將賀善之之成，而因以考焉。三月朔日剡源戴表元序。

送貢仲章序

天之生材，猶地之産物，隨其風氣土性，雖窮厓僻谷、海遠野陋之處，無不有焉。然而非常之珍，希有之玩，口不能自言，足不能自運，往往埋藏伏匿，積千百年而不得一日之遇。而砮丹絺漆，貝毛箘栝，尋常瑣細之蓄，在於國容庭實，不盡得之，亦不足以備物，而況於秀人奇士、懷不可虚之藝而逢不可失之時者乎？大江之南，民齒多者，以約計之，郡不下三十萬男子，幸而爲儒者，居千之一。而幸能以名字自通於上、以取榮禄顯仕者，居萬之一。其選可謂至艱，而得之可謂勞矣。於萬一之中，鈍惰慚憊自棄者，又所不算。貢君仲章，以儒隱宣城南漪湖上，余嘗遇之。觀其居家厚，待鄉順，怡親悌長，隆師敬客，而餘暇攻問學，治文詞，種種不麗於流俗。然亦竊怪其天資疏通爽邁，可以用世而若未有所營者。前所謂甚艱且勞之選，既可以安坐而得。既而有司次第其庠序歲月之勞，以名聞於中都，而將授之以郡博士之秩。一日囊糧秣騎，縢觚箧筆，翩翩然告余以遠役，曰：『奎生三十有一年矣。平居讀古傳記，見材名氣焰士，必快慕之，今縱不得如洛賈生、蜀司馬長卿、吴陸士衡，即取印綬節傳，爲左右侍從言論之臣，尚當賦《兩都》、《三大禮》，獻《太平十二策》，遇則拱摩青霄，不遇則歸耕白雲，安能浮沈澒涊，爲常流凡儕而已乎？』余聞其言而壯之。蓋夜光明月，干將、鏌鋣之氣，將辭塵沙，脱垢壤，以發祥於時，騰驤閃爍，勢不可止。如余之徒，則鈍惰慚德自棄，往願爲砮丹絺漆、貝毛箘梧，而亦不可得也。人之賢不肖，相去若是遠哉。嚴裝在塗，酒酣氣傾，書以爲别。

送曹士弘序

歲壬戌，余初遊武林，識廬陵歐陽公權先生於秘書之署。其人清純簡重，雖居蓬萊道山間，而布袍蔬食之氣，鬱鬱然見於眉睫。余時年少自衒飾，每從其所歸，未嘗不發慚面汗也。以杭學博士弟子，識拜劉先生會孟。會孟亦居廬陵，其人英爽峭邁，下筆造次數千言不休，而躡之無復近世軌跡。至於清談滑稽，四面鋒接，一時聽之，略與李謫仙人何遠。然舉足不忘歐陽先生十有八九，語稱吾師。當是時，歐陽先生以迂廢，高卧里巷不出。余受劉公之愛，於文字間特厚。未幾劉公亦歸。而余年長，四方之遊從，日以汎濫，其士大夫自廬陵來而喜與余交者，則以二先生之故焉。最後入太學。太學之徒，廬陵爲多，余一皆識之。大抵其人之恢中强項、敦志業而好潔修者，歐陽公之教也；其人之英資高裁、多風聲而精體要者，劉公之法也。顧常數數爲曹君學可商論及此，學可曰：『子似未足以知吾州鄉俗之美也。子之稱於吾州二先生，猶以其名。若吾父兄之在吾州而不獲乎其名者，子安得而知之。』余聞其言，殊自悔，以爲稍久必當有以滿吾志。與學可别三十年，余遂窮老不可出户。聞學可死亦久矣，而始識其兄子士弘。士弘者，於其鄉之文獻靡不聞，於其家之行能靡不習。余於是不獨知士弘，又因知士弘之父在其州，即吾學可所謂不獲乎其名而人不得知之者也。於戲，誠美哉！己亥三月，士弘揖選省户下，倦遊將西，須一言以處别。余自顧無以振激士弘，而盛意不可虚辱，獨叙平生不得於君家父兄師友者，還以諗於士弘。《詩》不云乎：『樂彼之園，爰有樹檀。』士弘盍歸而自樂其樹檀乎哉。

送吴州判還番陽詩序

至大改元之秋七月，州判官吴侯熙載秩滿將還番陽。州之士大夫，相與祖送於西津之門。既而私相與言曰：『侯之來奉化三年，民安其清，吏慴其明，而吾徒敬其文。雖侯之才，其槩於吾州，如大庖之治小俎，幾不足勞者，而出其緒餘，不可測之智，不可干之威，不可窮之辨，不可欺之政，已足以聳動其僚而爲惠於吾人，亦已厚矣。故當抗旍結轍，指揮詰斥，風迅雨疾，諸葛公之部伍位置，取諸其胸中而措之也。及乎藏鋒斂穎，韜潛謹飭，冰淳矢直，邴曼容之浮沈小官，潔身寡過而求自免也。迨至端毫振牘，周遭整刷，舂旋樞撥，陶士行之勤勞筋體，願有所儲以待用，而不敢惰也。嗚呼！吴侯持盈而來，奉初而遷，權雖薄，俯仰無所怍；禄雖啬，身名無所辱。視同時前後得志不得志，蒙瑕裹玷，有幸全者，有能若侯之浩然去就之間乎？』於是代者未至，浙東都刺史按州，大黜汰褒勸，甄侯行能，委以讞核。符移叢湊，侯意亦以願有所激厲，而官期滿矣。乃相率作爲詩歌，以發其未盡之志，以樂侯之行，而慰州人之思也。昔者桐鄉遺愛，踰於家祀；襄陽耆舊，兼載名宦。今而後，吾州父兄子弟，見山川草木，誦侯之篇章；經池臺館舍，想侯之爲人。自不能以忘侯，抑侯之去吾州，其能以遂無情耶。其年八月朔日序。

送趙學古歸永嘉序

古之人，有視其世爲不足居而忘之者，其次有忘其鄉，其次有忘其家，其次有忘其身。其達之有大小，故其忘之有輕重，固也。夫物莫著乎天地之運，事莫甚乎古今之變。今有人言山川之崩竭，日月五星之隕蝕，生人以來，爲衣冠，爲血肉，爲君臣，爲鬼蜮，興廢治亂之故，往往嘗試而道之，人亦嘗試而聽之。有人曰：『我能蹈死如蹈生，受危如受泰。』聽者必曰：『是怪人也。』有人曰：『我能損貲財，遠妻子，離鄉去土而不戚。』聽者必曰：『非人情也。』是何達於大而不達於小，忘於重而不忘於輕歟？蓋推其遠者易爲理，處其近者難爲情也。余於趙侯學古之歸於永嘉也，尤有以動余心。趙侯生於神明之胄，長於貴戚之里。策名四十年，不求人知，白首下邑，仕違其時，不矯不阿，陳力遂去。嘗窺其爲人，殆非有意於斯世者。客食特久，悵悵然無所歸，問南東行者，知故廬先墓獨無恙，而父子兄弟盡矣，輒仰天發泣不自禁。一日修羸縢，約敝篋，戒陋車弱僕，告行於邑中三四儒者，噫嗚唏噓，悲動路人。嗟乎，趙侯！人生離合之懷，他時常有如此者乎？余家世剡人，幸既得一區於剡源之上，筋骸方强，法當傭耕以供三老人養具。語不云乎？『人窮則反本』，勢使然也。趙侯之鄉不得在永嘉，而以永嘉爲歸，亦值其窮者，宦學可息，合并無期。趙侯歸而自愛，强志以光晚景，所謂不忘其身者，非全之之謂也；力業以訓子孫，所謂不忘其家者，非私之之謂也；敦義以厚風俗，所謂不忘其鄉者，非客之之謂也。雖然，趙侯行矣，遡侯之心，其不可得而忘者，寧惟是三者而已。三者不忘，而曰能忘其大者，是能忘於言而已。苟可得而忘於言，雖是三者亦可忘也。於是諸公載酒餞諸邑南門，而余爲之序。

送老甘秀才序[一]

人幸而得至於老，又不幸老而窮，此人情之所矜，而不敢恝然者也。故先王之時，於其老也，有禄與位者，尊而優之；無禄與位而窮者，存而賙之。然其人必皆有以自重，大之典籍辭令，必有可以備咨訪；次之詩書學問，必有可以教導其鄉里子弟。惟孤窮廢疾，無所倚賴，然後始仰食於有司而盡其齒。然亦未嘗使之生缺其養，而死失其歸也。後世籍無齊民，人一老而窮，則爲人所賤，而老者亦氣昏志沮，不敢與强壯齒，儒窮尤甚。余來上饒之明年，有池陽甘中立，以行卷謁余於學宫。即之，貌枯而行腴，學專而思宏。與之談，於《易》、《書》以來程邵二家先後天之義，涉獵貫穿；於《蒼》、《雅》以來字畫形聲之清濁輕重，推索邃密。蓋江東之衣冠盛時，一種高人奇士之所傳授，中立嘗私淑得之。而徜徉山林，鄙棄科目，其動心忍性之日，亦已久矣。自余之同業者〔二〕，若所常還往，皆敬中立，而無以療其窮。中立浩然，且將入閩。余評中立非氣昏志沮者。閩多故家，去中都進趨之塗遠。至必有學徒築館重幣而相迎於武夷、雲谷之上，益養聲實，樹門户。俟著書成，藏之名山，傳之其徒，視世間虚有禄位而期頤婆娑、黄金輿馬、淹淹日暮無一名可論者，相去豈不遠甚哉。

校勘記

〔一〕篇題：孫本、馬本作『甘老秀才序』。

〔二〕自余之同業者：『者』，底本脱，據明鈔本補。

送宋吾省序

始余讀史，既見蘇季子出遊時，洛陽人舉嗤之，以爲捨本業而事游説，非其土俗。韓淮陰無鄉曲之譽，不得推擇爲吏，遂去竄於俠徒。歎曰：『此猶先王之遺澤也。』當其時，使有權力氣誼者一人焉，能時其緩急，而馴養其才技，以爲良能，則二子必不至但如今日之所驚異。然二子非更困苦險厄，何由肯自激發，將終身俯仰民伍而已〔一〕。以此知往古士大夫，所爲多才而寡過者，非賦性之異，亦有以成就之也。信之爲州，以余所知名賢，比比而有。渡江而來，中原故老無不抱恨長息於此，故其俗敦儒而喜義，慕名高而重客施。鉛山宋吾省，自予之息肩，無一日不相往來〔二〕。蓋家世爲儒久矣，嘗以其文藝受知於名僚貴將，强之出，因浮沈斗食佐史間，不出鄉而養親結友之事麤足。是既能清純自重，而秩滿當調，後無以自拔，此非有權力氣誼者之責而誰乎。吾聞吾省天資蕭爽，居財殊不吝澀，其與於人已多，人不當爲吾省惜。屬有行役，爲略書所聞於古近之故贈之，且以爲吾黨勸焉。

校勘記

〔一〕將終身俯仰民伍而已：「仰」，明鈔本、文淵閣四庫本作「伏」。

〔二〕無一日不相往來：「一」，底本作「十」，據文淵閣四庫本改。

贈曹子貞編修序

天地之氣，發於山川風土。其雄深渾厚、平原鉅野、洪河喬岳之類，往往皆在西北。而枝條餘委，散之爲清纖峭麗、奇偉瑰秀若康廬、九華、桂林、天姥、瀟湘、彭蠡、若耶、采石之勝，皆在東南。豈惟山川風土爲然，世之君子，詮量人之才性氣質，亦或以相擬，是故有適然而然者矣。惟夫通人碩儒、强志力學之士，則不係於是。故太史公生龍門，耕牧河山之陽。稍長大，即南遊江淮，上會稽，探禹穴，窺九嶷，以廣其記覽。吴公子季札雖早習文學，而不憚北游齊、晋、魯、衛諸國，日與賢士大夫講論，以求去其陋固。蓋不以生而受焉爲足，而他復有以成之耶。余之狷愚，生於窮海之濱，長於憂患，而漸老於貧賤。其足跡之所經，遠不踰荆，近不跨越。其耳目所悉，不過尋常轂轂之内，無異通解。其平生從遊，則又材高者既不吾屑，卑下者吾亦不屑之，是真自棄而無望於斯世矣。獨時時俯仰方册，見六合外事，及間接古名賢人晤語，如搔癢沃熱，聊復少自快意而已。庚子之夏，有中都官敝鞹羸傔，過余錢塘逆旅。揖之，氣温而貌嚴。叩其談，引古今繩墨，灑灑然數千百言不止。質其居，居東平。諗其官，太史氏之屬。請其姓氏，曹君子貞也。余驚喜願交之。久而讀其文，屬辭莊屈之潔，析理孟荀之達，而比事左班之覈也。噫嘻，若子貞者，非余之所當朝親夕習、以求成其才性氣質之不足者乎？抑余之願交子貞，知子貞之於余，亦有不能忘情者焉。而爲子貞難，爲余易也。何也？余之狷愚，長於憂患而老於貧賤者也。陂渠之水，瀦之以自濡，雖亢旱猶可後涸，注而决諸遠，則不如天雨之澤。微服處廬巷，人皆異之，徙而居高，指目多矣。愚之狷愚，瀦陂渠、處閭巷之類也。若子貞之道，方當行遠，其勢不登高不止，而安得不謂之勞於余哉。雖然，子貞之勞，猶能成余，余非能成子貞者。子貞家有賢父兄，而所居東平，今爲儒府，諸老先生方以類相先後進用於朝，子貞往而試以余言諗焉。無必豐於其名，必豐於其所可名；無必充於其欲，必充於其所可欲。徐行而敏視，多藏而善出，是其學也，倘庶幾乎異於今人之所謂學矣。子貞曰唯唯。

因以爲序。

贈黄彦實序

自老莊氏憂身厭世，有不願爲材之意，而世之闒茸晦昧者，託而逃焉。於乎！是何不仁已甚耶？天之生斯人，苟不使材者率之，則如勿生。耳材聰，目材明，人之不可無耳目者，以其非是二物，則往往陷而入水火。今曰『我之耳不願爲聰，我之目不願爲明』，其不爲廢人乎？若曰『聰不至於聽鬭蟻，明不至於燭淵魚』，則懼於聰明之過之論也，而非遂以聰明爲不美而不爲也。畜馬願其善走，畜劍願其善割者，馬之材在走，劍之材在割也。有惡走之驟、割之銛而寧得土馬木劍焉，不可也。余少壯時，州之慈谿，有黄東發先生，以經術、行誼、政業爲江南名卿。緣桑梓故，每與余評覈古近人物，以爲士之生斯世〔一〕，誠不可無材。蓋當其時，方以閥閲科舉取士。幸而有父兄之素，場屋之目，即攀援而試之〔二〕。試之以文墨、記覽、錢穀、獄訟之類，俱不可，則名之曰『道德』。展臂雅揖，垂紳緩趨，浮沈談笑羣衆中，不失繩墨，則咎責不加，而品級馴致。惟先生輩起寒遠，實用所長，取知於人，寸量尺叙然後至，故其語執之良堅，後生晚學化之，亦皆矯然有自勵之色。而先生歸而私督其家庭子弟者，尤嚴於他人。先生没二十年，家單嗣絶〔三〕，四壁不立。平時炎門赫族，勢當同澌共盡，而其子弟乃於中間方以材著。大德辛丑之夏，遇宣城校官字彦實者於杭。問之先大夫，乃東發翁也〔四〕，行藏本末，無不習聞之，古今學問文獻，無不貫淹[五]。至於雄篇雅章，機舂轂奔，奇聞異解，蹊通部屬，一一去人遠甚。兹非天之所生爲家庭之所成者然耶？以斯人之窮，望於吾徒甚急，令即用材，又可得無耶？雖然，古人之材，因事而見，其未有事也，如無材然。彦實之劍與馬惟謹，毋使人畏其銛且驟，而益務藏聰明，以待事至而出之，何如？回宣城，見王敬叔兄弟，尤余所材也[六]，亦以質之。是歲五月既望。

校勘記

〔一〕以爲士之生斯世：「斯」，底本脱，據孫本、何校本補。
〔二〕即攀援而試之：「攀」，底本作「拔」，據孫本、何校本改。
〔三〕家單嗣絶：「嗣」，孫本、明鈔本、文淵閣四庫本、何校本作「仕」。
〔四〕乃東發翁也：以上五字底本脱，據文淵閣四庫本、何校本補。
〔五〕無不貫淹：「淹」，底本脱，據何校本補。
〔六〕尤余所材也：「余所」，底本作「取」，據孫本、明鈔本、文淵閣四庫本、何校本改。

送龔子敬序

大江之南，土連吴荆。當春秋時，能以言詞問學通名中原者，謂之奇人。漢晋以來，弓旌之聘，軒軺之傳，無日不至山亭野郭間。由是功名馳驟之路繁，而隱逸稀矣。夫豈惟人物懸絶如是，凡壤地所生，名材異寶，犀魚孔翠，鮫綃火浣之幣〔一〕，空行人語之畜，形容不經見於前世者，無不争先自獻，以充明堂之職貢。豈造物者固使之然，而勢不容不然耶？近日之江南，又異於昔。人物磊落者十數公，則皆出於科舉。科舉不足論，論科舉之得士，視春秋、漢晋諸所以取之，功過猶足以相補，而世嗤之不已。非徒嗤之，且羣詆族誹之。惟丹陽龔子敬過予，與之商略此事，犁然有當予之心者。蓋子敬之學，淹通而縝密〔二〕，多據古而少尤今〔三〕。其先人大父，復俱由科舉出爲名公卿賢師帥。童丱之年，珩璜耳習，黽組目饜。及今春秋鼎盛，乃方從於大夫車馬後，欲觀上國之光。此雖余輩累千百無足數，而能見容乎？抑子敬與余皆南産，儒者浮沈里巷，居常自諉不見用。故每事退縮，若無所解。設見用，將何以别異於餘子言游之弦歌也，而慕之者復爲魯恭、卓茂；屈平之詞賦也，而慕之者復爲子雲、相如。以風土評量天下士，幾於自狹。子敬努力爲江南吾黨一出，亦使四方諸人有所慕，學於家庭、談於庠校者，非空言矣。余雖不能，尚攘臂企趾，爲子敬助喜云。

校勘記

〔一〕鮫綃火浣之幣：「綃」，底本作「紉」，據孫本改。
〔二〕淹通而縝密：「密」，底本作「實」，據明鈔本改。
〔三〕多據古而少尤今：「多」，底本脱，據明鈔本補。

贈相士歐陽生序

壬申歲〔一〕，余始自杭歸鄞，識長沙歐陽生於鄞侯劉朝奉席中。歐陽生善相人，人之欲問歐陽生者，争慕先得之。越疆而招，排闥而迎，幸且至，則修衣冠，振顔容，候其一言以爲窮達。當是時，歐陽生之裝未解，而他候其門者已若干人矣。既而亦從劉侯來謁予，予驚而問焉。歐陽生曰：『不然。吾技人也，吾之技以達許人，而心之所不賢，多於術之所取者，不可勝道也。以窮許人，而心之所賢，多於術之所黜者，亦不可勝道也。用此雖屢許人，人不以爲誇，而術常不敗。』余深異之。以爲生非技人也，其言近於有道之言也。自是相闊十五年，余以憂患困絶，傭書於鄞，而生適復來。當是時，鄞之人舊識生者皆無存，存者往往病廢失業〔二〕，求昔之所依以爲光華如劉侯之徒，安可得哉。人皆爲生悲，而生夷然不傷於懷。不惟言談趣尚内若有得〔三〕，乃其膂力趨蹡矍鑠〔四〕，比於劉侯之席，輕健似復過之。嗟夫，歐陽生真非技人乎哉，真吾所謂近於有道者乎哉！吾聞古之善道術者，若巫咸之於卜，扁鵲之於醫，皆能相人。得其道而不善用者，爲京房、郭璞，生其毋數數於行乎。生之來杭，有學士張、鄧二君，皆因之以書，余未有以復也。生歸杭，先以是似之。

校勘記

〔一〕壬申歲：『壬申』，底本作『壬戌』，據孫本、文淵閣四庫本、何校本改。

〔二〕存者往往病廢失業：『失』，底本作『先』，據孫本、文淵閣四庫本、何校本改。

〔三〕不惟言談趣尚内若有得：『内』，底本脱，據文淵閣四庫本、何校本補。

〔四〕乃其膂力趨蹡矍鑠：『膂』，底本作『旅』，據何校本改。『趨蹡』，底本作『趣鏘』，據孫本、何校本改。

贈談星者謝生序

余十八九時遊杭，杭故多技術家。其用星曆、躔度、去來、逆順，言人災祥貴賤，以徼名逐利者甚衆。大抵重簾複肆，業愈售，則愈貴重不可褻。有歐陽可山，栖栖自江西來，白晝侍官壖，設案席，夜即篝燈露談市中。余間往聽之，術與衆星翁異，往往雜取五行生尅制化之説。士大夫既相駭惑，而衆星翁亦共排斥之，以爲何必乃爾。可山翁曰：『我術誠不能强人，然不出三十年，必當如我説也。』余遊戲猶記其語。越十年去杭。又二十年再過之，舊所接識人物，一一無復存者。況於可山之徒，復何從物色。於是後一輩談星家，無高下，例以五行生尅制化爲斷。如兵法、吏律，從之則合於算，違之則謬於測。雖不識可山翁者，靡不悉然。余驚歎錯愕，竟不知可山翁之語何以如此驗也。東山謝生，亦學可山翁之術，加精審。初聽似任心輒發，及揣摩某禍後當如彼，某福後當如此，無不應。其屨舄所經，裹囊握券以候之，叩門恐後。噫，可異哉。謝生之父，於余爲同産兄弟，本業儒，儒無所售而出於此，其意若以余爲覆車之戒。獨感可山翁之自信，不以勞窶廢阻，卒能使人尊用其道不疑，非近於古之身死言立者耶？而吾黨何爲，乃獨不然。因爲遂書所見，勵生且以自勵云。

送李公度歸三茅序

余兒時，聞江南山之美者，曰句容之三茅。有鄉丈人趙君蹲字立道，年三十，以闒閱辭翰志節，當得美仕。一日棄其家，佯狂出門而逃，家人莫知所之也，遍國中物色不能得。一老嫗云：『是子他日數言三茅，試依其言求之。』使人至三茅，夜半，見一燈熒林薄間，穴窗窺之，果趙君。即不敢驚問，明日益以數輩，破户挾持登車〔一〕，趙君不果逃。然歸家無一日不戀念三茅，怨其家奪其志，曰『必殺我』，竟以此怏怏得疾。余嘗疑之，趙君非佯狂迷惑者，其意殆與韓退之登華山不返事相類耳。人仕宦、妻子，豈無足樂，必其山陵丘壑、煙霞水石之適，什伯千萬相遠於此，然後輕性命而求之。古之達人奇士，一牽於世故，欲有所建立，則不暇得。而偶念之者，又耳目隔遠，知之不深。或知之雖深，而制於累，窘於力，與不暇知等耳。故如趙君之捐身行志，世人往往驚駭以爲怪事，必若神仙、隱逸、方外之流，無仕宦、妻子、世故於心，然後有暇而深知之。余未三十，亦嘗以科舉得官，道過三茅之鄉，望其山而不得入，竊有愧焉。癸巳之歲，於是年五十，衰憊退惰，無復四方之志。忽與道士李公度相遇於鄉城，問之，自三茅來，欣欣然令人有駕青牛、騎黄鵠之想。而公度方以名字通籍金闕，平生學力，諸貴人頗有知之者，則三茅雖佳，將亦非公度所得有。嗟乎異哉，夫三茅之於世，有非蓬萊、崑崙、方壺、圓嶠，如道家所言之恍惚難至也。而求之不能得，得之者不能有，是豈不係於人哉。公度勉之，歸掃其故居。余遲十年之力，俟諸兒勝門户，當杖藜芒屩，訪君於東岡西澗之閒，尚未晚也。

校勘記

〔一〕破户挾持登車：「户」，底本作「産」，據孫本改。何校本作「壁」。

送郭以南爲道士北遊序

天地清明純厚之氣，鍾而爲聖賢於世，使之自養，而養人者皆具，是亦可謂幸矣，而世不可以數數遇也。於是乎磔裂四出，散而爲異人奇士，沈埋隱伏於山林巖穴之間，大之或有時而名世，而小之亦能爲高以矯俗。吾觀古之崆峒、鬼谷之徒，蹤跡巉峭，言行誕譎，往往皆是。而李唐以來數百年中，雖以賀知章、姜公輔、鄭遨之高才絶識，動輒離家棄俗，俛首去爲黄冠師。大丈夫至於不得行其所欲而縱横恣睢，無以自制，何往而不可寄其身哉。永嘉異時爲公卿淵府，一鬨之聚，十朱九紫。郭君以南於其中，以明經崛强自負，朝遊嚴徐之庭，夕造金張之邸，無不獲者。年運而老，憯然不免有霜露憂。則投章甫，裂逢掖，遂一往爲老子役，若終身焉。既又憧憧然有嘯蘇門、棲崧高、遊涿鹿之想，人皆疑之，余獨奇之。以南者，蓋余所云縱横恣睢、無以自制焉者也。資之自養既不足，求之養人亦不能有餘焉者也。雖然，以南儒者也。儒者之道，行如龍，藏如黿。夫黿惟不食於人，故能全其生。龍出而噓百川，雨八荒，其去也人不得而知之。以南去而簡其資之以爲食者，慎其見求於人者。其行也，其藏也，雖微老子，其誰曰不宜。

送慶上人謁陳使君序[一]

人惟負超曠遜遠之志者，必有事乎遊。然而入焉不能無累於身[二]，出焉不能無以累於人。則雖善遊者，吾猶病焉。斯二累咸去矣，徒遊而不得其所爲遊，則雖胝行暍走，役役於道塗之間，祇自弊耳。鄞爲東南斗絶之處，壤地相接而山之最名者，曰天台，曰雁蕩，生東南不得一至焉以爲闕。故凡懷章之吏、彈鋏之客，莫不顧睨軒舉，指爲先登。他日羣而質之，得至者十無二三焉。是非有遐疆絶壤之隔也，亦非有其志皆不足以爲也。以吏遊者以吏累身，以客遊者以客累於人。故非惟不能深知之，或知之而不暇踐也。惟夫浮屠氏之徒，意往而輒至，樂極而如忘[三]。彼其捐父母、棄親戚，視吾世如附贅懸疣而不之省也。糧糗不待頒而給[四]，役使不待具而佚，將何行不可遂，而況二山之犬牙吾邦乎，是故非吾徒之所能然也。雖然，爲彼之遊則易，然爲彼之遊而卒無得，猶無遊也。慶上人告余行，將略天台而窺於雁蕩也。問其故，曰：『吾志於是久矣。日吾有母養，不得出。今則鄉之户部陳公適爲其州焉。』夫慶上人之遊，賢於他浮屠矣，陳公又天下之端直博毅君子也〔五〕。子行矣，必有以教子矣。斯遊其庶幾有得乎！

校勘記

〔一〕篇題：孫本、何校本作『送慶上人謁永嘉陳使君蒙序』。
〔二〕然而入焉不能無累於身：『能』，底本脱，據孫本、文淵閣四庫本、何校本補。
〔三〕樂極而如忘：何校本作『興極而如志』。
〔四〕糧糗不待頒而給：『頒』，孫本、文淵閣四庫本、何校本作『須』。
〔五〕陳公又天下之端直博毅君子也：『博』，底本作『傳』，據孫本、文淵閣四庫本、何校本改。

送恩上人歸雲門序

人之情莫適乎得其所欲。耳目之適於遊，心體之適於居，尤人之甚欲者也。然至於權足爲、力足行，而有得有不得焉，而後可以言命。昔者嘗怪齊景公以賢諸侯，欲一觀轉附朝儛，而其臣有流連荒亡之諷。謝康樂、韓吏部以名士大夫，一欲臨山出海，一欲離家棲華山，而諸人驚惶駭愕，防之如觸禁犯毒。乃若山林避世枯寂之徒，輕裝徒步，欲行而行，欲留而留，略造意即得縱恣於所如。人情之疏通滯礙，果各異其逢哉？東南之山，卓然以名跡著聞於人。人所慕遊者，不過二三十里，道之相錯，遠近不過數千。由浙人言之，雲門最有名，最近。彼其左台右剡，前沃洲，後天姥，遊者宜不可緩。他日諗其人，百不能一二至。有覺恩上人字以仁，自四明脱髮，即往居之。爲上人喜，上人曰：『吾何爲拘拘於此。肩一簦，緣石橋，循雁蕩，出金華洞，過天目，拂靈巖虎丘，浮金焦，仰鍾阜，沿灊皖，投匡廬二林；久之略大小孤，挹九華，窮其勢，遂將摩洞庭，跨巫峽，歷峨眉，望崑崙，然後返豫章，經衡岳，縱觀於蒼梧之野，無難也。』已亥秋，忽相逢西湖南屏山下，曰：『吾遊倦矣。吾思之，使吾有以自適，雖居雲門，可以遣吾老。無所適，雖日遊萬驛，未見多賢於吾雲門者，徒勞苦耳。吾行天下，有詩累百首。平生交友滿江海，今亦不掛念。顧歸而見雲門花草樹石，皆吾飲食臭味；見雲門風林湍瀨，皆吾聲音器玩；見雲門煙霞天露，皆吾囊橐儲餱；見雲門禽蟲魚鼈，皆吾過從還往。外此吾何求乎，而復何恨。』於乎噫乎！窮人世之適，有甚於上人之行留無滯礙者乎？上人之得於天也厚，過於人也亦云遠矣。若余之區區，固非有封疆之責、軒紱之累，所居去雲門東無十舍，鳥道一宿可至，秋高山中熟時，上人爲我取葛翁泉釀酒，列酌數行，蕩濯五臟昏垢。遂與上人尋大令之故蹤，歌徹公之遺篇，陶陶乎，囂囂乎，喜而遊，憊而休，不亦可乎。上人胡盧而歎，余亦覼縷而書，以爲之序。

送子儀上人北遊序

自中州文軌道通，而東南巖氓島客，無不有彈冠濯纓之想。彼誠鬱積久而欲肆其揚揚者也，然皆不能無所誘焉。其無誘者，雖使周穆之御，談廣莫於前；楚國之卿，誇侈靡於後，聽之寂如也。故余窮居二紀以來，多喜與山林世外若爲浮屠氏之學者，相往還以爲樂。庚子之春，有越僧子儀者〔一〕，訪余錢塘吴山授徒之舍。貌甚慈，辭甚文，氣甚肅。曰：『吾將北遊。』余聞而異之。儀公曰：『君勿異也。吾之遊無所願於彼。蓋吾居越，吾於世泊然草衣木食而已矣。長能遊，遊南天竺，視南天竺猶越也。久而得一刹餘姚山中，初至之日山焦然，爲之五年而山麃然。然吾視之，猶南天竺也。徙餘姚，得天台之瀑布。瀑布吾所未狎，吾視之，亦不過如餘姚山中耳。顧爲瀑布則有事瀑布，有當北遊者，吾以爲如瀑布遊。且吾聞薊丘之陰，涿水之陽，有五臺焉。因得一寄目以攄吾懷，則亦幸甚。而吾何知所誘，而君復何所見而異乎？』於是余爲之懭悅自失，不獨悔余言之淺，且益信夫世外自有所謂曠達知道之士，而真不在深藏固閉以爲高也。於其行，書之以爲序。

校勘記

〔一〕有越僧子儀者：『子』，底本脱，據馬本補。

朱尉開伯求葬親費序

朱開伯承孫，在吾鄉爲故家子孫，人無知者。己巳之歲，表元入館下，同業生以其居於鄞也，往往問識朱開伯乎，則對曰：『不識。』每問皆然，其知者諱之曰：『開伯學行在其先出，宜不相接。』其少年者，見輒啞然而笑。表元然後始愧赧羞伏，知其學之陋也。蓋開伯之先，世居桐鄉，西漢時名邑者，爲吏而有德於民，遂家焉。曰：『後世子孫奉祠我，不如桐鄉民者也。』歷千年，世緒不墜。建炎之亂，衣冠播越，始有散而入浙者。而紫微公新仲，遂爲鄞人。紫微公文章道德，載在宇內，聞公之風，猶師慕之，況其辱居吾鄉乎。吾之愛其人也，及其胥，及其樹，及其屋烏，況其子孫乎。表元既感於同業之言，求交開伯甚浹。時時從開伯誦家世所聞，皆浙中士大夫之未言者。其淵源本末，可考不誣，獨以父兄樸學，不肯隨時作纖巧語。故短於爭名，他人或鮮知之。雖然，其家世則容有知之者矣。表元得一官則失仕，開伯亦抱會稽之牒而居，惘惘焉窮相似也。丙子之禍，表元扶三老人走三州五縣，犯死道數十。越多年，賴一親戚，物色得之天台山中。援之歸鄞，久之益困，謀居浙河之西，又不可，則遷而歸烏石。又謀還剡，以開伯之舊也，往別之。及門，見開伯方儼然負其齊衰絰，失聲而哭其母。卻立俟其氣定，問之，開伯咽而言狀，既而曰：『吾門不開三日矣。誰爲吾來者，問能斂乎，曰：「幸斂矣。」問能葬乎，曰：「吾無資也，而何以葬。」問有以殯乎，曰：「吾哭於斯，非吾居也，而何以殯。」問有爲子之喪者乎，曰：「吾鮮兄弟也，而孰爲之喪。」問有賻乎，曰：「吾羈旅之人也，而孰爲之賻。」』表元聞其言，持其手泣，益悲之。曰：『若是，固朋友之職也。』爲之留行而圖之，爲之經紀，爲之告於人，而人不知戚也。返而告之曰：『是表元之未至也。天下之物，苟以其力致之者，無不獲也;天下之事,苟以其誠持之者,無不集也;天下之人,苟以其己動之者,無不應也。今夫端居而簡重,守讓道而不求者,士之節也;不愛其身,嚴其親之終,力盡而繼之以死者,孝子之義也。昔者子之先之居於斯也,有其故矣。則亦惟我禮義之邦,有周於德而恤人之不獲者,故輕千里而長其遺息於此。今其車蓋過子之門者,其先人皆紫微公故所等夷者也。且子惟不願知於人,人則何自知之。今有所居而求焉,而有謂不知子也者,知子而不能免子於不孝也,禮義之責有所歸矣。』開伯曰:『吾心悴悴然,安能爲之辭。』於是退而次第之,且係其私於開伯者,以爲之序。

送鉛山王亦詵歸鄉序

物之能爲其類之宗者必異。世言鳳飛而羣鳥從之以萬數,世固未有識鳳而見其飛者也。誠使世之人,嘗見有異鳥而其羣萬數從之,則豈不駭眩而異之也。故其名可聞,而其身不可見。不然,方見異於人之不暇,而何以能爲宗。庚午歲,揚子江漁人網江得大黿,長一尋,櫝之以進。蓄水聚小魚千百,櫝中魚湊集黿口旁,若拱伏聽令不敢言。兒童强徙魚置遠處,終湊集拱伏如初。《禹貢》:『荆州九江納錫大黿。』以其地考之良近。然注家説大黿纔尺有二寸,雖古人亦未嘗見大黿如所遇於漁人之櫝者也。以黿之易獲不可見,則其不足以識鳳固宜。孔、孟、荀、韓之於儒,其當爲宗,何以異於黿與鳳。然方其存時,從夫子而遊者,去來之大略不過三千人。孟、荀加少。韓之門，不叛去僅六七。惟其久也，人始聞風而宗之。此一聖三賢，豈翹翹然欲見異以取昡駭於天下之耳目，直不忍孤守己道，推而同諸人耳，而奈之何人不可得而同也。鄉原流俗，楊朱、墨翟，釋老之同，烏鳶、蛇蚓之同也。羣然而飛，羣然而遊，又羣然而止而已矣。余初學儒時，見世之慕利達者宗科舉。科舉初罷，慕名高者宗隱逸，隱逸之視科舉有間也。當是時，猶各有大儒遺老、有名實者爲之宗，學者賴以不散。歲月推遷，心志變化，昔之爲宗者，且將銷鑠就盡，而士漸不知其宗，吾爲吾道、吾類懼焉。鉛山王亦詵，遠學於余，期月歸省親。請益，余書此説遺之。余友李君明通，釋褐太學第一。清修博學，高文章，亦銑之鄉之龜鳳也，亦因以諗之何如。大德己亥歲十月望日〔一〕，前進士剡源戴表元序。

校勘記

〔一〕大德己亥歲十月望日：『己』，底本作『乙』，據孫本改。

送柳道傳赴江山序

古之用人者，權尊而法疏。權尊則易取人，法疏則人得以盡其材。吾觀周官六卿，屬吏多出於其長所自命。漢晉之相沿，三公皆得開府收召名士。故薛宣有欲吏朱雲之嗟，而桓温亦以能容孟嘉爲善。然初不聞於庠校師儒之員，有所辟置，惟其學行有稱於鄉，則人自聞風裹糧而從之。此非獨其人之難而道固不可易而屈也。科舉興，銓格密，其説先裁之以中人以下可能之文藝，然後拘之以愚不肖易成之歲月。以至江南異時，自通守令丞主簿尉，若錢穀刑獄諸僚，若州縣學官，注調一決於選部，法不可謂不陋。而人情往往不難於爲通守令丞諸僚，而一聞師儒之號，雖百里之學，亦趦趄畏赧而不敢輕赴。彼誠知夫通守令丞諸僚，不過簿書胥史、句稽剖析之類。而師儒之職，有不止是焉者。則法之所不及，又係乎其人之自爲之歟？屬者科舉之弊既除，諸選猶守銓格，惟縣學官以其秩卑，付諸下大夫之領之者，使得專志。有志節者或恥爲之，而官益不重。大德庚子歲，吴楚、閩越士待命於中書行署，行署長取其闕升府，俾宰士捧牒，以次禮進其人，廷授之。觀者以爲榮，而吾友金華柳道傳得衢之江山焉。江山固衢佳邑，氣清而俗簡，貴僚使客車馬之跡罕至。道傳又金華良士，攻文章，通記覽，不患無以盡其才。昔夫子歎十室之邑，必有忠信，而憂好學之不至。道傳往而以好學，鼓動江山之人，道之成也。豈惟江山，聞江山之風者，且將四面裹糧而來。於以爲明時興文美化之助，以成諸公能取人之名，不亦可乎。道傳曰唯唯。

送鄭南仲赴昌化主簿序

合天下之官，自宰相第而下之，至官於縣而卑止矣。合一縣之官，自其長第而下之，曰宰，曰丞，曰主簿，曰尉，曰巡徼，而卑止矣。然尉與巡徼雖居主簿下，而其職專，權行，勢伸，若不與縣相混。主簿雖尊於尉與巡徼，而職不專，權不行，勢不伸，勞多而責先，處下而辱近，故有志節者或憚爲之。昔者余與友人鄭炎南仲相遇於吴楚之間，每酒酣談論此事，南仲於時慷慨喜功名，不免有干禄意，則爲數數歎息不置。南仲本閩中佳士，年甫冠，屢用其長技角於有司，屢爲數萬人舉首。又進爲國子生，文譽益震。至是，諸公頗有知而薦之者，竟用其力得湖學教授。南仲喜曰：『吾不能忘禄而爲此，然幸而得免於前者之歎。』及既爲湖學，南仲不惟能自軒奮，不失己而已。及大僚貴客東南行者，皆輟車屏從，先願納交於其門。於是人之慕南仲者，若蜕塵而仙；簿書箠楚之吏，欲爲南仲而不得者，若坐重淵而仰青天。南仲益自喜。爲之數年，於法不得不調，再謁於天官而有昌化之拜。嗟乎，南仲今日復欲翱翔嘯詠，洋洋然以儒者自命，如前日湖學得乎？於是人皆復爲南仲歎，而南仲亦不能釋然，以問於余。余曰：『南仲無歎也。南仲前後所居官異，而南仲之所自爲一也。前日之大僚貴客，願交於南仲者，亦非必以其官也。今之所見勞多而辱近，有尉與巡徼之不如者，其官之卑而非南仲之所自爲也。南仲行矣，毋以誘遷，毋以脅阻。余聞昌化山水之窟，風淳而士美，士大夫非樂静慕奇者不至。將有憐子之才而援子於窮遠者，如湖學之知子者矣。』南仲平生同志者，遂各爲歌詩以壯南仲。而謂余與南仲最舊也，屬以爲序。

送謝仲潛序

始余以文學掾遊金陵，時年纔三十爾。性喜攻古文辭，每出經義策諸生，以觀其能占對與否，而鼓舞抑揚之。同時執簡數百人，有謝仲潛常在鼎甲中，余愛其材而未嘗不期其成也。别去二十有五年，余寄食錢塘市舍授徒。於是耳目疲耗，心膽銷怯。值稠人廣席，談辯縱橫，輒畏縮如不勝。況有所挾乎外者，尤不敢仰首視。乃聞有吴江教官能禮貌舊老，自民伍起余太學周孔，明於庠校間，待以賓客，不用官府法，爲之喜甚。己亥秋八月，吴江教官考滿以謁來見余〔一〕。余延坐問之，蓋仲潛也，曰：『自契闊來，一日不廢學。然益更事諸變故，寒漂暑焮，較前爲諸生時意氣，亦不復有。其俛仰升斗之禄，直欲少避嗇夫亭長訶辱耳。故邂逅冠服與我相類者，亦稍稍有志扶持之。』嗟乎，仲潛乎！始余愛仲潛，尚不過相期文墨几案間事。由今想之，科舉子略有器業者之所能辦，不見二十五年，乃能涵養成就至此。充仲潛之志所欲爲，與儒者之職所當爲，世上何有紀極，而紛紛乎孰非與吾同類者。居是世也，同是人也，而儒冠儒服者，吾師友類也，吾優之。居是世也，同是人也，雖不儒冠儒服，而其名德可以臨接我者，吾父兄類也，吾周之。居是世也，同是人也，雖不儒冠儒服，而其年輩推讓於我者，吾子弟類也，吾柔之。居是世也，同是人也，雖不儒冠儒服，且不可皆與父兄子弟類也〔二〕，而不幸饑渴寒暑之情，若待我而獲者，吾比鄰里巷知識類也，吾憂之。居也則曰『吾必有以爲之教也』，行也則曰『吾必有以爲之政也』。嗟乎，仲濳乎！儒者區區之一身，而何以當衆人紛紛之求乎。古法四十而禄，五十而爵，年愈高、仕愈貴者，人之望之愈詳。顧余之賤且衰，已非世所齒及，幸嘗愛仲濳而期之，而仲濳亦幸不負余之知也。故於其去吴江而將受民社之寄，且將進備乎郎大夫論議之選也，而望之以詳焉。仲濳愈思充其類而盡其職也乎哉。是歲大德三年季秋朔日，前進士剡源戴表元帥初序。

校勘記

〔一〕吴江教官考滿以謁來見余：『考』，底本作『者』，據馬本改。

〔二〕且不可皆與父兄子弟類也：『類』，底本脱，據馬本補。

卷一五　墓誌

安陽胡氏考妣墓誌銘

大德壬寅歲，余來錢塘授徒且五年，識安陽胡士謙於中書行署，恂恂然儒也。於是諸公憐余老而加窮，薦授之一官。將行別士謙，則方負其齊衰絰[一]，在苫塊之中。越再旬，介友人以其母夫人行述來謁銘。且曰：『今將奉柩歸，以明年癸卯歲秋某月某日，合窆於安陽柴庫村先府君之兆。惟先府君之死與葬處，蓋不忍言，幸哀而併銘之。』按府君諱泰字通父，胡氏，夫人王氏，俱彰德安陽人。胡氏世長者，至府君父諱仙，當金時選充行軍副統，壽九十而終。生四子，府君於次在三。資特粹厚，幼好學，遂通贍經史，居家庭鄉閈，以孝謹聞。嘗典掌本郡財賦，有貸府君私錢踰期不償者，一不問。比其死，攜券對几焚之。至元十一年，以差籍從軍南伐。道遇士卒急難，常挺身救護，全活者甚衆。謂人曰：『此輩皆北方良家子弟，設不幸不以正命死，將何面目見父母妻子乎？』十二年，守鎮黄州，充管軍總管府知事。十四年夏五月，司空山等寨賊發，劫黄州，吏民驚散。府君獨誓死不去，仍以義倡其衆，力戰拒守。少頃賊來益多，遇害。夫人父諱聚，清慎無餘資。夫人當笄爲擇良對，得府君，婿於家。府君死黄州時，長子方十六，處益也；次子處敬，方十三〔二〕。夫人當盛年，以貞節刻苦自勵。日夜力鍼紉機杼，取其贏供師資費，二孤賴教督皆成人。處益今以行署秩滿，授從仕郎、淮東淮西道宣慰使司都事。處敬浙東勸農司書吏。意天之念之，幸而及於官禄，得以婆娑壽考，酬其前勤。而夫人苦風濕疾，以去年辛丑歲十一月三十日死矣〔三〕。嗚呼！兹豈可不爲嗟痛惋慕，而慷慨引義節如胡氏考妣者，儕之古烈丈夫烈婦，疇不謂宜哉。府君年四十四〔四〕，夫人年六十四。孫男二人，曰怡，曰默。孫女三人。銘曰：

婦義於後，夫忠於前。嗚呼！此安陽胡氏一門二烈之阡，尚百年千年，無震無騫。

校勘記

〔一〕則方負其齊衰絰：『負』，底本作『圓』，據明鈔本改。『齊』，底本作『齋』，據孫本、文淵閣四庫本改。
〔二〕方十三：『三』，明鈔本作『二』。
〔三〕以去年辛丑歲十一月三十日死矣：『三十日』，明鈔本作『二十九日』。
〔四〕府君年四十四：『四十四』，明鈔本作『四十三』。

曾君墓誌銘

江西之曾，以氏雄者三，南豐其甲也。有居金谿之眉東山，曰曾君叔翔父，其先由南豐徙。余遠不及識，而讀其狀，識君所從遊師友，若周義山、吴允文之屬，皆東南知名士。即君之器業淵源風采，固可以次論焉。君諱一鶚，字叔翔父，少亢爽有奇骨。曾祖琳，祖次點，父東山居士洪，世以問學相授。居士既蚤夜勗君於家，稍長，遣出使縱交，聲漸氣摩，靡不通究。時方崇進士舉，顧於此不得志，雖豪傑無以自振。儕輩十五六通顯矣，君浮沈其間，不倦不悳。然性明決，常高持風裁，見鄉人過誤，多面折少容貸。及有不能可否事，質成於君，是是非非，應口剖析，聞者犂然而服也。母胡氏卒，居士年浸高，君承薦寢膳，冬夏温清，晨昏起居無違禮。居士壽考令終，而季父病，奉季父湯藥如居士時。事兄順，家事諮而後行。撫諸弟友愛，有善獎之，少不謹警之，患難則扶持之。延良師淑二息，族子弟有佳質，亦糾收之。治家嚴内外而好客，恢疏樂易。留連詩酒，頹然竟日，人莫測其雅量。鄰有急難，赴之恐後，至賙窮賑乏尤不靳。丙子之潰，所在無寧居。或相譸張爲鬭，君以静鎮囂，衣冠細弱依而全活者，不可勝數。他日居士葬，送車縞素，傾村空郭出，纍纍百餘里，不啻皆前日受恩客也。其閒居不言而教成，無權而惠行，往往類古義烈士。去家五里所，得萬石塘，林壑盤蔚，有鶴巢龜峰之目。君築室其下，扁以『龜鶴隨隱』。義山諸公，嘗爲賦詩甚奇。竝溪種梅，亦號梅溪翁。琴書壺弈，將婆娑以延老。至元三十一年正月二十七日遂卒〔二〕。卒之日，遠近士大夫知君者，舉痛惜之。嗟乎！使翔父君當諸公無恙時，亦策一名，不過循例如是而止。今諸公所成就幾何，叩其顛末，有不忍言。而君生有及於物，死無愧於己。詩書滿門，哀榮稱情，非天道有以伸之而然乎。君前卒以歲除夕得疾，越一月少間，家人以爲喜。忽索筆疏遺言，戒子以不可忘清苦、虧友讓意及勿以緇黄亂喪禮，凡累十言。又三日而瞑，年六十有一。娶陳氏，先君三年卒。子男二，起東、起南。女二，長適承務郎、慶元路治中張與紹〔二〕，次適倪清。孫男五，鏗、鉞、鎮、錡、鏞〔三〕。女六，長適倪詩〔四〕，次適陳聖廣，次許適吴相孫，餘尚幼。諸孤以故葬緩。大德六年十一月某日，始克窆於里之流光亭，陳夫人祔。銘曰：

鶴以羸存，龜不利走奔。予與偕藏兮，今復奚云。昭之熄，潛之獲，既堅既謐，維兹幽宅。

校勘記

〔一〕至元三十一年正月二十七日遂卒：『正月』，明鈔本作『五月』。

〔二〕長適承務郎慶元路治中張與紹：『與』，明鈔本作『興』。

〔三〕鏗、鉞、鎮、锜、鏞：『鏗』，明鈔本作『鏗』。

〔四〕長適倪詩：『詩』，明鈔本作『溥』。

吴君墓誌銘

君諱榮，字景榮，吴氏，饒德興建節人。建節之吴，唐末逃黄巢兵，由歙徙美樓居，號樓下吴家。環樓下數里間，至今祠所謂吴尚書，其遠祖也。曾祖俊章〔一〕，祖次祐，父應辰，贈承務郎。承務公性沖静，生二子。長安行，以詞賦中甲戌進士科，調信州貴溪尉。次即君，少警敏甚，母劉夫人尤愛，遂早授勞事以逸親，而縱其兄使專意文學。家本儒儉，自君爲之，墾殖日增，綱紀日飭，奉養日具。迨於晚年，遂成高門。簪裳軒騶，熙恬往來，詩書豆觴，談笑辦集，悠悠然令人忘死生之憾、興廢之戚，才乎哉。樓下居皆毁，改築柏水。柏水者，承務公本生家徐氏丘隴所在也。於是君年高，經營滋疲，諸人質成徼施者，四面而至。然平居最急義，伯姊難嫁，傾其私裝；女甥無依，鞠如己息。他恤孤撫弱事，聞無不爲。嘗自書一編，述大意示子孫曰：『棟宇不必華，庇風雨足矣；田園不必多，了伏臘足矣。賓客不可疏，在擇交；聲名不可貪，在立己；施予不可吝，在隨力。』此其施爲藴畜之可窺者也。年七十六，以大德壬寅秋九月二十五日，卒於正寢。卒之日，人哀惜之。娶康山許氏。子男三：長大本；次端本，早世；次建中，爲承務公本生家後。女一，適同邑蘇濤。孫男三，長德馨，次德昌，次德宏。女三，長適同邑張詔，餘尚幼。初貴溪尉仕成而倦遊，間以郡檄，起領鄉校，講道授業無虚日。君又恢仁山之塾，豐禮幣，美庖膳，以招延名師。江鄉稱世家，多賓游文雅好禮者，必推仁山居士。子弟居其間，欣然漸於學問。大本既精孔氏《尚書》，復授德馨《周易》，曰：『吾不能以罷舉廢業也。』惟嘗誦道書，一夕夢神問南斗經中何脱二語耶？明日以質諸所親，取刊本校之，良是。丙子歲危病，恍惚見脩廊廣厦，有羽衣人拾刀圭藥，授使服之。覺而牙頰間猶隱然丹砂氣，疾亦隨愈。嗚呼，世議之隘，士大夫天資高邁者，人人思飛騰高舉，脱塵囂機械以爲樂，將自不可測邪？癸卯冬十月某日，大本將葬君於樂平州公墓塢。前事，奉天台主簿程君之狀來丐銘。

銘曰：

劭其功，美其宗，天不惡其豐。深其居，敦其初，人不疾其疏。惟兹新岡，孝友之藏；後百千祀，其固其康。

校勘記

〔一〕曾祖俊章：『章』，明鈔本作『辛』。

楊氏考妣墓誌銘

信弋陽楊君應桂，既葬其父府君永年鄉蒲塢，尋喪母夫人張氏，又葬密石。及是，陰陽家胥不以爲吉，乃追用治命，改卜於二塋之間。得吉，將合窆焉，書來屬表元銘之。始表元年未三十，客於金陵，君掾當塗，有能名，纔長一歲耳。間以部使者檄同考試，補太學弟子員，一見結兄弟交。於時兩家各奉重親，安輿就禄養，意氣相顧歡甚。闊絶三十年，再來見君鄉州，問前事如夢寐。憂患病憊，憔悴亦具成老翁，於是又相弔以悲。銘何可得辭。按狀，信弋陽之楊，由建徙，派出祥符内翰文公。府君諱鎔，字子成；曾祖和；祖崧，將仕郎；考春，迪功郎，妣葉氏。府君幼警秀不羣，比壯，從鄉先生王伯羽〔二〕，學問行藝出諸生徒右。迨二子能受書，即擇知名士爲師，而日以一編程所業。既而應桂遂中乙科，人爲府君喜，府君曰：『吾期吾兒，不止是也。』饒信爲江東士大夫窟藪，景定、咸淳中，湯尚書以耆俊，謝禮部以忠鯁，徐正言以隱逸，風采聳然臨一時。應桂東濡西染，出聞珩璜之音〔二〕，入瞻槃杅之戒，不言而成良士。至當塗傲僚宿師，胥驚怖詫服，以爲少年安得乃爾，不知其有所受之也。襄師潰，當國者懸高爵誘士，士來如麻。府君曰：『是尚可爲乎？』應桂僅以文林資調括蒼元僚以歸，聚宗戚，保衛赭亭山，鄉民依而全活甚衆。久之，藍山塾闕長，儒望歸應桂。不得已許赴之遇，是不敢以請。府君天資高邁，事不可忤，而無含怒蓄怨。馭家有法，睦族有愛，待賓有禮，賙鄰有義。謝禮部之謫富川，交遊畏禍，不敢造其户。府君獨持贐遠餞至匯澤，語之曰：『此陸敬輿忠州註本草時也，願自愛。』禮部歸，先寓書道謝，語甚切。至晚歲以家政付二子，時時飲酒而不至醉，以適性；吟詩而不傷訐，以適意。蓋樂天知命、忠厚篤實君子也。母夫人之狀曰：張氏諱妙靜。祖維，兩充鄉貢進士舉。父孝友，世爲弋陽儒家。夫人歸府君，相尚勤儉。葉夫人性嚴，少假借。禮部銘其墓，所謂『治家中禮』者也。夫人承迎左右無違，順而正，慈而節，常舉外家所聞見，督二子以虚心好問。自諸老處歸，問得一善言〔三〕，爲之喜見顏色。府君没，家遷於鉛山之何田，以氣疾竟死何田。府君年六十六，生嘉定癸未七月十二日也，没至元戊子三月二十六日。夫人年七十二，生嘉定己卯十一月二十日，没至元庚寅十一月十八日。今葬以大德癸卯某月某日。子男二，長應桂，次應得。子女二，長適前進士趙嗣惠，次適進士游味道。孫男三，公審、志學、弘孫，公審早世。孫女二，長適進士黄進德，次幼。曾孫男一，愛孫。銘曰：

既有爲之華，孰得而羸其家；既有爲之終，孰得而涼其躬。惟安惟穆，歸兹新卜，斵堅書良，永閟陰石。

校勘記

〔一〕從鄉先生王伯羽：『從』，底本作『信』，據明鈔本改。
〔二〕出聞珩璜之音：『璜』，底本作『瑛』，據明鈔本改。
〔三〕問得一善言：『問』，明鈔本、文淵閣四庫本作『聞』。

游縣丞墓誌銘

君諱子賢，字俊伯，游氏。其先世居建之長平，歷漢、魏、隋、唐，官緒不絶，詳具族祖文清公似所爲譜。建亂徙信，今爲信上饒人。大觀中舉八行，有以長子中其科官升朝、積封至中大夫者，君七世祖也。曾祖某，祖某，父某，俱隱不仕。妣張氏。君幼爽敏，讀書一目輒成誦，十二三作詩賦驚人。尋喪父，孤苦樹立，卒以成學。教授鄉里，養寡母，嫁二妹，雖環堵之室，困庖屢空，而時節設施展叙，曲合禮度。嘗領鄉貢進士舉，洎上禮部試成均，同業及所受教者滔滔先登，獨坎軻不售。辛未歲，遂用累舉恩授容州文學，改迪功郎，轉循職郎，調贛州興國主學。會文丞相帥贛，一見奇君，檄主贛縣簿，贛令倚君辦其縣事。俗好訟，有墓獄積年不能決，一黠胥，一譁儒，君承牒詣墓所，徵訊得實，傅以經律，具牘上府決之。聞者相戒，毋犯主簿教。贛苦淮鹽遠不能致，帥委君度嶺運南鹽。至則爲鄉人徐經略留攝新會丞，司其征賦。蓋當是時，兵事新起，官府奔播，人無寧懷。君佐新會，廉恪慈恕如平時。公帑之羨，不歸私裝；商榷苛比，減從其寬。邑有譚氏林亭爲登臨佳處，休暇則與寄公僑士觀風訪政其間。廣破，鄉民爭迎致，藏免君如護慈父[一]，君亦以耄辭不復出矣。竝海買田宅，婚男嫁女，若將爲新會民而終焉。初，君之由贛入廣也，屬長子應梅居守，而次子斯道從。迨棄官新會，斯道以崖山巡檢前死，越一年君亦死，女子嫁新會者，與婿相繼皆死。君死十七年[二]，應梅始自上饒間關數千里跋涉，物色問歷，得君殯於新會瀧水里之坳頭村。於是發土撤莚[三]，奉遺骨歸葬上饒某山之原[四]，以巡檢衣冠祔兆域焉。人嘗疑科舉士無實材，予奪得喪，若有鬼神焉戲之。君起衡茅，用文墨得一邑佐吏，不爲通顯，然所就落落出人意表。上饒人能言君布衣時[五]，淳祐間，徐侯爲禮行經界，景定初，黄侯蛻招義勇，皆君畫策建議。臨大事慷慨有馬周、張齊賢之風。晚歲流離倉卒，身羈家散，竟以客死。禍福果何如耶？將事出適然而鬼神亦有所不能盡知其情耶？聞義而行，知難而退，孤老窮蹙，僅免兵革。天又遺之賢息，使遊魂寓魄，歸妥塋廟。然則君之於此，自可無憾，世不必皆知君也。君嘗種梅於所居南榮，稱君者有梅谷之目。年七十五，生嘉泰甲子十月，卒至元戊寅正月，葬以大德某歲月日。配趙氏，繼王氏。子男二，應梅兩請鄉貢進士，斯道。女二，長婿將仕郎濟南辛衢，次故迪功郎、新會尉昭平周可翁[六]。孫男二，長肖龍，次肖鶚，爲巡檢後。曾孫女一。銘曰：

生爲勞儒死羈客，星風瘴霾魂焉薄，不如鄉丘安可樂，嗣續展省延遺澤，綿百千祀鎮茲宅。

校勘記

〔一〕藏免君如護慈父：「護」，底本脱，據明鈔本補。
〔二〕君死十七年：「君死」，底本脱，據明鈔本補。
〔三〕於是發土撤莨：「莨」，底本作「茨」，據明鈔本改。
〔四〕奉遺骨歸葬上饒某山之原：「遺」，底本作「餘」，據明鈔本改。
〔五〕上饒人能言君布衣時：「君」，底本脱，據馬本補。
〔六〕次故迪功郎新會尉昭平周可翁：「昭平周」，底本作「□□平」，據明鈔本、文淵閣四庫本改。

故玉林項君墓誌銘

君諱天覺，字希聖，項氏，徽婺源人。項以國氏，後葉子孫散處荆揚間。揚之項，徽爲盛。所居婺源有山曰巉峿，峭拔奇秀，聚族負之而廬，且累百年。至宋紹興中，鄉先生利用，始以文學顯。有司三上名禮部，雖不仕，而其甥月湖許公錫用所受學，去爲名卿。淳熙中，安世父子復發聞於荆。兩族相望〔一〕，隱然爲東南華門。君曾祖童，仕尚書省屬，於月湖爲妹婿。祖維寅，浙西提刑司幹辦公事，從外家學，以詩鳴。父一夔，累試補太學，不幸早世。幹辦公亦相繼遷謝。雀鼠之訟，驚於家庭，君纔七齡，二弟襁褓。母戴氏夫人跋涉挈攜，以求直於郡縣、於臺、於部，猶未免。君年十四，一日誦《魯論》，至『死生有命，富貴在天』，忽蹶然有感曰：『吾喪吾父，喪吾祖，又幾喪吾家，非天乎？割壤以和，毋敗吾温清誦絃事。』戴夫人喜且泣，從之。自是躬帥二弟，承師稟學，日記千餘言。援筆爲文，俊氣奕燁不肯休。未幾，母夫人以疾不視家政，君獨持門户，而游其弟於塾。當是時，徽婺源與饒樂平、德興相犬牙，號多明經生。如吴君遇龍、許君月卿、沈君貴瑶、李君睦、齊君興龍、夢龍之倫，皆負場屋重價，皆喜從君游。每進士三舍榜出，金鈴綵幟，霆轟電馳，華軒蒼蓋，烏集蟻附，項氏塾必在指擬中。於是君兄文薦，既登甲戌高第，而弟若子迤邐以次充貢。方增創玉林精舍，益延師招友，聚書講學，魁儒勝士，四遠如流而來。玉林之西有別墅，池臺潔脩，花樹秀蔚，幸時節閒暇，採芳釣鮮，以供觴詠於其間。一時規模風致，使人娓娓如欲繪畫。君少歷艱險，長經離析，精於人情世故，華皓康裕，似造物者憐其愿而娱之。然性不吝滯，見義即爲，遇急張弛，尊幼貴賤。事無巨細，得其一言，而解仇釋憾多矣。戊戌之歲，以七袠稱慶，膝下斑斕綵舞者幾三十人，羣從姻游可千客。君飲酒談笑應接，累日夜不倦。最後夜半，執酌言曰：『吾辛苦樹立，偶不墜先業，田園雖薄，足了汝輩耕織，即死亦不爲不壽，萬萬無恨。』因出手抄處置家事條目示子孫，且顧次子之祥之爲徐氏後者曰：『明年今日，能復見吾子否乎？心期何所不至，恐天不我與耳。』明年及期復爲壽，無恙。不越月疾動，諸子拜醫請藥，君曰：『天不我與，醫藥何爲？』囑治喪勿用浮屠、老子法，言畢而逝，大德己亥十一月某日也。君生於己丑十月某日也，享年七十一。初配同郡張氏，檢校公孫女。生子男淵然、之祥、起元、德元。繼室康山許氏，生福翁。吴氏生采孫，爲宗人斗南後。女一，婿番陽教諭徐岱。孫男十，傳孫、良孫、蘭孫、平孫、咸臨、德善、性善、友善、文孫、擬孫。蘭孫爲之祥後。孫女二。君嘗自卜地於里之五葩塢，以故葬緩。及是將用甲辰十月某日奉窆，前事，以鄉貢張君之狀來謁銘。銘曰：

遜也而强，約也而康，吾觀其人，玉雪春陽。言行志酬，歸藏兹丘，嗚呼永世，無震無𥛚。

校勘記

〔一〕兩族相望：『兩』，底本作『而』，據明鈔本改。

故禮部進士徐君墓誌銘

取士以明經設科垂二千年，其法詳記誦，精傳註，使人崇本勤業，不虚爲浮藻而已。王荆文公行新經義，始命舉子昉對策依題爲文，多者遂至汎濫累百千言。嗚呼！取士明經，授題限晷刻，倉卒至累千百言，而求上不畔先王之教，與老師宿儒相傳之説，下不失有司之程度，豈不甚勞且難哉！余來江東，聞饒士徐君志禹，未弱冠以《尚書》應鄉貢進士舉，入院日未晡，不點竄已篇滿成文。復紓餘思，拓别紙，縱筆滔滔成篇。同院生仰視，交口驚異。比揭名，君與兄堯龍聯翩居前行。再作者亦冠二榜。時饒士以《尚書》爲額踰萬計，充貢者纔十五人。君方妙年，逞高才，能捷取奇中如是，世所稱賈誼、陸士衡，何足多慕。既卒〔二〕，其從子之祥以君將葬，狀君行來求銘。按志禹諱子鄧，字志禹，徐氏，饒德興人。徐之世出伯翳，傳偃王以慈棄國，民爲立祠龍丘，依而居者，代不乏顯人。唐季有成避亂黄頓，子盤游學于饒，因家焉，是爲君七世祖。曾祖允武。祖次陳，迪功郎，循州長樂尉。父公著，迪功郎，致仕，闢東軒數十楹，以琴書娱閒，自號東軒翁。君少聰穎，其學《尚書》，以鄉先輩舒君成大、余君木爲師，宗人節甫爲友。閭塾櫛比，書燈熒熒，君雄其間。鄉舉之歲在乙卯，人謂明年南宫試，乘鋭可平掇。既不售，益自刻厲，曰：『天將徐之以大吾成乎？』先是東軒翁以好客聞，鄉里之客，有器識能文章者，往往聘致結約恐後。君繼其志，禮鑒有加，如程君顯甲、洪君以中，平生游從最厚。自餘吴君安行、曹君應龍、張君應霖、方君清之流，以姻以舊，朝熏暮摩，久而益親。晚歲學成行尊，世念疏落，而故相集賢馬公退休於家，時時相過。訪道德之遺言，考古今之故實，翛然非復少年場屋時徐志禹矣。所居西偏，舊有會文之齋曰『化龍』，至是增葺，改名『雨軒』。嘗謂子弟曰：『孔孟之道，昭如星日，學之者可以脩身繕性，可以康時濟物。秦漢以還，異説朋興，其慎所習，勿爲虚誕蹇淺者所咻，庶幾有益於世。』聞其言者，知君非科舉士，且悟雨軒之云將有所潤澤也。君承親孝，撫弟友，處族媚和，雖不顯融充裕，而天與公多男子。有田可食，有經可傳，于世未爲不遇。生以戊戌六月某日，卒以大德庚子六月某日，享年六十三。娶張氏〔二〕，廷評公孫女。繼蘇氏〔三〕。子男五，大中、積中、敏中、允中、高中〔四〕。女一，適同邑張涇。孫女二。其墓在里之塘源，葬緩有故，以甲辰九月某日。銘曰：

雖衡且角，雲族而不澤，吾藏吾斳，以還于冥漠，是之謂真宅。

校勘記

〔一〕既卒：『卒』，底本作『而』，據孫本改。
〔二〕娶張氏：『氏』，底本作『公』，據孫本、明鈔本改。
〔三〕繼蘇氏：此三字底本脱，據明鈔本補。
〔四〕大中、積中、敏中、允中、高中：『高』，明鈔本作『方』。

游鄉貢墓誌銘

余至信州之明年，於是上饒游叔大，既踰嶺返其先人新會府君之殯，且葬，而屬之銘。余既哀而銘之。越二年，叔大卒，其子又亟俾銘焉。嗚呼！余之不腆，其審能信然於游氏父子之間乎？按游氏之譜，遠自漢魏，隋唐以來，不乏顯者。五代避建亂徙信，大觀中八世祖以子應八行科登朝，積官至中大夫，詳已具新會府君志。江南之俗貴進士〔一〕，其法每州率四百人拔其一，謂之鄉貢。信多詞賦，以詞賦充貢爲尤難。新會府君起清門，挾俊能，同業既讓爲先登，叔大甫弱冠，隨羣授牒，輒復得之。旗鈴踵門，冠蓋屬塗，州閭以爲榮。然叔大資嚴重，不切切於卑近之獲，早即從徐巖爲陸氏之學者游。於時湯文昌、黄台州，皆以顯官領祠象山，寒鑽暑研，頗見條貫。遂歸築室於翁山之陽，自號翁山翁。癸酉歲以舉首再貢於鄉，將試禮部，遭所生父喪，不行，而舉罷矣。初，科目士厭詞賦雕篆無益，故試之明日，加試論一道，又明日加對策三道，以觀其真才，試者殊不能立焉。叔大自爲童時，舉筆已崢嶸驚人，迨於成立，諸大家不惜禮幣聘致，以爲賓師楷則，雅善教誘，欲學即授以捷法，聽受者無留難。晚涉憂患，家事日落，饘粥因賴以贏給。嘗有推轂爲婺源校官者，辭不赴，惟爲郡博士，一出當其計會，兵燬後，殿廡舍次藉之一新。新會府君之入南也，叔大居守，而弟斯道從。隔絶十七年不得達，乃刳心鉥形，忘飢渴瘴潦，數千里而求之。則皆已死，發哭踴擗如喪，得二葭於瀧水坳頭村，負骨以歸。士大夫聞其事者，舉爲詩文以感歎嗟傷之。叔大於人悃愊讜直，多忤少合，而人矜其情不爲怨。宗姻交友，遇有所疑，必來詢謀。燕游談會，經酣史薰，琴怡弈暢，恢恢然通儒達士也。喜爲詩，以邢居實之名名其集曰『呻吟』。叔大諱應梅，字叔大，曾祖諱日新，祖諱敏，父新會丞諱子賢。先娶余氏，繼周氏。子男二，長肖龍，有儁質，先一年卒；次詹，爲弟崕山巡檢後。子女二，適余烈、周某，皆業儒。孫男一，隆弟。孫女一。生辛丑四月十五日，卒大德乙巳二月十八日，年六十四。臨絶不囑家事，諸孤奉其教，居喪不用俚俗禮，十一月某日葬謝郭。

銘曰：

生無悔於身，死無愧於親，吁嗟乎，斯人斯人。

校勘記

〔一〕江南之俗貴進士：「俗」，底本作「族」，據何校本改。

卷一六　墓誌

吴孺人江氏墓誌銘

大德丙午歲之季冬，余將發上饒，有儒生吴，自徽婺源不遠數百里來請銘。問其葬，大母孺人江氏也。讀其狀，婿浮梁文學掾操君茂之爲也。余以禮辭不可，則據所受狀爲之辭。孺人諱秀，字静貞，江氏，世居徽婺源之虎溪。其先有諱雲者，仕至銀青光禄大夫。五世而至參議公振，於孺人爲曾祖。參議生三友，舉進士，於孺人爲祖。進士生一龍，於孺人爲父。虎溪之上二十里，有山曰沖峰。峭崒峭厲，盤繞而爲村，下有大族吴居之。江、吴世爲婚姻家。初，孺人之大母汪氏，送女於吴，識帥厲公之子克珍字賢翁於稚年，語其内子齊曰：『是兒碩貌寡言，重遲不戲，異日必受成福。吾孫女一，甚愛，擇於他族多矣，必嫁是兒。』媒者曰『然』，卜者曰『祥』，而孺人亦歸於吴。孺人性沈毅，聞義即從。其始至，親饋之次，姑誨之曰：『吾家閨閫以柔順爲法。柔故能持剛，順故能處逆，爾謹識之。』自是於吴氏之門，承親相夫，接族馭隸，一準其軌，以至白首。嗣主家政，吴之上下内外，無不悦喜。惟訓飭子婦，則嚴不可犯。歲時節朔，有進新衣者，曰：『吾適體足矣，文繡非所愛也。』有獻美味者，曰：『多殺而傷慈，亟食以易疾，不若蔬食之安也。』晚歲貲算益豐，不以爲意，遇窮乏必思施貸。里中多阻溪漲，創杠梁以濟涉者。尤重儒業，文士詣門，朝夕爲親視饌膳，有加禮，坐聞諸孫諷書聲，喜津津出眉間，或躬攜棗栗，以示勸賞。每歎曰：『吾吳氏積善者累葉矣，天不違人，必有以詩書顯，其在兹乎？』辛丑九月十八日以疾竟卒，年七十五。子男二，應楊、應櫺。女二。孫男五，瑬、瑋、環、璨、斑。孫女四。曾孫男一，頤。女一。葬緩有故，丙午十月某日始窆里之善原。銘曰：

蘭幽而薰，玉韞而氛，吁嗟賢柔，作則吳門。後有君子，尚考斯文。

單君範墓誌銘

吾剡源有爲明經之學者，單氏諱庚金字君範。君範初與余俱以詞賦行州里間，有微名。既一再不得志於貢舉，即去而他遊。庚午秋，予在錢塘，叨太學薦送，兩浙漕運使者亦以君範名聞。明年春，予成進士，君範竟守母喪居廬。迨甲戌歲，始來就南省別試所，乃見黜免，於是遂歸隱剡源晦溪山中者三十年。日夜取古聖賢經傳遺言，洗濯磨治。家無贏餘，口不道營殖，面不帶憂愠，飲水茹蔬。客至，開門清言，款接忘倦，蓋真以德義自給者。而予解棄官守，攜持老稚，晚方徙依君範。同鄉而居，每見之，未嘗不内愧也。君範卒且葬，其孤函裹父所著書及事狀來徵銘。按單氏之籍，自婺遷明奉化凡三枝。居湖山枝，稱會稽理曹掾德旗；居下郝枝，稱鄉貢進士淵，而晦溪枝稱君範。曾祖光喆，祖大年，父欽字崇道，世醇儒。君範知讀書，崇道公輟衣食用以供其師。妣龔氏，尤賢明，游學資費，取之簪珥，無吝惜。其書已脱藁，有《春秋三傳集説》，分紀五十卷，用吕氏、程氏所纂。自《左氏》、《公羊傳》、《穀梁傳》以來諸家之異同，定於一書，後學得以依據。又解春秋正經，題爲《春秋傳説集略》者十二卷。又讀《論語》，去取諸儒本，題爲《增集論語説約》者若干卷。雜著五七言詩，擬古樂府，題爲《晦溪處士餘力稿》者又若干卷。嗟夫！君範惟無利禄得喪於心，故能善其道，全其身。若令得一下士之秩，碌碌驅馳塵土中，終復何所成就。令居産能致千金裝，孰與清素傳子孫之爲安。然君範性謙曠，非若他人能商略利害爲避就，往往大山長谷、故家遺俗、風聲氣澤、陶寫停積而致然乎。生己亥十一月十九日，卒大德九年乙巳十月二十四日，壽六十七。娶鄞縣西山吴氏。子男二，涵、池。孫女二，素心、如心。以十一年丁未十一月某日，葬嵊縣忠節鄉葛竹山之原。兆穴手自銓製，蓋於地理家亦臻其奥矣。銘曰：

大山嶙嶙，長流沄沄，是爲晦溪明經處士之墳。百世之下，寧無智者，勿躪其石，勿翦其櫝。

趙君理墓誌銘

君諱與葺，字君理，趙氏，明奉化人。趙之先皆汴出，逃靖康亂始南來，而君爲燕懿王德昭十世孫。曾祖伯瓌，宋通奉大夫。妣王氏，碩人。祖師簡，朝奉大夫，知澧州。兄弟凡五人，俱擢進士科貴顯，里人號其居『五桂堂』。妣陳氏，宜人。父希耘，從事郎嵊縣丞。妣史氏，孺人。君生而貧，長而兵，其持家贍親，以犂鉏筆硯。余識君當十三四時，清羸秀削，不類貴家子。得錢即置書，研獵奇異，廣蓄精取。每見必有扣詰審閲，幽弘奥妙，若有鬼神授之者。一日訪其講廬，不遇，遇諸郊塗。問何適，曰：『聞二十里外社廟有古碑，往尋之。』果然，得以證某誤也。』因喜不自禁。嘗示一文，戲以少《史》、《漢》氣，明日復示，笑云，較《漢》、《史》氣何如。其苦心慧悟，非尋常才子所及。而善生殖，世墓在州東白水村，賈山及陸地，開田堰水，課僮丁某所種禾菽，某所種棗栗，高卑位置，具合繩度。然平時卷帙不離手，初未嘗見其喜爲農圃事也。三十復一出遊吴，時僚才士，舉慕與之遊。以病歸，竟死白水村。不娶無嗣，以其兄之幼子衰絰主喪，遂葬世墓旁，而弟與聲來乞銘。嗚呼！余實材君、厚君〔二〕，而忍銘君乎？而忍不銘君乎？君所爲雜詩文，散落僅存者若干卷。於氏族有《姓源》，於州里有《鄞城志》，於字書有《汗策》，於謚法有《謚譜》，於古今有《聖賢羣輔録》。生甲子十二月二十七日，卒大德丁酉七月十三日，年三十四。銘曰：

生之奇，曷不益其羸；成之疾，曷不舒其逸。郭門之東，有桂叢叢，有麓隆隆，聯城異宫，祖孫是從。

校勘記

〔一〕余實材君、厚君：『材君』，底本作『村居』，據何校本改。

陳府君功父墓誌銘

明奉化之陳有自閩來者，開族於海陰，海陰後名忠義鄉。而陳以文章科目，遂爲鄉大家。余弱冠客錢塘、姑蘇，即及從之遊。一門羣從，東觚西槧，左觿右璲，軒軒然而趨，嫋嫋然而休也。功父君在昆弟間，獨詼諧脱略，若不屑意時好者，余甚異之。功父君諱晟伯，字功父，一字止善。曾祖諱聰謀，故不仕。祖諱師稷，善詞賦，嘗試進士舉，不售。去，試武舉，絶倫，又不售。輒歸而問道於鄉先生楊文元、舒文靖、沈端憲之門，里閭推尊爲儀範。壽八十三，以子貴爲宣義郎，致仕贈朝散郎。父諱育孫，韜潛篤厚，繡衣公即其伯氏。一出仕，亟爲當塗所知用。每麾馳節奔，不暇私顧，因盡任其留事。闢廣厦幾千堵，贍同堂數百指，娱適朝散公無虧容。每曰：『仕者養志，居者養體，其爲孝一也。』斥餘資，倡義於族黨，至今歲時序拜樽俎，猶守其遺意。晚歲以恩補迪功郎致仕。功父君幼習孫吴書，有祖風；疏財好義，用父道。歲丙寅，以有階註銓調隆興軍使，轉承信郎，辟殿前都統司幹辦公事。右司梅公應發一見奇，待舉□□任使，制詞有借逕發硎之獎。至甲戌多事急材，超轉武節郎，將有授任而府罷矣。築一區於所居山之左，榜之曰『東埜耕舍』。日求異人玄客，與之講駐形鍊氣之説。亦以其術救人疾患，時驗，雖重費不計惜。既而慕龍虎山清妙，徒步往謁，尋受其山中師號以歸。晨蔬夕脯，午飲三行不至醉，曰：『吾飯用清獻，酒用康節法也。』迪功舊刊《解氏義居圖》教戒子姪，君繼其爲，求施者紛然。性篤孝，母病不解衣，扶掖者數月，父病有加焉。既歿，躬負土合葬。事畢，益厭塵濁，有長往不返意。以大德九年乙巳八月十日竟卒，生己亥九月三十日〔一〕，年六十七。夫人趙氏諱與康，燕邸諸孫，先卒二十六年。子男五，紹憲、紹恕、紹俞、紹弇、紹介〔二〕，紹俞爲仲弟後。女一，適汪恢春。孫男二，宜、宣。於是君所自卜壽藏，在耕舍西巳山之原。紹憲等將用某年某月某日葬其兆，併祔趙夫人，而介世好來請銘。銘曰：

曰獨而獨，曰羣而羣，不離其人。曰左而左，曰右而右，不失其我。林木之蒼然，風谷之琅然，縹縹翩翩，歸來乎茲阡。

校勘記

〔一〕生己亥九月三十日：『己』，底本作『乙』，據孫本改。

〔二〕紹憲、紹恕、紹俞、紹弇、紹介：『紹介』，底本脱，據孫本補。

伯妣袁氏夫人遷葬墓誌銘

嗚呼！我伯妣袁氏三八夫人之譜，由奉化城西管山居鄞城南。世遠不能詳其始，所僅可知者，外曾大父諱珏，外大父諱伯顯，皆不仕。夫人歸我伯考拙道居士府君〔一〕，時家方貧，政出祖妣鄭夫人，持綜嚴急。居士府君惟豁達好飲酒，寸絲勺米，心籌手量，然後經用，猶時時闕絶。又多生育，初得女曰鳳娘，嫁同里連山王之禮。長男表正、次沂、次慶孫、次表元，沂以後鮚埼謝氏姑，而表元以後仲父。伯妣夫人慈甚，見人窮窶，忘己之乏，必予之乃已。常被遣出治南山下龍潭村别業，村中媼嫗聞夫人來，歡忻服役，至有所須，不言而如約，用此生理少振。然累日重，竟悒悒以病歸，卒於家，乙卯歲九月七日也。生丙寅八月十五日子時，年五十。時新遭祖考府君憂，坊郭廬舍，不能數堵，大喪在堂，小喪在户，仲父負重衰力貧，以其歲權殯夫人張山下陳園旁，以待他日得地而遷焉。表元生年在十二，越十四年入太學，又二年成進士，又二年仕建康，又二年自建康歸，累徙，遂定居剡源榆林。家始極貧，何暇議遷葬事。又七年，居士府君卒，葬榆林中枝山，可以合祔，而有所礙不得遷。又十七年仕信州，又五年自信州歸，於是表元年已六十三。扶憊往謁陳園之殯，不得封樹，蕩析耕犁侵之，麥芃芃然，幾無以容拜展，爲之心震神悸。竊自痛念先夫人勤勞多艱〔二〕，生無以奉一日之養，死又不得中壽。所遺諸孤同氣，時零丁夭折，無至五十者。獨表元移承旁宗，偶幸未死，荒塋單寄〔三〕，沈綿五紀。以吾世能念之，尚不免棄捐荆杞如是，有如屬疏事遠，何所不至。且吾年向老，早暮不可知，而貧勢未止，不得尚以力薄爲解。居之東北有山曰紹地，近始愛而蓄之，亦既卜吉，規以爲壽藏，於專葬無所礙。乃以大德十一年丁未十二月二十三日，啓殯陳園，奉遷而西。二十九日改窆紹地中壠，壬穴丙向，趨迎稠重，環衛秀密，望居士府君中枝之麓，冠襟而屏機也。古者子不敢銘其親，懼以愛溢稱，表元銘伯妣夫人，以舒幽懷，以期永久。銘曰：

生爲勞母，而不及承一日之養；死爲慈婦，而不得與同穴之藏。日吉辰良，作兹新岡。凡我剡源子孫，其謹勿忘。

校勘記

〔一〕夫人歸我伯考拙道居士府君：「道」，孫本、馬本作「逸」。

〔二〕竊自痛念先夫人勤勞多艱：「先夫人」，底本作「先大父」，據馬本改。

〔三〕荒塋單寄：「單」，底本作「車」，據孫本、馬本改。

故道録章公墓誌銘

章居實法師在錢塘西太乙時，余以授徒餘閒，常相周旋。見其黄冠羽衣，而耽章逢之趣，深賢之。别去數年，當大德乙巳，其徒走狀來江東，言居實以去年十月十日解化於西太乙宫矣。某月某日將窆洞霄山中，敢請銘。余知師，銘何辭。按狀，師諱民〔一〕，字居實，章氏，台黄巖人。章之世多達者，至師曾祖某祖某父某，俱隱德不仕。幼敏悟，總角入鄉校，有奇名。歲戊辰，侍父來杭，居紛華之場，而讀書一室，端凝如愚人。己巳春竹宫繙經，往遊觀焉。儀止脩雅，應對開爽，衆目爲屬。時大滌諸老咸在，遂攜以入山。一山郎公專意育教，十八歲爲道士，命禮四世孫李某爲師。至元戊寅，擢西湖崇真觀上座兼書記。辛巳，充玄學脩譔、西太乙宫焚脩。丙戌轉台州路道録，以一山公委寄之重，不赴。庚寅，進玄學提舉，住持龍德通仙宫。元貞丙申，提點佑聖觀事，固辭之，繼爲凝神齋高士，兼住持玄洞觀。大德改元，提點玄妙觀。戊戌充西太乙宫提點知宫，復辭。明年正月洊被是命，辭不獲，始就職。十一月授杭州路道録，辛丑陞提點知宫，力丐仍本職。壬寅拜璽書護持。師内飭風裁，外接光塵，所居而理，所施而悦。初，西太乙之失其廬也，道侣栖栖然，僑寄湖側，偪隘單寒，有不堪之色。一山公與其嗣逸峰楊公，相繼極力補綴，漸見端緒。師承其後，必欲改爲，以成先志，相攸其宜。凡杭之中外遠近，靡不涉歷，乃得一區於楊氏之廢圃。面勢而原麓稱，卜吉而龜筮叶，要成而書契備。於是發撙節所餘之緒，裒材役工，心計身督，忘寢食而爲之。未期年，庫舍齋堂丈室即成。而師以勞勩致疾，然猶不自悔。隆寒盛暑，蹣跚木叢几架間，曰：『命之脩短，天也。西宫吾家世事，不可不竟。』性通豁，與人交，無城府。在玄妙，玄妙之人惜其去；在杭録，麗罰者自以爲不冤。將迎之需，應貸如己責，簡文移，省勾追。代期未滿而退，人高其勇，故事餞行有彩帳，師以沽譽無益，卻不受。事一山公三十年，驅馳艱險無倦容。丁亥入覲，宣勤尤至。一山公仙遊，與逸峰之喪，營奉如禮。在通仙，建層閣，闢公帑，翼俠廡，宏外門。在玄洞，則巨構一切鼎新之。錢塘使客、中都官往來如麻，師未嘗褻與之覿。初若不可干，久而彌敬。酬應稍空，騷儒韻士，絃弈觴詠，瀟瀟然清事起矣。世人言仙不可學，以爲去人道遠，故求之茫茫。以余觀之，古之名能爲仙者，其人必皆孝弟清明忠厚，然後得之，去人道殆甚近。觀師之爲人子孫，爲人師長，爲人交友，一一無憾。使爲仙者不絶於世，非師輩其誰宜。師將化，命左右掖以坐，知舊問疾，有灑泣者。張目視之曰：『死生如寒暑晝夜，何戚爲！』復就枕，遂化。嘗名修真之居曰『耕隱』，人稱耕隱翁，號明素真沖妙法師。生於甲寅十一月二十三日，及是年五十一。爲之嗣者，吴貴德、胡仁、方水、丘浩然等也。銘曰：

以道爲樊，以氣爲馭，其形甚勞，而心甚豫。天目之陽，雲庭霧臺，師乎庶幾，冥冥去來。

校勘記

〔一〕師諱民：『民』，底本作『氏』，據郁松年《剡源集》札記改。

康濟甫墓誌銘

番陽康濟甫卒，既莪附于新興鄉查句源祖塋之旁。及是，將别卜窆，而其孫吉州教授彦博，奉族前鄉貢進士南龍之狀來請銘，曰：『吾康氏之世，出衛侯封。有邯鄲太守誼，集衛侯以來至宋初幾百世者爲《京兆譜》，陶穀學士爲序。其徙汴可稱者曰澄，唐大理少卿；曰保裔，宋彰信節度。見吉州太守觀所集爲《開封譜》。濟甫之生在浙，亦由京兆徙。有曰冀，晉左將軍吴興司馬。十世至義誠，唐太子舍人密州司馬。密州之□子子元，以通《易》、《老》、《莊》侍讀，後乃徙宗正卿。事具《密州墓誌》及《唐書·儒學傳》。子元之曾孫克，遭巢寇亂，避地黄墩，因僑居浮梁之曲溪，卒遂葬曲溪。其子新，家祁門武溪，四世有守榮，析居板石，板石距武溪十里許。又四世至澹軒府君景傑，登紹興丁丑乙科，調忠南教授、桂陽令，年未七十，以奉議郎致仕，始居番陽。是於濟甫爲高祖。曾祖勝千、祖必和、父震之，俱不仕。濟甫諱燊，字濟甫，資性静慎，敬事重親，無家庭之過，撫弟妹有恩，浹宗姻有禮，交鄉曲有道。從祖茶陵主簿必厚，禮部進士夢薦，以鄉先生教學，嘗往受業。詞藻記覽，爲同輩推許，然試場屋輒不利。濟甫一無沮容，浮沈觴詠，陶寫圖史，充然若它有所獲者。生平足不履官府，中更徭役，峨冠博帶，與塵士相持。終其身家敝，猶招師好客不少廢。有司採能名，檄授徽州紫陽正，不赴。郡校延爲耆儒，吉月必黽勉一至焉。所居南榮，樹橘成林，里人稱之爲橘林先生。生乙酉三月二日〔一〕，大德癸卯嬰風痺疾，明年三月一日遂卒，年七十有八。明年十一月某日，祔查句。又二年丁未某月某日，窆某鄉某塢。娶李氏。子男二，朝瑞、朝賢。女一，適進士胡安榮。孫男五，彦博、彦才、護孫、月孫、圖孫。女孫三。曾孫男四，洙、泗、沂、泰。余不及識濟甫，而嘉鄉貢之文、教授之請，知其世之多賢，而教行於子孫也。乃爲之銘曰：

維橘不遷，鬱而成林。後有聞康叔之風，而訊其牒者，雖去之百世，其獨無心。噫嘻乎斯今。

校勘記

〔一〕生乙酉三月二日：『乙酉』，底本作『乙未』，據孫本改。

故瀏陽教授李君墓誌銘

君諱夢登，字仲實，李氏，越餘姚人。餘姚之李，自遠祖唐相國紳帥越，遷其籍，至君曾祖潤，迪功郎；祖章，承務郎，皆踣鄂相承。父碩，以太學詞賦高選，中壬戌進士鼎科，仕至從政郎、台州教授。早卒。母黄氏，安吉州歸安令申女也。從政初婿黄，即授館其宗。歸安見從政有成，甚喜，既不幸，而君與伯氏午發，髫齔能斬斬刻厲孤露中，已愛期之，以爲李氏之不亡，庶其在此。當是時，東南士大夫，席聲望，憑膏澤，以官學相薰。李、黄又餘姚高門，語少俊者必齒二孤。然常小試捷，大試卒不偶。年遷歲移，而舉罷，不及售矣。至元丙子鄉校燬，帥鄉人新之。於是提學趙公孟至，聞其才，檄充徽州月泉山長，不赴。郡別駕温公廷玉行縣訪遺佚，得君，薦於浙東部使者。部使者核覆得實，移有司上名中書行署，授明學正。明於餘姚爲鄰州，明之儒先，如内翰深寧王公，猶無恙。聞君之來，動色相慶，内翰即從政仕台時員外司馬也。君虚心事賢，直躬贊長，肅客合羣，有蔽通之，有忤調之，有危掖之。儀門、書閣、禮殿、論堂、齋廡諸役，有煩任之；錢穀會計，有籍公之。寮寀憒訟如潰河，而庠校賴君不廢，郡遂以學事委君主攝。既而秩滿，扁舟賦歸，蒔花樹木，爲休閒之計。所居之室曰『雲心』，並西一軒曰『帶經』。客至瀹茶清言，銜杯浩歌，類古之樂天知命者。大德丁未孟春，有命授瀏陽州教授。五月二十六日以疾卒於正寢。生甲辰十二月二十八日，年六十四。娶趙氏，先二十年卒。子男二，長文龍早世，次德麟。女五，長許適孫氏，餘尚幼。孫男三，昌孫、昇孫、昺孫。女三。余之生長君十月，爲同甲，嘗入太學，於君家世爲同舍。比來明，同游相好，睹公謹重縝暢，疏財急義，未嘗無思齊之想。君平生以門户丘壟爲重，既幸脱民板，襲儒蔭，戒子孫勿輕舉動。慈水之招提曰『金仙』，與祖塋相望，捐田租三十斛以奉香火。族故稀少，歲時會集，必盡歡洽，有不給者，亦贍周之。嗚呼賢哉！德麟將以某年某月某日，葬君某山之原，而請銘。銘曰：

嬰幼耆皓，塵勞清素，幸完而歸，以面禰祖。英英新丘，龜從筮良，勿震驚之，視此銘章。

樓府君墓誌銘

士之閒居，有能以家世積累自重而不繫於榮名勢禄者，吾聞諸鄉井，得一人焉，曰樓君與夫。君諱師默，與夫，字也。樓之籍，在明奉化忠義鄉，自十一世祖銀青光禄大夫茂郊始。奉化之壤本爲鄞，鄞後改名奉化〔一〕，而鄞别爲縣。銀青徙自吴〔二〕，當唐季佐吴越王爲鎮海節度，往來駐屯二縣間，誥詞有『公忠奉職，信義脩身』之褒。晚歲愛奉化鄞陽鄉山水，卜築而居之。鄉人感其惠，死廟食於鄞之横溪，至今而鄉名遂易爲『忠義』，蓋取誥詞云。曾祖先哲、祖紀、父奎，皆不及仕。君世業儒，天性恭儉慈孝，尤樂於施予。里中有鬭訟者，正色語以枉直，往往愧止。治生無鈎距，餘暇歌酒自娱，賓朋故舊過門，從容燕款，人人得其歡心。齒髮衰暮，翛然如欲脱去世俗機械，遇山林物外雲簦雪屐之客，意相投而色相喻也。一日，命家人曰：『吾死期至矣，汝曹勉之。』時大德甲辰五月三日，明日遂不起。生以丁酉十一月二十二日，壽六十八。娶董氏，先二十三年卒。繼室陸氏。子男二，復翁、全翁。女二。於是諸孤將以某年某月某日，葬君鄞豐樂鵝東之原，而來乞銘。銘曰：

孰有能分宗累百祀，而不替其家。之人也，意行而不躓，道隱而無華，悠悠乎，其又何嗟。

校勘記

〔一〕鄞後改名奉化：『後』，底本作『没』，據孫本改。

〔二〕銀青徙自吳：『徙』，底本作『從』，據孫本、文淵閣四庫本改。

孝善胡先生墓誌銘

元貞乙未歲冬十月十有七日，徽婺源考水胡公卒。聞卒之日，自公州里宗黨知識，若遠外學士大夫，皆嗟歎失聲以悲。其門人弟子俞洪等一百十五人，相與考次公平生言德，用古隱君子私謚例，尊稱之爲『孝善先生』。公之世，本出江南李氏，金陵圍急，逃來寄姓爲胡，因籍焉。其子昌義遂以明經中科，九世至國子司業仲，與同郡汪内翰藻齊名，元符太學所謂江左二寶者也。弟侃亦著書，有《棣華集》存於家。自是又三世，徙考水居婺源郭東集賢里者，以學行推擇爲鄉校正，諱允濟，於公爲王父。四世有通五經尤精《易》譔史纂者易簡居士，諱師夔，於公爲父。一門十餘葉，緗素相傳，故徽之他胡雖多，而獨考水之宗，號明經胡氏。公諱斗元，字聲遠，少孤，師朱文公從孫少翁受《書》説。年十四，始從少翁聞居士所授《易》學。刻意探述，日玩一爻，至七日則通玩六爻，循環習之無窮，白首以爲常，亦以此教其徒。當貢舉法行，徽士橐楮筆，起山林，出與四方英俊争進趨，往往高捷。鄉國每三歲上公名，成均有司不足以知公，至輒聞罷。乃徑歸閉門，養志以自樂。然慕從之遊者，遐邇如歸，餐華茹實，人人去爲良儒。嘗曰：『《乾》專言善，《坤》兼言善不善。《乾》之善世，吾無及已，《坤》之積善，吾庶幾勉之。』尤以不逮養爲終身憾，春秋朔望拜祀像，涕泗不能已。塋壠親躬拜掃，老不避勞，人謂年彌高而慕彌深者，於公見之。噫！公誠可爲孝善也已。年六十時，忽語諸子曰〔一〕：『吾筋力覺衰，遊人間世當可餘十稔。顧吾本懷常在考水，念之不能一飯忘，吾死，汝輩必葬我考水高倉。』至是臨訣，復屬諸子：『我家明經胡氏子孫，汝輩幸力學積善，毋辱我。』享年七十有二。諸子以丙申秋九月十七日，葬公高倉，太守涿鹿翟侯大書『孝善先生胡公之墓』。娶魚氏。子男三，炳文、焕文、燦文。女一。孫男四，念祖、進祖、光祖、德祖。女四。於是炳文以前進士程君龍〔二〕、江君靁、胡君次焱之狀與議來丐銘。銘曰：

燕其獨，轟其伏，既安既穆，是爲孝善之卜。

校勘記

〔一〕忽語諸子曰：『曰』，底本脱，據孫本改。

〔二〕於是炳文以前進士程君龍：何校本『以』下多『其鄉先生方使君回』八字。

張允甫墓誌銘

往時江南以太學養士至累千人，業六經若詞賦者，雖不特置博士，而常往來通洽之。然詞賦獨多，其數常不與六經等。於獨多之中，業之而精者，自閩、浙、江、湘、嶺、蜀諸生，甲乙可一二數。開慶己未歲，混試補弟子員，吴門張允甫與焉。又明年春，自外舍試中優等，升内舍，爲太學詞賦第一，於是聲譽陡起。允甫又謙粹修重，凡同業無不慕與之游，而先生長者尤相敬厚。自是十年，再試中國子監舉，又試中平等奏名，遂自内舍升行上舍事，爲諸生長貳領裹，旦夕解褐賜官。而太學廢，允甫恬然無得喪意，談笑浮沈里巷，又二十年而終。始余於允甫，同業中年輩差晚。每堂廡間望見儀觀整整，私心歎想自失。既先竊一科去，癸酉秋被檄考校兩浙進士。同寮陳文林方叔爲余言允甫賢行甚詳，尤恨前時不得數數相從也。及余晚自金陵歸鄞，文林亦自合淝趨杭，竟託孥允甫家，允甫優廩廩之。文林病死，允甫醫藥殯窆如私喪。文林蓋疇昔太學闔士，所與同業尤相敬厚之一也。余愈益慕允甫有氣誼，真能不負生死緩急如此。欲終與之游，而其子觀以狀來謁銘，允甫以至元癸巳冬十二月四日死矣。嗟乎傷哉！按其狀，允甫初名公顯，避諱改士元。曾祖彦琦，朝奉郎。祖仲父孝德，迪功郎，世爲平江常熟横涇望族。允甫之季年，始徙居杭，死遂葬杭南高峰下麥嶺。横涇之居，初纔中産，迪功君單傳承家，性坦疏，無鉤距，訾業不營而裕。允甫遵用其道，加豁達，好施與，平居一衣不輕服，一膳不過餐。至移於師友饋謝，閭里賑貸，學校營繕，驩如也。事親孝，内舍奏名時，迪功君見之，喜曰：『吾教子無憾矣。』尋執喪，服闋，即不汲汲進取，以母陳氏年耄，謁假歸養。既乃艱關跋涉，扶侍風雪中，得股膝筋寒疾，天陰晦，輒發動良苦。他日杭居有火警，盡棄積貯，急掖母行止與俱，如初無苦者，人以爲至誠之助。無幾何疾復作，竟劇，劇且絶，獨力憊訣母，囑治斂必以儒服。年五十有九，葬以甲午某月某日。子男一，觀也。銘曰：

不爲之礱，亦莫疵吾玉；不爲之趨，亦莫跌吾車。其豐吾存也，吾發其餘；其潔吾歸也，吾復其初。噫嘻吁乎，後百年千年，尚勿震吾幽貞之居。

李思宣墓誌銘

君諱洙，字思宣，李氏，饒浮梁人。浮梁李世爲江南明經高科聞家，贈朝奉大夫諱詡者，君曾大父也。太中大夫刺渝，制四蜀〔一〕，改刺潭，安撫湖南，以寶謨閣學士致仕特進，謚忠靖諱遇龍者，君大父也。奉議郎刺信，嘗入知大宗正丞，今以老屏居於家，名雷初者，君父也。宗正公初娶某氏；後娶朱氏，封孺人，敷文閣學士天官卿諱貔孫之女，而君妣也。君生之四年，以特進遺表恩，授將仕郎。又五年，以覃恩循資擬轉修職郎。又九年始冠。又三年，授室新安康氏。又二年，生次男樂父。又四年，當至元甲午，以薦上江浙中書行署，板授饒學正。又四年，考滿詣吏部，格當注州教授。垂仕矣，明年死燕逆旅中，大德己亥秋七月五日也，年止三十五。前死，託其友貴溪張君時舉：『必歸我骨浮梁，葬必築亭曰存亭。』豫自書《存亭記》，孟子『修身俟命不貳』，而歸於張先生存順没寧之義，凡二百餘言，皆有條貫。既自寬釋，冀病少愈，亦可慰吾親，使知非如他人輕生徒死者，以捐其憂。嗚呼傷哉！始君自垂髫而目厭朱紫，耳熟珩璜。稍長，連貴婚兩家，所與賓游談論，皆天下大人長者。豈屑躁意名禄，憫親年高，欲代門户事，勢不得自逸，故盤薄遠出，然不意竟至於此，殆真有所謂命邪。死之明年春二月，君之喪至自燕城。衣冠士大夫識與不識，嘗爲出涕。又二年壬寅冬某月某日，葬浮梁某山下，存亭在焉。銘曰：

生不蠱其躬，死不没其名，去兮霆騫，歸而飈奔。斯人也，殆庶乎存存。

校勘記

〔一〕制四蜀：『制』，孫本作『刺』。

卷一七　墓表 墓碣

宋氏墓表

東昌莘宋氏，有爲信州推官者，嚬蹙而謂其僚剡源戴表元曰：吾宗之先，鄆人也。鄆今爲東平府，吾宗之居東平陽穀十八都獅子堂，其西北曰石佛堂者，葬域在焉。金之季年，兵燹漂摇，士大夫家莫能知有譜牒世次。而宋氏之可聞者，斷自吾祖，嘗爲軍千户。千户府君娶東昌莘姬氏，生吾父府君，後娶莘孫氏，因居莘爲莘人。初，千户府君昆弟五人，同時死其四，惟號五公者在。五子傳一子，承陽穀之業。千户府君亦死，葬陽穀。死三月而吾父始生，姬夫人抱遺孤，居陽穀兩年，會難作，徙莘。姬之父母，憐吾家單，子又不可託，數數欲奪志改適。吾祖母誓死守節者十四年，乃以病死莘，而歸葬陽穀。吾父府君生長莘，性温恭悃愨，無機穽，莘人至今稱其行。生庚辰四月八日，死戊午四月二日，年三十九。死之歲，吾母孫夫人年纔三十六，襲姑之化，卻鉛澤，服素縞，以嚴儉持家。終其身，雖比鄰無故少游接，而鄉閭姻族，歲時慶弔無闕禮。吾賴教育，黴倖成立。至元十六年，以尚用監史值進俘寶，隨監長忻都廷見，蒙賜白金爐合等器五十兩。吾母見之，喜曰：『此汝家先世遺慶，汝何以及此，宜自愛。』十七年，勞調充征東行中書省掾，尋改充江淮行中書省掾。二十五年，調承事郎鎮江金壇尹，滿再調徽祁門尹。吾母皆及就禄養。凡涖官行事，朝夜警督備至，馭下慈，臧獲有過譴逐，必痛責子婦使復還，中外毋敢犯教。年七十四，死祁門。生癸未七月三日[一]，死大德丙申十一月十七日[二]。臨訣，呼諸子前曰：『我起艱窶，至今日死不恨。惟爾祖墓在陽穀，爾父遺體，寄葬莘城北，恐散遠不得展省以爲念。汝等豈能酬吾言乎？』言訖而瞑。祁門歸，吾不孝，不獲亟遵吾母言，姑藁殯吾母揚州，以俟後歸。今信府秩且復滿，年加耄衰，如有不可待，及於大故，將何以見吾母地下。既卜吉於莘城西三里新張保，將用大德某歲某月日，自陽穀遷祖考千户府君[三]、祖妣姬夫人之窆，併奉莘地揚州考妣合葬。惟宋氏存亡繼絶，實憑二妣，婦節母範，苟延烝嘗，爲衣冠冢，誠不忍遺負先德。按士禮，子孫追榮其親，得植墓表，刻石器。子宜爲文辭，以慰吾志。表元辭不獲命，謹實録底裏，鐫載琬琰，揭之壟上。使人知夫世之爲善無不報，而幽閨窮巷，孀嫠寡弱，服勞秉節於冥冥之中者，天必憐其貞苦，榮之以賢子孫，使之康强壽頤，而享食其效，於以旌孝思、勸厚俗，非曰褒飾而已。推官父諱衡，母孫氏，諱妙貞。推官名彧，弟仲某早世，季彬。推官之子萬里，彬之子萬鈞、萬美[四]，宦學蓋方興未艾云。

校勘記

〔一〕生癸未七月三日：『七月三日』，明鈔本作『三月七日』。

〔二〕死大德丙申十一月十七日：按大德無丙申歲。又，據上文所述生年，『大德』似爲『元貞』之誤。

〔三〕自陽穀遷祖考千户府君：『自』，底本脱，據明鈔本補。

〔四〕萬美：『美』，明鈔本作『英』。

徐使君墓表

信上饒徐公，卒於員郎二千石，既葬其縣之石橋鄉南徐大塘塢者三十七年，而墓碑不立。承學之士，以爲公名蹟在史册，行業在鄉閭，誠不待是而顯著。然愈遠亦恐墜逸，無以肅觀瞻〔一〕，昭永久。乃相與來謁於剡源戴表元，願有以紀之〔二〕。按徐氏世緒，遠出偃王，居信者尤多顯人。公諱子卿，字奇仲，少穎悟，日誦數千言。族父忠公元杰每曰：『是子必亢吾宗。』嘉熙丁酉，遂以詞賦魁鄉貢。戊戌試禮部，中進士科，人爲公喜，公曰：『時方以此取士，吾不得不爾耳。』授迪功郎隆興南昌尉〔三〕。尉治左有南州高士塚，荊蕪没人，一日命薙去，築思賢亭以見志。轉運使何君處久，傾蓋器重，檄攝郡文學。尋檄分司撫州，小事許專決。州苦和糴斛面，及田宅税契錢爲民害，立罷之。再檄瑞陽，如在撫。考滿未謁選，會趙信父視師江上，欲屈公，而淮西總領所辟監鳳臺酒庫，因赴其聘，而兼贊趙公幕府。當是時，軍興事煩，公年少，入預籌畫，出理鞭算，精采獵獵諸公間。用趙公薦，特差充兩浙轉運使司，準備差遣。榮王府奪民田，公斷歸民田，王怒，語侵使林，使公改斷。公曰：『吾職可削，筆不可改也。』輦下供億重，歲入不足以支，撙節出納，作《漕計本末》一書示來者。癸丑春，以考舉及格，改官授臨川宰〔四〕。臨川民喜見顏色〔五〕，問：『是吾分司公耶？』至則興學，立黄勉齋先生祠，清版曹宿負，覈經界隱籍，邑以大治。有殺人委于隍者，吏執王應亨奴主七人，鍛鍊誣服。公白郡改鞫，殺人者，常平司都吏馮汝能也。事聞，轉一官。舊例試院未揭名，許健者疾足報捷，以邀厚犒。乙卯秋舉，禁卒與馬營争其利致鬨〔六〕，郡守、主兵官不能制，且亂。公單車往諭，咸聽命。廣縣廨，創蓮華漏，建相業堂成，皆自爲記。包樞密聞其政，謂人曰：『江西五十餘縣，臨川第一。』丁巳除尚書省檢閲官〔七〕，書擬右司文字。初立朝，感激欲言事，輒劄入乞建儲，不報。戊午，出通判平江，改嘉興。守挾同袍爲執政，傲愎甚。公極力規正，不可，則以監州不職自劾，守爲斂戢。悉卻俸外無名事例，作一杯水亭，暇日歗詠其間，愉如也。除太常寺丞，就守嘉興，命下，丁母憂，去。家食，不通貴人書疏，婆娑東山下，自號東山翁，文酒耕漁，相娱數年，以疾卒。生壬申八月四日，卒甲子八月二十一日，得年五十三。曾祖功懋，妣王氏。祖思聰，妣陳氏。父質，通直郎，兩浙轉運使司，主管文字。妣張氏，贈安人。配華氏〔八〕，通直郎建寧嘉禾令君女，性端淑儉恪，佐公居官，無紛華意。公盛年思退，贊其决，盡義；嘉興歸，相張安人喪，盡禮；公疾，侍藥，盡勞；卒持制，盡哀；通直公在堂，華通直亦老，迎致相歡養，盡誠；宗姻鄉黨，急乏賙貸，盡惠；既貴不忘蠶桑，常夜績課兒誦書，教盡方。生壬午三月二十六日，卒至元壬辰十二月某日〔九〕。明年十二月丁酉〔一〇〕，以遺命葬鄭塢，距公墓八百舉武而近。子男三，忠甫，歷上饒、南城、建平三尉，有能名。次迪吉，登仕郎，出爲外家後，先卒。次志甫，以軍功補官，垂換授州教授卒。女道韞，適池州教授管茂。孫男二，拱辰，徽州教授。次宿老。女二。曾孫男若干，女若干。公平生爲文有體裁，自舉子時，聲撼場屋。及宦學東西，師友益廣，如袁廣微兄弟、湯伯紀父子、徐景悦、蔡仲節諸公，俱以剛介廉静見交。在淮西期年，增餉額十一萬有奇，奏減磨勘十一年。恥自陳，併他賞皆不叙。吕節使文德舉親民，卻不受。在兩浙，吴、謝二相賢公，争致門下，兩辭之。在右司，當宁顧輔臣，稱信有三徐可進用，指公與忠愍公之子直諒、台守宗仁也。丁大全貪其功，誘公監察御史，且囑以林參政彈文。公曰：『臺官可爲當路私人乎。』即日告假出關去。里居服闋，有薦於朝，予江西一州，不拜；予歸班，不拜。翁祭酒、馮舍人皆同年在朝，屢道賈平章意，將處之清要，以父年八十不可出，力辭。終父之世〔一二〕，不過朝奉郎賜紫魚服。嗚呼！科舉法敝久矣，敝極則可廢，然由隋唐以至近世，所得名卿材大夫不少。其人必皆沈潛好氣節，疏通知體要，無有肯遽然闒茸不振者。而風骨稍高，即成奇傑。蓋其獲之也不以求而以知，責之也不以役而以禮，故人人得自持重而盡其材。余生晚，雖不逮事公，即公之淵源趣向，皆耳目所睹記。賢者不必以不仕爲高。仕矣，天下共名爲姦邪者，嫉之不可主。天下或名爲姦邪，或名爲忠良者，疑之不可主。至於天下共名爲忠良可主，而亦不苟就焉。若公之落落於吴、謝、丁、賈之間，所向偃蹇盤旋，孤行直立，此非可徒以科舉士論也。昔者延陵義死，墓有旌題；仲舒貧葬，行路展禮。庸敢竊附二賢之例，揭之壟端，使百世之下，想遺風、談故事者，猶有所考，不亦可乎。

校勘記

〔一〕無以肅觀瞻：『肅』，底本作『異』，據明鈔本改。
〔二〕願有以紀之：『願』，底本作『頗』，據孫本、明鈔本改。
〔三〕授迪功郎隆興南昌尉：『興』，底本作『昌』，據明鈔本改。
〔四〕改官授臨川宰：『宰』，底本脱，據明鈔本補。
〔五〕臨川民喜見顔色：『臨川』，底本脱，據明鈔本補。
〔六〕禁卒與馬營争其利致鬨：『鬨』，底本作『閧』，據孫本、明鈔本改。
〔七〕丁巳除尚書省檢閲官：『省』，底本脱，據明鈔本補。
〔八〕配華氏：『華』，明鈔本作『葉』，下文同。
〔九〕卒至元壬辰十二月某日：『元』，底本作『正』，據文意改。『某日』，底本脱，據明鈔本改補。
〔一〇〕明年十二月丁酉：『明年十二月』，底本脱，據明鈔本補。
〔一一〕終父之世：『父』，明鈔本作『公』。

五山陳公墓表

嗚呼！　是爲信上饒五山陳先生之墓。　公之世本籍玉山，後稍徙上饒沙溪之旁，有五山，公晚居其間，學者因尊稱之爲五山先生焉。方公少年，上饒多名士大夫，徐祭酒父子、韓直院兄弟諸賢爲領袖。疊山謝氏、城山林氏、藍山張氏之徒爲羽翼，風采扇動東南。而公生世家，能以義氣招致。衣冠俎豆，不徹於門；篇章箋翰，日積其席。乙卯秋，尋用詩賦充鄉貢，州人謂一蹴且躡通衢雲遊矣。春官失之，恬不以介意，益廣問學。築室聚書，闢館聘客，笑談步趨，皆有法度。久之，名成行孚。鄉鄰有争，則聽之決；官府有急，則倚之助。蓋古之善人君子，布衣韋帶而尊於王公、重於專城者，其道類如此也。丙午兵起，始避孔道入深谷。茇舍相依者至數百家，藥病飯飢，全活甚衆。事定，起領邑校，掃燼地，立講廬，於是大會民數。郡博士以儒籍爲憂，託公扶之。聞命不辭，殫勞罄資，凡留連省户下踰年，迄脱同袍於編氓而歸。會廣信闕長，長廣信。州將部使者聞其名，方議薦擢，而公竟還五山，遂終身焉。喜爲詩，有古近體并雜著若干卷，藏於家。性篤直好義，重然諾，見人善，稱誦如己出；及聞其惡，一不挂口。待交游能始終，犯不較，施不伐，由是無絲粟怨嫉於人。美鬚眉，耆年華皓，意行郊廛間，識與不識，望之知爲吉德。諱堯龍，字繼臣。曾祖伯運。祖德寧。父良才，世爲儒，娶鄭，繼張，皆先公卒，又繼施氏。子男三，公美、舜懋早世，次舜清，婺州永康教授。女二，適徽州婺源學正祝廉，次適趙鎔，皆鄭出。孫男六，禹疇、禹錫、禹遠、禹範、禹謙、可崇。女二，曾孫男若干，女若干。年八十，生壬午正月八日，卒大德五年九月十日。葬五山西十里雙峰，以其年十二月庚寅。公事親以孝聞，居父喪，治葬極盡力，至是雙峰亦自卜。余之來，後公死纔一年，每臨事接物，興扳援不及之歎，嘗作詩哀傷之。又以事嘗至五山，亦及拜雙峰阡。婆娑松檜，撫問泉石，遺風猶存，顧安得復有斯人乎。而其子孫多善文雅，喜從余游。爰采家乘，訂以鄉邦公言，揭辭植表雙峰之下，使後來爲者知勸慕云。

徐耕道遷葬碣

歲甲戌乙亥，余客金陵，四幕文武掾佐，浮沈去來以千計，徐君耕道在數中，余接之不及稔也。爾後三十年，來上饒，於君爲鄉，始獲知君之家世出處，及誦君詞賦。蓋上饒之徐，自衢徙，而居世黄塘，諱元得字耕道。曾祖暘，迪功郎。祖植，禮部進士。父華甫，自號橘隱翁。世以儒素科級自重，至君從兄忠愍公，遂爲壬辰進士第一人，仕終於大司成、冬官二卿。當忠愍公時，四方宦學之士，無不願登其門。君攜超穎之質，入則與二季、端友龍圖、立大侍郎，紬理書疏〔一〕；出則與趙茂實尚書、徐景説秘書輩，商略義理。及既不得志場屋而遊，則與揚州李制置、江州趙安撫之徒，講畫籌策；游倦而歸，則與蜀郡楊參預、天台葉集賢諸公，考問故實。聲漸氣摩，意喻色授，不勞而成良器。江淮舊稱功名馳騾之地，嘗奉檄築懷遠軍城，補進勇副尉，升授滁州散祗侯，移淮陰文家峰巡檢淮陰尉，進保重慶，轉進義副尉。又剿廣益盜湘南，轉進武校尉，又五轉自承信郎至忠翊，皆身犯矢石得之，非他書生用空言寄功幕府之比。然盤旋曲折，亦不足盡其才，而歲年老矣。於是歸傍鄉井，既而避地于饒德興之宗儒村。宗儒有王氏，故大家，能以禮館穀君，學徒爲之塡委。會李制置弟宰祁門，於德興鄰邑也，復招游祁門，爲刊所爲詩詞，曰《橫塘小草一筆》、《二筆》者若干篇。君平生輕財，有俸餽，即散以周人之急，故晚而益貧。三年不得已，遂歸黄塘，課子讀書，督奴灌畦，殊不爲前時意度。閒暇惟與宗族鄉黨相倡和，命詩社曰明遠，并主鄰社香林，社友又爲刊《小草六筆》者若干篇。癸巳夏感疾，至秋加劇，索紙作書，別所嘗交往，有『此行遥指柯山』云云數十字，若寓升遊洞天之意。書畢而逝，十月某日也。生庚辰十一月某日，年七十四。葬之新卜，在祖塋白土山側。子男四，長某、次某皆早世，次某出爲衢官堂宗人後，次直謙。銘曰：

不局於趨，亦不失吾儒；不急於訾，亦不害吾生。大袖長紳，魁顡豪膺，閟此佳城。

校勘記

〔一〕紬理書疏：『紬』，底本作『綢』，據孫本改。

周府君碣

饒安仁周君諱文清，字清之，年六十四。以至元辛卯二月十六日卒，乙未二月二十七日既葬於附郭之譚山，而石表未立。其孤懼無遠於芻牧，持武岡王侯之志來請銘。按志君曾祖諱某，祖諱遠，父諱志，家世循良。君早從鄉縉紳問學，恬於進取，而訓兒女一以孝悌忠信。邑大夫推其賢，尊爲耆宿，常禮貌之。歲飢荒，力勸賑恤。人有鬭鬩，爲質決是否，皆喻而止。安仁路當孔道，每觀風問俗之使至，納其雅言，民受寬賜。晚歲益屏人事，灌畦種蔬以自樂，號愛圃翁。文士賦詩盈編，君不介意。頗好西方之書，繙誦梵譯，若有深得者。迨婚嫁將畢，遂感疾，命家人衣周身，棺周衣，翛然而逝。世之談儒者，嘗詆釋氏爲誕，其弊也，華言雅趨而少誠慤。觀周君之於出處死生之際，不近於有恒者邪。君生於戊子六月二十四日，先娶李氏，繼夏氏，俱先卒。子男三：宗垕、宗懋，李出；宗允，夏出。女一，嫁支以良。孫男三，女四。銘曰：

吾聞適丘墓道，不施哀而哀生。嗚呼兹岡，吉人之藏，其固其康。

卷一八　題

題繆氏族譜

中世士大夫專尚譜牒，以爲宗法廢，所賴以考訂昭穆，而知氏族之所自來，惟有此耳。然亦有不幸兵燬蕩析，漂寄荒遠，併遺故老，不可物色者。其勢無如之何，則往往謹藏諸心，遇宦學所歷，博問而精覈之，萬一或庶幾焉。信州之繆，爲儒已久，其族聚居上饒靈山之陽，謂之繆源。今猶及與沿江機宜諱君�字振玉者交游。江東呼繆作穆，不聞其復爲他音也。而信州之俗，承襲淺俚，乃猶以爲繆戾之繆。至是機宜之族子若鳳，教授天台，又得合黄巖、平陽、長溪之譜。其世次由江南之近年，上遡戰國以達於魯穆。曰《史記》、《孟子》書穆通作繆，定其望曰瑯邪、蘭陵、東海，而三郡皆近於魯。吾家彦肅秘書，又題文譜端，辨秦穆公書録《秦誓》，《蒙毅傳》不應罪其殺三良、棄百里奚；魯穆姜書於《春秋》，《列女傳》不宜譏其性慧行亂，而皆改從繆戾之謚。秦魯臣子，亦不應以惡謚加其所尊。謂宜於譜直書穆氏，爲合於古。辭嚴義備，可以一洗千古之惑，覽者其慎詳之。

題新刻袁氏孝經説後

右袁正肅公廣微《孝經説》三卷。前一卷，已刊在宣州學官，有知州王侍郎附註行於世。餘二卷，引《論語》、《孟子》而發者，余未之見也。正肅於余爲鄉先生，先伯大父雲臺府君，託同甲戌進士第，爲通家尊行，餘言緒論，講問爲多。蓋正肅公之父正獻公叔和，學於象山陸文安公。正肅公雖不逮事象山，而家庭承襲，深有源委。豈惟正肅公，自洛學東行，諸大儒各以所聞，分門授徒。晦庵朱文公在閩，東萊吕成公在浙，南軒張宣公在湘，象山文安公在江西。其徒又皆各有所授，往往散布遠近，殊塗同歸。而象山之傳，獨盛於四明。正獻、正肅父子，若文元楊公敬仲、文靖舒公元質、端獻沈公晦叔，其尤著者也。正肅公既貴，嘗持江東憲節，數數爲士大夫講象山之説。行部之貴溪，乃爲象山改創祠塾，故江東之人，自正肅公而尊象山之道益嚴。貴溪姜翔仲之先世，故當時講下士大夫一人之數。翔仲今又爲侍祠諸生，能取家藏是書，併刊之塾中，可謂鶴鳴而子和之矣。余實不敏，區區家世，亦有與翔仲同者，遂不得讓而繫名其編末云。大德十年丙午歲後正月既望識。

題徐可與詩卷

雪窗先生張武子諱良臣，自洪徙鄞，高才博學妙爲詩，爲吾鄉渡江以來詩祖。凡後生操觚弄翰，而有事於篇什者，未有不出其門者也。天性清曠，不營生業，子孫未再世，即棄丘壟廬舍，去而它游，詩事遂如贅疣。有一女嫁上饒徐氏，其子是爲忠愍公，以進士第一人得名於時。忠愍公貴，不知能收恤張氏子孫與否。獨嘗見其板刊《雪窗詩》一編，則出於忠愍公家所爲。刊雖不多，然相去百年，江湖名字寂寞，猶賴此得在人目睫耳。大德丙午歲，余來上饒且四年，訪求忠愍公家，猶張氏之於吾鄉。而公從子可與名九齡，數數辱以詩見交。余讀之，波瀾淵深，音節韶美。於是不但喜是邦故家典刑之未墜，而吾鄉詩祖氣脈沿接，所謂適空谷者，聞足音而欣然非邪。

題陸渭南遺文鈔後

右陸渭南遺文一帙，用王理得本傳鈔，帙後有庚饒州繫譜。饒州端士，惜放翁所作《韓氏南園記》無甚諛語，而子孫諱之，不載於家集。其論厚矣。自饒州以下，又詆其《閲古泉記》及《賀平原二子除秘閣》等啓，以爲不當作。余蚤聞好事者説，謂放翁晚歲食貧，牽於幼子之累，賴以文字取姸韓氏，遂得近臣恩數，遍官數子。此説既行，而凡異時不樂於放翁之進、與忌其文辭者，同爲一舌以排之。至於死且百年，同時争名角進之人亦已俱盡，宜有定論，而猶未止。蓋其事可傷悲者焉。渡江以來，如放翁可謂問學行義人矣。諗其放阨而不傷，困寠而能肆，不可謂無君子之守。就令但如常人之見，欲爲身謀，爲子孫謀，當盛年時，知己如麻，何待七八十歲之後，始媚一戚里權幸而爲之邪？雖血氣既衰，聖人不免於戒，不可謂世之君子，必當然也。謂世之君子必當然者，其自待亦不厚矣。然放翁固有不得辭者，窮不能忘仕，爲文不能不徇人之求。厖眉皓髮，屑屑道塗之間，而曰：我意非有它也。人誰能諒之哉！此編取饒州之意，於《南園》、《閱古》二記，存而不去，使世人知放翁不絶於韓氏者，其語止此。其《賀除秘閣》等啓，絶不類本作，余於文不敢謂知之，若俗雅四六，人望而能辨其爲放翁與否也，併告理得，使删去云。

題吕復初所藏大父放翁二詩卷

丞相忠穆吕公，以勳業爲渡江名臣，而常耽悦文藻，云得法於李邦直。復初之大父，於忠穆爲孫，亦承學於放翁，非稱其家兒邪。近世負官簿者，自貴而捐問業之謙；名師資者，自賤而失守道之高。皆不復中原遺俗矣。披味此卷，令人怳然。

題寶葉真

身不待帛而温，名不依權而著，此吾所見於源公者也。及乎苦心密行，憂萬人之失乳，而不敢私其形者，吾亦不得而知之。今乃見其真有古墨氏之風也。

題獎孝詩卷後

右《獎孝詩》一帙，騷壇名公獎康彦中公廬墓之孝者也。公諱敬字彦中，鄮茅山世宦裔也。其伯兄萬石君歿，奇吾剡源山水，購茂林通家張氏山，窆乃考迪功郎維翰府君。公以成童之年，自扶柩至兆，既葬别間，泣曰：『吾不忍遠離吾親也。』遂獨留廬墓讀書。張氏嘉其孝且俊，妻贅之，因家茂林，爲奉化人。今其子姓詵詵，門昌資裕，孝讓之風，藹然爲鄉族望，有由也。一日，余訪公後安時先生於讀書齋，適見是帙。讀之慨曰：『是詩也，所謂樹風聲、表宅里者也。家庭之範在是，鄉黨之則在是，國之忠臣，必有出於是門者矣。康氏子孫，能寶藏越今而時閲之，亦可謂宅心孝讓，而尊祖敬宗者矣。』表元也幸得以稽孝子之世，而譜其行，庸附名孝子之録，以託於不朽。大德十二年仲春望日題〔一〕。

校勘記

〔一〕大德十二年仲春望日題：『大德』爲元成宗年號，成宗於大德十一年崩，『大德十二年』疑有誤。

題董彦醇詩後

始余過竹溪董氏舍，見諸少年諷書林樾間，童冠相錯，笙和玉明。時兵革新息肩，文獻散落，私以爲故家遺俗，適當然耳。越二十年復來，前所見子弟皆肄習脩飾，威偉丈夫〔一〕。而余年浸倦衰，交游益荒，爲之驚喜過望。有名儒金字彦醇，覭詩一小編，閲之則其氣士衡入洛之儁，其趣仲宣遊鄴之暢也。於是與之語，累晝夜娓娓皆起人意。而每及詩，輒求益不置。嗟乎！士之生，患無以爲之家；有家矣，患無以爲之徒；有徒矣，患無以爲之志。彦醇内承賢父兄積累之資，外收良師友殫洽之助，觚鉛緗素，不絶於席；衣冠軒蓋，日盈其門。所以開彦醇而迫之以必進者，不遺餘力，此其志豈小小。顧余之不敏，何足以慰酬之。抑學者之爲詩，猶富貴之求丹。然世以爲無丹不必學，又以丹爲自成不待學，皆過矣。若必待學而成，則當捐紛華豢養，草衣木食，輕寒暑，忘饑渴，以求於深山大澤之中。萬一或遇其人而得其法，而世累不可盡棄。人亦有自能清静淡薄，不出户庭，而致其人與其書者，是蓋有數，不可以一槩論。然亦必其受道之質，去常人遠甚，然後可得。彦醇之得於天者豐矣，其益修而俟焉。

校勘記

〔一〕威偉丈夫：『威』，孫本、何校本作『成』。

題趙考成遺事後〔一〕

益都趙昌甫，諱成，以國信使屬官，隨其父南使，事在淳祐辛丑。是時當蔡破蜀潰之後，淮、漢創殘甫息，南事亦甚岌岌。行人玉帛好問，往來無虚歲，不知趙君等何以拘縶如此之久也。史子申雖非良相，然熟於料敵，能得人死力，又善置耳目偵候，非後來當國者比。當由境外結約，先有私許通變事宜，及使至而國論異同，不得如請。展轉遷延，伺報不決。它相繼至，幸謀不己出，置之不以爲意，以故留滯至於三十六年乎。正使月吕蔑思，偶以中毒死，其餘者十四人，散處不知存在。而趙君徙賓慶，得及兵至城下生還。嗚呼！匹夫杯酒，意氣許與，尚一語不忍負朋輩，而況國事。握節銜命如趙君，可以言使臣矣，得一令長，歸見天日而死，萬萬無恨。功賞厚薄不足置齒牙也，而兵交受人使問，至於三十六年不得報，死者且盡，而謀國之人不知，此不可以爲寒心乎？余不及識趙君，士大夫多言其諸子世顯者，能誦事實於人，以揭其先烈。然則仁者宜有後，趙氏之澤，殆未可量也。

校勘記

〔一〕篇題：『題』，明鈔本作『書』。

題姚秀實家藏陳所翁畫龍

所翁畫龍雖近出，真者世不多有。其法當欲畫時，遊戲取人縑素，用墨瀾潑，有及有不及，乘快隱隱數筆，龍藏其中矣。憑陵傲兀，恍惚變滅，蓋君自以寄意爲樂。龍成，傍附題述，辭翰散朗，與畫相入，真奇物也。世人見其易就，輒亦造次擬爲之，不滿一笑。此卷微瀾細靄，瀰漫通幅，前衝後擁，略具鱗鬣，點染精緻，殆非一時信手之作。姚氏謹藏之。

題坡書歐陽公鵯鵊圖〔一〕

右草書歐陽公《鵯鵊詞》一卷，建業翁舜咨得於姑孰士大夫家。從來以爲山谷書，漁陽鮮于伯機以爲東坡書〔二〕。東坡草書，世人見者絶少。余嘗見所書《秋聲賦》，筆法與此略相髣髴，蓋皆書歐陽公所作。一時師友，心相嚮往，風流映帶，自古未之有也。夏雞者，京西人以名鵯鵊。南衙捉仗〔三〕，事出《唐書》，『南』字不作『兩』，今人以『捉』字爲『促』字之誤，皆非也。

校勘記

〔一〕篇題：『圖』，明鈔本作『詞』。
〔二〕漁陽鮮于伯機以爲東坡書：『東坡書』，底本脱，據明鈔本補。
〔三〕南衙捉仗：『仗』，底本作『伏』，據明鈔本改。

題蜀蘇氏族譜後〔一〕

人情之望於天者，其爲福不一端，而莫良於有後。然非可以容易言也。蜀蘇文忠公論揚雄之無後，以爲有其名而無實之報。夫揚雄之賢而文，非可例以無實斷也。公之論雄如此，決非敢謂我爲安然無愧慊於心，而有所覬於他日者。然其家屏處荒遠，鬱勃幾世，至宮師公，始以名字動於京師。不過得一編太常禮書而卒。至文忠公兄弟，大科異等，名官美爵，若僅酬之者。然榮華幾何，忌嫉不少，因而逋流分竄於蠻煙蜑雨之域，洶洶至身死而未定，人以爲無天道矣。誠不自意時移事換之後，子孫幸而存者，皆以家世録用。其星居他處，譜牒不可詳考。乃若二公之後，皆嘗守婺。而留居婺者，皆延二公之遺賞〔二〕，班班預於天官之籍。余辛未歲至太學〔三〕，聞有六世孫塏，字伯清，方以是時入爲弟子員，而未及接。越三十六年乃相見於杭〔四〕，出所叙次昭穆，整整不亂，爲之驚嗟喜詫。當二公之與諸賢得禍也，纍然在機穽之中，想望章、蔡威嚴，何敢仰首視。死骨未寒，而彼二宗衰微銷滅，言之令人頸縮。嘗見建州章氏家《登科題名記》，惇雖位至宰相，醜其人，削而不録。莆田姓蔡士人書應舉卷首，明稱不係罪人京、卞子孫。士大夫能不没其名，則百世之下，它人亦爲之驚嗟喜詫。一辱其身，雖子孫猶知羞而諱之，可不懼哉！伯清疏通有醖籍，少余年數歲，拳拳以詞章問學自重，蓋不愧蘇氏家法云。

校勘記

〔一〕篇題：『題』，明鈔本作『書』。

〔二〕皆延二公之遺賞：『遺』，底本脱，據明鈔本補。

〔三〕余辛未歲至太學：『至』，底本作『主』，據孫本改。明鈔本作『去』。
〔四〕越三十六年乃相見於杭：『三十六年』，明鈔本作『三十年』。

題天台吴康肅公家所藏朱文公遺墨

吴康肅公，以清純讜直爲江南名臣。朱文公銘其墓，誰復有異評者。今又獲觀文公親書，爲公所作《唁疏》、《挽歌》二幅，彌可珍尚。其時士大夫，人人愛惜自重，不敢棄其身爲不肖者。不但名義當然，亦懼端人正士之不與，而或議其後爾。嗚呼嚴哉！

題貫休畫羅漢

此老禪津詩液，流布縑素，乃作此變幻詼詭相邪！

題鄧秀才臨蘭亭小本

古人臨書，臨意不臨形。若長短闊狹，規規求似，强勉而不自然，乃優孟之學孫叔敖耳。鄧君臨《蘭亭》，此卷改用小字，絶不用舊本，而規模法度皆足。俊哉！

題秦景山遺稿

余嘗愛秦漢以前，士大夫慷慨多奇氣，爲人排難解急，而不居其功，若魯仲連、虞卿、張孟談皆是。虞卿號能著書，書不傳，自餘無所著。然三人者，雖不著書，或著而不傳，其言議風指，猶表見於世也。余中歲更涉患難，偶幸不死，晚始及聞廣陵秦景山之爲人。景山與余同太學，仕在後〔一〕。其佐幕淮南，嘗畫策全城，及論賞優秩，輒拂衣不受去。竟以貧死，胸次賢於人遠甚。既而其子弟出遺文相示，閲之春容醞籍，雍雍然周乎人情，而達於世變。信乎其爲有本之言哉。

校勘記

〔一〕仕在後：『仕』，底本作『任』，據明鈔本改。

題曾道士祖師詩卷

信之爲州，東連浙，南接閩，西達江楚。山綿水迤，居可以養真全身，出便於馳名遂志，故其地常爲高人奇士窟宅。余平生所嘗交游，名字班班可按也。洎余之來，流輩俱盡，而惟深巖邃谷，能從事於神仙世外之學者，翛然獨盛，爲之徘徊太息。州南有貞慶宫，當郊關之會，而據溪山之要。道士曾法師居之。每歲時，休沐講肄之隙，必一往臨眺。法師又氣誼深古，至必綢繆傾盡。一日，出其祖師無無薛公、釣隱巖公詩編相示。讀之，有南華鵬鷃之趣，蘇門鸞鵠之韻。不但葩華摇落之餘，以歸根反本爲慰，而衣冠故家，門祚荒絶，如法師之爲人子孫，能揚先譽，起遺業，尤絶無而僅有也。

題王秀才靈山籤詩

人情之於吉凶避就，有不能自決者，必決諸龜筮，然後行事，雖古聖人皆然。後世祀愈瀆，卜愈繁，乃至筳篿杯珓之屬[一]，亦在所取。王秀才作《靈山籤詩》，復據《易》卦爲辭，近古哉。

校勘記

[一]乃至筳篿杯珓之屬：「杯」，底本作「环」，據孫本改。

題趙幾仲詩編後

趙文昌幾仲自錢塘赴東嘉守時，余方在太學，緣余仁翁、胡國器交游，故亦及造館下。文昌以諸王孫奇才高等，名能詩[一]，所與相倡和者，劉養厚、柴景山爲多[二]。二君皆布衣，頗以章句自負。仁翁、國器，終有名宦心，不敢與較高下也。至余則從旁傳賞歎羨而已。然其音響氣趣，未嘗不熟詢而詳叩之。故於時雖科舉俗學之累多，若詩之古近興廢本末，不可謂不知其槩矣。越數年，兵火奔播，偶有天幸不死，俗學於是盡廢，詩亦不足以爲名。近憶舊有從游姓氏，茫然不知誰亡誰在。來上饒，有閩清趙主簿，攜《致軒詩》一編見示。讀之，文昌所作也。

自唐宋以來，詩之存而傳者，皆其人手自料簡，或家有賢子孫能珍鑒之，故不致冗雜散逸。主簿君於文昌爲嫡嗣[三]，所編既一一精選博載，而卷中養厚、仁翁之徒，斕班在目。爲之喜而感，感極而繼之歎也。文昌詩，襲清於放翁、潛夫，資爽於堯章、季蕃。其襟懷學問，遠有渡江前諸老端緒，非近世單聞陋識所可窺議。主簿君更爲搜訪彙聚，以俟知者出焉。

校勘記

〔一〕名能詩：「能」，底本作「爲」，據明鈔本改。
〔二〕劉養厚、柴景山爲多：「厚」，明鈔本作「原」。下「養厚」，底本作「養原」，據文意改。
〔三〕主簿君於文昌爲嫡嗣：「嫡」，底本作「的」，據黄選改。

題畫

子昂作畫，初不經意，對客取紙墨遊戲點染，欲樹即樹，欲石即石。然纔得少許便足，未嘗見從容宛轉如此卷十餘尺者。昔有送長縑求畫於郭恕先[一]，恕先意所不樂，而不得已爲作小手輪牽一絲，勁直終幅，繫以紙鳶。還之，其人愠不敢言，然不害爲奇筆。子昂才氣，不減恕先，乃能爲求者委曲至此，殆其人有以得之邪？

校勘記

〔一〕昔有送長縑求畫於郭恕先：「求畫」，底本脱，據明鈔本補。

又

吴興錢選，能畫嗜酒，酒不醉不能畫，然絶醉不可畫矣。惟將醉醺醺然、心手調和時，是其畫趣。畫成亦不暇計較，往往爲好事者持去。今人有圖記精明、又旁附繆詩猥札者，蓋贋本，非親作。設親作，亦非得意畫也。此卷煙林水嶼，伸紙數尺，自非須臾可就。想見經營布置時，累醉不一醉〔一〕。祝提學云，有人仕吴，詣錢生，值醉得之。良是。

校勘記

〔一〕累醉不一醉：「累」，明鈔本作「屢」。

題盧鴻草堂圖

古之隱人，多枯苦簡薄，安有美池苑臺榭如此圖所傳者。蓋開元間，官府就嵩洛佳處，用公庫錢營飾以賜之。又於其中聚學徒五百人，非獨居長往之比也。畫本通幅，今改作十段，不失元致，覽之令人精爽飛動。

題陳留仇公訓子詩後

大德辛丑夏，余寓錢塘，張檢校招歸其家池亭飲。於時隆暑，會者數客。席端仇廉訪微笑問是亭宜何名，余名之曰『清風』。廉訪公大喜稱善，因娓娓款論移日。酒散各别去不相聞，然心知其人中原故家君子也。越四年，留信州，有妙年書生，攜其祖雲軒仇先生《訓子詩》卷見示。叩之，即廉訪公尊翁所作。嗟乎有是哉！詩三章，皆有所指切，而辭情温厚，音韻閒適，可以優游起發，無急迫苛厲之氣。想見其居家無言而令行，不怒而威立，士大夫輕窮達，忘貴賤，所至有以自養，亦不遽隤其家聲者，用此道耳。仇氏世世謹藏之。

題畫卷

此卷修頞深目、衣裳而拱者一人，服同而貌微瘠、肩隨于旁者二人，題者皆以爲孔氏師弟子，似矣。投器地上、袒而舞者一人，或以爲楚接輿，或以爲榮啓期，則余不能知也。余又有疑，地上所投近飲器，而此一人立飲而無席，義與古異〔一〕。古又未有小冠及加巾，而四人冠皆小而加巾，則俱不可知也。然筆製精妙，自非近物，必有博識能定之者。

校勘記

〔一〕義與古異：四字底本脱，據何校本補。

題十一子像

昔吾嘗論太史公叙孔氏門人，不當有七十子之數。文翁又圖七十二人者於廟，皆非所以尊孔子〔一〕。夫聖人之生於世，其道之及人，如天地之成物，大者大成之，小者小成之，而可以數計乎。與孔子同時人，雖尚多賢，竊計未有踰於老子者。夫子且嘗問禮，今禮家雜記，其言多本老子，則老子之賢，在其當時所嘗學道而去爲君子者，何可勝算，豈止如今杜君所舉十弟子而已。而杜君學仙，謂老子爲仙祖，十子者，皆得老子之道而仙。吾友趙子昂畫不易得，乃爲之十一像〔二〕，像繫一傳，其於老子也，是猶不免作漢人尊孔子意耶？

校勘記

〔一〕皆非所以尊孔子：『孔』，底本作『夫』，據孫本、何校本改。

〔二〕乃爲之十一像：何校本作『乃爲之人爲一像』。

題胡瓌報塵圖

胡瓌《報塵圖》，事具《畫史》。此作騰趠精迅，毫縷鏄縫間，俱有動意，是其真跡無疑。報塵者，異時邊堠以塵起，計馬數多寡。數騎疾馳東首，烏舉電抹，前無行羣，後脱追者，壯哉！

跋劉文節公帖

嘉定初誅權姦，以舊老召文節劉公於瀘。垂入國門，出之襄陽，其惓惓之心，出處進退之際，有羨於陸生，何足怪哉。陸生不知何如人，吾聞唐宣公謫忠州，無所用心，惟著方論，醫家至今賴之。近世放翁，廢居山陰，往往野服行山蹊，背囊施藥，活人無數，生兒多以陸爲名者。人名跡晦著不足論，陸氏世有賢達，不得志則隱於醫藥，事適相襲如此，皆文節公意也。

題温上人心經

温上人面目嚴冷，人欲求一笑不可得，亦不肯輕諂人。而遇其性所喜悦，歡然自留，得錢出户，即散施貧者，或多則袖攜以訪失職賢士大夫而與之。布袍葛屨，放浪歗傲於西湖三竺間五十年。吾觀其人，視榮名貨利爲何等物，故其翰墨流落人間，足堪把玩。又善以意寫蒲萄遊戲，遇物立成。至有氣力者，具紙素邀之，輒又一筆不與。聞東昌徐仲彬云，時時過其家，傾懷盡興，淋漓揮灑，皆不求而作。此卷《心經》，乃其行書，尤爲難得，徐氏幸寶藏之。

書張浮休郴行録後

元豐靈州之役，士大夫不得其位而不能諫止，則有之矣，又可攘臂踴躍於其間哉。余讀浮休公自序此篇之辭，軒軒然如喜事少年，不以三數萬不得同歸之人爲戚，而以其身得周遊縱觀爲快。初甚疑之，久而知公之爲長者人也。師之初出，朝廷貴臣，自吕公公著、孫公同而下，皆嘗引大體争之不得。張公於時一陳留縣令耳，被敕從軍，辭受之節，行留之責，皆非力所能及。及既在行，實隸高遵裕帳下。而靈州傅城之戰，沮劉昌祚軍，使不得奪關而入者，敗形自遵裕始。遵裕固非公所素事，然乘其敗而訐之，則虧爲人僚屬之誼。且既皆受罪於朝，疏之則近怨，故一不敢置辭。而但載經行交際、寒暑變遷、風土異同，以爲好事之助。西羌爲中國患幾數百年，患不善攻，不患不可攻，故又激發言之，以啓後來者，此仁人志士之所喜聞者也。世之人，食焉而共其禄，勝焉而分其功，小有戾責，揭於書，暴於人，曰：我不與，我不與。是尚可立足於公之下風哉！

題梅庵柴君自書所作詩後

吾鄉汪村有隱君子曰汪度仲容，朴學而好修。當魏文節公家無恙時，仲容年少，及以布衣客於其父子間。文節家固多士，仲容又時喜交結，四方知名人，因而不遠數百里、千里，與仲容過從者不絶。余生晚，不及識仲容。每過其間，爲之徘徊卻慕，肅容致歎而後得去。袁氏兄弟與汪有連，一日從汪村傍近小民家梁庋間，得故紙一束。掎摭而綴葺之，知爲梅庵柴君爲仲容自書所作詩。柴君諱厓字張甫，梅庵其别號也。計當與王季夷、張武子一輩，前後在文節公家。文節公家數世丘壟，皆在吾鄉，歲時往返不一，柴君豈非從後車載來邪，抑或如晉宋間人，相思命駕，乘興泛舟而行也。一時溪山草木，辱其顧盼，或發於談笑賦詠，亦甚光寵矣。柴君詩極佳，字體奇崛縱恣，讀之不能盡悉。卷中所與人，達者如真舍人、宋眉州，窮者如葛天民、白玉蟾，間往往及史丞相家羣從。相去未百年，向來功名富貴，忽然如電光石火之過眼，而廢箋敗墨，出於塵煤蟲鼠之餘者，令人愛惜如此。古人輕齊景公千駟，而高孤竹君二子之義，豈不以此哉。汪村人尚能言柴君，黯黯然一狂酒徒耳。來仲容家，家人厭其索酒不已，不無倦色，而仲容禮之愈勤。夜分醉極，不能引體即睡，擁被曳席，明日四壁有吐跡。葛天民名行怪濁。世言白玉蟾事尤可駭，而柴君與之相好，逃形變跡亦相類。世無神仙則已，果有之，大丈夫不得志於俗子中，則飄飄然淩雲霞，鞭鸞凰，而遊於坱圠八極之表，以逞發其所欲適，何足怪哉？前輩風流，日就泯没，衹如仲容本末，言者亦少，後來益不得聞。此卷幸袁氏兄弟寶之，他日更會粹柴君他事，相發以信其爲人也。

題孫常州摘稿

孫常州，天資篤雅瀟灑人也。晚歲歸卧四明山中，即園池之適，易軒馬之榮，用篇翰之勤，寄簿書之能。而尤好哦白樂天詩，意至輒效其體爲之。得之不勞，而神全機縱，坐客往往服其敏而慕其達也。余以連姻往來，屢預其集，每見琴樽杖席之間，詩行酒起，酒倦詩止，名談勢語，終夕不及。私歎一時風流，略與樂天何異。亦由承平士大夫氣習，薰摩沾灌之所致，而今豈復易得斯人哉。公既没，其子將版刻家集以傳。而所作極多，力未能及，遂先摘刊一二，以答求者，此稿是也。余讀而潸然，昔樂天以無子爲恨，垂老手自編次詩文，寄藏浮屠之室，以求傳久。其言悲傷之甚，而公有子如此，又可敬也。

題趙郎中詩卷

寶祐景定中，山陰趙郎中以清材直氣，不容於時，退居山臺，而四方士大夫從之如雲。余聞其家，客至日以累十數，至輒留連竟夕。東琴西弈，南書北畫，談笑縱横，人人自以爲得盡其意也。晚年卧病，事力益衰，然一日無客，則爲之憮然不樂，其天性如此。雅善爲詩，規模風度，宛然在陸務觀、高續古之間。而尤精行草，每一篇出，師於好事者幸而得之[一]，尺箋寸楮，不翅重寶。今蔚公所收，遂至百首，又多有塗竄點定蹤跡，不作意而甚諳理，殊足珍也。剡源戴表元書。

校勘記

〔一〕師於好事者幸而得之：『師』，孫本作『在』。

題湯仲友詩卷

湯君仲友，兵後猶在吴中，余屢得其詩讀之，蓋年七十餘矣。深沈醖藉，足稱遺老。此卷固是其少作邪。舊時江湖間諸公，以詩行不少，謂之詩客。公卿折節交之，自華子山、敖器之、劉潛夫，前後詩禍作，士氣稍稍摧沮。雖不絶，然不得如昔矣。剡源戴表元書。

跋史和旨詩卷

宋時宰相世家，多言韓、吕氏〔一〕，二氏之盛，皆蔓延至今。然問其人之賢，必多言吕氏。夫吕氏豈能皆賢而無過哉？君子愛之也，從而爲之辭。至於韓氏，忠獻之後，一跌而不可支，遂使不得容於世論。他有令善者，亦若分受其辱。余嘗疑之。蓋韓也多敏於才，吕也多遜於學。遜而學者，人常進之；敏而才者，人常退之。此人事，亦天道也。渡江以後，世家之盛，獨在史氏，遂欲與韓吕爲三。文惠開國，淳風粹猷，載在方册。生其門者，人懷卿輔之望，兩制以下，或所不屑。然及文惠之存，乃有同産弟删定君，獨能辭其官不拜，而恬然用累舉恩致禄以終其身。删定没，授官者必欲以貤其子，其子和旨君，又辭不拜。夫生而貴，有德而禄，命也，不必以不仕然後爲賢，而況富貴人之常情。二君於此，顧能有所不爲，辭遜之節，植於一門，非講之而習，履之而察，有以養其心而不亂，殆不至此。此固尚德君子成人之美者之所願聞也。戊寅之冬，和旨諸孫景肅，出所藏和旨遺墨相示。詩若干，皆清純典密，有詩書仁義之味。筆墨超勁，可以想見其人。景肅好修强記，誦前言往行，本末整整，云自删定以來，父子祖孫，人人有集，世家學問之澤，其不在兹乎。經有之曰：『不恒其德，或承之羞。』景肅歸而倡其諸弟者〔二〕，思所以承之哉。

校勘記

〔一〕多言韓吕氏：『氏』，底本缺，據何校本補。

〔二〕景肅歸而倡其諸弟者：『倡』，何校本作『語』。

題萬竹王君詩後

吾鄉萬竹詩種，發芽於高公端叔。端叔本中原將家右族，扈從南來，以丘壟在萬竹寮廉岡，愛而居之，學者因尊稱之爲萬竹先生。其詩酕醇委宛，出於《離騷》，號《茶甘集》。然端叔實未嘗得久居萬竹，居萬竹久者，大家惟王氏，而不爲端叔之學。非薄其學不爲，大抵異時江南士大夫，發身亢宗，必須由明經詞賦進士業。而端叔雖名高道尊，往往不得志於科舉。余聞之舅祖鄭公善父鄉貢，嘗假館王氏秀發諸祖家。言端叔歲時一歸上冢，必詣王氏，留連款篤如鄉曲，王氏先世待之如奉貴官。及退，而輒相與歎其無成，而惜其徒老以死。如此何緣肯爲其學。至秀發之子莒居古桐，始爲詩，有《荼甘》之風。古桐君死三十年，而羣從某以《棠墅稿》傳。《棠墅》之視《古桐》，直肩隨之，其闕《荼甘》，亦可翹足及也。《傳》不云乎：『居必擇鄉，游必就士。』今科舉學盡衰，士得反本趨古，萬竹之世家，不患無古桐、棠墅之好。故余於題其遺編，而爲詳具文獻之淵源如左，以俟聞《荼甘》之風者考焉。

題蕭子西詩卷後

蕭子西詩若干篇，已經其姊夫王丞公達善校定者，一一可諷詠，未經者屬余評之。始余與丞公往還時，居相鄰，雖説詩，大抵各以承平世家學問相蕩滌。譬如飲食之於庶羞肴饌，以爲不可闕耳，未知詩之雋永極味也。年俱老蒼，加之以世故兵革，羇旅炎涼之憂，攻之於外；田園婚嫁朝暮之迫，撓之於内。於是詩味之酸鹹苦辣，煎煮百出，如膏糜果蜜，力盡津竭而甘生焉。故平生與丞公倡酬之日，惟避地天台時爲多。又方其時，同遊佳朋友皆無恙。舒舜侯在馬奥，劉正仲在雁蒼，胡元魯在峽石。每兵休事定，輒一會合必有詩。郵急於百返，危韻或乃共和，争奇鬬博，下至傳稿生徒，執硯童孺，欬唾相熏，亦有法則。今一輩衣冠悉皆凋謝，而惟老夫凄然孤留，人遂無從余問詩者。竊自怏怏慨歎，謂不復談此事矣。里閈之間，乃得子西山陽笛聲之感，黄公酒壚之憶，爲之悠然上心。抑余評子西詩，氣清而能不枯，趣廣而能不俚〔一〕，其模擬造詣處，不愧古人，次猶當在丞公伯仲之間乎。使舒劉諸公在，必以余爲知言。

校勘記

〔一〕趣廣而能不俚：「俚」，底本作「埋」，據孫本改。

題王氏寓庵遺稿

吾鄉王氏自伯倫、季嘉兩先生，不但以文學科目起家，其發言制行，足以儀範閭里；涖官行志，足以潤益政治。事具山陰陸放翁所譔誄詞墓誌〔二〕。余爲兒童時，猶及識其諸孫行十數公。皆修衣冠，高風裁，人人能言家世本末，蓋可謂桂林無惡枝，藍田少凡礦也。投老火毁百折之餘，乃方得見《寓庵遺稿》於其孫得塗。寓庵名崇字抑之，於兩先生爲從子。嘗以詞賦再貢於有司，七上禮部不售，僅晚授南廊一秩。丞佐小邑，權雖卑，不肯齷齪苟禄，屢與上官争役錢，辯水利，列邊防形勢，欲以經濟自見。言既不酬，即和淵明《歸去來辭》，棄官歸養，灑然有近古豪傑之風，亦不負王氏家法矣。然死未百年，宗緒單落，殘章斷簡，平生辛苦纘述而欲存者，幾不自保。而其孫偶由甥館宛轉得之。自古文人才士，學成言立而不傳者何限，寓庵之傳，似有以相之而然乎。因觀稿中同時還往，若端本李淳伯、吴伯華之徒，異時皆峥嶸名輩，杯觴冠蓋，笑談無虚日。而今問其子孫，一無在者，可爲惋歎。安知吾黨無能贊《汝南先賢》、傳《襄陽耆舊》者，其以此稿補之。剡源戴表元書。

校勘記

〔一〕事具山陰陸放翁所譔誄詞墓誌：『誄』，底本作『舉』，據孫本改。

題袁通父詞卷

姑蘇袁通父示余《長橋秋夜詞》，題爲：『懷湯師言、張叔夏諸人而作。』余少年時，屢過其地，攬慕古人風流遺跡，俛仰太息，亦知爲遊行快心處。於時舉措輕捷，交游易得，不知世間離合之苦。顧今此樂既不數數，而同輩友朋，消鑠且盡，幸而存者，復憔悴無聊賴，故讀通父詞而悲。又羡通父之襟誼，能文而好禮，皆余所欲爲而不可得也。

題京兆劉侯事後

人之生世，其壽之大，都不過百有餘歲。百有餘歲之身，寄於無窮之宇宙，其間不翅旦暮。

縱使殫膏粱之養，窮血氣之樂，亦復能幾何哉？而有奪於旦暮無幾何之不忍，至於隳名敗節，以遺無窮之恨，則可爲痛惜甚矣。故顔真卿、張巡之徒之不得死於牖下，君子榮之也，謂之考終命。李陵、孔光之惜身顧蔭，君子慚之也，謂之偷生。吾於京兆劉祥卿之言其父之事，亦欲有以慰其心而榮之。祥卿之父，死於邛部川。邛部川者，西南蠻夷種所居。異時邊吏以恩信羈縻之，不盡用内地法，然猶時時桀驁，不可猝定。祥卿之父，以招討深入其巢穴，既受約束，而變起不虞，力戰死焉。祥卿於時年尚幼，迨長大，從人語及本末，必悲傷感愴不自禁。嗚呼！孝哉祥卿，勇哉其先公乎。然祥卿將家子，方好文墨，謙謙士大夫間，行身揚其先美，此殆劉氏義烈之報。時方念功，豈無知之而爲之言者，祥卿静竢之。

題雙溪王晦仲讀易筆記後

《易》以象爲書，而理附焉，亦猶人之有是耳目口鼻四體，然後可以論其視聽言動云爾。而世之言理者先去象。不知去象，則理於何所附而存哉？漢之《易林》，存者惟焦氏一家，士大夫占筮多用之。其餘京房、孟喜諸人之學，竊意王弼註未行時，必且家有其説，一時以好惡廢棄，而千載之下，遂茫然不可復考。余爲之恨恨久矣，然亦疑古聖人之爲此書，何緣止於卜筮。最後乃得新安朱文公《本義》、《啓蒙》，於程、邵外，時時出入沙隨漢上，而一斷以占法。上不失潔静精微之教，而下可通吉凶鬼神之變。於是盡舍他學而學之。又得今雙溪王公《筆記》，其説以書起象，以象明理。又謂雜物撰德，興於中爻，而互體不可廢。又謂麻衣非直，河圖非錯之類，討論講貫，其在文公鄉閭師友間，幾於鶴鳴而子和也。語曰：『屨不必同，同於適足；味不必同，同於適口；語不必同，同於適理。』學者取其大要，而姑置其小疑云。大德己亥歲仲夏十日，後學剡源戴某書。

題婺源武口王氏世系

氏族惟王最盛，最難考。蓋自秦漢初則既淆亂，王子朝之後與齊諸田改姓者，人莫能辨。元城王家，有欲以古禮取名，而身娶於王，他可知也。士大夫又遠二千年，亂離竄徙，譜牒散亡，乃欲追補渺茫無據之昭穆，亦甚勞苦。然自吾耳目所可知，而又不即紀，則愈後者愈無若之何。婺源武口王氏，獨能知其出於齊大夫王子成父，爲太原王氏。其次居祁縣可知者，爲東漢隱士烈。其次見於韓文公所爲墓碑可知者，爲唐尚書郎玄暕。自此下凡十五世，其所以能然者，以宋嘉祐戊戌歲，有七世孫左承事郎、國子監主簿、知撫州崇仁縣汝舟，嘗爲《九族圖》。嘉定辛未歲，有十世孫中奉大夫、婺源縣開國男炎，嘗爲《世系録》，而其宗遂因之而不散。録成後迨今，又幾九十年。中奉公之曾孫傳，又搜討綴緝，增爲五卷，而徵言於余。余既嘉王氏世德之長，義風之美，而前後賢子孫，能爲人之所難，知尊祖合族之道，遂喜而爲之書。

題周氏先世書帖

余初來杭，即與周子一同遊，同杭學，同治詞賦相善也。余先仕數年，歸而聞子一領江東學事，甚恨不得見。子一既死，其弟以家藏書帖見示。蓋子一戊午歲秋賦初出，其父喜其所試如格，而書以與之者也。是歲子一遂充鄉貢。閱之令人悽感，又以見異時雖科舉學，父兄子弟於平居造次，必以成人相期者。其事如此，而豈可盡廢哉。

卷一九　題

題趙子昂摹龍眠飛騎習射圖

右趙子昂摹李龍眠《飛騎習射圖》一卷。子昂故諸王孫，家無畫種，其藝之至此，蓋天機所激，一學便似，非如他人疲精竭力而能者也。每畫成，子昂亦自愛重。張景亮是其外甥，人欲得之者，多從景亮索覓。故亮雖朝暮見畫，而未嘗得留。此卷初本龍眠元豐間試院所作，子昂摹時，猶未涉世，故學問之氣可掬。開玩數四，令人灑然。

題明皇聽樂圖

右龍眠李伯時畫《明皇聽樂圖》一卷。樂壞久矣，至於新聲異曲，衒耀動蕩，未有如此圖者。宣和諸公，憑陵富盛，祖述梨園霓裳遺製而爲之，伯時不得不任其責。此圖豈平生沈著得意趣邪？

題洪厓圖

韓仲文示余畫一卷，云《洪厓圖》。洪厓之真若是與否，余不可知。然觀其裏裝鮮華，徒御輝赫，乃如虞卿蔡澤之容，辭諸侯過相國而歸者，豈若草衣木食、泥飯水飲之爲安乎？或曰：神仙家何所不有，彼不舟車而速，不供具而佚，不館置而能不乏使，而子欲以世俗耳目料之，過矣。玩詠累日，頗令人增煙霞棲遲之想。

題怪木疏篁

文湖州墨竹，世所通識，不聞其喜作它畫也。州倅番陽吳侯熙載家世雅素，乃能寶藏《怪木》一紙。湖州自是日嘗併寫疏篁，而熙載偶逸之矣。薊丘李侯仲賓作竹，來自湖州，筆力足以追配。因請爲補遺，而合刊於奉化學宮，以與好事者共之。異時風流潤澤，衣被照映，於是邦文獻爲有助云。

題石鼓考

石鼓至臨川王順伯之説盡矣。其駁鄭漁仲以爲非秦篆，然許叔重《説文解字》本出小篆，順伯信石鼓，非小篆，而取以爲據，何也？侯博古者更考之。

題蘇氏三帖

蜀學無工書者，東坡以高材餘事爲之，化其子弟，彬彬然皆有家法，必有得於墨池筆冢之外。今人胸中無千卷書[一]，輒欲假借眩惑以爲坡蹟，多見其不知量也。此卷三手是其真作無疑，子由真當爲弟、叔黨真當爲子矣。

校勘記

[一]今人胸中無千卷書：『千』，明鈔本、文淵閣四庫本作『十』。

題李端叔帖

往時文士嘗經歐蘇二公門下者，談話皆有模楷。其不然者，雖立名字，往往不能成家。姑溪李端叔，從蘇公晚，在秦、晁、張、陳諸君後，而受知不淺。人品瀟灑，才藻精贍。人尤珍其尺牘，幾有漢人藏玄爲榮之慕。觀此二帖，信然。

題趙侍郎誥

趙侍郎書法，在歐陽率更、柳誠懸之間。樓宣獻公所評[一]，誰敢異者？尤稱其在吏部時，告身書名，端重勁直，以爲有體。此誥乃侍郎自書以開國於高密者，固是趙氏家寶。余嘗見唐誥書，往往多用花書草體，不知於何時以楷爲體也。侍郎書帖，在其子孫甚多，超揚縱恣，如騫龍踔鳳，不可名狀，與今學書家所言歐柳異。其書名一節，出於偶爾，觀者併詳之。後學剡源戴表元書。

校勘記

〔一〕樓宣獻公所評：『宣』，底本缺，據文淵閣四庫本、何校本補。

題渡江諸賢帖

渡江以來，人品如李伯紀丞相，固當第一。張魏公、李莊簡正可相伯仲。然皆流離困躓百折，而忠純骨鯁之氣，濱死不衰。吕元直附會其間，優游取容，比同時諸公蓋差少遂意。由今較之，所就亦復幾何哉？山樓初寒，繙閱遺墨，爲之毛髮森竪。

題方公删定家藏諸賢墨蹟

當秦檜專國時，士大夫嗜進者蠅奔蚋集，有自庶僚談笑至政府，權燄可知也。然亦往往未久而敗，蓋有自檜予之，自檜奪之。所得富貴幾何，而名字汙人齒頰，爲千古歎辱不少。四海九州，共知其意見不同者，莫如張德遠、趙元鎮、胡邦衡、張無垢、汪聖錫數公。由今觀之，人品超檜幾等，而一時遇合，俱不如檜，人固不可以目睫淺近斷也。困齋方公耕道，起弋陽布衣，得一科，即上書陳宗社大計，欲攻檜去之，遂與前數公同黨。官卒不顯，終於金陵通守。此其升沈壽夭，非緣忤檜所致，命偶當爾耳。余來公鄉，見公諸孫，出諸賢往還翰墨，讀之不勝故家喬木之感。

題王初寮家帖〔一〕

古人往還寒暄慶弔尺牘，不作浮語，魏晋以來法帖可考也。北岳王氏，藏其家右丞檢正提刑三世遺墨。典刑文獻，前輝後映，良爲故家奇寶。然習俗相仍，日非中原之舊矣。嘉叟爲陸務觀所作《漁隱堂》詩，清純醖藉，讀之令人心醉。

校勘記

〔一〕篇題：明鈔本於『家』下有『遺』字。

題晦翁書坤六二文言帖

晦翁先生平生未嘗留意筆札，而書法端嚴簡勁，如天球大璧，不勞雕琢，自然輝潤。此帖舉坤卦言〔一〕，言敬義以警發學者，尤可寶也。

校勘記

〔一〕此帖舉坤卦言：『言』，孫本、萬曆本、文淵閣四庫本作『文』。

題陳了翁合浦與弟帖

此書陳忠肅公崇寧間由黨謫廉州編管時歸訣其弟珩者也。公見二蔡兇威叵測，自分必死廉州，然偶不死。觀其隻身萬里，流離顛沛，死生怵迫之際，於家人骨肉事，一語不及，而獨不忍史官用王安石私家《日録》，汙衊正史。既作此書外，别有自譔墓誌文，及追薦國忌疏文若干言。備載《辨誣論》等，囑其弟密藏之，以爲不幸身没，而他日蔡氏敗，國論明，則萬一可以爲吾言之證而已[一]，無它想也。嗚呼！其志良可憐哉。然當是時，尤以《日録》詆誣歸罪蔡卞，而不及安石。及來吾州，作《四明尊堯集》，始明白痛斥王氏，而悔合浦之支離回護，以爲非矣。然則此書於忠肅公，固猶爲未定之言也。公自合浦歸[二]，爲崇寧二年[三]，至宣和六年，凡强健幾二十寒暑，始以病死，蔡氏何嘗能殺之。而國史朱墨本是非竟不行王氏録者，公言之驗也[四]。公死之明年，蔡氏大敗，至今道其姓名如糞穢，聞之必唾。而公殘箋廢墨，脱於塵煤蠹鼠之餘者，令人寶愛如此，士大夫可以知所擇矣。至於一時諸老，淵源學問之餘，蔓延及於釋氏，此蓋喜其庶幾於孟子所謂不動心者，學者不可專以爲據也。

校勘記

〔一〕則萬一可以爲吾言之證而已：「言」，底本脱，據孫本補。

〔二〕公自合浦歸：『歸』，底本脱，據孫本、何校本補。
〔三〕爲崇寧二年：『爲』，底本脱，據孫本、何校本補。
〔四〕公言之驗也：『言』，底本脱，據孫本補。

題翁舜咨所藏文丞相梅堂扁

近時縉紳先生以梅堂名於世，若東武趙侍郎粹中、毘陵蔣忠文公重珍。其最著也，建業翁氏亦有梅堂，廬陵丞相文公天祥宋瑞題其扁，亦爲人所歆重。嗚呼！江南士大夫，吾見其禄苟充，宦苟達，即崇園池，飾館榭，佳名美號以相標者，十人而十，百人而百也。而鄉閭修飾之夫，欲自託於好事者，一有營創，輒從當時有聲勢者，求其翰墨，以爲光寵。當其盛時，大書深刻，金璧輝絢，輿臺皁隸之徒，嗟誇而歎詫。然其爲人，卑汙齷齪，雖復巧施爲、高布置，蓋已不勝俗態醜狀，不過反爲林泉草木之辱，有識者往往含笑棄唾而去。然則人有所傳於世，其行止進退，何可不先自重哉？文公之書，點墨今成千金。而翁氏數百年世家，舜咨又堅苦好學，擇粟而餐，審泉而飲，有貞儒碩士之風。余也幸它日童稚成人，門户清立，或輕舟道丹陽，上三茅，因尋建業以來舊遊，而得登舜咨所謂梅堂者。羹蔬啜茗，相與仰瞻文公之清風，而爲舜咨詳論趙蔣諸賢之遺聞緒行，固一快也。

題王希聖續漢春秋後

始余考論古今統系於周漢絶續之交，三國、南北朝、五代離合之際，未嘗不反覆疑之也。乃至於今，承學之士，皆能黜魏遠吴，尊蜀而進之，則以子朱子《通鑑綱目》之作，有以補司馬公之未及焉。然自朱説大明，學者遂謂司馬本書，爲不能出此而訾之者，何不諒其創之之難也。蓋司馬公之於繫魏也，既言之曰：『吾書起威烈，訖後周，記事不得不屬紀年，紀年不得不承舊史。故乃傳述爲文，而使觀者自詳焉。非立襃貶之法，撥亂反正，如《春秋》然也。』朱子之《綱目》，進於是矣。又不過曰：『《通鑑》也，《目録》也，《舉要》也，《補遺》也，詳簡之不中也，記識之不强也。緣本書爲之義例焉，非斷斷然自名一書曰：我行《春秋》之事也。』余讀其書而感之。昔者夫子曰：『吾猶及史之闕文也。』其於《春秋》，固魯史策書。而自孟氏以來，皆謂夫子作《春秋》。蓋當時夫子老矣，雖作《春秋》，可以無辭也。《通鑑》之事，弘於魯史；《綱目》之心，儉於《春秋》。而二公敬古尊賢，謹重忠恕，藹乎有君子之道矣。然而詳焉者以使擇，嚴焉者以使守。生乎百世之下，聞乎二公之説，其爲幸也不既多乎？王君希聖，與余年相伯仲，才敏十倍於余。示教所作《續漢春秋》若干言，不特發陳壽之膏肓，助鑿齒之墨守，嚴辭正氣，真司馬公之忠臣，而視朱子又所謂『於湯有光』者也。病困勦瘵之中，諷讀併日，爲之作興。顧辱不鄙，見需序引，歉縮再三，莫知所發。獨其鈍質，有於《通鑑綱目》之書，惓惓不能遽釋者，題梗概於卷後而歸之。雖然，余與希聖有朋友之義，資多聞以蓄德，俟餘力以學文，方願相以勉焉。

題茅生刻字後

古之書家，無不能刻，其謂之書刀。後乃用以書丹入石，則愈勞矣。余嘗行金焦間，見米南宮題詩厓壁間，鋒勢飛動。遺老云，皆其所自鑿。今人名能書，以刻字爲耻，殆非通論。

題王理得山中觀史吟後

余嘗評太史公書，近於夫子《春秋》之義以十數。而學者徒玩其辭，拘者又引古異同，攻之過苛，雖不害於書之傳，而後來者耳目益以陋矣。會稽王君理得，當書散學衰之季，不棄其世守，槖《史記》若干卷，入南明山中讀之。自列傳以下，篇爲一詩，顯有所規，微有所表。緣其多聞而精識，故人研事擿[二]，舉得其當，非臨文創意，爲僥倖一中之説者也。君又早攻詩，妥律流麗，足以笙鏞是書。其自太史公視《春秋》，庶幾騷人之於《二南》哉？然余聞之，作史如法家，詳文著義，而使人自避；論史如禮家，辨駁衆難，而一歸於是。二者之道，可相起而不能相爲也。君尚有以教余者乎？

校勘記

〔一〕故人研事摘：『事』，底本作『字』，據何校本改。

題陳强甫樂府

少時閱唐人樂府《花間集》等作，其體去五七言律詩不遠。遇情愫不可直致，輒略加隱括以通之，故亦謂之曲。然而繁聲碎句，一無有焉。近世作者，幾類散語，甚者竟不可讀。余爲之憒憒久矣。山陰陳强甫示余《無我辭》一編，體用姜白石，趣近陸渭南，而編名適與其家去非公《無住詞》相似，是有以爽然於余心者哉。

題陰符經後

右《陰符經》，相傳其書出於黄帝。蓋養生家爲黄帝之學者之所作耳，而言兵者亦咸稽焉。古學散裂，諸氏百家，如蝟毛而起，然未嘗不託於古先聖人以行其説。至言黄帝，尤怪妄不經。更閲明智，訖未有深非之者，要以資於近用，非所可廢而已。如此書，舍曰『非黄帝所作』，遯世學道之士，得而習之，固不爲無益也。

題趙子昂琴原律略後

趙子昂好音，凡古之言音者，靡不知也，知之靡不能爲也。爲之而示於人，人習於今之音也，駭而避之，既又相聚非訕子昂。子昂抱其器與書，發憤以悲。余始聞其然，亦以爲子昂誠高絶，其成書似太鋭，且當虚心盡人之言。數千百年間，争音樂異同，甚於聚訟，獨今人紛紛哉。久而得其書《琴原律略》等讀之，則知今人所爲非子昂者，持今人而非之，非持古人而非之也。嗚呼！豈不真可憐哉。子昂爲音始於琴，子昂之琴，子昂既自見於書，吾舉今人琴以明之。今人學琴者推楊司農，司農之琴不用律，以手指抑按絃間。得其碎然者，傳於《白雲》之曲，曰：『此折竹聲也。』得其啞然者，傳於《夜烏》之曲，曰：『此投林聲也。』諸爲曲皆若是，曲成而合其譜，然後曰某主某絃，爲某音，爲某音而琴成。夫司農之琴，纔近於莊生所言籟聲，而安得爲樂音乎？將司農不以樂予琴，而用無律之音乎？將司農聖於伶倫、后夔，律成於心，而無所事器乎？嗚呼！何必子昂，雖余之愚，豈不能非之。然當司農時，猶自謂之新聲。司農每一譜成，而尸琴祭於寢，曰：『吾安能爲是聲，吾琴必有祖。吾祭祖。』余嘗私誚之，是司農琴當司農自爲祖而食之，琴祖不食也。爾來司農琴擅天下，投林、折竹之聲，兒童婦女，聞而喻之，則吲然而笑。始也兒童婦女習之，久也縉紳大夫之安於近者，幸其聲之託諸古之器也，隨而習之。嗚呼！何必子昂，雖余之愚，豈不能悲之〔一〕。然余雖知不當爲司農琴，竟亦不知當爲何琴。雖知人之學之非，而自無以語人。今得子昂書，始豁然有以實於余心。以子昂之於琴不誣也，推之於他樂，知其皆可徵也。顧子昂窮，余知之又窮，而人之好司農者方盛，姑私其書，而勸子昂自重以俟其定焉。

校勘記

〔一〕豈不能悲之：『悲』，孫本作『非』。

題王微仲孝弟類編後

人有常言：『窮則獨善其身〔一〕，達則兼善天下。』嗚呼！君子之處達也，其道必有以及之而能兼善，固也；至於處窮而欲私善其身，豈不隘哉？古先名賢，不幸偃蹇顛沛，無權以達其志，則退而政行於家，俗成於鄉，近猶能使同時爲不善者有所愧〔二〕，遠猶能使千百世而下聞其風者有所慕。正如溪澗沼沚之浸，雖狹於江湖，而其勢皆足以潤物。惟盜名無實之徒，精神氣韻，無所振激，乃類於斷潢眢井，未渫而先竭耳。余自屏居以來，常以此自勵〔三〕，亦以勵同志。至上饒，得窮者一人，曰王宏微仲，以《孝弟類編》示余。余讀之，有味於其言，使好事者人傳一編置坐間，朝暮熟復而感發焉，雖官府不立可也。

校勘記

〔一〕窮則獨善其身：『獨』，底本脱，據明鈔本、文淵閣四庫本補。

〔二〕近猶能使同時爲不善者有所愧：『爲』，底本脱，據明鈔本補。

〔三〕常以此自勵：『此』，底本脱，據明鈔本補。

題太學登科題名後〔一〕

余爲咸淳諸生時，楊鵬舉去太學久矣。然以鄉里前後輩，見余輒説太學不休口。此其天資篤厚，綢繆舊故，豈如他人朝遊暮忘，若逆旅相逢之爲哉？去仕各二十年〔二〕，始以所編《太學登科題名》示余。余爲之重慨，蓋余家自余以上數世皆在太學，習聞父兄時議，恥於不入學，而不恥於不仕。故雖江浙近郡，亦有逢舉不赴、得恩不陳以爲高者。時三舍法嚴，又不易出仕，雖當仕之人，俊才高等，亦須盤薄掩抑，待年久之而後解褐。以陳同父、劉潛夫聲望，卒不敢假借它塗以出〔三〕，餘人從可知矣。故當是時，宿儒老生，既無利禄得喪於心，國有大事，則不顧鈇鉞，羣起是非之。其理明，其言重，往往令人悚息畏聽。退而歌吟庠序間，有以自樂，亦無不遇戚戚之歎。自後一相進，一法改，恩數益寬，禄仕益易，而太學不得如前日之重矣。今使鵬舉與余輩復爲諸生，相從顧不愧乎〔四〕？

校勘記

〔一〕篇題：何校本作『題楊鵬舉所編太學登科題名後』。

〔二〕去仕各二十年：『去』，孫本、何校本作『失』。

〔三〕卒不敢假借它塗以出：『敢』，孫本作『免』。

〔四〕相從顧不愧乎：『愧』，何校本作『樂』。

題唐師善談乘

往時木石尤先生居吴中，每朝膳畢，四方之賓遊雲擁其門。先生幅巾野服出見客，薄茶一啜，坐中談説典章儀註、經術吏事，以至巫醫算弈之類，無所不有。日且中，又茶一啜而散，以爲常。羣子弟載筆札，從屏後竊記其所言，雖未嘗執卷問學，而人人談吐各有本末，無白丁之愧。於時陳端明居崇德林，直院劉南兵居莆亦然。丁巳歲，尤先生史禍發，此事俱廢。表元生愈晚，又居窮鄉白社，然猶及識老先生十數公。時時衣冠廣席，必援引前言往行，以助談柄，故亦不至虚爲年少。一二十年來，無復此樂。欲略聞嘉定、端平前後成敗曲折，噤口瞠目，有茫然之歎。每羣居燕聚，舉閭巷床第猥褻近事，則相與哄堂絶倒而已，可勝言哉。臨安儒者唐師善，深潛而駿發，出其平生所著《談乘》十二卷者，見示於塵埃羈旅、風雨呻吟之中，讀之快哉。尋常雜書，多重複牴牾，而此編一一精確，可以補亡決惑者甚衆。固幸遲暮之猶有所遇，而恨師善亦有衣食憂，旦暮且去，而不得款曲相成也。於是爲題其梗概於卷末云。

題沂州先賢考

世人所稱五福，宜若皆聽命於天。余考《洪範》之説，壽、富、康寧、考終命四者，容或天可爲之，至於攸好德，則在人而已，於天無與也。余自知讀書以來，見古人名賢盛德君子，爲之歡欣慕悦。及江湖道路，邂逅交接，聞一嘉言善行，亦願執鞭奉謁[一]，如恐相失，此豈有所驅迫美誘而然哉[二]。以遠者猶然，若使鄉鄰里閈而有其人焉，則慕之當何如？故古者鄉先生没則祠於社，而其久也，百世猶紀其遺烈。如《汝南先賢》、《襄陽耆舊傳》之類，皆足以起人之敬思，而風俗名教，亦因之而增重。且又人無窮達貴賤，通得行之，而法所不禁，則何爲而不爲。沂學舊有忠賢堂，刻鄉賢名字於石，兵火燬滅矣。海漕萬户王輔臣名君佐，創意蒐討續之，增舊之數，起自周太公望，至唐末已得二百九十六人，猶恨近世者有闕，而文獻不可問也。來江南，以謀於吾黨，余嘉輔臣有功於風俗名教，又與吾所謂攸好德者合，既力贊而成之。其古琅琊，與今沂州及沂水所沿名跡相聯甚廣，故採取寧過於寬。惟夫雖居沂州，而生無益於人，死無傳於世者，當稍釐汰之，使有勸云。

校勘記

〔一〕亦願執鞭奉謁：『奉』，底本作『捧』，據孫本改。

〔二〕此豈有所驅迫美誘而然哉：『美』，何校本作『羨』。

題雪竇行紀後

四明洞天之麓，有三僧刹。其陰爲梨洲、杖錫，而其陽爲雪竇。比二刹稍寬敞，又近於人境，遊覽之所易及。然騷人勝士，有事於雪竇者，間涉筆墨，往往不過單章隻詠，以相酬答，未有囊括本末而爲一書者。蓋志書荒唐，行役匆遽，其勢不容不爾。雖余之居近遊數，亦莫得而詳也。番陽吴熙載，以故家名儒，來爲州判官。奉公檄經過，留不暇久，猶能採摭詢訪，作《雪竇行紀》一卷。事贍而辭精，趣腴而理覈，不但可以盡本山之故實，而梨洲、杖錫儼然如在目前。人之材力相去，乃若是懸遠哉！聞山中僧多好事，熙載宜布施此文，使刻藏本山以示觀者。

題李太常鄉試稿〔一〕

江南多故家，以余所見，干戈以來，有身爲名人子孫，問其祖父行事，而不能自言者矣。至於衣冠科目，聲華詞藻，相掩映數百年不墜，若宣城李氏，固不可多得也。李氏自唐已著，入宋，太常公以太平興國五年登進士第。此卷即其試稿。中更散軼，六世孫宗正公能搜考訪獲，遂復爲李氏物。今又再世，凡兩經兵火，而其家裝潢如新，良可人哉。太常公廷試時，猶用詞賦，未改對策。士大夫廉恥自重，無挾書假借〔二〕，無冒名請託，人人各以所學著見，故動輒得士云。

校勘記

〔一〕篇題：『太』，底本脱，據孫本、文淵閣四庫本補。又，文淵閣四庫本無『鄉』字。

〔二〕無挾書假借：『借』，底本作『債』，據文淵閣四庫本改。

題提學陳侯講義後

古之爲儒，惟其傳寫之不可已者，乃有簡牘。至於師生講學，必口授耳受，今之《魯論》載記問答，漢儒之師説，康成之《鄭志》，皆其物也。後世既無專師爲師者，以故事不敢廢，則書成文累幅，時節臨諸生高坐讀之，謂之講義。彼此漫不知何語，因何能有所感發成就。然嘗聞臨川陸子静在鵝湖，講『君子小人義利』章，坐中聽者爲之流涕。吾鄉袁廣微使江東，講《孝經》數日，官屬有棄禄歸養親者。是雖故事，而言之輕重，又係乎其人哉！提舉學事永嘉陳侯，示教平生講義若干篇，純篤精實，機無虚發，蓋其文獻問學，淵源有自來矣。

題徐山長講義

講之爲言，義兼師友，主於反覆辨難以成其説。余猶及見浙閩諸老先生開講，不用寫本，直是據案口説。後進者質問於前，隨機應答，粲然可述。講退，各以所聞載之方策，而寫本出焉。今之講師，朔望袖方尺之紙書〔一〕，陳説累百言。忽然臨高朗誦，聽者漫不知何語，以爲故事不可廢而已，固不敢望有所激發開悟。徐則高爲長於饒之雙溪，見示此卷，皆與諸生月講之作，如天人性命，綱目該涉既廣，而名物度數、官守世次、地理之類，考據思索，俱不疏漏。古稱教學相長，詎不信然？衰老廢放，加之以驅馳，形神惘惘，何由頻聞至言乎？書此以識愧慕之意。

校勘記

〔一〕朔望袖方尺之紙書：『袖』，底本作『抽』，據明鈔本改。

題王教授清湘講義

古之經師，與其門人弟子，羣居有辨疑問難，授者無强聒之煩，而聽之者易入。非如今人書盈几之紙，臨容丈之席，無疑而游談，不問而寢語者也。然誠知其無益，而歲時朔望，庠校之間，有不敢廢，以爲不爾則益無所事而已。鄉前輩全州教授王君守之，由太學決科，余生晚不及識，而其家子弟，從游甚厚。因得見其在清湘時所爲諸生月講若干篇，粹然君子之遺言乎。既感歎繫之以辭，遂歸卷王氏，俾寶藏之。更數十百年，覽此又爲古矣。

題陳獻肅公邦彦遺事後

昔孟軻氏，稱能言距楊墨者，以爲聖人之徒。夫聖人之徒，豈易易然？而一言距楊墨即與焉。推是以論人，則紹興之末，乾道之前，能言主張魏公排秦檜，又不肯媚曾覿、龍大淵者[一]，可謂之君子之徒非邪。然不媚曾、龍[二]，其賢易決，魏公雖終始不道和，而輕信累敗罔功，又嘗沮忠良相李綱，使不得行其志。是雖欲盡賢之，而人豈盡信之乎？曰魏公輕信取敗，誠有之，最甚者富平之役。及與李綱不悦，皆在少年輕鋭時。晚歲識鑒精明，純誠勁氣，不挫益加，遂與伯紀傾懷相歡，期有所濟。而伯紀且死，朝廷内外，更呼迭歗，無非秦檜餘黨。四海所倚以枝梧三綱五常者，惟魏公巍然獨存。而陳應求、胡邦衡、王龜齡、若獻肅陳公邦彦，六七君子附之。摧姦抑倖，扶正培本，一時朝望，山立猋起。嗚呼壯哉！大德辛丑春，余與獻肅四世孫處久，同客錢塘。出行狀、志銘、謚議及省牘名賢遺墨之偶存於兵火餘者，以見示。瞻仰慨歎，悽悒久之。

校勘記

〔一〕又不肯媚曾覿、龍大淵者：「曾覿龍」，底本脱，據孫本、明鈔本補。

〔二〕然不媚曾、龍：「龍」，底本作「覿」，據明鈔本改。

卷二〇　跋銘箴贊述碑

跋濂溪二程謚議

濂溪周元公，初未嘗以道學自名，而精修妙悟，上接鄒魯，其衣冠言笑，雍雍然與人蓋無異耳。大程先生亦用此道。至伊川先生，始以軌範肅物之論，有所不屑。然當純公既没，衆説紛紜，卒能堅忍植立，而不墜其師法者，伊川先生之力也。夫由前之道，則廣而難窺；由後之道，則高而易疏。知之尚艱，況從而名言之乎。加之渡江以來，世故之所消磨，時尚之所擯黜，吾鄉考功臧郎中爲此二謚議時，去黨禁之開歲月纔幾許，而剖析精微，蒐揚幽眇，繪畫鋪張，委曲各當。非知之真，其孰能爲此之言哉！伏讀遺編，不勝故家喬木之感。

跋宋元獻韓獻肅二公流杯小飲倡和詩帖

汴都諸公風氣渾厚，初未嘗區區以詩篇字畫名家，而餘事爲之，亦非後人所及。今觀宋、韓二君子流杯倡和詩帖，如泰山喬岳嚴重不言，而雲煙草木自然輝潤。人撫卷三歎。

跋吴侯二蜂説

蜂之於蟲以螫聞，利害休戚，與人宜不相涉。今以不堪其類之强攫，忘己之螫而赴急於人，人宜不直其類之强攫，忘螫之惡而助之，此人心天理之自然，不可泯絶。《春秋》存小國者進其褒，滅同姓者甚其罪，殆與看雲道人此文同義。

瓶城軒銘并序

吴興凌德庸，規寢旁小軒爲習讀脩省之所[一]。而摘先賢《法言》『守口如瓶，防意如城』云者，名之『瓶城』。剡源戴表元，爲二銘題其楹曰：

物生於土，而散復爲土。然陶人得是土也，濡之炊之而爲瓶，則一成形以終古。至於收藏鹵莽，缺破齟齬，亦不能以復補，不如爲土之爲愈也。惟口亦然。善出其言，則玉帛歌舞；不善出之，則血流漂杵[二]。喜爲福主，怒成禍府，故明者慎之。與其違時而傷義，寧且默而無語也。

上謀依情，中謀依兵，下謀依城。依情無傾，依兵無驚，依城無争。意之兵人，其來無形，其去無聲。有寇之禍，無寇之名。至人忘意，堯禹之征[三]，賢士制意，桓文之盟。上不能忘，中不可制，惟城斯憑。故必無喜而清，無怒而明，無懼而平。然後可以居無危之樂，而收無辱之榮。以庶幾乎君子之成。

校勘記

〔一〕規寢旁小軒爲習讀脩省之所：「省」，底本作「身」，據文淵閣四庫本、何校本改。

〔二〕則血流漂杵：「則」，底本脱，據何校本補。

〔三〕堯禹之征：「征」，底本作「佐」，據孫本、文淵閣四庫本、何校本改。

周氏彝軒銘

凡人有靈，莫良於心，存之聖賢，違斯犢禽。拱把百尋，咫尺千里，叩其造端，不越常理。常理伊何，人之秉彝。父坐子立，兄行弟隨；夫婦禮睦，朋友義正；放乎君臣，曰忠曰敬。言之未出，童子能然；言之既出，壯夫所難。端木費辨，季由傷勇，恂恂究公，藏珍自重。徐行無驚，善養非鈍，亨心在坎，致命惟困。我友天錫，周室之望，刊銘彝軒，用永鑑觀。

昉軒銘并序

日初明爲昉，日之明，無時而不有也，而旦也人始見之。人心之明，人惟不見其用，用則見於威儀辭令政事，而人始爲之瞻仰歎詠。故觀人者，不可以不見其明，而期人於闇。自觀者，亦不可以人所不見，而不用其明。里友蕭子西，春秋高矣，方治昉軒以爲藏脩之室，而請文於余。乃爲之銘曰：

羣動夜息，人方安眠，我視闇室，燭龍在淵。亦既旦止，東方載明，乃見旭日，心虚目清〔一〕。昔晦非没，今明非出，動作爲光，虚靈其質。外物之來，日千萬趣，嗜欲薄蝕，紛華陰霧。敬謹保毓，勤勞運爲，上天之載，我惟新之。人言中歲，如日將晏，蕭子勉哉，常如始旦。

校勘記

〔一〕心虚目清：「目」，底本作「日」，據孫本改。

朱漆印匣銘

彪其鞹，日見而不鑠；黝其中，静乎有容。處不失方，出不近迂。楊朱氏之徒歟？漆雕氏之徒歟？

復心齋銘

《復》之象曰：「復，其見天地之心乎？」里士陳景惠，取以名讀書之齋曰「復心」，而剡源戴表元銘之。其辭曰：

陰六之極，是爲寒冬，天道當復，雷行地中。我有篤友，於焉觀心，不出户牖，明神照臨。

方其未復，天地懸隔，乃既復之，如還故宅。父命子諾，夫言婦隨，行行伍伍，無闕無虧。無闕伊何，其先本全，無虧伊何，遊乎自然。惟兹精微，不能絲毫，睨則愈遠，仰之滋高〔一〕。勿謂既復，返亡逐奔，守者少怠，寇窺爾垣。束爾筋骸，攝爾知覺，百爾所思，不如善學。桓桓齋楹，爰揚良箴〔二〕，先哲實然，匪惟斯今。

校勘記

〔一〕仰之滋高：「仰」，底本作「抑」，據孫本、何校本改。

〔二〕爰揚良箴：「揚」，孫本、何校本作「揭」。

遂齋銘爲簡池劉氏作

遂食不噎，遂步不殭，遂獲者鬼不得歠其堂，遂言者玉質金相。我行四方，求道荒荒，歸治一室，芟槁鋤殭。義以爲疆，禮以爲隍，慈以爲梁，德以爲航〔一〕。蓋不但卻踵英雄之林，折肱紛華之場，方將幸嬰兒之三舍〔二〕，辭思父之五漿〔三〕。子又安得以今之魯狂〔四〕，擬昔之蜀莊者乎？

校勘記

〔一〕德以爲航：『德』，明鈔本作『儉』。
〔二〕方將幸嬰兒之三舍：『幸』，明鈔本作『避』。
〔三〕辭思父之五漿：『思父』，明鈔本作『田文』。
〔四〕子又安得以今之魯狂：『子』，底本缺，據明鈔本補。

寸屋銘爲時上人作

我聞黄庭，治田以寸，治寸不勞，而收千萬。四方之流，出自金仙，乃有寸屋，其法同銓。惟人一軀，不能數尺，心居殼中，如苞係棘。厥苞幾何，纔寸而方，靡至不受，有聞皆藏。道義輜重，事爲鋪設，父愛子恭，師和友悦。人求容實，我獨容虚，實計不足，虚存有餘。卑儉爲楹，清浄爲梁，載以正直，覆之慈良。燕處横肱，美寢便腹，六合爲胸，八荒在目。廣居雖廣，以寸爲度，寸寸不已，莫窮其數。剖爾扃鐍，徹爾藩垣，冥懷信踵，以據無垠。

君子軒銘

蜀牟先生名其婿秦張横授徒之室曰『君子軒』，取《孟子》『所以教者五』之辭云。剡源戴表元爲之銘曰：

維古君子，有國有民，德符命圭，化行垂紳。王風之陵，賢不必貴，乃有專師，以名抗位。

舍爾洪荒，從爾澮溝，八荒茫茫，雲興於丘。哇收經鳴，榛夷道開，素王之門，三千其來。嗣者鄒公，拓孔之疆，舌觝楊墨，氣靡齊梁。逆拂順磨，明滋陰潤，力施一夫，功踰千乘。我聞至言，厥教雖五，洎乎有成，一似時雨。肅肅軒楹，雍雍佩衿，哲人嘉謀，如玉如金。莫尊匪禮，莫善匪文，咨爾君子，各敬其身。

奉化州庠小學箴

維人之初，其天渾渾，有識而争，能言乃昏。方其未然，揖遜折衝，習之既堅，嚴誅莫從。於昭先民，厥重小學，用恥興畏，因恭道覺。童牛受穿，負載千里，良駒服羈，以配君子。有一黠悍，竊轡毁車，御者惡之，甚於猿狙。記誦藴蓄，詞章潤飾，專精棄時，矜能敗德。姬父翼翼，虞舜蒸蒸，任如鴻毛，舉莫能勝。噫嘻州儒，聚講有廬，髧彼羣髦，亦步亦趨。我作訓辭，爰警傲偷，匪我則然，維聖之猷。

袁氏字箴

袁氏子瓘字敏存[一]，請言於剡源。剡源爲之箴曰：繄玉之生，與石同族，緣有其文，以追以琢。厥文伊何，外潤中明，潤溥陰施，明涵陽精。惟禮有瓘，取材斯先，純和邕通，芬香潔蠲。目持踵從，息視心聽，臨之孔威，曷敢不敬。堂堂袁宗，累世朱紫，政流岳牧，名在圖史。追爾賢祖，沈厚寡言，孝通神明，信孚魚豚。鍾慶於子，是爲名父，培壅菑耘，勤勞纂組。爲兹嗣續，厥惟艱哉，負重惟德，致遠須材。有一怠傲，如器斯捐，奢浮沈湎，取仆招顛。賓老在席，恭陳訓辭，兢兢惟瓘，敬以存之。

校勘記

〔一〕袁氏子瓘字敏存：底本『袁』上有『國』字，據孫本删。『敏』，孫本作『敬』。

真贊二首

遊戲夷惠之間，雌黄管葛之上，蓋其愚近達，慵近放，戇近直，遲近讓。至於潛光返獨，澄源觀曠，審一區之易足，悟兩歧之皆妄，固不害其爲風平川浄，天融雲盎也。

此翁足未嘗出門，而心游萬里；言不能脱口，而手評百家。故知之淺者，以爲江湖朝市；得其真者，許之泉石煙霞。噫嗟乎，其無他乎？抑猶未免於誇耶？

仇仁近真贊

廣袂長襦，纓獵其胡，素絲以爲絇。尚爲是雍雍于于，非平時慕作洛詠而歌吴歈者乎？

鮮于君真贊

不可以爲山澤之臞，亦不可馳騖於功名之塗。夷乎？惠乎？魯狂之徒乎？

周義烏真贊

娭娭乎若無所爲，咿咿乎又若有所思；頎頎乎若氣盛遠馳，纍纍乎又若老而將衰。歸來乎吾與誰歸？後有作者，則不可知，欲同世莫我瑕疵，莫我爲宜。爲無町畦乎？爲嬰兒乎？噫！

徐仲彬真贊

吾觀斯人，胸襟漫汗，如能吞八九雲夢之寬；眉睫鬱勃，有曾活十萬生靈之績。可以垂紳佩玉，規行矩趨；可以飛書走檄，縱横應敵者也。

單吉父判官真贊

吾觀其人，鬚眉聳脩，巾屨整飭，翛翛乎似不欲一物之干其靈臺，而焦焦乎常有疾姦豪、憂黎庶之色。殆可與爲祥風慶雲，可與爲雷霆霹靂者也。

韓仲友真贊

謂子質邪，錦心繡肝；謂子達邪，草衣卉冠〔一〕。蓋世之畸人，天欲完之，而姑試以世材之難。不然，宅於荆，食於韓，宜可以偃仰盤桓，尚何爲飲鏃縱横之林，而遡帆功名之湍邪？

校勘記

〔一〕草衣卉冠：『卉』，底本作『弁』，據孫本、文淵閣四庫本改。

任仲端題真

衣冠禮遜，以爲雅飾；詩書意氣，以爲清腴。望之儼然，知其爲東魯之徒。

蟾上人真贊

此老以清峭爲骨，故於物無所屈；以慈和爲貌，故於人無所較。至於縱横翰墨，浮沈談笑，則又庶幾乎棘端之戲猴、管中而窺豹者也。

東坡雨行圖贊

玉雪心肝，泥塗巾屨，赤壁磯前，褰裳徐步。宜乎馬吕諸賢，援之鑾坡禁苑而不爲榮；章蔡二子，投之蠻煙瘴雨而不加懼也。

贊蘭石

風柔日暄，不自以爲妍；崖枯水縮，亦不自以爲惡。此之謂生芻一束，其人如玉耶。

贊畫鬼戲

水息輪停，風休綫偃，有何煩勞，作此舒展。一毬在肩，衆鬼驚詡，不聞施爲，以目相語。鳶飛於天，與汝何毒，陰機激之，爲是反覆。葫蘆在手，筤篖在口，自居其娱，不覺其醜。冥行意生〔一〕，不害爲嬉，枉矢哨壺，從何得之。削方縈毫，周代蹴踘〔二〕，嬰兒之心，百死不贖〔三〕。

校勘記

〔一〕冥行意生：『生』，底本作『坐』，據明鈔本改。

〔二〕周代蹴踘：『周』，明鈔本作『用』。

〔三〕百死不贖：『贖』，底本作『黷』，據明鈔本改。

贊畫龍

溝江湖吾窟宅，噴雲霧其裳衣，誠無求而不得，嗟無出以何爲。

千户高君行述

人有居微履約，不擇己之便安，而急人之艱窮，又能當忽然之警，而不惑於鬼神死生之故，此學士大夫有氣誼敏決者之所難也。而或談笑造次兼之，不既甚可稱乎。然其名字，不幸湮沈泯滅於稠衆之中，没齒無所表見，僅幸而天報之以賢子孫。尚德君子，惟論福澤之所由來，而因得彷彿其爲人，若千户高君者，可謂希矣。高君諱忠義，族世出肅慎氏。當金之存，世襲千户。君父自遼東分鎮洛陽五橋寨，於是君生方十五歲，父以調發至慶陽。病死，君仍其職，管攝軍伍，有能名。金亡，居大名爲民。有權豪張宣差，占據新附户四十餘，君引義訴列，奪而還良〔一〕。蔡罕公開行中書省於三河之上〔二〕，帶銀牌爲其府參謀。軍行纍囚如麻，君一一審録疏理，免者以百計，雖受罪自以爲不冤。至元師南興，充軍所儲，和雇運糧，官漕輓百餘萬石，襄漢間接餉，軍迴，猶有餘積。以功最，當峻遷。十二年十月七日竟死，年六十七。娶吴氏，生子男某，教習儒業，不仕。孫男天祐，今爲浙江等處行中書省問理官。君長於弓馬射獵，百步内不發虛矢。性質直，不好浮屠老氏，見貧困者，即解囊賙給無吝容。渡江之役，汴梁多逃軍，黄河置禁甚嚴，不得脱。則往往於民家傭雇，或乞食市井狂活，君輒饘粥之，且喻以理法，勿爲非，客主皆得其便。在江南，遇俘掠男女，骸骨暴露道路間，出私錢收埋，不知數。尤不信神怪，嘗督糧經汴梁西鈞州，暮當宿驛，驛吏告有妖，不許宿。君徑入，篝燈至丙夜，據牀瞪坐。須臾有扣門者，問何人，不答，再問又不答。遂問：『汝寧非鬼乎？敢入即入。』其門忽自開，形狀一似小嬰兒，而不見其面〔三〕。君呼前，使取足下履，稍近，因手擒之，亟竄走出，稱：『官人，我再不敢來矣。』次夜又聞窗外悲啼聲，問之，云：『我即昨來取履幾見擒者。且吾本欲伸冤，非妖也。吾本州家庖夫，爲前驛吏箠死，埋竈後。每官來出告訴，而官反怖我，故不得聽我語耳。』君憮然，明日爲白州將理其事。掘所指地，得白骨一具，改瘞之，驛遂無事。余嘗涉獵史傳，凡君數事比類皆有〔四〕，而求之今人，無所見以爲恨。殆風氣日不及古，而爲流俗汩没，以至於是。聞君之舉，謂之近於豪傑特立獨行之士非歟？金兵潰時，君孤行滎陽道中〔五〕，一人對面張弓欲射君，弓自折。竊意天地間善類，常自有物扶衛之，射不得侵，賊不能害。世謂沾沾沾名行險之人，禍福可以智計避就，又非通論也。謹述。

校勘記

〔一〕奪而還良：『良』，底本作『艮』，據明鈔本、孫本改。

〔二〕蔡罕公開行中書省於三河之上：「蔡」，孫本、明鈔本作「察」。
〔三〕而不見其面：「面」，底本作「的」，據何校本改。
〔四〕凡君數事比類皆有：「比類皆有」，底本作「皆數有」，據明鈔本補改。
〔五〕君孤行滎陽道中：「滎」，底本作「榮」，據孫本、文淵閣四庫本改。

東平趙氏述

東平趙仲文，由浙西臬掾遷江東，乙巳春，以刑部至信州。余備官屬，得上謁。見其貌甚温，氣甚清，而言甚文，心賢之。然舉口輒不能忘其鄉，若無意於出者，余疑焉。曰：「吾家壽父年且七十有四，母閻夫人亦六十有九。凡仕欲以行志，吾於仕幾何，志於何行，而先廢人子之養乎？」余聞而重賢之。既而出其家乘一通，曰：「吾中原士大夫，遭金季亂，宗族世次，俱莫能稽考。而趙氏所及纔止此。往者不敢臆補，失今不圖，恐愈無以語後嗣、傳永久。幸爲我述其概。」謹按，趙氏自諱海府君以上，皆籍東平汶上縣泉溝村，累世纍纍墓域在焉。惟府君父避難，暫徙鄆城縣，死遂葬縣東下馬頭。兵定，子孫復還居汶上。府君生瑞字祥卿，是於仲文爲父。嘗爲浙東處州平準庫大使，考滿不復仕。而耳聰目明，膂力强健，無異年少。所居雖廛郭，田園池榭〔一〕，别業悉在郊外。軒車騎從，行留自恣，足以娱老。時時爲仲文一遊江南，不久即歸。仲文與二季咸有子息，讀書應門，含飴繞膝，足以承養。噫乎仲文，誠如公言，人生至樂，孰有踰於父母兄弟。及時無事，春秋歲序，展省丘壟，烹羊炰羔，燕洽宗黨，綢繆姻友。處有文酒絃弈歌笑之娱，出有弋釣浮游登覽之適。其與離鄉棄土、衝暑潦、冒風雪，以規銖兩之榮、尺寸之積者，相去何遠遠哉！余不及識平準公，東平古爲聖賢宅里，名儒鉅卿，今猶林立。觀公之行藏進退，及居家教子，可以知鄉閭風俗之美，師友學問之益。魯無君子者，斯焉取斯，詎不信然。叙家世竟，因附見區區歎羨如左。仲文名焕，弟某某。是歲大德九年二月四日，剡源戴表元述。

校勘記

〔一〕田園池榭：「池」，底本作「地」，據孫本改。

知奉化州于伯顔去思碑

奉化之爲州，山疏而水迅。疏，故士居者清勤力業而少餘貲；迅，故仕遊者儻恍外顧而無留心。鹽絲蔬米，埏冶果植，器畜之饒，不通於四方。而衣冠文墨，閥閲意氣之交，異時常與形勢相爲長雄。故其民亦或號爲難治。大德癸卯冬，薊丘于侯以九卿世家來爲守。專用忠厚，文雅廉慈，撫柔興弱，銷沮囂競。一年笞榜輕，再年符移清，三年科徭平，逋流還鄉，凋瘵完復，吾與黎民漸漸知爲生樂矣。秩滿久不得去。而天災作於浙東，飢餓癘疫，死者相枕。侯日夜與其同寮謀所以拯之。官糜有給，鄰餉有勸，野劫有禁，道殣有葬。至於力不可施，則以降貸減徵，懇籲於上。蒙麾犯怒，必得請乃已。迄於今，荒墟廢壠間，猶有談笑炊耕、以齒人數者，皆侯之惠。及州民既更生，益孚侯誠，熟侯教，呻吟按摩，動相聞知，亦與恬然若安居其鄉而忘去者。今人常稱近民官爲父母，父母之於子，寒也常恐無以覆之，餓也常恐無以哺之，危病也常恐無以護之。比其既成立也，有禮馭之，有過恕之，然後父母愈嚴而子愈親。若于侯之於吾州，安能使人不親而懷之乎？懷之不已，爰發於言，言之可傳，必載之碑，繫之以詩，曰：維明有附庸，負海西南，名張實枵，民不勝堪。孰返其逋，有侯氏于，郁郁舒舒，清言雅趨。亦既構宇，乃疆乃理，天降饑荒，奪其乳哺。葺墟作家，續骸爲人，呻吟笑歌，繄侯之仁。侯性無怒，侯軀無欲，驅攘疾癘，扶導饘粥。民曰侯止，侯毋我遺，侯曰勿止，我非爾私。凡人有心，以已爲則，無窮之瞻，繄此樂石。

王氏子葬述

人之常情，莫羨於久生，莫不幸於夭折。而孔光、馮道之長年，人之醜之也，以爲不如包羞而疾死；顔淵、伯魚、楊家之童烏，得於天者劣矣，人之念之也，以爲其身雖死而名存。是何區區無常之好惡，若是乎相懸邪？蓋幽明善惡禍福之辨，至於無可奈何，而後不可以無君子之論。濮之王氏子叔愚，甚慧而賢，余與其兄伯温遊，其兄屢稱之。既而其兄之友又皆稱之。既而叔愚之友亦來與余遊，叔愚之友又皆稱之。既而非叔愚與其兄之友，他與余遊而知叔愚者，往往又皆稱之。余奇焉。而叔愚於其間，亦自多與余遊，余因人之稱而察之，良信。無幾何，叔愚以大德四年某月某日，感疾死錢塘城東客舍，年纔二十一。於是叔愚之兄哭而悲之曰：『吾失才弟矣。』其母悲之曰：『吾失賢子矣。』叔愚之友、若其兄之友、若鄉里知舊悲之曰：『吾失佳友矣。』吾黨識與不識，同聲悲之曰：『國失一良士君子矣。』親者既傷摧痛楚，無以自容，而疏者亦復嗟憐歎悼，不能爲懷。夫斯人也，天既生而材之，驟焉而奪之何居？嗚呼！是真不可以無君子之論。人之賢愚材否，可以力爲，而死生壽夭之不出於己者，當姑置之，使勿亂吾意。故夫子慎言命，恥無名，譏老而不死，而以朝聞道夕死爲無憾。叔愚年雖不高，今觀高明之家，處貴權通顯一人百年之間，誰能不死。一日輀車出門，柳翣載道，亦有能使人嗟憐歎悼如吾人之於叔愚者乎？世之名譽，或有能以矯取，而至於行衆致遠則必敗。叔愚之勢，非能致人以自厚也，而自其家庭，自其閭塾，推而致於遠且衆，舉皆稱其名而信，非有所聞之實而能然乎。是則叔愚雖死，而賢於人固遠矣，而知叔愚者其何悲。叔愚諱友賢，其先世本居東平。祖仕濮，因徙濮。父演卿，嘗佐蘄宿帥府典籤。家世敦雅清素，故叔愚生而凝重，寡言篤學，齠齔能文章，其漸染服習然也。死之年某月某日，葬某州某原。前葬諸公誄文挽歌之類，裒爲一編，屬余叙次。遂爲略具梗概，而詳其儻然者以釋叔愚之親之悲，而亦以風勵吾黨云。

浙江文叢

周邦彦珍本詞集三種

〔宋〕周邦彦 著

浙江古籍出版社

圖書在版編目(CIP)數據

周邦彦珍本詞集三種 /（宋）周邦彦著. —杭州：
浙江古籍出版社，2019.5
ISBN 978-7-5540-1532-2

Ⅰ. ①周… Ⅱ. ①周… Ⅲ. ①宋詞—選集 Ⅳ.
①I222.844

中國版本圖書館 CIP 數據核字(2019)第 075832 號

周邦彦珍本詞集三種

（宋）周邦彦 著

出版發行　浙江古籍出版社
（杭州市體育場路 347 號　郵編：310006）
網　　址　www.zjguji.com
zjgjcbs.tmall.com(天猫旗艦店)
責任編輯　路　偉
封面設計　劉　欣
責任校對　余　宏
責任印務　樓浩凱
照　　排　浙江時代出版服務有限公司
印　　刷　浙江新華數碼印務有限公司
開　　本　710mm×1000mm　1/16
印　　張　27
版　　次　2019 年 5 月第 1 版
印　　次　2019 年 5 月第 1 次印刷
書　　號　ISBN 978-7-5540-1532-2
定　　價　280.00 圓

ISBN 978-7-5540-1532-2
9 787554 015322

序

譚復堂嘗比蔣鹿潭爲倚聲家之杜少陵，然少陵以絶世之姿，發而爲詩，海涵地負，神鬼皆驚，爲一代大作手，爲詩家立矩矱、闢法門，後世鮮不受其牢籠，鹿潭雖一時賢豪，烏足比數哉！味復堂之意，蓋鹿潭遭逢蜩螗沸羹之世，瑣尾流離，以至於死，而其詞復沉鬱頓挫，哀感萬端，可引少陵爲同調也。於詞家擇一可與少陵抗手者，則周清真其庶幾乎。

清真具摛藻掞天之才，復處承平清晏之時，其所製作，組織錯繡，無美不備，鎔鑄古今，渾化無痕，描摹物情，得其微妙。詞有清真，堂廡始大，結構始密，境界始深，洵詞壇之宗匠，百代之麗則也。故陳郁以『二百年來，以樂府獨步』許其詞，宋時已有方千里、楊澤民、陳允平遍和之，其注則有曹杓、陳元龍二家，他詞人未有其遇也。

清真本浙産也。浙夙稱山水窟穴、人文淵藪，然宋以前，實未足與中原抗衡也。以詞論之，清真之前，浙人鮮以詞名世者。清真身後，二帝北轅，中原爲墟。康王渡江，遂定都于杭，兩浙遂爲神皋奥壤，四方才士遂奔輳於輦轂之下。人文化成，稱極盛焉。夢窗、白石、草窗、碧山、玉田之屬，非生於浙，則寓於浙也。

南風不競，宋社遂屋，詞學亦衰。歷四百年，至乎明清之際，斯道重光。始有西陵十子揚權於前，繼有浙西六子鼓吹於後，遂家白石而户玉田，談詞者必首浙派矣。浙派既衰，則有常州派繼之而起，彼則固奉清真爲宗主者，而復堂實爲箇中巨擘。至乎季清，則有朱彊邨崛起，破衆派之藩籬，奪各家之擅場，千年詞史，必以此公爲收縮矣。故論詞者，不知清真，不知淵源之深邃也，不知彊邨者，不知横流之灝瀁也。

《詩》云『高山仰止，景行行止』，興景仰之心，莫若知其人，知其人，則莫若讀其書，讀其書，莫若親其手澤。清真去今綿邈，其手澤不可得而見也，其詞集可得而見也。彊邨去今未遠，其詞集并手澤皆可得而見也。今彩色影印浙江圖書館所藏清真詞三種，内二種彊邨手澤存焉，用以饗夫世之好清真及彊邨者。外復堂《片玉詞攷異》一種，則非徒可資考證，亦可存先賢之手澤也。

己亥季春廿三日，湖上季連甫識。

目録

片玉詞二卷補遺一卷

清抄本

文章政事初非兩塗學之優者發而為政必有可觀政有其暇則遊藝於詠歌者必其才有餘刃者也溧水為負山之邑官賦浩穰民訟紛沓似不可以絃歌為政而待制周公元祐癸酉春中為邑長于斯其政敬簡民到于今稱之者固有餘愛而其尤可稱者於撥煩治劇之中不妨舒嘯一觴一詠句中有眼膾炙人口者又有餘聲聲洋洋乎在耳則其政有不亡者存余慕周公之才名有年于茲不謂於八十餘載之後踵公舊躅既喜而且媿故自到任以來訪其政事於所治後圃得其遺致有亭曰姑射有堂曰蕭閒皆取神仙中事揭而名之可以想像其襟抱之不凡而

又覩新綠之池隔浦之蓮依然在目抑又思公之詞其撫寫物態曲盡其妙方思有以發揚其聲之不可忘者而未能及乎暇日從容式燕嘉賓歌者在上果以公之詞為首唱夫然後知邑人愛其詞乃所以不忘其政也余欲廣邑人愛之之意故裒公之詞旁搜遠紹僅浔百八十有二章釐為上下卷迺輟俸餘鳩工鋟木以壽其傳非惟慰邑人之思亦蘄傳之有所托俾人聲其歌者足以知其才之優於為邑如此故冠之以序而述其意云淳熙歲在上章困敦孟陬月圍赤奮若晉陽強煥序

片玉詞目録

卷上

六醜一調
埽花遊一調
滿庭芳一調
大酺一調
法曲獻仙音一調
應天長一調
傷情怨一調
木蘭花令一調
菩薩蠻一調
醜奴兒三調

塞垣春一調
夜飛鵲一調
花犯一調
霜葉飛一調
渡江雲一調
玉樓春五調
品令一調
秋蕊香一調
玉團兒一調
感皇恩二調

卷下

片玉詞卷上

宋 周邦彦

瑞龍吟

章臺路還見褪粉梅梢試華桃樹愔愔坊陌人家定巢燕子歸來舊處　黯凝佇因記箇人癡小乍窺門戶侵晨淺約宮黃障風映袖盈盈笑語　前度劉郎重到訪鄰尋里同時歌舞唯有舊家秋娘聲價如故吟牋賦筆猶記燕臺句知誰伴名園露飲東城閒步事與孤鴻去探春盡是傷離意緒官柳低金縷歸騎晚纖纖池塘飛雨斷腸院落一簾風絮按此調自章臺路至歸來舊處是第一段自黯凝佇至盈盈笑語是第二段此謂之雙拽頭屬正平

調自前度劉郎以下即犯大石係第三段至歸騎晚以下
四句再歸正平坊刻皆于聲價如故分段者非 侵晨淺
約宮黃或作宮粧非玫梁簡文詩約黃能效月李賀詩宮
人面靨黃或 作猶記燕臺句或作蘭臺句非玫李義山柳枝
詩序云柳枝洛中里娘也年十七不聘余從昆讓山北柳
枝居為近他日春陰讓山下馬柳枝南柳下詠余燕臺詩
柳枝驚問誰人為是讓山曰此吾少年叔耳柳枝手斷長
帶結讓山為贈叔乞詩明日予策馬出其巷柳枝丫鬟畢
粧抱立扇下風陣一袖指曰若叔是後三
日隣當去濺裙水上以博山香待與郎俱

風流子

楓林凋晚葉關河迥楚客慘將歸望一川暝靄雁聲哀怨
半規涼月人影參差酒醒後淚花銷鳳蠟風幙卷金泥砧
杵韻高喚回殘夢綺羅香減牽起餘悲 亭皋分襟地難
堪處偏是掩面牽衣何況怨懷長結重見無期想寄恨書

中。銀鈎空滿。斷腸聲裏。玉筯還垂。多少暗愁密意。唯有天知。

又

新綠小池塘。風簾動碎影舞斜陽。羨金屋去來。舊時巢燕。土花繚繞。前度莓牆。繡閣裏。鳳幃深幾許。聽得理絲簧。欲說又休。慮乖芳信。未歌先噎。愁轉清商。 遙知新粧了。開朱戶。應自待月西廂。最苦夢魂。今宵不到伊行。問甚時卻與。佳音密耗。寄將秦鏡。偷換韓香。天便教人。霎時廝見何妨。

寄將秦鏡偷換韓香一作秦女韓郎非　弦貫充文悅韓壽美姿遂通焉竊奇香以與壽樂府云盤龍明鏡餉秦嘉辟惡生香寄韓壽美成全用此作對

華胥引

川原澄映煙月冥濛去舟似葉岸足沙平蒲根水冷留雁
唼別有孤角吟秋對曉風鳴軋紅日三竿醉頭扶起還怯
離思相縈漸看看鬢絲堪鑷舞衫歌扇何人輕憐細閱
點撿從前恩愛鳳牋盈篋愁剪燈花夜來和淚雙疊舞衫歌扇
一作舞孰非魏詩云舞衫飄細縠歌扇掩輕紗

意難忘

衣染鶯黃愛停歌駐拍勸酒持觴低鬟蟬影動私語口脂
香簷（蓮）露滴竹風涼拚劇飲淋浪夜漸深籠燈就月子細端
相知音見說無雙解移宮換羽未怕周郎長顰知有恨

貪耍不成粧。些箇事。惱人腸。試說與何妨。又恐伊尋消聽

息。瘦損容光。周瑜少精音樂雖三爵之後其有闕誤瑜必知之必顧故時人語云未怕周郎一作江郎非弦曲有誤周郎

宴清都

地僻無鐘鼓。殘燈滅夜長人倦難度。寒吹斷梗。風翻暗雪。

灑窗填戶。賓鴻漫說傳書。算過盡千儔萬侶。始信得庾信

愁多。江淹恨極須賦。　淒涼病損文園。徽絃乍拂。音韻先

苦。淮山夜月。金城暮草。夢魂飛去。秋霜半入清鏡。歎帶眼

都移舊處。更久長不見文君。歸時認否。

蘭陵王　柳

柳陰直煙縷絲絲弄碧隋堤上曾見幾番拂水飄綿送行色登臨望故國誰識京華倦客長亭路年去歲來應折柔條過千尺　閒尋舊蹤跡又酒趁哀絃燈照離席梨花榆火催寒食愁一箭風快半篙波暖回頭迢遞便數驛望人在天北　悽惻恨堆積漸別浦縈迴津堠岑寂斜陽冉冉春無極念月榭攜手露橋聞笛沉思前事似夢魂裏淚暗滴

鎖窗寒 寒食

暗柳啼鴉單衣竚立小簾朱戶桐陰半畝靜鎖一庭愁雨灑空堦夜闌未休故人剪燭西窗語似楚江暝宿風燈零

亂少年羇旅　遲䓁嬉遊處正店舍無煙禁城百五旗亭喚酒付與高陽儔侶想東園桃李經春小唇秀靨今在否到歸時定有殘英待客攜罇俎（時刻或于遲草下分段）

隔浦蓮近拍（中山縣圃姑射亭避暑作）

新篁搖動翠葆曲徑通深窈夏果收新脆金丸落驚飛鳥濃靄迷岸草蛙聲鬧驟雨鳴池沼水亭小　浮萍破處簾花簷影顛倒綸巾羽扇困臥北窗清曉屏裏吳山夢自到驚覺依前身在江表（時刻或于池沼下分段　金丸落驚飛鳥一作金丸落飛鳥注引李賀詩）

云間把金丸落飛鳥按譜第四句第五句皆三字宜作金丸落驚飛鳥攷韓嫣好彈以金為丸打飛鳥一日所失十餘人爭拾之時人為之語曰若飢寒逐金丸　簾花簷影一作簷花簾影杜子美詩云燈前細雨簷花落蓋簷前雨

映燈光如花爾或改簷前細雨燈花落便無致味周美成用簷花苕溪漁隱病其與本意未合花菴詞選作簾花簷影今從之

蘇幕遮

燎沉香。消溽暑。鳥雀呼晴。侵曉窺簷語。葉上初陽乾宿雨。水面清圓。一一風荷舉。故鄉遥。何日去。家住吴門。久作長安旅。五月漁郎相憶否。小檝輕舟。夢入芙蓉浦。

早梅芳近 譜無近字

花竹深。房櫳好。夜闃無人到。隔窗寒雨。向壁孤燈弄餘照。淚多羅袖重。意密鶯聲小。正魂驚夢怯。門外已知曉。去難留。話未了。早促登長道。風披宿霧。露洗初陽射林表。亂

愁迷遠覽苦語縈懷抱謾回頭更堪歸路杳

又

繚牆深叢竹繞宴席臨清沼微呈纖履故隱烘簾自嬉笑
粉香粧暈薄帶緊腰圍小看鴻驚鳳翥滿座歎輕妙　酒
醒時會散了回首城南道河陰高轉露腳斜飛夜將曉異
鄉奄歲月醉眼迷登眺路迢迢恨滿千里草

四園竹

浮雲護月未放滿朱扉鼠搖暗壁螢度破窗偷入書幃秋
意濃閒佇立庭柯影裏好風襟袖先知　夜何其江南路
繞重山心知漫與前期奈向燈前墮淚腸斷蕭娘舊日書

辭。猶在紙。雁信絕。清宵夢又稀。

驀山溪

湖平春水。藻荇縈船尾。空翠撲衣襟。拊輕根遊魚驚避。晚來潮上。遍灘沒沙痕。山四倚。雲漸起。鳥度屏風裏。周郎逸興。黃帽侵雲水。落日媚滄洲。泛一棹夷猶未已。玉簫金管。不共美人遊。因箇甚。煙霧底偏愛尊羹美。

側犯

暮霞霽雨。小蓮出水紅妝靚。風定。看步襪江妃照明鏡。飛螢度暗草。秉燭遊花徑。人靜。攜豔質。追涼就槐影。金環皓腕。雪藕清泉瑩。誰念省。滿身香猶是舊荀令。見說胡姬。

酒爐寂靜煙鎖漠漠藻池苔井誰念省滿身香猶是舊蔔
令或作舊時令非弦蔔令
年十五體能生香擬國婚之選不欲連姻帝室遠適長沙
故李端贈郭駙馬詩云焚香蔔令偏怜小見說胡姬酒
壚寂靜或作文姬非弦辛延年詩云昔有霍家奴姓馮名
子都依倚將軍勢調笑酒家胡胡姬年十五春日獨當壚
長裾連理帶廣袖合歡襦左
傳注胡姬乃齊景公妾也

齊天樂

綠蕪彫盡臺城路殊鄉又逢秋晚暮雨生寒鳴蛩勸織深
閣時聞裁剪雲窗靜掩嘆重拂羅裀頓疎花簟尚有練囊
露螢清夜照書卷 荆江留滯最久故人相望處離思何
限渭水西風長安亂葉空憶詩情宛轉凭高眺遠正玉液
新篘蟹螯初薦醉倒山翁但愁斜照斂

荔枝香近

照水殘紅零亂風喚去盡日惻惻輕寒簾底吹香霧黃昏客枕無憀細響當窗雨看兩兩相依燕新乳　樓下水漸淥遍行舟浦莫往朝來心逐片颿輕舉何日迎門小檻朱籠報鸚鵡如今誰念淒楚清真集作共剪西窗密炬

又

夜來寒侵酒席露微泫舄履初會香澤方熏無端暗雨催人但怪燈偏簾卷回顧始覺驚鴻去遠　大都世間最苦唯聚散到得春殘看即是開離宴細思別後柳眼花鬚更誰剪此懷何處消遣

水龍吟 梨花

素肌應怯餘寒。豔陽占立青蕪地。樊川照日。靈關遮路。殘紅斂避。傳大樓臺。妬花風雨。長門深閉。亞簾櫳半溼。一枝在手。偏勾引。黃昏淚。　別有風前月底。布繁陰。滿園歌吹。朱鉛退盡。潘妃却酒。昭君乍起。雪浪翻空。粉裳縞夜。不成春意。恨玉容不見。瓊英謾好。與何人比。

六醜 薔薇謝後作

正單衣試酒。恨客裏。光陰虛擲。願春暫留。春歸如過翼。一去無迹。為問花何在。夜來風雨。葬楚宮傾國。釵鈿墮處遺香澤。亂點桃蹊。輕翻柳陌。多情最誰追惜。但蜂媒蝶使。時

叩窗槅東園岑寂　漸蒙籠暗碧靜遶珍叢底成歎息長
條故惹行客似牽衣待話別情無極殘英小強簪巾幘終
不似一朵釵頭顫裊向人欹側漂流處莫趁潮汐恐斷鴻
尚有相思字何由見得或于時叩窗隔分段字句稍異恐斷鴻尚有相思字或作恐斷紅
上有相思字非詩云來春縱有相思字三月天南斷雁飛

塞垣春

暮色分平野傍葦岸征帆卸煙深極浦樹藏孤館秋景如
画漸別離氣味難禁也更物象供瀟灑念多才渾衰減一
懷幽恨難寫　追念綺窗人天然自風韻閑雅竟夕起相
思謾嗟怨遙夜又還將兩袖珠淚沈吟向寂寒寒燈下玉

骨為多感。瘦來無一把。

掃花游（清真集作掃地花）

曉陰翳日。正霧靄煙橫。遠迷平楚。暗黃萬縷。聽鳴禽按曲。
小腰欲舞。細遶回堤。駐馬河橋避雨。信流去。一葉怨題。今
到何處。　春事能幾許。任占地持盃。掃花尋路。淚珠濺俎。
嘆將愁度日。病傷幽素。恨入金徽。見說文君更苦。黯凝佇。
掩重關。徧城鐘鼓。

夜飛鵲（情別）

河橋送人處。良夜何其。斜月遠墮餘輝。銅盤燭淚已流盡。
霏霏涼露霑衣。相將散離會。探風前津鼓。樹杪參旗。花驄

會意縱揚鞭亦自行遲　迢遞路回清野人語漸無聞空帶愁歸何意重經前地遺鈿不見斜逕都迷兔葵燕麥向殘陽影與人齊但徘徊班草欷歔酹酒極望天西兔葵燕麥或作戎葵非劉禹錫自遠州承召過玄都觀後復主客郎中重遊玄都惟菟葵燕麥搖動春風耳　但徘徊班草或作青草非王介甫詩云班草數行衣上淚與班荊同義

滿庭芳 夏日溧水無想山作

風老鶯雛雨肥梅子午陰佳樹清圓地卑山近衣潤費爐煙人靜烏鳶自樂小橋外新淥濺濺凭闌久黃蘆苦竹擬泛九江船　年年如社燕飄流瀚海來寄修椽且莫思身外長近尊前顦顇江南倦客不堪聽急管繁絃歌筵畔先

安簟枕容我醉時眠

花犯 詠梅

粉牆低梅花照眼依然舊風味露痕輕綴疑淨洗鉛華無限佳麗去年勝賞曾孤倚冰盤同燕喜更可惜雪中高樹香篝熏素被　今年對花最匆匆相逢似有恨依依愁顇吟望久青苔上旋看飛墜相將見脆圓薦酒人正在空江煙浪裏但夢想一枝瀟灑黄昏斜照水

大酺 春雨

對宿煙收春禽靜飛雨時鳴高屋牆頭青玉旆洗鉛霜都盡嫩梢相觸潤逼琴絲寒侵枕障蟲網吹粘簾竹郵亭無

人處聽簷聲不斷困眠初熟奈愁極頻驚夢輕難記自憐幽獨　行人歸意速最先念流潦妨車轂怎奈向蘭成顦顇樂廣清羸等閒時易傷心目未怪平陽客雙淚落笛中哀曲況蕭索青蕪國紅糝鋪地門外荆桃如菽夜遊共誰秉燭

怎奈向蘭成顦顇蘭成
庾信小字一作蘭臺非

霜葉飛

露迷衰草踈星掛涼蟾低下林表素娥青女鬭嬋娟正倍添悽悄漸颯颯丹楓撼曉橫天雲浪魚鱗小見皓月相看又透入清輝半餉特地畱照　迢遞望極關山波穿千里度日如歲難到鳳樓今夜聽秋風奈五更愁抱想玉匣哀

絃閉了。無心重理相思調。念故人牽離恨。屏掩孤顰。淚流多少。

法曲獻仙音

蟬咽涼柯。燕飛塵幙。漏閣籤聲時度。倦脫綸巾。困便湘竹。桐陰半侵庭户。向抱影凝情處。時聞打窗雨。耿無語。歎文園近來多病。情緒孏罇酒。易成間阻。縹緲玉京人。想依然京兆眉嫵。翠幙深中。對徽容。空在紈素。待花前月下。見了不殺歸去。或于時聞打窗雨下分段　或作湍閣非鷄人掌銅漏傳　漏閣籤聲時度　籤于殿中者令投籤于階上使鏘然有聲漏籤乃籌箭也　對徽容空在紈素或作孅容非崔徽善歌舞慕敬中畫其形容

渡江雲

晴嵐低楚甸暝迴雁翼陣勢起平沙驟驚春在眼借問何時委曲到山家塗香暈色盛粉飾爭作妍華千萬絲陌頭楊柳漸漸可藏鴉　堪嗟清江東注畫舸西流指長安日下愁宴闌風翻旗尾潮濺烏紗今宵正對初弦月傍水驛深艤蒹葭沉恨處但時時頻剔燈花或作銀花非吳融剪刀賦鶯聲嚼曉畫眉而頻剔燈花

應天長　寒食

條風布暖霏霧弄晴池臺徧滿春色正是夜堂無月沉沉暗寒食梁間燕社前客似笑我閉門愁寂亂花過隔院芸香滿地狼籍　長記那回時邂逅相逢郊外駐油壁又見

漢宮傳燭飛煙五侯宅青青草迷路陌強載酒細尋前迹
市橋遠柳下人家猶自相識坊刻或遺條風至正是二十字

玉樓春按譜木蘭花令實是一調又如滿庭芳與鎖陽臺蘇幕遮與鬢雲鬆令之類俱同調而異名前後錯見姑仍之

當時攜手城東道月墮簷牙人睡了酒邊誰使客愁輕帳底不教春夢到　別來人事如秋草應有吳霜侵翠葆夕陽深鎖綠楊門一任盧郎愁裏老盧郎一作庾郎非考盧家郎年暮為校書晚娶崔氏女崔有詞翰結縭之後微有嫌色盧因請詩為戲崔立成云不怨檀郎年紀大不怨檀郎官職卑自恨妾身生較晚不見盧郎年少時

又或另見別卷或刻秦少游

玉琴虛下傷心淚。只有文君知曲意。簾烘樓迥月宜人。酒
暖香融春有味。萋萋芳草迷千里。惆悵王孫行未已。天涯
回首一銷魂。二十四橋歌舞地。

又

大堤花豔驚郎目。秀色穠華看不足。休將寶瑟寫幽懷。坐
上有人能顧曲。　平波落照涵赬玉。画舸亭亭浮淡淥。臨
分何以祝深情。只有別愁三萬斛。

又

玉奩收起新粧了。鬢畔斜枝紅裊裊。淺嚬輕笑百般宜。試
著春衫應更好。　裁金簇翠天機巧。不稱野人簪破帽。滿

頭聊作片時狂頓減十年塵土貌

又

桃溪不作從容住秋藕絕來無續處當時相候赤欄橋今日獨尋黃葉路　煙中列岫青無數雁背夕陽紅欲暮人如風後入江雲情似雨餘黏地絮當時相候赤欄橋絕妙詞逕作當時無奈鳥聲哀

傷情怨

枝頭風信漸小看算鴉飛了又是黃昏閉門收返照　江南人去路杳信未通愁已先到怕見孤燈霜寒催睡早

品令　梅花

夜闌人靜。月痕寄梅梢疎影。簾外曲角欄干近。舊攜手處。
花霧寒成陣。應是不禁愁與恨。縱相逢難問。黛眉曾把
春衫印。後期無定。腸斷香銷盡。花霧寒成陣或刻花發霧寒成陣按譜第五句宜五字且沈詩落花紛似霧增一發字便少味

木蘭花令 萛秋餞別

郊原雨過金英秀。風掃霜威寒入袖。感君一曲斷腸歌。送
我十分和淚酒。 古道塵清榆柳瘦。繫馬郵亭人散後。今
宵燈盡酒醒時。可惜朱顏成皓首。

秋蕊香

乳鴨池塘水暖。風緊柳花迎面。午粧粉指印窗眼。曲裏長

眉翠淺。聞知社日停針線。貪新燕。寶釵落枕夢魂遠。簾影參差滿院。

菩薩蠻

銀河宛轉三千曲。浴鳧飛鷺澄波渌。何處望歸舟。夕陽江上樓。天憎梅浪發。故下封枝雪。深院捲簾看。應憐江上寒。

玉團兒 清真集不載

鉛華淡佇新妝束。好風韻天然異俗。彼此知名。雖然初見。情分先熟。爐煙淡淡雲屏曲。睡半醒生香透肉。賴得相逢。若還虛過。生世不足。

醜奴兒詠梅

肌膚綽約真仙子，來伴冰霜。洗盡鉛黃。素面初無一點粧。尋花不用持銀燭，暗裏聞香。零落池塘。分付餘妍與壽陽。

又下二闋清真集不載

南枝度臘開全少，踈影當軒。一種宜寒。自共清蟾別有緣。江南風味依然在，玉貌韶顏。今夜凭欄。不似釵頭子細看。

又

香梅開後風傳信，繡戶先知。霧濕羅衣。冷豔須攀最遠枝。

高歌羌管吹遥夜。看即分披，已恨來遲。不見娉婷帶雪時。

感皇恩

露柳好風標，嬌鶯能語。獨占春光最多處。淺顰輕笑，未肯等閒分付。為誰心子裏，長長苦。　洞房見說，雲深無路。憑仗青鸞道情素。酒空歌斷，又被濤江催度。怎向言不盡，愁無數。

又（清真集不載）

小閣倚晴空，數聲鐘定。斗柄垂寒莫天靜。朝來殘酒，又被春風吹醒。眼前猶認得，當時景。　往事舊懽，不堪重省。自

歎多愁更多病綺窗依舊敲遍闌干誰應斷腸明月下梅
摇影

宴桃源

塵暗一枰文繡淚濕領巾紅皺初睡綺羅輕腰勝武昌官
柳長晝長晝閒臥午窗中酒（塵暗一枰文繡清真集作塵滿一絣文繡）

又

門外迢迢行路誰送郎邊尺素巷陌雨餘風當面濕花飛
去無緒無緒閒處偷垂玉筯

月中行

蜀絲趁日染乾紅微暖口脂融博山細篆靄房櫳靜看打

窗蟲　愁多膽怯疑虛幙聲不斷蓦景疎鐘團團四壁小屏風淚盡夢啼中團團四壁小屏風一作團團一面小屏風非孫亮作圖琉璃屏風多布螢其中月下清夜舒之常籠四姬皆比絕色使入四座屏風內望之若無隔惟香氣不通于外

漁家傲

灰暖香融銷永晝蒲萄上架春藤秀曲角欄干羣雀鬬清明後風梳萬縷亭前柳　日照釵梁光欲溜循堦竹粉霑衣袖拂拂面紅新着酒沉吟久昨宵正是來時候

又

幾日輕陰寒惻惻東風急處花成積醉踏陽春懷故國歸未得黃鸝久住如相識　賴有蛾眉能暖客長歌屢勸金

盃側歌罷月痕來照席貪歡適簾前重露成涓滴

定風波

莫倚能歌斂黛眉此歌能有幾人知他日相逢花月底重理好聲須記得來時　苦恨城頭傳漏永□□無情豈解惜分飛休訴金樽推玉臂從醉明朝有酒遣誰持

蝶戀花 詠柳

愛日輕明新雪後柳眼星星漸欲穿窗牖不待長亭傾別酒一枝已入騷人手　淺淺柔黃輕蠟透過盡冰霜便與春爭秀強對青銅簪白首老來風味難依舊愛日輕明新雪後清真集作緩日輕明新霽後

又

桃萼新香梅落後。葉暗藏鵶，冉冉垂亭牖。舞困低迷如著酒。亂絲偏近遊人手。　雨過蒙朧斜日透。客舍青青，特地添明秀。莫話揚鞭回別首。渭城荒遠無交舊。

又

小閣陰陰人寂後。翠幙褰風，燭影搖疎牖。夜半霜寒初索酒。金刀正在柔荑手。　粉薄絲輕光欲透。小葉尖新，未放雙眉秀。記得長條垂鷁首。別離情味還依舊。

又 詠柳

蠢蠢黃金初脫後。暖日飛綿，取次黏窗牖。不見長條低拂

酒贈行應已輸先手　鶯擲金梭飛不透小榭危樓處處
添奇秀何日隋堤縈馬頭路長人倦空思舊

又　早行或作鳳棲梧另入别卷

月皎驚烏栖不定更漏將闌轣轆牽金井喚起兩眸青炯
炯淚花落枕紅綿冷　執手霜風吹鬢影去意徘徊别語
愁難聽樓上闌干橫斗柄露寒人遠鷄相應

又　下五闋青真集不載

魚尾霞生明遠樹翠壁黏天玉葉迎風舉一笑相逢蓬海
路人間風月如塵土　剪水雙眸雲鬢吐醉倒天瓢笑語
生青霧此會未闌須記取桃花幾度吹紅雨

又

美盼低迷情宛轉。愛雨怜雲，漸覺寬金釧。桃李香苞秋不展。深心黯黮誰能見。　宋玉牆高纔一覘。絮亂絲繁，苦隔春風面。歌板未終風色便。夢為蝴蝶畱芳甸。

又

晚步芳塘新霽後。春意潛來，迤邐通窗牖。午睡漸多濃似酒。韶華已入東君手。　嫩綠輕黃成染透。燭下工夫，洩漏章臺秀。擬揷芳條須滿首。管交風味還勝舊。

又

葉底尋花春欲暮。折遍柔枝，滿手真珠露。不見舊人空舊

處對花惹起愁無數　却倚欄干吹柳絮粉蝶多情飛上
釵頭住若遣郎身如蝶羽芳時爭肯拋人去

又

酒熟微紅生眼尾半額龍香冉冉飄衣袂雲壓寶釵撩不
起黃金心字雙垂耳　愁入眉痕添秀美無限柔情分付
西流水忽被驚風吹别淚只應天也知人意

紅羅襖

画燭尋懽去嬴馬載愁歸念取酒東壚罇罍雖近採花南
圃蜂蝶須知　自分袂天闊鴻稀空懷乖夢約心期楚客
憶江蘺算宋玉未必為秋悲

少年遊 感舊

并刀如水吳鹽勝雪纖指破新橙錦幄初溫獸香不斷相對坐吹笙　低聲問向誰行宿城上已三更馬滑霜濃不如休去直是少人行

獸香不斷一作手香不斷非長安巧工作博山香爐為奇禽怪獸煙自口中出　相對坐吹笙或用王建宮詞沉香大底坐吹笙句清真集又作相對坐調箏

又

簷牙縹緲小倡樓涼月掛銀鈎聒席笙歌透簾燈大風景似揚州　當時面色欺春雪曾伴美人遊今日重來更無人問獨自倚欄愁

又 荊州作

南都石黛埽晴山衣薄奈朝寒一夕東風海棠花謝樓上
捲簾看　而今麗日明如洗南陌暖雕鞍舊賞園林喜無
風雨春鳥報平安

又　後斾

朝雲漠漠散輕絲樓閣澹春姿柳泣花啼九街泥重門外
燕飛遲　而今麗日明金屋春色在桃枝不似當時小樓
衝雨幽恨兩人知

還京樂

禁煙近觸處浮香秀色相料理正泥花時候奈何客裏光
陰虛費望箭波無際迎風漾日黄雲委任去遠中有萬點

相思清淚　到長淮底過當時樓下慇勤為說春來羇旅況味堪嗟悞約乖期向天涯自看桃李想如今應恨墨盈牋愁粧照水怎得青鸞翼飛歸教見顦顇

解連環　譜名玉連環　怨別

怨懷無託嗟情人斷絕信音遼邈縱妙手能解連環似風散雨收霧輕雲薄燕子樓空暗塵鎖一牀絃索想移根換葉盡是舊時手種紅藥　汀洲漸生杜若料舟依岸曲人在天角記得當日音書把閒語閒言待總燒却水驛春迴望寄我江南梅蕚拚今生對花對酒為伊淚落　清真集拚今生為伊對花對酒淚落　縱妙手能解連環一作信妙手能把連環非孜秦始皇遺齊君王后玉連環曰齊國多智能解此

環否以示羣臣群臣不知解君王后引椎破之謝秦使曰謹以解矣

綺寮怨

上馬人扶殘醉曉風吹未醒映水曲翠瓦朱簷垂楊裏乍見津亭當時曾題敗壁蛛絲罥淡墨苔暈青念去來歲月如流徘徊久嘆息愁思盈 去去倦尋路程江陵舊事何曾再問楊瓊舊曲淒清斂愁黛與誰聽樽前故人如在想念我最關情何須渭城歌聲未盡處先淚零或于徘徊久嘆息下分段

玲瓏四犯

穠李夭桃是舊日潘郎親試春豔自別河陽長負露房煙臉顦顇鬢點吳霜細念想夢魂飛亂嘆畫闌玉砌都換纔

始有緣重見　夜深偷展香羅薦暗窗前醉眠蔥蒨浮花浪蕊都相識誰更曾擡眼休問舊色舊香但認取芳心一點奈又片時一陣風雨惡吹分散細念想夢魂飛亂按譜第七句六言無細字

丹鳳吟　春恨

迤邐春光無賴翠藻翻池黃蜂遊閣朝來風暴飛絮亂投簾幙生憎暮景倚牆臨岸杏靨夭斜榆錢輕薄晝永惟思傍枕睡起無憀殘照猶在庭角　況是別離氣味坐來但覺心緒惡痛飲澆愁酒奈愁濃如酒無計銷鑠那堪昏暝簌簌半簷花落弄粉調朱柔素手問何時重握此時此意生怕人道著

憶舊遊 清真集不載

記愁横淺黛，淚洗紅鉛，門掩秋宵。墜葉驚離思，聽寒螿夜泣，亂雨蕭蕭。鳳釵半脱雲鬢，窗影燭花摇。漸暗竹敲涼，踈螢照曉，兩地魂消。　迢迢問音信，道徑底花陰，時認鳴鑣。也擬臨朱户，嘆因郎顦顇，羞見郎招。舊巢更有新燕，楊柳拂河橋。但滿眼京塵，東風竟日吹露桃。

拜星月慢

夜色催更，清塵收露，小曲幽坊月暗。竹檻燈窗，識秋娘庭院。笑相遇，似覺瓊枝玉樹相倚，暖日明霞光爛。水眄蘭情，總平生稀見。　画圖中、舊識春風面。誰知道、自到瑶臺畔。

春戀雨潤雲溫苦驚風吹散念荒寒寄宿無人館重門閉敗壁秋蟲嘆怎奈向一縷相思隔溪山不斷水晒蘭情或作木晒蘭情非韓詩云吳魚嶺雁無消息水晒蘭情別日多

倒犯詠月清真集作吉了犯

霽景對霜蟾乍昇素煙如埽千林夜縞徘徊處漸移深窈何人正弄孤影蹁躚西窗悄冒露冷貂裘玉斝邀雲表共寒光飲清醥　淮左舊遊記送行人歸來山路窵駐馬望素魄印遙碧金樞小愛秀色初娟好念漂浮綿綿思遠道料異日宵征必定還相照奈何人自老共寒光飲清醥或作清醪非韻考蜀都賦置酒高堂觴以清醥

減字木蘭花（清真集不載）

風鬟霧鬢。便覺蓬萊三島近。水秀山明。縹緲仙姿畫不成。廣寒丹桂。豈是夭桃塵俗世。只恐乘風。飛上瓊樓玉宇中。

木蘭花令（清真集不載。原本二首，殘春一陣狂風雨是六一詞，刪去）

歌時宛轉饒風措。鶯語清圓啼玉樹。斷腸歸去月三更。薄酒醒來愁萬緒。　孤燈翳翳昏如霧。枕上依稀聞笑語。惡嫌春夢不分明。忘了與伊相見處。

驀山溪（此二闋清真集不載）

樓前疎柳。柳外無窮路。翠色四天垂。數峰青高城闊處。江

湖病眼偏向此山明愁無語空凝竚兩兩昏鴉去　平康
巷陌往事如花雨十載却歸來倦追尋酒旗戲鼓今宵幸
有人似月嬋娟霞袖舉盃深注一曲黃金縷

又

江天雪意夜色寒成陣翠袖捧金蕉酒紅潮香凝沁粉黛
波不動新月淡籠明香破豆燭頻花減字歌聲穩　恨眉
羞斂往事休重問人去小庭空有梅梢一枝春信檀心未
展誰為探芳叢消瘦盡洗粧勻應更添風韻

青玉案 清真集不載

良夜燈光簇如豆占好事今宵有酒罷歌闌人散後琵琶

輕放語聲低顫滅燭來相就　玉體偎人情何厚輕惜輕憐轉唧嚠雨散雲收眉兒皺只愁彰露那人知後把我來僝僽

一剪梅 清真集不載

一剪梅花萬樣嬌斜插疎枝略點眉梢輕盈微笑舞低回何事樽前拍手誤招　夜漸寒深酒漸消袖裏時聞玉釧輕敲城頭誰恁促殘更銀漏何如且慢明朝

水調頭歌 中秋寄李伯紀大觀文 清真集不載

今夕月華滿銀漢瀉秋寒風纏霧捲宛轉天陛玉樓寬應是金華仙子又喜今年藥就收拾山河影都向鏡中蟠□

□□□□橫霜竹吹明月到中天要令四海遙望千古此輪安何處今年無月唯有謫仙著語高絕莫能攀我故喚公起雲海路漫漫

南柯子 清真集俱不載

寶合分時菓金盤弄賜冰曉來堦下按新聲恰有一方明月可中庭　露下天如水風來夜氣清嬌羞不肯傍人行颭下扇兒拍手引流螢

又

膩頸凝酥白輕衫淡粉紅碧油涼氣透簾櫳指點庭花低映雲母屏風　恨逐瑤琴寫書勞玉指封等閒贏得瘦儀

容何事不教雲雨略下巫峰

又（詠梳兒）

桂魄分餘暈檀槽破紫心曉粧初試鬢雲侵每被蘭膏香染色深沉　指印纖纖粉釵橫隱隱金有時雲雨鳳幃深長是枕前不見殢人尋

關河令（清真集不載　時刻清商怨）

秋陰時晴漸向暝變一庭淒冷佇聽寒聲雲深無雁影更深人去寂靜但照壁孤燈相映酒已都醒如何消夜永

鵲橋仙令（清真集不載）

浮花浪蕊人間無數開遍朱朱白白瑤池一朵玉芙容秋

露洗丹砂真色　晩涼拜月六銖衣動應被姮娥認得翩
然欲上廣寒宮橫玉度一聲天碧

花心動 清真集不載

簾捲青樓東風滿楊花亂飄晴晝蘭袂褪香羅帳褰紅繡
枕旋移相就海棠花謝春融煖偎人恁嬌波頻溜象床穩
鴛衾謾展浪翻紅縐　一夜情濃似酒香汗漬鮫綃幾番
微透鸞困鳳慵婭姹雙眼画也画應難就問伊可煞於人
厚梅萼露臙脂檀口從此後纖腰為郎管瘦

雙頭蓮 清真集不載

一抹残霞幾行新雁天染斷紅雲迷陣影隱約望中點破

晚空澄碧。助秋色。門掩西風。橋横斜照。青翼未來。濃塵自起。咫尺鳳幃。合有人相識。　歎乖隔。知甚時恣與。同攜懽適。度曲傳觴。並鞾飛轡。綺陌畫堂連夕。樓頭千里。帳底三更。盡堪淚滴。怎生向。總無聊。但只聽消息。

長相思　曉行　清真集俱不載

舉離觴。掩洞房。箭水泠泠刻漏長。愁中看曉光。　整羅裳。脂粉香。見掃門前車上霜。相持泣路傍。

又　閨怨

馬如飛。歸未歸。誰在河橋見別離。修楊委地垂。　掩面啼。人怎知。桃李成陰鶯哺兒。閒行春盡時。

又 舟中作

好風浮晚雨收林葉陰陰映鷁舟斜陽明倚樓 黯凝眸

憶舊遊艇子扁舟來莫愁石城風浪秋

又

沙棠舟小棹遊池水澄澄人影浮錦鱗遲上鈎 煙雲愁

簫鼓休再得來時已變秋欲歸須少留

大有 清真集不載

仙骨清羸沈腰顦顇見傍人驚怪消瘦柳無言雙眉盡日

齊鬬都緣薄倖賦情淺許多時不成權偶幸自也總由他

何須負這心口 令人恨行坐呪斷了更思量沒心永守

前日相逢又早見伊仍舊却更被温存後都忘了當時僝僽便搊撮九百身心依前待有

萬里春 清真集不載

千紅萬翠簇定清明天氣為憐他種種清香好難為不醉我愛深如你我心在個人心裏便相看老却春風莫無些歡意

鶴冲天 溧水長壽鄉作清真集俱不載

梅雨霽暑風和高柳亂蟬多小園臺榭遠池波魚戲動新荷薄紗厨輕羽扇枕冷簟涼深院此時情緒此時天無事小神仙

又

白角簟。碧紗厨。梅雨乍晴初。謝家池畔正清虗。香散嫩芙

蕖。日流金。風解愠。一弄素琴歌舞。慢摇紈扇訴花箋。吟

待晚涼天。

片玉詞卷下

解語花 上元

風銷絳蠟，露浥紅蓮，燈市光相射。桂華流瓦，纖雲散，耿耿素娥欲下。衣裳淡雅，看楚女纖腰一把。簫鼓喧，人影參差，滿路飄香麝。　因念都城放夜，望千門如畫，嬉笑游冶。鈿車羅帕，相逢處，自有暗塵隨馬。年光是也，唯只見舊情衰謝。清漏移，飛蓋歸來，從舞休歌罷。

鏁陽臺 懷錢塘 清真集俱不載 即滿庭芳

山崦籠春，江城吹雨，暮天煙淡雲昏。酒旗漁市，冷落杏花村。蘇小當年秀骨，縈蔓草，空想羅裙。潮聲起，高樓噴笛，五

雨了無聞　淒涼懷故國朝鐘𦓤鼓十載紅塵但夢魂迢
遞長到吳門聞道花開陌上歌舊曲愁殺王孫何時見名
娃喚酒同倒甕頭春

又

花撲鞭鞘風吹衫袖馬蹄初趁輕裝都城漸遠芳樹隱斜
陽未慣羈遊況味征鞍上滿目淒涼今宵裏三更皓月愁
斷九迴腸　佳人何處去别時無計同引離觴但唯有相
思兩處難忘去即十分去也如何向千種思量凝眸處黃
昏畫角天遠路岐長

又

白玉樓高廣寒宮闕算雲如幢褰開銀河一泒流出碧天來無數星躔玉李氷輪動光滿樓臺登臨處全勝瀛海弱水浸蓬萊　雲鬟香霧濕月娥韻壓雲凍江梅況飡花飲露莫惜裵徊坐看人間如掌山河影倒入瓊盃歸來晚笛聲吹徹九萬里塵埃

過秦樓 清真集作選官子 或作惜餘春慢

水浴清蟾葉喧涼吹巷陌馬聲初斷閒依露井笑撲流螢惹破畫羅輕扇人靜夜久凭闌愁不歸眠立殘更箭嘆年華一瞬人今千里夢沉書遠　空見說鬢怯瓊梳容銷金鏡漸懶趁時勻染梅風地溽紅雨苔滋一架舞紅都變誰

信無聊為伊才減江淹情傷荀倩但明河影下還看稀星數點水浴清蟾俗本作京浴誤　情傷荀倩一作荀令非　荀奉倩妻曹氏有艷色嘗病倩以令身熨之後卒倩嘆曰佳人難再得人吊之不哭而傷神未幾倩亦卒

解蹀躞 秋思

候館丹楓吹盡面旋隨風舞夜寒霜月飛來伴孤旅還是獨擁秋衾夢餘酒困都醒滿懷離苦　甚情緒深念凌波微步幽房暗相遇淚珠都作秋宵枕前雨此恨音驛難通待憑征雁歸時帶將愁去

蕙蘭芳引 懷秋

寒瑩晚空點青鏡斷霞孤鶩對客館深扃霜草未衰更綠

倦遊厭旅。但夢遶阿嬌金屋。想故人別後。盡日空疑風竹。塞北氍毹。江南圖障。是處溫燠。更花管雲牋。猶寫寄情舊曲。音塵迢遞。但勞遠目。今夜長爭奈。枕單人獨。

六公令 重陽

快風收雨。亭館清殘燠。池光靜橫秋影。岸柳知新沐。聞道宜城酒美。昨日新醅熟。輕鑣相逐。衝泥策馬。來折東籬半開菊。　華堂花艷對列。一一驚郎目。歌韻巧共泉聲。間雜琮琤玉。惆悵周郎已老。莫唱當時曲。幽歡難卜。明年誰健。更把茱萸再三囑。（間襍琮琤玉清真集作間雜淙哀玉）

紅林檎近 詠雪

高栁春纔軟凍梅寒更香莫雪助清峭玉塵散林塘那堪飄風遞令故遣度幙穿窗似欲料理新粧呵手弄絲簧冷落詞賦客蕭索水雲鄉援毫授簡風流猶憶東梁望虛簷徐轉迴廊未埽夜長莫惜空酒觴

又 雪晴

風雪驚初霽水鄉增莫寒樹杪墮毛羽簷牙挂琅玕才喜門堆巷積可惜迤邐銷殘漸看低竹翩翻清池漲微瀾步屧晴正好宴席晚方歡梅花耐冷亭亭來入水盤對前山橫素愁雲變色放盃同覓高處看

滿路花 詠雪

金花落燼燈銀礫鳴窗雪庭深微漏斷行人絕風扉不定竹圃琅玕折玉人新閒闊著這情懷更當恁地時節無言欹枕帳底流清血愁如春後絮來相接知他那裏爭信人心切除共天公說不成也還似伊無箇分別

又 冬景

薰烘淚雨乾酒壓愁城破冰壺防飲渴培殘火朱消粉褪絕勝新梳裹不是寒宵短日上三竿殢人猶要同卧如今多病寂寞章臺左黃昏風弄雪門深鎖蘭房密愛萬種思量過也須知有我著甚情懷但你忘了人呵

氏州第一 清真集作熙州摘遍字句稍異

波落寒汀村渡向晚遥看數點帆小亂葉翻鴉驚風破鴈
天角孤雲縹緲宮柳蕭疎甚尚挂微微殘照景物關情川
途換目頓來催老　漸解狂朋歡意少奈猶被思牽情繞
座上琴心機中錦字覺最縈懷抱也知人懸望久薔薇謝
歸來一笑欲夢高唐未成眠霜空已曉

尉遲盃 離別

隋堤路漸日晚密靄生深對陰陰淡月籠沙還宿河橋深
處無情畫舸都不管煙波隔前浦等行人醉擁重衾載將
離恨歸去　因思舊客京華長偎傍疎林小檻歡聚冶葉
倡條俱相識仍慣見珠歌翠舞如今向漁村水驛夜如歲

焚香獨自語。有何人、念我無聊。夢魂凝想鴛侶。

塞翁吟 夏景

暗葉啼風雨。窗外曉色朧朧。散水麝。小池東。亂一岸芙蓉。蘄州簟展雙紋浪。輕帳翠縷如空。夢遠別。淚痕重。淡鉛臉斜紅。　冲冲。嗟顦顇。新寬帶結。羞豔冶。都銷鏡中。有蜀紙。堪憑寄恨。等今夜。灑血書詞。剪燭親封。菖蒲漸老。早晚成花。教見薰風。等今夜灑血書詞。或作灑淚書詞。非。韓愈云。刳肝以為紙。灑血以書詞。

遶佛閣 旅況

暗塵四斂。樓觀迥出。高映孤館。清漏將短。厭聞夜久。籤聲動書幔。桂華又滿。閒步露草。偏愛幽遠。花氣清婉。望中迤

還城陰度河峤　倦客最蕭索醉倚斜橋穿柳綠還似汴堤虹梁横水面看浪颭春燈舟下如箭此行重見嘆故友難逢羈思空亂兩眉愁向誰行展

慶春宮 悲秋 或刻柳耆卿 偏憐嬌鳳作唯他絕藝

雲接平岡山圍寒野路回漸轉孤城衰柳啼鴉驚風驅雁動人一片秋聲倦途休駕澹煙裏微茫見星塵埃憔顇生怕黃昏離思牽縈　華堂舊日逢迎花艷參差香霧飄零絃管當頭偏憐嬌鳳夜深簧暖笙清眼波傳意恨密約匆匆未成許多煩惱只為當時一餉留情

滿江紅 春閨

晝日移陰攬衣起春帷睡足臨寶鑑綠雲撩亂未擁裝束
蝶粉蜂黄都褪了枕痕一線紅生玉背畫欄脉脉儘無言
尋棊局　重會面猶未卜無限事縈心曲想秦箏依舊尚
鳴金屋芳草連天迷遠望寶香薰被成孤宿最苦是蝴蝶
滿園飛無心撲

丁香結

蒼蘚沿堦冷螢粘屋庭樹望秋先隕漸雨淒風迅澹暮色
倍覺園林清潤漢姬紈扇在重吟玩棄擲未忍登山臨水
此恨自古銷磨不盡　牽引記醉酒歸時對月同看雁陣
寶幄香纓熏爐象尺夜寒燈暈誰念留滯故國舊事勞方

寸唯丹青相伴那更塵昏蠹損

三部樂 梅雪

浮玉飛瓊向邃館靜軒倍增清絶夜窗垂練何用交光明月闇道宮閣多梅趁暗香未遠凍蕊初發倩誰折取持贈情人桃葉 回紋近傳錦字道為君瘦損是人都說祆知染紅著手膠梳黏髮轉思量鎮長墮睫都只為情深意切欲報信息無一句堪喻愁結

西河 金陵懷古

佳麗地南朝盛事誰記山圍故國遶清江髻鬟對起怒濤寂寞打孤城風檣遥度天際斷崖樹猶倒倚莫愁艇子曾

繫空餘舊迹鬱蒼蒼霧沉半壘夜深月過女牆來賞心東望淮水　酒旗戲鼓甚處是想依稀王謝鄰里燕子不知何世向尋常巷陌人家相對如説興亡斜陽裏（花菴詞選作三疊風檣遥望天際作一截賞心東望淮水又作一截清真集在空餘舊迹分段）

又（清真集不載）

長安道瀟灑西風時起塵埃車馬晚遊行霸陵煙水亂鴉棲鳥夕陽中參差霜樹相倚到此際愁如葦冷落關河千里追思唐漢昔繁華斷碑殘記未央宮闕已成灰終南依舊濃翠　對此景無限愁思遶天涯秋蟾如水轉使客情如醉想當時萬古雄名盡作往來人淒涼事

一寸金 新定詞

州夾蒼崖下枕江山是城郭望海霞接日紅翻水面晴風吹草青摇山脚波眏晃鷺作沙痕退夜潮正落疎林外一點炊煙渡口參差正寥廓　自歎勞生經年何事京華信漂泊念渚蒲汀柳空歸閒夢風輪雨檝終辜前約情景牽心眼流連處利名易薄迴頭謝冶葉倡條便入漁釣樂

瑞鶴仙

悄郊原帶郭行路永客去車塵漠漠斜陽映山落斂餘紅猶戀孤城闌角凌波步弱過短亭何用素約有流鶯勸我重解繡鞍緩引春酌　不記歸時早莫上馬誰扶醒眠朱

閣驚飈動幙扶殘醉遶紅藥嘆西園已是花深無地東風何事又惡任流光過却猶喜洞天自樂

又 清真集不載

暝煙籠細柳弄萬縷千絲年年春色晴風蕩無際濃於酒偏醉情人調客闌干倚處度花香微散酒力對重門半掩黃昏淡月院宇深寂　愁極因思前事洞房佳宴正值寒食尋芳遍賞金谷里銅陁陌到而今魚雁沉沉無信息天涯常是淚滴早歸來雲館深處那人正憶

浪淘沙慢 恨別

曉陰重霜凋岸草霧隱城堞南陌脂車待發東門帳飲乍

闌正拂面垂楊堪攬結掩紅淚玉手親折念漢浦離鴻去
何許經時信音絕　情切望中地遠天闊向露冷風清無
人處耿耿寒漏咽嗟萬事難忘唯是輕別翠罇未竭憑斷
雲留取西樓殘月羅帶光銷紋衾疊連環解舊香頓歇怨
歌永瓊壺敲盡缺恨春去不與人期長夜色空餘滿地梨
花雪時刻在情切分段

又清真集不載

萬葉戰秋聲露結雁度砂磧細草和煙尚綠遙山向晚更
碧見隱隱雲邊新月白映落照簾幕千家聽數聲何處倚
樓笛裝點盡秋色　脉脉旅情暗自消釋念珠玉臨水猶

悲感何況天涯客憶少年歌酒當時蹤跡歲華易老衣帶寬懊惱心腸終窄飛散後風流人阻藍橋約悵恨路隔馬蹄過猶嘶舊巷陌歎往事一一堪傷曠望極凝思又把闌干拍

西平樂 元豐初予以布衣西上過天長道中後四十餘年辛丑正月二十六日避賊復遊故地感歎歲月偶成此詞

穉柳蘇晴故溪渴雨川迥未覺春賒駝褐寒侵正憐初日輕陰抵死須遮歎事逐孤鴻去盡身與塘蒲共晚爭知向此征途區區竚立塵沙追念朱顏翠髮曾到處故地使人嗟道連三楚天低四野喬木依前臨路欹斜重慕想東

陵晦迹彭澤歸來左右琴書自樂松菊相依何況風流鬢

未華多謝故人親馳鄭驛時倒融尊勸此淹留共過芳時

翻令倦客思家

玉燭新梅

溪源新臘後見數朶江梅剪裁初就暈酥砌玉芳英嫩故

把春心輕漏前村昨夜想芙月黄昏時候孤岍峭踈影横

斜濃香暗沾襟袖　樽前賦與多才問嶺外風光故人知

否壽陽謾鬭終不似照水一枝清瘦風嬌雨秀好亂插繁

華盈首須信道羌管無情看看又奏

南鄉子

晨色動粧樓短燭熒熒悄未收自在閒簾風不定颼颼池面冰澌趁水流　早起怯梳頭欲綰雲鬟又却休不會沈吟思底事凝眸兩點春山滿鏡愁

又（下四闋清真集不載）

秋氣遶城闉莫角寒鴉未掩門記得佳人衝雨別吟分別緒多於雨後雲　小梓碧溪津恰似江南第一春應是採蓮閒伴侶相尋收取蓮心與舊人

又

寒夜夢初醒行盡江南萬里程早是愁來無會處時聽敗葉相傳細雨聲　書信也無憑萬事由他別後情誰信歸

來須及早長亭短帽輕衫走馬迎

又 詠秋夜

戶外井桐飄淡月踈星共寂寥恐怕霜寒初索被中宵已覺秋聲引鴈高　羅帶束纖腰自剪燈花試彩毫收起一封江北信明朝為問江頭早晚潮

又 撩燕巢

輕軟舞時腰初學吹笙苦未調誰遣有情知事早相撩暗舉羅巾遠見招　癡騃一團嬌自折長條撥燕巢不道有人潛看著從教掉下鬟心與鳳翹

望江南

歌席上無賴是横波寳髻玲瓏欹玉燕繡巾柔膩掩香羅
人好自宜多　無箇事因甚斂雙蛾淺淡梳粧疑見畫惺
鬆言語勝聞歌何況會婆娑

又　遊春

遊妓散獨自遶回堤芳草懷煙迷水曲密雲銜雨暗城西
九陌未霑泥　桃李下春晚自成蹊墻外見花尋路轉柳
陰行馬過鶯啼無處不悽悽

浣溪沙

不為蕭娘舊約寒何因容易别長安預愁衣上粉痕乾
幽閤深沉燈焰喜小爐隣近酒盃寬為君門外脱帰鞍

又

翠葆參差竹徑成新荷跳雨碎珠傾曲欄斜轉小池亭

風約簾衣歸燕急水摇扇影戲魚驚柳梢殘日弄微晴

又

寶扇輕圓淺画繒象床平穩細穿藤飛蠅不到避壺氷

翠枕面涼偏益睡玉簫手汗錯成聲日長無力要人凭

又

薄薄紗幮望似空簟紋如水浸芙容起來嬌眼未惺忪

強整羅衣擡皓腕更將紈扇掩酥胸羞郎何事面微紅

又

爭挽桐花兩鬢垂小粧夫影照清池珠簾踏襪趂蜂兒
跳脫添金雙腕重琵琶破撥四絃悲夜寒誰肯剪春衣

又 或刻歐陽永叔

雨過殘紅溼未飛疎籬一帶透斜暉遊蜂釀蜜竊香歸
金屋無人風竹亂夜篝盡日水沉微一春須有憶人時

又

日薄塵飛官路平眼明喜見汴河傾地遥人倦莫兼程
下馬先尋題壁字出門閒記榜村名早收燈火夢傾城

又

貪向津亭擁去車不辭泥雨濺羅襦淚多脂粉了無餘

酒釅未須令客醉路長終是少人扶早教幽夢到華胥

又或刻李易安

樓上晴天碧四垂樓前芳草接天涯勸君莫上最高梯
新笋看成堂下竹落花都上燕巢泥忍聽林表杜鵑啼

又

日射欹紅臈蔕香風乾微汗粉襟涼碧紗對捲簟紋光
自剪柳枝明画閣戲抛蓮菂種横塘長亭無事好思量

浣溪沙慢清真集不載

水竹舊院落櫻笋新蔬果嫩英翠幄紅杏交櫺大心事暗
卜葉底尋雙朶深夜歸青鎖燈盡酒醒時曉窗明釵横鬢

鞞　怎生那被間阻時多奈愁腸數疊幽恨萬端好夢還
驚破可怪近來傳語也無個莫是嗔人呵真個若嗔人却
因何逢人問我

點絳唇

孤館迢迢暮天草露霑衣潤夜來秋近月暈通風信　今
日源頭黃葉飛成陣知人悶故來相趁共結臨岐恨

又

遼鶴歸來故鄉多少傷心地寸書不寄魚浪空千里　憑
仗桃根說與相思意愁無際舊時衣袂猶有東風淚

又

征騎初停酒行莫放離歌舉柳汀蓮浦看盡江南路　苦
恨斜陽冉冉催人去空回顧淡煙横素不見揚鞭處酒行莫放
離歌舉清真集作
畫筵欲散離歌舉

又

臺上披襟快風一瞬收殘雨柳絲輕舉蛛網黏飛絮　極
目平蕪應是春歸處愁凝佇楚歌聲苦村落黄昏鼓

夜遊宮

客去車塵未斂古簾暗雨苔千點月皎風清在處見奈今
宵照初絃吹一箭　池曲河聲轉念歸計眼迷魂亂明日
前村更荒遠且開尊任紅鱗生酒面

又 秋暮晚景

葉下斜陽照水捲輕浪沉沉千里橋上酸風射眸子立多時看黄昏燈火市　古屋寒窗底聽幾片井桐飛墜不戀單衾再三起有誰知爲蕭娘書一紙

又 清真集不載

一陣斜風横雨薄衣潤新添金縷不謝鉛華更清素倚筠窗弄么絃嬌欲語　小閣横香霧正年少小娥愁緒莫是栽花被花妬甚春來病懨懨無會處

訴衷情 殘杏

出林杏子落金盤齒軟怕嘗酸可惜半殘青子猶印小唇

丹　南陌上落花閒雨斑斑不言不語一段傷春都在眉
間

又

堤前亭午未融霜風緊雁無行重尋舊日岐路茸帽北遊
裝　期信杳別離長遠情傷風翻酒幔寒凝茶煙又是何
鄉

又（清真集不載）

當時選舞萬人長玉帶小排方喧傳京國聲價年少最無
量　花閣迥酒筵香想難忘而今何事佯向人前不認周
郎（喧傳京國聲價時刻讓與都城聲價）

一落索 清真集作洛陽春

眉共春山爭秀可憐長皺莫將清淚濕花枝恐花也如人瘦　清潤玉簫閒久知音稀有欲知日日倚欄愁但問取亭前柳

又

杜宇催歸聲苦和春歸去倚闌一霎酒旗風任撲面桃花雨　目斷隴雲江樹難逢尺素落霞隱隱日平西料想是分攜處

迎春樂

清池小圃開雲屋結春伴往來熟憶年時縱酒盃行速看

月上歸禽宿　牆裏修篁森似束記名字曾刊新綠見說
別來長冷翠蘚封寒玉

又

桃溪柳曲閒蹤跡俱曾是大堤客解春衣貰酒城南陌頻
醉卧胡姬側　鬢點吳霜嗟早白更誰念玉溪消息他日
水雲身相望處無南北

又攜妓

人人豔色明春柳憶筵上偷攜手趁歌停舞歇來相就醒
醒箇無些酒　比目香囊新刺繡連隔座一時薰透為甚
月中歸長是他隨車後

虞美人

燈前欲去仍留戀腸斷朱扉遠不須紅雨洗香腮待得薔薇花謝便歸來　舞腰歌板閒時按一任傍人看金爐應見舊殘煤莫遣恩情容易似寒灰

又

廉纖小雨池塘遍細點破萍面一雙燕子守朱門比似尋常時候易黄昏　宜城酒泛浮春絮細作更闌語相看羃思亂如雲又是一窗燈影兩愁人

又

疎籬曲徑田家小雲樹開秋曉天寒山色有無中野外一

聲鍾起送孤蓬　添衣策馬尋亭堠愁抱惟宜酒菰蒲睡
鴨占陂塘縱被行人驚散又成雙

又

淡雲籠月松溪路長記分攜處夢魂連夜遶松溪此夜相
逢恰似夢中時　海山陡覺風光好莫惜金罇倒柳花吹
雪燕飛忙生怕扁舟歸去斷人腸

又

玉觴纔掩朱絃悄彈指壺天曉回頭猶認倚牆花只向小
橋南畔便天涯　銀蟾依舊當窗滿顧影魂先斷淒風休
颭半殘燈擬倩今宵歸夢到雲屛

又

金閨平帖春雲暵晝漏花前短玉顔酒解豔紅消一向捧心啼困不成嬌　别來新翠迷行徑窗鎖玲瓏影砑綾小字夜來封斜倚曲闌凝睇數歸鴻（砑綾小字夜來封一作研綾非王介甫詩小砑紅綾閒詩句）

醉桃源（清真集作阮郎歸）

冬衣初染遠山青雙絲雲雁綾夜寒袖溼欲成氷都緣珠淚零　情黯黯悶騰騰身如秋後蠅若教隨馬逐郎行不辭多少程

又

菖蒲葉老水平沙臨流蘇小家畫闌曲徑宛秋蛇金英垂
露華　燒蜜炬引蓮娃酒香醺臉霞再來重約日西斜倚
門聽暮鴉

鳳來朝 佳人

逗曉看嬌面小窗深弄明未辨愛殘粧宿粉雲鬟亂最好
是帳中見　說夢雙蛾微歛錦衾溫獸香未斷待起難捨
拚任日炙畫樓暖 待起難捨拚清真集作待起又如何拚

垂絲釣

縷金翠羽粧成纔見眉嫵倦倚玉闌看舞風絮愁幾許寄
鳳絲雁柱春將暮向層城苑路鈿車如水　時時花徑相

過舊遊伴侶還到曾來處門掩風和雨梁燕語問那人在否

粉蝶兒慢

宿霧藏春餘寒帶雨占得羣芳開晚豔初美秀倚東風嬌嬾隔葉黃鸝傳好音唤入深叢中探數枝新比昨朝又早紅稀香淺　春戀重來倚檻當韶華未可輕辜雙眼賞心隨分樂有清樽檀板每歲嬉遊能幾日莫使一聲歌欠忍因循片花飛又成春減

紅窗迥

幾日來真個醉不知道窗外亂紅已深半指花影被風搖

碎　擁春醒乍起有個人人生得濟楚來向耳畔問道今
朝醒未情性兒慢騰騰地惱得人又醉

念奴嬌 清真集不載

醉魂乍醒聽一聲啼鳥幽𢇁岑寂淡日朦朧初破曉滿眼
嬌情天色最惜香梅凌寒偷綻漏泄春消息池塘芳草又
還淑景催逼　因念舊日芳菲桃花永巷恰似初相識荏
苒時光因慣却覓雨尋雲蹤跡奈有離拆瑤臺月下回首
頻思憶重愁疊恨萬般都在胸臆

黃鸝遶碧樹

霽閣籠佳氣寒威日晚歲華將暮小院閒庭對寒梅照雪

淡煙凝素忍當迅景動無限傷春情緒猶賴是上苑風光漸好芳容將煦　草莢蘭芽漸吐且尋芳更休思慮這浮世甚驅馳利祿奔競塵土縱有魏珠照乘未買得流年住爭如剩引榴花醉偎瓊樹爭如剩引榴花醉偎瓊樹清真集作爭如盛飲流霞醉偎瓊樹

鬢雲鬆令 送傳國華奉使三韓清真集不載蘇幕遮

鬢雲鬆眉葉聚一闋離歌不為行人駐檀板停時君看取數尺鮫綃半是梨花雨　鷺飛遙天尺五鳳閣鸞坡看即飛騰去今夜長亭臨別處斷梗飛雲盡是傷情緒

芳草渡

昨夜裏又再宿桃源醉邀仙侶聽碧窗風快踈簾半卷愁

雨多少離恨苦方留連啼訴鳳帳曉又是匆匆獨自歸去
愁顧滿懷淚粉瘦馬衝泥尋去路謾回首煙迷望眼依
稀見朱戶似癡似醉暗惱損凭闌情緒澹暮色看盡栖鴉
亂舞

歸去難 約期

佳約人未知背地伊先變惡會稱停事看深淺如今信我
委的論長遠好彩無可怨自合教伊推些事後分散 密
意都休待説先腸斷此恨除非是天相念堅心更守未死
終須見多少閑磨難到得其時知他做甚頭眼

燕歸梁 詠曉 清真集不載

簾底新霜一夜濃短燭散飛蟲曾經洛浦見驚鴻關山隔夢魂通　明星晃晃津回路轉榆影步花驄欲攀雲駕倩西風吹清血寄玲瓏

南浦清真集不載

淺帶一帆風向晚來扁舟穩下南浦迢遞阻瀟湘衡皋迥斜艤蕙蘭汀渚危檣影裏斷雲點點遥天草菡萏裏風偷送清香時時微度　吾家舊有簪纓甚頓作天涯經歲覊旅羌管怎知情煙波上黄昏萬斛愁緒無言對月皓彩千里人何處恨無鳳翼身只待而今飛將歸去

醉落魄清真集不載

葺金細弱秋風嫩桂花初著蕋珠宫裏人難學花染嬌黄
羞映翠雲幄　清香不與蘭蓀約一枝雲鬢巧梳掠夜涼
輕撼薔薇萼香滿衣襟月在鳳皇閣
留客住（清真集不載）
嗟烏兔正茫茫相催無定只恁東生西没半均寒暑昨見
花紅柳緑處處林茂又覩霜前籬畔菊散餘香看看又還
秋募　忍思慮念古往賢愚終歸何處争似高堂日夜笙
歌齊舉選甚連宵徹晝再三留住待擬沉醉扶上馬怎生
向主人未肯交去
長相思慢（清真集不載）

夜色澄明天街如水風力微冷簾旌幽期再偶坐久相看纔喜欲歎還驚醉眼重醒映雕欄脩竹共數流螢細語輕輕儘銀臺挂蠟潛聽　自初識伊來便惜妖嬈豔質美聘柔情桃溪換世鸞馭凌空有願須成遊絲蕩絮任輕狂相逐牽縈但連環不解難負深盟時刻但連環不解下有流水長東四字誤

看花迴詠眼

秀色芳容明眸就中奇絕細看艷波欲溜最可惜微重紅銷輕帖勻朱傅粉幾為嚴粧時涴睫因個甚底死嗔人半餉斜眄費貼燮　斗帳裏濃懽意愜帶困時似開微合曾倚高樓望遠自笑指頻瞤知他誰說那日分飛淚雨縱橫

光映頰揾香羅恐揉損與他衫袖裏

又

蕙風初散輕暖霽景澄潔秀蕋乍開乍斂帶雨態煙痕春思紆結危絃弄響來去驚人鶯語滑無賴處麗日樓臺亂絲歧路總奇絶　何計解黏花繫月歎冷落頓辜佳節猶有當時氣味挂一縷相思不斷如髮雲飛帝國人在雲邊心暗折語東風共流轉謾作匆匆別或在粘花繫月下分段非

月下笛清真集不載

小雨收塵涼蟾瑩徹水光浮壁誰知怨抑靜倚官橋吹笛映宮牆風葉亂飛品高調側人未識想開元舊譜柯亭遺

韵盡傳胸臆　闌干四遶聽折柳徘徊數聲終拍寒燈陋
館最感平陽孤客夜沉沉雁啼正哀片雲盡卷清漏滴點
凝魂但覺龍吟萬壑天籟息

片玉詞補遺

十六字令（咏月 見天機餘錦）

明月影穿窗白玉錢無人弄移過枕函邊

浣溪沙（春景 見草堂詩餘）

水漲魚天拍柳橋雲鳩拖雨過江皐一番春信入東郊

閒碾鳳團消短夢靜看燕子壘新巢又移日影上花梢

又（春景 或刻歐陽永叔）

小院閒窗春色深重簾未捲影沉沉倚樓無語理瑤琴

遠岫出雲催薄莫細風吹雨弄輕陰梨花欲謝恐難禁

憶秦娥（佳人 或刻蘇子瞻）

香馥馥尊前有箇人如玉人如玉翠翹金鳳内家粧束
嬌羞愛把眉兒蹙逢人只唱相思曲相思曲一聲聲是怨
紅愁緑

柳梢青 佳人 見草堂詩餘

有箇人人海棠標韵飛燕輕盈酒暈潮紅羞蛾凝緑一笑
生春　為伊無限傷心更說甚巫山楚雲斗帳香消紗窗
月冷著意溫存

南鄉子 秋懷 見詩林萬選

夜闊夢難收宋玉多情我結儔千點漏聲萬點淚悠悠霜
月雞聲幾叚愁　難展皺眉頭怨句哀吟送客秋蟋蟀床

頭調夜曲啾啾又聽驚人雁過樓

蘇幙遮 風情 見草堂詩餘

隴雲沉新月小楊柳梢頭能有春多少試著羅裳寒尚峭
簾捲青樓占得東風早　翠屏深香篆裊流水落花不管
劉郎到三疊陽關聲漸杳斷雨殘雲只怕巫山曉

晝錦堂 閨情 見草堂詩餘

雨洗桃花風飄柳絮日日飛滿雕簷懊惱一春幽恨盡屬
眉尖愁聞雙飛新燕語更堪孤枕宿醒歡雲鬟亂獨步畫
堂輕風暗觸珠簾　多歡晴晝永瓊戶悄香銷金獸慵添
自與蕭郎別後事事俱嬾短歌新曲無心理鳳簫龍管不

曾拈空惆悵常是每年三月病酒懨懨

齊天樂 端午 或刻無名氏

疎疎幾點黃梅雨佳時又逢重午角黍包金香蒲泛玉風
物依然荆楚形裁艾虎更釵裊朱符臂纏紅縷撲粉香綿
唤風綾扇小窗午　沅湘人去已遠勸君休對景感時懷
古慢囀鸎喉輕敲象板勝讀離騷章句荷香暗度漸引入
醄醄醉鄉深處卧聽江頭画船喧韵鼓

女冠子 雪景 或刻柳耆卿

同雲密布撒梨花柳絮飛舞樓臺悄似玉向紅爐煖閣院
宇深沉廣排筵會聽笙歌猶未徹漸覺輕寒透簾穿戶亂

飄僧舍密灑歌樓酒帘如故　想樵人山徑迷蹤路料漁父收綸罷釣歸南浦路無伴侶見孤村寂寞招颭酒旗斜處南軒孤雁過嚦嚦聲聲又無書度見臘梅枝上嫩蕊兩兩三三微吐

美成于徽宗時提舉大晟樂府故其詞盛傳于世余家藏凡三本一名清真集一名美成長短句皆不滿百闋最後得宋刻片玉集二卷計調百八十有奇晉陽強煥為叙余見評注龐襍一二削去釐其訛謬間有兹集不載錯見清真諸本者附補遺一卷美成庶無遺憾云若乃諸名家之甲乙久著人間無待予倫

述也湖南毛晋識

周邦彦以進汴都賦得官徽廟時提舉大晟樂府每製一詞名流輒為賡和東楚方千里樂安楊澤民全和之或合為三英集行世古今詞話

美成詞摹寫物態曲盡其妙自題所居曰顧曲堂强焕

美成詞多用唐人詩句檃括入律渾然天成長調尤善鋪敘富豔精工詞人之甲乙也陳質齋

作詞當以清真集為主蓋美成最為知音故下字用韻皆有法度沈伯時

王都尉有憶故人詞云燭影揺紅向夜闌乍酒醒心情嬾尊前誰為唱陽關離恨天涯遠無奈雲沉雨散凭闌干東

風淚眼海棠開後燕子來時黃花庭院徽宗喜其詞意猶以為不盡宛轉遂令大晟樂府别撰腔周美成增損其詞而以首句為名謂之燭影揺紅云芳臉匀紅黛眉巧畫宫妝淺風流天付與精神全在嬌波眼早是縈心可慣向尊前頻頻顧盼幾回相見見了還休爭如不見燭影揺紅夜闌飲散春宵短當時誰會唱陽關離恨天涯遠爭奈雲收雨散凭闌干東風淚滿海棠開後燕子來時黃昏庭院 古今詞話

周美成在姑蘇與營妓岳楚雲相戀後從京師過吴則岳已從人矣因飲於太守蔡巒席上見其妹乃賦點絳脣詞

寄之云遼鶴歸來故人多少傷心事短書不寄魚浪空千里憑仗桃根説與相思意愁無際舊時衣袂猶有東風淚楚雲得詞感泣累日　夷堅支志

周美成咏梅調寄花犯云粉牆低梅花照眼依然舊風味露痕輕綴擬淨洗鉛華無限清麗去年勝賞曾孤倚冰盤共宴喜更可惜雪中高士香篝熏素被今年對花太匆匆相逢似有恨依依憔悴凝望久青苔上旋看飛墜相將見脃圓薦酒人正在空江煙浪裏但夢想一枝瀟灑黃昏斜照水此只咏梅花而紆徐反覆道盡二年間事其詞尤圓美流轉如彈丸　黃昇

美成為溧水令主簿之姬有色而慧每出侑酒美成為風
流子以寄意云新緑小池塘風簾動碎影舞斜陽羨金屋
去來舊時巢燕土花繚繞前度莓牆繡閣鳳幃深幾許聽
得理絲簧欲説又休慮乖芳性未歌先咽愁近清觴遥知
新妝了開朱戶應自待月西廂最苦夢魂今宵不到伊行
問甚時説與佳音密耗寄將秦鏡偷换韓香天便教人霎
時廝見何妨新緑待月皆主簿廳軒名　揮麈録
美成至汴主角妓李師師家為賦洛陽春師師欲委身而
未能也一夕徽宗幸師師家美成倉卒不能出匿複壁間
遂製少年游以紀其事徽宗知而譴發之師師餞送美成

復作蘭陵王咏柳詞有長亭路年去歲來應折柔條過千尺之句師師歸而歌之聞於徽宗即留為大晟府待制著

舊續聞

美成以待制提舉南京鴻慶宫自杭徙居睦州夢中作瑞鶴仙一闋既覺猶能全記了不詳其所謂也未幾過方臘之亂欲還杭州舊居而道路兵戈已滿僅得脱免入錢塘門見杭人倉皇奔避如蜂屯蟻沸視落日在鼓角樓檐間即詞中所謂斜陽映山落斂餘霞猶戀孤城闌角者應矣舊居既不可往是日無處得食忽稠人中有呼待制何往者乃鄉人之侍兒素所識也且曰曰昃必未食能舍車過

酒家予美成從之驚遽間連引數杯腹枵頓解則詞中所謂淩波步弱過短亭何用素約有流鶯勸我重解繡鞍緩引春酌之句應矣飲罷覺微醉耳目惶惑不敢少留乃徑出城北江漲橋斷諸寺士女已盈滿不能駐足獨一小寺經閣偶無人遂宿其上即詞中所謂不記歸時早暮上馬誰扶醒朱閣者應矣已聞兩浙盡為賊據因自計方領南京鴻慶宮有齋廳可居乃挈家往焉則詞中所謂念西園已是花深無地東風何事又惡任流光過了歸來洞天自樂之句又應矣美成生平好作樂府末年夢中得句而字字皆應豈偶然哉玉照新志

清真詞二卷補遺一卷

朱祖謀輯校稿本

題周美成詞

文章政事初非兩塗學之優者發而為政必有可觀政有其暇則游藝於詠歌者必其才有餘刃者也溧水為負山之邑官賦浩穰民訟紛沓似不可以絃歌為政而待制周公元祐癸酉春中為邑長於斯其政敬簡民到於今稱之者固有餘愛而其尤可稱者於撥煩治劇之中不妨舒嘯一觴一詠句中有眼膾炙人口者又有餘聲〻洋〻乎在耳則其政有不亡者存余慕周公之才名有年於茲不謂於八十餘載之後躡公舊蹤既喜而且媿故自到任以來訪其政事於所治後圃得其遺致有亭曰姑射有堂曰蕭閒皆取神仙中事揭而名之可

月下圉上恐脱強字雖各本皆然似當作□補之

以想像其襟抱之不凡而又睹新綠之池隔浦之蓮依然在目又思公之詞其模寫物態曲盡其妙方思有以發揚其聲之不可忘者而未能及乎暇日從容式燕嘉賓歌者在上果以公之詞為首唱夫然後知邑人愛其詞乃所以不忘其政也余欲廣邑人愛之之意故裒公之詞旁搜遠紹僅得百八十有二章釐為上下卷乃輟俸餘鳩工鋟木以壽其傳非惟慰邑人之思亦蘄傳之有所託俾人聲其歌者足以知其才之足以為政如此故冠之以序而述其意云公諱邦彥字美成錢塘人也淳熙歲在上章困敦孟陬月強圉赤奮若晉陽強煥序

清真集目録

卷上

陳和感皇恩作者一乙

陳和[illegible]

陈和西河一首

陈和浪淘沙慢一首

陈和南鄉子一首

陈和夜遊宮二首

陈和訴衷情二首

据下卷現存詞校粉蝶兒慢及念奴嬌下兩注二字皆當乙去

宋本詳注周美成詞片玉集十卷作
廬陵陳元龍[redacted]又有劉廬陵
肃必欽序之末紀時嘉定辛未
秒胝亦非元刻也
劉序稱陳江陳氏少章漳孫
章誤幸江即指廬陵也

宋本見亦是
又亦念

片上　下同

清真詞卷上

汲古閣本作片玉詞元巾箱本作清真集　鄭文焯曰清真爲美成自號以名其集也　見宋史藝文志集十一卷或詩餘即附載其中自陳振孫書錄解題有清真詞二卷後集一卷始專以清真之名屬詞子晉所云宋刻片玉集二卷未知與陳錄合否顧片玉之名始見於元刻章陳元龍詳注之本其敘云猶獲崑山之片珍琢其質而彰其文因命之曰片玉集是清真詞寔自陳刻始改題[redacted]汲本[illegible]之名[illegible]詞今從曹君直氏說依陳錄標目清真詞云

錢塘　周邦彥　美成

一

瑞龍吟　越調　大石

章臺路還見褪粉梅梢試花桃樹愔愔坊陌人家定巢燕子歸來舊處　黯凝竚因記箇人癡小乍窺門戶侵晨淺約宮黃障風映袖盈盈笑語　前度劉郎重到訪

一

號

宋本臺字脫

樂府雅詞因作曾

大石 汲古未載宮調今據元巾箱本補下同

宋本堪小桁

鄰尋里同時歌舞唯有舊家秋娘聲價如故吟牋賦筆猶記燕臺句知誰伴名園露飲東城閒步事與孤鴻去探春盡是傷離意緒官柳低金縷歸騎晚纖纖池塘飛雨斷腸院落一簾風絮

因記（元本及陳刻草堂詩餘記並作念）侵晨（樂府雅詞侵作清）

風流子 大石

楓林凋晚葉關河迥楚客慘將歸望一川暝靄雁聲哀怨半規涼月人影參差酒醒後淚花銷鳳蠟風幕卷金泥砧杵韻高喚回殘夢綺羅香減牽起餘悲　亭皐分襟地難堪處偏是掩面牽衣何況怨懷長結重見無期想寄恨書中銀鉤空滿斷腸聲裏玉筯還垂多少暗愁

宋本裏字脱深下衍處字

又嘆心悃

宋本卻心說

密意唯有天知

分襟（雅詞襟作袂）難堪（元本堪作拚）怨懷（毛本刻草堂詩餘怨作愁）還垂

暗愁（雅詞還作偷暗作舊）

又　大石

新綠小池塘風簾動碎影舞斜陽羨金屋去來舊時巢燕土花繚繞前度莓牆繡閣裏鳳幃深幾許聽得理絲簧欲說又休慮乖芳信未歌先噎愁近清觴　遥知新妝了開朱戶應自待月西廂最苦夢魂今宵不到伊行問甚時卻與佳音密耗寄將秦鏡偷換韓香天便教人霎時廝見何妨

繡閣裏（花庵詞選草堂並無裏字）愁近清觴（汲古近作轉觴作商）

从元本按

㐅回◎◎◎方千里楊澤民陳允平◎◎和詞皆用觴韻 遙知 應自 最苦 雅詞

遙知作暗想自作 是最苦作苦恨 元本卻 卻與作說 寄將秦鏡 廝見 雅詞

寄作暗秦鏡作 潘鬢廝作相

華胥引 黃鍾

川原澄映煙月冥濛去舟如葉岸足沙平蒲根水冷留

雁唼別有孤角吟秋對曉風鳴軋紅日三竿醉頭扶起

還怯 離思相縈漸看看鬢絲堪鑷舞衫歌扇何人輕

憐細閱點檢從前恩愛□鳳牋盈篋愁翦燈花夜來和

淚雙疊

如葉 汲古如作似陳本草堂作一 按是字應平聲从元本 鳳牋 汲古上未空格 元本草堂並同

按方陳和詞是句並作五字

宋本冥作溟 如作似

又鳴作鳴◎

又還作寒

又去作去

宋本題作美詠

宋本聽作問　損作減

意難忘　中呂

衣染鶯黃愛停歌駐拍勸酒持觴低鬟蟬影動私語口脂香檐露滴竹風涼拚劇飲淋浪夜漸深籠燈就月子細端相　知音見說無雙解移宮換羽未怕周郎長顰知有恨貪耍不成妝些箇事惱人腸試說與何妨又恐伊尋消聽息瘦損容光

駐拍雅詞拍作客　檐露滴雅詞檐作蓮滴作冷花庵檐作荷　竹風草堂風作松　毛刻

夜漸深籠燈就月雅詞作漏漸深移燈背壁　子細雅詞花庵並作細與　換羽

長顰及人腸雅詞羽作徵長顰作顰眉人作心及長顰　試說與雅詞花庵試並作待

聽息元本及雅詞花庵草堂聽並作問　瘦損元本及花庵草堂損並作減

宴清都　中呂

宋本雪作雨
又乍誤作作
又山誤作冰

地僻無鐘鼓殘燈滅夜長人倦難度寒吹斷梗風翻暗雪灑窗填戶賓鴻漫說傳書算過盡千儔萬侶始信得庾信愁多江淹恨極須賦　淒涼病損文園徽絃乍拂音韻先苦淮山夜月金城暮草夢魂飛去秋霜半入清鏡歎帶眼都移舊處更久長不見文君歸時認否

蘭陵王　越調

柳陰直煙縷絲絲弄碧隋隄上曾見幾番拂水飄綿送行色登臨望故國誰識京華倦客長亭路年去歲來應折柔條過千尺　閑尋舊蹤迹又酒趁哀絃燈照離席梨花榆火催寒食愁一箭風快半篙波暖回頭迢遞便

題 汲古作柳雅詞 無標刪 [題 汲古作柳刪]
煙裏 汲古煙作烟裏作裡从宋本及

宋本無題
宋本陰作花

數驛望人在天北悽惻恨堆積漸別浦縈迴津堠岑
寂斜陽冉冉春無極念月榭攜手露橋聞笛沈思前事
似夢裏淚暗滴

煙裏（宋本雅詞花庵草堂並作裏）誰識（諸本識作惜 汲古惜作識从宋本）應折（雅詞作攀）念
月榭（花庵作記）沈思（雅詞作追）夢裏（汲古夢下衍魂字从元本）

鎖窗寒　越調

寒食

暗柳啼鴉單衣佇立小簾朱戶桐陰半畝靜鎖一庭愁
雨灑空階夜闌未休故人剪燭西窗語似楚江暝宿風
燈零亂少年羇旅　遲暮嬉遊處正店舍無煙禁城百
五旗亭喚酒付與高陽儔侶想東園桃李自春小脣秀

陰　舍

醽今在否到歸時定有殘英待客攜尊俎

桐陰　夜闌草堂陰作花夜作更　自春汲古自作經按是字應去聲从元本

隔浦蓮近拍　大石

中山縣圃姑射亭避暑作

新篁搖動翠葆曲徑通深窈夏果收新脆金丸落驚飛鳥濃靄迷岸草蛙聲鬧驟雨鳴池沼　水亭小浮萍破處簾花檐影顛倒綸巾羽扇困臥北窗清曉屏裏吴山夢自到驚覺依前身在江表

深窈　驟雨雅詞窈作杳驟作暴　亭水小汲古屬上結从元本　簾花檐影雅詞草堂並作檐花簾影　困臥草堂困作醉

蘇幕遮　般涉

宋本無題

宋本靄作藹

宋本侵作傳

闃 从狊

燎沈香銷溽暑鳥雀呼晴侵曉窺簷語葉上初陽乾宿雨水面清圓一一風荷舉　故鄉遙何日去家住吳門久作長安旅五月漁郎相憶否小楫輕舟夢入芙蓉浦

早梅芳近　正宮

花竹深房櫳好夜闃無人到隔窗寒雨向壁孤燈弄餘照淚多羅袖重意密鶯聲小正魂驚夢怯門外已知曉去難留話未了早促登長道風披宿霧露洗初陽射林表亂愁迷遠覽苦語縈懷抱慢回頭更堪歸路杳

長道　毛刻草堂長作途

又　正宮

繚牆深叢竹繞宴席臨清沼微呈纖履故隱烘簾自嬉

宋本笑字脫

宋本夜字脫

宋本向以竹

笑粉香妝暈薄帶緊腰圍小看鴻驚鳳翥滿座歎輕妙

酒醒時會散了回首城南道河陰高轉露腳斜飛夜

將曉異鄉淹歲月醉眼迷登眺路迢迢恨滿千里草

看鴻驚　歎輕妙（雅詞看作歎，歎作看）

四園竹　小石

浮雲護月未放滿朱扉鼠搖暗壁螢度破窗偷入書幃

秋意濃閒佇立庭柯影裏好風襟袖先知　夜何其江

南路繞重山心知漫與前期奈向燈前墮淚腸斷蕭娘

舊日書辭猶在紙雁信絕清宵夢又稀

四園竹（元本注云宮本作西園竹）

驀山溪　大石

宋本藻作菱 撲作入

宋本箇作甚

湖平春水藻荇縈船尾空翠撲衣襟拊輕根遊魚驚避

晚來湖上迤邐沒沙痕山四倚雲漸起鳥度屏風裏

周郎逸興黃帽侵雲水落日媚滄洲泛一棹夷猶未已

玉簫金管不共美人遊因甚箇煙霧底偏愛蓴羹美

藻荇 撲衣襟 甚箇 元本藻作菱撲作入甚箇作箇甚

側犯 大石

暮霞霽雨小蓮出水紅妝靚風定看步韈江妃照明鏡

飛螢度暗草秉燭遊花徑人靜攜豔質追涼就槐影

金環皓腕雪藕清泉瑩誰念省滿身香猶是舊荀令見

說胡姬酒壚寂靜煙鎖漠漠藻池苔井

寂靜 方和詞陳並改迴韻以靜韻複也鄭文焯曰宋人詞上下闋例不忌複韻如集中花心動兩押

就字西河兩押水字可證

齊天樂 正宮

綠蕪彫盡臺城路殊鄉又逢秋晚暮雨生寒鳴蛩勸織深閣時聞裁翦雲窗靜掩歎重拂羅裀頓疏花簟尚有練囊露螢清夜照書卷 荆江留滯最久故人相望處離思何限渭水西風長安亂葉空憶詩情宛轉凭高眺遠正玉液新篘蟹螯初薦醉倒山翁但愁斜照斂

鳴蛩 雅詞蛩作蛙 練囊 汲古練作練从花庵 玉液 雅詞玉作滌

荔枝香近 歇指

照水殘紅零亂風喚去盡日惻惻輕寒簾底吹香霧黃昏客枕無憀細響當窗雨□看兩兩相依燕新乳 樓

宋本遠誤作望

宋本惻々作惻々

又看上未見 依誤作倚

下水漸綠偏行舟浦暮往朝來心逐片帆輕舉何日迎
門小檻朱籠報鸚鵡共翦西窗蜜炬
按
□看汲古未空格方楊陳和詞是句並作九字蜜炬汲古是句作如今誰念淒楚注云清真集作共翦西窗蜜炬西窗[illegible][illegible]按方楊陳和詞並押炬字今以元本

又　歇拍

夜來寒侵酒席露微泣鳥履初會香澤方熏無端暗雨
催人但怪燈偏簾卷回顧始覺驚鴻去雲遠　大都世
間最苦唯聚散到得春殘看即是開離宴細思別後柳
眼花鬚更誰翦此懷何處消遣

方熏馮登府曰熏下脱偏字鄭文焯曰此詞訛脱殊甚方楊陳和作並沿其誤蓋宋本已雜今諦審上闋履舄初會下脱平聲字二燈偏二字蓋本作偏當在香澤方熏下為韻去雲遠汲古雲字

宋本心簽處燈偏按方詞是句作是處池館春偏楊作大白須春歌偏是宋本偏字當為偏字之誤陳詞是句作綠徑紅英風春々約与汲古本周詞同

宋本花誤作如
又陰作英
宋本作薔花

脱从元
因本

水龍吟 越調

梨花

素肌應怯餘寒艷陽占立青蕪地樊川照日靈關遮路殘紅斂避傳火樓臺妒花風雨長門深閉亞簾櫳半溼一枝在手偏句引黃昏淚　別有風前月底布繁陰滿園歌吹朱鉛退盡潘妃卻酒昭君乍起雪浪翻空粉裳縞夜不成春意恨玉容不見瓊英慢好與何人比

占立 草堂作畫　立 繁陰 元本及草堂陰並作英　潘妃　春意 雅詞妃作郎意作恩

六醜 中呂

薔薇謝後作

宋本悵作帳
又花作家　葬作之
又最作冣

宋本紅作鴻误

正單衣試酒恨客裏光陰虛擲願春暫留春歸如過翼
一去無迹爲問花何在夜來風雨葬楚宮傾國釵鈿墮
處遺香澤亂點桃蹊輕翻柳陌多情最誰追惜但蜂媒
蝶使時叩窗隔　東園岑寂漸蒙籠暗碧靜繞珍叢底
成歎息長條故惹行客似牽衣待話別情無極殘英小
強簪巾幘終不似一朵釵頭顫裊向人欹側漂流處莫
趁潮汐恐斷紅尚有相思字何由見得

恨客裏　花何在　葬楚宮　桃蹊毛刻草堂恨作悵花作家葬作
送蹊作谿　最誰並元本及陽春白雪最作更　東園汲古是句屬上結从元本　斷紅
汲古紅作鴻注云或作(圖)从陽春白雪

塞垣春　大石

宋本深心村

宋本把字脫到心在

暮色分平野傍葦岸征帆卸煙深極浦樹藏孤館秋景如畫漸別離氣味難禁也更物象供瀟灑念多才渾衰減一懷幽恨難寫　追念綺窗人天然自風韻閑雅竟夕起相思謾嗟怨遙夜又還將兩袖珠淚沈吟向寂寥寒燈下玉骨爲多感瘦來無一把

煙深元本深作村

掃花遊　雙調

曉陰翳日正霧靄煙橫遠迷平楚暗黄萬縷聽鳴禽按曲小腰欲舞細繞回隄駐馬河橋避雨信流去想一葉怨題今到何處　春事能幾許任占地持杯掃花尋路淚珠濺俎歎將愁度日病傷幽素恨入金徽見說文君

掃花遊 宋本汲古清真集作掃地花

宋本正宮 目作正宮

更苦黯凝竚掩重關徧城鐘鼓

想一葉（汲古想字脱从陽春白雪）鳴禽（陽春白雪禽作琴）

夜飛鵲 正宮

別情

河橋送人處良夜何其斜月遠墮餘輝銅盤燭淚已流盡霏霏涼露霑衣相將散離會探風前津鼓樹杪參旗花驄會意縱揚鞭亦自行遲

迢遞路回清野人語漸無聞空帶愁歸何意重經前地遺鈿不見斜徑都迷兔葵燕麥向殘陽影與人齊但徘徊班草欷歔酹酒極望天西

宋本甚作期

宋本會下有字字又花作華

宋本綬作紅亦作滿

題 汲古作別情刪 毛刻草堂無題

良夜何其 元本草堂良並作涼

離會 草堂作離會 良作涼 其作 花驄 毛刻草堂作華騮

宋本無題

宋本佳作嘉

宋本急作激

重經前地（元本草堂並作重紅滿地，陳刻草堂前作舊）影與（元本影作欲）

滿庭芳　中呂

夏日溧水無想山作

風老鶯雛，雨肥梅子，午陰佳樹清圓。地卑山近，衣潤費
鑪煙。人靜烏鳶自樂，小橋外、新綠濺濺。凭闌久，黃蘆苦
竹，疑泛九江船。　年年，如社燕，飄流瀚海，來寄脩椽。且
莫思身外，長近尊前。憔悴江南倦客，不堪聽、急管繁絃。
歌筵畔，先安簟枕，容我醉時眠。

佳樹（雅詞作槐影，元本佳作嘉）人靜（雅詞靜作去）靜　疑泛（汲古疑作擬，从雅詞）繁絃（雅詞繁作危）

花犯　小石

宋本心梅花

宋本同心共

宋本九心圓

題 汲古作詠梅 雅詞去 据刪

（忠）按美成原本當作脆丸後避欽宗諱迺改為圓南宋本醫書於丸字皆作圓可證

詠梅

粉牆低梅花照眼依然舊風味露痕輕綴疑淨洗鉛華無限佳麗去年勝賞曾孤倚冰盤同燕喜更可惜雪中高樹香篝熏素被　今年對花最悤悤相逢似有恨依依愁悴吟望久青苔上旋看飛墜相將見脆圓薦酒人正在空江煙浪裏但夢想一枝瀟灑黃昏斜照水

佳麗 雅詞陽春白雪佳並作清 同燕喜 草堂同作共 鄭文焯曰按共即供字 蓋陽春白雪作最 更可惜 陽春白雪作最 好是 高樹吟望 雅詞樹作士吟作凝 脆圓 元本陽春白雪圓並作丸 汲古丸作圓从元本曲忠曰丸改圓避欽宗諱也南宋本醫書丸皆作圓可證

大酺 越調

春雨

宋本頻字脱

宋本作衛玠

題汲古作春雨刪

宋本作但故人

對宿煙收春禽靜飛雨時鳴高屋牆頭青玉旆洗鉛霜都盡嫩梢相觸潤逼琴絲寒侵枕障蟲網吹黏簾竹郵亭無人處聽檐聲不斷困眠初熟奈愁極頻驚夢輕難記自憐幽獨　行人歸意速最先念流潦妨車轂怎奈向蘭成憔悴樂廣清羸等閒時易傷心目未怪平陽客雙淚落笛中哀曲況蕭索青蕪國紅糝鋪地門外荆桃如菽夜遊共誰秉燭

頻驚元本毛刻草堂頻並作頓　樂廣元本作衛玠

霜葉飛　大石

露迷衰草疏星掛涼蟾低下林表素娥青女鬬嬋娟正倍添悽悄漸颯颯丹楓撼曉橫天雲浪魚鱗小見皓月

宋本心忍皓月嚮

宋本庭心朱

相看又透入清輝半餉特地留照　迢遞望極關山波穿千里度日如歲難到鳳樓今夜聽秋風奈五更愁抱想玉匣哀絃閉了無心重理相思調念故人牽離恨屏掩孤顰淚流多少

見皓月　念故人　元本六字互異　念図作似

法曲獻仙音　大石

蟬咽涼柯燕飛塵幕漏閣籤聲時度倦脫綸巾困便湘竹桐陰半侵庭戶向抱影凝情處時聞打窗雨　耿無語歎文園近來多病情緒嬾尊酒易成閒阻縹緲玉京人想依然京兆眉嫵翠幕深中對徽容空在紈素待花前月下見了不教歸去

庭戶元本草堂庭並作朱耿無語汲古屬上結从元本

渡江雲　小石

晴嵐低楚甸暖迴雁翼陣勢起平沙驟驚春在眼借問何時委曲到山家塗香暈色盛粉飾爭作妍華千萬絲陌頭楊柳漸漸可藏鴉　堪嗟清江東注畫舸西流指長安日下愁宴闌風翻旗尾潮濺烏紗今宵正對初弦月傍水驛深艤蒹葭沈恨處時時自剔燈花

自剔汲古是句首衍但字自作頻从草堂鄭文焯曰夢窗是調末句作澄波澹綠無痕澹字亦去聲

淡　淡

應天長　商調

寒食

蕙風布暖霏霧弄晴池臺徧滿春色正是夜堂無月沈

宋本陣字脫

宋本旁題

宋本蕙作條　霧作霏

宋本載誤作帶

風　汲古蕙作條按夢窗是調首句作
麗花鬭靨靨去聲从陽春白雪

宋本誰作雖輕作驚
楊作苔

沈暗寒食梁閒燕前社客似笑我閑門愁寂亂花過隔
院芸香滿地狼藉　長記那回時邂逅相逢郊外駐油
壁又見漢宮傳燭飛煙五侯宅青青草迷路陌強載酒
細尋前迹市橋遠柳下人家猶自相識
蕙風（陽春白雪條作蕙）前社（汲古作社前从草堂）芸香（舊汪氏振綺堂藏鈔本芸作菲）
愁寂（陽春白雪愁作岑）

玉樓春　仙呂　大石

當時攜手城東道月墮檐牙人睡了酒邊誰使客愁輕
帳底不教春夢到　別來人事如秋草應有吳霜侵翠
葆夕陽深鎖綠楊門一任盧郎愁裏老
客愁輕　綠楊（宋元本輕作驚楊作苔）

（戊）另見別卷或刻秦少游

宋本題曰惆悵

宋本題曰旅

又　仙呂

玉琴虛下傷心淚只有文君知曲意簾烘樓迥月宜人酒暖香融春有味　萋萋芳草迷千里惆悵王孫行未已天涯回首一銷魂二十四橋歌舞地

樓迥　汲古迥作迫从元本

又　大石

大隄花豔驚郎目秀色穠華看不足休將寶瑟寫幽懷座上有人能顧曲　平波落照涵赬玉畫舸亭亭浮淡淥臨分何以祝深情只有別愁三萬斛

別愁　元本愁作離

又　大石

宋本作今夢

宋本歷又程

玉匳收起新妝了鬢畔斜枝紅裊裊淺顰輕笑百般宜試著春衫應更好　裁金簇翠天機巧不稱野人簪破帽滿頭聊作片時狂頓減十年塵土貌

應更好　聊作元本應作猶作ミ插

又　大石

桃溪不作從容住秋藕絕來無續處當時相候赤闌橋今日獨尋黃葉路　煙中列岫青無數雁背夕陽紅欲暮人如風後入江雲情似雨餘黏地絮

相候　獨尋　草堂相候五字作無奈鳥聲哀獨作重

傷情怨　林鍾

枝頭風信漸小看暮鴉飛了又是黃昏閉門收返照

江南人去路杳信未通愁已先到怕見孤燈霜寒催睡
早

宋本杳心鄉

傷情怨 陳和詞作清商怨　風信 元本信作勢

品令 商調

梅花

夜闌人靜月痕寄梅梢疏影簾外曲角闌干近舊攜手

宋本花下有些字

處花霧寒成陣　應是不禁愁與恨縱相逢難問黛眉

宋本心斷腸

曾把春衫印後期無定腸斷香銷盡

題汲古本作梅花無

花霧　腸斷 宋元本花下衍發字腸斷二字倒

木蘭花令 高平

宋本無題

暮秋餞別

宋本掃心棉

郊原雨過金英秀風掃霜威寒入袖感君一曲斷腸歌

送我十分和淚酒　古道塵清榆柳瘦繫馬郵亭人散
後今宵燈盡酒醒時可惜朱顏成皓首
送我（元本送我作勸）

秋蕊香　雙調

乳鴨池塘水暖風緊柳花迎面午妝粉指印窗眼曲裏
長眉翠淺　問知社日停針線探新燕寶釵落枕夢春
遠簾影參差滿院　○探新燕（探作貪並）
水暖（雅詞水作煙）問知（汲古問作聞从元本按夢窗二詞是處皆用去聲）夢春（汲古春作魂元本陽春白雪並作春夢从雅詞）

菩薩蠻　正平

銀河宛轉三千曲浴鳧飛鷺澄波綠何處望歸舟夕陽

宋本鄭心校

宋本心奉夢

宋本鄭心是

宋本無詞有目

從周集有目無詞

玉團兒　按是詞又見趙長卿惜香樂府

宋本作梅花

江上樓　天憎梅浪發故下封枝雪深院卷簾看應憐
江上寒
望歸舟（宋元本望作是）
玉團兒　雙調
鉛華淡竚新妝束好風韻天然異俗彼此知名雖然初
見情分先熟　鑪煙淡淡雲屏曲睡半醒生香透肉賴
得相逢若還虛過生世不足
醜奴兒　大石
詠梅
肌膚綽約真仙子來伴冰霜洗盡鉛黃素面初無一點
妝　尋花不用持銀燭暗裏聞香零落池塘分付餘妍

宋本無

宋本無

宋本[illegible]

與壽陽

又

南枝度臘開全少疏影當軒一種宜寒自共清蟾別有緣　江南風味依然在玉貌韶顏今夜凭闌不似釵頭子細看

又

香梅開後風傳信繡戶先知霧溼羅衣冷豔須攀最遠枝　高歌羌管吹遙夜看即分披已恨來遲不見娉婷帶雪時

感皇恩　大石

露柳好風標嬌鶯能語獨占春光最多處淺顰輕笑未

肯等閒分付爲誰心子裏長長苦　洞房見說雲深無
路憑仗青鸞道清素酒空歌斷又被濤江催度怎向言
不盡愁無數

催度　怎向宋元本度作去　怎下有柰字

又

小閣倚晴空數聲鐘定斗柄垂寒暮天靜朝來殘酒又
被春風吹醒眼前猶認得當時景　往事舊懽不堪重
省自歎多愁更多病綺窗依舊敲徧闌干誰應斷腸明
月下梅搖影

宴桃源　中呂

塵暗一絣文繡淚溼領巾紅皺初暖綺羅輕腰勝武昌

宋本空心李度心去怎下有柰字
宋本無
宋本心如夢令

宋本閒作困

南調 據宋目

宋本口作面 末句作字 夢魂中

官柳長晝長晝閒臥午窗中酒

塵暗元本暗作滿 一綹汲古綹作杯从元本 閒臥元本閒作困

又

門外迢迢行路誰送郎邊尺素巷陌雨餘風當面溼花飛去無緒無緒閒處偷垂玉筋

月中行 商調

蜀絲趁日染乾紅微暖口脂融博山細篆靄房櫳靜看打窗蟲 愁多膽怯疑虛幕聲不斷暮景疏鐘團圍四壁小屏風淚盡夢啼中

口脂元本陽春白雪口並作面 細篆 靜看雅詞篆作炷看作著 淚盡元本淚作啼

宋本作架上
宋本新作妙
宋本作測測
宋本杯誤作盞
宋本題作美情

漁家傲　般涉
灰暖香融銷永晝蒲萄上架春藤秀曲角闌干羣雀鬭
清明後風梳萬縷亭前柳　日照釵梁光欲溜循階竹
粉霑衣袖拂拂面紅新著酒沈吟久昨宵正是來時候
上架元本作架上陽春白雪架作格

又
幾日輕陰寒惻惻東風急處花成積醉踏陽春懷故國
歸未得黃鸝久住如相識　賴有蛾眉能暖客長歌屢
勸金杯側歌罷月痕來照席貪歡適簾前重露成涓滴
惻惻元本作測測

定風波　商調

宋本此心永字衍叙二字

催起　二字仍照寫

陳西麓和詞無起字來叶醉談未叙

宋本作按藍

宋本作驂人

莫倚能歌斂黛眉此歌能有幾人知他日相逢花月底
重理好聲須記得來時　苦恨城頭傳漏水催起無情
豈解惜分飛休訴金尊推玉臂從醉明朝有酒遣誰持
相逢雅詞作風前　傳漏水　催起元本傳作更汲古水作永催起二字闕並从雅詞按永與起圈不叶圓水之訛也　豈解　分飛　休訴雅詞豈作那分飛作相思休作莫

蝶戀花　商調

詠柳

愛日輕明新雪後柳眼星星漸欲穿窗牖不待長亭傾
別酒一枝已入離人手　淺淺柔黃輕蠟透過盡冰霜
便與春爭秀強對青銅簪白首老來風味難依舊
愛日　新雪汲古注云清真集作圈綴日輕明新靈後　離人汲古離作从汪本騷　柔

宋本作暗葉又苒苒

宋本與下一首先後互易

宋本粉作綠綠作粉

宋本味字脫

又

黃（宋元本並作接藍）

桃蕚新香梅落後葉暗藏鴉冉冉（宋元本作苒苒）垂亭牖舞困低迷如著酒亂絲偏近遊人手　雨過朦朧斜日透客舍青青特地添明秀莫話揚鞭回別首渭城荒遠無交舊

又

小閣陰陰人寂後翠幕褰風燭影搖疏牖夜半霜寒初索酒金刀正在柔荑手　粉薄絲輕光欲透小葉尖新未放雙眉秀記得長條垂鷁首別離情味還依舊

粉薄絲輕（宋元本粉作綠絲作粉）

宋本作先手

宋本題作秋思

樓

宋本作徊徨

汲古作早行

宋本無

又

蠢蠢黃金初脫後暖日飛緜取次黏窗牖不見長條低

拂酒贈行應已輸纖手　鶯擲金梭飛不透小樹危樓

處處添奇秀何日隋隄縈馬首路長人倦空思舊

纖手 汲古纖作先从汪本及全芳備祖

又

早行 樓

月皎驚烏棲不定更漏將闌轣轆牽金井喚起兩眸清

炯炯淚花落枕紅緜冷　執手霜風吹鬢影去意徘徊

別語愁難聽樓上闌干橫斗柄露寒人遠雞相應

又

徘徊 元本作徊徨

轣轆 元本轆轤 注

魚尾霞生明遠樹翠壁黏天玉葉迎風舉一笑相逢蓬
海路人間風月如塵土　剪水雙眸雲鬟吐醉倒天瓢
笑語生香霧此會未闌須記取桃花幾度吹紅雨

霞生　翠壁陽春白雪是闕作何楷　天瓢　香霧汲
圖之詞生作收壁作色　古
瓢作飄香作青　陽春白雪
並从陽春白雪　桃花作蟠桃

又

美盼低迷情宛轉愛雨憐雲漸覺寬金釧桃李香苞秋
不展深心黯黯誰能見　宋玉牆高纔一覘絮亂絲繁
苦隔春風面歌板未終風色便夢爲蝴蝶留芳甸

宋本無

兩〔?〕秋時桃李不復含苞狀深心之不可
見上句是比喻下句是本意極得古樂府
子夜讀曲神味秋字似不當改愁

秋不展　按秋疑愁之訛

宋本無、

又

晚步芳塘新霽後春意潛來迤邐通窗牖午睡漸多濃

宋本仁云

宋本仁云

似酒韶華已入東君手　嫩綠輕黄成染透燭下工夫
洩漏章臺秀擬插芳條須滿首管教風味還勝舊

又

葉底尋花春欲暮折徧柔枝滿手真珠露不見舊人空
舊處對花惹起愁無數　卻倚闌干吹柳絮粉蝶多情
飛上釵頭住若遣郎身如蝶羽芳時爭肯拋人去

又

酒熟微紅生眼尾半額龍香冉冉飄衣袂雲壓寶釵撩
不起黄金心字雙垂耳　愁入眉痕添秀美無限柔情
分付西流水忽被驚風吹別淚只應天也知人意

紅羅襖　大石

宋本秋作愁

宋本指作手 香作烟

宋本是作自

題 汲古作感舊 元本無據刪

畫燭尋懽去嬴馬載愁歸念取酒東壚尊罍雖近採花
南圃蜂蝶須知 自分袂天闊鴻稀空懷夢約心期楚
客憶江蘺算宋玉未必爲秋悲

空懷 汲古懷下衍乖字从元本

少年遊 商調

感舊

并刀如水吳鹽勝雪纖指破新橙錦幄初溫獸香不斷
相對坐吹笙 低聲問向誰行宿城上已三更馬滑霜
濃不如休去直是少人行

纖指 元本指作手 破新橙 雅詞破作劃 獸香 吹笙 元本香作煙吹笙作
調箏 誰行 直是 雅詞行作邊是作自

宋本心題樓阿○
宋本風景似三字脱
宋本柰作耐○
宋本春作著
柰朝寒 元本柰作耐

又

檐牙縹緲小倡樓涼月挂銀鉤聒席笙歌透簾燈火風景似揚州　當時面色欺春雪曾伴美人遊今日重來更無人問獨自倚闌愁

倡樓 雅詞作紅倡

又　黄鍾

荊州作

南都石黛掃晴山衣薄柰朝寒一夕東風海棠花謝樓上卷簾看　而今麗日明如洗南陌暖雕鞍舊賞園林喜無風雨春鳥報平安

又　黄鍾

欺春雪 雅詞作朝欺 應增否

柰朝寒 元本柰作耐 應注否

淡

題 汲古作雨後 元本無據刪

宋本如此

如今 元本如作而

雨後

朝雲漠漠散輕絲樓閣淡春姿柳泣花啼九街泥重門外燕飛遲　而今麗日明金屋春色在桃枝不似當時小橋衝雨幽恨兩人知

小橋 汲古橋作樓 从汪本

還京樂 大石

禁煙近觸處浮香秀色相料理正泥花時候奈何客裏光陰虛費望箭波無際迎風漾日黃雲委任去遠中有萬點相思清淚　到長淮底過當時樓下殷勤爲說春來羇旅況味堪嗟誤約乖期向天涯自看桃李想如今應恨墨盈牋愁妝照水怎得青鸞翼飛歸教見憔悴

如今 元本作而今 應注丟

宋本縱作信

宋本依作移　漫字脫

解連環　汲古注云譜名玉連環

題　汲古作怨別元本無據刪

宋本題作思情

解連環　商調

怨別

怨懷無託嗟情人斷絕信音遼邈縱妙手能解連環似風散雨收霧輕雲薄燕子樓空暗塵鎖一牀絃索想移根換葉盡是舊時手種紅藥　汀洲漸生杜若料舟依岸曲人在天角漫記得當日音書把閒語閒言待總燒卻水驛春迴望寄我江南梅萼拚今生對花對酒爲伊淚落

無託　草堂作難　無縱妙手　元本縱作信刻草堂作意　陳舟依　草堂作移　依漫

記得　汲古脫漫字从元本　待總　草堂作盡　待　拚今生對花句　汲古注云清真集作拚今生爲伊對花對酒淚落按元本清真集仍同汲古

綺寮怨　中呂

宋本心馬上

宋本来字脫

宋本佃字脫

宋本上舊字誤心舊

上馬人扶殘醉曉風吹未醒映水曲翠瓦朱簾〔檐〕垂楊裏
乍見津亭當時曾題敗壁蛛絲罥淡墨苔暈青念去來
歲月如流徘徊久歎息愁思盈　去去倦尋路程江陵
舊事何曾再問楊瓊舊曲淒清斂愁黛與誰聽尊前故
人如在想念我最關情何須渭城歌聲未盡處先淚零

玲瓏四犯　大石

穠李夭桃是舊日潘郎親試春豔自別河陽長負露房
煙臉憔悴鬢點吳霜細念想夢魂飛亂歎畫闌玉砌都
換纔始有緣重見　夜窗深偷展香羅薦暗窗前醉眠
蔥蒨浮花浪蕊都相識誰更曾擡眼休問舊色舊香但
認取芳心一點柰又片時一陣風雨惡吹分散

細念想（元本無細字。汲古注云：按譜第七句六言，無翠雲零亂，其萬氏詞律謂方千里和詞正作顧鬢影，為七字何疑）奈又（元本無奈字）

丹鳳吟　越調

春恨

迤邐春光無賴，翠藻翻池，黃蜂遊閣。朝來風暴，飛絮亂投簾幕。生憎暮景，倚牆臨岸，杏靨夭斜，榆錢輕薄。晝永惟思傍枕，睡起無憀，殘照猶在庭角。　況是別離氣味，坐來但覺心緒惡。痛飲澆愁酒，奈愁濃如酒，無計銷鑠。那堪昏暝，簌簌半檐花落。弄粉調朱柔素手，問何時重握。此時此意，生怕人道著。

惟思（草堂作思惟）庭角（元本庭作亭）但覺（草堂但作便）痛飲（元本飲作引）

題（汲古作春恨，元本無，據刪）

宋本斜作邪

宋本飲作引

宋本作瀟瀟

宋本拂字脫

宋本無慢字　題作秋思

生怕（毛刻草堂生作長）

憶舊遊　越調

記愁橫淺黛淚洗紅鉛門掩秋宵墜葉驚離思聽寒螿夜泣亂雨蕭蕭鳳釵半脫雲鬟窗影燭花搖漸暗竹敲涼疏螢照曉兩地魂銷　迢迢問音信道徑底花陰時認鳴鑣也擬臨朱戶歎因郎憔悴羞見郎招舊巢更有新燕楊柳拂河橋但滿眼京塵東風竟日吹露桃

寒螿（陳刻草堂螿作蛩）　燭花（陽春白雪花作光）　照曉（元本及陽春白雪曉並作晚）

京塵（陽春白雪京作驚）　滿眼（元本眼作目）

拜星月慢　高平

夜色催更清塵收露小曲幽坊月暗竹檻燈窗識秋娘

宋本無相倚二字

宋本闌字脱

宋本有仙呂二字

宋本作新月

宋本霽作霜

宋本山字脱

庭院笑相遇似覺瓊枝玉樹相倚暖日明霞光爛水盼蘭情總平生稀見　畫圖中舊識春風面誰知道自到瑶臺畔眷戀雨潤雲溫苦驚風吹散念荒寒寄宿無人館重門閉敗壁秋蟲歎怎奈向一縷相思隔溪山不斷

相倚　宋元本二字脱　舊識　怎奈向　毛刻草堂舊作誤怎作爭

倒犯　仙呂

詠月

霽景對霜蟾乍昇素煙如掃千林夜縞徘徊處漸移深窈何人正弄孤影蹁躚西窗悄冒露冷貂裘玉斝邀雲表共寒光飲清醥　淮左舊遊記送行人歸來山路窵駐馬望素魄印遙碧金樞小愛秀色初娟好念漂浮綿

宋本自下有衰字

宋無　玉下上當有無句

宋無

宋無

緜思遠道料異日宵征必定還相照奈何人自老

倒犯（元本作吉了犯）露冷　人自老（元本露作霜　自下有衰字）

減字木蘭花

風鬟霧鬢便覺蓬萊三島近水秀山明縹緲仙姿畫不成　廣寒丹桂豈是夭桃塵俗世只恐乘風飛上瓊樓玉宇中

木蘭花令

歌時宛轉饒風措鶯語清圓啼玉樹斷腸歸去月三更薄酒醒來愁萬緒　孤燈翳翳昏如霧枕上依稀聞笑語惡嫌春夢不分明忘了與伊相見處

驀山溪

題（元本作新月）應注[illegible]

樓前疏柳柳外無窮路翠色四天垂數峰青高城闊處

江湖病眼偏向此山明愁無語空凝竚兩兩昏鴉去

平康巷陌往事如花雨十載卻歸來倦追尋酒旗戲鼓

今宵幸有人似月嬋娟霞袖舉杯深注一曲黃金縷

又

江天雪意夜色寒成陣翠袖捧金蕉酒紅潮香凝沁粉

簾波不動新月淡籠明香破豆燭頻花減字歌聲穩

恨眉羞斂往事休重問人去小庭空有梅梢一枝春信

檀心未展誰爲探芳叢消瘦盡洗妝勻應更添風韻

青玉案

良夜燈光簇如豆占好事今宵有酒罷歌闌人散後琵

宋六字

宋六字

此與山谷憶帝京詞相同或是歐山谷作

白石詞二冊 刻本
清真詞 張村校本
掃軒詞 抄本
小晏詞 張村校
花田詞 張村校
七
十

（攷李忠定除觀文殿學士在靖康元年九月
知揚州時 其罷左僕射為觀文殿大學士在
建炎元年八月十日 攺正紹興二年後
觀文殿學士湖廣宣撫使均在其後 成
李後林向）

琶輕放語聲低顫滅燭來相就　玉體偎人情何厚輕
惜輕憐轉唧嚁雨散雲收眉兒皺只愁彰露那人知後
把我來僝僽

一翦梅

一翦梅花萬樣嬌斜插疏枝略點眉梢輕盈微笑舞低
回何事尊前拍手相招　夜漸寒深酒漸銷袖裏時聞
玉釧輕敲城頭誰恁促殘更銀漏何如且慢明朝

相招 汲古作相 从歷代詩餘

水調歌頭

中秋寄李伯紀大觀文

今夕月華滿銀漢瀉秋寒風纏霧卷宛轉天陛玉樓寬

李伯紀按伯紀除觀文殿學士在靖康元年九月知揚州時其罷左僕射為觀文殿大學士在建炎元年八月十月落職至紹興二年復為觀文殿學士湖廣宣撫使皆在美成卒後俟考鏡中蟠

夾注兩行抑勻

應是金華仙子又喜今年藥就□□□□□收拾山河影都向鏡中蟠　橫霜竹吹明月到中天要合[要令]四海遙望千古此輪安何處今年無月唯有謫仙著語高絕莫能攀我故喚公起雲海路漫漫

鏡中蟠汲古閣文誤在蟠字下从王鵬運刻清真集本[illegible]本

(要合)王刻本要令

應增

南柯子

寶合分時果金盤弄賜冰曉來階下按新聲恰有一方明月可中庭　露下天如水風來夜氣清嬌羞不肯傍人行颭下扇兒拍手引流螢

又

膩頸凝酥白輕衫淡粉紅碧油涼氣透簾櫳指點庭花

低映雲母屏風　恨逐瑶琴寫書　勞玉指封等閒贏得

瘦儀容何事不教雲雨略下巫峰

又

詠梳兒

桂魄分餘暈檀槽破紫心曉妝初試鬢雲侵每被蘭膏

香染色深沈　指印纖纖粉釵横隱隱金有時雲雨鳳

幃深長是枕前不見殢人尋

檀槽　曉妝初試　每被　有時張元幹蘆川詞有是闋槽作香曉妝初試作高鬟鬆綰每作又有時作長是

關河令

秋陰時晴漸向暝變一庭淒冷竚聽寒聲雲深無雁影

更深人去寂靜但照壁孤燈相映酒已都醒如何銷
夜永

關河令 汲古注時云刻作清商怨

鵲橋仙令

浮花浪蕊人間無數開徧朱朱白白瑶池一朶玉芙蓉
秋露洗丹砂真色　晚凉拜月六銖衣動應被姮娥認
得翩然欲上廣寒宫横玉度一聲天碧

花心動

簾卷青樓東風滿楊花亂飄晴晝蘭袂褪香羅帳褰紅
繡枕旋移相就海棠花謝春融暖偎人恁嬌波頻溜象
牀穩鴛衾漫展浪翻紅縐　一夜情濃似酒香汗漬鮫

綃幾番微透鸞困鳳慵婭姹雙眸畫也畫應難就問伊
可煞於人厚梅萼露臙脂檀口從此後纖腰爲郎管瘦
雙眸汲古眸作眼樓此字應[應]平聲从西泠詞萃本

雙頭蓮

一抹殘霞幾行新雁天染斷紅雲迷陣影隱約望中點
破晚空澄碧助秋色門掩西風橋橫斜照青翼未來濃
塵自起咫尺鳳幃合有□人相識歎乖隔　知甚時恣
與同攜懽適度曲傳觴並鸛飛鸞綺陌畫堂連夕樓頭
千里帳底三更盡堪淚滴怎生向總無憀但只聽消息
□人　歎乖隔汲古本[illegible]名雙頭蓮當爲以助秋色句屬上[illegible]一段以數乖隔句屬上爲第二段分兩排起調換之[illegible]字數悉無少異惟合有人相識句人字上疑脫◯今从

[illegible]陽三字屬下段

其說

長相思

曉行

舉離觴掩洞房箭水泠泠刻漏長愁中看曉光　整羅裳脂粉香見掃門前車上霜相持泣路旁

又

閨怨

馬如飛歸未歸誰在河橋見別離脩楊委地垂　掩面啼人怎知桃李成陰鶯哺兒閑行春盡時

又

舟中作

題汲古作曉行刪

題汲古作閨怨刪

修

修

好風浮晚雨收林葉陰陰映鷁舟斜陽明柁樓　黯凝眸憶舊遊艇子扁舟來莫愁石城風浪秋柁樓（倚）汲古柁作倚从詞萃本

汲古作舟　題中作刪

又

沙棠舟小棹遊池水澄澄人影浮錦鱗遲上鉤　煙雲愁簫鼓休再得來時已變秋欲歸須少留

大有

仙骨清羸沈腰憔悴見旁人驚怪消瘦柳無言雙眉盡日齊鬬都緣薄倖賦情淺許多時不成懽偶幸自也總由他何須負這心口　令人恨行坐呪斷了更思量沒心永守前日相逢又早見伊仍舊卻更被温存後都忘

了當時僝僽便掬撮九百身心依前待有

萬里春

千紅萬翠簇定清明天氣爲憐他種種清香好難爲不醉　我愛深如你我心在箇人心裏便相看老卻春風莫無些歡意

鶴沖天

梅雨霽暑風和高柳亂蟬多小園臺榭遠池波魚戲動新荷　薄紗廚輕羽扇枕冷簟涼深院此時情緒此時天無事小神仙

又

白角簟碧紗廚梅雨乍晴初謝家池畔正清虛香散嫩

溧水長壽鄉作

枕冷　雅詞冷作穩

芙蕖　日流金風解慍一弄素琴歌韻慢摇紈扇訢花

牋吟待晚涼天

歌韻（汲古韻作舞从歷代詩餘）

王本

宋本題作元宵

宋本絳作焰 紅蓮作烘炷 燈作花

宋本都作帝

題 元本作元宵

清真詞卷下

錢塘 周邦彥 美成

解語花 高平

上元

風銷絳蠟露浥紅蓮燈市光相射桂華流瓦纖雲散耿耿素娥欲下衣裳淡雅看楚女纖腰一把簫鼓喧人影參差滿路飄香麝 因念都城放夜望千門如晝嬉笑游冶鈿車羅帕相逢處自有暗塵隨馬年光是也唯只見舊情衰謝清漏移飛蓋歸來從舞休歌罷

絳蠟 紅蓮 燈市 元本絳作焰紅蓮作烘鑪燈作花 纖腰 唯只 見 陽春白雪纖作宮見作有

鎖陽臺

懷錢塘

山崦籠春，江城吹雨，暮天煙淡雲昏。酒旗漁市，冷落杏花村。蘇小當年秀骨，縈蔓草、空想羅裙。潮聲起，高樓噴笛，五兩了無聞。　淒涼懷故國，朝鐘暮鼓，十載紅塵。但夢魂迢遞，長到吳門。聞道花開陌上，歌舊曲、愁殺王孫。何時見，名娃喚酒，同倒甕頭春。

鎖陽臺 汲古注云即滿庭芳之異名王鵬運刻清真集外詞錄是調三闋非莫歲作也載未詳其所說自也

又

花撲鞭鞘風吹衫袖，馬蹄初趁輕裝。都城漸遠，芳樹隱斜陽未慣羇遊況味征鞍上滿目淒涼今宵裏三更皓月愁斷九迴腸　佳人何處去別時無計同引離觴但唯有相思兩處難忘去即十分去也如何向千種思量凝眸處黄昏畫角天遠路歧長

又

白玉樓高廣寒宮闕暮雲如幛褰開銀河一派流出碧天來無數星躔玉李冰輪動光滿樓臺登臨處全勝瀛海弱水浸蓬萊　雲鬟香霧溼月娥韻壓雲凍江梅況飡花飲露莫惜徘徊坐看人閒如掌山河影倒入瓊杯歸來晚笛聲吹徹九萬里塵埃

過秦樓　大石

[宋本初斷二字脫]

[過秦樓 汲古注云清真集作選冠子或作惜餘春慢]

水浴清蟾葉喧涼吹巷陌馬聲初斷閒依露井笑撲流螢惹破畫羅輕扇人靜夜久凭闌愁不歸眠立殘更箭歎年華一瞬人今千里夢沈書遠　空見說鬢怯瓊梳容銷金鏡漸懶趁時勻染梅風地溽虹雨苔滋一架舞紅都變誰信無聊為伊才減江淹情傷荀倩但明河影下還看稀星數點

地溽 陽春白雪溽作溼　虹雨 汲古虹作紅从元本

解蹀躞 商調

[秘思]

候館丹楓吹盡面旋隨風舞夜寒霜月飛來伴孤旅還是獨擁秋衾夢餘酒困都醒滿懷離苦　甚情緒深念

凌波微步幽房暗相遇淚珠都作秋宵枕前雨此恨音
驛難通待憑征雁歸時帶將愁去

帶將 花庵作寄 帶

題 汲古作秋思 元本無据删

蕙蘭芳引 仙呂

秋懷

寒瑩晚空點青鏡斷霞孤鶩對客館深扃霜草未衰更
綠倦遊厭旅但夢繞阿嬌金屋想故人別後盡日空疑
風竹 塞北氍毹江南圖障是處温燠更花管雲牋猶
寫寄情舊曲音塵迢遞但勞遠目今夜長爭奈枕單人

獨

六幺令 仙侶 呂

題 汲古作秋懷 元本無据删

宋本題（以重九）

重陽

快風收雨亭館清殘燠池光靜橫秋影岸柳如新沐聞道宜城酒美昨日新醅熟輕鑣相逐衝泥策馬來折東籬半開菊　華堂花豔對列一一驚郎目歌韻巧共泉聲閒雜琮琤玉惆悵周郎已老莫唱當時曲幽（懽）難卜明年誰健更把茱萸再三囑

（懽）

如新沐（汲古如作知，从元本）

題重九（元本作）

此余仍寫

紅林檎近　雙調

詠雪

高柳春纔軟凍梅寒更香暮雪助清峭玉塵散林塘那堪飄風遞冷故遣度幕穿窗似欲料理新妝呵手弄絲

黃　冷落詞賦客蕭索水雲鄉援毫授簡風流猶憶東梁望虛檐徐轉迴廊未掃夜長莫惜空酒觴

題　汲古作詠雪　元本無据刪

又

雪晴

風雪驚初霽水鄉增暮寒樹杪墮毛羽檐牙掛琅玕纔喜門堆巷積可惜迤邐銷殘漸看低竹翩翻清池漲微瀾　步屧晴正好宴席晚方歡權梅花耐冷亭亭來入冰盤對前山橫素愁雲變色放杯同覓高處看

宋本作權

題　汲古作雪晴　元本無据刪

毛羽元本毛作飛門堆巷積毛刻草堂作堆門積巷

滿路花　仙呂

詠雪

宋本礫作鑠誤

宋本心甚悰情

宋本題作思情 冬景

題 汲古作詠雪 元本無據刪

宋本作思情 題 汲古作冬景 刪

元本多採刪

情懷 但你 元本懷作悰 但你作你但

金花落燼燈銀礫鳴窗雪庭深微漏斷行人絕風扉不定竹圜琅玕折玉人新開闊著這情懷更當恁地時節無言攲枕帳底流清血愁如春後絮來相接知他那裏爭信人心切除共天公說不成也還似伊無箇分別

又

庭深（元本庭作夜）著這情懷（元本作著甚情悰）簾烘淚雨乾酒壓愁城破冰壺防飲渴培殘火朱銷粉褪絕勝新梳裏不是寒宵短日上三竿殢人猶要同臥如今多病寂寞章臺左黃昏風弄雪門深鎖蘭房密

氐州第一 商調

愛萬種思量過也須知有我著甚情懷但你忘了人呵

宋本有字脫 心你忘

情懷 元本作 情悰 但你 元本

宋本字心官字心上

惟

宋本別心恨

離別

宋本斋心南

又思心念

惟

波落寒汀村渡向晚遥看數點帆小亂葉翻鴉驚風破
雁天角孤雲縹緲官柳蕭疏甚尚掛微微殘照景物關
情川途換目頓來催老　漸解狂朋歡意少奈猶被思
牽情繞座上琴心機中錦字覺最縈懷抱也知人懸望
久薔薇謝歸來一笑欲夢高唐未成眠霜空已曉

氏州第一（汲古注云清真集作熙州摘徧字句稍異）官柳（草堂宮作官）

尉遲杯　大石

離別

隋堤路漸日晚密靄生深樹陰陰淡月籠沙還宿河橋
深處無情畫舸都不管煙波隔前浦等行人醉擁重衾
載將離恨歸去　因思舊客京華長偎傍疏林小檻歡

惟

宋本游心樓

題 汲古作離別 刪

宋本夢下衍念字

夏景

題 汲古作夏景 刪 涂本草堂亦揭

聚冶葉倡條俱相識仍慣見珠歌翠舞如今向漁村水驛夜如歲焚香獨自語有何人念我無聊夢魂凝想鴛侶

前浦 因思 凝想 宋元本前作南思作念凝作疑

塞翁吟 大石

暗葉啼風雨窗外曉色瓏璁散水麝小池東亂一岸芙蓉蘄州簟展雙紋浪輕帳翠縷如空夢遠別淚痕重淡鉛臉斜紅 忡忡嗟憔悴新寬帶結羞豔冶都銷鏡中有蜀紙堪憑寄恨等今夜灑血書詞翦燭親封菖蒲漸老早晚成花教見薰風

瓏璁 汲古作朧聰 樓字从元本

宋本況作悵

題 淡 旅況
誰行 宋元本行作舒

宋本偃淚心伴落心芒

繞佛閣 大石

旅況

暗塵四斂樓觀迥出高映孤館清漏將短厭聞夜久籤聲動書幔桂華又滿閒步露草偏愛幽遠花氣清婉望中迤邐城陰度河岸　倦客最蕭索醉倚斜橋穿柳線還似汴隄虹梁橫水面看浪颭春燈舟下如箭此行重見歎故友難逢羈思空亂兩眉愁向誰行展

慶春宮 越調

悲秋

雲接平岡山圍寒野路回漸轉孤城衰柳啼鴉驚風驅雁動人一片秋聲倦途休駕澹煙裏微茫見星塵埃憔

宋本都褪心渾流　使心情

宋本此字脱

題　汲古作悲秋　元本無據刪

悴生怕黄昏離思牽縈　華堂舊日逢迎花豔參差香
霧飄零絃管當頭偏憐嬌鳳夜深簧暖笙清眼波傳意
恨密約悤悤未成許多煩惱只爲當時一晌留情
雲接　路回漸轉　驅雁（雅詞雲作天回作長漸作作驅作過）微茫（汲古）
（茫作芒从元本）偏憐嬌鳳（雅詞作惟他絕藝）簧暖（汲古簧作篁从元本）當時（元本）
（當作常）留情（雅詞留作心）

滿江紅　仙呂

春閨

晝日移陰攬衣起春帷睡足臨寶鑑綠雲撩亂未忺裝
束蝶粉蜂黃都褪了枕痕一線紅生肉背畫闌脈脈儘
無言尋棋局　重會面猶未卜無限事縈心曲想秦箏

依舊尚鳴金屋芳草連天迷遠望寶香熏被成孤宿最
苦是蝴蝶滿園飛無心撲

未忺（汲古忺作褪，从元本）褪了（毛刻草堂褪作過）紅生肉（汲古肉作玉，从元本）儘無言（元本作悄）儘無心（元本及毛刻草堂心並作人）

題（汲古作春閨，元本無，據刪）

丁香結　商調

蒼蘚沿階冷螢黏屋庭樹望秋先隕漸雨淒風迅澹暮
色倍覺園林清潤漢姬紈扇在重吟玩棄擲未忍登山
臨水此恨自古銷磨不盡　牽引記醉酒歸時對月同
看雁陣寶幄香纓熏鑪象尺夜寒燈暈誰念留滯故國
舊事勞方寸唯丹青相伴那更塵昏蠹損

淡　宋本淡作濃

醉酒　對月（元本醉作試，對作映）

宋本此字脫　醉心試　對心映

宋本霏作霏
又祁叢二字脫於作摘
持作寄
宋本紋作文
又祇作秖　如作知
又喻作愈　信作消
汲古作梅雪詞

三部樂　商調

梅雪

浮玉飛瓊向邃館靜軒倍增清絕夜窗垂練何用交光明月近聞道官閣多梅趁暗香未遠凍蕊初發倩誰折取持贈情人桃葉　回紋近傳錦字道爲君瘦損是人都說祇如染紅著手膠梳黏髮轉思量鎮長墮睫都只爲情深意切欲報信息無一句堪喻愁結

近聞道官閣（汲古近字脫官作宮並从元本）折取　持贈（宋元本折作摘持作寄）

祇如（汲古作秖知从歷代詩餘）信息　堪喻（元本信作消喻作愈）

西河　大石

金陵懷古

宋本
題 元本無懷古二字
宋本心繫心東畔。
又向心入

佳麗地南朝盛事誰記山圍故國繞清江髻鬟對起怒
濤寂寞打孤城風檣遥度天際　斷崖樹猶倒倚莫愁
艇子曾繫空餘舊迹鬱蒼蒼霧沈半壘夜深月過女牆
來傷心東望淮水　酒旗戲鼓甚處市想依稀王謝鄰
里燕子不知何世向尋常巷陌人家相對如說興亡斜
陽裏

天際汲古是處未分段次首同並从元本　空餘草堂餘作遺　傷心汲古傷作賞从元本
東望草堂望作畔　甚處市汲古市作是从元本　向尋常草堂向作入

又

長安道瀟灑西風時起塵埃車馬晚遊行霸陵煙水亂
鴉棲鳥夕陽中參差霜樹相倚　到此際愁如葦冷落

元本無懷古二字

宋本題作江落

關河千里追思唐漢昔繁華斷碑殘記未央宮闕已成灰終南依舊濃翠　對此景無限愁思繞天涯秋蟾如水轉使客情如醉想當時萬古雄名盡作往來人淒涼事

盡作 詞譜盡下有是字

一寸金 小石

新定詞作

州夾蒼崖下枕江山是城郭望海霞接日紅翻水面晴風吹草青搖山脚波暖鳧鷖作沙痕退夜潮正落疏林外一點炊煙渡口參差正寥廓　自歎勞生經年何事京華信漂泊念渚蒲汀柳空歸閒夢風輪雨楫終孤前

約情景牽心眼流連處利名易薄回頭謝冶葉倡條便

入漁釣樂

瑞鶴仙　高平

題汲古作新定詞从花庵

悄郊原帶郭行路永客去車塵漠漠斜陽映山落斂餘紅猶戀孤城闌角凌波步弱過短亭何用素約有流鶯勸我重解繡鞍緩引春酌　不記歸時早暮上馬誰扶醒眠朱閣驚飇動幕扶殘醉繞紅藥歎西園已是花深無地東風何事又惡任流光過卻猶喜洞天自樂

過卻　鄭文焯校作郤謂與隙通非韻

小注中郤字从卩

又

暖煙籠細柳弄萬縷千絲年年春色晴風蕩無際濃於

酒偏醉情人詞客闌干倚處度花香微散酒力對重門半掩黃昏淡月院宇深寂　愁極因思前事洞房佳宴正值寒食尋芳徧賞金谷里銅駝陌到而今魚雁沈沈無信息天涯常是淚滴早歸來雲館深處那人正憶

無信息（鄭文焯校刪無字按息字疑衍）銅駝（汲古駝作陁从元本）

浪淘沙慢　商調

曉陰重霜凋岸草霧隱城堞南陌脂車待發東門帳飲乍闋正拂面垂楊堪攬結掩紅淚玉手親折念漢浦離鴻去何許經時信音絕　情切望中地遠天闊向露冷風清無人處耿耿寒漏咽嗟萬事難忘唯是輕別翠尊未竭憑斷雲留取西樓殘月羅帶光銷紋衾疊連環解

宋本曉心重
又攪心鬢

宋本銷心銷

恨別

題 汲古作恨別 元本無，據刪

舊香頓歇怨歌永瓊壺敲盡缺恨春去不與人期弄夜色空餘滿地梨花雪

又

曉陰 汪本及草堂曉並作晝

萬葉戰秋聲露結雁度砂磧細草和煙尚綠遥山向晚更碧見隱隱雲邊新月白映落照簾幕千家聽數聲何處倚樓笛裝點盡秋色　脈脈旅情暗自銷釋念珠玉臨水猶悲感何況天涯客憶少年歌酒當時蹤迹歲華易老衣帶寬懊惱心腸終窄飛散後風流人阻藍橋約悵恨路隔馬蹄過猶嘶舊巷陌歎往事一一堪傷曠望極凝思又把闌干拍

題 元本無慢字 應汪否

宋本無題

宋本渴作歇

又去盡作去

又征塗下衍區區二字

西平樂 小石

元豐初予以布衣西上過天長道中後四十餘年辛丑正月二十六日避賊復遊故地感歎歲月偶成此詞

稚柳蘇晴故溪渴雨川迥未覺春賒駝褐寒侵正憐初日輕陰抵死須遮歎事逐孤鴻去盡身與塘蒲共晚爭知向此征途迢遞佇立塵沙追念朱顏翠髮曾到處故地使人嗟 道連三楚天低四野喬木依前臨路敧斜重慕想東陵晦迹彭澤歸來左右琴書自樂松菊相依何況風流鬢未華多謝故人親馳鄭驛時倒融尊勸此淹留共過芳時翻令倦客思家

陳西麓和詞遮[坊]下五沙字叶廿五字別[illegible]與[illegible]元本省迢遞二字平仄亦合

宋本心梅花

宋本勝誤心蕊

早梅二字仍照寫

玉燭新　梅苑是闕作　李易安詞

渴雨（元本渴作歇）去盡（元本作盡去鄭文焯曰夢窗此二句用夾叶例此盡字與下句晚字亦叶）征途（汲古下有區區二字元本區區作迢遞按提要謂方千里和云流年迅景霜風敗葦驚沙止十字此句誤衍二字是區區迢遞並為衍文）三楚　四野（陳鋭曰楚野二字古音相諧是為仄叶夢窗是調市水二字亦韻也）

玉燭新　雙調

早梅

溪源新臘後見數朶江梅翦裁初就暈酥砌玉芳英嫩故把春心輕漏前村昨夜想弄月黃昏時候孤岸峭疏影橫斜濃香暗沾襟袖　尊前賦與多才問嶺外風光故人知否壽陽謾鬬終不似照水一枝清瘦風嬌雨秀好亂插繁花盈首須信道羌管無情看看又奏

南鄉子　商調

晨色動妝樓短燭熒熒悄未收自在開簾風不定颼颼池面冰澌趁水流　早起怯梳頭欲綰雲鬟又卻休不會沈吟思底事凝眸兩點春山滿鏡愁

颼颼（汲古作颼飀按方楊和韻並押颼字从元本）

又

秋氣繞城闉暮角寒鴉未掩門記得佳人衝雨別吟分別緒多於雨後雲　小棹碧溪津恰似江南第一春應是採蓮閒伴侶相尋收取蓮心與舊人

又

寒夜夢初醒行盡江南萬里程早是愁來無會處時聽

詠秋夜

題 汲古作詠秋夜 刪 又鄭校刪

撥燕巢

題 汲古作撥燕巢 刪 又鄭校

宋本題心詠妓

敗葉相傳細雨聲　書信也無憑萬事由他別後情誰
信歸來須及早長亭短帽輕衫走馬迎

又

戶外井桐飄淡月疏星共寂寥恐怕霜寒初索被中宵
已覺秋聲引雁高　羅帶束纖腰自翦燈花試彩毫收
起一封江北信明朝爲問江頭早晚潮

又

輕軃舞時腰初學吹笙苦未調誰遣有情知事早相撩
暗舉羅巾遠見招　癡騃一團嬌自折長條撥燕巢不
道有人潛看著從教掉下鬢心與鳳翹

望江南　大石

歌席上無賴是橫波寶髻玲瓏攲玉燕繡巾柔膩掩香
羅人好自宜多　無箇事因甚斂雙蛾淺淡梳妝疑見
畫惺忪言語勝聞歌何況會婆娑
人好 浩然齋雅談引此詞是句與下結段互易結句作好處是情多

又

春遊

遊妓散獨自繞回隄芳草懷煙迷水曲密雲銜雨暗城
西九陌未霑泥　桃李下春晚自成蹊牆外見花尋徑
路轉柳陰行馬過鶯啼無處不悽悽

浣溪沙　黃鍾

不爲蕭娘舊約寒何因容易別長安預愁衣上粉痕乾

宋本忪作鬆

宋本自作未

題 汲古作春遊 元本無據刪

自成蹊 元本自作未

宋本別作剛 隱作地

自成蹊 元本自作未

宋本心類悟○○

幽閣深沈燈焰喜小鑪鄰近酒杯寬爲君門外脫歸鞍

又

翠葆參差竹徑成新荷跳雨碎珠傾曲闌斜轉小池亭風約簾衣歸燕急水摇扇影戲魚驚柳梢殘日弄微晴

碎珠元本碎作淚　扇影雅詞扇作花

又

寶扇輕圓淺畫繒象牀平穩細穿藤飛蠅不到避壺冰翠枕面涼頻益睡玉簫手汗錯成聲日長無力要人凭

宋本忪作憁

宋本心㨿參

國初歐陽永叔

偏益 元本作頻憶

又

薄薄紗幮望似空簟紋如水浸芙蓉起來嬌眼未惺忪

強整羅衣擡皓腕更將紈扇掩酥胸羞郎何事面微

紅

又

爭挽桐花兩鬢垂小妝弄影照清池出簾踏襪趁蜂兒

跳脫添金雙腕重琵琶破撥四絃悲夜寒誰肯翦春

衣

出簾 汲古出作珠从元本 破撥 元本作撥盡

又

宋本作珠簾一行

宋本亂作晒

雨過殘紅溼未飛疏籬一帶透斜暉遊蜂釀蜜竊香歸
金屋無人風竹亂夜篝盡日水沈微一春須有憶人
時

疏籬一帶 元本作珠簾一桁

又

日薄塵飛官路平眼明喜見汴河傾地遥人倦莫兼程
下馬先尋題壁字出門閒記榜村名早收燈火夢傾
城

又

貪向津亭擁去車不辭泥雨濺羅襦淚多脂粉了無餘
酒釅未須令客醉路長終是少人扶早教幽夢到華

戲刻李易安

勸君 㴑下句心傷

宋本香心已

勸君 按是闋又見李清照漱玉詞勸君作傷心

宋本粉誤心絲綃心紗卷心掩

胥

又

樓上晴天碧四垂樓前芳草接天涯勸君莫上最高梯

新筍看成堂下竹落花都上燕巢泥忍聽林表杜鵑

啼

看成元本看作已都上毛刻草堂上作入

又

日射攲紅蠟蔕香風乾微汗粉襟涼碧綃對[redacted]卷簟紋光

自翦柳枝明畫閣戲拋蓮菂種橫塘長亭無事好思

量

碧綃對捲元本及陳刻草堂並作碧紗對掩

忠按耆舊續聞云古詞水竹舊院落櫻筍新蔬果叢話乃云鶯引新雛過而以櫻筍為非陳鵠在宋寧宗時去胡仔不遠而見有舊本必不以叢話為言恐鶯引新雛過之說不足據也

浣溪沙慢

水竹舊院落櫻筍新蔬果嫩英翠幄紅杏交榴火心事暗卜葉底尋雙朶深夜歸青鎖燈盡酒醒時曉窗明釵橫鬢嚲　怎生那被間阻時多奈愁腸數疊幽恨萬端好夢還驚破可怪近來傳語也無箇莫是瞋人呵真箇若瞋人卻因何逢人問我

櫻筍句（苕溪漁隱叢話引此句云舊本作鶯引新雛過鶯本未詳所據）

點絳脣　仙呂

孤館迢迢暮天草露霑衣潤夜來秋近月暈通風信今日原頭黃葉飛成陣知人悶故來相趁共結臨歧恨

秋近（雅詞作盡）　近原頭（汲古原作源，从元本）　臨歧（雅詞臨作分）

宋本題作傷春

宋本作說語傷別

宋本斜誤作叙

又

遼鶴歸來故鄉多少傷心地寸書不寄魚浪空千里

憑仗桃根說與相思意愁無際舊時衣袂猶有東風淚

相思（元本作凄涼）歸來（雅詞歸作重）東風（明鈔本雅詞風作門）

題原元本傷感

又

征騎初停酒行莫放離歌舉柳汀蓮浦看盡江南路

苦恨斜陽冉冉催人去空回顧淡煙橫素不見揚鞭處

酒行莫放（汲古注云清真集作畫筵欲散雅詞莫放作欲散）

又

臺上披襟快風一瞬收殘雨柳絲輕舉蛛網黏飛絮

極目平蕪應是春歸處愁凝竚楚歌聲苦村落黃昏鼓

宋本照初字脫

題 汲古作秋暮晚景元本無據刪

夜遊宮 般涉

客去車塵未斂古簾暗雨苔千點月皎風清在處見奈今宵照初弦吹一箭 池曲河聲轉念歸計眼迷魂亂明日前村更荒遠且開尊任紅鱗生酒面

又

秋暮晚景

葉下斜陽照水卷輕浪沈沈千里橋上酸風射眸子立多時看黃昏燈火市 古屋寒窗底聽幾片井桐飛墜不戀單衾再三起有誰知爲蕭娘書一紙

又

一陣斜風橫雨薄衣潤新添金縷不謝鉛華更清素倚

宋本卯心有

題　汲古作殘杏　元本無據刪

鈎窗弄幺絃嬌欲語　小閣横香霧正年少小娥愁緒莫是栽花被花妒甚春來病懨懨無會處

訴衷情　商調

殘杏

出林杏子落金盤齒軟怕嘗酸可惜半殘青紫猶印小脣丹　南陌上落花閒雨斑斑不言不語一段傷春都在眉間

青紫　汲古紫作子从元本

又

隄前亭午未融霜風緊雁無行重尋舊日歧路茸帽北遊裝　期信杳別離長遠情傷風翻酒幔寒凝茶煙又

是何鄉

又

當時選舞萬人長玉帶小排方喧傳京國聲價年少最無量　花閣迴酒筵香想難忘而今何事佯向人前不認周郎

喧傳京國汲古注云時刻讓與都城

一落索　雙調

眉共春山爭秀可憐長皺莫將清淚溼花枝恐花也如人瘦　清潤玉簫閒久知音稀有欲知日日倚闌愁但問取亭前柳

一落索汲古注云清真集作洛陽春

宋本催心思歸心催

又

杜宇催歸聲苦和春歸去倚闌一霎酒旗風任撲面桃
花雨　目斷隴雲江樹難逢尺素落霞隱隱日平西料
想是分攜處

催歸　歸去 元本催作思歸去作催去

迎春樂　雙調

清池小圃開雲屋結春伴往來熟憶年時縱酒杯行速
看月上歸禽宿　牆裏修篁森似束記名字曾刊新綠
見說別來長沿翠蘚封寒玉

沿翠蘚 汲古沿作冷从元本

又

宋本溪作蹊

宋本作花豔歇作罷

舊本

題 宋本作攜妓

宋本不作未

桃溪柳曲閒蹤迹俱曾是大隄客解春衣貰酒城南陌頻醉臥胡姬側　鬢點吳霜嗟早白更誰念玉溪消息他日水雲身相望處無南北

又　攜妓

人人豔色明春柳憶筵上偷攜手趁歌停舞歇來相就醒醒箇無些酒　比目香囊新刺繡連隔座一時熏透爲甚月中歸長是他隨車後

豔色　舞歇 元本豔色作舞歇花豔歇作罷

虞美人　正宮

燈前欲去仍留戀腸斷朱扉遠不須紅雨洗香顋待得薔薇花謝便歸來　舞腰歌板閒時按一任傍人看金

宋本遣作使

宋本香作將

宋本秋作清

鑪應見舊殘煤莫遣恩情容易似寒灰

不須　莫遣（元本不作未遣作使）

又

簾纖小雨池塘徧細點看萍面一雙燕子守朱門比似尋常時候易黃昏　宜城酒泛浮春絮細作更闌語相看羃思亂如雲又是一窗燈影兩愁人

看萍面　比似（汲古看作破比似作此並从元本）　春絮（元本春作香）

又

疏籬曲徑田家小雲樹開秋•曉天寒山色有無中野外一聲鐘起送孤篷　添衣策馬尋亭堠愁抱惟宜酒菰蒲睡鴨占陂塘縱被行人驚散又成雙

宋本向作面

秋曉（元本秋作清）縱被又成雙（雅詞縱作疑又作不）

又

淡雲籠月松溪路長記分攜處夢魂連夜繞松溪此夜相逢恰似夢中時　海山陡覺風光好莫惜金尊倒柳花吹雪燕飛忙生怕扁舟歸去斷人腸

又

玉觴纔掩朱絃悄彈指壺天曉回頭猶認倚牆花只向小橋南畔便天涯　銀蟾依舊當窗滿顧影魂先斷淒風休颭半殘燈擬倩今宵歸夢到雲屏

又

金閨平帖春雲暖晝漏花前短玉顏酒解豔紅銷一向

捧心啼困不成嬌　別來新翠迷行徑窗鎖玲瓏影研
綾小字夜來封斜倚曲闌凝睇數歸鴻

一向（元本向作面）

醉桃源（大石）

冬衣初染遠山青雙絲雲雁綾夜寒袖溼欲成氷都緣
珠淚零　情黯黯悶騰騰身如秋後蠅若教隨馬逐郎
行不辭多少程

醉桃源（汲古注云清真集作阮郎歸）

又

菖蒲葉老水平沙臨流蘇小家畫闌曲徑宛秋蛇金英
垂露華　燒蜜炬引蓮娃酒香醺臉霞再來重約日西

宋本読心項

宋本少字脱

宋本醺心薰

宋本無題

宋本妝作朱 獸作酒

宋本又如何作拚捨

題 汲本作佳人

宋本作縷箋

斜倚門聽暮鴉

鳳來朝 越調

佳人

逗曉看嬌面小窗深弄明未徧愛殘妝宿粉雲鬟亂最

好是帳中見 說夢雙蛾微斂錦衾温獸香未斷待起

又如何拚任日炙畫樓暖

未徧 汲古編作辦按陳和 詞押編字乃元本 殘妝 獸香 元本妝作 朱獸作酒 待

起的 汲古作待起難捨拚注云清真集作待起又如何 拚从之鄭文焯曰按譜律是句並作六字陳和詞

句法正同 畫樓 元本樓作闌

垂絲釣 商調

縷金翠羽妝成纔見眉嫵倦倚玉闌看舞風絮愁幾許

宋本柱字韻上結 又宛心花如
心水 宋下缺兩字

寄鳳絲雁柱春將暮向層城宛路 鈿車如水時時花
徑相遇舊遊伴侶還到曾來處門掩風和雨梁燕語間
那人在否
玉匳元本作繡簾宛路汲古以水如為上結元本又以春將暮為過片今依夢窗詞訂正元本宛作苑如水元本如作似

粉蝶兒慢

宿霧藏春餘寒帶雨占得羣芳開晚豔口初弄秀倚東
風嬌嫩隔葉黃鸝傳好音喚入深叢中探數枝新比昨
朝又早紅稀香淺 眷戀重來倚檻當韶華未可輕孤
雙眼賞心隨分樂有清尊檀板每歲嬉遊能幾日莫使
一聲歌欠忍因循片花飛又成春減

豔□ 汲古未空格从詞律

紅窗迥

幾日來真箇醉不知道窗外亂紅已深半指花影被風搖碎擁春酲乍起　有箇人人生得濟楚來向耳畔問道今朝醒未情性兒慢騰騰地惱得人又醉

乍起 汲古以搖碎為上結按詞律云當於乍起分段从之　濟楚 元本濟作齊

念奴嬌

醉魂乍醒聽一聲啼鳥幽齋岑寂淡日朦朧初破曉滿眼嬌情天色最惜香梅淩寒偷綻漏泄春消息池塘芳草又還淑景催逼　因念舊日芳菲桃花永巷恰似初相識荏苒時光因慣卻覓雨尋雲蹤迹奈有離拆瑤臺

齊楚 元本作齊楚 應注

月下回首頻思憶重愁壘恨萬般都在胸臆

黃鸝繞碧樹　雙調

雙闕籠佳氣寒威日晚歲華將暮小院閒庭對寒梅照雪淡煙凝素忍當迅景動無限傷春情緒猶賴是上苑風光漸好芳容將煦　草莢蘭芽漸吐且尋芳更休思慮這浮世甚驅馳利祿奔競塵土縱有魏珠照乘未買得流年住爭如盛飲流霞醉偎瓊樹

盛飲流霞　汲古作謄引榴花注云清真集作盛飲流霞元本同从之

宋本題作春情

宋本傷心處

鬢雲鬆令

送傅國華奉使三韓

鬢雲鬆眉葉聚一闋離歌不爲行人駐檀板停時君看

（按宋史高麗傳宣和四年高麗王俁卒詔中書舍人傅墨卿奠慰留二年不歸國華豈即墨卿字歟考美成先於宣和三年辛丑卒於南京鴻慶宮齋廳是詞乃他人作誤竄集中　朱丙說）

宋本疏作珠　愁作疏

~~宋本愁作疏~~

宋本顧作覩

宋本 協 澹作消

淡

取數尺鮫綃半是梨花雨　鷺飛遥天尺五鳳閣鸞坡看即飛騰去今夜長亭臨別處斷梗飛雲盡是傷情緒

鬢雲鬆令 汲古注云即蘇幕遮

芳草渡

昨夜裏又再宿桃源醉邀仙侶聽碧窗風快疏簾半卷愁雨多少離恨苦方留連啼訴鳳帳曉又是悤悤獨自歸去　愁顧滿懷淚粉瘦馬衝泥尋去路漫回首煙迷望眼依稀見朱戶似癡似醉暗惱損凭闌情緒澹暮色看盡棲鴉亂舞

疏簾　愁雨　愁顧 宋元本疏作珠愁雨作疏雨顧作覩

歸去難　仙呂

一期約

佳約人未知背地伊先變惡會稱停事看深淺如今信我委的論長遠好彩無可怨自合教伊推些事後分散密意都休待說先腸斷此恨除非是天相念堅心更守未死終須見多少閒磨難到得其時知他做甚頭眼

自合　推些　須見　元本自作洎推作因須作相

燕歸梁

簾底新霜一夜濃短燭散飛蟲曾經洛浦見驚鴻關山隔夢魂通　明星晃晃津回路轉榆影步花驄欲攀雲駕倩西風吹清血寄玲瓏

南浦

宋本次句作背地伊會罕字停心亭事字脫彩心未自心洎推心因須字脫心相甚字脫

題汲古作期約刪

詠曉

題汲古作詠曉刪以鄭校

淺帶一帆風向晚來扁舟穩下南浦迢遞阻瀟湘衡皐
迴斜艤蕙蘭汀渚危檣影裏斷雲點點遥天暮菡萏裏
風偷送清香時時微度　吾家舊有簪纓甚頓作天涯
經歲羈旅羌管怎知情煙波上黄昏萬斛愁緒無言對
月皓彩千里人何處恨無鳳翼身只待而今飛將歸去

菡萏裏（鄭文焯曰按譜此句疑有脱誤）

醉落魄

葺金細弱秋風嫩桂花初著蕊珠宫裏人難學花染嬌
荑羞映翠雲幄　清香不與蘭蓀約一枝雲鬢巧梳掠
夜涼輕撼薔薇萼香滿衣襟月在鳳凰閣
留容住

葺——

葺金（按葺疑茸之訛）

嗟烏兔正茫茫相催無定只恁東生西沒半均寒暑昨見花紅柳綠處處林茂又覩霜前籬畔菊散餘香看看又還秋暮　忍思慮念古往賢愚終歸何處爭似高堂日夜笙歌齊舉選甚連宵徹晝再三留住待擬沈醉扶上馬怎生向主人未肯教去

長相思慢

夜色澄明天街如水風力微冷簾旌幽期再偶坐久相看纔喜欲歎還驚醉眼重醒映雕闌修竹共數流螢細語輕輕儘銀臺挂蠟潛聽　自初識伊來便惜妖嬈豔質美盼柔情桃溪換世鸞馭淩空有願須成遊絲蕩絮任輕狂相逐牽縈但連環不解流水長東難負深盟

流水長東（汲古是句脫注云時刻下有流水長東四字誤按柳耆卿是調句律正合圓時刻當出舊本非衍誤也）

看花回　詠眼

秀色芳容明眸就中奇絕細看豔波欲溜最可惜微重紅綃輕帖勻朱傅粉幾爲嚴妝時涴睫因箇甚抵死嗔人半晌斜盼費貼熨　斗帳裏濃懽意懨帶困時似開微合曾倚高樓望遠自笑指頻瞤知他誰說那日分飛淚雨縱橫光映頰揾香羅恐揉損與他衫袖裛

又

紅綃（汲古綃作銷）抵死（汲古抵作底並从鄭校）

蕙風初散輕暖霽景澄潔秀蕊乍開乍斂帶雨態煙痕春思紆結危絃弄響來去驚人鶯語滑無賴處麗日樓臺亂絲歧路總奇絕　何計解黏花繫月歎冷落頓孤佳節猶有當時氣味挂一縷相思不斷如髮雲飛帝國人在雲邊心暗折語東風共流轉漫作匆匆別

月下笛

小雨收塵涼蟾瑩徹水光浮壁誰知怨抑靜倚官橋吹笛映宮牆風葉亂飛品高調側人未識想開元舊譜柯亭遺韻盡傳胸臆　闌干四繞聽折柳徘徊數聲終拍寒燈陋館最感平陽孤客夜沈沈雁啼正哀片雲盡卷清漏滴黯凝魂但覺龍吟萬壑天籟息

（終）

清真集補遺（「集」旁改「詞」）

汲古本有十六字令一闋為周晴川詞浣溪沙小院閒窗一闋為李易安詞齊天樂一闋為楊補之詞並刪

浣溪沙　園圖　見草堂詩餘

水漲魚天拍柳橋雲鳩拖雨過江皐一番春信入東郊

閒碾鳳團消短夢靜看燕子壘新巢又移日影上花梢

題　汲古作春景刪

此李易安詞刪

陈本草堂等據刪汲古本草堂題作春景又注云或刻歐陽永叔

題 汲古作春景 按是汲古又見李清照詞 草堂詩餘

佳人 草堂未標名

陈本草堂等據 題 汲古作佳人 刪又注云或刻蘇子瞻 按東坡詞無是闋 陈本草堂未標名

春景

小院閒窗春色深重簾未捲影沈沈倚樓無語理瑤琴

遠岫出雲催薄暮細風吹雨弄輕陰梨花欲謝恐難

禁

憶秦娥 見草堂詩餘

香馥馥尊前有箇人如玉人如玉翠翹金鳳內家妝束

嬌羞愛把眉兒蹙逢人只唱相思曲相思曲一聲聲

是怨紅愁綠

柳梢青 見草堂詩餘

有箇人人海棠標韻飛燕輕盈酒暈潮紅羞蛾凝綠一

笑生春　爲伊無限傷心更說甚巫山楚雲斗帳香銷

紗窗月冷著意溫存　以上見草堂詩餘

題　汲古作佳人　刪
陳本草堂無

南鄉子　見詞林萬選

秋懷

夜闊夢難收宋玉多情我結儔千點漏聲萬點淚悠悠
霜月雞聲幾段愁　難展皺眉頭怨句哀吟送客秋蟋
蟀牀頭調夜曲啾啾又聽驚人雁過樓　見詞林萬選

題　汲古作秋懷　刪

蘇幕遮　見草堂詩餘

風情

朧雲沉新月小楊柳梢頭能有春多少試著羅裳寒尚
峭簾捲青樓占得東風早　翠屏深香篆裊流水落花
不管劉郎到三疊陽關聲漸杳斷雨殘雲只怕巫山曉　見

題　汲古作風情　刪
陳本草堂無

晝錦堂 見草堂詩餘

閨情

雨洗桃花風飄柳絮日日飛滿雕檐懊惱一春幽恨盡屬眉尖愁聞雙飛新燕語更堪孤枕宿酲忺雲鬟亂獨步晝堂輕風暗觸珠簾　多厭晴晝永瓊戶悄香銷金獸慵添自與蕭郎別後事事俱嫌短歌新曲無心理鳳簫龍管不曾拈空惆悵常是每年三月病酒懨懨

題閨情汲古作閨情刪　宿酲忺　斷歌汲古作歡斷作短並从草堂

斷

陈本峰堂签据

吉楊元咎词刪

齊天樂

端午

疏疏幾點黃梅雨佳時又逢重午角黍包金香蒲泛玉

雪景　　韻　　衫

風物依然荆楚[形]衫裁艾虎更釵裊朱符臂纏紅縷撲粉
香緜喚風綾扇小窗午　沈湘人去已遠勸君休對景
感時懷古慢嚩鶯喉輕敲象板勝讀離騷章句荷香暗
度漸引入醄醄醉鄉深處臥聽江頭畫船喧[疊]鼓

齊天樂　楼是閨草堂未標名　衫裁　汲古衫作形从草堂　沈湘　醄醄　韻鼓　逃禪詞沈作沉　醄作陶　韻作鼓
又見楊无咎逃禪詞　幾點　逃禪詞幾作數
圖譜作周美成

女冠子

女冠子
同雲密布撒梨花柳絮飛舞樓臺悄似玉向紅鑪暖閣
院宇深沈廣排筵會聽笙歌猶未徹漸覺輕寒透簾穿
戶亂飄僧舍密灑歌樓酒帘如故　想樵人山徑迷蹤
路料漁父收綸罷釣歸南浦路無伴侶見孤村寂寞招

颭酒旗斜處南軒孤雁過嚦嚦聲聲又無書度見蠟梅。枝上嫩蕊兩兩三三微吐 以上見草堂詩餘

女冠子 汲古注或刻柳耆卿 題雪景 汲古作 汲古注或刻柳耆卿 按樂章集無是詞

美成於徽宗時提舉大晟樂府故其詞盛傳於世余家藏凡三本一名清真集一名美成長短句皆不滿百闋最後得宋刻片玉集二卷計調百八十有奇晉陽強煥為敘余見評注龐雜一一削去釐其訛謬間有茲集不載錯見清真諸本者附補遺一卷美成庶無遺憾云若乃諸名家之甲乙久著人間無待余備述也 湖南毛晉識

片玉集目廿七

清真集二卷附集外詞一卷

朱祖謀手校
四印齋刻本

仿元巾箱本

清真集

附集外詞一卷

附集外詞一卷

清真集

仿元巾箱本

清真集目録

卷上

春景

目錄

目錄

冬景

目錄

雜賦

目録

目錄

楊升庵云坊曲係改曲為陌 按叔旻月慢小曲此坊月暗可証坊曲爲意成習用
片玉念以記 樂府雅詞同片玉
雅詞優此集

清真集卷上

宋　周邦彦　美成

春景

◎瑞龍吟　大石

章臺路。還見褪粉梅梢，試華桃樹。愔愔坊陌人家，定巢燕子，歸來舊處。　黯凝竚。因念箇人癡小，乍窺門戶。侵晨淺約宮黃，障風映袖，盈盈笑語。　前度劉郎重到，訪鄰尋里，同時歌舞。唯有舊家秋娘，聲價如故。

吟牋賦筆猶記燕臺句知誰伴名園露飲
東城閑步事與孤鴻去探春盡是傷離意
緒官柳低金縷歸騎晚纖纖池塘飛雨斷
腸院落一簾風絮

○鏁窻寒 越調 寒食

暗柳啼鴉單衣竚立小簾朱户桐陰半畝
静鏁一庭愁雨灑空堦夜闌未休故人剪
燭西窻語似楚江暝宿風燈零亂少年
羇旅　遲暮嬉遊處正店舍無煙禁城百

芳抄作玉集小桐花

丁刻小花陰

丁刻小孕闌
毛本也失句

勞初無雲字韻工多曾字
雅詞觴心商遥知心暗想自心是字苦
心苦恨 勞初觴心商

五旗亭喚酒付與高陽儔侶想東園桃李自春小唇秀靨今在否到歸時定有殘英待客携尊俎

風流子 大石

新綠小池塘風簾動碎影舞斜陽羨金屋去來舊時巢燕土花繚繞前度莓墻繡閣裏鳳幃深幾許聽得理絲簧欲說又休慮乖芳信未歌先咽愁近清觴 遥知新妝了開朱戶應自待月西廂最苦夢

雅詞說心却寄將秦鏡心暗將潘鬢
厮心相

魂今宵不到伊行問甚時説與佳音密耗寄將秦鏡偷換韓香天便教人霎時厮見何妨

渡江雲　小石

晴嵐低楚甸暖迴鴈翼陣勢起平沙驟驚春在眼借問何時委曲到山家塗香暈色盛粉飾爭作妍華千萬絲陌頭楊柳漸漸可藏鴉　堪嗟清江東注畫舸西流指長安日下愁宴闌風翻旗尾潮濺烏紗今宵

陽春白雪作自剔

正對初弦月傍水驛深艤蒹葭沉恨處時
時頻剔燈花

丁作旋剔

應天長 商調 寒食

條風布暖霏霧弄晴池臺徧滿春色正是
夜堂無月沉沉暗寒食梁間燕社前客似
笑我閉門愁寂亂花過隔院芸香滿地
狼籍 長記那回時邂逅相逢郊外駐油
壁又見漢宮傳燭飛煙五侯宅青青草迷
路陌強載酒細尋前迹市橋遠柳下人

家猶自相識

荔枝香近 歇指

照水殘紅零亂風喚去盡日惻惻輕寒簾底吹香霧黃昏客枕無憀細響當窗雨看兩兩相依燕新乳　樓下水漸綠遍行舟浦暮往朝來心逐片颿輕擧何日迎門小檻朱籠報鸚鵡共翦西窗蜜炬

第二

夜來寒侵酒席露微泫舄履初會香澤方

丁刻看上增困字從弋選未見所本

王本後句作此如今誰念處楚方隔知句皆押韻字當從何

此闋四家校者近今列體此闋凡十數校寫略備宋本元本詞律方陸楊三家並紅其誤三家並南宋人所見當時傳抄初未之訂正也今所見之本得見上闋四段下段實六七字元本雲字下多一雲字因據以訂此詞上半無可疑惟第三句脫二平聲字又以詳下之偏字本在第四句末實五字也偏為編之脫筆以此句當有疑與上並其寫向同例

王本無雲字

薰無端暗雨催人但怪燈偏（編）簾卷回顧始覺驚鴻去雲遠。大都世間最苦唯聚散。到得春殘看即是開離宴細思别後柳眼花鬚更誰剪此懷何處消遣

○還京樂 大石

禁煙近觸處浮香秀色相料理正泥花時候奈何客裏光陰虛費望箭波無際迎風漾日黄雲委任去遠中有萬點相思清淚到長淮底過當時樓下慇勤為說春來

清真上　四四印齋

覊旅況味堪嗟悞約乖期向天涯自看桃李想而今應恨墨盈牋愁粧照水怎得青鸞翼飛歸教見顦顇

掃地花 雙調

曉陰翳日正霧靄煙橫遠迷平楚暗黄萬縷聽鳴禽按曲小腰欲舞細遶回堤駐馬河橋避雨信流去一葉怨題今到何處春事能幾許任占地持盃掃花尋路淚珠濺俎嘆將愁度日病傷幽素恨入金徽見

看去聲

草本本一葉上只空字

芳初一葉上有

說文君更苦黯凝竚掩重關徧城鐘鼓

解連環 商調

怨懷無託嗟情人斷絕信音遼邈信妙手能解連環似風散雨收霧輕雲薄燕子樓空暗塵鎖一牀絃索想移根換葉盡是舊時手種紅藥汀洲漸生杜若料舟依岸曲人在天角謾記得當日音書把閑語閑言待總燒卻水驛春回望寄我江南梅萼拚今生對花對酒爲伊淚落

毛本艸堂作蒨色

○玲瓏四犯　大石

穠李夭桃是舊日潘郎親試春艷自别河陽長負露房煙臉顦顇鬢點吴霜念想夢魂飛亂歎畫闌玉砌都换纔始有緣重見夜深偷展香羅薦暗窻前醉眠葱蒨浮花浪蘂都相識誰更曾擡眼休問舊色舊香但認取芳心一點又片時一陣風雨惡吹分散

○丹鳳吟　越調

毛本柳堂作後覺　生怕作長怕
引毛作飲

滿江紅　仙呂

迤邐春光無賴翠藻翻池黃蜂遊閣朝來
風暴飛絮亂投簾幙生憎暮景倚牆臨岸
杏靨夭斜榆錢輕薄晝永惟思傍枕睡起
無憀殘照猶在亭角　況是別離氣味坐
來但覺心緒惡痛引澆愁酒柰愁濃如酒
無計消鑠那堪昏暝蔌蔌半簷花落弄粉
調朱柔素手問何時重握此時此意生怕
人道著

芳本斜作邪
氣作風
生怕作長怕
亭作庭

晝日移陰攬衣起春帷睡足臨寶鑑綠雲撩亂未忺裝束蝶粉蜂黃都褪了枕痕一線紅生肉背畫欄脉脉悄無言尋棊局重會面猶未卜無限事縈心曲想秦箏依舊尚鳴金屋芳草連天迷遠望寶香薰被成孤宿最苦是蝴蝶滿園飛無人撲

○瑞鶴仙 高平

悄郊原帶郭行路永客去車塵漠漠斜陽映山落斂餘紅猶戀孤城欄角凌波步弱

卻　雨際紅拘　毛本卅字作却

元豐初美成以獻汴都賦名為太樂正
此自述其生平至是蓋已老矣

過短亭何用素約有流鶯勸我重解繡鞍
緩引春酌不記歸時早暮上馬誰扶醒
眠朱閣驚飆動幌扶殘醉遶紅藥歎西園
已是花深無地東風何事又惡任流光過
卻猶喜洞天自樂

○西平樂　小石　元豐初予以布
毛本作正月二十六日
衣西上過天長道中後四十
餘年辛丑正月避賊復遊故
地感嘆歲月偶成此詞

歇 毛本作渴

迢遞 毛本作苕〻以楊和勘之此二字將作

稗柳蘇晴，故溪歇雨，川迥未覺春賒。駝褐寒侵，正怜初日，輕陰抵死須遮。嘆事逐孤鴻盡去，身與塘蒲共晚，爭知向此征途，迢遞竚立塵沙。追念朱顏翠髮，曾到處，故地使人嗟。

道連三楚，天低四野，喬木依前，臨路欹斜。重慕想，東陵晦迹，彭澤歸來，左右琴書自樂，松菊相依，何況風流鬢未華。多謝故人，親馳鄭驛，時倒融尊，勸此淹留，共過芳時，翻令倦客思家。

處 毛本作特地

○浪濤沙　商調

曉陰重霜凋岸草霧隱城堞南陌脂車待發東門帳飲乍闋正拂面垂楊堪纜結掩紅淚玉手親折念漢浦離鴻去何許經時信音絶情切望中地遠天闊向露冷風清无人處耿耿寒漏咽嗟萬事難忘唯是輕別翠尊未竭憑斷雲留取西樓殘月羅帶光銷紋衾疊連環解舊香頓歇怨歌永瓊壺敲盡缺恨春去不與人期弄

夜色空餘滿地梨花雪

憶舊遊 越調

記愁橫淺黛淚洗紅鉛門掩秋宵墜葉驚離思聽寒螿夜泣亂雨瀟瀟鳳釵半脫雲鬢窗影燭花搖漸暗竹敲涼疎螢照晚兩地魂銷　迢迢問音信道徑底花陰時認鳴鑣也擬臨朱戶嘆因郎顦顇羞見郎招舊巢更有新燕楊柳拂河橋但滿目京塵東風竟日吹露桃

驀山溪 大石

湖平春水菱荇縈舡尾空翠入衣襟拊
輕榱遊魚驚避晚來潮上迤邐沒沙痕山
四倚雲漸起鳥度屏風裏　周郎逸興
黃帽侵雲水落日媚滄洲泛一棹夷猶未
已玉簫金管不共美人遊因箇甚烟霧底
偏愛蓴羹美

少年遊 黃鍾　荊州作

南都石黛掃晴山衣薄耐朝寒一夕東風

菱毛作蔆
入毛作撲
荇初作荇本
毛作窗面

海棠花謝樓上捲簾看　而今麗日明如洗南陌暖雕鞍舊賞園林喜無風雨春鳥報平安

○第二

朝雲漠漠散輕絲樓閣淡春姿柳泣花啼九街泥重門外燕飛遲　而今麗日明金屋春色在桃枝不似當時小樓衝雨幽恨兩人知

秋蕊香　雙調

雅詞水心烟閣心閣其夢心夢其

玉心上架宜从

乳鴨池塘水暖風緊柳花迎面午粧粉指印窗眼曲裏長眉翠淺　問知社日停針線探新燕寶釵落枕春夢遠簾影參差滿院

漁家傲　般涉

灰暖香融銷永晝蒲萄架上春藤秀曲角欄干羣雀鬬清明後風梳萬縷亭前柳　日照釵梁光欲溜循堦竹粉沾衣袖拂拂面紅新着酒沉吟久昨宵正是來時候

第二

幾日輕陰寒惻惻。東風急。處處花成積。醉踏陽春懷故國。歸未得。黃鸝久住如相識。　賴有蛾眉能暖客。長歌屢勸金盃側。歌罷月痕來照席。貪歡適。簾前重露成涓滴。

南鄉子 南調

晨色動粧樓。短燭熒熒悄未收。自在開簾風不定。颼颼。池面冰澌趁水流。　早起怯梳頭。欲綰雲鬟又却休。不會沈吟思底事。

暖下刻心緩。毛本四字心暖

凝眸兩點春山滿鏡愁

望江南 大石

遊妓散獨自遶回堤芳草懷煙迷水曲密雲銜雨暗城西九陌未霑泥　桃李下春晚未成蹊牆外見花尋路轉柳陰行馬過鶯啼無處不悽悽

浣沙溪 黃鍾

爭挽桐花兩鬢垂小粧弄影照清池出簾踏襪趁蜂兒　跳脫添金雙腕重琵琶

撥字毛作破撥宜从

毛作本此錄一首

毛本作晉歐陽詞（毛本附末並）又上作入

撥盡四絃悲夜寒誰肯剪春衣

第二

雨過殘紅溼未飛珠簾一行透斜暉遊蜂釀蜜竊香歸　金屋無人風竹亂夜篝盡日水沉微一春須有憶人時

第三

樓上晴天碧四垂樓前芳草接天涯勸君莫上最高梯　新筍已成堂下竹落花都上燕巢泥忍聽林表杜鵑啼

迎春樂　雙調

清池小圃開雲屋。結春伴。往來熟。憶年時縱酒盃行速。看月上。歸禽宿。牆裏修篁森似束。記名字。曾刋新綠。見說別來長。沿翠蘚。封寒玉。

第二

桃蹊柳曲閑蹤跡。俱曾是。大堤客。解春衣貰酒城南陌。頻醉臥。胡姬側。鬢點吳霜嗟早白。更誰念。玉溪消息。他日水雲身相

望處無南北

點絳唇　仙呂

臺上披襟快風一瞬收殘雨柳絲輕舉蛛網粘飛絮　極目平蕪應是春歸處愁凝竚楚歌聲苦村落黃昏鼓

一落索　雙調

眉共春山爭秀可憐長皺莫將清淚濕花枝恐花也如人瘦　清潤玉簫閑久知音稀有欲知日日倚欄愁但問取亭前柳

第二

杜宇思歸聲苦和春催去倚欄一霎酒旗
風任撲面桃花雨　目斷隴雲江樹難逢
尺素落霞隱隱日平西料想是分攜處

垂絲釣　商調

縷金翠羽妝成纔見眉嫵倦倚繡簾看
舞風絮愁幾許寄鳳絲雁柱春將暮
向層城苑路鈿車似水時時花徑相遇舊
遊伴侶還到曾來處門掩風和雨梁燕語

問郵人在否

夏景

滿庭芳 中呂 夏日溧水無想山作

風老鶯雛雨肥梅子午陰嘉樹清圓地卑
山近衣潤費鑪煙人靜烏鳶自樂小橋外
新綠濺濺凭欄久黃蘆苦竹擬泛九江船
年年如社燕飄流瀚海來寄脩椽且莫
思身外長近尊前顦顇江南倦客不堪

繁雅词作危

花庵作玉簟 雅词作簟枕

驟雅词作暴

雅词作簷花簾影

聽急管繁絃。歌筵畔先安簟枕容我醉時眠

隔浦蓮近拍　大石　中山縣圃姑射亭避暑作

新篁搖動翠葆曲徑通深窈夏果收新脆金丸落驚飛鳥濃靄迷岸草蛙聲鬧驟雨鳴池沼　水亭小浮萍破處簾花簷影顛倒綸巾羽扇困卧北窻清曉屏裏吳山夢自到驚覺依然身在江表

四入聲字是律 上去聲當並從同

法曲獻仙音　大石

蟬咽涼柯，燕飛塵幙，漏閣籤聲時度。倦脫綸巾，困便湘竹，桐陰半侵朱戶。向抱影凝情處，時聞打窗雨。　耿無語，歎文園近來多病，情緒懶，尊酒易成間阻。縹緲玉京人，想依然京兆眉嫵。翠幙深中，對徽容空在紈素。待花前月下，見了不教歸去。

過秦樓　大石

水浴清蟾，葉喧涼吹，巷陌馬聲初斷。閑依

海陽李小墨　虹小紅

露井笑撲流螢惹破畫羅輕扇人靜夜
久凴闌愁不歸眠立殘更箭嘆年華一瞬
人今千里夢沉書遠　空見說鬢怯瓊梳
容銷金鏡漸懶趁時勻染梅風地溽虹雨
苔滋一架舞紅都變誰信無憀爲伊才減江
淹情傷荀倩但明河影下還看稀星數點

側犯　大石

暮霞霽雨小蓮出水紅粧靚風定看步
襪江妃照明鏡飛螢度暗草秉燭遊花

徑人靜。携艷質追涼就槐影。金環皓腕。雪藕清泉瑩。誰念省。滿身香。猶是舊荀令。見說胡姬酒壚寂靜。煙鎖漠漠藻池苔井。

○塞翁吟　大石

暗葉啼風雨。牕外曉色瓏璁。散水麝小池東。亂一岸美蓉。蘄州簟展雙紋浪輕帳翠縷如空。夢念遠別。淚痕重。淡鉛臉斜紅忡忡。嗟顦顇新寬帶結。羞艷冶都銷鏡

紗 毛本草堂作綃 捲作捲

中有蜀紙堪憑寄恨等今夜灑血書詞剪
燭親封菖蒲漸老早晚成花教見薰風

蘇幕遮 般涉

燎沉香消溽暑鳥雀呼晴侵曉窺簷語葉
上初陽乾宿雨水面清圓一一風荷舉
故鄉遙何日去家住吳門久作長安旅五
月漁郎相憶否小楫輕舟夢入芙蓉浦

浣沙溪

日射欹紅蠟蔕香風乾微汗粉襟涼碧紗

雅詞掩作搖 橫作池

對掩簟紋光　自剪柳枝明畫閣戲拋蓮
菂種橫塘長亭無事好思量

第二

翠葆參差竹徑成新荷跳雨淚珠傾曲欄
斜轉小池亭　風約簾衣歸燕急水搖扇
影戲魚驚柳梢殘日弄微晴

玉作碎 珠 雅詞同又 扇作花

第三

薄薄紗幮望似空簟紋如水浸芙蓉起來
嬌眼未惺忪　強整羅衣擡皓腕更將紈

扇掩酥胷羞郎何事面微紅

第四

寶扇輕圓淺畫繒象床平穩細穿藤飛蠅不到避壺氷　翠枕面涼頻憶睡玉簫手汗錯成聲日長無力要人凭

點絳脣

征騎初停酒行莫放離歌舉柳汀蓮浦看盡江南路　苦恨斜陽冉冉催人去空回顧淡煙横素不見揚鞭處

雅詞莫放心欲寂

訴衷情

出林杏子落金盤。齒軟怕嘗酸。可惜半殘青紫。猶印小唇丹。南陌上。落花閑。雨斑斑。不言不語。一段傷春。都在眉間。

清真集卷上終

雅词谱心诀
椅壬本心堪雅词同

清真集卷下

秋景

○風流子

楓林凋晚葉關河迥楚客慘將歸望一川
暝靄鴈聲哀怨半規涼月人影參差酒醒
後、淚花銷鳳蠟風幕卷金泥砧杵韻高喚
回殘夢綺羅香減牽起餘悲亭皐分襟
地難拚處偏是掩面牽衣何況怨懷長結
重見無期想寄恨書中銀鉤空滿斷腸

雅詞選作倫暗作舊

如 毛本作似草堂作一

鳳牋上脫一字毛本亦然方楊和皆作五字句下刻作但書選作有並無疑

聲裏玉筯還垂多少暗愁密意唯有天知

華胥引 黃鍾 秋思

川原澄映煙月冥濛去舟如葉岸足沙平蒲根水冷留雁唳別有孤角吟秋對曉風鳴軋紅日三竿醉頭扶起還怯 離思相縈漸看看鬢縷絲堪鑷舞衫歌扇何人輕憐細閱點檢從前恩愛鳳牋盈篋愁剪燈花夜來和淚雙疊

宴清都 中呂

地僻無鐘鼓殘燈滅夜長人倦難度寒吹断梗風飄暗雪灑牕填戶賓鴻謾說傳書筭過盡千儔萬侶始信得庾信愁多江淹恨極須賦　淒涼病損文園徽絃乍拂音韻先苦淮山夜月金城暮草夢魂飛去秋霜半入清鏡嘆帶眼都移舊處更久長不見文君歸時認否

○四園竹 官本作西園竹 小石

浮雲護月未放滿朱扉鼠搖暗壁螢度破

牕偷入書幃秋意濃閑竚立庭柯影裏好
風襟袖先知　夜何其江南路繞重山心
知謾與前期奈向燈前墮淚腸斷蕭娘舊
日書辭猶在紙鴈信絕清宵夢又稀

齊天樂　正宮　秋思

綠蕪凋盡臺城路殊鄉又逢秋晚暮雨生
寒鳴蛩勸織深閣時聞裁剪雲牕靜掩
嘆重拂羅裀頓疎花簟尚有練囊露螢
清夜照書卷　荊江留滯最久故人相望

覷離思何限。渭水西風。長安亂葉。空憶詩
情宛轉。凭高眺遠。正玉液新篘。蟹螯初薦。
醉倒山翁。但愁斜照斂。

木蘭花令 高平 暮秋餞別

郊原雨過金英秀。風掃霜威寒入袖。感君
一曲斷腸歌。勸我十分和淚酒。 古道塵
清榆柳瘦。繫馬郵亭人散後。今宵燈盡
酒醒時。可惜朱顏成皓首。

○霜葉飛 大石

露迷衰草。疎星掛、涼蟾低下林表。素娥青女鬬嬋娟，正倍添悽悄。漸颯颯丹楓撼曉。橫天雲浪魚鱗小。似故人相看，又透入清輝。半餉特地留照。　迢遞望極關山，波穿千里，度日如歲難到。鳳樓今夜聽秋風，奈五更愁抱。想玉匣哀絃閉了。無心重理相思調。見皓月、牽離恨，屏掩孤顰，淚流多少。

毛本作見勝月相看 當據改

毛本作念故人 當據改

蕙蘭芳引 仙呂

寒瑩晚空，點青鏡、斷霞孤鶩。對客館深

扃霜草未衰更綠倦遊厭旅但夢遶阿嬌金屋想故人別後盡日空疑風竹塞北氍毹江南圖障是處温爐更花管雲牋猶寫寄情舊曲音塵迢遞但勞遠目今夜長爭奈枕單人獨

塞垣春　大石

暮色分平野傍葦岸征帆卸煙村極浦樹藏孤館秋景如畫漸別離氣味難禁也更物象供瀟灑念多材渾衰減一懷幽恨

難寫。 追念綺牕人。天然自風韻嫻雅。竟夕起相思。謾嗟怨遙夜。又還將兩袖珠淚。沈吟向寂寥寒燈下。玉骨爲多感。瘦來無一把

丁香結 商調

蒼蘚沿堦。冷螢粘屋。庭樹望秋先隕。漸雨淒風迅。澹暮色。倍覺園林清潤。漢姬紈扇在。重吟翫棄擲未忍。登山臨水。此恨自古銷磨不盡。 牽引。記試酒歸時。映月同看鴈陣。寶幄香纓。熏爐象尺。夜寒燈暈。誰

念留滯故國舊事勞方寸唯冊青相伴郵更塵昬蠹損

氏州第一　商調

波落寒汀村渡向晚遙看數點帆小亂葉翻鴉驚風破鴈天角孤雲縹緲宮柳蕭疎甚尚挂微微殘照景物關情川途換目頓來催老　漸解狂朋歡意少柰猶被思牽情繞座上琴心機中錦字覺最縈懷抱也知人懸望久薔薇謝歸來一笑

欲夢高唐未成眠霜空已曉

解蹀躞 商調

候館丹楓吹盡面旋隨風舞夜寒霜月飛
來伴孤旅還是獨擁秋衾夢餘酒困都
醒滿懷離苦甚情緒深念淩波微步幽
房暗相遇淚珠都作秋宵枕前雨此恨音
驛難通待憑征鴈歸時帶將愁去

少年遊 商調

并刀如水吳鹽勝雪纖手破新橙錦幄初

芳 初作又曉

下 刻作回旋

常老庵作字

手 毛本作指 旅詞同 又破作劃 烟作炙

筝作笙 行作還 是作自

毛本此字作箏之誤是也

雅詞雲之天路回漸轉之路回長亦轉
驅之過
寫景中人處清真絕技高渾更
非南宋諸家所能到

偏憐句雅詞作惟他絕藝

温獸烟不斷相對坐調箏 低聲問向誰
行宿城上已三更馬滑霜濃不如休去直
是少人行

○慶春宮 越調

雲接平岡山圍寒野路回漸轉孤城衰柳
啼鴉驚風驅鴈動人一片秋聲倦途休駕
澹烟裏微茫見星塵埃顦顇生怕黄昏離
思牽縈 華堂舊日逢迎花艷參差香
霧飄零絃管當頭偏憐嬌鳳夜深簧暖

箋清眼波傳意恨密約怱怱未成許多煩惱只爲常時一餉留情

阮郎歸 大石

冬衣初染遠山青雙絲雲雁綾夜寒袖溼欲成冰都緣珠淚零 情黯黯悶騰騰身如秋後蠅若教隨馬逐郎行不辭多少程

第二

菖蒲葉老水平沙臨流蘇小家畫闌曲徑宛秋蛇金英垂露華 燒蜜炬引蓮娃酒

雅詞近作要臨作分

香薰臉霞再來重約日西斜倚門聽暮鴉

點絳唇

孤館迢迢暮天草露霑衣潤夜來秋近月暈通風信今日原頭黃葉飛成陣知人悶故來相趂共結臨岐恨

夜遊宮 般涉

葉下斜陽照水捲輕浪沉沉千里橋上酸風射眸子立多時看黃昏燈火市古屋寒窗底聽幾片井桐飛墜不戀單衾

再三起有誰知爲蕭娘書一紙

第二

客去車塵未歛古簾暗雨咨千點月皎風清在處見奈今宵照初弦吹一箭 池曲河聲轉念歸計眼迷魂亂明日前村更荒遠且開罇任紅鱗生酒面

訴衷情 商調

堤前亭午未融霜風緊鴈無行重尋舊日岐路茸帽北遊裝 期信杳別離長遠

按此調即清商怨陳和亦不作傷情蓋
傷情爲清商之誤

情傷風。飜酒幔寒凝茶烟。又是何鄉。

傷情怨 林鍾

枝頭風勢漸小。看暮鴉飛了。又是黃昏閉門收返照。江南人去路緲。信未通愁已先到。怕見孤燈。霜寒催睡早。

冬景

紅林檎近 雙調

高柳春纔軟。凍梅寒更香。暮雪助清峭。玉塵散林塘。那堪飄風遞冷。故遣度幕

毛作風信
鄉毛作雪宜從

穿窗似欲料理新糖呵手弄絲簧　冷落詞賦客蕭索水雲鄉援毫授簡風流猶憶東梁望虚簷徐轉迴廊未掃夜長莫惜空酒觴

第二

風雪驚初霽水鄉增暮寒樹杪墮飛羽簷牙挂琅玕纔喜門堆巷積可惜迤邐銷殘漸看低竹翩翻清池漲微瀾　步屐晴正好宴席晚方歡梅花耐冷亭亭來入

毛本如今心庭除、翻他心事也

冰盤對前山橫素愁雲變色放盃同覓高處看

滿路花　仙呂

金花落燼燈銀礫鳴牕雪夜深微漏斷行人絕風扉不定竹圃琅玕折玉人新間闊著甚情悰更當恁地時節　無言欹枕帳底流清血愁如春後絮來相接知他郴裏爭信人心切除共天公說不成也還似伊無箇分別

芳杪卷六終

片玉烘爐作紅蓮花作燈

陽春白雪纖作穿 見作有

單題

解語花 高平 元宵

風銷焰蠟露浥烘爐花市光相射桂華流瓦纖雲散耿耿素娥欲下衣裳淡雅看楚女纖腰一把簫鼓喧人影參差滿路飄香麝　因念都城放夜望千門如晝嬉笑游冶鈿車羅帕相逢處自有暗塵隨馬年光是也唯只見舊情衰謝清漏移飛蓋歸來從舞休歌罷

六么令 仙呂 重九

快風收雨。亭館清殘燠。池光靜橫秋影。岸柳如新沐。聞道宜城酒美。昨日新醅熟。輕鑣相逐。衝泥策馬。來折東籬半開菊。華堂花艷對列。一一驚郎目。歌韻巧共泉聲。間雜琮琤玉。惆悵周郎已老。莫唱當時曲。幽歡難卜。明年誰健。更把茱萸再三囑。

吉了犯 仙呂 新月

霽景對霜蟾乍昇。素煙如掃。千林夜縞。

徘徊處漸移深窈何人正弄孤影蹁躚西窻悄冒霜冷貂裘玉斝邀雲表共寒光飲清醥　淮左舊遊記送行人歸來山路窵駐馬望素魄印遙碧金樞小愛秀色初娟好念漂浮緜緜思遠道料異日宵征必定還相照柰何人自衰老

○大酺　越調　春雨

對宿煙收春禽靜飛雨時鳴高屋牆頭青玉旆洗鉛霜都盡嫩梢相觸潤逼琴

頡毛心毅 丢李州吏心校

漸玲毛心樂廣

絲寒侵枕障蟲網吹粘簾竹郵亭無人處聽簷聲不斷困眠初熟奈愁極頓驚夢輕難記自怜幽獨 行人歸意速最先念流潦妨車轂怎奈向蘭成顦顇衛玠清羸等閒時易傷心目未怕平陽客雙淚落笛中哀曲況蕭索青蕪國紅糝鋪地門外荆桃如菽夜遊共誰秉燭

玉燭新 雙調 早梅

溪源新臘後見數朶江梅剪裁初就暈酥

砌玉芳英嫩。故把春心輕漏。前村昨夜。想弄月黄昏時候。孤岸峭。踈影横斜。濃香暗沾襟袖。　尊前賦與多才。問嶺外風光。故人知否。壽陽謾鬬。終不似照水一枝清瘦。風嬌雨秀。好亂插繁花盈首。須信道羌管無情。看看又奏。

花犯　小石　梅花

粉牆低。梅花照眼。依然舊風味。露痕輕綴。疑淨洗鉛華。無限佳麗。去年勝賞曾

同叶堂本心共〻印倂字

丸 毛本叶堂ム心園 毛心園雅詞同

孤倚冰盤同宴喜更可惜雪中高樹香篝熏素被　今年對花最匆匆相逢似有恨依依愁顇吟望久青苔上旋看飛墜相將見脆丸薦酒人正在空江煙浪裏但夢想一枝瀟灑黃昏斜照水

雅詞作高士

醜奴兒　大石　梅花

肌膚綽約真仙子來伴冰霜洗盡鉛黃素面初無一點粧　尋花不用持銀燭暗裏聞香零落池塘分付餘妍與壽陽

十三　四印齋

毛本些字作占字 圈作先 引作弓

雅詞妃作郎 寰作里

清真集下

水龍吟　越調　梨花

素肌應怯餘寒。艷陽占立青蕪地。樊川照日。靈關遮路。殘紅斂避。傳火樓臺。妒花風雨。長門深閉。亞簾櫳半濕。一枝在手。偏勾引黃昏淚。　別有風前月底。布繁英滿園歌吹。朱鉛退盡。潘妃卻酒。昭君乍起。雪浪翻空。粉裳縞夜。不成春意。恨玉容不見。瓊英謾好。與何人比。

勞燕作占字

六醜　中呂　落花

正單衣試酒恨客裏光陰虛擲願春暫留春歸如過翼一去無跡爲問花何在夜來風雨葬楚宮傾國釵鈿墮處遺香澤亂點桃蹊輕翻柳陌多情爲誰追惜但蜂媒蝶使時叩窗隔　東園岑寂漸蒙籠暗碧靜遶珍叢底成歎息長條故惹行客似牽衣待話別情無極殘英小强簪巾幘終不似一朵釵頭顫裊向人欹側漂流處莫趁潮汐恐斷鴻尚有相思字何由見得

花下割心家　毛本此處同又案此處讀此
疑當作又隔此橋

為待玉心最下割心文

宋殘本英華藏云御溝流紅葉本朝詞人罕用其事惟清真樂府六醜詠落花云恐斷紅尚有相思字此可為證本此紅之確證

虞美人　正宮

金閨平帖春雲暖。晝漏花前短。玉顏酒解艷紅消。一面捧心啼困。不成嬌。別來新翠迷行徑。窻鏁玲瓏影。砑綾小字夜來封。斜倚曲闌凝睇。數歸鴻。

第二

廉纖小雨池塘遍。細點看萍面。一雙燕子守朱門。比似尋常時候。易黃昏。宜城酒泛浮香絮。細作更闌語。相看羈思亂

如雲又是一牕燈影兩愁人

◎蘭陵王 越調 柳

柳陰直烟裏絲絲弄碧隋堤上曾見幾番拂水飄綿送行色登臨望故國誰識京華倦客長亭路年去歲來應折柔條過千尺 閑尋舊蹤跡又酒趁哀絃燈照離席梨花榆火催寒食愁一箭風快半篙波暖回頭迢遞便數驛望人在天北 悽惻恨堆積漸別浦縈迴津堠岑寂斜陽冉

案毛作[illegible]

樂雅詞作攀

沉雅詞作追

毛本注云前句清真集作淺日輕明新霽

按藍毛作染黃

毛作冉冉

冉春無極。念月榭携手。露橋聞笛。沉思

前事。似夢裏。淚暗滴。

蝶戀花　商調　柳

愛日輕明新雪後。柳眼星星。漸欲穿窗

牖。不待長亭傾別酒。一枝已入騷人手。

淺桜藍輕蠟透。過盡冰霜。便與春爭秀。

強對青銅簪白首。老來風味難依舊。

第二

桃蕚新香梅落後。葉暗藏鴉。苒苒垂亭

芳樹作攀人

牖舞困低迷如著酒亂絲偏近遊人手雨過朦朧斜日透客舍青青特地添明秀莫話揚鞭回別首渭城荒遠無交舊

第三

蠢蠢黃金初脫後暖日飛綿取次黏牕牖不見長條低拂酒贈行應已輸先手 鸎擲金梭飛不透小榭危樓處處添奇秀何日隋堤縈馬首路長人倦空思舊

第四

毛以粉箋五種

毛本卅字錯以處

小閣陰陰人寂後。翠幕褰風。燭影搖疎
牖。夜半霜寒初索酒。金刀正在柔荑手。
綵薄粉輕光欲透。小葉尖新。未放雙眉秀。
記得長條垂鷁首。別離情味還依舊。

○西河　大石　金陵

佳麗地。南朝盛事誰記。山圍故國遶清江。
髻鬟對起。怒濤寂寞打孤城。風檣遙度天
際。　斷崖樹。猶倒倚。莫愁艇子曾繫。空
餘舊跡鬱蒼蒼。霧沉半壘。夜深月過女

牆來。賞心東望淮水。酒旗戲鼓甚處市。想依稀、王謝鄰里。燕子不知何世。向尋常巷陌人家，相對如說興亡，斜陽裏。

歸去難　仙呂　期約

佳約人未知，背地伊先變。惡會稱停事，看深淺。如今信我，委的論長遠。好來無可怨。洎合教伊，因些事後分散。　密意都休，待說先腸斷。此恨除非是，天相念。堅心更守，未死終相見。多少閑磨難。到得其時，知他

十六　四　印齋

雲片玉化拈

祆知下剝化祆也

金莖化冷

做甚頭眼

三部樂 商調 梅雪

浮玉飛瓊向邃館靜軒倍增清絕夜牕垂練何用交光明月近聞道官閣多梅趁暗香未遠凍蘂初發倩誰摘取寄贈情人桃葉 迴紋近傳錦字道爲君瘦損是人都說祆知染紅着手膠梳粘鬢轉思量鎮長墮睫都只爲情深意切欲報消息無一句堪愈愁結

是玉作望

后玉笺卷字下脱斜阳作阳斜
旅词並同

菩薩蠻 正平 梅雪

銀河宛轉三千曲。浴鳧飛鷺澄波綠。何處是歸舟。夕陽江上樓。天憎梅浪發。故下封枝雪。深院捲簾看。應憐江上寒。

品令 商調 梅花

夜闌人靜。月痕寄梅梢。疎影簾外曲角欄干近。舊攜手處。花發霧寒成陣。應是不禁愁與恨。縱相逢難問。黛眉曾把春衫印。後期無定。斷腸香銷盡。

玉樓春　仙呂　惆悵

玉琴虛下傷心淚。只有文君知曲意。簾烘樓迥月宜人。酒煖香融春有味。　萋萋芳草迷千里。惆悵王孫行未已。天涯回首一銷魂。二十四橋歌舞地。

黃鸝遶碧樹　雙調　春情

雙闕籠嘉氣。寒威日晚。歲華將暮。小院閑庭。對寒梅照雪。淡烟凝素。忍當迅景。動無限傷春情緒。猶賴是上苑風光漸好。芳容

洽玉心而又勝引楊花

將晚　草萊蘭芽漸吐且尋芳更休思慮
這浮世甚驅馳利祿奔競塵土縱有魏珠
照乘未買得流年住爭如盛飲流霞醉偎
瓊樹

滿路花

簾烘淚雨乾酒壓愁城破冰壺防飲渴培
殘火朱消粉褪絕勝新梳裹不是寒宵短
日上三竿殢人猶要同卧　如今多病寂
寞章臺左黃昏風弄雪門深鎖蘭房密

爭芳初心意

方楊和詞注已佚而已載書錄解題所謂
清真集二卷止存而難能以下知入後集歟

愛萬種思量過也須知有我著甚情悰你
但忘了人呵

雜賦

綺寮怨 中呂 思情

上馬人扶殘醉曉風吹未醒映水曲翠瓦
朱簷垂楊裏乍見津亭當時曾題敗壁
蛛絲罩淡墨苔暈青念去來歲月如流
徘徊久嘆息愁思盈 去去倦尋路程江
陵舊事何曾再問楊瓊舊曲淒涼飲愁黛

勞初卷八終

紅友詞律於渭城二字未注叶韻遂依陳允平和詞引爲錯證甚矣謬也

汲古玉樹下增椅儔二字當以戈選及歷代詩餘詞綜並脫椅儔二字未詳校何本增入而陳和詞固作六字未必誤是

壬本此亦作誤識　蕙風

與誰聽尊前故人如在想念我最關情何須渭城歌聲未盡處先淚零

拜星月慢　高平　秋思

夜色催更清塵收露小曲幽坊月暗竹檻燈窗識秋娘庭院笑相遇似覺瓊枝玉樹暖日明霞光爛水盼蘭情總平生稀見畫圖中舊識春風面誰知道自到瑤臺畔眷戀雨潤雲溫苦驚風吹散念荒寒寄宿無人館重門閉敗壁秋蟲歎怎奈向一

縷相思隔溪山不斷

尉遲盃 大石 離恨

隋堤路漸日晚密靄生深樹陰陰淡月籠沙還宿河橋深處無情畫舸都不管烟波隔南浦等行人醉擁重衾載將離恨歸去

因念舊客京華長偎傍踈林小檻歡聚冶葉倡條俱相識仍慣見珠歌翠舞如今向漁村水驛夜如歲焚香獨自語有何人念我無憀夢魂凝想鴛侶

汲古心前浦

花庵詞選 題云秋思

遶佛閣 大石 旅情

暗塵四斂。樓觀迥出，高映孤館。清漏將短。厭聞夜久籤聲動書幔。桂華又滿。閑步露草。偏愛幽遠。花氣清婉。望中迤邐，城陰度河岸。倦客最蕭索。醉倚斜橋穿柳線。還似汴堤，虹梁橫水面。看浪颭春燈，舟下如箭。此行重見。嘆故友難逢，羈思空亂。兩眉愁、向誰舒展。

一寸金 小石 江路

州夾蒼崖下枕江山是城郭望海霞接日
紅翻水面晴風吹草青摇山脚波暝鳧鷖
作沙痕退夜潮正落踈林外一點炊煙渡口
參差正寥廓　自歎勞生經年何事京華
信漂泊念渚蒲汀柳空歸閒夢風輪雨檝
終辜前約情景牽心眼流連處利名易薄
回頭謝冶葉倡條便入漁釣樂

蝶戀花　秋思

月皎驚烏栖不定更漏將殘轣轆牽金井

玉作櫪轆從毛本刊本亦同

喚起兩眸清炯炯淚花落枕紅棉冷　執手霜風吹鬢影去意徊徨別語愁難聽樓上闌干橫斗柄露寒人遠雞相應

如夢令　中呂　思情

壓瀟一綈文繡淚濕領巾紅皺初暝綺羅輕腰勝武昌官柳長晝長晝困卧午窗中酒

第二

門外迢迢行路誰送郎邊尺素巷陌雨餘

風當面濕花飛去無緒無緒閑處偷垂玉筯

月中行　怨恨

蜀絲趁日染乾紅微暖面脂融博山細篆靄房櫳靜看打窻蟲　愁多膽怯疑虛幕聲不斷暮景疎鍾團團四壁小屏風啼盡夢啼中

浣沙溪

日薄塵飛官路平眼明喜見汴河傾地遥

玉作口脂
雅詞蒙作娃看作著

玉作淚夢啼作雅詞同

人倦莫兼程　下馬先尋題壁字出門閑
記牓村名早收燈火夢傾城

第二

貪向津亭擁去車不辭泥雨濺羅襦淚多
脂粉了無餘　酒釅未須令客醉路長終
是少人扶早教幽夢到華胥

第三

不爲蕭娘舊約寒何因容易別長安預愁
衣上粉痕乾　幽閤深沈燈焰喜小爐隣

近酒盃寛爲君門外脫歸鞍

點絳唇 傷感

遼鶴歸來故鄉多少傷心地寸書不寄魚浪空千里 憑仗桃根說與淒涼意愁無際舊時衣袂猶有東風淚

少年遊 樓月

簷牙縹緲小倡樓涼月掛銀鈎聒席笙歌透簾燈火風景似揚州 當時面色歡春雪曾伴美人遊今日重來更無人問

歸雁詞作重

雁詞偈作紅欺心湖

芳物心未門

獨自倚欄愁

望江南　詠妓

歌席上無賴是橫波寶髻玲瓏欹玉燕繡巾柔膩掩香羅人好自宜多無箇事因甚斂雙蛾淺淡梳粧疑見畫惺鬆言語勝聞歌何況會婆娑

意難忘　中呂　美詠

衣染鶯黃愛停歌駐拍勸酒持觴低鬟蟬影動私語口脂香簷露滴竹風涼拚劇

按浩然齋雅談多字均在下劉云好正是情多

雅詞柏作落霞滴作蓮露冷
林閒曰余家藏王無逸鈔本南宋須真樓
帖選續寫清真詞第六七兩作簷露滴竹
松溪當可據　又題作佳人

芳初案九行

歌詞之漏洩深移燈背解細與端相　又初之
微長顰之顰眉人之心欲之損

飲淋浪夜漸深籠燈就月子細端相知
音見說無雙解移宮換羽未怕周郎長
顰知有恨貪耍不成粧些箇事惱人腸試
說與何妨又恐伊尋消問息瘦減容光

迎春樂　攜妓

人人花艷明春柳憶筵上偷攜手趁歌停
舞罷來相就醒醒箇無些酒　比目香囊
新刺繡連隔座一時薰透為甚月中歸
長是他隨車後

相逢 詞雅作風前

雅詞作傳漏永下多催起二字

豈 雅詞作那　休 雅詞作莫

分飛 雅詞作相思

王本懷下有平字

定風波　商調　美情

莫倚能歌斂黛眉此歌能有幾人知他日相逢花月底重理好聲須記得來時　若恨城頭更漏永無情豈解惜分飛休訴金尊推玉臂從醉明朝有酒遣誰持

紅羅襖　大石　秋悲

畫燭尋歡去羸馬載愁歸念取酒東壚鐏罍雖近採花南陌蜂蝶須知　自分袂天闊鴻稀空懷夢約心期楚客憶江蘺筭

簷毛本作檐
苔毛本作楊

宋玉未必爲秋悲。

玉樓春

當時携手城東道。月墮簷牙人睡了。酒邊誰使客愁驚。帳底不教春夢到。　別來人事如秋草。應有吳霜侵翠葆。夕陽深鏁綠苔門。一任盧郎愁裏老。

第二

大堤花艷驚郎目。秀色穠華看不足。休將寶瑟寫幽懷。坐上有人能顧曲。　平

波落照涵赬玉畫舸亭亭浮瀲淥臨分何以祝深情只有別離三萬斛

第三

玉奩收起新糚了鬢畔斜枝紅裊裊淺嚬輕笑百般宜試著春衫猶更好裁金簇翠天機巧不稱野人簪破帽滿頭聊揷片時狂頓減十年塵土貌

第四

桃溪不作從容住秋藕絕來無續處當時

相候赤欄橋今日獨尋黃葉路煙中列岫青無數鴈背夕陽紅欲暮人如風後入江雲情似雨餘黏地絮

夜飛鵲　道宮　別情

河橋送人處涼夜何其斜月遠墮餘輝銅盤燭淚已流盡霏霏涼露霑衣相將散離會探風前津鼓樹杪參旗華驄會意縱揚鞭亦自行遲迢遞路回清野人語漸無聞空帶愁歸何意重紅滿地遺鈿不

見斜逕都迷兎葵燕麥向殘陽欲與人齊
但徘徊班草欷歔酹酒極望天西

早梅芳　別恨

花竹深房櫳好夜闃無人到隔牕寒雨向
壁孤燈弄餘照淚多羅袖重意密鶯聲小
正魂驚夢怯門外已知曉　去難留話未
了早促登長道風披宿霧露洗初陽射林
表亂愁迷遠覽苦語縈懷抱謾回頭更
堪歸路杳

第二　　牽情

繚牆深。叢竹繞。宴席臨清沼。微呈纖履故隱烘簾自嬉笑。粉香粧暈薄。帶緊腰圍小。看鴻驚鳳翥。滿座嘆輕妙。酒醒時會散了。回首城南道。河陰高轉。露腳斜飛夜將曉。異鄉淹歲月。醉眼迷登眺。路迢迢。恨滿千里草。

芳柳作人猝了

鳳來朝　越調　佳人

逗曉看嬌面。小窻深弄明未遍。愛殘朱宿

毛作新星

雅詞香作嘆，嘆作看

毛作朱粉陳紅正作適

出毛本作朱妝

粉雲鬟亂最好是帳中見　說夢雙蛾微斂錦衾温酒香未斷待起難捨拚任日炙盈欄晒

○芳草渡　别恨

昨夜裏又再宿桃源醉邀仙侶聽碧牕風快珠簾半卷疎雨多少離恨苦方留連啼訴鳳帳曉又是匆匆獨自歸去　愁覷滿懷淚粉瘦馬衝泥尋去路謾回首煙迷望眼依稀見朱戶似癡似醉暗惱損凭闌情

毛氏獸字從
毛氏畫樓

緒。漸暮色。看盡棲鴉亂舞。

感皇恩 大石 標韻

露柳好風標。嬌鶯能語。獨占春光最多處。淺顰輕笑。未肯等閒分付。爲誰心子裏。長長苦。 洞房見說。雲深無路。憑仗青鸞道情素。酒空歌斷。又被濤江催去。怎奈向。言不盡。愁無數。

虞美人

燈前欲去仍留戀。腸斷朱扉遠。未須紅雨

毛本無奈字 宋本柳永樂章集過澗歇近詞云怎向心緒近日厭厭長似病

未必不誤

言若作字

淩毛作邊

芳初些丁亥除字作月一二

清毛作秋雜詞同從作聽又字作不

洗香腮。待得薔薇花謝便歸來。舞腰歌
版閑時按。一任傍人看。金爐應見舊殘煤。莫
使恩情容易似寒灰。

第二

踈籬曲徑田家小。雲樹開清曉。天寒山色
有無中。野外一聲鍾起送孤蓬。添衣策
馬尋亭堠。愁抱惟宜酒。菰蒲睡鴨占陂
塘。縱被行人驚散又成雙。

第三

玉觴纔掩朱絃悄彈指壺天曉回頭猶認倚牆花只向小橋南畔便天涯　銀蟾依舊當牕滿顧影魂先斷淒風休颭半殘燈擬倩今宵歸夢到雲屏

隆慶庚午用復所司李藏元人巾箱本命胥曾須照錄訖盟鷗園主人記

清真集卷下終

勞抄客十行

勞抄有補遺目錄無詞

蘇幕遮

憶王孫

浣沙溪

憶舊游

玉女搖仙佩　一作柳屯田

滿庭芳

文章政事、初非兩途、學之優者、發而爲政、必有可觀政有其暇則游藝於詠歌者、必其才有餘刃者也溧水爲負山之邑官賦浩穰民訟紛沓、似不可以絃歌爲政而待制周公元祐癸酉春中爲邑長於斯其政敬簡、民到於今稱之者固有餘愛而其尤可稱者、於撥煩治劇之中不妨舒嘯、一觴一詠、句中有眼膾炙人口者又有餘聲、洋洋乎在耳、則其政有不亡者存、余慕周公

序

之才名有年於玆不謂於八十餘載之後踵公舊蹤既喜而且媿故自到任以來訪其政事於所治後圃得其遺致有亭曰姑射有堂曰蕭閒皆取神仙中事揭而名之可以想像其襟抱之不凡而又覩新綠之池隔浦之蓮依然在目又思公之詞其撫寫物態曲盡其妙方思有以發揚其聲之不可忘者而未能及乎暇日從容式燕嘉賓歌者在上果以公之詞爲首唱夫然後

毛刻又上有柳字

知邑人愛其詞，乃所以不忘其政也。余欲
廣邑人愛之之意，故裒公之詞，旁搜遠紹，
僅得百八十有二章，釐爲上下卷，乃輟俸
餘，鳩工鋟木，以壽其傳，非惟慰邑人思，亦
蘄傳之有所託，俾人聲其歌者，足以知其
才之優於爲邑如此，故冠之以序，而述之
其意云。公諱邦彥，字美成，錢塘人也。淳熙
歲在上章困敦孟陬月圉赤奮若，晉陽强
煥序

辭不輕措辭之工也閱辭必詳其所措工於閱者也措之非輕而閱之非詳工於閱而不工於措胥失矣亦奚胥望焉是知雖霓之誦方脱諸口而見謂知音白題八滑之事既陳而當世之疑已釋楛矢萍實苟非推其所從則是物也棄物耳誰歟能知觸物而不明其原覩事而莫徵所自與冥行何別故曰無張華之博則孰知五色之珍乏雷煥之識則孰辨衝斗之靈況措詞

之工豈不有待於閱者之箋釋耶周美成以旁搜遠紹之才寄情長短句縝密典麗流風可仰其徵辭引類推古誇今或借字用意言言皆有來歷真足冠冕詞林歡筵歌席率知崇愛知其故實者幾何人斯殆猶屬目于霧中花雲中月維意其美而皎然識其所以美則未也漳江陳少章家世以學問文章爲廬陵望族涵泳經籍之暇閱其辭病舊註之簡略遂詳而疏之俾歌

之者究其事達其意則美成之美益彰猶獲崑山之片珍琢其質而彰其文豈不快夫人之心目也因命之曰片玉集云廬陵劉肅必欽序

清真集外詞目録

目錄

目錄

清真集外詞

玉團兒

鉛華淡竚新粧束。好風韻、天然異俗。彼此知名。雖然初見，情分先熟。　鑪煙淡淡雲屏曲。睡半醒、生香透肉。賴得相逢，若還虛過，生世不足。

采桑子

南枝度臈開全少，踈影當軒。一種宜寒。自共清蟾别有緣。　江南風味依然在，玉貌

韶顏今夜凭欄不似釵頭子細看

第二

香梅開後風傳信繡戶先知霧濕羅衣冷艷須攀最遠枝　高歌羌管吹遙夜看即分披已恨來遲不見娉婷帶雪時

感皇恩

小閣倚晴空數聲鐘定斗柄垂寒暮天靜朝來殘酒又被春風吹醒眼前猶認得當時景　往事舊歡不堪重省自嘆

風毛儿飄蓋鄰之語

多愁更多病綺牕依舊敲遍闌干誰應
斷腸明月下梅搖影

蝶戀花

魚尾霞生明遠樹翠壁黏天玉葉迎風舉
一笑相逢蓬海路人間風月如塵土 剪
水雙眸雲鬢吐醉倒天風笑語生青霧
此會未闌須記取桃花幾度吹紅雨

第二

美盼低迷情宛轉愛雨怜雲漸覺寬金

鈿桃李香苞秋不展。深心黯黯誰能見。宋玉牆高纔一覘。絮亂絲繁。苦隔春風面。歌版未終風色便。夢爲蝴蝶留芳甸。

第三

晚步芳塘新霽後。春意潛來。迤邐通牕牖。午睡漸多濃似酒。韶華已入東君手。嫩緑輕黃成染透。燭下工夫。洩漏章臺秀。擬插芳條須滿首。管交風味還勝舊。

第四

葉底尋花春欲暮。折遍柔枝。滿手真珠露。不見舊人空舊處。對花惹起愁無數。却倚欄干吹柳絮。粉蝶多情。飛上釵頭住。若遣郎身如蝶羽。芳時爭肯拋人去。

第五

酒熟微紅生眼尾。半額龍香。冉冉飄衣袂。雲壓寶釵撩不起。黃金心字雙垂耳。愁入眉痕添秀美。無限柔情。分付西流水。忽被驚風吹別淚。只應天也知人意。

減字木蘭花

風鬟霧鬢。便覺蓬萊三島近。水秀山明。縹緲仙姿畫不成。廣寒丹桂。豈是天桃塵俗世。只恐乘風。飛上瓊樓玉宇中。

木蘭花令

歌時宛轉饒風措。鶯語清圓啼玉樹。斷腸歸去月三更。薄酒醒來愁萬緒。孤燈翳翳昏如霧。枕上依稀聞笑語。惡嫌春夢不分明。忘了與伊相見處。

○驀山溪

樓前疎柳柳外無窮路翠色四天垂數峯青高城闊處江湖病眼偏向此山明愁無語空凝竚兩兩昏鴉去　平康巷陌往事如花雨十載却歸來倦追尋酒旗戲鼓今宵幸有人似月嬋娟霞袖舉盃深注一曲黃金縷

第二

江天雪意夜色寒成陣翠袖捧金蕉酒紅

潮香凝沁粉簾波不動新月淡籠明香
破豆燭頻花減字歌聲穩　恨眉羞斂往
事休重問人去小庭空有梅梢一枝春信
檀心未展誰爲探芳叢消瘦盡洗粧勻
應更添風韻

青玉案

良夜燈光簇如豆占好事今宵有酒罷歌
闌人散後琵琶輕放語聲低顫滅燭來相
就　玉躰偎人情何厚輕惜輕憐轉唧嚠

雨散雲收眉兒皺。只愁彰露。那人知後把我來僝僽。

一剪梅

一剪梅花萬樣嬌。斜插疎枝。略點眉梢。輕盈微笑舞低回。何事樽前。拍手誤招。夜漸寒深酒漸消。袖裏時聞。玉釧輕敲。城頭誰恁促殘更。銀漏何如。且慢明朝。

水調歌頭 中秋寄李伯紀大觀文

今夕月華滿。銀漢瀉秋寒。風纏霧捲宛轉

天陛玉樓寬應是金華仙子又喜今年藥就□□□□□收拾山河影都向鏡中蟠橫霜竹吹明月到中天要令四海遥望千古此輪安何處今年無月唯有謫仙着語高絶莫能攀我故與公起雲海路漫漫

南柯子

寶合分時菓金盤弄賜冰曉來堦下按新聲恰有一方明月可中庭　露下天如水風來夜氣清嬌羞不肯傍人行颺下扇

曉　疑晚

気下刻作叉

詞林萬選載此詞為張仲宗作
標作 曉妝四字作高髻若彼每作
又有附作文闕

兒拍手引流螢。

第二

膩頸凝酥白。輕衫淡粉紅。碧油凉氣透簾櫳。指點庭花低映。雲母屏風。恨逐瑶琴寫。書勞玉指封。等閒贏得瘦儀容。何事不教雲雨。略下巫峰。

第三　詠梳兒

桂魄分餘暈。檀槽破紫心。曉粧初試鬢雲侵。每被蘭膏香染。色深沉。指印纖纖粉

釵橫隱隱金有時雲雨鳳幃深長是枕前不見殢人尋

關河令

秋陰時晴漸向暝變一庭淒冷佇聽寒聲雲深無鴈影　更深人去寂靜但照壁孤燈相映酒已都醒如何消夜永

鵲橋仙令

浮花浪蘂人間無數開遍朱朱白白瑤池一朶玉芙蓉秋露洗冊砂真色　晚涼拜

下心双阵

月六銖衣動。應被姮娥認得。飜然欲上廣寒宮。橫玉度一聲天碧。

花心動

簾捲青樓。東風滿楊花。亂飄晴晝。蘭袂褪香。羅帳褰紅。繡枕旋移相就。海棠花謝春融暖。偎人恁嬌波頻溜。象床穩。鴛衾謾展。浪飜紅縐。

一夜情濃似酒。香汗漬鮫綃。幾番微透。鸞困鳳慵。婭姹雙眼。畫也畫應難就。問伊可煞於人厚。梅蕚露臙

紅友云前段多不叶韵未審諸不情方
千里集和詞莫可訂正惟詞綜所載此詞字
作一抹殘霞幾行新鴈點破晚空澄
碧天染斷紅雲迷陣影隱約望中
助秋色門掩西風橋橫斜照鳳幃
咫尺青翼未來濃塵自起合有
人相識於意義校訂未爲核也

集外詞

脂檀口。從此後、纖腰爲郎管瘦。

雙頭蓮

一抹殘霞，幾行新鴈，天染斷紅。雲迷陣影隱約望中。點破晚空澄碧，助秋色。門掩西風。橋橫斜照，青翼未來，濃塵自起。咫尺鳳幃。合有人相識。歎乖隔，知甚時恣與同攜。歡適度曲傳觴，並韉飛轡，綺陌畫堂連。夕樓頭千里，帳底三更，盡堪淚滴。怎生向，總無聊，但只聽消息。

長相思

舉離觴。掩洞房。箭水泠泠刻漏長。愁中
看曉光。　整羅裳。脂粉香。見掃門前車上
霜相持泣路傍

第二

馬如飛。歸未歸。誰在河橋見別離。修楊委
地垂。　掩面啼。人怎知。桃李成陰鶯哺兒。
閑行春盡時。

第三

好風浮。晚雨收。林葉陰陰映鷁舟。斜陽明倚樓。黯凝眸。憶舊遊。艇子扁舟來莫愁。石城風浪秋。

第四

沙棠舟。小棹遊。池水澄澄人影浮。錦鱗遲上鈎。煙雲愁。簫鼓休。再得來時已變秋。欲歸須少留。

大有

仙骨清羸。沈腰顦顇。見傍人驚怪消瘦。

柳無言、雙眉盡日齊鬬。都緣薄倖賦情淺。許多時、不成歡偶。幸自也、總由他，何須負這心口。　令人恨、行坐呪。斷了更思量，沒心永守。前日相逢，又早見、伊仍舊。却更被温存後，都忘了、當時僝僽。便掬撮九百身心，依前待有。

萬里春

千紅萬翠。簇定清明天氣。爲憐他、種種清香，好難爲不醉。　我愛深如你。我心在個人心裏。便相看老却春風。莫無些歡意。

鶴冲天　漂水長壽鄉作

梅雨霽。暑風和。高柳亂蟬多。小園臺榭遠池波。魚戲動新荷。薄紗廚。輕羽扇。枕冷簟涼深院。此時情緒此時天。無事小神仙。

第二

白角簟。碧紗廚。梅雨乍晴初。謝家池畔正晴虛。香散嫩芙蕖。日流金。風解慍。

舞下刻此語未知所據

如下刻此二字從毛本

一弄素琴歌舞慢搖紈扇訴花牋吟待晚涼天

西河

長安道瀟洒西風時起塵埃車馬晚遊行霸陵煙水亂鴉棲鳥夕陽中參差霜樹相倚　到此際愁如葦冷落關河千里追思唐漢昔繁華斷碑殘記未央宮闕已成灰終南依舊濃翠　對此景無限愁思遶天涯秋蟾如水轉使客情如醉想當時萬

丁刻本下片是字填前令未知所本

沈氏白校衍息字 林同云是字當衍

古雄名盡作往來人淒涼事 綺本一作後來

瑞鶴仙

暝煙籠細柳弄萬縷千絲年年春色晴風蕩無際濃於酒偏醉情人詞客闌干倚處度花香微散酒力對重門半掩黃昏淡月院宇深寂 愁極因思前事洞房佳宴正值寒食尋芳遍賞金谷里銅駝陌到而今魚鴈沉沉無信息天涯常是淚滴早歸來雲館深處那人正憶

○浪濤沙漫

萬葉戰秋聲露結鴈度砂磧細草和烟尚
綠遥山向晚更碧見隱隱雲邊新月白映
落照簾幕千家聽數聲何處倚樓笛裝
點盡秋色　脉脉旅情暗自消釋念珠玉
臨水猶悲感何況天涯客憶少年歌酒當
時蹤跡歲華易老衣帶寬懊惱心腸終
窄飛散後風流人阻藍橋約悵恨路隔
馬蹄過猶嘶舊巷陌歎往事一一堪傷曠

集外詞

望極凝思又把闌干拍

南鄉子

秋氣遶城闉暮角寒鴉未掩門記得佳人衝雨別吟分別緒多於雨後雲　小棹碧谿津恰似江南第一春應是採蓮閒伴侶相尋收取蓮心與舊人

第二

寒夜夢初醒行盡江南萬里程早是愁來無會處時聽敗葉相傳細雨聲　書信也

無憑萬事由他別後情誰信歸來須及早
長亭短帽輕衫走馬迎

第三

戶外井桐飄淡月疎星共寂寥恐怕霜寒
初索被中宵已覺秋聲引鴈高　羅帶束
纖腰自剪燈花試彩毫收起一封江北信
明朝爲問江頭早晚潮

第四

輕軟舞時腰初學吹笙苦未調誰遣有情

知事早相撩晴畢羅巾遠見招　癡騃一團嬌自折長條撥燕巢不道有人潛看著從教掉下鬟心與鳳翹

浣溪沙慢

水竹舊院落櫻笋新蔬果嫩英翠幄紅杏交榴火心事暗卜葉底尋雙朶深夜歸青瑣燈盡酒醒時曉牕明釵橫鬢嚲怎生那被間阻時多柰愁腸數疊幽恨萬端好夢還驚破可怪近來傳語也無箇

莫是瞋人呵真個若瞋人却因何逢人問我

夜遊宮

一陣斜風橫雨薄衣潤新添金縷不謝鉛華更清素倚筠窻弄幺絃嬌欲語　小閣橫香霧正年少小娥愁緒莫是栽花被花妬甚春來病懨懨無會處

訴衷情

當時選舞萬人長玉帶小排方喧傳京國聲價年少最無量　花閣迥酒筵香想難

怎而今何事佯向人前不認周郎

虞美人

淡雲籠月松溪路長記分攜處夢魂連夜遶松溪此夜相逢恰似夢中時　海山陡覺風光好莫惜金罇倒柳花吹雪燕飛忙生怕扁舟歸去斷人腸

粉蝶兒慢

宿霧藏春餘寒帶雨占得羣芳開晚豔口初弄秀倚東風嬌嬾隔葉黃鸝傳好音

林間云劉文清寫集校為陽

喚入深叢中探數枝。新比昨朝。又早紅稀香淺。　眷戀重來倚檻。當韶華、未可輕辜雙眼。賞心隨分樂。有清尊檀板。每歲嬉遊能幾日。莫使一聲歌欠。忍因循、片花飛又成春減。

紅窗迥

幾日來真個醉。不知道窗外亂紅。已深半指。花影被風搖碎。擁春醒乍起。有個人人。生得齊楚。來向耳畔問道。今朝醒未。情

柳耆卿詞曲歌仙之首正據之翻成雲雨
離拆此亦云然殊有所本

性兒慢騰騰地。惱得人又醉。

念奴嬌

醉魂乍醒。聽一聲啼鳥。幽齋岑寂。淡日朦朧初破曉。滿眼嬌晴天色。最惜香梅。凌寒偷綻。漏泄春消息。池塘芳草。又還淑景催逼。 因念舊日芳菲。桃花永巷。恰似初相識。荏苒時光因慣却。覓雨尋雲蹤跡。奈有離拆。瑤臺月下。回首頻思憶。重愁疊恨。萬般都在胸臆。

鬢雲鬆令　送傅國華奉使三韓
鬢雲鬆。眉葉聚。一闋離歌。不爲行人駐。
檀板停時君看取。數尺鮫綃。半是梨花雨。
鷺飛遙。天尺五。鳳閣鸞坡。看即飛騰去。
今夜長亭臨別處。斷梗飛雲。盡是傷情緒。

燕歸梁　詠曉
簾底新霜一夜濃。短燭散飛蟲。曾經洛浦
見驚鴻。關山隔。夢魂通。　明星晃晃。津回
路轉。榆影步花驄。欲攀雲駕倩西風。吹

首萬句有脫誤

清血寄玲瓏

南浦

淺帶一帆風向晚來扁舟穩下南浦迢遞阻瀟湘衡皐逈斜艤蕙蘭汀渚危檣影裏斷雲點點遥天暮菡萏裏風偷送清香時時微度　吾家舊有簪纓甚頓作天涯經歲覊旅羌管怎知情煙波上黄昬萬斛愁緒無言對月皓彩千里人何處恨無鳳翼身只待而今飛將歸去

此詞譜作下

醉落魄

葺金細弱秋風嫩，桂花初著。蘂珠宮裏人難學。花染嬌羞，映翠雲幄。　清香不與蘭蓀約。一枝雲鬢巧梳掠。夜涼輕撼薔薇萼。香滿衣襟，月在鳳凰閣。

留客住

嗟烏兔。正茫茫相催無定，只恁東生西沒。半均寒暑。昨見花紅柳綠，處處林茂。又覩霜前籬畔，菊散餘香，看看又還秋暮。

忍思慮念古往賢愚終歸何處爭似高堂日夜笙歌齊舉選甚連宵徹晝再三留住待擬沉醉扶上馬怎生向主人未肯交去

長相思慢

夜色澄明天街如水風力微冷簾旌幽期再偶坐久相看纔喜欲歎還驚醉眼重醒映雕欄脩竹共數流螢細語輕盈儘銀臺挂蠟潛聽自初識伊來便惜妖嬈艷

質美眡柔情。桃溪換世。鸞馭凌空。有願須成。遊絲蕩漾。任輕狂相逐。牽縈。但連環不解。難負深盟。

看花迴

秀色芳容明眸。就中奇絕。細看艷波欲溜。最可惜微重。紅銷輕帖。勻朱傅粉。幾爲嚴粧時涴睫。因個甚底死嗔人。半餉斜眡費貼熨。斗帳裏濃懽意愜。帶困時似開微合。曾倚高樓望遠。自笑指頻矚。知他

誰說那日分飛淚雨縱橫光映頰揾香羅恐揉損與他衫袖裛

第二

蕙風初散輕暖霽景澄潔秀蘂乍開乍歛帶雨態煙痕春思紆結危絃弄響來去驚人鸎語滑無賴處麗日樓臺亂絲岐路搊奇絕　何計解黏花繫月歎冷落頓辜佳節猶有當時氣味挂一縷相思不斷如髮雲飛帝國人在雲邊心暗折語東

毛本沉沉上有夜字

風共流轉謾作匆匆别

○月下笛

小雨收塵涼蟾瑩徹水光浮璧誰知怨抑靜倚官橋吹笛映宮牆風葉亂飛品高調側人未識想開元舊譜柯亭遺韻盡傳胷臆　闌干四遶聽折柳徘徊數聲終拍寒燈陋館最感平陽孤客沉沉鴈啼正哀片雲盡卷清漏滴黯凝魂但覺龍吟萬壑天籟息

清真集外詞終　薊州李樹屏彝校

右影元巾箱本清真集二卷坿集外詞一卷絫美成詞傳世者以汲古毛氏片玉詞爲最著近仁和丁氏西泠詞萃所刻即汲古本此本二卷百二十七闋爲余家所藏末有盟鷗主人誌語葢明鈔元本也編次體例與片玉詞迥别而調名字句亦多不同陳振孫書錄解題云清真集二卷後集一卷又毛子晉片玉詞跋美成詞一名清真集一名美成長短句皆不滿百闋與此

四印齋

均不合久欲刊行以舊鈔剥蝕過甚無本可校而止去年從孫駕航京兆丈假得元刻廬陵陳元龍片玉詞注本編次體例與鈔本正同特分卷與題號異耳爰據陳注校訂依式影寫付諸手民其集中所無而見於毛刻者共五十四闋爲集外詞一卷坿後毛本强序陳注劉序鈔本不載今皆補入美成集又名片玉詞據序即劉必欽改題也光緒丙申春三月十有三日臨桂

王鵬運鶩翁記

董史皇宋書錄周邦彥字美成　箋中云周美成正
行此善書詞章藏張宗諫家

毛刻片玉周詞 補

憶王孫 一〡
如夢令 一〢
又 一〢
浣溪沙 一〢
憶秦娥 一〤
虞美人 一〦
蘇幕遮 二〢
畫錦堂 四〢
女冠子 四〥

附 片玉詞攷異一卷補一卷

譚獻手稿本

片玉詞攷異　西泠詞萃本

卷上

瑞龍吟　還見詞綜作還是注一作見　坊陌詞綜注一作曲　舊家詞綜作來家

意緒草堂詩餘詞綜均脫意字

風流子一　難堪草堂作拚　還垂草堂作偷垂

風流子二　繡閣裏草堂缺裏字　愁轉草堂作近　清商草堂作觴

華胥引　看看草堂作看著　但鳳草堂無但歷代詩餘亦無但　按諸家和詞皆五字句

意難忘　簷露草堂作蓮露　試說詞綜作待說

宴清都　暗雪草堂作雨　淮山草堂作水

蘭陵王　煙縷草堂作裏詞綜以下各選多作裏　誰識草堂作惜　一箭詞綜注一作箭

夏堂類集

蘇元段倒置

雅詞陽春皆作花

小亭 雅詞小廣

回頭（詞綜注一作首）閒笛（詞綜注一作吹）闌

鎖窗寒　單衣（歷代詩餘作衫）▲桐陰（草堂作花）夜闌（草堂作更闌）經春（草堂……）

沈思（雅詞作追思）

作自春各本同

隔浦蓮近拍（草堂無拍字　歷代詩餘失題　草堂誤夏景）雅詞無近拍字　新竹（草堂作黃　雅詞……）落鷺（歷代詩餘作鷺落）驟雨（雅詞作……　注一作驟）

早梅芳近（歷代詩餘無近字）　又　微呈（草堂作漸呈）

四園竹　奈向（草堂作何　按向讀上聲宋詞多用之蓋方言也不當作何下仿此）

驀山溪　箇甚（歷代詩餘作甚箇）

側犯　寂靜（歷代詩餘作溪迴諸家知韻皆叶迴字）　樂府雅詞陽春白雪

齊天樂　鳴蛩（樂府雅詞）　深閣（歷代詩餘作閨閣）　口囊（歷代詩餘作練囊詞綜以下悉同）　玉液（雅詞作淥液）

荔枝香近　惻惻（歷代詩餘作側側）　如今向（歷代詩餘作共翦西窗　窗柜詞綜同諸家和韻）

皆叶炬 閒看 詞綜無閒字按閒丗本作慧 嗅去 詞綜作撚去

荔支香近 二 簾卷鐙偏 歷代詩餘作鐙偏簾卷詞綜同諸家和韻均叶春字

水龍吟 照日 歷代詩餘作月 句引 草堂下多得字誤

六醜 草堂題誤落花 問花 草堂作家詞綜同 薛楚 草堂作送薛 爲誰 諸本皆作更爲

窗隔 草堂作隔詞綜同諸家叶韻皆作隔 侍語 歷代詩餘作語 驚鴻 詞綜注一作紅

塞垣春 煙村 歷代詩餘作寞 寂寥 草堂作寞

夜飛鵲 別情 歷代詩餘無題 草堂作離別 離會處 草堂下衍處字詞綜同 花驄 草堂作華

驪 經前 草堂作紅滿 殘陽 詞綜作斜陽

滿庭芳 夏日 歷代詩餘少二字 嘉樹 歷代詩餘作佳樹 簟枕 詞綜作枕簟

花犯 詠梅 諸本皆作梅花 同燕 詞綜作共宴 高樹 詞綜作士 花嚴 詞綜作太

夏堂類集

渡江雲 時時 雅詞 上多一個字

月中行 日暗 雅詞陽春 細篆 雅詞作蠟(?) 油作幽 陽春作脂 嗁 作魂

、愁顦顇 詞綜作憔悴 脆丸 諸本皆作圓 按詞綜從黃昇本

大酺 頻驚 一詞綜注一作頻 難記 歷代詩餘作話 奈向 一詞綜注一作何 縈廣

草堂以後諸本皆作衍有

應天長 詞綜有曼字 社前 草堂作前社詞綜同

玉樓春 桃溪一首三四句草堂作當時無奈鳥聲哀今日重尋芳草路

品令 春彩 詞律拾遺云歷代詩餘作山 按所見本不作山

秋蕊香 雅詞有令字 貪新 歷代詩餘作撰詞綜同 諸本均作夢魂 雅詞作春夢 陽春作春夢 注一作春夢

菩薩蠻 渡淥 歷代詩餘作綠詞綜同

感皇恩 怎向 歷代詩餘作禁

漁家傲 拂拂 歷代詩餘作灩灩 文 暖客 草堂作緩客 盃側 歷代詩餘作仄

上闕陽春作格

陽春白

定風波　風前　雅詞作……　一遍　雅詞作……　休許　雅詞作莫許　作注一作相逢　僧起……字　許

霞生　校作……　歷作色　青霧　作香霧　玉蕊作蕊葉　桃花　作桃蹊

又　歷年　欺春　雅詞作期　誤春

蝶戀花　詠柳　歷代詩餘有五首字　星星　歷代詩餘作新新

又　早行　草堂作曉行　落桃紅　縣冷　草堂作欹枕　難相應　草堂作鴛鴦冷

又　雲鬟　歷代詩餘作半　・天口　歷代詩餘作甌　陽春作河橫之　又見清真集

又　晚步　第一首當人人　五首詠柳歷代詩餘題中

紅羅襖　空懷　歷代詩餘作空懷　歷代詩餘無題作行雨一詞　律

少年遊　感舊　歷代詩餘作冬景　草堂作閨情　草　字

解連環　怨別　草堂作……　歷代詩餘無題　無記　草堂作……　歷代詩餘作難託　又南都　而今　歷代詩餘作今朝　縱妙

草堂作信妙　待總　草堂作盡總　無

玲瓏四犯　細念　草堂作細字　舊色　草堂作積色

憶舊遊　蕭蕭　草堂作瀟瀟　蜀花　陽春作燭光　照曉　陽春作晚　京塵　陽春作緣塵

夏堂類集

拜星月慢　相倚草堂脫詞綜同　水眄歷代詩餘作盻詞綜同　驚風歷代詩餘作金風

秦向詞綜作何注一作向

倒犯　詠月歷代詩餘作秋月

一翦梅　眉梢詞律作梅梢　誤招歷代詩餘作相招

南柯子　膩頭　下巫歷代詩餘上多略字　依映歷代詩餘作影

又　詠梳兒詞綜無兒字

關河令　時晴歷代詩餘作日晴詞綜作　下多漸字

鶴沖天　歷代詩餘失題

又　歌舞歷代詩餘作歌韻

卷下

解語花　絳蠟草堂作紅蠟詞綜同　紅蓮草堂作爐詞綜同　鐙市草堂作花市詞綜同

鎖陽臺 如幛 幛歷代詩餘作巾章 褰開 開作搴 馬聲 歷代詩餘作雨聲 稀星 律詞作疏星

過秦樓 詞綜注一本作惜餘春慢 歷代詩餘列選冠子內

解蹀躞 面旋 歷代詩餘作回旋 一帶 將 詞律作寄將 助清 清作照

紅林檎近 詠雪 歷代詩餘作詠雪二首 凍梅 梅作梅枝 門堆巷積 草堂作堆門積巷

又 雪晴 草堂作冬初 飛羽 草堂作毛羽 歷代詩餘同 前山 草堂作山前

一 翩翩 草堂作翩翩 歷代詩餘同翩翩 步屐 屐歷代詩餘作履

滿路花 詠雪 草堂作冬景 歷代詩餘無題 情懷 草堂作悰情 歷代詩餘作情懷

又 冬景 草堂作風情 署朱希真作

氏 卌 第一 遙看 詞律拾遺云歷代詩餘作見 官柳 歷代詩餘作宮柳 尚掛 草堂

作挂 上 換目 草堂作日●

尉遲盃 南浦 詞綜作南浦 因思 草堂作念

塞翁吟 水龍吟 歷代詩餘作水龍吟

遶佛閣 詞律拾遺作遶佛閣引 張小峰學博云此調雙拽頭 歷於動書慢分段 桂華至河岸爲第二段 雄行 草堂作留

慶春宮 作慶宮春 悲秋 草堂作怨秋 草堂作 雲雅詞

滿江紅 生玉 千里 歷代詩餘作和詞 肉字 叶肉字 儘無 草堂作情無 歷代詩餘句無

三部樂 近聞 同 歷代詩餘校勘記云無近字 落近字 詞律 寄贈 歷代詩餘作持贈 贈詩餘 宗氏

如 歷代詩餘作如

西河 賞心 草堂作傷心 諸本同 東望 草堂作東畔 處是 諸本皆作市

又 斷碣 歷代詩餘作碑 盡是 歷代詩餘無是字 後來 歷代詩餘作往來 詞綜此句同

浣溪紗 寶函 偎花 又 雨過 殘紅 早 窗
惜 頻 又 晚 浣紗 詞 綜 作
一帶一作珠簾 又 樓上
出門 斜陽 者 又
都上 作 爭 詞 作 又

瑞鶴仙　早莫　歷代詩餘作著

浪淘沙慢　曉陰　一詞綜作晝陰注　曉　漢浦　詞律作溪浦　信音　歷代詩餘作音信

輕別　一詞綜作　殘月　歷代詩餘作殘月　段　寒侵　歷代詩餘詞綜同　侵寒　詞律作　迢遞　歷代詩餘作區區　提

西平樂　歇雨　歷代詩餘作　詞

要云衍誤　依前　天籟軒詞譜作依然

玉燭新　羌管　草堂詩餘作笛　同歷

南鄉子　底色　草堂詩餘作晨　同

望江南　欹玉　歷代詩餘作敲

浣溪紗　爭挽　撥盡　歷代詩餘作破撥　詩餘　又　日射　碧紗　作紗窗　樓　七寶

浣溪紗慢　櫻筍新蔬果　詞律拾遺云　舊譜作　新雕過詩　話引作燕引新雕過　青瑣　詞律作鎖

五

點絳脣 遼鶴 故鄉 詞綜注一作人涯

心地 詞綜注一作事

夜遊宮 古簾 歷代詩餘作空階

又 一陣 小閣 歷代詩餘作閣

一落索 杜宇 歸去

迎春樂 曾刊 歷代詩餘作催看

虞美人 欲去 歷代詩餘作影去

又 廉纖 破萍 歷代詩餘作開萍

醉桃源 夜寒 歷代詩餘作衣寒

鳳來朝 窗深 歷代詩餘作涼深

垂絲釣 玉匳 詞綜作繡簾

燕語 詞綜作閒燕語 將暮處 詞綜此分段

人似水 歷代詩餘作如水

梁

粉蝶兒慢　豔口　歷代詩餘無關字　天籟軒詞譜作豔姿　片花　天籟軒詞譜上有一字

念奴嬌　嬌情　歷代詩餘作晴

黃鸝遶碧樹　膩引　權花　天籟軒詞譜作盛飲流霞

鬢雲鬆令　蘇幕遮　歷代詩餘失題別引入

燕歸梁　詠曉　歷代詩餘失題

醉落魄　尋金　歷代詩餘作覓金

留客住　半均　歷代詩餘作平均　昨見　天籟軒詞譜作作見　交去　歷代詩餘作教去

長相思慢　輕盈　歷代詩餘作輕　美　晒盼作

月下笛　浮碧　歷代詩餘作浮碧　四遶　天籟軒詞譜作空四遶

補遺

十六字令歷代詩餘作周玉晨　明月歷代詩餘明作眠

浣溪紗此一首草堂作歐陽永叔

畫錦堂　幽恨歷代詩餘作怨　孤枕歷代詩餘作館以上歷代詩餘皆無題

齊天樂　重五草堂作午歷代詩餘同　韻支歷代詩餘作疊韻支

女冠子　雪景歷代詩餘無景字　寒輕草堂作輕寒歷代詩餘同

附錄古今詞話一則

王都尉詵有憶故人詞云燭影搖紅向夜闌乍酒醒心情嬾尊前誰與唱陽關離恨天涯遠無奈雲沉雨散憑闌干東風淚眼海棠開後燕子來時黃昏庭院徽宗喜其詞意猶以爲不盡宛轉遂令大晟樂府別撰腔周美成增損其詞而以首

句爲名謂之燭影搖紅云芳草堂作香臉勻紅黛眉巧畫宮妝淺風流天付與精神全在嬌波眼轉一作早是縈心可慣向尊前頻頻顧盼幾回相見一作見得了還休爭如不見燭影搖紅夜闌飲散春宵短當時誰會一作解唱陽關離恨天涯遠爭一作無柰雲飛雨散凭闌干東風淚滿眼一作海棠開後燕子來時黃昏庭院按草堂錄此詞作王晉卿歷代詩餘作周邦彥

片玉詞

片玉詞考異補 曹依吳府雅詞趙聞禮陽春白雪校

瑞龍吟 因念 樂府雅詞作因記 陽春白雪兩疊

風流子 新綠 記注一作曾記 聲價如故 分段 作暗

苦 新綠作綠深 愁轉 亦作近 遙知 作相

說與 與作卻 寄將秦鏡 作暗將 斷見 見作相 苦恨 最作

又 楓林 分襟 襟作袂

意難忘 佳葉 馬上 柘客 簷 蓮亦作 恋 漏作 籠燈 就月 作移燈 一作

子細 作典細 檢羽 羽作徵 長蟾 一作蟾 蟾作眉 試 亦作待

蘭陵王 綿 亦作 識 亦作惜 磨折 作析 沈思 思作追

瑣窗寒 桐花 陽亦作陰 遲暮 居上 經 亦作自

隔浦蓮近 雅詞 簟 作簟 一作 小亭 下

復堂藁本

齊天樂　鳴蛩　雅詞作蛙詞　緒同　玉一作涤同注

水龍吟　梨花　鮮英　陽春雅詞皆作　潘妃一作卻同注

六醜　薔薇　陽春分段　陽紅作　蘭舟作舞

掃花游　晴　陽春作

滿庭芳　夏　雅詞作槐影作　解一作同注

花犯　梅花　雅詞作清詞　高樹一作　筆枕同　陽春作九圓作

大酺　春雨　陽春同

渡江雲　晴嵐　陽春題但字上

應天長　寒食　陽春作　社前同

秋蕊香　雅詞　令字同　雅詞作　陽春作採

夢　雅詞　陽春一作　春夢

月中行　口脂 陽本作面脂　[illegible] 作[illegible]　看 陽作著　[illegible] 陽作[illegible]

漁家傲　上架 陽本作上格

定風波　相逢 [illegible]一詞作[illegible]　漏水 下多[illegible]二字　休 作莫

蝶戀花　魚尾一首 陽本作 [illegible]　露生 作[illegible]　翠壁 色作[illegible]　一葉 作葉

口 [illegible]作　香 青作　桃花 [illegible]

少年游　[illegible]　[illegible]

又　南都　而今 陽本作[illegible]

憶舊游　爛花 陽作[illegible]　河晚 晚作[illegible]　京塵 塵作[illegible]

解語花　[illegible] 陽作[illegible]　[illegible]

[illegible] 作蘭

優墨齋本

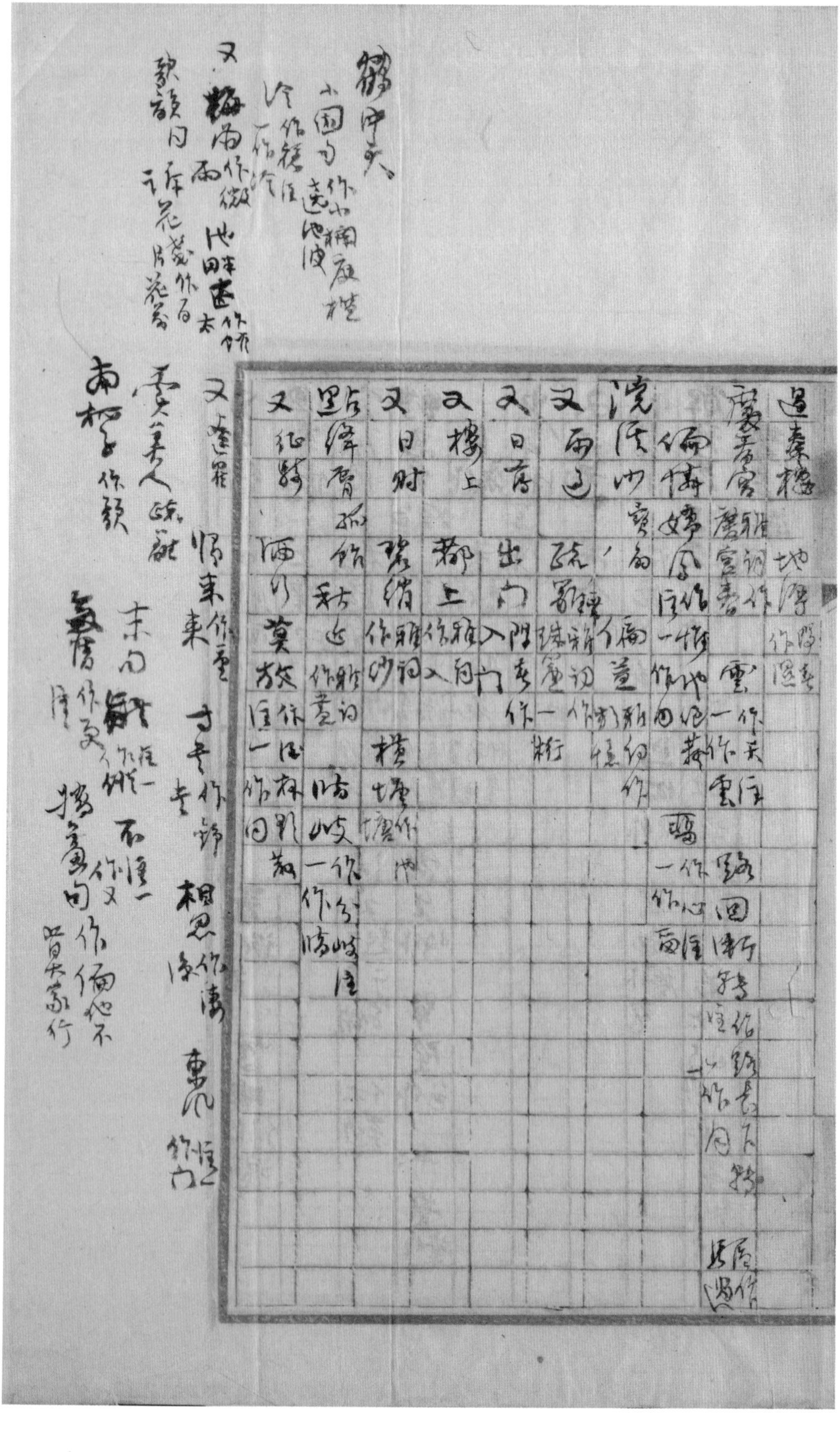